N
Y
rings
QUEENSLAND
ALIEN
Brisbane
UTH
RALIA
Broken Hill
NEW SOUTH
WALES
Sydney
Adelaide
VICTORIA
Melbourne

ELIZABETH HARAN

Fliegende Ärzte

Schicksal unter roter Sonne

Weitere Titel der Autorin:

Im Land des Eukalyptusbaums
Der Ruf des Abendvogels
Im Glanz der roten Sonne
Ein Hoffnungsstern am Himmel
Am Fluss des Schicksals
Die Insel der roten Erde
Im Tal der flammenden Sonne
Im Schatten des Teebaums
Der Duft der Eukalyptusblüte
Im Hauch des Abendwindes
Leuchtende Sonne, weites Land
Der Glanz des Südsterns
Jenseits des leuchtenden Horizonts
Träume unter roter Sonne
Heller Mond, weite Träume
Im Tal der Eukalyptuswälder
Jenseits der südlichen Sterne
Der Himmel über dem Outback
Eine Liebe in Australien
Ein Traum in Australien
Fliegende Ärzte – Eine mutige Frau
Fliegende Ärzte – Aufbruch ins Outback

ELIZABETH

HARAN

Fliegende Ärzte

Schicksal unter roter Sonne

Australien-Roman

Übersetzung aus dem australischen Englisch
von Sylvia Strasser

Lübbe

NACHHALTIG PRODUZIERT

Die Bastei Lübbe AG verfolgt eine nachhaltige Buchproduktion. Wir verwenden Papiere aus nachhaltiger Forstwirtschaft und verzichten darauf, Bücher einzeln in Folie zu verpacken. Wir stellen unsere Bücher in Deutschland und Europa (EU) her und arbeiten mit den Druckereien kontinuierlich an einer positiven Ökobilanz.

FSC www.fsc.org MIX Papier | Fördert gute Waldnutzung FSC® C014496

Titel der australischen Originalausgabe:
»The Lavender Club«

Dieses Werk wurde vermittelt durch
die Literarische Agentur Thomas Schlück GmbH, 30161 Hannover.

Textredaktion: Marion Labonte, Labontext
Landkarte: Reinhard Borner
Umschlaggestaltung: Jeannine Schmelzer
Umschlagmotiv: © Mark Owen / Trevillion Images; © ilolab / Shutterstock; Brett Andersen / Shutterstock; Leah Pirone / Shutterstock; Igor Grochev / Shutterstock; Paul shuang / Shutterstock
Satz: Dörlemann Satz, Lemförde
Gesetzt aus der Garamond
Druck und Verarbeitung: GGP Media GmbH, Pößneck

Printed in Germany
ISBN 978-3-7577-0019-5

2 4 5 3 1

Sie finden uns im Internet unter luebbe.de
Bitte beachten Sie auch: lesejury.de

Freunde sind die Familie, die wir uns selbst aussuchen.

Friends are the family we choose ourselves.

Kapitel 1

Melville Island, Australien – 16. Juni 1942

»Heute ist es furchtbar schwül, finden Sie nicht auch, Father O'Reilly?«, fragte Schwester Catherine Thomas, als sie im Schatten der Bäume rings um das Waisenhaus in Garden Point auf Melville Island umherschlenderten. Wann immer sich eine Lücke im dichten Laubdach bot, hielten sie am Himmel nach japanischen Kampfflugzeugen Ausschau.

»Danken Sie dem Herrn, dass Sie als Krankenschwester eine luftige Tracht tragen können, Schwester Thomas«, erwiderte der Geistliche und wischte sich mit einem großen Taschentuch, das schon recht feucht war, den Schweiß von der Stirn. »Meine schwarzen Sachen kleben an mir wie eine zweite Haut.«

»Na ja, eigentlich sollte ich Strümpfe und einen Unterrock tragen, aber bei der Hitze ist das furchtbar unpraktisch, also verzichte ich lieber darauf«, gestand Catherine. »Aber behalten Sie das bitte für sich!«, fügte sie lachend hinzu. Die Hitze war auch der Grund, weshalb sie ihre lockigen blonden Haare kurz trug.

Father O'Reilly schätzte ihren Humor und ihr fröhliches Lachen. Beides war eine Wohltat im eintönigen Alltag auf dieser Insel, siebenunddreißig Meilen von der nordaustralischen Küste entfernt. »Keine Sorge, Ihr Geständnis ist bei mir gut aufgehoben.« Er seufzte. »Am liebsten würde ich ins Meer springen. Der Wunsch nach Abkühlung ist sogar größer als meine Angst vor Krokodilen und Haien!«

»Das geht mir genauso, Father. Die Ordensschwestern tun mir wirklich leid.« Catherine fächelte sich mit einem großen Bananenblatt Luft zu. »Vor allem die älteren, wie Sister Mary Margaret und Sister Beatrice.«

»Und warum, wenn ich fragen darf?«

»Die hohe Luftfeuchtigkeit und die Hitze machen ihnen sehr zu schaffen, und dann noch diese Ordenstracht, die für das Klima hier völlig ungeeignet ist. Wer hat sich so etwas ausgedacht? Wozu braucht man eine Haube, die Wangen, Ohren und Hals bedeckt? Und dazu noch einen Schleier? Und dann sollen sie unter der Wolltunika mit Zingulum und Skapulier auch noch sämtliche Unterkleider tragen. Wer ist bloß auf die Idee gekommen, dass eine Nonne vom Scheitel bis zur Sohle verhüllt sein muss, um dem Herrn zu dienen?«

»Diese Trachten wurden vor vielen hundert Jahren entworfen, Schwester Thomas, und natürlich hat jeder Orden seine eigene«, entgegnete der Geistliche.

»Dann sollten sie unbedingt an die heutige Zeit angepasst werden! Ich bezweifle allerdings, dass das passieren wird. Wie auch immer – die Nonnen hier auf der Insel sollten einfach bequeme Sachen tragen. Und Sie auch. Hier sieht uns doch niemand. Und die Einheimischen würde es nicht stören, sie laufen selbst fast unbekleidet herum. Ich habe den Nonnen schon einmal den Vorschlag gemacht, ihre Tracht abzulegen, aber da waren sie so schockiert, als hätte ich sie gebeten, nackt über den Strand zu spazieren.«

Father O'Reilly lachte. »An dieser verschämten Einstellung der Schwestern wird sich auch nichts ändern.«

»Das ist wirklich schade.« Catherine wusste, dass mindestens drei der jüngeren Nonnen auf nicht notwendige Unterkleider verzichteten, doch das behielt sie wohlweislich für sich.

»Sie würden Ihnen entgegenhalten, dass es vielen Menschen schlechter geht als uns, Schwester Thomas.«

»Da haben Sie auch wieder recht«, räumte Catherine ein. »Was beklage ich mich hier über Kleidung und das Wetter, wo bei den Bombenangriffen auf den Norden Australiens doch so viele Menschen ums Leben gekommen sind oder ihr Zuhause verloren haben. Gott sei Dank ist Preston nichts passiert! Ich weiß nicht, was ich ohne ihn machen würde.«

Sie hatte ihren Verlobten, Lieutenant Preston Shipton, an Silvester auf einer Tanzveranstaltung in Darwin kennengelernt und sich sofort in ihn verliebt. Der Air-Force-Pilot war attraktiv und adrett, dazu großzügig und warmherzig. Ein ernsthafter junger Mann mit einer großen Portion Humor, und sie hatten viel Spaß miteinander. Genau wie Catherine wünschte auch er sich eine große Familie. Mit dem Heiraten hatten sie eigentlich bis nach Kriegsende warten wollen, ihre Meinung jedoch nach dem zweiten Luftangriff der Japaner geändert und einen Termin für Ende Juli vereinbart.

»Sie werden uns fehlen, Schwester Thomas«, sagte Father O'Reilly. »Aber wir verstehen, dass Sie uns nach der Hochzeit verlassen und eine Familie gründen möchten.«

»Ich werde alle hier auch schrecklich vermissen«, erwiderte Catherine. »Ich bin zwar erst seit einem Jahr hier, aber die Menschen hier sind wie eine Familie für mich.«

»Die Kinder lieben Sie, und Sie können einfach wunderbar mit ihnen umgehen.« Der alte Geistliche lächelte und schlug dann nach einem Moskito an seinem Hals. »Wie kann es sein, dass die Moskitos die halb nackten Tiwi verschonen, mich aber auffressen, sobald sie auch nur das kleinste Fleckchen unbedeckter Haut finden?«, klagte er.

Die Tiwi waren ein auf der Insel beheimateter Aborigine-Clan. Melville Island, von den Ureinwohnern Yermainer genannt, gehörte ebenso wie Bathurst Island und neun weitere unbewohnte Inseln zu den Tiwi Islands.

»Ich glaube, sie reiben sich mit dem Saft einer Pflanze ein, damit sie nicht gestochen werden.«

»Wissen Sie, welche Pflanze das ist, Schwester Thomas?«

»Nein, leider nicht.«

»Das müssen wir unbedingt herausfinden.«

Mit einem Mal waren sie von einigen Kindern umringt. Insgesamt waren in dem Waisenhaus fünfunddreißig Kinder im Alter von drei bis zwölf Jahren untergebracht. Sie alle entstammten Verbindungen zwischen Aborigines und Weißen und waren gewaltsam aus ihren Familien herausgerissen worden. Catherine brach allein der Gedanke daran das Herz. Sie war strikt gegen die Politik der Regierung, diese Kinder – angeblich zu deren Bestem – von ihren Familien zu trennen, konnte aber nichts dagegen unternehmen. Sie konnte nur hoffen und beten, dass sie eines Tages wieder mit ihren Familien vereint werden würden.

»Ist schon Essenszeit?«, fragte sie die lebhafte Schar.

»Ja, jetzt gleich«, antwortete einer der älteren Jungen. »Sister Beatrice hat gesagt, wir sollen Sie und Father O'Reilly holen.«

In der Ferne waren die Nonnen vor den zwei barackenähnlichen Schlafgebäuden der Kleinen zu sehen. »Nun, dann wollen wir sie nicht warten lassen.« Catherine klatschte in die Hände und versammelte die Kinder, die noch im Schatten spielten, zum Händewaschen bei einem Eimer Wasser.

Die Nonnen deckten unterdessen den langen Holztisch. Nachdem alle auf den Bänken zu beiden Seiten Platz genommen hatten, sprach Father O'Reilly das Tischgebet, und sie machten sich über das Mittagessen her, ein karges Mahl aus Fisch, Gemüse und Reis. Da es so gut wie keine öffentlichen Gelder für das Waisenhaus gab, der Lebensmittelnachschub vom Festland oft erst verspätet eintraf und die Ordensfrauen nur Gemüse anbauten, versorgten die Insulaner die kleine Gemeinschaft freundlicherweise mit Fisch und Früchten.

Seit der Bombardierung Darwins durch die Japaner am 19. Februar und weiteren Angriffen auf das gesamte Gebiet lebten Catherine, die Nonnen und Father O'Reilly in ständiger Alarmbereitschaft. Während der Angriffe hatten sie in den Kellerräumen unter der kleinen katholischen Kirche der Insel, St. Peter's, Schutz gesucht, aber das Dröhnen der Flugzeuge und das Donnern der

Explosionen war dennoch furchteinflößend und verfolgte sie bis heute.

Ein Großteil der Einwohner Darwins war nach dem Luftangriff im Februar, bei dem die Stadt weitgehend zerstört worden war, in den Süden des Landes evakuiert worden. Die Kinder auf Melville Island jedoch waren nach Einschätzung der Regierung in Sicherheit, die Insel sei für die Japaner nicht von Interesse. Father O'Reilly war darüber erzürnt und vermutete, die Regierung wolle schlicht die Kosten für die Evakuierung von Aborigine-Kindern sparen. Er hatte sich deswegen mehrmals direkt an den Leiter der Behörde für Angelegenheiten der indigenen Bevölkerung in Darwin gewandt, war jedoch mit seinem Hilfegesuch auf taube Ohren gestoßen.

Die Kinder hatten gerade angefangen zu essen, als plötzlich ein tiefes Dröhnen die friedliche, vom Gesang tropischer Vögel und dem Plätschern der Wellen begleitete Ruhe störte. Das Brummen war unverkennbar. Alle hielten den Atem an und starrten angstvoll zum Himmel hinauf. Zwei Minuten später tauchten die Flugzeuge auf. Sie flogen in Formation Richtung Nordküste und Darwin. An den Unterseiten der Tragflächen waren rote Kreise zu erkennen. Ein japanisches Geschwader, siebenundzwanzig Bomber und ebenso viele Jagdflugzeuge.

Catherine war entsetzt. »O nein, nicht schon wieder!«, rief sie.

»In den Keller! Schnell!«, befahl Father O'Reilly.

Die Kinder sprangen auf, und die Nonnen trieben sie eilig zum Zugang auf der Rückseite der Kirche. Der Schutzraum war klein und muffig und mit fünfundvierzig Personen völlig überfüllt, aber es war der einzige auf der Insel. Kaum waren alle drin, schlug Sister Mary Ellen hastig die Tür zu. Durch die Ritzen im Holz fiel ein klein wenig Licht herein, sonst wäre es finster gewesen wie in einer Höhle. Die stickige Luft machte das Atmen schwer. Einige der kleineren Kinder fingen verängstigt an zu weinen, und Catherine und die Ordensfrauen versuchten, sie zu beruhigen. »Alles wird gut«, sprachen sie tröstend.

Catherine dachte an all die unschuldigen Menschen, die dieser Angriff das Leben kosten würde, und flehte im Stillen Gott an, er möge Preston beschützen.

Sister Mary Ellen stimmte Weihnachtslieder an und forderte die Kinder auf mitzusingen. Der Gesang wirkte dem Lärm der Bomben und Explosionen ein klein wenig entgegen, doch manche Detonationen klangen so beängstigend nah, dass Catherine sich fragte, ob sogar die Insel bombardiert wurde. Der Angriff dauerte fünfundvierzig qualvolle Minuten, die ihnen wie Stunden vorkamen. Dann endlich kehrte Ruhe ein.

»Ich glaube, es ist vorbei. Was meinen Sie?«, wandte sich Father O'Reilly an Catherine.

»Ich höre nichts mehr«, antwortete Catherine leise.

»Ich auch nicht«, sagte Sister Beatrice.

»Ich schaue mal nach.« Der alte Geistliche stieg die steilen, ausgetretenen Steinstufen hinauf und öffnete die knarrende Tür einen Spaltbreit. Licht fiel auf die Gesichter der Kinder, die gespannt zu ihm aufblickten. Nachdem Father O'Reilly nichts Auffälliges mehr hörte, forderte er alle auf, den Keller zu verlassen. »Bleibt zusammen und in der Nähe«, schärfte er den Kindern ein.

Als sie um die Kirche bogen, flatterten Vögel vom Mittagstisch auf – vom Mittagessen war nicht mehr viel übrig. Die Kinder waren enttäuscht und streiften durch die unmittelbare Umgebung, während Father O'Reilly, die Nonnen und Catherine mit den Augen den Himmel absuchten. In der Ferne waren Flugzeuge der australischen Air Force, aber keine japanischen Bomber mehr zu erkennen. Catherine wandte sich den Kindern zu und zählte sie durch. Zwei fehlten. Sie zählte noch einmal, doch das Resultat war dasselbe. Jay und Coen waren verschwunden. Das erstaunte Catherine nicht – die beiden Cousins führten ständig etwas im Schilde und wurden nicht selten ausgeschimpft, weil sie nicht gehorchten. Catherine rief nach ihnen und eilte auf die Rückseite der Kirche, doch dort waren sie auch nicht. Ein Mädchen zeigte auf den Weg entlang des Ufers und sagte, die Jungen seien in diese Richtung gegangen.

Melville Island war über fünfeinhalbtausend Quadratkilometer groß und bestand zu einem Großteil aus undurchdringlichem Buschland. Mangrovenwälder voller Moskitoschwärme säumten die Küsten. Es kam vor, dass Salzwasserkrokodile sich auf die Insel verirrten, deshalb hoffte Catherine inständig, dass sich die Jungen nicht allzu weit entfernt hatten.

»Ich gehe sie suchen«, rief sie Father O'Reilly und den Ordensfrauen zu und folgte eilig dem Trampelpfad zum Meer hinunter. So wie sie die beiden Sechs- und Siebenjährigen kannte, hofften die abenteuerlustigen Lausbuben vermutlich, dass Wrackteile eines Flugzeugs oder eines Schiffs angespült worden waren.

Father O'Reilly, der sich um Catherine und die Kinder sorgte, folgte ihr, kam aber, übergewichtig und unsportlich wie er war, sehr viel langsamer voran.

Dann endlich sah sie die Jungen. Die beiden starrten gebannt auf etwas, und bald erkannte auch Catherine, was es war: ein Flugzeugrumpf. Er lag unweit des Ufers inmitten dichten Gestrüpps, die Tragflächen waren gebrochen. An den Seiten waren Einschusslöcher zu erkennen.

Catherine lief schneller. Der Anblick eines Toten, der sich möglicherweise in dem Flugzeug befand, wäre traumatisch für die Kinder.

»Geht da weg, Jungs!«, rief sie energisch. Als sie an einer der Tragflächen einen roten Kreis bemerkte, begann ihr Herz zu rasen.

Hinter ihr tauchte schnaufend Father O'Reilly auf, völlig außer Atem und unfähig, ein Wort hervorzubringen.

Die Jungen starrten fasziniert auf das Flugzeugwrack. »Wo is der Fahrer, Schwester Thomas?«, wollte Jay wissen.

»Du meinst den Piloten«, verbesserte Catherine mit einem schnellen Blick ins Innere des Flugzeugs. Darin war niemand. Sie nahm die Kinder bei den Händen und zog sie vom Rumpf weg, während sie mit den Augen die unmittelbare Umgebung nach einer Leiche absuchte. »Ich weiß nicht, wo er ist«, murmelte sie nervös, »aber ihr habt hier nichts verloren. Father O'Reilly hat doch gesagt, ihr sollt in der Nähe bleiben! Ihr geht jetzt sofort zurück, verstanden?«, fügte sie streng hinzu. Ein Blick zu dem Geistlichen verriet ihr, dass auch er wegen des Piloten beunruhigt war.

»Vielleicht hat er den Schleudersitz betätigt«, stieß er, immer noch schwer atmend, hervor.

»Ich will den Piloten sehen«, quengelte Coen.

»Der ist nicht mehr da. Und jetzt ab nach Hause, sonst bekommt ihr eine Strafe aufgebrummt!«, drohte Catherine.

»Wo is er denn?«, bohrte Jay weiter.

»Ich weiß es nicht. Vielleicht irgendwo im Wasser. Abmarsch, und zwar *sofort*!«, befahl Catherine energisch.

»Geht endlich, Jungs«, forderte auch Father O'Reilly sie auf.

Mit hängenden Schultern trotteten die beiden davon. Catherine schaute ihnen eine Weile nach, um sicherzugehen, dass sie auch wirklich nicht stehenblieben. Sie wäre ja mitgegangen, aber sie musste mit Father O'Reilly die Gegend absuchen, denn falls die Leiche des Piloten sich hier irgendwo befand, würden sie die Behörden auf dem Festland darüber benachrichtigen müssen.

Als Catherine sich wieder zu dem Geistlichen umdrehte, schnappte sie erschrocken nach Luft. Ein Mann, bewaffnet mit einem dicken Ast, hatte sich drohend vor ihm aufgebaut. Der japanische Pilot! Sie bemerkte eine blutige Spur zu dem Dickicht in unmittelbarer Nähe, offenbar hatte er sich dort versteckt. Catherine überlief ein eiskalter Schauder bei dem Gedanken daran, wie nahe die beiden Jungen ihm gewesen waren. Seine Fliegermontur war voller Blut, es quoll aus einer Kopfwunde, lief ihm in die Augen und übers Gesicht. Jetzt schwang er den Ast in Father O'Reillys Richtung, der beschwichtigend auf ihn einredete.

»Immer mit der Ruhe«, sagte er mit zittriger Stimme, »wir tun Ihnen nichts.« Er wich soweit er konnte zurück.

Plötzlich warf sich der Pilot auf ihn. Der Geistliche trat einen Schritt zur Seite, strauchelte und stürzte.

Catherine zögerte keine Sekunde. »Aufhören!«, schrie sie zornig. »Es gibt keinen Grund, hier Gewalt anzuwenden!« Der Gedanke, dass der Japaner sie möglicherweise gar nicht verstand, kam ihr nicht einmal.

Der Pilot wirbelte herum, holte aus und schlug mit dem Ast nach ihr, der sie mit voller Wucht quer über den Unterleib traf. Das alles geschah so schnell, dass Catherine keine Zeit blieb zu reagieren. Sie krümmte sich vor Schmerzen, und gerade als sie sich wieder halbwegs aufgerichtet hatte, traf sie die Spitze des Asts mit voller Wucht wie ein Bajonett in den Bauch. Catherine wurde zurückgeschleudert und fiel hart auf den Rücken.

Der Japaner war schmächtig, aber als sich Father O'Reilly aufgerappelt hatte, um ihn von Catherine wegzuzerren, stieß er den Geistlichen mühelos zur Seite. Catherine war überzeugt, dass sie beide sterben würden. Sie war unfähig, sich zu rühren, sie konnte nicht einmal um Hilfe rufen, sämtliche Luft war aus ihren Lungen gepresst.

In diesem Moment tauchten drei große, kräftige Tiwi auf. Sie überwältigten den Piloten und hielten ihn fest, dann kamen weitere Insulaner herbei.

Father O'Reilly war in großer Sorge um Catherine. Er kroch auf Händen und Knien zu ihr, sofort waren auch schon drei Insulanerinnen bei ihr, und dann ging alles ganz schnell. Catherine, die zeitweilig das Bewusstsein verlor, wurde auf einer von den Tiwi gebauten Trage zum Waisenhaus gebracht. Die Ordensschwestern forderten per Funk ein Boot vom Festland an, um sie ins Krankenhaus zu transportieren. Außerdem trafen Bedienstete vom Militär ein und nahmen den japanischen Piloten fest.

Catherine kam erst nach vierundzwanzig Stunden wieder zu sich. Ihr Unterleib schmerzte, und als sie ihn behutsam abtastete, spürte sie einen Verband. Vorsichtig sah sie sich um. Offensichtlich befand sie sich in einem Krankenhaus. Das Zimmer war klein, viel zu klein für die vier Betten, die man dort hineingequetscht hatte. Die Luft war heiß und stickig, kein Hauch drang durch das geöffnete Fenster herein. Eine Frau in Schwesterntracht stand mit dem Rücken zu ihr an einem der anderen Betten.

»Schwester«, krächzte Catherine heiser.

»Du bist ja wach, Catherine.« Die Frau trat zu ihr, und in diesem Moment erkannte Catherine sie.

»Nancy!« Sie hatte mit Nancy Teagan vor fünf Jahren aus Southampton in England nach Australien abgelegt und dann mit ihr zusammen im Krankenhaus in Darwin die Ausbildung zur Krankenschwester absolviert. »Wo bin ich?«

»In einem kleinen Krankenhaus in Stuart Park. Das in Darwin ist beim ersten Luftangriff schwer beschädigt worden, wie du sicher weißt. Hast du Schmerzen?«

Catherine nickte und stöhnte. »Was fehlt mir denn?«

»Du hattest innere Blutungen und musstest operiert werden, um sie zu stillen. Und meines Wissens ist auch dein Becken gebrochen. Man hat uns erzählt, dass ein japanischer Pilot dich angegriffen hat, der mit seiner Maschine auf Melville Island abgestürzt ist?«

Wieder nickte Catherine. Das würde sie nie im Leben vergessen. Wenn sie jetzt die Augen schloss, durchlebte sie die Szene aufs Neue. »Werde ich wieder ganz gesund werden?«

»Das musst du Dr. Macintyre fragen. Aber ich bin sicher, du schaffst das, du bist jung und ansonsten gesund. Dr. Macintyre wird auch entscheiden, was wir dir noch gegen die Schmerzen geben können.«

»Ich würde gerne meinen Verlobten sehen, Lieutenant Preston Shipton. Er weiß doch gar nicht, wo ich bin! Kannst du ihn irgendwie benachrichtigen, Nancy?« Catherines Augen füllten sich mit Tränen.

Nancy seufzte. »Ich kann hier leider nicht weg, Catherine. Niemand weiß, wann der nächste Angriff kommt, und dann müssen die Verwundeten versorgt werden, da wird hier jeder gebraucht.«

»Bitte. Ich sehne mich so nach ihm«, beschwor Catherine sie. »Ich brauche Preston jetzt.«

»Also gut, ich schau mal, was ich tun kann«, versprach Nancy voller Mitgefühl. »Und jetzt ruh dich aus. Der Arzt kommt sicher bald.«

In den folgenden Tagen sah Dr. Macintyre regelmäßig nach Catherine und ließ ihr Mittel gegen die Schmerzen verabreichen. Immer wieder fragte sie nach Preston und bat darum, ihn zu treffen. Am liebsten hätte sie das Krankenhaus verlassen, aber schon die geringste Bewegung verursachte ihr unerträgliche Schmerzen, und die Medikamente waren so stark, dass sie bisweilen halluzinierte.

»Die Kinder müssen in den Schutzraum!«, schrie sie Nancy einmal an.

»Es ist alles in Ordnung, Catherine. Father O'Reilly hat uns gesagt, dass es den Kindern gut geht«, versuchte diese, sie zu beruhigen. »Sie machen sich nur Sorgen um dich. Du darfst dich nicht aufregen! Bleib ruhig liegen, damit alles gut verheilen kann«, schärfte sie ihr ein.

Catherine antwortete nicht und schlief kurz darauf ein. Als sie Stunden später aufwachte, war es draußen dunkel. »Ich kann doch nicht untätig hier herumliegen«, jammerte sie. »Preston wird sich allmählich fragen, wo ich bin, und die Nonnen und Father O'Reilly brauchen mich! Die Kinder können ganz schön anstrengend sein.«

»In deinem Zustand bist du ihnen keine Hilfe, Catherine«, argumentierte Nancy. »Du musst erst ganz gesund werden.«

»Dann möchte ich wenigstens Preston sehen! Bitte, Nancy!«

»Ich habe jemanden mit einer Nachricht zum Stützpunkt geschickt. Preston kommt sicher, sobald er kann.«

Das stimmte Catherine zwar ein wenig fröhlicher, steigerte aber auch die Ungeduld, mit der sie auf ihn wartete.

Eines Morgens tauchte ein Mann in Air-Force-Uniform im Türrahmen auf. Nancy, die neben ihm stand, deutete auf Catherine, und der Fremde trat mit ernster, bedrückter Miene näher.

Catherine überkam eine böse Vorahnung. »Wo ist Preston? Geht es ihm gut?«, fragte sie.

»Ich bin Geschwaderkommodore Reginald Scott, Miss Thomas.« Er senkte den Blick, und Catherine sackte das Herz in die Magengrube.

»Ist mit Preston alles in Ordnung? Es geht ihm doch gut, oder?« Die Angst schnürte ihr die Kehle zu.

»Ich muss Ihnen leider mitteilen, dass sein Flugzeug über der Timorsee abgeschossen wurde, Miss Thomas. Wir haben das ganze Gebiet nach ihm abgesucht, bisher ohne Erfolg.«

Catherine starrte den Geschwaderkommodore an, während ihr Verstand aufzunehmen versuchte, was sie gerade gehört hatte. »Sie werden weiter nach ihm suchen, nicht wahr?«, flüsterte sie.

»In den nächsten vierundzwanzig Stunden auf jeden Fall, aber die Strömung dort ist sehr stark, die Wrackteile könnten bereits meilenweit abgetrieben worden sein.«

»Soll das heißen … Sie geben ihn auf? Er könnte noch am Leben sein und auf Rettung warten!«

Der Kommodore blickte betreten drein. »Ich halte das für unwahrscheinlich, Miss Thomas.«

Catherines Herz setzte einen Schlag aus. »Wollen Sie damit sagen, dass er … tot ist?«

»Ich fürchte, wir müssen das in Betracht ziehen. Aber solange seine sterblichen Überreste nicht gefunden werden, gilt er als vermisst.«

»Seine sterblichen Überreste«, wiederholte Catherine schluchzend. Er sprach von ihrem *Verlobten*!

»Seine Familie ist bereits benachrichtigt worden.«

Sie lebte in New South Wales und hatte sich, wie Catherine wusste, sehr auf die Reise zu ihrer und Prestons Hochzeit gefreut.

Catherine wandte sich ab. »Nein!«, rief sie gequält. »Er kann nicht tot sein! Wir wollen doch in vier Wochen heiraten!«

»Es tut mir sehr leid«, sagte der Kommodore leise. Er ging zu Nancy, die an der Tür stehen geblieben war, und fragte: »Hat Miss Thomas Angehörige in Darwin?«

Nancy schüttelte den Kopf. »Nein. Ihre Eltern sind gestorben, als sie noch sehr jung war, und die Tante, bei der sie in England aufgewachsen ist, ist ebenfalls seit ein paar Jahren tot. Sie ist auf sich allein gestellt. Das war auch ein Grund, weshalb sie nach Australien gezogen ist und hier Arbeit gesucht hat.«

Der Kommodore nickte niedergeschlagen. »Sie wird Sie jetzt brauchen«, sagte er, dann verabschiedete er sich und ging.

Nancy trat an Catherines Bett. »Es tut mir schrecklich leid, Catherine«, sagte sie voller Mitgefühl.

»Ich kann nicht glauben, dass Preston tot ist! Nicht, solange es keinen Beweis dafür gibt«, stieß Catherine hervor. Ihre Augen füllten sich mit Tränen, und sie begann hemmungslos zu schluchzen. Heftige Weinkrämpfe schüttelten sie und verstärkten die Schmerzen in ihrem Unterleib. Nancy rief nach Dr. Macintyre, der seiner Patientin sogleich ein beruhigendes Mittel injizierte.

»Wie fühlen Sie sich?«, fragte Father O'Reilly, der seit Stunden an ihrem Bett saß in der Hoffnung, sie werde zu sich kommen, bevor er wieder zurück nach Melville Island musste. Ihn quälten Schuldgefühle, denn Schwester Thomas war nur verletzt worden, weil sie versucht hatte, ihn zu schützen.

Catherine war drei Tage lang ruhiggestellt worden und hatte fast die ganze Zeit geschlafen. In den kurzen Phasen des Wachseins hatte sie mit niemandem reden wollen. »Was machen Sie hier, Father O'Reilly?«, murmelte sie jetzt benommen.

»Ich wollte nach Ihnen sehen. Ich habe mir Sorgen um Sie gemacht. Wir alle haben uns Sorgen gemacht. Ich soll Sie ganz herzlich von den Ordensschwestern grüßen, und die Kinder vermissen Sie.«

»Geht es ihnen gut?«

»Ja, bestens. Und wie geht es Ihnen?« Er zögerte. »Die Sache mit Ihrem Verlobten tut mir sehr leid.«

Catherine wandte das Gesicht ab.

In diesem Moment kam Dr. Macintyre herein. Er trat an ihr Bett, streifte den Geistlichen mit einem kurzen Blick und sagte: »Sie werden morgen nach Alice Springs verlegt, Miss Thomas. Allerdings nicht wie die meisten verletzten Zivilisten und Militärs mit dem Lastwagen, sondern wegen der Schwere Ihrer Verletzungen mit einem Flugzeug des Flying Doctor Service.«

Catherine schwieg. Es war ihr egal, was mit ihr passierte. Ihr Leben war sinnlos, seit sie Preston verloren hatte.

Der Arzt wirkte mit einem Mal verlegen. Nach einem weiteren flüchtigen Blick auf den Geistlichen fuhr er fort: »Da ist noch etwas, das Sie wissen sollten. Für den Fall, dass Sie die Absicht haben, irgendwann einmal zu heiraten und eine Familie zu gründen … Aber vielleicht sollten wir das lieber unter vier Augen besprechen?«

Als Father O'Reilly aufstehen wollte, hielt Catherine ihn mit einer Handbewegung zurück, sie brauchte seinen Beistand jetzt dringender denn je. Sie war verwirrt und fühlte sich, als hätte sie ihren Körper verlassen und beobachtete, wie Dr. Macintyre mit einer völlig anderen Person sprach, ohne dass sie selbst anwesend war.

»Der Beckenbruch wird mit der Zeit verheilen«, sagte der Arzt, als sie ihn ansah. »Viel schlimmer sind die inneren Verletzungen im Bauchraum, verursacht durch den brutalen Schlag. Ich habe getan, was ich konnte, und die Spätfolgen lassen sich nur schwer abschätzen, aber ich fürchte, Sie müssen damit rechnen, dass Sie keine Kinder bekommen können.«

Catherine fühlte sich wie betäubt. Fassungslos starrte sie den Arzt an. »Ich kann keine Kinder bekommen?«, krächzte sie heiser.

»Es tut mir sehr leid, Miss Thomas, ich wünschte, ich hätte bessere Nachrichten für Sie. Die Hauptsache ist, dass Sie wieder gesund werden und hoffentlich ein langes, glückliches Leben haben werden.«

Catherine hätte ihn am liebsten angeschrien, aber dazu fehlte ihr die Kraft. Sie wandte sich ab und schloss die Augen. Ein Leben ohne Preston, ohne eigene Kinder, war für sie nicht lebenswert.

»Es tut mir sehr leid, Schwester Thomas«, sagte Father O'Reilly, nachdem der Arzt gegangen war. »Ich glaube fest an Wunder, geben Sie also die Hoffnung nicht auf, eines Tages doch noch Mutter zu werden.«

»Mir scheint, Gott hat andere Pläne mit mir, Father«, erwiderte Catherine, und ihr Herz brach.

Den Transport vom Krankenhaus zum Stadtrand nahm Catherine kaum wahr. Der Morgen dämmerte herauf und überzog den Himmel mit prächtigen Farben, als sie auf einem privaten, in Notfällen benutzten Rollfeld auf eine Trage geschnallt und an Bord der De Havilland Moth des Flying Doctor Service gebracht wurde.

»Guten Morgen, Miss Thomas. Ich bin Dr. Curtis von den Fliegenden Ärzten«, sagte eine warme, freundliche Stimme. Catherine blickte in ein Gesicht mit gütigen grünen Augen und einem vertrauenerweckenden Lächeln. »Ich werde mich auf dem Flug nach Alice Springs um Sie kümmern«, fügte der etwa vierzigjährige Arzt hinzu. »Falls Sie Schmerzen haben oder irgendetwas nicht in Ordnung ist, sagen Sie mir bitte Bescheid.«

Catherine nickte und verzog unwillkürlich das Gesicht, als der Motor angelassen wurde, weil er so laut war.

»Wir starten in ein paar Minuten. Unser Pilot heißt Crispin Walters«, fuhr Dr. Curtis fort. Sie waren am Tag zuvor bei Sonnenuntergang gelandet und hatten hier im Flugzeug geschlafen.

Der Flugplatz von Darwin war von den Japanern unter Beschuss genommen worden, aber private Landebahnen wie diese galten als ziemlich sicher.

»Ich habe noch nie etwas vom Flying Doctor Service gehört«, bekannte Catherine und schaute sich um. Depotschränke und Aufbewahrungsboxen füllten den beengten Raum aus. Dr. Curtis saß auf dem einzigen Sitz neben ihrer Tragbahre.

»Nun, die Organisation wurde 1928 in Cloncurry von Reverend John Flynn gegründet, um die medizinische Versorgung der Menschen im Outback sicherzustellen. Damals weigerten sich viele Frauen, dorthin zu ziehen, weil es im Outback keine Ärzte gab. Sie hatten Sorge, ihre Kinder zur Welt bringen zu müssen, ohne dass im Notfall Hilfe zur Stelle wäre. Das hat sich mittlerweile geändert«, erzählte Dr. Curtis, während das Flugzeug über die Piste rollte und schließlich abhob.

»Gibt es in der Organisation auch Krankenschwestern?«, fragte Catherine. Ihr Kopf fühlte sich an wie mit Watte gefüllt, als das starke Schmerzmittel, das er ihr verabreicht hatte, zu wirken begann.

»Noch nicht in Festanstellung, aber ich hoffe, dass sich das ändert. Es wäre wunderbar, eine Fliegende Krankenschwester an Bord zu haben. Eine, die nicht Patientin ist«, antwortete er lächelnd.

Catherine dämmerte weg. Sie schlief ein und wachte erst wieder auf, als sie in Alice Springs aus dem Flugzeug getragen und ins Krankenhaus gebracht wurde.

Kapitel 2

Alice Springs, Australien – Februar 1943

»Was sitzen Sie denn hier herum, während im Aufenthaltsraum Karten gespielt wird?« Die Hände in die Seiten gestemmt, stand Schwester Wilson im Türrahmen von Catherines Zimmer im Martindale Genesungsheim. Sarah Wilson hatte täglich ihre liebe Not, Catherine dazu zu bringen, an den angebotenen Aktivitäten teilzunehmen. »Den ganzen Tag allein in Ihrem Zimmer zu sitzen tut Ihnen nicht gut, Catherine. Das wissen Sie doch.«

»Mir ist nicht nach Kartenspielen«, murmelte Catherine vom Bett aus. Seit ihrer Ankunft in Alice Springs waren Monate vergangen. Körperlich hatte sie sich vollständig erholt, aber ihre Seele krankte noch immer. Die Trauer um Preston und das Gefühl, keine vollwertige Frau mehr zu sein, hatten sie in tiefe Depressionen gestürzt. Eine schwarze Wolke hüllte sie ein, aus der es kein Entkommen gab.

Sarah Wilson fand es jammerschade, dass jemand, der so viel zu geben hatte wie Catherine, sein Leben vergeudete. Die junge Frau interessierte sich für nichts mehr, nicht einmal für sich selbst. Ihre gesunde Bräune war verblasst, und sie lächelte so gut wie nie. Es war ihr egal, wie ihre Haare lagen, sie benutzte weder Lippenstift noch Rouge und trug nur unförmige, bequeme Kleidung. Für Sarah waren diese Nachlässigkeiten Ausdruck tiefer Traurigkeit.

»Das Krankenhaus in Alice Springs sucht verzweifelt Krankenschwestern«, sagte sie, während sie ins Zimmer trat und die Vorhänge zurückzog, um Licht hereinzulassen. »Ich überlege, ob ich mich bewerben soll.«

Catherine blinzelte wegen der hellen Sonne und nickte gleichgültig.

»Dort könnten Sie Ihre Fähigkeiten gut einsetzen«, fuhr Sarah fort. Allmählich verlor sie die Geduld. »Und es würde Ihnen guttun, wenn Sie wieder anfangen würden zu arbeiten.«

Statt einer Antwort drehte Catherine sich zur Wand.

»Wissen Sie was? Ich werde Ihren Namen auf die Liste der Bewerberinnen setzen.«

Catherine fuhr herum. »Das können Sie nicht machen!«, erwiderte sie so energisch wie schon lange nicht mehr.

Sarah wertete das als gutes Zeichen. »O doch, ich kann und ich werde es machen.« Sarah wusste, dass sie Catherines Namen nicht gegen deren Willen auf eine Bewerbungsliste schreiben durfte, aber sie konnte ihr zumindest damit drohen. »Es reicht, Catherine. Ihre Verletzungen sind vollständig verheilt, was also wollen Sie noch hier?«

»Soll das ein Rauswurf zu meinem eigenen Besten sein?«, gab Catherine bissig zurück.

»Nennen Sie es, wie Sie wollen. Sie müssen nach vorn schauen, Catherine. Sie können die Vergangenheit nicht ändern, und Sie können sich nicht ewig hier verkriechen und Trübsal blasen. Ihr Bett wird gebraucht. Fangen Sie wieder an zu arbeiten, und helfen Sie denen, die schlimmer dran sind als Sie.« Als Catherine nicht antwortete, stieß Sarah einen tiefen Seufzer aus. »Und wenn Sie ein bisschen mehr auf Ihr Äußeres achten würden, ginge es Ihnen auch besser.«

Catherine starrte sie ungläubig an, doch bevor ihr eine passende Entgegnung einfiel, eilte Sarah aus dem Zimmer und stapfte durch den Flur davon. Ihre Worte hallten in Catherine nach. Zweieinhalb Monate hatte sie in Alice Springs im Krankenhaus gelegen, bevor sie in dieses Genesungsheim verlegt worden war, und seitdem waren noch viel mehr Monate vergangen. Sie wusste nur zu gut, dass das Pflegepersonal im Krankenhaus vor Arbeit kein Bein mehr auf die Erde bekam. Und natürlich war es längst an der Zeit, dass sie ins Leben zurückfand und sich besser um sich selbst kümmerte.

Doch obwohl ihr das alles klar war, brachte sie es einfach nicht fertig zu handeln, und das hatte auch mit einem Erlebnis vor vier Wochen zu tun.

Ein Pilot, der bei einer Bruchlandung westlich von Darwin Verbrennungen am ganzen Körper und zudem zahlreiche Knochenbrüche an den Beinen erlitten hatte, war nach wochenlangem Krankenhausaufenthalt und etlichen Operationen in das Genesungsheim verlegt worden. Eines Tages, als er im Rollstuhl an Catherines Zimmer vorbeigeschoben wurde, hatte er einen Blick durch die offene Tür geworfen.

»Warten Sie. Ist das Catherine Thomas?«, fragte er die Krankenschwester. Er war sich nicht sicher, die Frau im Zimmer sah anders aus als in seiner Erinnerung, dünner, blasser, und ihre Haare waren länger.

»Ich weiß es nicht. Ich arbeite noch nicht lange hier.«

»Catherine?«, rief er.

»Ja«, antwortete Catherine zögernd. »Kennen wir uns?«

»Ich sehe zum Fürchten aus, ich weiß.« Vernarbte Brandwunden bedeckten sein Gesicht. »Simon Liptak. Ich war in Prestons Einheit.«

»Oh!« Catherine hatte Simon ein paarmal getroffen, als sie mit Preston ausgegangen war, und ihn als gut aussehenden Mann in Erinnerung. Sie war schockiert, ihn jetzt so zu sehen.

»Seit wann bist du hier?«, fragte er.

»Seit einer ganzen Weile«, antwortete sie, verlegen, weil sie keine sichtbaren Verletzungen hatte.

»Bist du bei einem Bombenangriff verletzt worden?«

»Nein.« Sie erzählte von der Attacke des Japaners.

Simon schüttelte angewidert den Kopf. »Die Japaner haben mich abgeschossen, und ich bin abgestürzt. Ich kann von Glück sagen, dass ich noch lebe.« Er schwieg einen Moment. »Der arme Preston hatte leider nicht so viel Glück.«

»Das weiß doch aber keiner genau, oder?«, erwiderte Catherine, die sich immer noch nicht eingestehen wollte, dass sie ihn vielleicht nie wiedersehen würde.

Simon atmete tief durch und sah sie betrübt an. »Man hat Wrackteile seiner Maschine gefunden, Catherine. Sie wurden etliche hundert Meilen entfernt ans Ufer geschwemmt«, sagte er leise.

»Das wusste ich nicht.« Catherines Herz raste jetzt so sehr, dass sie glaubte, ohnmächtig zu werden. »Aber dann hat er es doch vielleicht auch geschafft, sich ans Ufer zu retten.«

»Das Flugzeug ist beim Abschuss in tausend Stücke gesprengt worden, Catherine. Das kann er nicht überlebt haben. Unmöglich.«

Übelkeit stieg in ihr auf. Sie spürte, wie ihr die Tränen kamen, und wandte sich ab.

»Es tut mir leid«, murmelte Simon. Er gab der Schwester ein Zeichen, ihn weiterzuschieben.

Catherine weinte bitterlich. Simon Liptak hatte soeben den letzten Funken Hoffnung in ihr erstickt.

»Hallo, Miss Thomas«, sagte eine Männerstimme aus Richtung Zimmertür. Eine Woche war vergangen, seit Sarah Catherine gedroht hatte, ihren Namen auf die Liste der Bewerberinnen für das Krankenhaus in Alice Springs zu setzen. Catherine saß auf einem Stuhl und schaute gedankenverloren aus dem Fenster. Es war ein brütend heißer Nachmittag, die Trockenheit hatte fast die gesamte Vegetation dahingerafft, aber die MacDonnell Ranges waren immer ein wunderbarer Anblick, vor allem bei Sonnenaufgang und Sonnenuntergang. Sie hielt ein Buch in den Händen, war aber nicht weiter als bis zur ersten Seite gekommen, die sie zehnmal gelesen hatte, ohne auch nur ein einziges Wort aufzunehmen.

»Erinnern Sie sich an mich? Dr. Fitzpatrick. Sie waren vor vielen Monaten als Patientin bei mir im Krankenhaus von Alice Springs.«

»Ja, natürlich. Hallo, Dr. Fitzpatrick.« Der Arzt war immer freundlich, verständnisvoll und geduldig gewesen. »Was führt Sie hierher?«

»Nun, Sie haben mir damals erzählt, dass Sie Krankenschwester sind. Ich will ehrlich sein. Wir haben viel zu wenig Personal, und da dachte ich, ich frage Sie, ob Sie nicht Lust hätten, uns zu helfen.«

Catherine musterte ihn misstrauisch. »Da steckt doch bestimmt Sarah Wilson dahinter, hab ich recht?«

»Na ja, Sarah wird bei uns anfangen, und als ich ihr mein Leid geklagt habe, dass wir völlig unterbesetzt sind, hat sie mir diesen Tipp gegeben«, sagte der Arzt leicht verlegen. »Wir könnten Ihre Hilfe wirklich gebrauchen, Miss Thomas«, fügte er eindringlich hinzu.

Catherine schlug ihr Buch mit einem Knall zu. »Aber Sie wissen schon, dass mein Verlobter von den Japanern abgeschossen wurde?«, stieß sie voller Bitterkeit hervor. Und schon brach die schmerzhafte seelische Wunde wieder auf.

Dr. Fitzpatrick nickte. »Ja, das haben Sie mir damals erzählt. Und Sie dürfen mir glauben, dass Ihnen mein ganzes Mitgefühl gilt. Mir ist klar, dass die vielen verwundeten Soldaten, die bei uns eingeliefert werden, Sie ständig an Ihren Verlust erinnern würden, deshalb habe ich auch gezögert, herzukommen. Aber betrachten Sie es doch einmal so: Würde Ihr Verlobter eingeliefert werden, würden Sie sich doch sicher eine kompetente, fürsorgliche Krankenschwester für ihn wünschen, oder?«

Catherine schluckte. »Ja, das stimmt.«

»Ich mache Ihnen einen Vorschlag. Arbeiten Sie ein paar Tage zur Probe bei uns. Wenn Sie das Gefühl haben, dass Sie das nicht schaffen, sollten Sie das alles tatsächlich an den Nagel hängen. Aber ich vermute stark, dass Sie eine ausgezeichnete Krankenschwester sind und dieser Beruf einfach Ihre Berufung ist.«

Seine Worte brachten in Catherine eine Saite zum Klingen. Sie hatte Dr. Fitzpatrick nichts von der Diagnose erzählt, dass sie vermutlich nie Kinder und eine Familie haben würde. Weshalb sie vermutlich auch nie einen Mann finden würde – ihr Beruf als Krankenschwester war tatsächlich das Einzige, was ihr noch blieb im Leben.

»Sarah hat auch erzählt, dass Sie in einem Waisenhaus gearbeitet haben. Sie können bestimmt großartig mit Kindern umgehen. Wir haben viele kleine Patienten, Weiße und Aborigines. Diese Kinder leiden zu sehen, bricht mir das Herz. Sie brauchen besonders viel Zuwendung, und zwar am besten von einer Frau.«

»Sie ziehen wirklich alle Register, Dr. Fitzpatrick«, bemerkte Catherine schmunzelnd.

Der Arzt lächelte. »Das mag sein, aber ich habe ja auch recht. Und ich brauche jemanden wie Sie im Krankenhaus. Überlegen Sie es sich. Die Arbeit als Krankenschwester ist nicht leicht, das weiß ich, aber es ist eine dankbare Aufgabe und sinnvoller, als den ganzen Tag hier herumzusitzen, finden Sie nicht?«

»Ach, hier ist es doch gar nicht so schlecht«, sagte Catherine und ließ ihren Blick zum Fenster wandern. Und zum ersten Mal empfand sie ihre Untätigkeit als egoistisch.

»Ich habe mir einmal bei einem Motorradunfall beide Beine gebrochen und bin danach auch in ein Heim wie dieses geschickt worden. Nach einer Woche hätte ich mich am liebsten umgebracht!«, sagte er. »Wer sich normalerweise um andere kümmert, wird doch verrückt, wenn er beim Waschen und Anziehen auf fremde Hilfe angewiesen ist!«

Catherine unterdrückte ein Schmunzeln. Er hatte recht, für sie war das auch sehr schwer gewesen.

»Denken Sie über meinen Vorschlag nach, Miss Thomas. Wir brauchen Sie«, bat der Arzt eindringlich und wandte sich zum Gehen.

Und in diesem Moment traf Catherine eine Entscheidung, von der sie nur hoffen konnte, dass sie sie nicht bereuen würde. »Ich fange am Montag an. Dann schauen wir, wie ich zurechtkomme«, erklärte sie. Sie würde vorher ein paar Tage brauchen, um eine Wohnung zu finden und alles vorzubereiten.

Dr. Fitzpatrick strahlte. »Danke, Miss Thomas. Oder soll ich sagen *Schwester Thomas*?« Er schaute auf seine Uhr. »Meine Mittagspause ist gleich vorbei, ich muss zurück ins Krankenhaus. Dann bis Montag!«

Catherine fand eine kleine möblierte Mietwohnung unweit ihrer neuen Arbeitsstelle. Es hatte ihr im letzten Jahr großen Spaß gemacht, Kinder zu betreuen und zu behandeln, schon deshalb blickte sie der erneuten Arbeit im Krankenhaus mit einiger Nervosität entgegen. Hinzu kam, dass unter ihren Patienten auch verwundete Militärbedienstete sein würden. Ihr Magen zog sich beim bloßen Gedanken daran zusammen.

Schon eine halbe Stunde, nachdem sie ihre Schicht angetreten hatte, brach am Montagmorgen im Krankenhaus die Hölle los. Aus Darwin trafen zwei Lastwagen mit verletzten Zivilisten und Soldaten ein. Sie waren drei Tage und zwei Nächte unterwegs gewesen und, da im Norden Regenzeit herrschte, auf der nahezu unpassierbaren Straße fünfmal im Morast stecken geblieben. Dr. Fitzpatrick warf Catherine einen entschuldigenden Blick zu, für ein tröstendes Wort blieb keine Zeit. Die Patienten waren am Ende ihrer Kräfte. Die dringlichsten Fälle wurden zuerst behandelt, und die Krankenschwestern kümmerten sich um jene, die warten mussten. Catherine hatte keine Zeit nachzudenken, und das war gut, die Stunden verflogen geradezu.

Aus zufällig belauschten Unterhaltungen erfuhr sie, dass die Japaner immer noch den Norden Australiens bombardierten. Catherines Herz raste, wie immer, wenn sie davon hörte, und sie konnte die Gedanken kaum ertragen, aber sie konzentrierte sich darauf, ihre Patienten zu versorgen. Die meisten stammten aus Darwin und Umgebung, aber auch anderswo waren Bomben gefallen.

Am Ende ihrer Schicht, als sie sich Zimmer 6 näherte, drang schallendes Gelächter heraus. Die beiden schwer verletzten Männer darin bogen sich fast vor Lachen. »Was ist denn hier los?«, fragte sie verwundert.

»Gerade war ein Sergeant von einem Stützpunkt in Alice Springs hier. Er hat uns erzählt, dass diese verrückten Japaner North Queensland mithilfe von Wasserflugzeugen bombardiert haben«, keuchte Forrest Whitehall. Eines seiner Beine war eingegipst, und er trug einen Verband um den Kopf, quer über eine Gesichtshälfte.

»Und was ist daran so lustig?«, fragte Catherine erbost.

»Nun, in Townsville gibt es einen großen Militärstützpunkt, Schwester Thomas«, erklärte Jake Simpson, sein Bettnachbar. »Die Japaner haben ein halbes Dutzend Bomben abgeworfen, und alle haben ihr Ziel verfehlt! Sie haben den Stützpunkt nicht getroffen. Und die Stadt haben sie auch nicht getroffen.«

»Die Bomben sind im Meer gelandet«, ergänzte Forrest, der vor Lachen kaum Luft bekam.

»Außerdem wollten sie Mossman in die Luft jagen, aber die Bomben sind im Busch gelandet!«, japste Jake vor Lachen.

Die beiden anderen Patienten im Zimmer begannen ebenfalls zu lachen.

Dr. Fitzpatrick, der hinzugekommen war und alles mit angehört hatte, sagte: »Machen Sie sich nichts daraus, Catherine. So was hebt ihre Moral.«

»Ja, wahrscheinlich«, antwortete Catherine, die immer noch nicht verstand, was so komisch daran war.

»Und, kommen Sie morgen wieder her?«, wollte der Arzt wissen.

Catherine ließ den Tag Revue passieren, dachte daran, wie sie Wunden versorgt und sich die Geschichten der Soldaten angehört hatte. Leicht war es nicht gewesen, aber sie hatte das Gefühl, den Menschen geholfen und sich so um sie gekümmert zu haben, wie ihre Familien sich das wünschen würden. »Ja, ich komme wieder«, antwortete sie.

»Wunderbar. Es geht zum Glück nicht jeden Tag so verrückt zu wie heute. Sie waren uns eine große Hilfe.«

Catherine freute sich über sein Lob. »Dann bis morgen.«

Mehr als die Hälfte der Patienten im Krankenhaus waren Zivilisten, unter ihnen auch viele Kinder. Sich um sie zu kümmern, fiel Catherine leichter, als die Wunden der Soldaten zu versorgen. Sie versuchte zwar jeden Tag, dabei nicht an Preston zu denken, aber sowie sie nach Hause kam, fing sie an zu weinen. Und die Tränen verschafften ihr Erleichterung. Am nächsten Tag erschien sie dann wieder zur Arbeit, und ganz allmählich verheilten ihre Wunden.

Aus Wochen wurden Monate, und ein Monat reihte sich an den nächsten. Ehe Catherine es sich versah, war es Mai 1945, und in Europa endete der Zweite Weltkrieg. In den Straßen von Alice Springs jubelten die Menschen. Catherine freute sich für alle Kriegsheimkehrer, die bald wieder mit ihren Liebsten vereint sein würden, aber der Gedanke an Preston und all die jungen Männer, die so sinnlos gestorben waren, stimmte sie traurig.

Wenige Monate darauf kapitulierte Japan. Am 2. September unterzeichneten die Vertreter Japans an Bord der USS Missouri die entsprechenden Dokumente. Japan war besiegt. Catherine empfand einerseits Freude und Erleichterung, andererseits aber auch tiefe Trauer bei dem Gedanken daran, dass japanische Angriffe auf Australien ihr alles genommen hatten – einen wunderbaren Mann und die Chance, Mutter zu werden.

Dezember 1945

»Schwester Thomas, nicht wahr?«

Catherine, die gerade das medizinische Material in Zimmer 12 durchsah, drehte sich um. Der Mann mit den gütigen grünen Augen und dem freundlichen Lächeln kam ihr irgendwie bekannt vor.

Er wiederum erinnerte sich an die hübsche blonde Frau mit den lebhaften blauen Augen.

»Ja?«

»Erinnern Sie sich an mich? Vermutlich nicht. Bei unserer letzten Begegnung ging es Ihnen gar nicht gut.« Und trotzdem hatte sie sich für die Fliegenden Ärzte interessiert, das war ihm in Erinnerung geblieben.

»Das war an Bord des Flugzeugs von Darwin hierher, oder?«, fragte Catherine.

»Richtig. Ich bin Dr. Curtis. Erstaunlich, dass Sie das noch wissen, so benommen wie Sie von den starken Medikamenten waren. Aber es freut mich sehr, dass Sie wieder vollständig genesen sind.« Sie sah gesund, aber blass aus.

Catherine lächelte. »Hoffentlich habe ich nichts Unanständiges gesagt.« Viele ihrer Patienten faselten unter Medikamenteneinfluss Dinge, die sie bis zu den Haarwurzeln erröten ließ.

Dr. Curtis erwiderte ihr Lächeln. »Keine Sorge, Sie haben sich vorbildlich benommen. Wir haben über die Fliegenden Ärzte geredet, ich habe Ihnen etwas über die Organisation erzählt, vielleicht erinnern Sie sich. Wie auch immer, das ist der Grund, weshalb ich heute hier bin.«

»Sie haben mir erzählt, dass ein gewisser Reverend Flynn die Organisation gegründet hat, das weiß ich noch.«

Der Arzt nickte. »Ich habe Neuigkeiten, die Sie möglicherweise interessieren könnten.«

»Und die wären?«

»Der Stützpunkt des Flying Doctor Service in Broken Hill

sucht eine Krankenschwester. Und da habe ich sofort an Sie gedacht, Sie waren damals so interessiert. Hätten Sie nicht Lust, die erste festangestellte Fliegende Krankenschwester zu werden?«

»Ich?«, rief Catherine überrascht. »Ich weiß nicht …« Sie zögerte. »Wie haben Sie mich eigentlich gefunden?«

»Ich hatte gehofft, dass Sie noch in Alice Springs sind, und habe mich umgehört.« Jeder im Krankenhaus, den er gefragt hatte, hatte sie in den höchsten Tönen gelobt. »Also, wäre das nichts für Sie? Der Alltag als Fliegende Krankenschwester ist abwechslungsreich, und in und um Broken Hill leben sehr viele Aborigine-Kinder. Ich will ehrlich zu Ihnen sein: Sie werden auch einer Menge Herausforderungen begegnen, aber ich bin sicher, dass Sie sie bravourös meistern.«

Catherine überlegte. Die Arbeit im Krankenhaus machte ihr Spaß, aber seit Kriegsende ging die Zahl der Patienten zurück. Ein Tag glich dem anderen, und außerhalb des Krankenhauses hatte sie nur wenige Freundschaften geschlossen. Irgendwie war ihr Leben zum Stillstand gekommen.

»Sie haben mich neugierig gemacht, Dr. Curtis«, gab sie schließlich zu. »Aber es gibt doch sicher viele Bewerberinnen für die Stelle.«

»Das bezweifle ich ehrlich gesagt. Broken Hill ist eine Bergarbeitersiedlung und deshalb für die meisten Frauen nicht besonders attraktiv. Aber der Stützpunkt dort ist einer der größten der Fliegenden Ärzte in Australien. Die Arbeit ist abwechslungsreich, und Sie würden viel in New South Wales herumkommen. Wenn Sie sich bewerben, spreche ich gerne meine Empfehlung für Sie aus.«

»Vielen Dank. Ich werde einen Versuch wagen«, sagte Catherine, auch wenn sie sich keine großen Chancen ausrechnete. »Die Arbeit hier hat mir immer Spaß gemacht, aber ich glaube, es wird Zeit für eine Veränderung.« Es reizte sie, mit einem Arzt Einsätze zu fliegen.

Dr. Curtis lächelte erfreut und reichte ihr ein Bewerbungsformular.

Februar 1946

»Es ist sehr nett von Ihnen, dass Sie mich zum Bahnhof bringen«, sagte Catherine Wochen später zu Dr. Curtis. Ihr Zug, der Ghan, wie er nach den afghanischen Kameltreibenden genannt wurde, die den Pionieren bei der Erschließung Australiens geholfen hatten, fuhr um fünf Uhr abends ab und würde am folgenden Mittag im 953 Meilen entfernten Adelaide ankommen.

»Ich freue mich, dass Sie die Stelle bekommen haben«, entgegnete der Arzt.

»Das habe ich sicher nur Ihrer Empfehlung zu verdanken«, sagte Catherine. Das Warten auf den Bescheid der Organisation war eine Qual gewesen, und sie hatte schon befürchtet, sie sei abgelehnt worden. Als die gute Nachricht dann endlich eintraf, war Dr. Curtis der Erste gewesen, dem sie davon erzählt hatte. »Ich bin Ihnen dafür wirklich dankbar.«

»Ich bin überzeugt, dass die Fliegenden Ärzte eine gute Krankenschwester eingestellt haben.« Er lächelte. »Haben Sie Ihren Anschluss von Adelaide nach Broken Hill schon gebucht?«

»Es fährt meines Wissens ein Bus«, antwortete Catherine. »Ich werde mir erst einmal ein Hotel in Adelaide suchen und dann am nächsten Tag weiterfahren.«

»Das klingt nach einer abenteuerlichen Reise. Und das ist vermutlich erst der Anfang. Ich wünsche Ihnen viel Glück, Miss Thomas! Nicht, dass Sie es brauchen werden.«

»Danke, Dr. Curtis.« Sie stieg in den Zug und winkte zum Abschied.

Catherine machte es sich in ihrem Abteil bequem und betrachtete die vorüberziehende Landschaft, bis es zu dunkel wurde. Nachdem sie die MacDonnell Ranges hinter sich gelassen hatten, fuhren sie durch flaches, ebenes Land. Gelegentlich war ein Känguru oder ein Emu zu sehen, einmal in der Ferne auch Kamele. Catherine mied die anderen Passagiere, sie wollte weder von sich erzählen noch traurige Geschichten hören und aß in ihrem Abteil zu Abend. Einer der Gründe für die Entscheidung, sich zu bewerben, war, dass sie von den Farmern und den Menschen in der Bergarbeitersiedlung keine oder nur wenige Kriegsgeschichten hören würde. Zumindest hoffte sie das. Sie wollte das alles hinter sich lassen und ein neues Kapitel aufschlagen.

Kapitel 3

Adelaide, Australien – Februar 1946

In Adelaide angekommen, nahm sich Catherine ein Zimmer im Grosvenor Hotel an der North Terrace, nur wenige Schritte vom Bahnhof entfernt. Nachdem sie ihr Gepäck auf ihr Zimmer mit Blick auf das Parlamentsgebäude gebracht hatte, brach sie zu einem Spaziergang am Torrens auf, der durch die Stadt floss und bei West Beach ins Meer mündete. Die Sonne brannte vom Himmel, aber am Wasser wehte eine erfrischende Brise. Catherine freute sich über die Trauerschwäne und Enten auf dem Fluss, die sie an ihre Kindheit im englischen Derbyshire unweit des Flusses Wye erinnerten.

Sie dachte wie so oft an ihre Tante Meredith, bei der sie aufgewachsen war, nach dem Tod ihrer Eltern, die gemeinsam mit Catherines kleinem Bruder bei einem fürchterlichen Hausbrand in Shrewsbury ums Leben gekommen waren. Catherine hatte es einem heldenhaften Vierzehnjährigen zu verdanken, dass sie überlebt hatte: Er hatte eine Fensterscheibe eingeschlagen und sie gerade noch rechtzeitig aus ihrem Bett gerissen. Damals war sie erst drei Jahre alt gewesen. An ihre Eltern konnte sie sich nicht mehr erinnern, glücklicherweise aber auch nicht an das Feuer.

Meredith war die um zehn Jahre ältere Schwester ihrer Mutter, unverheiratet, eine sanfte Seele und leidenschaftliche Gärtnerin. An Zuwendung und Liebe hatte es Catherine nicht gefehlt, aber sie hatte sich immer benachteiligt gefühlt, weil sie ohne Eltern und Geschwister aufwachsen musste, und hatte sich deshalb vorgenommen, eines Tages selbst eine große Familie zu haben. Doch das Schicksal hatte ihr einen Strich durch die Rechnung gemacht.

Pärchen saßen im üppig grünen Gras entlang des Flusses und

aßen Eis, andere führten ihre Hunde aus. Catherine beobachtete, wie sie verliebte Blicke tauschten, Händchen hielten und sich gelegentlich verstohlen küssten, und wurde wieder an ihren schmerzlichen Verlust erinnert. Sie bog ab und schlenderte über die North Terrace an der Kunstgalerie, am Museum und dem Krankenhaus vorbei zum Botanischen Garten, wo sie sich auf eine Bank unter einem Großblättrigen Feigenbaum setzte und Leute beobachtete. Es schien, als sei der Krieg spurlos an Adelaide vorübergegangen, und so kam sie schließlich das erste Mal seit langer Zeit innerlich zur Ruhe.

Am nächsten Morgen machte sich Catherine in aller Frühe auf den Weg zur Bushaltestelle in der Franklin Street. Die Fahrt über größtenteils unbefestigte Straßen würde sieben bis acht Stunden dauern, sodass sie Broken Hill am späten Nachmittag erreichen würde. Catherine freute sich auf die Weiterreise, bei der sie einfach nur aus dem Fenster schauen und die Landschaft mit den vereinzelten kleinen Siedlungen betrachten wollte.

Doch daraus wurde nichts, weil eine Frau namens Gina Trimboli sich neben sie setzte und ohne Punkt und Komma und scheinbar auch ohne Luft zu holen auf sie einredete. Sie ließ Catherine keine Chance, etwas zu der Unterhaltung beizutragen, es sei denn, sie erwartete eine Antwort auf eine Frage.

Gina war vor dreiundfünfzig Jahren in Broken Hill geboren worden und hatte nie an einem anderen Ort gewohnt. Und so bombardierte sie Catherine mit Informationen über die Stadt und ihre Bewohner, darunter ihre eigene Familie und die weitverzweigte Verwandtschaft mit einer zum Teil abenteuerlichen Lebensgeschichte. Aber was interessierte es Catherine, dass Ginas Mann seine Unterhosen nur einmal die Woche oder gar nur alle zwei Wochen wechselte? Oder dass ihr jüngster Bruder als Kind Spinnen gegessen hatte? Oder dass einer ihrer Cousins wegen Voyeurismus verhaftet worden war? Oder dass eine ihrer älteren

Schwestern während der Wechseljahre in eine Anstalt eingeliefert worden war?

»Sie haben sich sicher über Broken Hill informiert und wissen, dass dort Silber, Blei und Zink abgebaut werden, oder?«

»Ja, das ist mir bekannt«, erwiderte Catherine und hoffte inständig, Gina werde ihr nicht die komplette Stadtgeschichte erzählen.

»Mein Großvater war Bergarbeiter, und nach ihm mein Vater, sobald er dafür alt genug war, außerdem sind oder waren alle meine Onkel und vier meiner Neffen ebenfalls in der Mine beschäftigt. Mum hat immer gesagt, sie fragt sich, woher mein schwer schuftender Dad die Energie genommen hat, sie zu schwängern. Und doch hat er es getan – zwölf Mal.«

Es war heiß und stickig in dem überfüllten Bus, die Sonne knallte durch die Scheiben, und Gina redete ununterbrochen. Catherine hätte schreien können vor Wut. Als der Bus endlich in Broken Hill ankam, hatte sie rasende Kopfschmerzen. Das einzig Brauchbare, was sie von Gina erfahren hatte, war, dass die Frau am Funkgerät des Stützpunktes der Fliegenden Ärzte Alberta Miller hieß.

Catherine klingelten die Ohren, als sie eilig aus dem Bus stieg. Ihr Blick fiel auf die riesige Abraumhalde, die das Landschaftsbild beherrschte. Gina schloss zu Catherine auf und machte sie mit ihrem Ehemann bekannt, der sie vom Bus abholte. Benedetto, kurz Bennie, war ein gedrungener Italiener mit Halbglatze, der von seiner Frau umgehend über die Gründe informiert wurde, die Catherine in die Bergarbeitersiedlung führten.

»Ich habe ihr das The Palace empfohlen, bis sie eine Wohnung gefunden hat«, fügte Gina hochtrabend hinzu.

»Warum nicht das Royal Exchange?«, meinte Bennie vorsichtig. »Die haben vernünftige Preise.«

Gina bedachte ihn mit einem vernichtenden Blick, und Bennie zog den Kopf ein. »Du weißt doch, dass Molly Brooks dort als Zimmermädchen arbeitet, und ihrem Äußeren nach zu urteilen hat sie es nicht unbedingt mit der Sauberkeit. Außerdem soll sie ein Verhältnis mit dem Nachtportier haben.«

»Das wusste ich nicht«, entschuldigte sich Bennie.

»Du musst ja auch nicht alles wissen«, blaffte Gina.

»Hast du Miss Thomas erzählt, dass das The Palace ursprünglich ein Kaffeehaus der Abstinenzbewegung war? Damals kannte man es auch unter dem Namen Broken Hill Coffee Palace.«

»Wozu?« Gina machte eine wegwerfende Geste mit der Hand und drehte sich dann zu Catherine. »Was wollte die Temperance Movement in einer Bergarbeiterstadt! Können Sie sich vorstellen, dass hart arbeitende Bergleute nach einer Zwölf-Stunden-Schicht Kaffee schlürfen?« Es war eine rhetorische Frage, aber Catherine zuckte vorsichtshalber mit den Schultern, um eventuelle langatmige Erklärungen abzublocken. Sie hatte das ungute Gefühl, dass Benedetto genauso viel quasselte wie seine Frau.

Ihre Befürchtungen bestätigten sich, denn schon sagte er eifrig: »Die Eigentümer waren innerhalb von drei Jahren pleite. Der Pächter tat dann das einzig Vernünftige: Er beantragte eine Schankgenehmigung und änderte den Namen in The Palace Hotel, und von da an ging's bergauf. Heute zählt es zu den beliebtesten Hotels in Broken Hill. Die Deckengemälde werden Ihnen gefallen. Die sind eine richtige Touristenattraktion geworden.«

Catherine hoffte inständig, dass »beliebt« nicht überfüllt und laut bedeutete; sie wollte nichts weiter als ein bisschen Ruhe und Frieden. »Vielen Dank für Ihre Hilfe, es hat mich sehr gefreut, Sie beide kennenzulernen, aber ich muss jetzt wirklich los.« Sie wandte sich ab und eilte davon, bevor die Trimbolis auf die Idee kamen, sie zum Hotel zu begleiten. »Alles Gute«, riefen sie ihr nach und ergänzten, dass man bei Gelegenheit doch etwas zusammen trinken könnte. Catherine winkte über die Schulter und lief weiter, ohne sich umzudrehen.

Die Hauptstraße war breit genug, dass ein Ochsengespann darauf wenden konnte, und gesäumt von reizenden kleinen Läden –

prächtigen, architektonisch bemerkenswerten Gebäuden, Hotels mit Balkonen, Cafés und Teehäusern. Die Menschen waren gut gekleidet und gingen ihren Geschäften nach wie in jeder anderen australischen Stadt. Einige Frauen, die einen Kinderwagen schoben und quengelnde Kinder dabeihatten, machten einen erschöpften Eindruck, doch die meisten Menschen, denen Catherine auf der Argent Street begegnete, wirkten zufrieden und wohlhabend. Bereits nach kurzer Zeit hatte sie das The Palace Hotel gefunden, bewunderte das wunderschöne Deckengemälde, das Botticellis *Venus* darstellte, und buchte ein Zimmer. Dann ging sie in die Ladys' Lounge und bestellte ein eiskaltes Bier.

Die junge Kellnerin sah sie erstaunt an. »Nebenan gibt es ein Teehaus, Miss.«

»Ich habe eine grauenvolle Busfahrt von Adelaide hierher hinter mir, neben einer Frau, die wie ein Wasserfall geredet hat. Glauben Sie mir, ich habe noch nie etwas so dringend gebraucht wie dieses große, eiskalte Bier!«

»Wohnt die Frau hier?«, fragte die Kellnerin, als hätte sie eine Vermutung, um wen es sich handeln könnte.

Catherine nickte. »Gina Trimboli. Kennen Sie sie?«

Die Kellnerin riss die Augen auf. »Jeder hier kennt sie und ihre Familie! Gina steckt ihre Nase ständig in die Angelegenheiten anderer Leute. Das ist ihr Hobby. Jetzt verstehe ich, warum Sie ein Bier brauchen. Ich bringe es Ihnen sofort.«

»Das ist nett, danke.«

Das kalte Getränk war eine Wohltat. Catherine genoss jeden Schluck. Als die Kellnerin fragte, ob sie ihr ein zweites bringen sollte, war sie versucht zu bejahen, verzichtete dann aber darauf und erkundigte sich stattdessen nach dem Weg zum Stützpunkt der Fliegenden Ärzte.

»Sie können den Bus nehmen, Miss«, sagte die Kellnerin und beschrieb ihr den Weg zur Haltestelle. »Von der Haltestelle bis zum Stützpunkt ist es dann zu Fuß ungefähr noch eine halbe Meile.«

»Gibt es noch eine andere Möglichkeit als den Bus?«

»Ich kann Ihnen mein Fahrrad leihen, wenn Sie möchten, aber es ist ein bisschen zu heiß zum Radfahren.«

»Wie weit ist es denn von hier bis zum Stützpunkt?«

»Ungefähr drei Meilen.«

»Dann nehme ich lieber den Bus«, sagte Catherine, der die Hitze jetzt schon zusetzte.

Es war schon Nachmittag, und sie hätte das Ganze am liebsten auf den nächsten Tag verschoben, aber sie wurde am Stützpunkt erwartet. Also überwand sie sich.

Erleichtert stellte sie fest, dass der Bus fast leer war. An der Haltestelle angekommen, zeigte ihr der nette Fahrer den Weg zum Stützpunkt. Sie war froh, dass sie einen Hut zum Schutz gegen die Sonne trug, dazu solide Schuhe und eine Sonnenbrille.

Das vordere Büro des Stützpunkts war leer, aber aus einem angrenzenden Zimmer hörte Catherine eine Frauenstimme. Sie wartete geduldig.

»Ich kann Dr. Harris rufen, wenn es dringend ist, Lola, aber einen Ausschlag unter den Brüsten würde ich nicht als lebensbedrohlich bezeichnen, oder? Das hört sich nach einem simplen Hitzeausschlag an. Wisch die Stelle mit einem feuchten Waschlappen ab, und lass sie dann an der Luft trocknen. Falls es juckt, kannst du ein bisschen Backpulver in Wasser geben. Wichtig ist, dass die Haut an der Luft trocknet. *Over.*«

»Du weißt doch, wie groß meine Brüste sind, Alberta. Die Haut darunter hat seit meiner Pubertät weder Tageslicht noch frische Luft gesehen. *Over.*«

Catherine musste unwillkürlich grinsen.

»Vielleicht hält Claude sie ja hoch, bis die Haut abgetrocknet ist. *Over.*«

Catherine konnte Alberta zwar nicht sehen, aber das Schmunzeln in ihrer Stimme war deutlich zu hören.

»Du weißt, was dann passieren würde, und dann hätte ich noch mehr Hitzeausschläge an anderen Stellen«, empörte sich Lola. »Nein, danke. *Over.*«

»Tja, dann wirst du sie wohl selbst hochhalten müssen«, meinte Alberta.

»Dafür bräuchte ich ein, zwei Hände mehr. Wie soll ich meinen Haushalt erledigen?«

Catherine biss sich auf die Zunge, um nicht laut herauszulachen.

»Ich fürchte, da kann ich dir auch nicht helfen. Meld dich, falls es schlimmer wird, Lola. Unsere Fliegende Krankenschwester kommt heute oder morgen, vielleicht kann sie ja einen Blick darauf werfen. *Over and out.*« Alberta brummte etwas vor sich hin, und Catherine beschloss, sich bemerkbar zu machen.

»Hallo!«, rief sie.

Alberta erschien in der offenen Tür. Sie schien mindestens in den Sechzigern zu sein. Ihre weißen Haare waren einmal blond gewesen, das war an einigen Stellen noch zu erkennen, und die blauen Augen hinter der Brille blickten intelligent. »Ich habe Sie gar nicht hereinkommen hören«, sagte sie verdutzt.

»Ich wollte nicht stören«, erwiderte Catherine lächelnd.

»Brüste, die so groß sind wie Wassermelonen bringen eben gewisse Probleme mit sich.« Alberta verdrehte die Augen. »Da kann ich nicht mitreden, aber ich stelle es mir ziemlich unbequem vor. Was kann ich für Sie tun?«

»Ich bin Catherine Thomas. Ich werde hier erwartet, denke ich.«

Alberta stutzte kurz. »Ah, die neue Fliegende Krankenschwester! Oder besser gesagt, die allererste Fliegende Krankenschwester, die in der Organisation fest angestellt ist. Willkommen! Ich bin Alberta Miller. Nennen Sie mich gerne Berta, wir werden eng zusammenarbeiten. Ich bin die Funkerin hier im Stützpunkt, das haben Sie ja gerade mitbekommen.« Sie gab Catherine die Hand, während sie sie ganz ungeniert von Kopf bis Fuß musterte.

»Eigentlich habe ich etwas anderes erwartet«, sagte sie schließlich.

»So?« Catherine wusste nicht, was sie von der Bemerkung halten sollte.

»Ja, ehrlich gesagt dachte ich, es kommt ein unscheinbares Mädchen und nicht so ein wohlproportioniertes hübsches Ding.«

Catherine traute ihren Ohren nicht. »Ich bin gut in meinem Job«, stammelte sie.

»Das glaube ich Ihnen gern. Sie müssen entschuldigen, manchmal rede ich, ohne nachzudenken. Es ist nur so, dass Broken Hill eine Bergarbeiterstadt ohne jegliche Reize ist, dazu ist es hier fast das ganze Jahr über heiß und staubig. Kein besonders attraktives Ziel für eine gut aussehende junge Frau wie Sie. Wieso sind Sie nicht verheiratet und haben eine große Kinderschar?«

Catherine zuckte zusammen.

Berta entging das nicht. »Ach herrje, jetzt habe ich schon wieder etwas Unpassendes gesagt. Sie sind doch hoffentlich nicht verwitwet, so wie ich, oder?«

Catherine schüttelte den Kopf. Ihr kam der Gedanke, dass sie das jetzt wäre, hätte sie Preston früher geheiratet. »Nein.« Sie wusste von Gina, dass Albertas Mann tragisch bei einem Grubenunglück ums Leben gekommen war. Gina hatte auch Bertas direkte Art erwähnt und das Ansehen, das sie überall genoss.

»Ich bin einfach zu neugierig«, meinte Berta zerknirscht.

»Schon gut. Ich finde meine Erfüllung in der Krankenpflege«, entgegnete Catherine und hoffte, Berta werde nicht weiter in sie dringen.

»Das ist schön und gut, aber es gibt noch mehr im Leben als den Beruf.«

»Nicht für mich«, entgegnete Catherine heftig.

Berta vermutete, dass mehr hinter diesen Worten steckte, aber sie beschloss, nicht weiter darauf einzugehen, sondern fragte stattdessen: »Wo haben Sie denn bisher gearbeitet?«

Catherine erzählte es ihr. »Ich freue mich auf die neue Stelle«, schloss sie.

»Und wie sind Sie hierhergekommen?«, fragte Berta mit einem Blick aus dem Fenster.

»Mit dem Bus. Ich wohne im Palace Hotel.«

»Nun, den Bus werden Sie in Zukunft nicht mehr nehmen müssen, Schwester Thomas.«

»Nein?« Catherine sah sie verdutzt an.

»Können Sie Auto fahren?«

Catherine nickte. »Ja.« Preston hatte es ihr beigebracht, damit sie ihren Führerschein machen konnte. »Aber ich kann mir kein eigenes Auto leisten.«

»Ist auch nicht nötig, Sie kriegen eins gestellt. Und ein möbliertes Häuschen steht ebenfalls zu Ihrer Verfügung. Dafür müssen Sie allerdings eine kleine Miete zahlen.«

Catherine konnte ihr Glück kaum fassen. »Ich bin so froh, dass ich nicht erst irgendwo eine Wohnung suchen muss! Und das mit der Miete versteht sich von selbst. und ich hatte keine Ahnung, dass ich ein Auto bekommen würde«, rief sie.

»Es geht doch nicht an, dass unsere Fliegende Krankenschwester mit dem Bus fährt und im Hotel wohnt«, meinte Berta lächelnd. »Ihre Bereitschaft, hier zu arbeiten, sollte belohnt werden, finden Sie nicht, Schwester Thomas?«

Catherine strahlte. »Bitte, nennen Sie mich Catherine, Berta. Ich bin sicher, dass mir die Arbeit Spaß machen wird.«

»Das wird sich zeigen. Das Auto brauchen Sie auf jeden Fall, um die Krankenhäuser in Broken Hill und Umgebung zu erreichen.«

»Verstehe. Wie viele Ärzte tun denn hier Dienst?«

»Wir hatten drei, aber zwei sind in die Stadt gezogen, sodass im Moment nur Dr. Harris da ist, und er geht in Teilruhestand. Morgen oder übermorgen soll ein neuer Arzt kommen. Er wird es nicht leicht haben als Nachfolger von Bill Harris. Der ist so ein reizender Mensch, seine Patienten lieben ihn, und ich ehrlich gesagt auch. Er ist ein richtiger Schatz. Sobald der neue Arzt da ist, will Bill nur noch ein bis zwei Tage die Woche arbeiten und bei Bedarf aushelfen. Der Neue kommt anscheinend aus Singapur, soll aber Australier sein. Glaube ich wenigstens. Wir wissen nicht allzu viel über ihn.«

Catherine nickte. »Wie viele Flugzeuge und Piloten hat der Stützpunkt?«

»Es gibt zwei Flugzeuge und zwei Piloten, von denen einer aber oft fehlt, deshalb fliegt Robbie Richmond die meisten Einsätze. Wird eins der Flugzeuge gewartet, nimmt er das andere. Sie werden nicht nur den Arzt zu Krankenbesuchen begleiten, sondern auch Sprechstunden in einer Klinik in der Stadt und in einigen Aborigine-Clans abhalten. Sie haben hoffentlich kein Problem mit den Aborigines?«

»Absolut nicht«, versicherte Catherine.

»Der Flugplatz ist gleich dort drüben.« Berta öffnete die Tür und zeigte Richtung Osten. »Ich muss am Funkgerät bleiben, aber Robbie dürfte da sein. Wenn Sie sich also das Flugzeug ansehen und sich vorstellen wollen …«

»Ja, gern«, stimmte Catherine sofort zu.

»Sie können sich nachher die Autoschlüssel bei mir abholen, und die Adresse Ihres Hauses gebe ich Ihnen dann auch.«

»Wunderbar, vielen Dank.«

Catherine marschierte los und erreichte den Hangar nach wenigen Minuten. Ein Flugzeug stand darin, ein weiteres davor, aber der Pilot war nirgends zu sehen. Der Anblick der Flugzeuge weckte plötzlich Erinnerungen in ihr – an Preston, an die Bombardierung Darwins, an den japanischen Kampfflieger, der sie angegriffen hatte. Schaudernd dachte sie daran, dass sie ja viele Stunden an Bord verbringen würde, und zum ersten Mal kamen ihr Zweifel an ihrer Entscheidung.

Sie atmete ein paarmal tief durch, ging langsam um das Flugzeug herum und bemühte sich, an das Gute zu denken, das ihre Arbeit mit sich brachte, an die Menschen, die weitab von Krankenhäusern und Arztpraxen wohnten und denen sie helfen konnte.

Plötzlich ertönte ein anerkennender Pfiff. Catherine fuhr zusammen und rief ärgerlich: »Wer ist da?«

Ein großer Mann schob sich unter dem Flugzeugrumpf hervor. Der Mann hatte schöne Haut, schwarze Haare und dunkle Augen. Er erinnerte Catherine sofort an Preston, ohne dass sie genau sagen konnte, warum.

»Suchen Sie jemanden?«, fragte er, während er seine öligen Hände an einem Lappen abwischte. Er musterte sie von Kopf bis Fuß.

Catherine straffte sich. »Ja, den Piloten«, antwortete sie kurz angebunden. »Ist er da?«

»Er steht vor Ihnen. Robbie Richmond, zu Ihren Diensten!« Er schlug die Hacken zusammen.

»Oh!« Catherine war überrascht. »Ich habe nicht damit gerechnet, dass der Pilot Arbeiten am Flugzeug durchführt.«

»Ein guter Pilot kümmert sich um seine Maschine. Aber wir haben natürlich auch Mechaniker.«

»Natürlich. Ich bin Catherine Thomas. Die neue Fliegende Krankenschwester.«

Robbies Lächeln wurde breiter. »Na, wenn das keine gute Nachricht ist!«

»Sie meinen hoffentlich für die Organisation, weil sie Verstärkung bekommt«, erwiderte Catherine säuerlich. Sie hielt nichts von Flirts zwischen Arbeitskollegen.

»Ja, klar, was haben Sie denn gedacht?« Er grinste frech.

Catherines Herz schlug schneller. Robbies Worte und seine Art erinnerten sie an Preston. Energisch schob sie den Gedanken von sich. Robbie sah gut aus, und das wusste er auch. Sie spitzte die Lippen und sagte: »Ich wollte mich nur kurz vorstellen. Ich fange morgen an.«

»Ich werde Sie fliegen, wohin Sie wollen, Schwester Thomas«, beteuerte Robbie mit gespielter Ernsthaftigkeit und einem schelmischen Funkeln in den Augen. Noch etwas, das die Erinnerung an Preston wachrief.

Catherine nickte, aber ihr war klar, dass Robbie ein Mann war, dem sie Grenzen setzen musste. »Dann bis morgen.«

»Möchten Sie nicht einen Blick in das Flugzeug werfen? Sie werden viel Zeit da drin verbringen.«

»Doch, ja, natürlich.« Sie folgte ihm zu den Stufen und spähte ins Flugzeuginnere, als er die Tür geöffnet hatte. Hinter dem Cockpit gab es Platz für eine Krankentrage, drei Sitze und eine Menge Aufbewahrungsboxen.

»Das ist eine De Havilland DH.90 Dragonfly aus den Dreißigerjahren«, erklärte Robbie stolz. »Ursprünglich wurde sie als Reiseflugzeug für wohlhabende Privatleute gebaut. Es ist eine wunderbare Maschine. Die Royal Air Force und die Commonwealth Air Forces haben im Krieg den Bau von dreiundzwanzig dieser Flugzeuge in Auftrag gegeben. Von den dreizehn, die im letzten Kriegsjahr noch im Einsatz waren, haben nur sechs überlebt.«

Flugzeuge, die abgeschossen wurden … Catherine wurde schwindelig, und sie fürchtete sogar, das Bewusstsein zu verlieren. Sie ließ sich auf eine der Stufen sinken und atmete tief durch.

»Alles in Ordnung?«, erkundigte sich Robbie stirnrunzelnd. Er hatte nicht damit gerechnet, dass die neue Fliegende Krankenschwester einen Arzt brauchen würde.

»Ja, ja, es geht gleich wieder«, murmelte Catherine und holte ein weiteres Mal tief Luft.

»Habe ich was Falsches gesagt? Oder ist es die Hitze? An die muss man sich erst gewöhnen.«

»Die Hitze macht mir nichts aus. Ich bin in Darwin zur Krankenschwester ausgebildet worden und habe auch dort gearbeitet. Ich habe mich während der japanischen Luftangriffe in der Stadt aufgehalten. Was Sie gesagt haben, hat … Erinnerungen wachgerufen. Ich wäre Ihnen dankbar, wenn Sie den Krieg nicht mehr erwähnen würden.«

»Oh. Ja, sicher. Ich werde es mir merken. Aber glauben Sie wirklich, dass Fliegen unter diesen Umständen das Richtige für Sie ist, Schwester Thomas?«

»Ich schaffe das schon«, versicherte Catherine und stand auf. »Ich werde mich auf meine Patienten konzentrieren. Und bitte, nennen Sie mich Catherine. Also dann bis morgen.« Sie wandte sich um und ging davon.

Robbie sah ihr nach. Er wusste nicht so recht, was er von der neuen Krankenschwester halten sollte. Sie war überaus attraktiv, und er hatte gehofft, dass die Arbeit mit ihr Spaß machen würde, aber er hatte seine Zweifel, ob sie für dieses Leben im Outback geeignet war.

Kapitel 4

Broken Hill, Australien – Februar 1946

»Das ist ein Chevrolet Coupé«, sagte Berta, als sie mit Catherine neben dem Auto stand, dessen Karosserie grün und das Dach schwarz lackiert war. »Erst vier Jahre alt!«, fügte sie hinzu, und drückte ihr die Schlüssel in die Hand.

»Es ist wunderschön!« Catherine öffnete die Tür und warf einen Blick ins Innere. Da es im Schatten hinter dem Bürogebäude geparkt war, war es drinnen nicht allzu heiß. »Ich kann gar nicht glauben, dass ich damit herumfahren darf!«

»Der Tank ist voll, Robbie hat ihn vor ein paar Tagen gefüllt. Und hier ist die Adresse Ihres neuen Heims.« Berta gab ihr einen Zettel. »Rose Cottage ist ein ehemaliges Bergarbeiterhäuschen und ganz entzückend. Einer unserer Ärzte hat mit seiner Frau dort gewohnt und sich sehr wohlgefühlt. Und von der Clarke Street hierher sind es mit dem Auto höchstens fünf Minuten.« Sie erklärte Catherine den Weg und fuhr fort: »Bettwäsche finden Sie im Schrank, Küchenutensilien sind ebenfalls vorhanden. Was Sie zum Essen brauchen, kriegen Sie in dem Laden an der Ecke, und direkt gegenüber ist eine Fleischerei. Sagen Sie mir Bescheid, falls Sie sonst noch etwas benötigen.«

»Vielen Dank, Berta. Ich werde heute im Palace Hotel übernachten und dort auch zu Abend essen. Es reicht, wenn ich morgen einkaufen gehe.«

»Passen Sie auf sich auf, Catherine. Bergarbeiter trinken gern einen über den Durst. In der Argent Street kommt es deshalb oft zu Prügeleien.«

»Das kenne ich«, entgegnete Catherine. »Vom Northern Territory, da haben die Männer auch tüchtig gebechert.«

Das Cottage in der breiten, von ähnlichen Häusern gesäumten Straße fand sie gleich. Sie blieb einen Moment im Auto sitzen und betrachtete es. Es war wirklich entzückend, aus Holz erbaut, hatte einen cremefarbenen Anstrich, ein graues Blechdach und einen von einem Lattenzaun eingefassten Garten. Catherine verliebte sich sofort in ihr neues Zuhause, zumal sie damit gerechnet hatte, vorübergehend in einem Hotel wohnen zu müssen, bis sich etwas Passendes fand. Schließlich stieg sie aus und ging die wenigen Schritte zu der schmalen Veranda hinauf, deren Holzdielen unter ihren Füßen knarrten. Eine Katze lag im Schatten und schlief. Neben der Haustür hing ein Schild mit der Aufschrift *Rose Cottage 1855*.

Die Rosen in dem winzigen Garten mussten einmal wunderschön gewesen sein, jetzt aber waren sie völlig verkümmert. Catherine hoffte, dass ein kräftiger Rückschnitt und ausreichend Wasser sie wieder zum Blühen bringen würden.

Ihr war schon aufgefallen, dass es in Broken Hill im Gegensatz zum Norden Australiens so gut wie kein Grün gab. Niemand hatte einen Rasen oder Sträucher, geschweige denn Blumen im Garten. Nur in einem Park hatte sie eine Grünfläche und hohe Laubbäume gesehen. Der Kontrast zu Darwin und Melville Island hätte nicht größer sein können. Plötzlich packte sie die Sehnsucht nach dem tropischen Klima und der Nähe des Ozeans, wo an den meisten Nachmittagen eine erfrischende Brise vom Wasser her wehte. Sie hätte es nie für möglich gehalten, aber sie vermisste in diesem Moment sogar die Regenzeit mit der hohen Luftfeuchtigkeit und den monsunartigen Regenfällen. Traurigkeit überkam sie, wenn sie an die Kinder im Waisenhaus dachte. Doch sie konnte nicht wieder zurück.

Sie bückte sich, um die rot-weiße Katze zu streicheln. Es war ein Kater, wie sie jetzt bemerkte, alt und mit einem lieben Gesicht. »Gehörst du zum Haus?«, fragte sie lächelnd und bekam ein Schnurren zur Antwort.

Catherine schloss die Haustür auf. Drinnen war es kühler, weil die Vorhänge zugezogen waren. Sie stand in einem gemütlich eingerichteten Wohnzimmer: ein offener Kamin, zwei bequeme Sessel, ein Couchtisch mit einem Aschenbecher darauf. Sie ging weiter, entdeckte zwei Schlaf- und ein Badezimmer und dazu einen Abort hinter dem Haus. Die Küche war eine echte Überraschung. In kräftigem Gelb und Hellblau gestrichen, war sie sehr auffallend, hatte aber etwas unbestreitbar Heiteres. Lächelnd betrachtete sie die mit gelben und blauen Papageien verzierte Wanduhr. Es war alles da, was sie brauchte: ein Herd, Schränke, ein Tisch und vier Stühle, Töpfe und Pfannen, Besteck und Tafelgeschirr. Catherine wusste, dass sie sich sehr wohlfühlen würde in Rose Cottage.

»Guten Morgen«, grüßte ein älterer Herr, als Catherine am nächsten Morgen das Büro des Stützpunkts betrat.

Sie erwiderte seinen Gruß und fragte sich, wer dieser sehr salopp gekleidete Mann im Ruhestandsalter sein mochte. Etwa Dr. Harris?

Berta kam aus dem Funkraum. »Mir war doch, als hätte ich Ihre Stimme gehört. Guten Morgen, Catherine. Bill, das ist Catherine Thomas, unsere Fliegende Krankenschwester. Catherine, das ist Dr. Harris.«

»Oh!« Catherine gab dem Arzt die Hand.

»Willkommen, Schwester Thomas. Sie scheinen überrascht, dass ich der Arzt bin«, bemerkte er.

»Das stimmt«, gab sie offen zu.

»Zu alt?« Seine blauen Augen funkelten schelmisch.

»Nun ja, Berta hat erwähnt, dass Sie sich in den Ruhestand zurückziehen möchten, aber ich bin den Anblick von Ärzten in weißen Kitteln gewöhnt.«

Bill Harris lächelte. »Fliegende Ärzte tragen keine weißen Kittel, die wären im staubigen Outback einfach unpraktisch, das werden Sie bald selbst feststellen. Sie werden eine Schwesterntracht tragen müssen, aber achten Sie unbedingt auf bequemes Schuhwerk.« Er warf einen Blick auf ihre Schuhe. »Der Rat war überflüssig, wie ich sehe«, fügte er lächelnd hinzu. »Freut mich sehr, Sie kennenzulernen, Schwester Thomas. Ich hoffe, Sie fühlen sich wohl bei uns.«

Sein gütiges Gesicht und sein herzliches Lächeln nahmen ihr jede Befangenheit. »Sagen Sie bitte Catherine zu mir. Ich bin sicher, dass mir die Arbeit Freude machen wird, Dr. Harris.«

»Bill, bitte. Wir legen hier keinen großen Wert auf Förmlichkeit.«

»Okay, danke.«

»Eine Frau wie Sie, eine gute Krankenschwester, ist genau das, was wir hier brauchen.«

»Ich freue mich auf die Aufgabe«, erwiderte Catherine.

»Schön. Ihre erste Aufgabe erwartet Sie in einer Frauenklinik in der Stadt. Sind Sie bereit?«

Catherine nickte. »Kommen Sie mit?«

»Ja, fahren Sie einfach hinter mir her. Falls ich dort nicht gebraucht werde, fahre ich weiter, und Sie kümmern sich um die Patientinnen.«

»Können Sie mir etwas über die Klinik erzählen?«, fragte Catherine, als sie das Gebäude verließen. Sie hatte keine Ahnung, was genau von ihr erwartet wurde.

»Nun, die Frauen suchen dort Rat bei typischen Frauenleiden. Die einen haben Probleme beim Stillen oder Menstruationsbeschwerden, andere leiden unter Hitzeausschlägen oder Scheideninfektionen, wieder andere haben Fragen zu ihrer Schwangerschaft. Viele Frauen sprechen über solche Dinge lieber mit einer Frau.« Er lächelte. »Und da wissen Sie sicher Rat, schließlich sind Sie selbst eine Frau.«

»Ja, natürlich, ich habe auch schon Frauen als Patientinnen behandelt. Aber ich kenne nicht alles. Ich war zum Beispiel noch nie schwanger.«

»Ich auch nicht«, schmunzelte der Arzt. »Aber Sie haben immerhin die gleiche Anatomie wie die Frauen, die in die Klinik kommen.«

Catherine lächelte.

»Machen Sie sich keine Sorgen, Sie schaffen das schon. Und wenn Sie irgendwo nicht weiterwissen, kann ich mich bei meiner Rückkehr darum kümmern. Ich habe diese Klinik jahrelang geleitet, ich weiß, dass viele Frauen nicht hingehen, weil es ihnen peinlich ist, über gewisse Dinge mit einem Mann zu reden. Wenn sich erst einmal herumgesprochen hat, dass Sie da sind, wird es einen regelrechten Ansturm von Patientinnen geben, glauben Sie mir.«

»Und was mache ich in wirklich dringenden Fällen?«, fragte Catherine. »Die Frauen ins Krankenhaus schicken?«

»Wenn es sich um etwas Ernstes handelt, ja. Andernfalls schicken Sie sie zu mir oder besser noch zu dem neuen Arzt, der morgen hier anfangen soll. Nach über fünfzig Jahren freue ich mich wirklich auf ein bisschen mehr Freizeit, damit ich mich endlich meinen Hobbys widmen kann, sofern meine Frau nichts dagegen hat.«

»Was für Hobbys sind das denn?«

»Ich male gern, aber Gwen wäre es lieber, wenn ich das Haus streiche, innen und außen! Sie hat eine lange Liste von Dingen angefertigt, die erledigt werden sollen.«

»Das Streichen kann doch dein Sohn übernehmen«, warf Berta ein, die in der Tür stehengeblieben war. »Mir gefällt der Gedanke nicht, dass du in der prallen Sonne auf einer Leiter stehst und Hauswände streichst.«

»Bill Junior hat keinerlei handwerkliches Geschick, Berta. Er ist ein Ass in Naturwissenschaften und Mathematik, aber er kann einen Pinsel nicht von einer Zahnbürste unterscheiden. Ich bezweifle, dass er jemals einen Hammer in der Hand gehabt und einen Nagel eingeschlagen hat. Wenn es im Haus was zu reparieren gibt, macht das seine Frau.«

Berta murmelte etwas vor sich hin und ging kopfschüttelnd zurück ins Gebäude.

In der Sulphide Street schloss Bill Harris die Tür auf und zeigte Catherine die Klinik. Sie bestand aus einem einzigen Raum und verfügte über abschließbare Schränke für Medikamente und medizinisches Material, einen Schreibtisch und einen Stuhl sowie weitere Sitzgelegenheiten für Frauen, die warten mussten. Mittels eines Paravents konnte die Ecke mit der Untersuchungsliege vom Rest des Zimmers abgeschirmt werden.

»Diese Klinik ist einmal in der Woche von neun Uhr morgens bis zwölf Uhr mittags geöffnet. Falls Sie in der Zeit zu einem Notfall gerufen werden, bleibt sie geschlossen.«

»Und das funktioniert?«, wunderte sich Catherine.

»Wir arbeiten ehrenamtlich«, erklärte der Arzt. »Wir müssen keine Miete für die Räumlichkeiten bezahlen, und die Leute können sich kostenlos behandeln lassen. Vieles von dem Material, das wir brauchen, wird uns gespendet. Das funktioniert recht gut. So, jetzt muss ich weiter, auf mich wartet ein schwer kranker Patient. Ich komme später wieder her. Wie gesagt, einen wirklich ernsten Fall können Sie ins Krankenhaus überweisen. Wenn Sie sich nicht ganz sicher sind, soll die Betroffene warten, bis ich zurück bin. Sie kriegen das hin, da bin ich mir sicher.«

Offenbar hatte er ihre Zweifel bemerkt, denn Bill fügte ruhig hinzu: »Es gibt keinen Grund, nervös zu sein. Ich habe das Gefühl, die Frauen hier werden Sie mögen.«

Catherine lächelte zaghaft. »Meinen Sie?«

»Aber ja! Wir sehen uns später.«

Catherine schaute ihm mit gemischten Gefühlen nach, als er zu seinem Auto ging und wegfuhr. Sie hatte noch nie eine Krankenstation geleitet, geschweige denn eine Klinik, und nicht genau zu wissen, was auf sie zukam, beunruhigte sie. Die Kinder des Waisenhauses waren, abgesehen von gelegentlichem Fieber und beim Spielen entstandenen Schrammen, größtenteils gesund gewesen. Und im Krankenhaus von Darwin und Alice Springs hatte sie die Anweisungen der Ärzte entgegengenommen und keine Diagnosen gestellt.

Sie machte sich gerade mit dem Inhalt der Schränke vertraut, als sie aus dem Augenwinkel eine Frau in der offenen Tür bemerkte. Bis sie die Schranktür geschlossen und sich umgedreht hatte, war die Frau verschwunden.

Na großartig, die Leute haben Angst vor mir, dachte Catherine und nahm hinter dem Schreibtisch Platz. Kurz darauf tauchte wieder ein Gesicht auf. Es war eine sehr junge Aborigine mit einem wenige Wochen alten Säugling im Arm. Ein zweites Kind, etwa knapp über ein Jahr alt, klammerte sich an ihren Rock.

»Komm doch rein«, rief Catherine.

Als das Mädchen zögerte, fügte sie aufmunternd hinzu: »Komm nur, es ist alles in Ordnung.«

Nach einem nervösen Blick die Straße hinunter trat das Mädchen ein. Catherine bemerkte sofort die aufgeplatzte, blutende Lippe und die Schwellung über dem Backenknochen. So etwas hatte sie schon oft gesehen, aber diese Patientin war noch so jung und hatte außerdem Kinder in ihrer Obhut. Es brach ihr fast das Herz.

»Ich bin Schwester Thomas«, sagte sie sanft. »Und wie heißt du?« Sie lächelte dem Mädchen zu.

»Alira.« Sie ließ den Kopf hängen. »Ich geh besser …«, murmelte sie mit einem kurzen Blick Richtung Tür.

»Nein, bitte bleib. Du bist verletzt. Lass mich mal sehen.« Catherine zog sie zu einem Stuhl, drückte sie behutsam darauf und zog einen zweiten für den kleinen Jungen heran, der den Rockzipfel des Mädchens aber nicht loslassen wollte und Catherine aus großen Augen beobachtete, während sie ein Antiseptikum und einen Wattebausch aus einem der Schränke nahm.

»Gehören die Kinder zu dir?«

Alira nickte.

»Dein Bruder und deine Schwester?«

»Nein. Das sind meine Kinder«, antwortete das Mädchen.

Catherine starrte sie an. Das Mädchen konnte doch nicht älter als zwölf sein! Und dieses schmächtige Ding hatte zwei Kinder geboren? Alira zuckte zurück, als Catherine ihr die Lippe mit dem Antiseptikum betupfte. »Entschuldige, das brennt, ich weiß, aber es muss sein, damit sich die Wunde nicht entzündet.« Dann untersuchte sie die Schwellung über dem Backenknochen. Hoffentlich war das Jochbein nicht gebrochen. »Wie alt bist du, Alira?«, fragte sie sanft.

»Fast fünfzehn.«

»Du bist eine sehr junge Mutter«, stellte Catherine fest. Sie lächelte, kochte aber innerlich vor Zorn.

»Ja, Missus.«

»Wie alt sind deine Kinder?«

Alira zeigte auf den Jungen. »Vierzehn Monate, Missus.« Sie nickte mit dem Kinn auf den Säugling. »Sechs Wochen.«

Catherine presste grimmig die Lippen aufeinander. Offenbar war das Mädchen gleich nach Eintritt der Geschlechtsreife schwanger geworden. »Und woher hast du diese Verletzungen?«

Alira senkte den Blick.

Catherine wusste, dass es bei den Aborigines leider immer wieder vorkam, dass Männer handgreiflich gegen ihre Frauen wurden, vor allem, wenn Alkohol im Spiel war, aber der Gedanke, dass jemand die Hand gegen dieses Mädchen erhoben hatte, machte Catherine rasend. »War es der Vater deiner Kinder, der dich geschlagen hat?«

Alira riss die Augen auf. »Keine Polizei, Missus!«, rief sie panisch.

»Man sollte ihn einsperren für das, was er dir angetan hat! Trenn dich von ihm, wenn du kannst.« Das Mädchen war jung und hatte zwei Kinder – sie brauchte Unterstützung, keine Schläge. »Wo ist er jetzt?«

»Weiß nicht«, murmelte Alira mit einem ängstlichen Blick zur Tür.

»Glaubst du, er ist dir gefolgt?« Catherine fragte sich, was sie tun sollte, wenn der Kerl plötzlich hier auftauchte.

Alira nickte.

»Hast du jemanden, zu dem du gehen kannst?«

»Ich such meinen Vater und meine Mutter, Missus. Find sie aber nicht.«

In diesem Moment traten drei ältere Aborigine-Frauen in den Türrahmen und riefen etwas in der Sprache der Wilyakali. Erleichterung zeichnete sich auf Aliras Gesicht ab. Sie sprang auf und lief zu den drei Frauen, die ihr die Kinder abnahmen. Eine legte Alira den Arm um die Schultern. Eine hitzige Diskussion entspann sich. Catherine verstand zwar nicht, worum es ging, aber sie konnte es sich schon denken: Die Frauen waren wütend, weil Alira geschlagen worden war. Sie sahen kurz zu Catherine, richteten aber nicht das Wort an sie. Schließlich sagte Alira: »Danke, Missus.«

»Pass auf dich auf.« Catherine sah ihnen nach, als sie zusammen weggingen.

Dann setzte sie sich an ihren Schreibtisch. Ihre Gedanken wanderten zu den Aborigine-Frauen, die sie in Darwin und Alice Springs behandelt hatte, nachdem sie Opfer häuslicher Gewalt geworden waren. Im Gegensatz zu ihnen ließen die Aborigine-Männer ihre Wunden, die sie sich nicht selten bei Prügeleien zuzogen, meist von Clanangehörigen versorgen. Oder aber sie bekamen eine Blutvergiftung und starben daran. Es war eine traurige Situation, für die es im Grunde keine Lösung gab.

»Hallo«, sagte in diesem Moment eine Stimme. Catherine schaute auf. Eine Frau mittleren Alters stand in der Tür. »Ist heute Sprechstunde?«

»Ja, kommen Sie herein.«

»Ich wohne gegenüber und habe gesehen, dass die Tür offen steht.« Die Frau durchquerte das Zimmer.

Catherine erhob sich. »Ich bin Schwester Thomas. Was kann ich für Sie tun?«

Die Frau trug ein durchgeknöpftes Hemdblusenkleid und Sandalen. »Sie sind noch sehr jung … und hübsch.«

»Danke. Das ist mein erster Tag hier, aber ich bin schon lange Krankenschwester«, sagte Catherine. »Möchten Sie sich nicht setzen?« Sie deutete auf einen der Stühle.

Die Frau setzte sich, rutschte dann aber unruhig hin und her.

»Wie kann ich Ihnen helfen?«

»Es geht um meinen Mann, Schwester Thomas.«

»Braucht er Hilfe?«

»Allerdings. Er trinkt zu viel. Er wird heute einen ordentlichen Brummschädel haben, aber das geschieht ihm nur recht. Ich habe kein bisschen Mitleid mit ihm. Ich bin übrigens Dorothy Gruber.«

»Freut mich sehr, Missus Gruber. Wo ist Ihr Mann denn jetzt?«

»Unter Tage.«

»Gut, dann … Das ist zwar eine Frauenklinik, aber wenn ich ihm helfen kann …«

»*Ich* brauche Hilfe, nicht er!«

»Oh.« Catherine verstand überhaupt nichts mehr. »Dann schildern Sie mir doch bitte mal Ihre Beschwerden.« Ihr fiel auf, dass die Frau ständig an dem Stoff über ihrer Brust zupfte.

»Bei dieser Hitze schlafe ich immer nackt«, begann Dorothy. »Ich weiß, das gehört sich nicht, aber ich schwitze nachts so fürchterlich.«

»Verstehe«, sagte Catherine und vermutete, dass die Wechseljahre schuld daran sein könnten.

»Letzte Nacht musste ich auf den Abort, er liegt hinter dem Hof. Aber keine Sorge, mein Morgenmantel hängt an einem Haken an der Hintertür. Ich gehe ja nicht nackt aus dem Haus.«

Catherine nickte. »Das klingt klug. Man kann nie wissen, wer über den Zaun guckt.«

Dorothy warf ihr einen finsteren Blick zu. »Mein Mann war wie fast jeden Abend im Pub. Und wie fast jeden Abend sternhagelvoll. Er muss dann nach Hause gekommen sein … ich hatte ihn aber nicht gehört.«

»Verstehe«, warf Catherine ein, die immer noch nicht verstand.

»Woher sollte ich wissen, dass der besoffene Trottel auf dem Fußboden in der Küche liegt, weil er es nicht mehr ins Bett geschafft hat? Die Männer in dieser Stadt, vor allem die Bergleute, trinken viel zu viel, Schwester Thomas. Das ist eine Tatsache.«

»Ist er verletzt? Braucht er einen Arzt?«

»*Er* hat sich nicht verletzt. Leider«, knurrte sie grimmig. »Ich bin über ihn gestolpert.«

»Oh, dann haben *Sie* sich verletzt.« Endlich kam Klarheit in die Sache.

Dorothy wirkte frustriert. »Davon rede ich doch die ganze Zeit!«

Catherine blieb geduldig. »Erzählen Sie weiter, Missus Gruber.«

»Ich bin also über diese Schnapsdrossel gestolpert und gegen den Holzofen geknallt, der immer noch heiß war, nachdem ich so viel gekocht hatte, und habe mir die Brust verbrannt. Es hat gezischt, als hätte ich ein Ei in die Pfanne gehauen.« Sie knöpfte ihr Kleid so weit auf, dass ihre rechte Brust zu sehen war. Die Haut war feuerrot und mit Blasen bedeckt. »Jetzt wissen Sie, warum ich keinen BH trage. Ehrlich gesagt würde ich am liebsten splitternackt herumlaufen.«

Catherine stöhnte auf. Das Bild, das vor ihrem inneren Auge entstanden war, würde sie eine Weile begleiten. »Das tut bestimmt höllisch weh.«

»Sie können sich das gar nicht vorstellen!« Dorothy blickte himmelwärts. »Ich hab den Rest der Nacht kein Auge zugetan.«

Catherine stand auf, holte eine Salbe aus dem Schrank und trug sie vorsichtig auf die Brandwunde auf. »Ich gebe Ihnen die Salbe mit, Missus Gruber. Cremen Sie die Brust eine Woche lang jeden

Tag damit ein. Falls Sie den Eindruck haben, dass sich die Wunde entzündet, gehen Sie sofort ins Krankenhaus.«

»Vielen Dank, Schwester Thomas. Es wäre mir wirklich ein bisschen peinlich, einem Arzt erklären zu müssen, wie das passiert ist. Was soll er denn von mir denken, wenn ich erzähle, dass ich nackt durch die Küche gelaufen bin?«

»Ich verstehe. Gibt es sonst noch etwas, das Sie mit mir besprechen möchten?« Sie hatte Zeit, es waren keine weiteren Patienten gekommen.

»Na ja, wenn Sie mich schon fragen …« Dorothy senkte die Stimme. »Gibt es irgendetwas, das ich meinem Mann in den Tee tun kann, damit ihm die Lust auf Alkohol vergeht?«

Catherine starrte sie verdutzt an.

»Eine meiner Nachbarinnen mischt ihrem Mann den Samen einer Paradiesvogelblume ins Essen, davon kriegt er solchen Durchfall, dass er nicht in den Pub kann. Na ja, einmal ist er trotzdem gegangen, aber er war schnell wieder zu Hause. Fragen Sie nicht, wie seine Hose ausgesehen hat!«

»Diese Samen sind höchstwahrscheinlich giftig«, rief Catherine schockiert. »Er könnte daran sterben!«

»Meinen Sie? Meine Nachbarin hat das schon einige Male gemacht, und ihr Mann kann normalerweise am nächsten Morgen zur Arbeit gehen.«

»Sie soll damit aufhören, sagen Sie ihr das! Sonst landet sie noch wegen Mordes im Gefängnis.«

Dorothy zog die Brauen zusammen. »Also gut, ich werde es ihr sagen. Aber gibt es denn nichts, was ich meinem Mann geben könnte?«

»Nicht, dass ich wüsste. Ich an Ihrer Stelle würde meinem Mann meine verbrannte Brust zeigen, wenn er sich das nächste Mal auf den Weg in den Pub machen will, und ihm klipp und klar sagen, dass ich nicht mehr da sein werde, wenn er jetzt geht.«

Dorothy schüttelte den Kopf. »Das hat keinen Zweck. Ich habe ihm die Brandwunde gezeigt, und es hat ihn überhaupt nicht interessiert. Und außerdem, wo soll ich denn hin? Ich habe sonst niemanden hier, und er bringt das Geld nach Hause.« Sie stand auf. »Danke für die Salbe, Schwester Thomas.« Catherine begleitete sie zur Tür und schaute ihr nach, bis sie die andere Straßenseite erreicht hatte.

»Entschuldigung!« Eine Frau mit einem etwa fünfjährigen Jungen auf dem Arm eilte auf Catherine zu. »Wir brauchen Hilfe!«

»Was ist denn passiert?«, fragte Catherine im Behandlungszimmer. Abgesehen von einer einseitig geschwollenen Nase konnte sie keine Verletzungen erkennen.

»Ronnie hat sich was ins Nasenloch gestopft, und ich kriege es nicht heraus!«

»Was ist es denn?« Der Junge zappelte jetzt heftig, sodass es Catherine nicht gelang, sich seine Nase genauer anzusehen.

»Ein Puzzleteilchen, glaube ich. Seine Schwester hat gepuzzelt, und plötzlich brüllte er los.«

»Tottie hat gesagt, ich soll es reinschieben«, schluchzte der Junge. »Sie hat gesagt, ich trau mich nicht.«

»Wieso hörst du auch auf deine Schwester!«, blaffte seine Mutter. »Du weißt doch, was beim letzten Mal dabei rausgekommen ist!« Sie sah Catherine an. »Vor drei Monaten ist er vom Regenwassertank gesprungen, weil sie es ihm gesagt hat, und hat sich den Arm gebrochen.«

»Ich versuche mal, ob ich das Teilchen herauskriege«, schlug Catherine vor.

»Versuchen Sie Ihr Glück«, meinte Ronnies Mutter. »Ich halte ihn so lange fest.« Sie wandte sich an den Jungen. »Entweder du hältst jetzt still, oder ich erzähle alles deinem Vater, wenn er nach Hause kommt«, drohte sie.

»Nein, Ma«, jammerte der Junge und wand sich in ihren Armen. »Ich will nicht, dass sie mir die Nase abschneidet!«

»Ich werde dir die Nase nicht abschneiden, Ronnie«, beruhigte

Catherine ihn. »Versprochen.« Sie holte eine lange Pinzette und eine Diagnostikleuchte und richtete den Lichtstrahl in das Nasenloch. »Halt ganz still, Ronnie, dann schaffen wir das schon.«

»Wie war es in der Klinik?«, wollte Berta wissen, als Catherine um die Mittagszeit das Büro des Stützpunkts betrat.

»Ganz gut«, antwortete Catherine. »Ich habe wirklich ziemlich viele unterschiedliche Fälle behandelt.«

»Erzählen Sie.« Berta packte Sandwiches aus und schob Catherine eins über den Schreibtisch zu, an den sie sich gesetzt hatten.

Catherine erzählte von Alira.

»So etwas kommt leider immer wieder vor, wenn Alkohol im Spiel ist«, sagte Berta. »Obwohl er nicht an Aborigines verkauft werden darf, gelingt es ihnen immer, sich welchen zu beschaffen.«

»Das war in Alice Springs nicht anders. Und es gibt offensichtlich keine Lösung für dieses Problem. Aber auch viele Bergleute waren tüchtige Trinker.«

Dann berichtete Catherine, was Dorothy Gruber zugestoßen war.

»Autsch!« Berta verzog das Gesicht, musste dann aber laut lachen, als sie hörte, wie Dorothys Freundin versuchte, ihren Mann vom Trinken abzuhalten »Wollen Sie damit sagen, er hätte sich totscheißen können?«, fragte sie.

»Berta!« Catherine starrte sie entgeistert an.

»Tut mir leid, ich weiß, ich sollte nicht lachen, aber das ist einfach zum Brüllen!« Als sie sich ein wenig beruhigt hatte, fragte sie: »Und was sonst noch?«

Sie erzählte von Ronnies Puzzleteil. »Ich hab's zum Glück wieder rausgekriegt. Die seltsamste Patientin war ein junges Mädchen, das fest überzeugt war, schwanger zu sein.«

»Und, ist sie schwanger?«

»Nein«, antwortete Catherine mit Bestimmtheit.

»Woher wollen Sie das so genau wissen?«

»Sie war gerade mal fünfzehn und zum ersten Mal geküsst worden.«

Berta machte ein zweifelndes Gesicht. »Vielleicht ist es nicht bei einem Kuss geblieben.«

»Doch, Berta. Sie war vollkommen naiv. Ihre Mutter hatte ihr anscheinend gesagt, dass sie vom Küssen schwanger wird, und jetzt hatte sie schreckliche Angst. Als ich ihr ein paar Fragen gestellt habe, habe ich gemerkt, dass sie keine Ahnung davon hat, wie Babys gezeugt werden. Das sei ja widerlich, hat sie gemeint, als ich es ihr erklärt habe, so etwas würde sie niemals tun. Und dann ist sie aufgesprungen und rausgerannt.«

»Ich kenne ein paar Frauen, die ihr zustimmen würden, was diese Sache mit dem *widerlich* betrifft«, meinte Berta schmunzelnd. »Oh, wäre man doch noch einmal so jung und naiv!«, fügte sie seufzend hinzu.

»Ich weiß nicht, Berta. Das arme Mädchen war völlig verstört.«

»Themenwechsel«, sagte Berta. »Wie gefällt Ihnen Rose Cottage?«

»Es ist ganz entzückend. Ich werde mich dort bestimmt sehr wohlfühlen. Auf der vorderen Veranda lag sogar eine Katze.«

Berta riss die Augen auf. »Eine rot-weiße?«

Catherine nickte. »Ja.«

»Ich glaub's ja nicht! Das ist Barney. Die Frau von Dr. Simpson hat ihn immer gefüttert. Der Kater gehört einer Nachbarin, hat sich aber Rose Cottage als sein Zuhause ausgesucht. Du meine Güte, er muss mittlerweile fünfzehn oder sechzehn sein!«

»Er sieht alt aus, das stimmt, aber er ist ein ganz lieber Kerl.«

Das Funkgerät erwachte knisternd zum Leben, und Berta lief in den Raum hinüber. Während sie den Funkspruch entgegennahm, betrat Bill Harris das Gebäude. Er entschuldigte sich bei Catherine, dass er nicht wie versprochen in die Klinik zurückgekommen war, und fügte hinzu: »Der Zustand meines Patienten hatte sich verschlechtert, ich musste ihn ins Krankenhaus bringen.«

»Das geht vor. Ich bin ganz gut zurechtgekommen. Geht es Ihrem Patienten denn jetzt besser?«

»Nein. Er ist leider an einem Herzstillstand gestorben.«

»Oh nein, das tut mir sehr leid«, sagte Catherine ernst.

»Danke. Es ist immer furchtbar, wenn man einen Patienten verliert.« Ein schmerzhafter Ausdruck trat auf das Gesicht des Arztes. »Und davon gab es einige im Lauf der Jahre. Aber so ist es nun mal im Leben.«

Berta betrat den Raum. »Du wirst auf der Willunga Farm gebraucht, Bill. Mike Telford hat sich schwer verletzt.«

»Weißt du Genaueres?«

»Jenny war ziemlich hysterisch, aber wenn ich sie richtig verstanden habe, hat ihr Dad Holz gespalten und sich dabei mit der Axt in den Fuß gehackt.«

»Nun, dann machen wir uns besser sofort auf den Weg. Kommen Sie, Catherine«, sagte Bill mit einem Blick zu Catherine.

Kapitel 5

»Haben Sie und Robbie sich schon kennengelernt?«, fragte Bill, als er mit Catherine in das Flugzeug kletterte.

»Ja, gestern. Hallo, Robbie«, grüßte Catherine und streifte ihn mit einem flüchtigen Blick von der Seite, während sie sich auf ihren Sitz schob. Bill nahm auf der anderen Seite Platz.

»Einen schönen guten Tag, Schwester Thomas«, erwiderte der Pilot vom Cockpit aus. »Schnallen Sie sich bitte an, wir sind startklar.« Gleich darauf rollte die Maschine in immer schnellerem Tempo über die Piste und hob schließlich ab.

»Haben Sie Angst vorm Fliegen, Catherine?«, fragte Bill besorgt, als er sah, wie sie sich mit beiden Händen an ihren Sitz klammerte.

Sie bemerkte, dass Robbie ihr über die Schulter einen Blick zuwarf. »Das hier ist erst mein zweiter Flug«, antwortete sie. An den ersten konnte sie sich wegen der starken Medikamente nur wenig erinnern. »Ich werde mich schon daran gewöhnen.«

»Welche Strecke sind Sie denn beim ersten Mal geflogen, Cathy?«, fragte Robbie über die Schulter.

Catherine war für einen Moment wie vor den Kopf geschlagen. *Cathy.* So hatte Preston sie immer genannt. »Von Darwin nach Alice Springs«, brachte sie schließlich hervor. Robbie bedachte sie mit einem weiteren kurzen Blick, sagte aber nichts, und sie hoffte, dass er sie in Ruhe lassen würde. Das Flugzeug hatte mittlerweile Reisegeschwindigkeit erreicht.

»In ein paar Wochen werden Sie gar nicht mehr darüber nachdenken«, sagte Bill lächelnd.

»Ja, das glaube ich auch.« Catherine schaute aus dem Fenster und entspannte sich allmählich. »Was für ein wundervoller Blick von hier oben! Aber alles ist so braun und ausgedorrt.«

Bill sah auf seiner Seite aus dem Fenster und nickte. »Trockenheit ist in diesem Teil des Landes nichts Ungewöhnliches, aber so wenig Regen hatten wir lange nicht mehr. Alles verdorrt, die Ernte geht kaputt, es gibt kein Futter für das Vieh. Viele Farmer kämpfen um ihre Existenz. Auch Mike von der Willunga Farm. Zu allem Übel hat er vor Kurzem seine Frau verloren, das macht alles noch schlimmer.«

»Das ist ja furchtbar!« Catherine war erschüttert. »Und jetzt auch noch diese Verletzung! Als hätte er nicht schon genug Sorgen.«

»Ja, allerdings. Aber erzählen Sie doch mal – wie war es in der Klinik heute Morgen? Irgendetwas Interessantes?«

Catherine berichtete von den Fällen, die sie behandelt hatte.

»Es hat also alles geklappt«, bemerkte Bill lächelnd, als sie geendet hatte.

»Ja, ich weiß auch nicht genau, warum ich nervös war. Es war einfach ein bisschen anders als das, was ich sonst so gemacht habe.«

»Einen Fliegenden Arzt zu begleiten, wird auch eine völlig neue Erfahrung sein. Sie werden mit furchtbaren Verletzungen konfrontiert werden, aber auch Glücksmomente erleben dürfen, zum Beispiel, wenn Sie helfen, ein Kind auf die Welt zu holen, oder jemandem das Leben retten. Ich fürchte, unser heutiger Einsatz fällt eher in die Kategorie der furchtbaren Verletzungen.«

Zwanzig Minuten später setzte Robbie zum Landeanflug an. Das Anwesen war recht bescheiden, und darum herum standen nur vereinzelt dürre Bäume. Das kleine Haus verschmolz fast mit dem Land ringsum; Scheunen und eingezäuntes Weideland lagen in der Nähe verstreut. Hinter dem Farmhaus war ein kleines Fleckchen Wiese zu sehen, das allerdings eher wie ein Flickenteppich in verschiedenen Gelb- und Grüntönen wirkte. Als das Flugzeug tiefer sank, erkannte Catherine Ställe und Pferde in den Koppeln davor sowie ein paar Kühe, die vermutlich keinen einzigen Grashalm mehr fanden. Catherine war beeindruckt von der Willensstärke dieser Menschen, die offenbar selbst nach jahrelanger Dürre nicht aufgaben.

Als das Flugzeug am Boden aufsetzte, hüllte dichter aufgewirbelter roter Staub die Umgebung ein. Bill griff nach seinem Arztkoffer und öffnete die Tür, kaum dass die Räder zum Stillstand kamen. Catherine kletterte nach ihm aus der Maschine.

Ein Mädchen im Teenageralter kam ihnen entgegengerannt. »Schnell, Dr. Harris!«, schrie sie panisch. »Ich hab Angst, dass Dad verblutet!«

»Ganz ruhig, Jenny, wir werden ihm helfen«, sagte Bill. »Wo ist er?«

Jenny lief voraus zu einem Schuppen hinter dem Farmhaus. Neben einem Stapel Brennholz lag Mike auf dem Boden und wälzte sich vor Schmerzen. In seinem Stiefel steckte eine Axt, Blut quoll aus dem Stiefelschaft.

Bill eilte zu ihm, dicht gefolgt von Catherine. Der Anblick der Verletzung hatte sie im ersten Moment durchaus erschreckt, doch sie waren professionell genug, sich in ihrem Handeln nicht davon beeindrucken zu lassen. Während Catherine sich um Jenny kümmerte, die nun hysterisch schluchzte, preschte ein Mann auf dem Rücken eines Pferdes heran. Er sprang ab und rannte zu ihnen. Es war Wilbur Smithson, Mikes Vorarbeiter.

»Was ist passiert? Ich habe die Maschine der Fliegenden Ärzte gesehen und sofort gewusst, dass einem der Kinder oder Mike etwas zugestoßen sein muss. O mein Gott!«, rief er entsetzt, als er die Axt in dem Stiefel stecken sah und sprang unruhig von einem Fuß auf den anderen.

Bill kniete neben dem Verletzten. »Das wird wieder, Mike«, sagte er, nachdem er die Situation erfasst hatte. »Aber wir müssen dir den Stiefel ausziehen.«

»Nein!«, schrie der Farmer, als hätte er Angst, dass mitsamt dem

Stiefel auch sein Fuß abfallen würde. Er krallte sich mit beiden Händen an seinen Oberschenkel in dem Versuch, den Schmerz zu kontrollieren.

Bill war klar, dass Mike sich in einer Art Schockzustand befand und unerträgliche Schmerzen litt, und so öffnete er seinen Arztkoffer und zog eine Spritze mit einem opiumhaltigen Schmerzmittel auf, um sein Leiden so weit wie möglich zu lindern.

»Er hat viel Blut verloren«, sagte er mit einem kurzen Blick zu Catherine, die Jenny zu einem Holzklotz geleitet hatte und beruhigend auf sie einsprach.

Der Blutverlust machte auch Catherine Sorgen. Mike war aschfahl im Gesicht.

In diesem Moment flog die Hintertür des Farmhauses auf, und zwei Mädchen und drei Jungen im Alter von etwa sechs bis zwölf Jahren stürmten heraus. Jenny sprang sofort auf. »Ich hab doch gesagt, ihr sollt drinnenbleiben!«, schrie sie ihre Geschwister an und versuchte zu verhindern, dass sie näher herankamen. Catherine half ihr.

»Was ist denn passiert?« Die Zweitälteste reckte den Kopf, um besser sehen zu können.

»Dad hat sich verletzt, Karen, aber der Doktor ist schon da und hilft ihm«, erklärte Jenny und hielt ihre Schwester am Arm zurück.

»Wird Dad sterben?«, fragte einer der Jungen, offensichtlich immer noch traumatisiert vom Tod seiner Mutter.

»Nein, dein Dad wird wieder gesund«, versicherte Catherine ihm. Sie war zutiefst bestürzt, dass Mike so viele Kinder allein großziehen musste.

»Ins Haus mit euch!«, befahl Wilbur. »Wir erzählen euch später alles.«

Während Jenny die Kinderschar ins Haus brachte, setzte Bill Mike die Spritze. Sekunden später sackte der Farmer zusammen.

»Kann ich irgendwie helfen?«, fragte Wilbur, der sich ungefähr so nützlich fühlte wie ein Boot mit einem löchrigen Boden.

»Du kannst Mike festhalten, falls er zu sich kommen sollte, während ich ihm die Axt aus dem Fuß ziehe«, antwortete Bill. »Er hat es bestimmt selbst schon versucht, aber es hat sicher zu wehgetan.«

Jenny kam zurück. Beim Anblick ihres reglosen Vaters hauchte sie mit weit aufgerissenen Augen: »Ist er … tot?«

»Nein, Jenny«, erwiderte Bill. »Er hat viel Blut verloren und ist nicht bei Bewusstsein. Zum Glück. Denn das, was ich jetzt tue, wird ziemlich schmerzhaft sein.«

Während Wilbur Mike festhielt, zog Bill die Axt heraus. Ein Schwall Blut spritzte aus der klaffenden Wunde. Catherine minderte die Blutung durch Abbinden oberhalb des Stiefelschafts.

Jenny wandte sich schluchzend ab. »Ich darf meinen Dad nicht verlieren!« Ihre Mutter war erst vor zwei Monaten nach kurzer Krankheit gestorben, der Schmerz darüber war noch allgegenwärtig.

»Dein Dad wird es schaffen, Jenny«, sagte Bill und konnte nur hoffen, dass er recht behielt. Er blickte zu Catherine. »Ich muss ihm den Stiefel ausziehen.« Catherine wich ein Stück zurück, und Bill zerrte ächzend den Stiefel von Mikes geschwollenem Fuß.

Catherine half Bill, den Fuß zu säubern und zu verbinden. Es dauerte nicht lange, bis der Verband an einigen Stellen von Blut durchtränkt war.

»Wir bringen ihn nach Broken Hill ins Krankenhaus«, sagte Bill zum Vorarbeiter. »Kannst du bei den Kindern bleiben, Wilbur?«

»Ich muss nur rasch den Männern draußen im Lager Bescheid sagen. Ich beeile mich.«

»Bist du damit einverstanden, Jenny? Kannst du eine Weile mit deinen Geschwistern allein bleiben?«

»Ich würde lieber Dad begleiten, aber ich kann die Kleinen nicht allein lassen«, antwortete das Mädchen.

»Dein Dad würde sich bestimmt über deine Begleitung freuen,

aber im Krankenhaus würdest du nur stundenlang herumsitzen, während er behandelt wird. Ich halte dich über Funk auf dem Laufenden, okay?«

Jenny sah ihn dankbar an. »Okay, vielen Dank.«

»Du bist sehr tapfer, Jenny«, ergänzte Catherine. »Dein Dad wird sehr stolz auf dich sein. Alles wird gut. Funk den Stützpunkt an, wenn irgendetwas ist, dann schauen wir, wie wir dir helfen können.«

Jenny nickte. Aber ihre Unterlippe zitterte, und der Anblick brach Catherine fast das Herz. Das Mädchen war viel zu jung für all diese furchtbaren Erlebnisse und hätte so dringend ihre Mutter gebraucht. Catherine legte ihre Arme um Jenny, zog sie fest an sich und flüsterte: »Alles wird gut, versprochen.«

Bill beobachtete die Szene gerührt. Catherine würde eine echte Bereicherung für den Stützpunkt sein, da war er sich sicher.

Mike bekam nicht mit, wie er zum Flugzeug getragen und eingeladen wurde. Robbie hatte Berta bereits über Funk angewiesen, einen Krankenwagen zum Stützpunkt zu rufen, um Mike unverzüglich ins Krankenhaus zu transportieren.

»Der Fuß wird operiert werden müssen, oder?«, fragte Catherine, während sie und Bill den blutdurchtränkten Verband durch einen frischen ersetzten.

Bill wiegte nachdenklich den Kopf. »Ich habe im Lauf der Jahre einige wirklich üble Verletzungen gesehen, aber die hier gehört zu den schlimmsten. Die Knochen sind stärker in Mitleidenschaft gezogen, als ich zunächst angenommen hatte.«

»Aber das kann doch chirurgisch behoben werden, oder?«

»Die Ärzte werden tun, was in ihrer Macht steht. Meine größte Sorge ist, dass der Fuß amputiert werden muss. Ich hoffe es nicht, aber so oder so – es wird ein Schaden zurückbleiben.«

In Broken Hill wartete bereits der Krankenwagen. Die betäubende Wirkung des Schmerzmittels ließ allmählich nach, und Mike war zumindest phasenweise bei Bewusstsein. Bill entschied, ihn ins Krankenhaus zu begleiten.

Catherine kehrte ins Büro zurück. Es war ruhig im Stützpunkt, und so griff Berta zu ihrem Strickzeug, während Catherine die freie Zeit für einen Brief an Father O'Reilly und die Nonnen nutzte, in dem sie sich nach den Kindern erkundigte, die sie sehr vermisste, und von ihrer Arbeit berichtete. Nach einer ganzen Weile meldete sich Bill über Funk. Mike Telford sei operiert worden, berichtete er, er selbst warte noch auf den Arzt, um Näheres zu erfahren.

»Bill kümmert sich sehr um seine Patienten«, sagte Berta, als sie aus dem Funkraum kam.

»Ja, den Eindruck habe ich auch«, erwiderte Catherine, die das Gespräch mit angehört hatte. »Hoffentlich musste Mikes Fuß nicht amputiert werden. Er hat ja nicht nur die Arbeit auf der Farm, sondern auch eine große Familie, für die er ganz allein sorgen muss.« Sie seufzte. »Es ist mir überhaupt ein Rätsel, wie Farmer so lange Dürreperioden überstehen.«

»Ja, das stimmt. Aber für die Frauen ist die Einsamkeit ein noch größeres Problem. Die Männer auf den Farmen haben die Gesellschaft anderer Männer, während die Frauen, die sich um die Kinder und den Haushalt kümmern, keine Kontakte haben. Das werden Sie merken, Catherine, wenn Sie den Doktor zu einigen Farmen begleitet haben.«

Das Funkgerät knisterte, und Berta eilte hinüber. Im Bergwerk habe es einen Unfall gegeben, rief sie Catherine zu. Ein Bergarbeiter sei unter eine Maschine geraten und schwer verletzt. Eilig funkte sie das Krankenhaus an, um Bill zu informieren.

»Soll ich mich darum kümmern?«, fragte Catherine, doch bevor Berta antworten konnte, musste sie einen weiteren Funkspruch entgegennehmen.

In diesem Moment fuhr ein Auto vor dem Gebäude vor. Ein Mann stieg aus und betrat das Büro. Er war etwa Anfang dreißig, braun gebrannt, mit rötlich blondem Haar und blauen Augen.

»Hallo«, grüßte er. »Ich suche den Stützpunkt der Fliegenden Ärzte. Bin ich hier richtig?«

Catherine starrte ihn an, verzaubert von seiner rauen Stimme und dem Blau seiner Augen. »Ja, da sind Sie hier richtig«, brachte sie schließlich hervor.

Der Mann nickte. »Arbeiten Sie hier?«

»Ja. Kann ich Ihnen irgendwie helfen?«

»Ich bin Jim Nixon.«

Catherine wusste nicht, worauf er hinauswollte. Der Name sagte ihr nichts.

»Ich soll morgen hier anfangen«, fügte er erklärend hinzu.

»Oh, entschuldigen Sie, dann sind Sie der neue Arzt. Ich bin auch erst seit gestern hier, deshalb …«

Berta erschien in der Tür. »Noch ein Notfall«, verkündete sie, blieb aber abrupt stehen, als sie bemerkte, dass Catherine nicht allein war.

»Berta, der Herr hier ist der neue Arzt. Dr. Nixon, Alberta Miller. Ich bin Schwester Thomas … Catherine Thomas.«

»Freut mich sehr, Sie beide kennenzulernen«, sagte Jim Nixon.

Berta lächelte, und Catherine wusste genau, was sie dachte: Der neue Arzt war definitiv ein attraktiver Mann. »Willkommen, Dr. Nixon. Ihr Timing könnte nicht besser sein. Wir haben selten zwei Notfälle gleichzeitig, aber genau dieser Fall ist jetzt eingetreten. Dr. Harris muss zu einem Notfall im Bergwerk, und gerade wurde ein möglicher Herzanfall gemeldet, etwa fünfzig Meilen entfernt.«

»Eigentlich bin ich nur hergekommen, um Ihnen zu sagen, dass ich in der Stadt bin.« Der Arzt wirkte für einen Augenblick abwesend. »Aber selbstverständlich werde ich helfen.«

»Catherine … Schwester Thomas wird Sie begleiten.« Berta drückte ihr einen Zettel mit Anweisungen für Robbie in die Hand. »Was Sie an medizinischem Material brauchen, finden Sie im Flugzeug.«

»Wo wohnen Sie?«, fragte Catherine, als sie mit Jim zum Flugplatz eilte.

»Fürs Erste in der Wills Street«, antwortete er.

»Mir wurde ein Haus und ein Auto gestellt, vielleicht haben Sie dieses Glück ja auch.«

»Ich habe mir schon ein Auto gekauft – ich gehe davon aus, dass ich viel unterwegs sein werde.«

»Sie sind offensichtlich sehr organisiert«, bemerkte Catherine lächelnd.

Am Flugzeug machte sie Jim und Robbie miteinander bekannt. Der Pilot warf einen Blick auf den Zettel mit Bertas Anweisungen. »Das ist in Minnipa, einer Aborigine-Siedlung.« Sie stiegen schnell ein, und Robbie traf die notwendigen Startvorbereitungen.

»Haben Sie Erfahrung mit den Aborigines?«, fragte Catherine, als sie und Jim sich anschnallten.

»Nein. Sie?«

»Ja. Diese Menschen sind wunderbar, aber ihre Lebensweise unterscheidet sich sehr von der unsrigen, daran muss man sich gewöhnen.«

Jim erwiderte nichts darauf, er wandte sich ab und schaute aus dem Fenster.

»Wir sind jetzt über Minnipa«, rief Robbie einige Zeit später über die Schulter. Catherine blickte hinaus. Viel zu sehen gab es nicht – meilenweit nichts als rote Erde und einige verstreute Gebäude.

Robbie landete mitten auf der Hauptstraße, einer breiten, staubigen Piste. Als Jim die Flugzeugtür öffnete, fiel Catherines Blick als Erstes auf einen kleinen Laden mit vergitterten Fenstern und Steinen auf dem Flachdach. Alte, sonnengebleichte Werbeaufkleber bedeckten die beiden schmutzstarrenden Fenster fast vollständig, sodass sie nicht ins Innere schauen konnte. Fliegenschwärme fielen über sie her, kaum dass sie ausgestiegen waren. Eine Horde Kinder stürmte aufgeregt kreischend auf sie zu. Besucher verirrten sich nur selten hierher, und der Anblick eines Flugzeugs, noch dazu aus nächster Nähe, war eine Sensation.

In der Ferne waren vereinzelte Häuser zu sehen. Nicht einmal hundert Menschen wohnten im Ort, erzählte Robbie, aber die Einwohnerzahl ändere sich ständig, es herrsche ein ständiges Kommen und Gehen, und nicht selten blieben Bewohner monatelang weg.

»Der Ort wirkt wie ausgestorben«, murmelte Jim. »Wenn die Kinder nicht wären …«

Ein Mann trat aus dem Laden und schloss die Tür hinter sich ab. Robbie stellte ihn als Cyril Erskine, den Ladenbesitzer, vor. Er trug weder Hemd noch Schuhe, lediglich Shorts, und war so dünn, dass man seine Rippen zählen konnte. Seine Haut war fast so dunkel wie die der Aborigines, seine grauen Haare waren strähnig und zottelig und seine Füße so rotbraun wie der Boden, auf dem er stand und der glühend heiß sein musste.

»Hier lang, Doktor«, drängte Cyril und scheuchte die Kinder weg. Er bewegte sich erstaunlich schnell für einen Mann, der aussah, als hätte er kaum die Kraft, vom Bett aufzustehen. Jim und Catherine folgten ihm eilig.

»Ich glaube, der alte Buddy hat einen Herzanfall, ich hab's Missus Miller schon gesagt. Er kriegt kaum Luft, und seine Lippen sind ganz blau. Das sind doch Symptome, oder?«

»Ja, das sind mögliche Symptome«, sagte Jim, beeindruckt vom guten Englisch des Mannes. »Aber es können auch Symptome für andere Erkrankungen sein.«

Das Haus, zu dem Cyril sie führte, hatte keine Tür. Sie gingen direkt hinein, Cyril rief einfach laut, um sie anzukündigen. Auf einer Matratze auf dem Fußboden lag ein weißhaariger Aborigine, der nur mit zerlumpten Shorts bekleidet war. Neben ihm saß eine Frau im Schneidersitz.

Jim kniete sich neben die Matratze und stellte sich dem Mann vor, der sichtlich nach Luft rang. Als sich Jims Augen an das Dämmerlicht in der spärlich möblierten Hütte gewöhnt hatten, sah er, dass die Lippen des Mannes fleckig waren. Er stellte ihm einige Fragen, half ihm, sich aufzusetzen, und hörte dann mit dem Stethoskop das Herz ab. Er konnte keine Unregelmäßigkeiten feststellen.

»Das Herz arbeitet einwandfrei. Husten Sie bitte mal.«

Buddy versuchte es, beklagte sich aber über Schmerzen in der Brust.

»Die Lungen sind auch frei«, sagte Jim. »Was haben Sie denn gemacht, kurz bevor die Symptome auftraten?«

Buddy sah kurz die Frau an. »Ich hab *Tucker* gegessen, Boss.«

In der Hütte roch es nicht nach Essen. Jim warf Cyril einen fragenden Blick zu. Der zuckte mit den Schultern.

»Welches Buschessen genau haben Sie denn zu sich genommen?« Jim war die blau verfärbte Zunge des Mannes aufgefallen.

»Was ich gefunden hab«, antwortete Buddy.

»Können Sie seine Frau fragen, was genau es war, Mr Erskine?«, bat Jim.

Cyril wandte sich in der Sprache der Paakantji an die Frau und sagte dann: »Beeren, Doktor. Die Beeren der Paroo-Lilie. Die gibt es um diese Jahreszeit.«

»Haben diese Beeren einen Kern?«, fragte Jim.

»Ich glaub schon. Ich esse sie selber nicht«, antwortete Cyril.

»Mir scheint, Sie essen ohnehin viel zu wenig«, bemerkte Jim. »Sie sind viel zu dünn.«

»Ich war schon immer so dünn, Doc. Ich kann essen, was ich will. In der Schule haben sie mich Spider Erskine genannt, und der Name ist mir geblieben. Hier draußen falle ich nicht so auf, weil die Aborigines auch so hager sind.«

Cyril wandte sich wieder an die Frau, die eine Hand voll Beeren holte und sie dem Arzt reichte. Jim nahm eine der leuchtend blauen Früchte und biss hinein. Der Kern war weich und ließ sich zerbeißen. Er hatte einen nussigen Geschmack.

»Haben Sie viele davon gegessen?«, fragte er Buddy.

Der nickte ein wenig schuldbewusst. »Ich mag die, Boss.«

»Mitsamt dem Kern?«

Wieder nickte Buddy. »Ja. Die sind lecker.«

»Ich vermute, Sie haben eine kräftige Verstopfung«, diagnostizierte Jim. »Das wird Sie nicht umbringen, aber Sie werden sich erst wieder besser fühlen, wenn sich der Darm entleert hat.«

Buddy sagte etwas in der Sprache der Paakantji und lachte.

Jim wandte sich an Cyril. »Was hat er gesagt?«

»Dass er auf dem Abort war und sein … na ja, Sie wissen schon … so blau war, dass er gedacht hat, er muss sterben.« Cyril warf Catherine einen verlegenen Blick zu. »Entschuldigung.«

»Essen Sie in Zukunft nicht mehr so viele von diesen Beeren«, sagte Jim zu Buddy. »Mit zunehmendem Alter verträgt der Körper manche Dinge einfach nicht mehr. Wissen Sie, was ich meine?«

»Ja, Boss, ich bin 'n alter Knacker«, sagte Buddy grinsend. Dort, wo seine Schneidezähne gewesen waren, klaffte eine Lücke.

Jim lächelte. »Irgendwann werden wir alle alt.«

»Sie sind jung und stark.«

»Ich bin jedenfalls froh, dass es kein Herzanfall ist, Buddy. Und es hat mich gefreut, Sie kennenzulernen.« Jim stand auf.

Catherine hatte die Szene aufmerksam verfolgt. Jim behandelte den Aborigine freundlich und mit ruhiger Sachlichkeit und in keiner Weise herablassend. Sie hatte zwar keine Ahnung, wo er bisher gearbeitet hatte, aber in einem Stadtkrankenhaus, wo die Patienten oft nichts weiter als ein weiterer Fall waren, ganz sicher nicht. Ihrer Meinung nach war er gut als Buschdoktor geeignet. »Sie können gut mit Patienten umgehen, Dr. Nixon«, sagte sie deshalb auf dem Weg zum Flugzeug.

Er zuckte zusammen. »Dem Patienten das Gefühl zu geben, dass er gut aufgehoben ist, gehört zum Job, Schwester Thomas«, entgegnete er abweisend.

Und Catherine wünschte, sie hätte nichts gesagt.

Jim schaute während des ganzen Rückflugs aus dem Fenster. Es war offensichtlich, dass er keine Lust auf eine Unterhaltung hatte, und so versuchte Catherine gar nicht erst, den Motorenlärm zu überschreien.

Zurück in Broken Hill gingen sie gemeinsam zum Stützpunkt. Am dortigen Parkplatz angekommen, verabschiedete sich Jim mit den Worten, dass er seine Stelle morgen offiziell antreten werde, stieg in sein Auto und fuhr davon.

Berta, die es vom Fenster aus beobachtet hatte, fragte Catherine: »Wo will Dr. Nixon denn hin?«

»Keine Ahnung. Er hat gesagt, er kommt morgen wieder.«

»Wo wohnt er denn?«

»Vorübergehend in der Wills Street, bis er etwas Passendes gefunden hat.«

Berta seufzte. »Ich wollte ihm noch sagen, dass wir ein Haus für ihn haben. Mit Telefonanschluss, er muss ja erreichbar sein.«

»Das muss dann wohl bis morgen warten«, entgegnete Catherine.

»Sieht ganz so aus.« Bertas Augen funkelten schelmisch, als sie hinzufügte: »Ein toller Mann, finden Sie nicht auch?«

Catherine sah sie überrascht an.

»Na ja, ich bin zwar nicht mehr ganz taufrisch, aber meine Augen funktionieren noch einwandfrei«, erklärte Berta schmunzelnd.

»Offensichtlich.« Catherine lächelte. »Er kann auch wunderbar mit Patienten umgehen.«

»Gibt es eine Missus Nixon?«

»Keine Ahnung, er redet nicht viel.«

Berta grinste. »Ich werde ihm mal auf den Zahn fühlen.«

»Es dürfte nicht leicht werden, ihn aus der Reserve zu locken.«

»Dann passen Sie mal gut auf, Catherine, von mir können Sie noch was lernen«, lachte Berta.

Kapitel 6

Als Catherine am nächsten Morgen auf den Parkplatz des Stützpunkts bog, fuhr Jim Nixon gerade weg.

»Wo will der neue Arzt denn hin, Berta?«

»Er hat von mir die Schlüssel für das Haus bekommen und wollte es sich schnell ansehen. Es liegt übrigens nur zwei Straßen von Rose Cottage entfernt in der Boughtman Street. Komisch, er hat gefragt, ob auch ein Garten dabei ist.«

»Wieso ist das komisch? Vielleicht gärtnert er in seiner Freizeit gern«, sagte Catherine.

»Ich kann seinen weichen Händen ansehen, dass er keine Ahnung hat, wo bei einem Spaten oben und unten ist«, meinte Berta und fügte nachdenklich hinzu: »Aber vielleicht will er sich ja einen Hund anschaffen.«

»Hat er Familie?«, fragte Catherine neugierig.

»Nein, er hat keine Frau, so viel hab ich aus ihm rausgekriegt, also braucht er auch keinen Garten für Kinder. Jedenfalls noch nicht, aber warten Sie es ab, die Frauen werden Schlange stehen, wenn es sich erst einmal herumgesprochen hat, dass wir hier einen gut aussehenden, alleinstehenden Arzt haben.«

»Wie ein Schürzenjäger kommt er mir nicht vor. Er wirkt eher reserviert.«

»Stille Wasser sind tief, Catherine.« Bertas Augen funkelten. »Wie auch immer – das Telefon im Haus funktioniert. Nach Dienstschluss werden Funkrufe von hier ins Krankenhaus umgeleitet, bei einem Notfall wird von dort dann Dr. Nixon benachrichtigt und kann sich mit Robbie in Verbindung setzen.«

»Und was haben Sie sonst noch über ihn herausgefunden?«

»Sie sind aber ziemlich neugierig«, bemerkte Berta schmunzelnd.

Catherine zuckte mit den Schultern. »Ich bin eine Frau, da ist es mir erlaubt, ein bisschen neugierig zu sein.«

Berta lächelte. »Nun, abgesehen von der Tatsache, dass er nicht liiert ist und sieben Jahre in Singapur gearbeitet hat, habe ich praktisch nichts aus ihm herausgekriegt. Er spricht offensichtlich nicht gern über sich, was höchst ungewöhnlich ist für einen Mann.«

»Ja, das ist mir auch schon aufgefallen. Aber ich finde, wir sollten das respektieren. Wenn es etwas gibt, das wir wissen müssen, wird er es uns schon erzählen.«

Berta nickte. »Sie haben vermutlich recht, aber meine Neugierde bringt mich fast um!«

Das Funkgerät knisterte, und sie eilte zum Apparat. Karina Burgess, erklärte sie kurz darauf, benötige ihr Schilddrüsenmedikament, könne aber nicht in die Stadt kommen, um es abzuholen.

»Bill hat sich heute freigenommen, aber Sie könnten hinfliegen und es ihr bringen.«

»Karina! Was für ein schöner Name«, merkte Catherine an.

»Sie kommt aus dem Ausland, aber ich weiß nicht mehr, woher genau. Sie hat einen australischen Farmer geheiratet, Dave. Früher hat Dave Rinder und Schafe gezüchtet, soviel ich weiß, aber dem hat Karina ein Ende gesetzt. Sie ist sehr tierlieb, er darf keine Wesen mehr töten. Auf der Farm leben eine ganze Menge Tiere, einige davon könnte man sogar essen: eine Ziege, Enten, Hühner, Pfauen, ein halbes Dutzend Hunde, eine Kuh, etliche Pferde und ein Schwein namens Rasputin, das sich für einen Hund hält.«

Catherine musste lachen. »Sie scheint ja eine interessante Persönlichkeit zu sein. Ich freue mich darauf, sie kennenzulernen.«

»Ich sag es Ihnen lieber gleich, Catherine: Sie werden Mühe haben, wieder wegzukommen. Karina wird Ihnen Tee und etwas selbst Gebackenes anbieten – sie ist eine fabelhafte Köchin –, und sie wird Sie in Grund und Boden reden. So wie die meisten Frauen auf den Farmen; sie haben nur selten weibliche Gesellschaft und freuen sich immer sehr, wenn eine Frau zu Besuch kommt.«

Catherine machte sich auf den Weg. Bald darauf kam Jim zurück. Das Haus sei genau das, was er gesucht habe, erklärte er.

»Ist es nicht ein bisschen zu groß für eine Person?«, fragte Berta in der Hoffnung, ihm Informationen zu entlocken.

»Nein« lautete die einsilbige Antwort.

Berta war enttäuscht. »Na ja, ein gut aussehender Mann wie Sie wird ja nicht immer allein bleiben«, entgegnete sie, bereute es aber sogleich, als sie Jims betretene Miene bemerkte. »Und der Garten?«, fuhr sie hastig fort. »Der ist doch ziemlich groß, oder?«

»Genau richtig.«

»Möchten Sie dort Gemüse anpflanzen?«

Jim sah sie einen Moment lang an, als überlege er, wie viel er preisgeben sollte. »Vielleicht.«

Berta ließ nicht locker. »Oder wollen Sie sich einen Hund anschaffen?«

»Hatte ich eigentlich nicht vor. Ich bin wirklich dankbar, dass mir ein Haus gestellt wird, das erspart mir die lange Sucherei nach einer passenden Bleibe.«

»Es ist ganz einfach auch praktisch, wenn unsere Ärzte in der Nähe leben. Dr. Harris und seine Frau haben ein paar Jahre dort gewohnt, ehe sie sich ein eigenes Haus gekauft haben, und nach ihnen noch eine Reihe weiterer Ärzte.«

Jim nickte. »Sind Funksprüche hereingekommen?«

»Nur einer bis jetzt. Catherine ist unterwegs, um Missus Burgess ihr Schilddrüsenmedikament zu bringen.«

In diesem Moment erwachte das Funkgerät zum Leben. Als Berta Minuten später zurückkehrte, sagte sie: »Das war Hilda Gibson von der Warrick Hill Farm. Geoff, ihr Mann, ist vom Pferd gefallen und hat sich verletzt. Möglicherweise ist sein Knöchel gebrochen, außerdem hat er eine Fleischwunde, die vielleicht genäht werden muss. Er hat die Zäune kontrolliert, als sein Pferd wegen einer Schlange gescheut und ihn abgeworfen hat, dabei ist er mit dem Fuß im Drahtzaun hängen geblieben.«

»Was können Sie mir über Geoffs allgemeinen Gesundheitszustand sagen?«

»Für einen Dreiundachtzigjährigen ist er ziemlich fit. Die schweren Arbeiten macht sein Sohn. Dr. Harris hat ihn schon vor einer ganzen Weile gewarnt, dass seine Knochen spröde werden und er aufpassen soll, dass er nicht stürzt. Aber Geoff ist stur wie ein Esel. Er macht, was er will.«

Jim runzelte die Stirn. »Ich sollte so schnell wie möglich zu ihm.«

»Catherine ist bestimmt bald zurück.«

»Hoffentlich. Der Gedanke, dass ein alter Mann Schmerzen hat, gefällt mir gar nicht.«

»Im Moment sitzt er fürs Erste ruhig zu Hause auf der Veranda. Und die Schmerzen sind garantiert nicht so schlimm wie Hildas Vorwürfe. Sie hält ihm vor, dass er immer noch denkt, er könnte arbeiten wie ein junger Bursche, und liegt ihm ständig in den Ohren, er soll in der Nähe des Hauses bleiben. Du kannst einen Mann nicht anbinden, sage ich ihr immer. Ich glaube, er würde alles tun, um nur ja von ihrer Nörgelei wegzukommen. Er steht regelrecht unter ihrem Pantoffel.«

»Es muss schlimm sein, nicht mehr mit anpacken zu können, wenn man sein Leben lang hart gearbeitet hat«, entgegnete Jim Nixon.

»O ja, ganz bestimmt. Sie werden schnell merken, dass Ihre Arbeit nicht nur darin besteht, Wunden zu nähen oder gebrochene Knochen zu schienen, sondern auch darin, die Leute zu beruhigen und ihnen zuzuhören. Das haben Sie vorher vermutlich auch schon gemacht, aber hier draußen im Outback spielt das eine noch viel größere Rolle.«

Jim nickte. »Ich werde es mir merken. Wie lange wird Schwester Thomas weg sein, was meinen Sie?«

»Mindestens eine Stunde, vielleicht länger, wenn Karina Burgess sie zu einem Tee überredet.«

»Funken Sie Missus Burgess bitte an, und sagen Sie ihr, dass das Flugzeug für einen Notfall gebraucht wird. Ich werde unterdessen schnell meine Sachen holen und in mein neues Haus bringen.«

»Ja, das ist gut«, sagte Berta.

Karina Burgess war anzusehen, dass sie sich sehr freute, als Catherine aus dem Flugzeug kletterte. Sie stand mit einem strahlenden Lächeln auf der Veranda und winkte aufgeregt. »Hallo!«, rief sie, doch ihre Stimme wurde von dem Hundegebell aus dem Haus fast übertönt.

»Hallo.« Catherine erwiderte das Lächeln. Es war ein schönes Gefühl, so herzlich empfangen zu werden.

Plötzlich flog die Fliegentür auf, und ein Rudel Hunde stürmte bellend heraus, die Verandatreppe hinunter und auf sie zu. Catherine blieb wie versteinert stehen.

»Keine Angst, die tun Ihnen nichts«, rief Karina. »Sie sind bloß ein bisschen stürmisch.«

»Oh.« Die Hunde sprangen schwanzwedelnd um sie herum, beschnupperten sie und leckten ihr die Hände ab. Es waren überwiegend Mischlinge aus Spaniel, Border Collie, Deutschem Schäferhund, Terrier … Catherine riss die Augen auf, als sie inmitten der Meute ein schwarz-weißes Schwein entdeckte. Es schnüffelte an ihr wie ein Hund. Dann trottete eine Ziege auf die Veranda und betrachtete sie mit einer Mischung aus Neugier und Missbilligung. Berta hatte ihr zwar von dem Schwein und der Ziege erzählt, aber Catherine hatte nicht damit gerechnet, dass das Schwein sich inmitten des Rudels bewegte.

Karina kam auf sie zu. »Willkommen auf North Bindara! Ich bin Karina Burgess, für Sie einfach Karina.«

»Freut mich sehr, ich bin Schwester Thomas«, stellte sie sich vor. »Aber sagen Sie ruhig Catherine zu mir.«

»Die Freude ist ganz meinerseits, Catherine. Meine Güte, Sie sind vielleicht hübsch!« Karina, die in den Vierzigern sein musste, war selbst eine attraktive Frau mit schwarzen Haaren und dunklen Augen. »Diese wunderschönen blonden Locken und blauen Augen!« Sie schätzte Catherine ganz richtig auf Ende zwanzig, und bewunderte ihre makellose Haut.

»Vielen Dank. Ich bringe Ihnen Ihre Medikamente.«

»Wunderbar. Kommen Sie doch auf eine Tasse Tee mit rein.« Sie wandte sich an die Hunde. »Jetzt ist es gut, liebe Bande, Ruhe jetzt!«, rief sie und drehte sich zum Piloten um. »Robbie, trinkst du eine Tasse mit?«

»Ist Dave im Schuppen?«

»Ja, er versucht, den Lastwagen zu reparieren. Bis jetzt ohne Erfolg.«

»Ich seh mal nach, vielleicht kann ich ihm helfen. Rufen Sie einfach, wenn Sie hier fertig sind, Catherine.« Das würde vermutlich frühestens in einer Stunde sein.

»In Ordnung.«

»Unser Frauentratsch interessiert ihn nicht«, sagte Karina schmunzelnd.

»Das glaube ich auch.« Catherine nickte. »Berta hat mir schon erzählt, dass Sie ein Schwein halten«, fuhr sie fort, »aber ich hatte keine Ahnung, dass es mit den Hunden herumrennt.«

»Rasputin ist Ihnen also aufgefallen.«

Catherine lächelte. »Er ist kaum zu übersehen.«

»Er hält sich für einen Hund, weil er mit dem Rudel aufgewachsen ist, und ehrlich gesagt behandle ich ihn auch wie einen Hund. Er ist genauso schlau, aber viel gerissener, vor allem wenn es darum geht, etwas Essbares zu stibitzen. Ich habe immer die Hunde ausgeschimpft, wenn wieder etwas gefehlt hat, bis ich eines Tages Rasputin in der Vorratskammer erwischt habe. Er geht auch in meine Gemüsebeete und holt sich, was er möchte.«

»Er ist riesig«, staunte Catherine, als das Schwein zusammen mit den Hunden neben ihr zur Veranda trottete.

»Ja, weil er so ein erfolgreicher Futterdieb ist. Aber ich liebe ihn trotzdem«, fügte Karina lächelnd hinzu. »Ich wünschte nur, er würde das Unkraut fressen und nicht das Gemüse. Immerhin sorgt er dafür, dass die Kängurus und die Kaninchen wegbleiben. Die Hunde lieben ihn auch. Sie beschützen ihn sogar vor den Aborigines, wenn die auf der Jagd sind und ihm zu nahe kommen.«

Catherine riss erschrocken die Augen auf. »Wollen Sie damit sagen, dass …?«

»Dass sie Rasputin als Sonntagsbraten betrachten, ja. Mit ihm hätte der Clan Fleisch für zwei oder drei Tage. Tiere sind für sie zum Essen da. Abgesehen von den Hunden natürlich. Alles andere, und ich meine *ausnahmslos* alles andere, ist für sie jagdbares Wild.«

Catherine wusste, dass sie recht hatte. Die Aborigines lebten von dem, was das Land hergab.

Auf der Veranda hob Karina das Fliegengitter auf, das die Hunde aus der Tür gerissen hatten. »Jetzt schaut euch das an!«, schimpfte sie in strengem Ton. Die Hunde wedelten freudig mit den Schwänzen.

»Toll, wie sie mich respektieren, nicht wahr?« Sie lächelte. »Los, rein mit euch!« Die Hunde und Rasputin liefen ihr und Catherine durch den Flur voraus.

»Das mit dem Fliegengitter passiert jedes Mal, wenn wir Besuch kriegen. Was zwar nicht so oft vorkommt, aber trotzdem. Ich werde es nachher wieder anbringen, sonst ist das ganze Haus voller Fliegen.«

Catherine folgte ihr in die Küche im rückwärtigen Teil des Hauses. Karina stieß die Hintertür auf und scheuchte die Hunde und das Schwein hinaus. Alle miteinander ließen sich auf der schattigen Veranda für ein Nickerchen nieder.

»Setzen Sie sich doch«, forderte sie Catherine auf, die einen Stuhl an den großen Küchentisch heranzog. Auf einem Kuchengitter kühlte Gebäck aus, und durch das offene, mit Fliegengitter versehene Fenster konnte sie Gänse, Hühner und Enten hören.

»Gefällt Ihnen Ihre Arbeit als Fliegende Krankenschwester?«, wollte Karina wissen, während sie kochendes Wasser in eine Teekanne goss.

»Ich bin erst seit zwei Tagen dabei, aber bis jetzt macht es Spaß. Es ist etwas ganz anderes als die Arbeit im Krankenhaus.«

Das Funkgerät in einer Ecke der Küche erwachte knisternd zum Leben. »Was ist denn jetzt los?«, brummte Karina ärgerlich. Die Zeit mit ihrer Besucherin war kostbar.

Es war Berta. »Das Flugzeug wird für einen Notfall gebraucht, Karina. Catherine muss sofort zurückkommen. *Over.*«

»Was ist denn passiert? *Over.*«

Catherine war überrascht, dass sie das fragte. Und konnte sich nicht vorstellen, dass Berta ihr antworten würde. Doch genau das geschah.

»Ich hab noch nicht mal eine Tasse Tee mit Catherine getrunken, dabei hab ich extra Pampuschka gebacken«, klagte Karina, als Berta geendet hatte.

»Oh, ich liebe deine Pampuschka!«, sagte Berta. »Sei so gut und gib Catherine ein paar mit, ja?«, bat sie. »*Over and out.*«

»Sieht so aus, als müssten Sie gleich wieder zurück, Catherine«, erklärte Karina tief enttäuscht.

»Das ist wirklich schade, aber ich komme Sie bald wieder besuchen.« Catherine erhob sich. »Ich freue mich schon darauf.«

»Das ist lieb, dass Sie das sagen.« Karina packte ein paar Hefebrötchen ein und reichte Catherine die Tasche mit den Worten: »Für Sie und Robbie für den Rückflug und für Berta.«

»Danke. Was genau ist denn Pampuschka?«

»Ukrainische Hefebrötchen, sie können süß oder herzhaft sein.«

»Kommen Sie aus der Ukraine?«

»Ja. Ich war noch ganz klein, als meine Eltern hierhergezogen sind, aber ich koche immer noch nach den Rezepten meiner Mutter.«

»Ich kann es kaum erwarten, sie zu probieren!«

Sie gingen durch den Flur zurück zur Vordertür.

»Sie sind seit Monaten die erste Frau, die ich zu Gesicht bekomme«, gestand Karina. »Mit einer Frau zu reden ist etwas ganz anderes als mit Männern. Da geht es immer nur um Farmen und Traktoren und das Vieh oder die Ernte. Oder die Dürre. Manchmal könnte ich schreien, es ist immer dasselbe. Es wäre einfach schön, auch mal über etwas anderes reden zu können.«

Catherine empfand Mitleid mit ihr. Karina musste sehr einsam sein. »Haben Sie Kinder?«

»Zwei Jungen, aber sie sind erwachsen und ausgezogen. Ich vermisse sie. Unser Ältester arbeitet in Kimberley auf einer Viehranch, und der Jüngere wohnt in Adelaide. Er ist Mechaniker und will bald heiraten. Dann werde ich hoffentlich bald *Baba* sein.« Sie lächelte. »Großmutter.«

»Ich hoffe sehr, dass wir uns bald wiedersehen. Auch wenn ich natürlich nicht will, dass Ihnen oder Ihrem Mann etwas zustößt und Sie einen Fliegenden Arzt brauchen«, sagte Catherine aufrichtig.

Die Maschine hatte kaum auf der Piste in Broken Hill aufgesetzt, da kam Jim auch schon herbeigeeilt und kletterte an Bord. Er wies Robbie an, zur Warrick Hill Farm zu fliegen, wandte sich dann Catherine zu und erkundigte sich nach Karina Burgess.

»Wie geht es ihr? Hat sie über Müdigkeit geklagt?«

»Nein, aber ich war auch erst ein paar Minuten dort, als Bertas Funkspruch kam.«

»Ich werde sie bei Gelegenheit aufsuchen und mir selbst ein Bild machen.«

»Glauben Sie, dass Dr. Harris ihr eine falsche Dosis verschrieben hat?«

»Die Dosis war sicher richtig zu dem Zeitpunkt, als er das Rezept ausgestellt hat, aber Schilddrüsenwerte können sich ändern. Das wird uns eine Blutuntersuchung zeigen.«

»Guten Tag«, rief Jim, als sie sich dem Haupthaus der Warrick Hill Farm näherten. Ein Kelpie war aufgesprungen und bellte sie von der Veranda aus wütend an.

»Platz, Bluey«, befahl Geoff. Der Hund gehorchte und kehrte hinter den Korbsessel seines Herrchens zurück, wo er geschlafen hatte.

Jim und Catherine stiegen die Verandastufen hinauf. »Ich bin Dr. Nixon, und das ist Schwester Thomas.«

»Hallo, Doc«, grüßte Geoff. »Danke, dass Sie gekommen sind.« Er hatte das verletzte Bein hochgelegt, und seine Gesichtszüge spiegelten seinen Schmerz.

Eine Frau erschien in der Vordertür. »Wird ja auch langsam Zeit, Doktor«, sagte sie streng und musterte Jim von Kopf bis Fuß.

»Jetzt ist er ja da, Hilda, also lass ihn in Ruhe«, entgegnete Geoff mit matter Stimme. »Das ist meine Frau, Doc, wie Sie sich wahrscheinlich schon gedacht haben.«

»Hallo, Missus Gibson. Das ist Schwester Thomas. Nun, dann wollen wir uns den Fuß mal ansehen.« Jim kniete sich neben den alten Mann und nahm vorsichtig den Verband ab. Oberhalb des Knöchels kam eine tiefe Fleischwunde zum Vorschein. »Die kann ich nähen, aber wenn der Knöchel gebrochen ist, muss ich Sie ins Krankenhaus bringen.«

»Muss das sein, Doc? Ich würde lieber hierbleiben.«

Als Jim den Knöchel abtastete, wäre Geoff beinahe senkrecht aus dem Sessel hochgeschossen.

»Ich hab dir gleich gesagt, dass er gebrochen ist!« Hilda wedelte mit dem Zeigefinger.

»Ich muss Ihnen recht geben, Missus Gibson.« Jim bedeutete Robbie, der ein Stück entfernt am Flugzeug wartete, die Trage zu bringen.

»Darf ich Ihnen eine Tasse Tee anbieten, Doktor?«, fragte Hilda.

»Nein, danke. Ihr Mann sollte so schnell wie möglich ins Krankenhaus.«

»Können *Sie* ihm nicht mal sagen, dass er nicht mehr aufs Pferd steigen soll, Doktor?«

»Das steht mir nicht zu, Missus Gibson. Ihr Mann hätte genauso gut die Verandatreppe hinunterfallen und sich dabei verletzen können. Das könnte jedem passieren, mir und Ihnen auch.«

»Das ist nicht besonders hilfreich«, brummte Hilda verdrießlich.

»Mag sein, aber es entspricht der Wahrheit.«

Geoff war anzusehen, wie sehr er sich freute, dass der Arzt für ihn eingesprungen war.

In diesem Moment ergriff Hilda plötzlich einen an der Wand lehnenden Besen, rannte ans andere Ende der Veranda und schlug wild auf etwas am Boden ein. Bluey sprang auf, raste zu ihr und schnappte bellend und knurrend danach. Jim und Catherine beobachteten die Szene vollkommen überrascht.

Nach ein paar Sekunden löste sich Jim aus seiner Erstarrung und lief zu Hilda, die zu einem letzten kraftvollen Schlag ausholte. Dann richtete sie sich auf und rief Bluey zurück. Sie sah Jim an, während sie sich den Schweiß von der Stirn wischte. »Nur eine tote Schlange ist eine gute Schlange«, sagte sie grinsend und kickte den Kadaver von der Veranda.

Catherine blickte über das Geländer. »War das etwa eine Mulgaschlange?«, fragte sie.

»Ja«, antwortete Hilda. »Schon die zweite diese Woche. Jetzt, wo der arme Geoff sich nicht bewegen kann, ist er für diese Mistviecher leichte Beute.«

»Das war sehr mutig von Ihnen«, sagte Catherine, tief beeindruckt davon, dass die Frau eine Giftschlange mit einem Besen attackiert hatte.

»Ich vergeude doch für eine Schlange keine Kugel, wenn ich einen Besen in Reichweite habe«, erwiderte Hilda.

Catherine sah Jim an, und beide mussten unwillkürlich schmunzeln.

Robbie kam mit der Trage. Sie halfen Geoff, sich daraufzulegen, und bevor sie sich auf den Weg zum Flugzeug machten, sagte Catherine: »Ich werde Sie über Funk auf dem Laufenden halten, Missus Gibson.«

»Danke, Kindchen. Passen Sie gut auf den alten Mann auf.«

Die Traurigkeit und Sorge in ihrer Stimme waren nicht zu überhören, und Catherine wusste nur zu gut, wie verloren sie wäre, wenn ihrem Mann etwas zustoßen sollte. »Das werden wir, versprochen.«

Kapitel 7

»Die Wunde ist genäht worden und der Knöchel eingegipst«, berichtete Jim, als er ein paar Stunden später zum Stützpunkt zurückkehrte. Er hatte Geoff Gibson im Krankenwagen zum Krankenhaus begleitet.

»War es ein komplizierter Bruch?«, erkundigte sich Catherine.

»Nein, glücklicherweise nicht, aber es wird lange dauern, bis er verheilt ist, weil die Knochen spröde sind, genau wie Dr. Harris diagnostiziert hat. In ein paar Tagen, sobald Geoff gelernt hat, an Krücken zu gehen, werden wir ihn nach Hause fliegen. Dort wird er dann zu seinem Leidwesen zwei, drei Monate auf der Veranda sitzen müssen, während Hilda und Bluey aufpassen, dass ihm keine Giftschlange zu nahe kommt.«

»Das wird ihm aber gar nicht gefallen«, entgegnete Catherine lächelnd.

»Habe ich da gerade was von Giftschlangen gehört?«, fragte Berta, die aus dem Funkraum kam.

»Ich erzähl's Ihnen später, Berta«, versprach Catherine.

Jim schaute auf seine Uhr und zog dann die Stirn in Falten. »Okay, ich mache mich auf den Heimweg.«

»Kochen Sie Ihr Abendessen eigentlich selbst?«, wollte Berta wissen.

Jim, der schon an der Tür war, drehte sich um. »Selten.«

»Dann probieren Sie doch mal das Essen in den Hotels hier. Im Palace gibt es gute Steaks.«

»Danke für den Tipp«, beschied er kurz und verschwand.

»Ich frage mich, warum er es so eilig hat, wenn er nicht kochen muss«, brummte Berta mit finsterer Miene.

»Vielleicht hat er eine Verabredung.«

»Das bezweifle ich. Wie soll er denn in der kurzen Zeit, die er in der Stadt ist, jemanden kennengelernt haben?« Berta schüttelte den Kopf. »Der gute Dr. Nixon ist und bleibt mir ein Rätsel.«

»Cyril Erskine hat sich gemeldet. Er macht sich Sorgen um eins der Kinder in der Siedlung, er sagt, es sei sehr krank«, sagte Berta ein paar Tage später zu Catherine und Jim.

Sie waren fast jeden Tag unterwegs gewesen. So hatten sie unter anderem Geoff Gibson zu seiner Farm zurückgeflogen, wo Hilda ihn sehnsüchtig erwartet hatte.

»Hat er gesagt, worum genau es geht?«, fragte Jim.

»Nein. Ich weiß nicht einmal, ob es sich wirklich um einen Notfall handelt, aber da es um ein Kind geht, sollten wir kein Risiko eingehen.«

Jim nickte. »Das finde ich auch.« Er sah Catherine an. »Ist heute Sprechstunde in der Klinik?«

»Nein, nur einmal in der Woche. Ich kann also mitkommen.«

Sie eilten zum Flugzeug. Als sie einstiegen, fragte Jim: »War viel los in der Klinik?«

Catherine wunderte sich über diese Frage. Als sie ihm am Vortag von der Sprechstunde berichten wollte, hatte er keinerlei Interesse gezeigt. »Ziemlich. Unter anderem kam eine Frau, die schon letzte Woche da gewesen war, nachdem sie sich ihre Brust am Herd verbrannt hatte. Zum Glück hat sich die Wunde nicht entzündet und tut auch nicht mehr so weh. Es braucht einfach Zeit, bis sie vollständig abgeheilt ist.« Während das Flugzeug vom Boden abhob und Robbie Kurs auf Minnipa nahm, erzählte Catherine ausführlich, was Dorothy Gruber zugestoßen war.

Jim musste ein Grinsen unterdrücken, und Robbie warf einen belustigten Blick über die Schulter.

»Das war eine wirklich schlimme Brandwunde«, empörte sich Catherine.

»Das glaube ich gern«, sagte Jim. »Und bestimmt sehr schmerzhaft.«

Catherine sah ihn an. »Sie stellen sich die Szene bildlich vor, hab ich recht?«

Er nickte, dann hoben sich seine Mundwinkel. Robbie lachte.

Catherine konnte verstehen, dass Jim und Robbie das lustig fanden, und lächelte schließlich selbst. »Na ja, wenigstens versucht sie nicht, ihren Mann zu vergiften, so wie ihre Nachbarin.«

»Wie bitte?« Jim wurde schlagartig ernst. »Das müssen Sie mir näher erklären.«

Catherine berichtete von der Frau, die ihrem Mann Samen der Paradiesvogelblume ins Essen mischte, damit er Durchfall bekam und nicht in den Pub gehen konnte.

»Man sollte sie anzeigen«, sagte Jim finster. »Wenn der Mann ernsthaft erkrankt oder gar stirbt, könnte man Sie als Mitwisserin zur Rechenschaft ziehen, Catherine. Haben Sie darüber mal nachgedacht?«

Catherine erschrak. »Meinen Sie wirklich?«

»Natürlich. Wissen Sie, wo die Frau wohnt?«

»Nein, aber es muss ganz in der Nähe meiner Patientin sein.«

»Versuchen Sie, die Adresse herauszufinden, und reden Sie mit ihr, bevor es zu spät ist.«

Catherine war nun wirklich besorgt.

»Ich begleite Sie, wenn Sie möchten«, bot Jim an.

»Nein, das schaffe ich schon, aber danke für das Angebot.«

»Falls es ein Problem gibt, lassen Sie es mich wissen.«

Catherine nickte zur Antwort.

»Hallo, Doc, hallo, Schwester Thomas«, grüßte Cyril Erskine, als die beiden inmitten einer Staubwolke in Minnipa aus dem Flugzeug kletterten. Seine Haare waren immer noch zottelig und die löchrigen, ausgeleierten Shorts vermutlich dieselben wie bei ihrem letzten Besuch.

»Hallo, Mr Erskine. Wo ist denn der Patient?«, fragte Jim.

»Ich bringe Sie hin.« Cyril schloss die Ladentür ab und stürmte dann los, in einem Tempo, dass Jim und Catherine Mühe hatten, mit ihm Schritt zu halten. Er führte sie zur Rückseite eines Hauses, wo ein Feuer brannte, um welches einige Aborigines versammelt waren. Dort blieb er stehen und erklärte ihnen die Situation.

»Die Familie des Jungen will die Krankheit durch Rauch aus seinem Körper vertreiben, aber Sie und ich wissen, dass das nicht funktionieren wird. Er braucht Penicillin oder so was. Ich muss Sie warnen, Doc, Ihr Besuch hier ist nicht gern gesehen, aber ich konnte doch nicht tatenlos zuschauen, wie der Junge stirbt.«

»Sie haben genau richtig gehandelt, Mr Erskine«, versicherte Jim.

»Warten Sie hier.« Cyril ging zu den Aborigines und wandte sich in der Sprache der Paakantji an die Männer. Eine hitzige Diskussion entspann sich, die Männer zeigten auf Jim und warfen ihm finstere Blicke zu. Sehr viel mehr beunruhigte ihn jedoch der Zustand des Jungen, der auf dem Boden lag, umgeben von klagenden Frauen, die den Rauch über seinen Körper wedelten. Selbst aus dieser Entfernung konnte Jim sehen, dass es dem Jungen sehr schlecht ging. Sein Körper glänzte vor Schweiß. Nur die westliche Medizin, nur Medikamente würden ihm helfen können.

»Kommen Sie, Doc«, rief Cyril in diesem Moment und winkte ihn zu sich. »Sie dürfen sich den Jungen ansehen.« Die Männer blickten immer noch grimmig drein, machten aber ebenso wie die Frauen widerstrebend Platz.

Jim kniete sich neben den Jungen und fühlte ihm die Stirn. Sie war glühend heiß. »Seit wann geht es ihm so schlecht?«, fragte er Cyril, während er den Puls des Jungen maß. Er war viel zu langsam.

»Er hat sich schon in den letzten Tagen nicht so gut gefühlt, aber jetzt ist es über Nacht viel schlimmer geworden.«

Jim musste husten, seine Augen tränten vom Rauch. »Er muss weg vom Feuer. Er hat hohes Fieber, und die Hitze macht alles nur noch schlimmer.«

Cyril erklärte den Aborigines, was Jim gesagt hatte, und half ihm dann, den Jungen in den Schatten eines Hauses zu tragen, wo es ein wenig kühler war.

»Versteht er meine Sprache?«, fragte Jim.

Cyril nickte. »Ja. Er heißt Minjarra.«

Jim tastete nach den Lymphknoten am Hals. Sie waren geschwollen. Dann bat er Minjarra, den Mund zu öffnen, und inspizierte seinen Rachen. Eine Frau trat heran. »Die Mutter des Jungen«, sagte Cyril. »Sie heißt Tarni.«

»Hat er Schluckbeschwerden?«, wandte sich Jim an Tarni. Cyril übersetzte.

»Ja, es fällt ihm schwer zu schlucken. Er hat seit fast zwei Tagen nichts gegessen«, sagte Cyril schließlich. »Was fehlt ihm denn, Doc?«

»Er hat eine Mandelentzündung. Sie hatten recht: Er braucht Penicillin.«

Catherine öffnete die Arzttasche. Cyril erklärte Tarni, was ihrem Sohn fehlte und wie er behandelt werden sollte. Beim Anblick der fremdartigen Dinge in der Tasche erschrak die Frau sichtlich und schüttelte dann heftig den Kopf. Cyril versuchte, sie davon zu überzeugen, dass ihr Sohn nur mit dieser Medizin gerettet werden konnte, aber sie sträubte sich und zeterte lautstark, was die Aborigine-Männer alarmierte. Sie eilten herbei und stellten sich im Kreis um sie herum auf.

Catherine wurde nervös. Die Männer schienen entschlossen, Jim daran zu hindern, den Jungen zu behandeln. Jim hingegen wirkte äußerlich gelassen, was Catherine bewundernswert fand, denn sicher empfand auch er Furcht.

»Sagen Sie Tarni bitte, dass Minjarra unbedingt behandelt werden muss. Wenn nicht, wird er an rheumatischem Fieber erkranken, das sein Herz schädigen wird«, sagte Jim warnend.

Während Cyril für Tarni und die Männer übersetzte, hielt Catherine die Hand des Jungen, der die Aufregung nicht verstand und sich mit fiebrigem Blick umschaute, und redete beruhigend auf ihn ein.

Cyril gelang es nicht, die Aborigines zu überzeugen. Sie wollten auf die Rückkehr des Medizinmannes warten. Minute um Minute verstrich, ohne dass Dajarra erschien, und die Stimmung war zunehmend gereizt.

Als Jim und Catherine schon fürchteten, gehen zu müssen, ohne den Jungen behandeln zu können, tauchte plötzlich Buddy auf. Er rief etwas, und schlagartig trat Ruhe ein. Dann wandte er sich Jim zu. »Hallo, Doc. Was is los?«

Jim erklärte ihm die Situation. Buddy, der Minjarra kannte, berichtete, dass der Junge normalerweise sehr lebhaft war. »Hat viel Unsinn im Kopf«, sagte er lächelnd. Er warf einen Blick auf den Jungen. »Aber jetzt is er sehr krank«, bestätigte er schwermütig.

Dann wandte er sich an die anderen. Jim sei ein guter Doktor, sagte er und erzählte von Jims letztem Besuch, als er selbst dachte, er müsste sterben, der Doktor aber gewusst hatte, was ihm fehlt und ihn beruhigt hatte.

Als einer der Clanältesten genoss Buddy hohes Ansehen, und so gehorchten die Männer, als er sie aufforderte zu gehen. Jim blickte zu Tarni. Sie wirkte immer noch unschlüssig. Und so stand Catherine auf, ergriff ihre Hände und bat Cyril, ihre Worte zu übersetzen.

»Die Medizin wird Minjarra helfen«, sagte sie. »Dr. Nixon ist ein sehr guter Arzt, der schon vielen Menschen, Erwachsenen und Kindern, geholfen hat. Die Medizin wird verhindern, dass die Krankheit Minjarras Herz schädigt. Bitte geben Sie dem Doktor Ihre Erlaubnis. Sie retten damit Ihren Sohn.«

Tarni schaute erst Minjarra an, dann Jim. Viele Sekunden verstrichen. Schließlich sagte sie etwas auf Paakantji, und Cyril erklärte, sie gebe ihre Zustimmung.

»Danke.« Catherine lächelte ihr zu, dann kniete sie sich wieder neben den Jungen, redete mit ruhiger Stimme auf ihn ein und hielt seine Hand, um ihn abzulenken, während Jim die Spritze aufzog und ihm die Injektion in den anderen Arm setzte.

»In zwei Tagen komme ich wieder, um ihm eine zweite Dosis zu spritzen.« Jim klappte seine Tasche zu. »Bis dahin sollte sich sein Zustand gebessert haben. Falls nicht, verständigen Sie mich bitte. Er soll viel trinken und im Schatten bleiben.«

Cyril nickte. »Alles klar, Doc.«

»Minjarra wird wieder ganz gesund werden«, versicherte Catherine seiner Mutter, und Cyril übersetzte. Catherine bot an, den Jungen nach Hause zu tragen, aber das sei nicht nötig, antwortete Tarni, und so verabschiedeten sie sich. Auf dem Weg zum Flugzeug fragte sie: »Warum schließen Sie den Laden eigentlich immer zu, wenn Sie weggehen, Cyril?«

»Aus kulturellen Gründen.«

Catherine wusste nicht, worauf er hinauswollte. »Wie meinen Sie das?«

»Nun, die Aborigines kennen kein Privateigentum. Alles, was sie haben, teilen sie mit anderen aus ihrem Clan.«

»Ja, davon habe ich schon gehört. Sie denken also, sie würden Ihren Laden ausräumen und alles verteilen?«

Cyril nickte. »Meine Vorräte würden schneller verschwinden als Schneeflocken an einem Sommertag. Ich werde nicht allzu oft beliefert, und ich verdiene auch nicht besonders viel, ich kann es mir einfach nicht leisten, Waren herzuschenken. Wo wir gerade davon sprechen – würden Sie mir einen Gefallen tun, Doc?«

»Wenn ich kann.«

»Könnten Sie mir das nächste Mal eine Schachtel Milchpulver mitbringen?«

»Für die Kinder?«

»Auch. Die letzte ist mir schon vor Tagen ausgegangen, und ich vertrage einfach keinen Tee ohne Milch.«

»Das dürfte kein Problem sein«, meinte Jim. »Ich weiß nur nicht, ob wir Waren im Flugzeug transportieren dürfen.«

»Es muss ja keiner wissen. Und könnten Sie mir vielleicht auch noch zwei Flaschen Bier besorgen?«

Jim sah ihn verdutzt an und wechselte einen Blick mit Catherine, die genauso verwundert war.

»Übertreiben Sie es nicht, Cyril. Die Milchlieferung könnte ich mit einem Kalziummangel bei einzelnen Kindern rechtfertigen, aber Bier … Bier ist weder lebensnotwendig, noch hat es irgendeinen Nährwert. Außerdem könnten wir Probleme bekommen, weil wir Alkohol in eine Aborigine-Siedlung bringen.«

»Für mich ist es sehr wohl lebensnotwendig, Doc«, wandte Cyril ein. »Ich muss tagein, tagaus hier leben. Die Hitze, die Fliegen und der Staub machen mir nichts aus, aber die Einheimischen strapazieren meine Geduld viel zu oft. Ich brauche was zur Beruhigung meiner Nerven, und Medikamente will ich nicht nehmen.«

Jim schaute sich um. In Minnipa zu leben wäre gewiss nichts für ihn, aber Cyril hatte es sich schließlich ausgesucht. »Bier ist also sozusagen ein Beruhigungsmittel für Sie.«

Diese Argumentation gefiel Cyril. »Genauso ist es, Doc. Es hilft mir, mich zu entspannen.«

Jim überlegte. Er wollte seinen Job nicht verlieren, er hatte Verpflichtungen. »Falls ich damit nicht gegen irgendwelche Vorschriften verstoße, bringe ich Ihnen die Milch. Was das Bier angeht, kann ich Ihnen erstmal nichts versprechen, Cyril.«

»Das geht schon in Ordnung, Doc. Danke.«

Jim und Catherine kletterten ins Flugzeug, und Robbie machte sich daran, es zu starten.

»Und, was hat dem Jungen gefehlt?«, fragte Berta, als Jim und Catherine wieder am Stützpunkt waren.

»Er war wirklich sehr krank.« Jim berichtete von den Geschehnissen, dann sah er Catherine an. »Ihr Umgang mit der Mutter war wirklich großartig, Catherine. Und wie Sie den kleinen Jungen beruhigt haben, auch.«

»Ich mag Kinder wirklich sehr, nicht zuletzt seit ich auf Melville Island in einem Waisenhaus für Aborigine-Kinder gearbeitet habe. Aber ich muss gestehen, dass ich Angst vor den Männern hatte. Ich fand bewundernswert, wie ruhig Sie geblieben sind.«

»Äußerlich ja, aber innerlich habe ich gezittert vor Angst, das dürfen Sie mir glauben. Nur der Gedanke, dass dem Jungen geholfen werden muss, hat mich davon abgehalten, wegzulaufen.« Jim wandte sich an Berta. »Cyril Erskine hat gefragt, ob wir ihm Milchpulver mitbringen könnten, wenn wir wiederkommen, um dem Jungen eine zweite Dosis Penicillin zu verabreichen.«

Berta lachte. »Cyril hat Bill Harris oft gebeten, ihm irgendetwas mitzubringen. Bier, zum Beispiel.«

»Das hat Bill aber abgelehnt, oder?«

»Nein, er hat ihm immer alles gebracht. Cyril hat Sie doch sicher auch um ein paar Flaschen Bier gebeten, oder?«

Jim warf Catherine kurz einen Blick zu. »Ja, aber ich dachte, ich verstoße gegen irgendwelche Vorschriften, wenn ich ihm den Gefallen tue.«

»Wahrscheinlich schon, aber manchmal muss man die Vorschriften einfach ein bisschen weiter auslegen, wenn es um die geistige Gesundheit der Menschen dort draußen geht. Fragen Sie mich in solchen Fällen in Zukunft gerne um Rat, dann sage ich Ihnen, was machbar ist und was nicht, okay?«

Jim nickte und schaute auf seine Uhr. »Ich muss schnell mal weg, aber ich bin in ungefähr einer halben Stunde zurück.«

»Alles klar«, entgegnete Berta. »Kann ich Sie im Notfall zu Hause erreichen?«

»Ja« lautete die knappe Antwort, dann war er schon durch die Tür verschwunden.

Berta schüttelte den Kopf, als er wegfuhr. »Was mag denn so dringend sein, dass es nicht warten kann?«

»Keine Ahnung«, meinte Catherine genauso verblüfft.

Als Jim eine Dreiviertelstunde später zurückkam, wirkte er völlig durcheinander.

Berta musterte ihn stirnrunzelnd. »Alles in Ordnung?«

»Ja, aber ich muss noch mal nach Hause. Rufen Sie mich an, wenn etwas Dringendes ansteht.«

»Mach ich. Ist wirklich alles in Ordnung?«

»Ja, ja«, antwortete er unwirsch, eilte hinaus, sprang in sein Auto und brauste davon. Berta schaute ihm besorgt nach.

Minuten später traf ein Funkspruch von Buddy aus Minnipa ein. Er konnte zwar nicht besonders gut mit dem Gerät umgehen, aber es gelang ihm, Berta mitzuteilen, dass Cyril Erskine beim Einräumen von Vorräten von der Leiter gefallen war und große Schmerzen und möglicherweise ein paar gebrochene oder geprellte Rippen hatte.

Berta setzte sich umgehend mit Jim in Verbindung.

»Bei einem Rippenbruch oder einer Rippenprellung kann ich gar nichts für ihn tun«, sagte Jim.

Berta traute ihren Ohren nicht. »Aber wollen Sie ihn denn nicht wenigstens untersuchen? Oder soll ich lieber Bill Harris verständigen?«

»Nein, ich komme«, antwortete Jim widerstrebend. »Geben Sie mir eine halbe Stunde.«

»Geht es nicht früher?«

»Nein, tut mir leid.«

»Hören Sie, wenn es Ihnen solche Umstände macht, sollte ich Bill anrufen. Cyril könnte eine punktierte Lunge haben«, sagte Berta scharf.

Darauf folgte ein langes Schweigen, dann: »Vielleicht sollten Sie wirklich besser Dr. Harris anrufen.«

»Alles klar.« Berta knallte den Hörer auf. Sie wählte Bills Nummer, berichtete, was passiert war, und bat ihn, auch das Milchpulver und zwei Flaschen Bier für Cyril zu beschaffen. Dann erzählte sie Catherine von Jims sonderbarem Verhalten. »Den werde ich mir vorknöpfen«, fügte sie hinzu. »Einen Arzt mit einer so lapidaren Einstellung können wir hier nicht gebrauchen.«

Catherine musste ihr recht geben. »Irgendetwas stimmt nicht mit ihm. Aber er ist ein guter Arzt, Berta, sehr einfühlsam und gründlich. Wenn er sich uns anvertrauen würde, könnten wir ihm vielleicht helfen. Was mag ihn wohl belasten?«

»Ich habe keine Ahnung, und er will ja ganz offensichtlich nicht darüber reden.«

Als Bill Harris aus Minnipa zurückkehrte, erklärte er, Cyril habe eine Rippenprellung, die einige Tage sehr schmerzhaft sein würde. »Mich wundert, dass nichts gebrochen ist, so mager, wie er ist. Er hat ja kein Gramm Fett am Körper. Aber so war er schon immer. Ist Dr. Nixon eigentlich krank?«

»Ich glaube nicht«, antwortete Berta, »aber irgendetwas stimmt nicht mit ihm.«

Bill runzelte die Stirn. »Ich bin zu Hause, falls ich gebraucht werde.«

»Bill!«, rief Berta, als er am nächsten Morgen das Büro betrat. »Mit dir habe ich heute nicht gerechnet.«

»Jim Nixon hat mich vor einer Stunde angerufen und mich gebeten, ihn zu vertreten.«

»Hat er gesagt, warum?«

»Nein, er hat sich am Ende nur bedankt und dann aufgelegt.« Er schwieg nachdenklich, dann fügte er hinzu: »Ich glaube, es geht ihm nicht gut.«

Berta war hörbar unzufrieden. »Du wolltest doch in Rente gehen, zumindest teilzeitweise, Bill. Und nicht mehr jeden Tag arbeiten.«

»Ja. Aber unglücklich wäre ich nur, wenn ich meinen Hobbys nicht nachgehen könnte, Berta. Aber so ist es ja nicht. Und den Farbdämpfen zu Hause zu entkommen ist auch nicht schlecht.«

»Ich weiß nicht, was mit Jim los ist«, murmelte Berta kopfschüttelnd. »Er ist mit seinen Gedanken dauernd woanders. Ich bezweifle, dass er lange hierbleiben wird.«

»Aber die Arbeit gefällt ihm doch, oder?«

»Schon, aber er ist zerstreut.«

»Setzt er das Leben der Patienten aufs Spiel?«

»Nein, das nicht, er ist ein guter Arzt, gründlich und fürsorglich.«

»Na, das ist doch die Hauptsache. Irgendwann werden wir herausfinden, was ihn bedrückt. Und bis dahin freue ich mich, hier zu sein und einen Tag Pause vom Streichen zu haben.«

Berta lächelte. »Du hast blaue Farbe im Haar.«

»Dann kann man die grauen Haare schon nicht mehr so sehen«, scherzte Bill.

Das Funkgerät knisterte, und Berta eilte hin. »Das war Connie Mitchell. Ihre Enkelin hat Fieber. Sie zahnt, aber Connie macht sich trotzdem Sorgen.«

»Ich fahr mal raus zu ihr, sind ja nur zehn Meilen«, sagte Bill.

Kapitel 8

Am nächsten Morgen erschien Jim um acht Uhr zum Dienst. Berta erwartete ihn bereits, sie wollte ein ernstes Wörtchen mit ihm reden. Er wirkte müde und abgespannt, was ihr zwar leidtat, aber so konnte es nicht weitergehen.

»Wir müssen uns mal unterhalten, Jim«, begann sie.

Jim hatte schon damit gerechnet. Er würde sich erklären müssen, wusste aber nicht, wo er anfangen oder wie viel er preisgeben sollte. »Ich weiß, Berta. Ich bin Ihnen eine Erklärung schuldig, aber …«

Weiter kam er nicht, weil ein Funkspruch eintraf und Berta ins angrenzende Zimmer eilte. Im gleichen Moment fuhr Catherine vor und stellte den Wagen vor dem Haus ab.

»Bei Felicity Kennedy von der Derby Downs Farm haben die Wehen eingesetzt«, berichtete Berta. »Sie ist die Frau des Vorarbeiters. Sie hat einen zweijährigen Sohn, dessen Geburt ziemlich schwierig war, und jetzt hat sie verständlicherweise Angst, zumal sie allein zu Hause ist.«

»Gut, dann nichts wie los.« Jim wandte sich zum Gehen.

»Wir unterhalten uns später, Jim«, sagte Berta.

Er nickte mit ernster Miene.

»Haben Sie schon einmal bei einer Geburt assistiert?«, fragte er Catherine auf dem Weg zum Flugzeug.

»Nein, noch nie.«

»Dann werden Sie gleich Zeugin eines kleinen Wunders werden.«

»Das war unglaublich!«, schwärmte Catherine auf dem Rückflug. Sie fühlte sich geradezu euphorisch.

»Ja, das ist es jedes Mal aufs Neue«, bestätigte Jim, der sich über ihre Reaktion freute.

»Erst hatte ich ja Angst, dass etwas schiefgehen könnte, aber als dieser winzige Körper herausglitt und das Baby seinen ersten Atemzug tat … was für ein magischer Augenblick!« Sie würde nie vergessen, wie sie den warmen, schlüpfrigen kleinen Körper in Händen gehalten hatte, während Jim die Nabelschnur durchtrennte, wie der Kleine seinen ersten Schrei ausgestoßen und mit welch grenzenloser Liebe die Mutter ihr Neugeborenes betrachtet hatte, als Catherine es ihr in die Arme gelegt hatte.

Jim nickte lächelnd. »Ja, das ist wirklich etwas ganz Besonderes.«

Plötzlich wurde ihr bewusst, dass sie dieses Wunder nie am eigenen Leib erfahren, nie ihr eigenes Baby in den Armen halten würde, und große Traurigkeit überkam sie.

»Stimmt etwas nicht?«, fragte Jim, dem die Veränderung nicht entgangen war.

»Nein, nein, alles in Ordnung«, antwortete sie und versuchte zu lächeln, doch das wollte ihr nicht gelingen. Sie wandte den Kopf und schaute aus dem Fenster, damit er die Träne, die ihr über die Wange rollte, nicht bemerkte.

Berta hörte, wie die Tür aufging, und eilte aus dem Funkraum. Im Büro stand eine höchstens zwanzigjährige dünne Frau. Ihre Miene war finster, und sie hielt ein kleines Kind an der Hand.

»Hallo, kann ich Ihnen helfen?«

»Ich suche Dr. Nixon«, sagte die Frau schroff.

»Er ist unterwegs, ich weiß leider nicht, wann er zurück sein wird. Brauchen Sie einen Arzt?«

»Sagen Sie Dr. Nixon, dass ich das nicht mehr mache.« Sie ließ die Hand des Kindes los, drehte sich um, stürmte hinaus und knallte die Tür hinter sich zu.

Berta starrte einen Moment lang die Tür an, dann rannte sie los, riss sie wieder auf und schrie der Frau hinterher: »Warten Sie! Haben Sie nicht etwas vergessen? Ihr Kind! Sie können es doch nicht einfach hierlassen!«

Ohne sich umzudrehen, hastete die Frau zu einem Auto, das mit laufendem Motor und offener Beifahrertür auf dem Parkplatz stand, und sprang hinein. Die Frau am Steuer gab Gas und fuhr davon.

»Warten Sie! Kommen Sie zurück!«, schrie Berta, während sie dem Wagen mit einer Mischung aus Fassungslosigkeit und Empörung hinterhersah. Sie konnte einfach nicht glauben, was gerade passiert war.

Kopfschüttelnd ging sie zurück ins Büro, wo das kleine Mädchen völlig verwirrt und mit zitternder Unterlippe dastand. Wie konnte eine Mutter nur so herzlos sein, ihr Kind einfach zurückzulassen? Berta wusste nicht, was sie tun sollte. Die Behörden einschalten? Doch sie kannte weder den Namen noch die Adresse der Frau.

Plötzlich brach die Kleine in Tränen aus.

Berta ging zu ihr, schloss sie fest in die Arme und flüsterte: »Ganz ruhig, Schätzchen. Alles wird gut. Wir finden eine Lösung, du wirst sehen.« Aber wie sollte sie dieses Versprechen halten? Wie sollte die Kleine mit einer so lieblosen Mutter je ein glückliches Leben führen können?

Berta löste sich ein wenig von dem Mädchen, das sie auf etwa vier schätzte, so alt wie ihre jüngste Enkelin. »Wie heißt du denn, Liebes?«

Die Kleine schluchzte so heftig, dass sie kein Wort herausbrachte. Es musste ja auch verstörend sein, an einem fremden Ort bei einer völlig fremden Frau zurückgelassen zu werden.

»Schon gut, du musst mir nicht antworten. Hast du Hunger? Oder Durst?«

Die Kleine hob den Kopf und schaute Berta aus riesengroßen

dunklen Augen an. Sie war bildhübsch mit ihrem schwarzen glänzenden Haar, der hell olivfarbenen Haut und den leicht asiatischen Zügen. Berta fragte sich, wer wohl der Vater sein mochte.

»Was mache ich denn jetzt mit dir?«, überlegte sie laut, während sie einen Stuhl heranzog und die Kleine daraufsetzte. Sie trug ein hübsches, ordentlich gebügeltes geblümtes Kleid, dazu weiße Söckchen und Lacklederschuhe, und die Haare waren frisch gewaschen. Es war ganz offensichtlich gut für sie gesorgt worden. Berta dachte an die Worte der Frau. Ob sie eine Nachbarin von Jim war? Oder eine Patientin, von der sie nichts wusste? Vielleicht jemand mit psychischen Problemen? Berta kannte so gut wie jeden in Broken Hill, wenn nicht persönlich, so doch zumindest vom Sehen, aber diese Frau war ihr völlig unbekannt. Sie überlegte hin und her und beschloss zu guter Letzt, die Polizei zu kontaktieren.

Sie wollte gerade nach dem Telefon greifen, als die Tür aufging und Jim und Catherine hereinkamen. Beide blieben beim Anblick des Kindes verdutzt stehen. Und Berta und Catherine staunten noch viel mehr, als die Kleine aufsprang und sich in Jims Arme warf.

»Rosie! Was machst du denn hier?«

»Sie kennen das Kind?«, fragte Berta überrascht.

Jim runzelte die Stirn. »Wie ist sie denn hierhergekommen?«

»Eine Frau hat sie hergebracht und ist wieder gegangen.«

Jim verschlug es für einen Moment die Sprache. »Hat sie etwas gesagt?«

»Ja, ich soll Ihnen ausrichten, dass sie das nicht mehr macht. Und dann ist sie gegangen. Wie kann eine Mutter nur so herzlos sein?«

»Das ist nicht ihre Mutter!«, erwiderte Jim heftig.

Berta breitete ratlos die Hände aus. »Was hat das zu bedeuten? Wer ist dieses Kind?«

Mit Rosie im Arm ließ sich Jim auf den Stuhl fallen. »Es tut mir leid, ich weiß, Sie haben eine Erklärung verdient. Ich habe mich nicht sehr professionell verhalten, und das ist unverzeihlich. Ich dachte, ich komme zurecht, ohne dass meine Arbeit darunter leidet, aber das ist nicht möglich.«

»Wir haben gemerkt, dass etwas nicht stimmt«, sagte Catherine sanft. »Sie hätten sich uns anvertrauen sollen, vielleicht hätten wir eine Lösung gefunden. Möchten Sie uns erzählen, was los ist?«

Jims Züge wurden weich. Er seufzte und sagte leise: »Rosie ist meine Tochter.«

»Was?«, riefen Berta und Catherine wie aus einem Mund.

»Ich bin alleinerziehend und suche schon seit Langem und bisher erfolglos ein geeignetes Kindermädchen. Der Vorfall heute ist ein perfektes Beispiel für meine bisherigen Erfahrungen. Manche Bewerberinnen sind gar nicht erschienen, andere haben Rosie allein gelassen und Freunde besucht oder Jungs eingeladen, die Alkohol getrunken haben. Eine hat Rosie zu Bekannten mitgenommen und sie dort in der Obhut einer Zwölfjährigen zurückgelassen, während sie selbst auf eine Party gegangen ist.«

Catherine und Berta schnappten entsetzt nach Luft.

»Ich bin fast wahnsinnig geworden vor Sorge. Die arme Rosie muss ganz durcheinander sein.« Er drückte ihr zärtlich einen Kuss aufs Haar. »Wie konnte diese Person sie einfach hier absetzen?«, murmelte er fassungslos.

»Das Kind ist ohne diese Person und ihresgleichen besser dran«, sagte Berta ärgerlich und fügte leicht tadelnd hinzu: »Sie hätten uns die Wahrheit sagen sollen. Rosie hätte hier bei mir bleiben können, bis Sie eine geeignete Nanny gefunden haben. Hier wäre sie doch gut aufgehoben, während Sie arbeiten.«

»Ich wollte Privates von Beruflichem trennen«, entgegnete Jim. »Ich dachte, Broken Hill sei ein sicherer Ort, ein Ort, wo Rosie geborgen aufwachsen und wir neue Erinnerungen schaffen können.«

»Es ist ein wunderbarer Ort für Kinder«, sagte Berta. »Ich habe meine auch hier großgezogen. Gemeinschaft wird hier großgeschrieben.«

»Wo ist denn Rosies Mutter?«, wollte Catherine wissen.

Ein betroffener Ausdruck huschte über Jims Gesicht. Er schaute in die großen Augen seiner Tochter und sagte leise: »Ich bin verwitwet.« Er wollte nicht näher darauf eingehen, um Rosie nicht an den Verlust zu erinnern. »Rosie war ein Jahr alt, als … Wir lebten damals in Singapur und hatten eine ganz wunderbare Nanny. Sie hat uns nach Australien begleitet, konnte aber nur ein paar Tage bleiben. Es ist ihr schrecklich nahegegangen, dass sie abreisen musste, obwohl ich noch keinen Ersatz für sie gefunden hatte. Es ist sehr viel schwerer, als ich dachte, jemanden zu finden, dem ich vertrauen kann.« Ihm war anzusehen, wie sehr ihn das alles belastete.

»Gut, dass wir jetzt Bescheid wissen«, sagte Berta ruhig. »Und wir werden Ihnen helfen. Sie wollen die Stelle doch behalten, oder?«

»Ich liebe diese Arbeit, Berta, aber Rosie kommt an erster Stelle. Ich werde sie nicht mehr in der Obhut von Fremden lassen. Ich würde mir niemals verzeihen, wenn ihr etwas zustoßen sollte.«

»Okay. Dann habe ich einen Vorschlag für Sie: Sie machen Ihre Arbeit, und Rosie bleibt so lange hier bei mir, bis wir die perfekte Nanny gefunden haben. Einverstanden?«

»Das verstößt doch sicher gegen die Vorschriften«, sagte Jim besorgt. »Ich will nicht, dass Sie Ärger bekommen, Berta.«

»Inzwischen müssten Sie gelernt haben, dass wir die Vorschriften großzügig auslegen. Es handelt sich ja auch nur um eine vorübergehende Lösung. Ich werde mich in der Stadt umhören und dafür sorgen, dass sich herumspricht, dass Sie eine zuverlässige Nanny suchen.«

»Und ich werde auf Rosie aufpassen, wenn Sie abends zu einem Einsatz gerufen werden«, bot Catherine an. »Ich wohne nur zwei Straßen von Ihnen entfernt, sagen Sie mir einfach Bescheid, wenn Sie mich brauchen, dann komme ich.«

»Ich danke Ihnen beiden von ganzem Herzen.« Jim war sichtlich gerührt und erleichtert. »Es hat viel Kraft gekostet, das alles allein bewältigen zu müssen.«

»Na, jetzt haben Sie ja uns. Catherine und ich werden Sie nach Kräften unterstützen«, versprach Berta.

Während Catherine sich auf den Weg machte, um Brot, Milch, Käse und Schinken zu kaufen, ging Jim mit Rosie zum Flugplatz und zeigte ihr das Flugzeug. Bei ihrer Rückkehr zum Stützpunkt hatte Catherine den Eindruck, dass das Kind unbeschwerter wirkte.

Sie unterhielt sich mit ihr, während sie Sandwiches für alle machte, und stellte fest, dass das Mädchen sehr lieb und intelligent war.

»Sie haben mir noch gar nicht erzählt, ob Felicity einen Jungen oder ein Mädchen bekommen hat«, meinte Berta schließlich.

»Einen Jungen, und was für einen niedlichen!«, schwärmte Catherine. »Es war unglaublich, dieses Wunder miterleben zu dürfen.«

Ihre verklärte Miene entlockte Berta und Jim ein Lächeln.

»War es eine schwierige Geburt?«

»Nein, völlig unkompliziert«, antwortete Jim. »Felicity war erschöpft, weil das Baby sehr groß war, aber Mutter und Kind sind wohlauf.«

»Ich glaube, Felicity hat sich in unseren Doktor verknallt, Berta«, sagte Catherine schmunzelnd.

»Unsinn«, wehrte Jim verlegen ab. »Sie war einfach dankbar für die Hilfe.«

»Wundern würde es mich nicht«, sagte Berta. »Wer würde sich nicht wünschen, von einem so gut aussehenden Arzt umsorgt zu werden.«

»Jetzt hören Sie schon auf! Felicity ist verheiratet, ihr Mann kam kurz nach der Geburt nach Hause. Ich werde morgen hinfliegen und nachsehen, wie es Mutter und Kind geht.«

Nachdem sie etwas gegessen hatten, erklärte Jim seiner Tochter, dass sie bei Berta im Büro bleiben würde, wenn er zu einem Patienten gerufen wurde. Berta konnte förmlich sehen, wie die Anspannung von Jim abfiel, weil Rosie bei ihm und in Sicherheit war.

»Ich zeig dir, wie das Funkgerät funktioniert, Rosie«, sagte Berta, und das kleine Mädchen strahlte. »Und bring am besten ein paar von deinen Spielsachen mit. Malst du gern?«

Rosie nickte lebhaft.

»Prima, ich habe Buntstifte zu Hause, die bringe ich morgen für dich mit.«

»Kann ich dann ein Flugzeug malen?«, fragte Rosie aufgeregt.

Berta nickte. »Na klar.«

»Wenn ich groß bin, will ich ein Flugzeug fliegen.«

Berta blickte zu Jim.

»Letzte Woche wollte sie Limonade herstellen«, sagte er lächelnd.

Catherine betrachtete ihn amüsiert. Er liebte seine Tochter sehr, das war nicht zu übersehen und machte ihn noch liebenswerter. »Alles wird gut, Jim. Sie werden sehen.«

»Es ist nett, dass Sie das sagen. Und es tut mir wirklich leid, dass ich Ihnen beiden nicht früher von Rosie erzählt habe.«

»Ach, seien Sie nicht so streng mit sich«, entgegnete Catherine. »Ein Kind alleine großzuziehen beinhaltet auch eine Menge Verantwortung, vor allem mit einem Vollzeit-Job, noch dazu mit unregelmäßigen Arbeitszeiten«, entgegnete sie.

»Aber ein Arzt darf sich von privaten Problemen nicht ablenken lassen. Ich war vor lauter Sorge manchmal unkonzentriert, das darf nicht passieren. Ich verspreche, dass das nicht mehr vorkommen wird.«

»Sie haben den Patienten immer Ihre volle Aufmerksamkeit geschenkt, Jim. Sie sind ein guter Arzt«, versicherte Catherine.

»Ich glaube, Sie beide sind ein hervorragendes Team. Dieser Stützpunkt kann sich glücklich schätzen, Sie zu haben«, stellte

Berta fest. In diesem Moment erwachte das Funkgerät erneut zum Leben. »Okay, die Pause ist vorbei!«

Von da an begleitete Rosie ihren Vater jeden Tag zum Stützpunkt. Berta kümmerte sich mit Freuden um das Mädchen, das vollkommen unkompliziert war, und Catherine freute sich jedes Mal, wenn sie von einem Einsatz mit Jim zurückkam und Rosie im Büro wartete. Die Kleine hatte ihre Herzen im Sturm erobert.

Jim war wie ausgewechselt. Sie waren mittlerweile alle zum Du übergegangen, er scherzte und lachte und war im Umgang mit seinen Patienten noch einfühlsamer. Über Rosies Mutter sprach er jedoch nie, und Catherine respektierte seine Privatsphäre und stellte keine Fragen. Schließlich wollte auch sie nicht über ihre Vergangenheit oder die Ereignisse auf Melville Island reden.

Zwei Wochen vergingen. Dann, als Jim eines Morgens mit Rosie das Büro betrat, empfing ihn Berta mit den Worten:

»Ich habe gute Nachrichten, Jim! Ich glaube, ich habe die perfekte Nanny für dich gefunden!«

Sofort stahl sich ein wachsamer Ausdruck in seine Augen.

»Hör mir erst einmal zu«, fuhr Berta fort. »Eine liebe Freundin von mir hat Besuch von ihrer Schwester aus South Australia bekommen. Wilma Hume ist ungefähr in meinem Alter und seit zwei Jahren verwitwet. Sie will sich hier niederlassen, um näher bei ihrer Schwester zu sein, und sucht eine neue Aufgabe. Ich habe sie gestern Abend kennengelernt, sie ist eine sehr bodenständige, warmherzige und einfühlsame Frau. Vor ihrer Heirat und später nach dem Auszug ihrer Kinder hat sie als Krankenschwester gearbeitet. Ich habe eine ziemlich gute Menschenkenntnis, und ich denke, sie wäre genau das richtige Kindermädchen für Rosie. Im Moment wohnt sie bei Wendy, aber sie sucht etwas Eigenes, daher wäre eine Stelle mit Unterkunft perfekt. Was meinst du?«

»Ehrlich gesagt würde ich mir gern selbst ein Bild von ihr machen«, erwiderte Jim zurückhaltend.

»Das verstehe ich, deshalb habe ich sie gebeten, heute um fünf hierherzukommen. Ich werde euch miteinander bekannt machen und euch dann allein lassen.«

»Okay«, sagte Jim betont munter, obwohl ihm gar nicht wohl war bei dem Gedanken, dass sich Rosie einmal mehr an eine neue Nanny würde gewöhnen müssen. »Mir war klar, dass das hier keine dauerhafte Lösung sein kann, und ich bin dir wirklich dankbar, dass du eingesprungen bist, Berta.«

»Falls Wilma dir unsympathisch ist oder du kein gutes Gefühl hast, ist das auch kein Problem, Jim. Dann höre ich mich eben weiter um und behalte Rosie hier bei mir, bis wir jemanden gefunden haben. Fühl dich nicht unter Druck gesetzt.«

»Danke, Berta.«

»Mein Bauchgefühl sagt mir, dass Wilma perfekt wäre, aber ausschlaggebend ist *dein* Bauchgefühl. Und Rosies Reaktion auf sie. Kinder haben ein Gespür für Menschen.«

»Da kommt sie, pünktlich auf die Minute!«, sagte Berta mit einem Blick aus dem Fenster, als ein Auto vor dem Gebäude hielt. Catherine war bereits gegangen, um noch ein paar Besorgungen zu machen.

Jim schaute hinaus. Eine gut gekleidete Frau mittleren Alters stieg aus dem Wagen. Berta öffnete ihr die Tür.

»Hallo, Wilma! Kommen Sie herein.«

»Danke.«

»Wilma, ich möchte Ihnen Dr. Nixon vorstellen. Und dieses bezaubernde kleine Mädchen ist Rosie.«

Wilma lächelte Jim zu. »Hallo.« Dann beugte sie sich zu Rosie hinunter. »Hallo, Rosie. Du bist ja eine richtige kleine Schönheit! Ich wette, du bist auch ziemlich schlau, stimmt's?«

Rosie lächelte schüchtern. »Ich kann schon bis zehn zählen!«

»Wirklich? Das glaube ich nicht.«

»Doch.« Rosie zählte ohne zu stocken bis zehn.

»Wow!«, staunte Wilma. »Du bist wirklich ein kluges Kind. Du bist bestimmt schon sechs oder sieben, nicht wahr?«

»Ich bin vier«, antwortete Rosie ernst.

»Vier! Also du bist die klügste Vierjährige, der ich je begegnet bin.«

»Wirklich?«

»Wenn ich es dir doch sage.«

»Okay, ich geh dann mal.« Berta nahm ihre Handtasche. Sie war gespannt, wie sich die Sache entwickeln würde. »Bis morgen, Jim. Und wir, Wilma, sehen uns vielleicht mal wieder bei Wendy.«

»Das würde mich freuen«, erwiderte Wilma.

Jim zog einen Stuhl für sie heran und setzte sich ihr gegenüber. Er hatte solche Gespräche schon einige Male geführt und keine guten Erfahrungen damit gemacht.

Wilma spürte seinen inneren Kampf. »Sie sind noch nicht lange in Broken Hill, habe ich gehört. Genau wie ich.«

»Das stimmt. Ich habe in Übersee gearbeitet. Rosie wurde in Singapur geboren.«

»Und Sie suchen eine Nanny, die bei Ihnen wohnt.« Als Jim nickte, fuhr sie fort: »Ich wäre nie auf die Idee gekommen, als Kindermädchen zu arbeiten. Ich hatte eher an eine Stelle bei der Gemeinde gedacht. Doch dann hat mir Berta von Ihnen und Rosie erzählt.«

»Arbeiten Sie denn nicht gern mit Kindern?«

»O doch, sehr. Ich fände das wunderbar«, versicherte Wilma.

»Unsere Nanny in Singapur war einfach toll, müssen Sie wissen.«

»Ich beneide Sie nicht um die Aufgabe, jemanden finden zu müssen, dem Sie das Kostbarste auf der Welt anvertrauen sollen – Ihre wunderschöne kleine Tochter.«

Jim musterte sie aufmerksam. Ihre Worte bedeuteten ihm viel, die bisherigen Bewerberinnen hatten sich eher für das Gehalt und die Arbeitszeiten interessiert als für das Kind.

»Ja, das ist nicht einfach. Berta hat Ihnen vielleicht von meinen Schwierigkeiten bei der Suche nach einer geeigneten Nanny erzählt. Sie hält Sie für die Richtige, aber ich muss mir sicher sein. Das verstehen Sie hoffentlich.«

»Aber natürlich, ich an Ihrer Stelle würde es nicht anders machen.«

»Sie können gut mit Kindern umgehen, das ist ein guter Anfang.«

»Ich habe selbst vier Kinder«, sagte Wilma. »Sie sind alle erwachsen und leben in verschiedenen Ecken von ganz Australien. Inzwischen haben sie selbst Kinder. Sie haben ihr eigenes Leben, das ist mir klar, auch wenn ich meine Enkel gern öfter sehen würde. Wissen Sie, es ist mir ein Bedürfnis, mich um andere Menschen zu kümmern, auch deshalb fällt es mir so schwer, allein zu leben. Ich koche leidenschaftlich gern, aber für eine Person macht das keinen Spaß.«

Ihre Worte verstärkten Jims gutes Gefühl. »Als Fliegender Arzt sind meine Arbeitszeiten unregelmäßig, manchmal werde ich sogar nachts zu einem Einsatz gerufen, deshalb brauche ich jemanden, der im Haus wohnt und rund um die Uhr für Rosie da ist. Sie wird in einem Jahr eingeschult, dann muss sie auch zur Schule gebracht und von dort abgeholt werden.«

»Ich verstehe. Das habe ich seinerzeit auch mit meinem ältesten Enkel gemacht.« Wilma breitete die Arme aus, und Rosie kletterte auf ihren Schoß.

Jim war überrascht, das hatte Rosie noch bei keiner anderen Bewerberin gemacht. Bertas Worte fielen ihm ein: *Kinder haben ein Gespür für Menschen.*

»Wären Sie mit einem Monat zur Probe einverstanden, Wilma? Das wäre für Sie und für uns eine gute Lösung, was meinen Sie?«

»Das klingt gut, Dr. Nixon. Aber ich habe jetzt schon das Gefühl, dass wir gut miteinander auskommen werden.« Wilma gab Rosie einen Kuss auf die Wange und knuddelte sie.

Jim lächelte. Er hoffte, dass Wilma recht behielt. »Was hältst du davon, wenn Missus Hume für dich sorgt, wenn ich arbeite, Rosie?«

Das Mädchen sah in Wilmas freundliches Gesicht. »Können wir Kekse backen?«

»Aber sicher! Ich esse am liebsten Chocolatechip-Kekse. Magst du die?«

»Ja!« Rosie klatschte in die Hände. »Gleich morgen?«

»Wenn dein Daddy einverstanden ist.« Wilma schaute Jim an.

»Das wäre wunderbar«, sagte Jim erleichtert. »Ich gebe Ihnen unsere Adresse. Und ich kann Ihnen gern helfen, Ihre Sachen zu uns zu bringen.«

»Das ist nicht nötig, ich habe nicht so viel. Ich komme morgen, bevor Sie zur Arbeit gehen. Und ich bringe alles mit, was wir zum Backen brauchen, einverstanden, Rosie?«

Rosie jubelte, und Jim lächelte.

Kapitel 9

Catherine war zum Flugzeug vorausgegangen, während Jim am Stützpunkt noch medizinisches Material zusammenpackte. Robbie führte Kontrollen an der Maschine durch, und auch wenn er tat, als wäre er ganz auf seine Arbeit konzentriert, spürte Catherine, dass er immer wieder zu ihr hinsah.

Zu guter Letzt fragte er: »Hast du heute Abend schon was vor?«

»Ja, ich werde ein schönes kühles Bad nehmen und anschließend in mein weiches Bett fallen«, antwortete Catherine.

»Klingt nicht besonders aufregend.«

Robbie erinnerte Catherine in mancherlei Hinsicht an Preston, deshalb war es nicht verwunderlich, dass sie sich zu ihm hingezogen fühlte. Sie waren sich irgendwie ähnlich. »Für dich vielleicht nicht, für mich schon.«

»Wie wär's, wenn wir vorher noch was trinken gehen?«

»Ich glaube nicht, Robbie, aber danke für die Einladung.«

»Warst du hier überhaupt schon mal im Pub?«

»Nein«, antwortete sie und dachte bei sich, dass er genauso hartnäckig war wie Preston, als sie sich das erste Mal begegnet waren.

»Es gibt noch mehr im Leben als Arbeit, Cathy. Wenn du nicht mal etwas unternimmst, wirst du noch umkommen vor Langeweile.«

Cathy. Wieder nannte er sie so. Aber Robbie hatte nicht unrecht: In Alice Springs war sie nie ausgegangen, und irgendwann war die Langeweile fast unerträglich geworden.

»Es gibt nichts Schöneres als ein eiskaltes Bier nach einem langen Arbeitstag, vor allem bei dieser Hitze«, fuhr Robbie mit einem jungenhaften Grinsen fort. »Oder magst du kein Bier?«

»O doch.« Sie nickte bekräftigend.

»Das Tydvil Hotel in der Oxide Street hat einen gemütlichen Biergarten hinterm Haus. Wollen wir uns dort nicht um halb sieben treffen? Das verpflichtet dich zu nichts. Einfach ein paar kühle Bierchen unter Kollegen.«

Catherine zögerte kurz. »Also gut, meinetwegen. Aber nur ein paar Bier, okay?«

»Perfekt! Soll ich auf dich warten und dich mitnehmen, oder willst du selber fahren?«

»Nein, ich fahre gerne mit dir.«

Sie hörte Schritte hinter sich, vermutlich Jim. Aus irgendeinem Grund wollte sie nicht, dass er von ihrer Verabredung mit Robbie erfuhr.

»Startklar, Robbie?«, fragte Jim mit einem flüchtigen Blick auf Catherine.

»Startklar, Boss!«, antwortete Robbie fröhlich und kletterte ins Cockpit.

Irgendetwas hatte sich zwischen Robbie und Catherine verändert, das spürte Jim. Er hielt Robbie für einen Schürzenjäger und beobachtete seine Flirtversuche mit Catherine mit Sorge.

Fünfzehn Minuten später landeten sie auf der Bulla Farm, einem über einhundertzwanzig Hektar großen Schafzuchtbetrieb. Der Besitzer hatte sie gerufen, weil seine Frau seit vierundzwanzig Stunden an Brechdurchfall litt.

Robbie brachte die Maschine auf einer unbefestigten Piste unweit des Hauses inmitten einer Staubwolke zum Stehen. Die Nachmittagssonne brannte unbarmherzig auf sie herunter, als sie über die staubige, steinige Erde gingen. Catherine betrachtete das Farmhaus. Es lag auf einer leichten Anhöhe, war klein, aber solide gebaut und auf drei Seiten von einer Veranda umgeben. Auf der vorderen Veranda standen zwei Schaukelstühle mit Blick auf einen Stausee, dessen Wasserstand ziemlich niedrig war. Ringsherum grasten Schafe. Das cremefarbene, staubbedeckte Haus mit den erdfarbenen Fensterläden hatte etwas Heimeliges, wie Catherine fand: Topfgeranien auf der Veranda, kleine Tierfiguren, ein besticktes Kissen auf dem einen Schaukelstuhl und ein abgewetzter Hut auf dem anderen.

»Ein Haus sagt viel über seine Bewohner aus«, meinte sie nachdenklich.

»Und was sagt dir dieses Haus?« Jim blieb vor der Verandatreppe stehen.

»Hier wohnt ein reizendes älteres Paar mit einer langen gemeinsamen Geschichte und wundervollen Erinnerungen. Er arbeitet hart, und sie backt und näht, so ein richtiges Mütterchen mit einem sonnigen Gemüt.«

Jim musste unwillkürlich lächeln. Hoffentlich würde Catherine keine Überraschung erleben.

Die Tür wurde aufgerissen, und ein hochgewachsener, hagerer Mann erschien, ein Farmer wie aus dem Bilderbuch, mit braun gebrannter, von Wind und Wetter gegerbter Haut. Sein Lächeln war offen und herzlich.

»Tag, Doc«, rief er mit tiefer Stimme. »Danke, dass Sie gekommen sind. Ich bin Tony Freeman.« Er streckte Jim die Hand entgegen, als dieser die vier Stufen hinauflief.

»Jim Nixon.« Er schüttelte dem Farmer die Hand. »Und das ist Schwester Thomas.«

»Freut mich sehr, Schwester Thomas. Ida wird begeistert sein, dass die Fliegenden Ärzte jetzt von einer Krankenschwester begleitet werden.« Von dem neuen Arzt hatte er seiner Frau wohlweislich nichts erzählt, weil er wusste, wie ihre Reaktion ausfallen würde.

»Wie geht es Ihrer Frau, Mr Freeman?«, erkundigte sich Jim, als sie ins Haus gingen.

»Nicht so besonders, auch wenn sie versucht, das nicht zu zeigen«, antwortete Tony. »Der Brechdurchfall hat zum Glück nachgelassen, aber sie ist sehr schwach.« Er hielt inne und senkte die Stimme. »Ich muss Sie warnen, Doc – sie ist immer noch kräftig genug, um eine schwierige Patientin zu sein.«

Jim nickte. »Ich verstehe.« Er hatte Idas Patientenakte gelesen und wusste, dass sie in den Siebzigern war und diverse gesundheitliche Probleme hatte. Bill hatte in einer Notiz festgehalten, dass sie stoisch, dickköpfig und streitlustig sein konnte, was ihm ein Schmunzeln entlockt hatte. Immerhin war er gewarnt und wusste, mit wem er es zu tun hatte.

»Wer sind Sie denn? Wo ist der Doktor?«, blaffte Ida, als Jim in den Türrahmen ihres Schlafzimmers trat. Keine Begrüßung, kein »Danke, dass Sie gekommen sind«.

Catherine, die hinter Jim und dem Farmer stand, war überrascht.

Ida saß im Bett, ein Bettjäckchen über den schmalen Schultern, und ihre Miene war so sauertöpfisch, dass man ernsthaft bezweifeln musste, ob sie jemals lächelte.

»Guten Tag, Missus Freeman. Ich bin Jim Nixon, der neue Doktor bei den Fliegenden Ärzten.«

»Wo ist Bill?«

»Dr. Harris ist im Teilruhestand.«

»Teilruhestand? Also arbeitet er an manchen Tagen noch.« Es war eine Feststellung, keine Frage.

»Ja, ein, zwei Tage in der Woche.«

»Schön, dann warte ich, bis er Zeit für mich hat. Nehmen Sie es mir nicht übel, Doktor, aber jemand, der gerade von der Universität kommt, kann nicht viel Erfahrung haben, und ich will kein Versuchskaninchen sein.«

Catherine schlug sich die Hand vor den Mund, um nicht laut herauszulachen.

Jim grinste. »Schon gut, Missus Freeman.« Er räusperte sich und musterte sie nachdenklich.

»Worauf warten Sie? Sie können durch dieselbe Tür hinaus, durch die Sie hereingekommen sind«, herrschte Ida ihn an.

»Wissen Sie, was ich denke?«, sagte Jim unbeeindruckt. »Als Sie Ihr erstes Kind bekommen haben, sind Sie wahrscheinlich von älteren Angehörigen wegen Ihrer Unerfahrenheit gedemütigt worden. Habe ich recht?«

»Unsinn!«, schnauzte Ida.

»Und was ist mit meiner Mutter, Ida?«, warf Tony ein. »Du hast sie immer eine alte Hexe genannt, weil du ihr nichts recht machen konntest. Ständig hat sie an dir herumgenörgelt.«

Ida sah beleidigt aus. »Ich sei zu dumm, ein Ei zu kochen, hat sie mich gescholten, und unfähig, mich um den kleinen William oder um dich zu kümmern.«

»Als ich auf die Welt kam, ging es meiner Mutter genauso«, sagte Jim. »Ältere Menschen denken oft, die Jungen könnten nichts.«

»Und sie haben nicht selten recht damit«, behauptete Ida. »Aber hier geht es um meine Gesundheit. Die richtige Diagnose zu stellen könnte eine Frage von Leben oder Tod sein! Ich bin alt! Ich brauche einen Arzt mit langjähriger Erfahrung!«

»Ich würde Sie für viel jünger als Ihre vierundsechzig Jahre halten«, bemerkte Jim mit einem entwaffnenden Lächeln.

»Im Augenblick fühle ich mich wie ein alter Putzlappen, also sparen Sie sich Ihre Schmeicheleien. Sie haben in meiner Patientenakte doch bestimmt gelesen, wie alt ich bin. Vierundsiebzig!«

Jim war das kleine Funkeln in ihren Augen nicht entgangen. Sein Kompliment schien seine Wirkung nicht verfehlt zu haben.

»Mir scheint, Ihnen kann ich nichts vormachen, Missus Freeman«, erwiderte er gutmütig.

»Das haben schon andere versucht und sind gescheitert.«

Jim nickte. »Wie auch immer, Sie sollten wissen, dass ich sechs Jahre Medizin studiert und danach vier Jahre in der Kardiologie in einem Krankenhaus in Sydney gearbeitet habe. Anschließend war ich in Übersee weitere fünf Jahre in verschiedenen Krankenhäusern tätig, da ist mir alles untergekommen, von einer infizierten Kratzwunde bis hin zu einer Amputation. Ich bin sicher, dass meine Erfahrung ausreicht, Sie bestmöglich zu versorgen, aber wenn Sie trotzdem lieber von Dr. Harris behandelt werden möchten, werde ich das natürlich respektieren.«

»Ja, das möchte ich«, entgegnete Ida mit Bestimmtheit.

»Schön. Ich glaube, er arbeitet nächsten Freitag und Samstag. Soll ich einen Termin für Sie vereinbaren?«

Ida runzelte die Stirn. »Das ist ja erst in einer Woche!«

»Richtig. Er arbeitet wie gesagt nur noch einige wenige Tage in der Woche.«

Ida seufzte tief. »Also gut. Vielleicht sind Sie ja kompetenter, als Sie aussehen.«

Dieses Mal platzte Catherine laut heraus, und zu Idas Verblüffung lachte auch Jim. Es dauerte ein paar Sekunden, bis er sich wieder beruhigt hatte. Er wischte sich die Lachtränen ab und fragte: »Heißt das, ich darf Sie behandeln?«

»Na ja, wo Sie schon mal da sind, können Sie auch was für Ihr Geld tun«, brummte Ida.

Jim schüttelte grinsend den Kopf. Ida würde es ihm nicht leicht machen, aber ihre couragierte Art gefiel ihm.

Catherine kicherte immer noch.

»Wer lacht denn da?« Ida reckte den Hals. »Haben Sie Ihre Freundin mitgebracht?«

Jim trat einen Schritt zur Seite. »Das ist Schwester Thomas, die erste Fliegende Krankenschwester beim Flying Doctor Service.«

»Noch jemand frisch von der Highschool«, schnaubte Ida und musterte Catherine von Kopf bis Fuß. »Sie sind eine hübsche Person, Schwester Thomas. Nehmen Sie sich vor dem da in Acht«, fügte sie hinzu und deutete mit dem Kinn auf Jim.

»Nennen Sie mich gerne Catherine, Missus Freeman. Tja, wissen Sie, wir Jungen planen, die Weltherrschaft an uns zu reißen«, sagte sie lächelnd in weiser Voraussicht, dass Ida einen ihrer Giftpfeile auf sie abschießen würde.

»Euch wird nichts anderes übrig bleiben, wenn wir Alten erst mal unter der Erde sind.« Um Idas Mundwinkel zuckte es, aber ein Lächeln kam nicht zustande.

Catherine schaute sich in dem Schlafzimmer um. Die Massivholzmöbel waren handgefertigt, die Tagesdecke aufwendig bestickt. »Sie haben ein wunderschönes Zuhause«, sagte sie.

»Ich habe das Haus mit meinen eigenen Händen gebaut und alles darin selbst gefertigt«, warf Tony ein. »Damals waren wir frisch verheiratet, und Ida erwartete unser erstes Kind. Über fünfzig Jahre ist das jetzt her.« Er lächelte seiner Frau liebevoll zu.

»Lass gut sein, Tony, die beiden können einen Holzklotz doch nicht von einem Kuhhintern unterscheiden.«

Jim und Catherine sahen sich an und brachen in Gelächter aus.

»Habt ihr junges Gemüse euch bald beruhigt?«, fauchte Ida. »Ich bin krank, kümmern Sie sich gefälligst um mich.«

Jim riss sich zusammen. »Okay, dann wollen wir mal«, meinte er und trat an Idas Bett.

»Ich werde mich nicht vor so einem Grünschnabel wie Ihnen ausziehen«, sagte Ida warnend.

»Das müssen Sie auch nicht. Aber ich möchte Ihren Bauch abtasten.«

»Wenn's unbedingt sein muss«, grummelte sie.

Tony und Catherine ließen die beiden allein. »Ist Ihre Frau immer so …?« Catherine suchte nach dem richtigen Wort.

»Schwierig? Nur, wenn es ihr nicht gut geht. Aber ich liebe sie nun mal, und sie hat trotz ihrer ruppigen Art ein Herz aus Gold. Sie würde jedem helfen, egal ob alt oder jung.«

Sie betraten die Küche. Catherine rümpfte sogleich die Nase, es roch irgendwie verdorben.

»Eine Tasse Tee, Schwester Thomas?«

»Nein, danke.« Catherine fragte sich, ob Tony den Geruch auch wahrnahm. »Ich habe im Stützpunkt schon Tee getrunken.« Sie blickte sich verstohlen um. Die Küche war sauber, aber woher kam dieser fürchterliche Gestank? »Ist Ihre Frau ganz plötzlich krank geworden?«, fragte sie und trat an den Schüttstein, während Tony den Kessel mit heißem Wasser vom Herd nahm.

»Ja, gestern Morgen hat es angefangen. Ida trinkt die erste Tasse Tee gern im Bett. Ich bringe sie ihr, seit wir verheiratet sind.« Er streckte die Hand nach seiner Tasse aus und hätte sie um ein Haar umgestoßen.

»Sie sind ein guter Ehemann«, lobte Catherine. Im gleichen Moment stieß er gegen den Milchkrug, und der Inhalt tropfte auf die Küchenbank.

»O verdammt!«, schimpfte er vor sich hin. »Ich bin schrecklich ungeschickt.«

Die Milch war sauer, bemerkte Catherine, daher auch der üble Geruch. Aber Tony schien es nicht zu riechen. Catherine hatte den Eindruck, als hätte er auch den Milchkrug gar nicht gesehen.

»Nach der ersten Tasse steht sie auf und macht Frühstück, und nach dem Frühstück gehe ich hinaus und kümmere mich um die Farm. Aber gestern musste sie sich auf einmal übergeben«, berichtete er, während er die Milch aufwischte.

Catherine schnappte sich einen Lappen, um ihm zu helfen. »Die Milch ist sauer.«

»Wirklich?« Tony beugte sich so dicht über den Tisch, dass er die Nasenspitze fast in die Milch tunkte.

»Riechen Sie das denn nicht?«

»Ehrlich gesagt nein.«

Catherine sah ihn besorgt an. »Der Geruch ist ziemlich stark.«

Als Tony sich ihr zuwandte, bemerkte sie seine trüben Augen.

»Tragen Sie normalerweise eine Brille?«

»Ich hatte mal eine, aber die ist vor vielen Jahren kaputtgegangen.«

»Wann war das?«

Er kratzte sich am Kopf. »Vor zwanzig Jahren, schätze ich, oder noch länger. Ich wollte meine Augen ja kontrollieren lassen, aber irgendwie hab ich das nie geschafft.«

»Warum nicht? Das ist wichtig!«

»Nicht so wichtig wie die Arbeit auf der Farm, und davon gibt es eine ganze Menge. Aber ich merke selbst, dass meine Augen schlechter geworden sind. Nun, wer gibt schon gern zu, dass er alt wird.« Er sah sie betreten an.

»Alt werden ist keine Schande, Tony. Wir werden alle alt. Und es gibt auch junge Leute mit schlechten Augen. Haben Sie denn niemanden, der Ihnen auf der Farm hilft?«

»Unser Ältester wohnt nicht weit weg, er kommt ein paarmal die Woche vorbei, aber er hat genug Arbeit auf seiner eigenen Farm, deshalb versuche ich, allein zurechtzukommen. Ich habe ja nur noch wenige Schafe und ein paar Pferde.«

Catherine dachte, dass selbst das allmählich zu viel für ihn wurde, sprach es aber nicht aus. »Wie wäre es, wenn wir einen Termin bei einem Arzt in Broken Hill machen, um Ihre Augen kontrollieren zu lassen? Wir können Sie hin- und auch wieder zurückfliegen.«

»Würden Sie das tun? Weite Strecken fahre ich nämlich nicht mehr gern.«

»Ja klar.« Sie wischte die letzten Tropfen auf und fragte: »Haben Sie gestern auch diese Milch genommen?«

Tony nickte. »Ja. Und ich vergesse immer, sie in den Kühlschrank zu stellen.« Ein erschrockener Ausdruck trat auf sein Gesicht. »Ist Ida etwa *davon* krank geworden?«

»Möglich wär's. Haben Sie auch von der Milch getrunken?«

»Nein, ich trinke meinen Tee schwarz. Ich kann nichts mehr riechen, seit ich mit fünfzehn mal sehr krank war. Ich habe immer gehofft, dass mein Geruchssinn wiederkommt, aber das ist bis jetzt nicht der Fall. Für einen Viehfarmer ist das manchmal auch ein Segen.«

»Nach so langer Zeit wird sich das nicht mehr ändern, fürchte ich.«

Jim betrat die Küche. »Ich glaube, Ida hatte eine leichte Lebensmittelvergiftung.« Er schnupperte.

»Das ist meine Schuld, Doc«, gestand Tony zerknirscht. »Ich habe ihr gestern Morgen offensichtlich saure Milch in den Tee getan.«

»Ich kann es riechen. Sie nicht?«

»Er hat keinen Geruchssinn mehr. Und er muss seine Augen kontrollieren lassen«, klärte Catherine ihn auf.

»Verstehe«, erwiderte Jim. »Wir machen einen Termin für Sie, Tony. Vielleicht brauchen Sie nur eine neue Brille.«

»Das hab ich auch gesagt«, meinte Catherine.

»Wie geht's Ida?«, fragte Tony besorgt. »Wird sie sich wieder erholen?«

»Aber ja. Morgen dürfte es ihr schon wesentlich besser gehen. Sie muss viel Flüssigkeit zu sich nehmen. Haben Sie frische Milch da?«

»Nein, nur Milchpulver.«

»Morgen darf sie ein kleines Glas davon trinken.«

»Und stellen Sie den Krug unbedingt in den Kühlschrank«, fügte Catherine hinzu. »Nehmen Sie immer abgekochtes Wasser, und bereiten Sie alle paar Tage einen frischen Krug zu.«

»Mach ich, Schwester Thomas. Ich danke Ihnen.«

»Nichts zu danken.«

»Ich melde mich, sobald ich einen Termin für Sie vereinbart habe, Tony. Und ich werde mich morgen per Funk erkundigen, wie es Ida geht.«

»Vielen Dank, Doc. Ich glaube, Sie werden Ihre Sache gut machen hier draußen im Busch. Sie auch, Schwester Thomas.«

»Es hat mich sehr gefreut, Sie kennenzulernen, Tony«, sagte Catherine. Sie trat in die Tür zu Idas Schlafzimmer. »Wiedersehen, Missus Freeman.«

»Auf Wiedersehen. Und denken Sie an meine Worte – nehmen Sie sich vor diesem jungen Doktor in Acht.«

»Das werde ich«, erwiderte Catherine lächelnd. Sie wusste, dass Jim die Bemerkung gehört hatte.

Der verabschiedete sich von Tony mit einem Händedruck. »Machen Sie sich keine Umstände, wir finden allein raus.«

Als Jim und Catherine die Tür hinter sich geschlossen hatten, tauschten sie einen Blick und lachten.

»Okay, sag nichts, ich weiß, dass ich nur zur Hälfte recht hatte«, meinte Catherine. »Tony ist ein liebenswerter Mann.«

»Aber Ida zu beschreiben, da fehlen mir die Worte«, sagte Jim.

»Stimmt. Ich könnte mich kaputtlachen, wenn ich daran denke, wie sie zu dir gesagt hat, dass du hoffentlich kompetenter bist, als du aussiehst.« Catherine schüttelte kichernd den Kopf. »Konntest du sie denn überzeugen?«

»Falls mir das gelungen ist, hat sie es für sich behalten.«

Sie blieben einen Augenblick auf der Veranda stehen und schauten auf den Stausee und die endlose Weite dahinter. Das Licht der tief stehenden Sonne ließ die Konturen weicher erscheinen. In der Ferne behaupteten sich ein paar unerschrockene Bäume gegen die Dürre und die unbarmherzige Hitze und spendeten dem Vieh wenigstens ein klein wenig Schatten.

»Was für eine himmlische Ruhe«, seufzte Catherine. »Zu zweit hier zu sitzen und den Sonnenuntergang zu beobachten muss herrlich sein. Ich könnte mir vorstellen, dass abends viele Vögel ans Wasser kommen. Der Anblick muss wundervoll sein.«

»Könntest du dir dieses Leben für dich selbst vorstellen?«, fragte Jim, als sie die Stufen hinunter und zum Flugzeug zurückgingen.

Catherine sah in ihrer Zukunft keinen Ehemann. Denn ein Mann hatte das Recht auf eine Familie, und die konnte sie ihm nicht geben. »Ich sehe mich woanders. Ich möchte etwas für die Gesellschaft tun.«

Nachdem sie ein Stück schweigend nebeneinanderher gegangen waren, sagte Jim unvermittelt: »Mir sind Robbies Flirtversuche aufgefallen. Wenn dir das lästig ist, Catherine, oder unangenehm, sag es mir bitte, dann rede ich mit ihm.«

Seine Direktheit überraschte sie. »Das würdest du tun?«

»Ja, natürlich.«

»Danke, das ist sehr nett von dir. Anfangs war es mir ein bisschen unangenehm, aber mittlerweile habe ich mich daran gewöhnt. Wie läuft es eigentlich mit Missus Hume?«, wechselte sie das Thema.

»Es könnte nicht besser sein! Wilma hat mir der Himmel geschickt. Sie kann hervorragend mit Rosie umgehen, und Rosie liebt sie jetzt schon abgöttisch. Außerdem ist sie eine fantastische Köchin. Wenn ich nicht aufpasse, werde ich in kürzester Zeit zwanzig Kilo zulegen. Mindestens!«

»Ich freue mich für dich und Rosie. Du bist ein ganz anderer Mensch, seit du deine Tochter gut versorgt weißt.«

»Ich weiß. Und ich bin selber schuld«, erwiderte Jim grinsend. »Ich hätte von Anfang an mit offenen Karten spielen sollen.«

»Du hast getan, was du für das Beste gehalten hast. Die Hauptsache ist doch, dass sich alles zum Guten gewendet hat.«

Er betrachtete sie flüchtig von der Seite. Er wusste ihre Hilfsbereitschaft zu schätzen, sie hatte sich auch schon um Rosie gekümmert, wenn er zu einem nächtlichen Einsatz gerufen worden war. »Ich bin froh, dass wir zusammenarbeiten«, sagte er ehrlich.

»Ich auch«, entgegnete Catherine lächelnd, dann waren sie am Flugzeug angelangt.

»Und, wie geht's Missus Freeman?«, wollte Robbie sofort wissen.

Jim sah Catherine an, und beide mussten wieder lachen. »Sagen wir mal so – sei froh, dass wir sie nicht ins Krankenhaus transportieren müssen«, antwortete er grinsend.

Kapitel 10

»Ah, das tut gut!«, sagte Catherine, nachdem sie einen großen Schluck eiskaltes Bier getrunken hatte. Sie setzte das Glas ab und fuhr sich mit der Zungenspitze genüsslich über die Lippen.

»Das stimmt«, pflichtete Robbie ihr bei und stellte sein Glas auf den Tisch.

»Das war eine gute Idee. Genau das Richtige bei der Hitze.« Sie schaute sich in dem Biergarten des Tydvil Hotels um. Unter einer belaubten, schattenspendenden Pergola standen rustikale Holztische und Bänke. Einige offene alte Weinfässer waren üppig mit großblättrigen Pflanzen bestückt und trugen ebenfalls zur Kühlung der Luft bei. Eine kleine Rasenfläche, auf der Kinder, denen der Zutritt zum Pub nicht erlaubt war, spielen konnten, schloss sich an den Sitzbereich an.

»Bleib bei mir, dann wirst du feststellen, dass ich vor guten Ideen nur so strotze«, flachste Robbie grinsend.

»Du strotzt vor *Einbildung*, Robbie Richmond«, tadelte Catherine, milderte ihre Worte aber mit einem Lächeln ab.

»Na schön, Themenwechsel. Erzähl mir von dir. Wir arbeiten jetzt schon eine ganze Weile zusammen, aber ich weiß so gut wie nichts von dir.«

»Da gibt es nicht viel zu erzählen«, erwiderte Catherine ausweichend.

»Fangen wir doch mal mit deinem starken englischen Akzent an. Seit wann bist du in Australien?«

»Seit 1937. Ich hatte mich einer Gruppe junger Frauen angeschlossen, die hier eine Ausbildung zur Krankenschwester machen wollten.«

»Und so bist du nach Darwin gekommen.«

»Ja, wir haben im dortigen Krankenhaus gelernt. Nach meinem Abschluss habe ich zwei Jahre dort gearbeitet und danach eine Stelle in einem Waisenhaus auf Melville Island angetreten. Dort war ich ein Jahr. 1943 habe ich im Krankenhaus in Alice Springs angefangen. Zwei Jahre später hat man mich ermutigt, mich auf die Stelle als Krankenschwester bei den Fliegenden Ärzten zu bewerben, das habe ich dann Ende 1945 auch gemacht. Tja, und jetzt bin ich hier. Ich hab doch gesagt, es gibt nicht viel zu erzählen.«

Robbie fiel auf, dass sie kein Wort über ihr Privatleben verloren hatte, und das machte ihn neugierig. »Es war bestimmt nicht leicht, Verwundete zu versorgen.« Er konnte sich gut vorstellen, wie schrecklich manche Verletzungen gewesen sein mussten. Sie hatte ihm schon erzählt, dass sie nicht über die Luftangriffe auf Darwin reden wollte, und nun war er sicher, dass sie bei der Versorgung der Opfer geholfen hatte.

»Das stimmt, aber sie haben Hilfe gebraucht, und ich habe sie ihnen gegeben«, erwiderte sie in einem Ton, der klarmachte, dass ihr das Thema unangenehm war.

»Bist du in Darwin und Alice Springs auch ausgegangen?«

»Ausgegangen? Nein, dafür war keine Zeit. Wenn ich nicht gearbeitet habe, habe ich geschlafen.« In Alice Springs hatte es einen großen Militärstützpunkt gegeben, doch sie hatte immer einen Bogen um die Männer dort gemacht.

»Und wie war das auf Melville Island? Da gab es doch sicher keine Gelegenheit zum Ausgehen, oder?«

»Nein, das nicht, aber die Insel ist wunderschön. Allerdings ist es unerträglich heiß und feucht. Trotzdem war es für mich eine schöne Zeit, bis …« Sie verstummte abrupt, als Bilder des angreifenden Kampfpiloten vor ihrem geistigen Auge aufblitzten.

»Bis was?«

Sie wählte ihre Worte sorgfältig. »Bis ich fand, dass es Zeit für eine Veränderung war«, beendete sie ihren Satz, griff dann zu ihrem Glas und trank einen kräftigen Schluck.

Robbie musterte sie prüfend. Nach einer kleinen Pause fragte er: »Leben auf der Insel Aborigines?«

»Ja, aber die Tiwi sehen sich als kulturell und sprachlich eigenständiges Volk. Auch ihre Kunst unterscheidet sich von der der Aborigines auf dem Festland. Der größte Clan lebt auf Bathurst Island, auf Melville Island sind es zwei kleinere. Die Tiwi waren überaus freundlich und hilfsbereit, und ich habe von ihnen viel über die Natur auf der Insel gelernt.«

»Ist die denn anders als auf dem Festland?«

»Nicht sehr, oder nur teilweise. Ein Großteil der Insel ist von Regenwald bedeckt, aber entlang der Küste gibt es auch einen Eukalyptuswald und Mangroven, in deren Schutz Fische und Meeresschildkröten leben.«

»Ein seltsamer Ort für ein Waisenhaus«, sinnierte Robbie.

»Stimmt. Das hat mit den Kindern zu tun, die dort untergebracht sind.« Sie erzählte ihm von den politischen Hintergründen. »Auf der Insel sind sie isoliert und nicht lokalisierbar. Ich finde diese Politik der gewaltsamen Trennung von Eltern und Kindern grausam und vollkommen sinnlos«, schloss sie. »Wir haben unser Möglichstes für sie getan.«

»Wir? Wie viele Schwestern haben denn dort gearbeitet?«

»Außer mir gab es noch acht Ordensschwestern, von denen einige Krankenschwestern, andere Lehrerinnen sind. Geleitet wird die Einrichtung von einem katholischen Geistlichen.«

Robbie lachte. »Kein Wunder, dass du wie eine Einsiedlerin gelebt hast!«

»Hey, Robbie!«, rief eine Frau, die in diesem Moment in Begleitung einer anderen Frau und zweier Männer den Biergarten betrat. Sie strahlte übers ganze Gesicht. »Wir haben uns ja eine Ewigkeit nicht gesehen. Warst du weg?« Sie streifte Catherine mit einem flüchtigen neugierigen Blick.

»Nein, wir hatten einfach viel zu tun. Sharon, das ist Catherine Thomas, eine Kollegin von mir. Catherine, Sharon Michaels.«

Catherine lächelte ihr freundlich zu. »Hallo, Miss Michaels.«

»Sharon hat einen Friseursalon in der Argent Street«, sagte Robbie.

»Das ist gut zu wissen«, meinte Catherine.

»Sie sind doch sicher keine Pilotin, oder?«, wollte Sharon wissen und musterte Catherine von Kopf bis Fuß.

»Nein, ich bin Krankenschwester.«

»Die *allererste* festangestellte Fliegende Krankenschwester in der Organisation«, betonte Robbie stolz.

»Tatsächlich.« Es klang unverhohlen neidisch. Dann wandte sich die attraktive Rothaarige wieder Robbie zu. »Wollen wir nicht mal wieder was zusammen unternehmen? Deine Gesellschaft hat mir gefehlt.«

Robbie blickte kurz zu ihrem Begleiter.

»Mark ist nur ein Freund«, sagte Sharon mit einer wegwerfenden Handbewegung. »Also dann. Ich hoffe, wir sehen uns bald wieder, Robbie.« Sie sah Catherine an. »Wiedersehen.«

Nachdem Sharon zu ihren Freunden auf der anderen Seite des Biergartens gegangen war, wandte Catherine sich schmunzelnd an Robbie: »Eine alte Freundin?«

»Nichts Ernstes. Wir sind ein paarmal miteinander ausgegangen, mehr nicht.«

»Miss Michaels wünscht sich ganz offensichtlich mehr«, bemerkte Catherine, die sich einen Spaß daraus machte, ihn aufzuziehen.

Robbie seufzte. »Genau das ist das Problem.«

»Warum ist das ein Problem? Sie ist doch sehr attraktiv.«

»Ich will mich noch nicht binden, aber du brauchst eine Frau bloß ein paarmal zum Essen einzuladen, und schon betrachtet sie die Ringe in der Auslage des Juweliers und fragt dich, wann denn endlich geheiratet wird.«

Catherine lachte schallend.

»Das ist nicht komisch«, brummte Robbie. »Das ist ein echtes Problem. Alle Frauen sind so.«

»Ich nicht. Ich will nicht heiraten.«

»Nein?«

»Nein.« Sie schüttelte energisch den Kopf. »Warum guckst du so skeptisch?«

»Na ja, vielleicht tust du nur so, als wärst du schwer zu haben«, antwortete er augenzwinkernd.

»Nein. Ich will wirklich keine Beziehung.«

»Dann bist du das perfekte Date für mich!«

»Das ist kein Date, schon vergessen?«

»Richtig. Wir sind bloß zwei Kollegen, die zusammen was trinken gehen.« Er schwieg einen Moment. »Aber eine Sache würde mich interessieren: Hat dir jemand das Herz gebrochen?«

»Ist es etwa ein Verbrechen, wenn man sich als Frau ganz dem Beruf widmen will?«, konterte sie.

»Nein, aber es ist ungewöhnlich. Die meisten Frauen sind darauf aus, sich einen gut verdienenden Mann zu angeln und Kinder zu bekommen.«

»Das ist eine zynische Einstellung zur Liebe und der Ehe, Robbie«, sagte Catherine ernst. »Und außerdem bin ich nicht wie *die meisten Frauen*«, fügte sie spitz hinzu.

»Da stimme ich dir in der Tat zu«, erwiderte er lächelnd.

»Es könnte Stunden dauern, bis das Kind auf der Welt ist, Robbie. Flieg zum Stützpunkt zurück, und komm morgen früh wieder her«, sagte Jim, nachdem sie auf der Mirabel Farm gelandet waren. In spätestens eineinhalb Stunden würde es dunkel werden, und wann immer möglich hoben sie dann nicht ab. Berta wusste schon Bescheid: Sie würde Wilma informieren, für den Fall, dass sie über Nacht bleiben mussten.

»Bist du sicher?«, fragte Robbie.

»Ja, wir kommen hier klar.« Jim kletterte aus dem Flugzeug. »Walt Stanley hat gesagt, wir können in der Schafschererunterkunft übernachten.« Er zerrte zwei zusammengerollte Schlafsäcke zur Tür und schnappte sich dann seine Arzttasche. »Könntest du uns die Bündel zur Unterkunft tragen, Robbie?«

»Natürlich.« Robbie warf Catherine einen kurzen Blick zu. Er hätte sie gern noch einmal auf ein Glas in den Pub eingeladen, aber es hatte sich nicht mehr ergeben. Und auch heute Abend würde es nicht dazu kommen.

»Sie machen das sehr gut, Missus Stanley«, lobte Jim eine Stunde später. Juliet Stanley war erschöpft und schweißgebadet. Die Geburt ging nur sehr langsam voran.

Catherine tupfte der Gebärenden das Gesicht ab und gab ihr immer wieder zu trinken. Als sie hinausging, um frisches Wasser zu holen, folgte Jim ihr in die Küche.

»Ich fürchte, die Nabelschnur könnte sich um den Hals des Babys gewickelt haben«, sagte er leise.

Catherine erschrak. »Sollen wir Robbie anfunken, damit er zurückkommt?«

»Dafür ist die Zeit zu knapp, und außerdem will ich Juliet nicht beunruhigen. Wenn sie in Panik gerät, könnte das für sie und das Kind schlimme Folgen haben.«

»Und was hast du jetzt vor?«

»Für einen Notkaiserschnitt ist es zu spät. Das könnte einen von beiden oder sogar beide das Leben kosten. Wir machen weiter und hoffen das Beste. Wenn das Köpfchen erst einmal zu sehen ist, schaffe ich es vielleicht, die Nabelschnur zu lockern.« Die Chancen, dass das Kind es schaffen würde, lagen nur bei fünfzig Prozent, doch das behielt er für sich.

Als er ans Bett der Gebärenden zurückkehrte, konnte er den Scheitel des Babys tatsächlich sehen. »Gut gemacht, Juliet! Und jetzt ganz fest pressen!«

Das tat sie. Juliet strengte sich so sehr an, dass ihr Gesicht hochrot anlief und glänzte vor Schweiß. Dann ließ sie sich keuchend zurückfallen.

Catherine wischte ihr den Schweiß ab und legte ihr ein frisches Kissen in den Rücken. Sie konnte Jim ansehen, was er dachte: Wenn der Austritt nicht bald erfolgte, würde das Kind ersticken.

»Okay, Juliet, pressen Sie! Ein letztes Mal noch, dann haben Sie es geschafft«, spornte sie sie an.

»Ich kann nicht«, japste Juliet. »Ich hab keine Kraft mehr. Da kann doch etwas nicht stimmen. Warum dauert das denn so lange, Dr. Nixon?«

»Jede Geburt verläuft anders«, sagte er, aber seine Miene spiegelte seine tiefe Sorge. »Ich will ehrlich zu Ihnen sein, Juliet. Die Gesundheit Ihres Babys ist möglicherweise in Gefahr.«

Juliet starrte ihn entsetzt an. »Wollen Sie damit sagen, dass … es tot zur Welt kommen könnte?«

»Die Gefahr besteht, wenn der Austritt nicht in den nächsten Minuten erfolgt.«

»O Gott, nein!«, wimmerte Juliet. »Ich darf mein Kind nicht verlieren!«

»Kommen Sie, Juliet«, drängte Catherine. »Bei der nächsten Wehe pressen Sie noch einmal, so fest Sie können. Okay.« Sie schob ihren Arm hinter Juliets Rücken und stützte sie. »Und jetzt pressen! Fest! Nicht nachlassen!«

Juliet gab ihr Bestes. Das Köpfchen trat heraus. Wie Jim befürchtet hatte, hatte sich die Nabelschnur um den Hals des Kindes geschlungen.

»Noch einmal pressen, Juliet!« Er warf Catherine einen kurzen Blick zu.

»Sie schaffen das, Juliet«, ermunterte sie sie. »Gleich ist es überstanden!«

Die Schulter schob sich heraus. Die Nabelschnur straffte sich, aber Jim wendete das Kind blitzschnell, sodass es vollends aus dem

Geburtskanal herausglitt. Jim kümmerte sich sofort um den winzigen Körper, der blau verfärbt war. Weder Jim noch Catherine sagten Juliet, dass sie ein Mädchen zur Welt gebracht hatte. Jim klemmte die Nabelschnur ab und schnitt sie durch, dann legte er das Baby ans Fußende des Bettes und massierte den kleinen, reglosen Körper. Stille breitete sich aus.

»Was ist?«, röchelte Juliet. Juliet stemmte sich hoch und beobachtete panisch, wie Jim das kleine Wesen auf den Bauch drehte und ihm über den Rücken rieb. »Warum schreit mein Kind nicht? Sie atmet nicht, oder?«

Catherines Herz raste vor Angst, es könnte Jim nicht gelingen, das Mädchen wiederzubeleben.

»Komm schon«, flüsterte er verzweifelt. »Atme!«

»Was ist mit ihr?« Nackte Angst schnürte Juliet die Kehle zu.

Catherine kamen die Tränen.

Und dann war plötzlich ein Fiepen zu hören. Ein kaum hörbarer Schrei des Babys, und dann noch einer. Die winzige Unterlippe zitterte. Catherine und Juliet umarmten sich, Tränen der Erleichterung und Freude liefen ihnen über die Wangen.

Jim horchte das Herz des Babys ab, dann atmete er auf und brachte endlich ein Lächeln zustande. »Die Herztöne werden kräftiger. Das ist ein gutes Zeichen. Sie ist über den Berg«, sagte er, wickelte das Neugeborene, das allmählich eine gesunde, kräftig rosarote Hautfarbe annahm, in eine leichte Decke und legte es der überglücklichen Mutter in die Arme.

Juliet betrachtete ihr Kind mit grenzenloser Zärtlichkeit. »Du hast mich zu Tode erschreckt«, wisperte sie und gab ihm einen Kuss auf das Köpfchen. Tränenüberströmt schaute sie zu Jim auf. »Ich weiß gar nicht, wie ich Ihnen danken soll.«

Der Arzt schüttelte den Kopf. »Sie brauchen mir nicht zu danken.«

An Catherine gewandt, fügte sie hinzu: »Danke für Ihre Unterstützung. Sie haben mir so viel Kraft gegeben.«

»Ich bewundere Sie«, gestand Catherine, die hautnah miterlebt hatte, was die Liebe einer Mutter bewerkstelligen konnte.

Der Ausdruck reiner Liebe, mit der Juliet ihr Kind ansah, wurde plötzlich von Sorgenfalten getrübt.

»Was ist?«, fragte Catherine. »Stimmt etwas nicht?«

»Walt hat sich einen Jungen gewünscht«, sagte sie leise. »Damit er jemanden hat, der ihm eines Tages auf der Farm hilft. Michael, unser Erstgeborener, hatte Kinderlähmung. Er kann nicht reiten, weil er immer noch Beinschienen tragen muss, und nur mithilfe von Krücken gehen.«

Catherine war zutiefst erschüttert. Sie sah Jim an, dessen Miene sich ebenfalls verdüstert hatte.

»Hoffentlich ist Walt jetzt nicht enttäuscht.«

Das würde ich ihm nicht raten, hätte Catherine fast gesagt, beherrschte sich aber.

Es klopfte an der Tür. Catherine ging und öffnete, während Jim sich um die Nachgeburt kümmerte.

Vor der Tür stand Walt. Ein Rasseln und dumpfes Klopfen verriet Catherine, dass Michael an seinen Krücken hinter ihm durch den Flur humpelte.

»Ist das Kind da?«, fragte Walt aufgeregt.

»Ja.« Catherine trat in den Flur hinaus und schloss die Tür hinter sich. Der hoffnungsvolle Ausdruck in Walts Augen war nicht zu übersehen. Der Sohn, der die Erwartungen seines Vaters nie zu erfüllen vermocht hatte, tat ihr in der Seele leid. Und die Vorstellung, Walt könnte mit Ablehnung auf seine kleine Tochter reagieren, machte sie wütend.

»Es ist ein Junge, nicht wahr?«

»Sie haben eine wunderschöne kleine Tochter«, sagte Catherine und registrierte bestürzt die Enttäuschung, die über sein Gesicht huschte.

»Ich hab mir eine Schwester gewünscht!«, rief Michael aufgeregt, was ihm einen irritierten Blick seines Vaters eintrug.

»Sie ist bezaubernd, du kannst bald zu ihr.« Catherine fasste den Farmer am Arm und geleitete ihn ein Stück den Flur hinunter. »Ihre Tochter wäre fast gestorben, Mr Stanley«, flüsterte sie. »Die Nabelschnur hatte sich um den Hals gelegt, sie drohte zu ersticken, und Dr. Nixon ist es gelungen, sie wiederzubeleben. Sie können sich sicher vorstellen, wie traumatisch das für Ihre Frau war.« Sie wollte versuchen zu verhindern, dass er seine Frau seine Unzufriedenheit spüren ließ.

Walt nickte zögernd. »Aber jetzt geht es ihr gut.«

»Ja, der Doktor meint, sie ist über den Berg. Sie ist eine kleine Kämpferin, das steht fest.«

Wieder nickte der Farmer. »Und sie ist gesund?«

Stellte er die Frage aus echter Sorge oder weil er sich dazu verpflichtet fühlte? »Ja, es scheint alles in bester Ordnung zu sein.«

Walt straffte sich. »Gut. Ich werde ihr das Reiten beibringen, sobald sie im Sattel sitzen kann.«

»Das ist eine hervorragende Idee. Mädchen können nämlich sehr gut reiten.«

Jim öffnete die Schlafzimmertür. »Sie können jetzt reinkommen, Walt.«

Der Farmer setzte sich in Bewegung, blieb dann vor der offenen Tür stehen und sagte: »Komm, Michael, es wird Zeit, dass du dein Schwesterchen begrüßt.«

Der Junge strahlte und stakste schwerfällig in das Zimmer.

Catherine beobachtete Juliet. Deren Gesicht spiegelte eine Mischung aus Zärtlichkeit und Nervosität wider, als sie ihrem Mann und ihrem Sohn den Familienzuwachs zeigte.

»Das hast du gut gemacht, Liebes«, sagte Walt, als er das Neugeborene betrachtete. »Sie ist eine richtige kleine Schönheit. Aber du hast dich ganz schön plagen müssen, hab ich gehört.«

Juliet nickte unter Tränen.

»Wie soll sie denn heißen, Mum?«, fragte Michael, der sich nicht sattsehen konnte an seiner kleinen Schwester.

Juliet blickte von dem Kind in ihrer Armbeuge zu ihrem Mann auf. Einen Jungen hätte er Daniel genannt. »Wie wär's mit Danielle? Kurz Danni?«

Walt dachte kurz nach. »Danni soll sie heißen«, stimmte er zu und gab seiner Frau einen Kuss auf die Stirn.

Michael lächelte. »Danni gefällt mir. Das ist ein schöner Name!«

»Wir haben Vollmond«, sagte Catherine mit einem Blick aus dem staubigen Fenster der Schafschererunterkunft auf die wie mit silbernem Licht übergossene Landschaft. Sie hatten ihre Schlafsäcke auf den Holzpritschen rechts und links der Trennwand ausgebreitet. »Ich glaube, ich würde lieber im Freien schlafen als hier drin.« Trotz der beiden Petroleumlampen, die Walt ihnen dagelassen hatte, war es ziemlich dunkel, und stickig obendrein. Außerdem war irgendein Tier über den Boden gehuscht, als sie die Tür geöffnet hatten.

»Ich auch«, sagte Jim sofort. »Weißt du was? Ich mach ein Feuer, und dann legen wir uns draußen hin und schauen den Mond und die Sterne an, bis wir einschlafen.«

»Das klingt wundervoll!« Catherine seufzte. »Ich helfe dir, Holz zu sammeln.«

»Na dann los.« Er rollte seinen Schlafsack zusammen, und Catherine tat auf der anderen Seite der Trennwand das Gleiche.

»Du hast deine Sache heute ganz wunderbar gemacht«, lobte Jim, als sie fertig war.

»Ich habe dir angesehen, wie sehr du dich um das Leben des Kindes gesorgt hast.«

»Hätte Juliet allein entbinden müssen, wäre es mit Sicherheit gestorben«, sagte Jim.

»Das beweist, wie wichtig die Fliegenden Ärzte sind. Du hast genau gewusst, wie du das Kind retten kannst. Und das ist die Hauptsache.«

Jim nickte. »Du hast recht.«

Eine etwa vierzehnjährige Aborigine mit sehr heller Haut klopfte an die offene Tür.

»Hallo, komm rein«, forderte Catherine sie auf.

Das Mädchen trug ein Tablett mit einem Krug Tee und ein paar Käsesandwiches darauf. Sie war barfuß, bemerkte Catherine. Aborigines trugen nur ungern Schuhe, das wusste sie.

»Vielen Dank«, sagte sie. »Wie heißt du?«

Das Mädchen zögerte. »Nellie, Missus.«

»Und dein Aborigine-Name?«

Ein misstrauischer Ausdruck trat auf das Gesicht des Mädchens. »Jannali, Missus.«

»Oh, das bedeutet Mond, nicht wahr?«

Jetzt strahlte Jannali. »Ja, Missus. Woher wissen Sie das?«

»Oh, ich habe im Northern Territory viele Aborigines kennengelernt. Warum benutzt du nicht diesen Namen, Jannali? Er ist so hübsch!«

Das Mädchen ließ betrübt den Kopf hängen. »Ich darf nicht, Missus. Ich soll meine Kultur vergessen.«

»Oh nein! Ist es, weil man dich deiner Familie weggenommen hat?«

»Ja, Missus«, antwortete sie leise.

»Wie alt warst du da?« Catherine war aufgefallen, dass Jannali hervorragend Englisch sprach, und sie nahm an, dass sie schon lange von ihrer Familie getrennt war.

»Sieben, Missus. Meine Brüder und Schwestern wurden meiner Mutter auch weggenommen. Ich habe seit damals keinen aus meiner Familie wiedergesehen.« Ihre Augen schimmerten vor Tränen.

»Das tut mir sehr leid. Und wo war dein Zuhaue?«

»Ich weiß nicht mehr, wie der Ort heißt, aber er lag an einem großen Fluss.«

Catherine überlegte, ob sie vielleicht den Murray River meinte.

In diesem Moment erschien Walt Stanley in der Tür. »Nellie!

Mach, dass du zurück ins Haus kommst, damit du dort bist, falls die Missus etwas braucht«, schnauzte er.

»Ja, Sir.« Jannali huschte an ihm vorbei nach draußen wie ein verängstigtes Kaninchen.

»Haben Sie alles, was Sie brauchen?«, fragte der Farmer dann in freundlichem Ton.

»Wir würden gern im Freien schlafen, weil es so eine schöne Nacht ist«, antwortete Jim. »Hätten Sie etwas dagegen, wenn ich ein Feuer mache?«

»Aber nein, überhaupt nicht. Hinter dem Stall finden Sie einen Stapel Brennholz. Bedienen Sie sich.«

»Danke.«

Nachdem Walt gegangen war, bemerkte Jim Catherines finstere Miene. »Was ist los?«

»Glaubst du, der Farmer misshandelt Jannali?«

»Wie kommst du darauf?«

»Ich hatte den Eindruck, dass sie Angst vor ihm hat.«

»Er hat seine Leute im Griff, denke ich, aber ich kann mir nicht vorstellen, dass er das Mädchen schlägt. Das hoffe ich wenigstens.«

»Ja, ich auch«, murmelte Catherine.

Kapitel 11

»Das war eine wundervolle Idee.« Catherine seufzte wohlig auf. Sie lag neben dem Lagerfeuer auf dem Rücken und blickte in den Nachthimmel, wo Milliarden Sterne sich um die riesige Silberscheibe des Mondes scharten. Ein leichter Wind bewegte die warme Luft. Gelegentlich war das Schnauben eines Pferdes im Stall oder das Muhen einer Kuh auf einer Weide zu hören. In der Ferne zeichneten sich die Umrisse von Kängurus und Emus ab.

Jim, der seinen Schlafsack auf der anderen Seite des Feuers ausgerollt hatte, verschränkte entspannt die Arme hinter dem Kopf. »Ja, hier draußen ist es viel schöner. Unter freiem Himmel zu schlafen ist einer der großen Vorteile, wenn man im Busch arbeitet. Das ist besser als im Krankenhaus, oder?«

»Viel besser«, bestätigte Catherine.

»Woher hast du gewusst, dass diese Nellie gewaltsam von ihrer Familie getrennt wurde? Oder soll ich besser Jannali sagen?«

»Nennen wir sie lieber Nellie, dann bekommt sie keinen Ärger mit Walt«, erklärte Catherine. »Alle Kinder in dem Waisenhaus auf Melville Island, in dem ich gearbeitet habe, waren ihren Familien weggenommen worden. Mit vierzehn werden die Mädchen zum Arbeiten in einen Haushalt gesteckt, und die Jungen in eine Lehre. Sie sollen sozusagen europäisiert werden, keine eigene Identität mehr haben, ihr kulturelles Erbe verleugnen. Dazu gehört auch eine Namensänderung. Das ist die Politik der Regierung. Und das Allerletzte, finde ich.«

»Das ist doch vollkommen sinnlos, oder?« Jim spürte, wie nah ihr das Thema ging. »Mich wundert übrigens nicht, dass du in einem Waisenhaus gearbeitet hast, so gut wie du mit Kindern umgehen kannst.«

»Ich mag Kinder sehr. Ich liebe ihre Unbedarftheit, ihre Offenheit. Sie sagen, was sie denken.« Sie lächelte.

»Ich weiß, was du meinst.« Jim dachte an Rosie und musste ebenfalls lächeln. »Und, willst du eines Tages selbst viele Kinder haben?«

»Nein«, entgegnete Catherine mit Nachdruck.

Jim war überrascht, wollte sie aber nicht bedrängen.

Das Feuer knisterte und prasselte, und das Schweigen dauerte an. Schließlich sagte Catherine: »Nellie tut mir so leid. Sie sehnt sich nach ihrer Familie, das spürt man. Hoffentlich wird sie eines Tages wieder mit ihren Geschwistern und ihren Eltern vereint. Aber die verlorenen Jahre sind nicht wieder aufzuholen.«

»Das stimmt. Hast du denn noch Angehörige in England?«, fragte Jim.

»Nein, das war auch der Grund, warum ich nach Australien ausgewandert bin. Meine Eltern und mein kleiner Bruder sind bei einem Brand ums Leben gekommen. Ich wurde von einem Nachbarsjungen gerettet.«

»Das ist ja furchtbar!«, rief Jim entsetzt. »Das muss doch fürchterliche Spuren in dir hinterlassen haben.«

»Nein, ich war damals erst drei, ich kann mich gar nicht an das Feuer erinnern.« Sie schwieg einen Moment. »Leider auch nicht an meine Eltern.«

»Bist du denn dann in einem Waisenhaus aufgewachsen?«

»Nein, zum Glück bei einer Tante, der Schwester meiner Mutter. Sie war viel älter, aber sie hat mir all die Liebe gegeben, die sich ein Kind nur wünschen kann. Trotzdem war es für mich schlimm, keine Eltern und Geschwister zu haben. Meine Tante starb ein halbes Jahr, bevor ich England verlassen habe.« Sie seufzte. »Was ist mit dir? Hast du hier Familie?«

»Nein. Meine Eltern sind auch tot, Dad starb mit achtundfünfzig an Herzversagen und Mum zwei Jahre später an einer Hirnblutung. Meine Schwester hat einen Farmer aus Neuseeland geheiratet und wohnt mit ihm, den Kindern und ungefähr einer Million Schafen in der Nähe von Auckland.« Er grinste, wurde aber gleich wieder ernst. »Nach dem Tod meiner Eltern bin ich 1940 nach Singapur gezogen, um als Arzt zu arbeiten.«

»Und, wie war das?«

»Eine Zeit lang ganz gut. Die Krankenhäuser sind ausgezeichnet, aber ich habe fast nur in kleinen Kliniken gearbeitet und mich um ärmere Leute gekümmert. Das fand ich sinnvoller. Dort habe ich auch meine Frau kennengelernt.«

»War sie Krankenschwester?«

»Nein, Ärztin.«

»Es tut mir sehr leid, dass du sie verloren hast«, sagte Catherine leise. »Es tut mir auch für Rosie leid, aber wenigstens hat sie noch ihren Vater.«

Die Stille zog sich hin, nur unterbrochen vom Prasseln des Feuers. Catherine konnte verstehen, dass Jim nicht über seine Frau reden wollte.

Doch zu guter Letzt sagte er: »Die Japaner haben Malaysia in nur zwei Monaten eingenommen. Singapur ergab sich am 15. Februar 1942. Ich habe geahnt, dass es so kommen würde, ich hätte das Land noch verlassen können, aber stattdessen habe ich Rosies Mutter geheiratet.«

Catherine betrachtete ihn durch die Flammen hindurch, sagte aber nichts. Sie hatte das Gefühl, dass sie eine tieftraurige Geschichte zu hören bekommen würde.

»Die Kempeitai, die japanische Militärpolizei, terrorisierte die Bevölkerung und ging mit aller Härte gegen die Chinesen vor. Entweder sie nahmen sie fest und richteten sie dann hin, oder sie erschossen sie direkt auf der Stelle. Meine Frau hatte viele chinesische Freunde und ehemalige Patienten, um deren Leben sie fürchtete. Jeder bespitzelte jeden, man wusste nicht mehr, wem man trauen konnte. Maiyas Großvater war Chinese, deshalb habe ich mir große Sorgen um sie gemacht, vor allem, als sie mit Rosie schwanger war. Sie war so selbstlos, sie hat sich immer mehr um andere gesorgt als um sich selbst. Nach Rosies Geburt war jeder Tag ein Albtraum für mich, weil ich ständig Angst um Frau und Tochter hatte. Eines Tages wurde der Albtraum Wirklichkeit.« Ein gequälter Ausdruck trat auf sein Gesicht. »Als Maiya eine schwangere chinesische Freundin vor den Kempeitai beschützen wollte, wurden beide erschossen. Maiyas Eltern, die ihrer Tochter zu Hilfe eilten, wurden ebenfalls getötet.«

Catherine war schockiert. »Das tut mir entsetzlich leid«, flüsterte sie fassungslos. Jetzt verstand sie, warum er nie über seine Frau oder seine Vergangenheit sprach.

»Maiya gab Rosie normalerweise zu ihrer Mutter, wenn sie arbeitete, und so war das Einzige, wofür ich wirklich dankbar war, die Tatsache, dass sie in ihrem Bettchen schlief und nicht in den Armen ihrer Großmutter. Sonst wäre auch sie getötet worden.«

»Ich kann mir nicht einmal ansatzweise vorstellen, wie grauenvoll das gewesen sein muss«, sagte Catherine zutiefst erschüttert.

»Es wurde zu meiner Aufgabe, Rosie vor den Kempeitai zu beschützen. Sie nahmen jeden fest, auch Kinder, sobald es einen Hinweis auf chinesische Vorfahren gab. Am 12. September 1945 kehrte Singapur unter britische Herrschaft zurück. Ich bemühte mich, jenen zu helfen, die unter den Japanern gelitten hatten. So viele Familien waren zerbrochen, so viele Menschen für ihr Leben gezeichnet. Aber ich wusste, dass Rosie in Australien sicherer sein würde. Als ich mich zur Rückkehr entschloss, hatte ich Schuldgefühle den Singapurern gegenüber, aber ich musste in erster Linie an Rosie denken.«

»Du hast richtig gehandelt, Jim«, sagte Catherine. »Ich habe selbst schlimme Dinge mit den Japanern erlebt.«

»Haben sie Melville Island bombardiert?«

Catherine zögerte nur kurz. Aber dann, Vertrauen gegen Vertrauen, antwortete sie:

»Nein, aber mein Verlobter war Air-Force-Pilot. Bei einem japanischen Luftangriff auf Darwin wurde er abgeschossen.«

»Das tut mir leid«, sagte Jim betroffen. »Du warst bestimmt am Boden zerstört.«

»O ja. Das Schlimmste war, dass ich es erst erfahren habe, als ich auf dem Festland im Krankenhaus lag.«

Jim runzelte verwirrt die Stirn. »Im Krankenhaus?«

Catherine holte tief Luft und erzählte stockend von dem Angriff des japanischen Kampffliegers.

»Hat er dich schwer verletzt?« Jim hatte sich jetzt auf die Ellenbogen gestützt, um ihr Gesicht im Schein des Feuers besser sehen zu können.

»Ich hatte einen Beckenbruch und innere Verletzungen. Man hat mich mit einer Maschine der Fliegenden Ärzte in Darwin abgeholt und nach Alice Springs geflogen, wo ich viele Wochen im Krankenhaus und danach noch etliche Monate in einem Genesungsheim verbracht habe.«

»Das ist ja furchtbar«, murmelte Jim kopfschüttelnd. »Der Krieg hat so viele Leben zerstört und kaum jemanden verschont. Und trotzdem fühle ich mich schuldig, weil Rosie keine Mutter mehr hat.«

»Du kannst nichts dafür, Jim. Und sie hat einen wunderbaren Vater. Denk nur an die vielen Kinder, die beide verloren haben.«

»Ja, du hast recht.« Er ließ sich auf seinen Schlafsack zurücksinken. »Wahrscheinlich gehören die Schuldgefühle zum Elternsein dazu.«

Catherine schwieg. »Jim … Du bist der Erste, dem ich das alles erzähle. Ich habe nie darüber reden können«, gestand sie schließlich.

Er suchte ihren Blick. »Mir geht es genauso. Aber heute Nacht … Die Sterne, der Mond, das Lagerfeuer und die Gesellschaft eines Menschen, dem ich vertraue – da ist mir das Reden leichtgefallen. Danke fürs Zuhören, Catherine.«

»Gern geschehen. *Ich* danke *dir.*«

»Gute Nacht, Catherine«, sagte er mit einem Lächeln auf den Lippen.

»Gute Nacht, Jim.«

Etwa eine Stunde später wachte Catherine auf. Sie meinte, ein Wimmern zu hören. Das Feuer war heruntergebrannt, Jim schlief tief und fest. Sie setzte sich auf und lauschte. Das Zirpen von Grillen war zu hören, das Schnauben eines Pferdes und das Muhen von Kühen. Doch da war noch etwas anderes. Es klang, als ob jemand weinte. Catherine lauschte angestrengt in dem Versuch herauszufinden, aus welcher Richtung das Geräusch kam. Nicht von der Farm. Da! Da war es wieder. Ein leises Schluchzen, ganz in der Nähe. Vielleicht aus der Unterkunft der Schafscherer?

Catherine schälte sich aus ihrem Schlafsack, stand auf, schlüpfte in ihre Schuhe und ging vorsichtig zu dem Gebäude. Die Tür stand halb offen. Sie spähte hinein und erkannte im Mondlicht eine Gestalt auf einer der Holzpritschen. Es war Jannali.

»Was hast du denn, Jannali?«, fragte sie leise.

Das Mädchen fuhr erschrocken hoch. »Nichts, Missus.« Sie sprang auf und lief zur Tür, aber Catherine versperrte ihr den Weg.

»Du hast doch irgendetwas. Ich bin aufgewacht, weil ich dich weinen gehört habe.«

»Tut mir leid, Missus«, sagte das Mädchen erschrocken. »Bitte erzählen Sie es niemandem.«

Catherine betrachtete ihr tränenüberströmtes Gesicht. »Komm, wir setzen uns einen Moment.« Sie führte sie behutsam am Arm zu der Holzpritsche zurück.

»Ich muss zurück!«

»Gleich. Erst sagst du mir, was dich bedrückt.«

»Nichts, Missus«, beharrte Jannali, die Augen ängstlich aufgerissen.

»Du kannst es mir ruhig sagen, ich werde es nicht weitererzählen, versprochen.«

»Nichts, Missus. Ich …«

»Du hast Sehnsucht nach deiner Familie, nicht wahr?«

Wieder flossen die Tränen. Jannali ließ die Schultern hängen und murmelte: »Ja, Missus. Ich will zu meiner Mutter. Ich will nicht, dass sie mich vergisst.«

»Sie wird dich niemals vergessen, glaub mir. Und ich wünsche dir, dass du sie eines Tages wiedersiehst.«

»Können Sie mir helfen, Missus?«, bat Jannali und ergriff Catherines Hände, ließ sie aber schnell wieder los, als sie es bemerkte.

Überrascht von der Frage und der Geste, antwortete Catherine: »Ich würde ja gern, aber ich wüsste gar nicht, wo ich anfangen sollte.« Sie nahm die Hände des Mädchens. »Wo warst du denn, bevor du hierhergekommen bist?«

»In Bidura, Missus. Es war schrecklich dort, und ich habe Angst, dass Mr Stanley mich zurückschickt.«

»Warum sollte er das tun?«

»Wenn ich nicht gehorche, wird er das machen, hat man mir gesagt.«

»Das kann ich mir nicht vorstellen, Jannali.«

»Aber ein paar Mädchen sind zurückgeschickt worden, Missus, und die Leute im Heim haben ihnen furchtbare Dinge angetan.«

Catherine sah sie bestürzt an. »Was für furchtbare Dinge denn?«

Das Mädchen senkte den Kopf. »Das kann ich nicht sagen, Missus«, flüsterte sie. »Ich schäme mich viel zu sehr.«

»Ich will verstehen, was du durchgemacht hast, Jannali.«

Das Mädchen schaute auf. »Sie müssen sich untersuchen lassen. Sie werden auf einen Stuhl gezwungen, und ihre Füße werden festgebunden. Wenn man sich wehren will, sagen sie, für einen Jungen würdest du die Beine doch auch breitmachen.« Sie blickte wieder zu Boden.

Catherine war fassungslos. »Haben sie das mit dir auch gemacht?«, fragte sie leise.

Jannali nickte. »Ich bin in verschiedene Heime geschickt worden, in das Parramatta Girls Training Home, das Glebe Shelter und die Hay Institution für Mädchen. Und jedes Mal, wenn ich nach Bidura zurückkam, haben sie mir die Füße festgebunden und mir wehgetan.«

Catherine ballte in ohnmächtigem Zorn die Fäuste. Sie musste ein paarmal tief durchatmen, bevor sie sprechen konnte. »Erzähl mir von Bidura, Jannali.«

»Es war ein Gebäude aus Ziegelstein, das größte, das ich je gesehen hatte, und das hat mir Angst gemacht. Ich wusste nicht, warum man mich von meiner Familie getrennt und dorthin gebracht hatte. Alle haben von meiner Haut geredet – dass sie nicht sehr dunkel ist. Damit werde ich bestimmt ein Zuhause finden, haben sie gesagt. Aber ich wollte einfach nur zu meiner Mutter zurück. Als ich nach ihr fragte, haben sie mich angeschrien, und die Wärterin hat mir fest ins Gesicht geschlagen. Ich soll aufhören zu weinen, hat sie gebrüllt und mich schlimm beschimpft.« Tränen liefen ihr über die Wangen, und sie senkte wieder den Kopf. »Sie wollten, dass ich mich ausziehe vor den vielen fremden Leuten, und als ich das nicht sofort gemacht habe, haben sie mich geschlagen. Dann wurde ich mit anderen nackten Mädchen in ein großes Bad gestoßen, wo sie meine Haare mit Petroleum behandelt haben und danach Lumpen drumgewickelt haben. Und dann bekam ich ein blaues Kleid und schwarze Strümpfe, und diese Sachen musste ich jeden Tag anziehen.«

Catherine hatte ihr entgeistert zugehört. Petroleum wurde gegen Kopfläuse eingesetzt, das war im Waisenhaus auf Melville Island auch üblich gewesen, aber die Kinder wurden dort sehr viel rücksichtsvoller behandelt und gewiss nicht geschlagen.

»Nach einer Woche haben sie mich ins Krankenhaus gebracht, da wurde ich dann am Hals operiert.«

»Warst du denn krank?«

»Nein, Missus, aber hinterher tat mir der Hals weh. Das haben sie mit allen gemacht, die nach Bidura kamen.«

Waren ihnen die Mandeln entfernt worden? Aber das wäre doch ein unnötiger Eingriff?

»Ich habe viele Male daran gedacht, mich umzubringen, Missus. Die anderen Mädchen sicher auch. So oft habe ich daran gedacht …«

Catherine hatte Tränen in den Augen. »Es tut mir so leid, dass du so viel durchmachen musstest, Jannali«, brachte sie hervor. Plötzlich kam ihr ein Gedanke. »Mr Stanley schlägt dich doch nicht, oder?«, fragte sie.

»Nein, Missus, aber manchmal wird er schrecklich wütend, und dann bekomme ich Angst. Die Missus ist nett, und Michael ist ein lieber Junge. Es ist schlimm für ihn, dass er auf der Farm nicht helfen kann. Aber er freut sich sehr über seine kleine Schwester.«

Catherine drückte die Hand des Mädchens. »Eines Tages wirst du wieder mit deiner Familie vereint sein.«

»Ich wünsche mir nichts mehr als das, Missus.« Wieder liefen dem Mädchen Tränen über die Wangen. »Es muss meiner Mutter das Herz gebrochen haben, als ihr alle ihre Kinder weggenommen wurden.«

»Wie alt sind deine Geschwister?«

»Meine zwei Schwestern sind jünger, meine zwei Brüder älter als ich. Ich weiß nicht, wo sie heute sind. Ich habe vor allem um meine kleinen Schwestern Angst. Hoffentlich sind sie nicht getrennt worden.«

Aufs Neue stieg ohnmächtiger Zorn in Catherine auf. »Ich verspreche dir, dass ich versuchen werde, etwas über den Verbleib deiner Geschwister herauszufinden, Jannali.«

»Wirklich, Missus?« Die Miene des Mädchens hellte sich auf. »Das wäre sehr nett.«

»Ich wünschte, ich könnte mehr tun«, erwiderte Catherine aufrichtig.

»Sie sind ein guter Mensch, Missus.«

»Ich möchte nur helfen, das Unrecht, das dir zugefügt wurde, wiedergutzumachen, Jannali. Ich halte nämlich überhaupt nichts von dieser Politik der Regierung.«

»Danke für das Frühstück«, sagte Jim zu den Stanleys, als er die Rühreier und den Toast gegessen hatte, und schaute auf seine Uhr. »Unser Pilot wird bald da sein, dann können Sie an Ihre Arbeit zurück.«

»Ich glaube, ich habe mir ein paar Stunden Pause mit meiner Frau, meinem Sohn und unserem jüngsten Familienmitglied verdient.« Walt lächelte Juliet zu, die mit dem Baby in den Armen am anderen Ende des Tisches saß. Michael neben ihr betrachtete sein Schwesterchen immer noch voll ehrfürchtigem Staunen.

Von Jim auf ihr übernächtigtes Aussehen angesprochen, sagte Juliet, sie habe vor lauter Sorge um das Neugeborene fast kein Auge zugetan. Jim versicherte ihr, das Baby sei gesund und wohlauf, und um den Milchfluss anzuregen, sei es notwendig, dass sie innerlich zur Ruhe komme.

»Haben Sie ein paar Minuten Zeit für mich, Mr Stanley? Ich würde mich gern mit Ihnen unterhalten«, sagte Catherine. Auch sie war sehr müde, weil sie nach all den furchtbaren Dingen, die Jannali ihr erzählt hatte, nicht mehr hatte einschlafen können. Sie warf dem Mädchen, das mit niedergeschlagenen Augen den Tisch abräumte, einen kurzen Blick zu.

»Aber natürlich«, entgegnete Walt. »Ich wollte gerade auf die Veranda, ein Pfeifchen rauchen. Möchten Sie mitkommen?«

»Ja, gern.«

Er sah das Mädchen an. »Beeil dich mit der Wäsche, Nellie«, sagte er streng, »für heute Nachmittag ist ein Staubsturm vorhergesagt.«

Auf der schattigen Veranda, die das Haus auf drei Seiten umgab, stopfte Walt seine Pfeife und bat Catherine, sich zu setzen. Sie konnte das Fenster sehen, das zu dem Anbau gehörte, in dem Jannali untergebracht war.

»Worüber wollen Sie mit mir reden, Schwester Thomas?« Walt zündete seine Pfeife an und zog daran.

»Ich habe mich gefragt, wie Nellie eigentlich hierher zu Ihnen gekommen ist«, sagte Catherine betont beiläufig.

»Nellie?«, wiederholte Walt verdutzt. »Ich habe jemanden gesucht, der Juliet im Haushalt hilft, weil es ihr in den ersten Schwangerschaftswochen sehr schlecht ging. Als ich von diesem Projekt erfahren habe, wo junge Aborigines als Dienstmädchen vermittelt werden, dachte ich, ich versuche es. Es ist ganz schön schwer, jemanden zu finden, der im Busch arbeiten will. Warum fragen Sie? Suchen Sie eine Haushaltshilfe?«

»Nein, ich war nur neugierig. Denn ich habe aus nächster Nähe miterlebt, wie sehr diese Kinder gelitten haben.«

»Nun, soviel ich weiß, stammen die meisten aus primitivsten Verhältnissen, haben weder eine Schule besucht noch Zugang zu medizinischer Versorgung gehabt. Dank der Unterstützung der Weißen haben sie so doch die Chance auf ein besseres Leben.«

»Na ja, ihre Lebensweise mag uns vielleicht primitiv erscheinen, aber glauben Sie mir – was wir ihnen geben, ist bei Weitem nicht so wertvoll wie das Eingebundensein in ihren Clan und das Erlernen ihrer Kultur. Sie haben Jahrtausende ohne unsere Hilfe in diesem Land gelebt. Und Sie können sich nicht im Entferntesten vorstellen, wie grausam sie in den Einrichtungen behandelt werden, die von Europäern geführt werden – sie sind fürs Leben gezeichnet!« Sie hörte selbst, wie bitter sie klang.

»Nehmen Sie es mir nicht übel, Schwester Thomas, aber ist das nicht ein bisschen übertrieben?«

»Keineswegs«, erwiderte sie mit Bestimmtheit. Es machte sie wütend, dass niemand über diese Missstände Bescheid wusste.

»Ein gewisses Maß an Disziplin ist schon nötig.«

»Disziplin!«, schnaubte Catherine. »Ich rede von Schlägen und Missbrauch! Die Mädchen, selbst sehr junge Mädchen im Alter von sechs oder sieben Jahren, müssen bei Aufnahme in ein Heim oder bei der Rückkehr dorthin eine Untersuchung über sich ergehen lassen, weil sie verdächtigt werden, sexuelle Beziehungen gehabt zu haben.«

»Das ist doch nicht Ihr Ernst!« Walt starrte sie entsetzt an.

»Und ob das mein Ernst ist! Diese Kinder tragen sich mit Selbstmordgedanken. Stellen Sie sich eine Siebenjährige vor, die von ihrer Mutter und ihren Geschwistern getrennt und in eine Einrichtung gebracht wird, wo sie sich vor wildfremden Menschen ausziehen und danach ihre Haare mit Petroleum waschen muss. Können Sie sich vorstellen, was es bedeutet, seine Familie nie wiederzusehen? Wie sehr eine Mutter leidet, wenn ihr ihre Kinder weggenommen werden und sie nicht weiß, was aus ihnen geworden ist? Wie würde es Juliet ergehen, wenn ihr Danni und Michael weggenommen würden?«

»Sie würde wahnsinnig werden vor Kummer und Verzweiflung«, sagte Walt leise.

»Juliet wird das zum Glück nicht passieren, aber eine Aborigine muss bei jedem Kind, das sie bekommt, damit rechnen. Deshalb verstecken viele ihre Kinder. Nellie denkt vermutlich jeden Tag an ihre Familie. Sie sehnt sich nach ihrer Mutter und ihren Geschwistern, und ihre Mutter muss völlig verzweifelt sein.«

»Ja, wahrscheinlich. Ehrlich gesagt habe ich mir darüber noch nie Gedanken gemacht. Ich habe mir höchstens auf die Schulter geklopft, weil ich Nellie aufgenommen und ihr ein Zuhause gegeben habe. Das macht mich nicht gerade zu einem besonders guten Menschen, oder?«

»Ach, wir Europäer sind ignorant. Auf Melville Island habe ich sehr viel von den Tiwi und anderen Aborigines gelernt. Sie brauchen unsere Hilfe nicht. Man sollte sie einfach ihr Leben leben lassen und ihre Kultur respektieren. Wussten Sie, dass Nellies Aborigine-Name Jannali ist?«

»Nein, das wusste ich nicht.«

»Dann habe ich eine Bitte: Könnten Sie sie mit diesem Namen ansprechen? Das wäre eine kleine Geste, die ihr sicher viel bedeuten würde.«

Walt nickte zustimmend. »In Ordnung.«

»Was wissen Sie von ihr?«

»Ich habe sie im Bidura House in Glebe am Stadtrand von Sydney abgeholt. Dort sagte man mir, sie stamme aus der Nähe von Echuca am River Murray in Victoria.«

»Hat man Ihnen irgendwelche Informationen über ihre Geschwister gegeben?«

»Nein, von Geschwistern war keine Rede. Ich wusste nicht, dass sie welche hat.« Er sah sie betreten an. »Hören Sie, Schwester Thomas, es tut mir wirklich leid, dass Nellie … Jannali ihre Familie vermisst, aber jetzt, wo das Baby da ist, braucht Juliet ihre Hilfe dringender denn je.«

»Das weiß ich, und Sie sollen sie ja auch nicht wegschicken, aber wenn ich etwas über ihre Geschwister herausfinde, kann sie sich wenigstens an die Hoffnung klammern, sie eines Tages wiederzusehen. Vielleicht sind ihre älteren Brüder in ihre Heimat zurückgekehrt.«

»Ich werde versuchen, etwas in Erfahrung zu bringen«, versprach Walt.

»Ich danke Ihnen. Schon der kleinste Hinweis würde Jannali das Gefühl geben, dass die Verbindung zu ihrer Familie nicht vollständig abgerissen ist.«

»Ich verstehe schon. Und ich verspreche Ihnen, dass ich sie in Zukunft rücksichtsvoller behandeln werde. Sie sind ein guter Mensch, Schwester Thomas. Sie sorgen sich sehr um andere.«

»Deshalb bin ich Krankenschwester geworden, und deshalb liebe ich diesen Beruf so sehr.«

Kapitel 12

»Was ist das?« Catherine schnupperte, als sie das Büro des Stützpunkts betrat. »Riecht es hier nach Lavendel?«

Berta nickte. »Ja. Ich habe kleine Beutelchen genäht und mit Lavendelzweiglein von dem Strauch draußen vorm Fenster gefüllt.«

»Und was hast du damit vor?« Catherine nahm sich einen der kleinen Beutel, zog die Kordel auf und atmete den frischen, starken Duft von Lavendel ein.

»Die sind für dich, als kleines Mitbringsel für die Farmersfrauen. Die meisten kommen nur selten in die Stadt und haben noch seltener Besuch von anderen Frauen. Damit kannst du ihnen eine Freude machen.«

»Das ist sehr lieb von dir, Berta.« Catherine betrachtete das Blumenmotiv auf dem Stoff. »Die Stickerei ist wunderschön.«

»Danke. Ich mache abends zur Entspannung gern Handarbeiten. Und, wie ist es bei den Stanleys gelaufen?«

Catherine erzählte ihr von den dramatischen Geschehnissen rund um die Geburt. »Ich glaube, Mr Stanley wird sich schnell an den Gedanken gewöhnen, eine Tochter zu haben«, endete Catherine schmunzelnd.

»Es würde mich nicht überraschen, wenn sie Danni wie einen Jungen großziehen.« Auch Berta lächelte.

»Hast du gewusst, dass sie als Haushaltshilfe eine junge Aborigine haben?«, fragte Catherine.

Berta sah sie erstaunt an. »Nein, das höre ich zum ersten Mal!«

»Ich habe mich lange mit ihr unterhalten, nachdem ich sie heute Nacht weinend in der Schafschererunterkunft gefunden hatte.«

Berta schien überrascht. »Ich dachte, Jim und du hättet dort geschlafen.«

»Nein, Jim hat ein Lagerfeuer gemacht, und wir haben im Freien übernachtet, weil die Nacht so schön war.«

»Was du nicht sagst.« Bertas Brauen schossen hoch. »Wie romantisch!«

»Es war nicht so, wie du denkst, Berta«, tadelte Catherine.

»Nein? Ein gut aussehender Arzt, der Sternenhimmel …«

»Berta!«

»Ich mach doch nur Spaß.« Berta tat, als müsse sie überlegen. »Oder?«

»In der Schafschererunterkunft war es furchtbar stickig!«

»Wenn du das sagst.« Berta konnte sich ein Schmunzeln nicht verkneifen. »Erzähl mir mehr über dieses Mädchen. Warum hat sie geweint?«

Catherine erzählte ihr Jannalis Geschichte, während auch Jim den Raum betrat. »Kannst du dir das vorstellen? Sie war erst sieben, als die Behörden sie ihren Eltern mitsamt ihren Geschwistern entrissen und getrennt in staatliche Einrichtungen gesteckt haben. Kein Wunder, dass sie darunter leidet«, schloss sie. »Walt will versuchen, etwas über den Aufenthaltsort ihrer Geschwister in Erfahrung zu bringen, aber das dürfte schwierig werden, oder?«

»Hast du denn irgendwelche näheren Informationen über sie?«

Catherine erzählte ihr das Wenige, was sie wusste.

»Ich habe ein paar Kontakte zu Behörden, ich werde mal sehen, was ich tun kann«, versprach Berta.

»Das ist wunderbar, danke!«

»Abwarten, vielleicht kommt auch nichts dabei heraus.« Sie machte sich eine Notiz. »Okay. Von der Shannon Hill Farm kam ein Funkspruch. Brian Murphy ist von einem seiner Hunde gebissen worden.«

Catherine runzelte die Stirn. »Sein eigener Hund hat ihn angegriffen?«

»Nein, der Hund hat eine trächtige Hündin attackiert, vermutlich wegen Futterneid, und Brian ist dazwischengegangen. Jedenfalls ist Yvonne, seine Frau, alles andere als glücklich, weil sich die Hunde inzwischen wieder prächtig vertragen, sie aber jetzt viele von Brians Aufgaben erledigen muss, weil er mit seinen Verletzungen nichts tun kann und sie im Moment keine Farmarbeiter haben. Die kommen erst wieder, wenn das Vieh zusammengetrieben wird. Sie ist nicht sehr nachsichtig mit ihrem Ehemann, nur damit ihr Bescheid wisst!«

»Wie schlimm sind denn seine Verletzungen?«, fragte Jim und nahm sich eins von den Sandwiches, die Berta zubereitet hatte.

»Bisswunden an beiden Händen. Hier habt ihr Tee für unterwegs. Der Flug zur Shannon Hill Farm dauert etwa vierzig Minuten«, sagte Berta und packte ihnen die restlichen Brote zum Mitnehmen ein.

»Mein Mann sollte wirklich wissen, dass man nicht dazwischengeht, wenn Hunde raufen«, sagte Yvonne zur Begrüßung. Die Hände in die Hüften gestemmt, stand sie auf der Veranda des aus Stein erbauten Farmhauses. Sie war eine groß gewachsene, Respekt einflößende Frau mit weißem Haar und stechend blauen Augen. »Sie haben doch bestimmt Besseres zu tun, als hirnlose alte Knacker zu versorgen«, fügte sie ärgerlich hinzu.

Jim unterdrückte ein Grinsen. »Viele meiner Patienten sind Männer, die sich bei der Arbeit verletzen, Missus Murphy.«

»Bei der Arbeit vielleicht, aber nicht bei dem Versuch, kämpfende Hunde zu trennen«, brummte Yvonne. »Kommen Sie, Doktor.«

Jim folgte ihr durch die Fliegentür zwischen den zwei kleinen Fenstern und durch einen Flur in den rückwärtigen Teil des Hauses, wo Brian am Küchentisch saß, die blutigen Hände auf einem Handtuch. Es war ein mitleiderregender Anblick.

»Hallo, Mr Murphy. Ich bin Dr. Jim Nixon.« Ein flüchtiger

Blick auf die Hände des Mannes genügte, um zu erkennen, dass die Verletzungen schlimm waren.

»Hallo, Doktor«, erwiderte Brian mit schmerzverzerrtem Gesicht. »Sie müssen entschuldigen, wenn ich Ihnen nicht die Hand gebe.«

Jim nickte. »Es wird noch eine ganze Weile dauern, bis Sie wieder jemandem die Hand geben können, fürchte ich.«

»Sie sind also Bill Harris' Nachfolger.« Yvonne musterte ihn von Kopf bis Fuß. »Was hat denn einen gut aussehenden Burschen wie Sie in den Busch verschlagen?«

»Ich wollte nicht in einem großen Krankenhaus in der Stadt oder in einer Arztpraxis arbeiten, und als sich diese Gelegenheit bot, habe ich zugegriffen«, sagte Jim und wandte sich an ihren Mann. »Okay, dann zeigen Sie mir mal Ihre Hände, Mr Murphy.« Jim untersuchte sie. »Es scheint nichts gebrochen zu sein, aber das muss genäht werden. Die gute Nachricht ist, dass ich keinen Finger amputieren muss.«

Brian wurde blass. »Was?«, krächzte er.

»Er macht nur Witze«, sagte Yvonne genervt, die Arme über der Brust verschränkt. Sie sah Jim an. »Oder?«

»Ja, das war ein Witz. Es wird zwar eine Weile dauern, aber das heilt wieder. Bei der nächsten Beißerei schütten Sie einen Eimer Wasser über den Streithähnen aus, das hilft.«

»Wir können kein Wasser für raufende Hunde verschwenden, Doktor«, sagte Yvonne. »Es sei denn, sie raufen im Gemüsegarten.«

»Bella ist mein bester Arbeitshund und obendrein trächtig, und Jed, der sie gedeckt hat, ist einer der besten Cattle Dogs im Land, deshalb bin ich dazwischengegangen, ohne nachzudenken«, erklärte Brian. »Mit dem Geld, das wir für ihre Welpen bekommen, können wir während einer Dürre Futter für das Vieh kaufen.«

»Oh, das wusste ich nicht.«

»Aber genau so ist es, Doc. Die Welpen eines guten Arbeitshundes sind ein Vermögen wert. Die Leute kommen aus ganz Australien, um sie uns abzukaufen. Ich wollte nicht, dass einer von beiden verletzt wird.«

»Und jetzt bist *du* verletzt, und ich kann deine Arbeit auch noch machen«, beschwerte sich Yvonne.

»Ich habe noch eine weitere Aufgabe für Sie, Missus Murphy«, entschied Jim.

»Und die wäre?«

»Morgen den Verband zu wechseln und zu kontrollieren, ob sich die Wunden entzündet haben.«

Yvonne verdrehte die Augen. »Na schön, meinetwegen«, brummte sie.

»Hallo!«, rief Catherine in diesem Moment von der Vordertür aus.

»Wer ist das?«, fragte Yvonne misstrauisch.

»Unsere Fliegende Krankenschwester«, erklärte Jim. Und fügte laut hinzu: »Wir sind hier hinten, Catherine!«

Kurz darauf betrat sie die Küche und grüßte freundlich: »Hallo, Mr Murphy, hallo, Missus Murphy. Ich bin Schwester Thomas.«

Yvonne starrte sie an, bis Brian, der aufgestanden war, sie mit dem Ellenbogen anstieß. »Entschuldigen Sie«, brachte sie hervor und steckte sich verlegen ein paar lose Strähnen in ihre hübsche Haarspange zurück. »Ich hatte nur nicht damit gerechnet, einer Frau gegenüberzustehen. Noch dazu einer so hübschen.«

»Danke«, erwiderte Catherine lächelnd. »Ich bin noch nicht lange dabei. Freut mich sehr, Sie beide kennenzulernen.«

»Äh, ja, die Freude ist ganz unsererseits«, sagte Yvonne verwirrt. »Darf ich Ihnen eine Tasse Tee anbieten, Schwester Thomas?«, fragte sie in völlig verändertem Ton.

Catherine hatte zwar schon auf dem Flug Tee getrunken, wollte aber nicht ablehnen. »Ja, gern, vielen Dank.« An Jim gewandt fügte sie hinzu: »Ich hab das Jodfläschchen gefunden.« Sie stellte es auf den Küchentisch.

»Danke.« Jim klappte seine Arzttasche auf.

»Ich werde uns frischen Tee aufbrühen«, schlug Yvonne eifrig vor.

Während Catherine Jim assistierte, holte Yvonne ihr bestes Porzellanteegeschirr aus dem Schrank, eine besonders schöne Teekanne und eine edle Kuchenplatte. Und die ganze Zeit löcherte sie Catherine mit Fragen – woher sie kam und wie es ihr in Broken Hill gefiel und vieles mehr. Sie interessierte sich für jede Kleinigkeit.

Als die Wunden an Brians Händen genäht und ein Verband angelegt worden war, zog Catherine das Lavendelsäckchen aus ihrer Tasche und reichte es Yvonne mit den Worten: »Ein kleines Mitbringsel. Von uns allen am Stützpunkt.«

Yvonne kamen die Tränen. »Für mich? Das ist aber nett. Vielen Dank«, flüsterte sie heiser und kramte ein Taschentuch aus ihrer Schürzentasche.

Catherine war überrascht von dieser emotionalen Reaktion. »Ich wollte sie nicht durcheinanderbringen, Missus Murphy.«

»Ach, ich bin eine törichte Person, aber … na ja, ich kann mich nicht erinnern, wann ich das letzte Mal etwas geschenkt bekommen habe. Das muss eine Ewigkeit her sein. Ich danke Ihnen vielmals. Das bedeutet mir wirklich sehr viel.«

»Oh, mir müssen Sie dafür nicht danken. Berta hat die Säckchen genäht und mit Lavendel von einem Strauch draußen vor dem Bürogebäude gefüllt.«

»Richten Sie ihr bitte meinen Dank aus.«

»Das werde ich. Sie wird sich freuen, dass es Ihnen gefällt.«

»Ich liebe es! Und ich werde es in Ehren halten«, erklärte Yvonne und schniefte in ihr Taschentuch. »Und jetzt schenke ich uns Tee ein«, fügte sie hinzu, in der Hoffnung, ihre Emotionen in den Griff zu bekommen, indem sie sich beschäftigte.

Eine Stunde später rief Jim nach Catherine. Er hatte sich mit Brian unterhalten, der sich um die Zukunft der Farm sorgte und von

Schuldgefühlen geplagt wurde, weil jetzt noch mehr Arbeit auf Yvonnes Schultern lastete, da sie es sich nicht leisten konnten, eine Hilfskraft einzustellen.

Catherine saß mit der Farmersfrau auf der Veranda, wo Yvonne ihr stolz die Pflanzen zeigte, die sie durch die Trockenheit gebracht hatte. Die meisten waren Sukkulenten, aber es gab auch einige robuste Geranien.

»Ich habe fast alle retten können.«

»Das ist bei der Dürre hier eine Meisterleistung, Missus Murphy.« Catherine blickte sich um. Verbrannte Erde, wohin sie auch schaute. Sogar die Hunde hatten sich in den Schatten unter der Veranda verkrochen und störten sich nicht im Geringsten an den Fliegen, die über sie krabbelten. Die unheimliche Stille wurde nur gelegentlich vom heiseren Schrei einer Krähe oder dem Gackern der Hühner durchbrochen. »Wie kann man die Einsamkeit hier draußen nur verkraften?«

»Anfangs hat es mich fast wahnsinnig gemacht«, gestand Yvonne, »aber man sollte nicht glauben, an was man sich alles gewöhnen kann, und irgendwann vergeht Tag für Tag und Jahr für Jahr. Ich bin in Broken Hill geboren, das Stadtleben habe ich also nie vermisst, aber mir fehlt die Gesellschaft anderer Frauen und das Gemeinschaftsgefühl. Ich habe mir immer eine Tochter gewünscht, aber drei Söhne zur Welt gebracht. Und da keiner von ihnen Farmer werden wollte, sind sie in die Stadt gezogen, um zu arbeiten. Und dort zu heiraten, ich habe also nicht einmal meine Schwiegertöchter um mich herum. Hier sind nur wir zwei, Brian und ich, aber mit einem Mann kann man nicht reden wie mit einer Frau. Es geht immer nur um die Farm und das Vieh und natürlich die Hunde. Ich brauche das Wort Gefühle bloß zu erwähnen, und Brian nimmt schneller Reißaus als ein Känguru auf der Flucht vor einem Hund!«

Catherine lachte laut heraus, was Yvonne ein Lächeln entlockte. »Ihr einziger Kontakt zur Außenwelt ist also das Funkgerät.«

»Ja. Wenn ich ganz verzweifelt bin, funke ich Berta für einen kurzen Plausch an, aber das geht natürlich nicht immer, weil dann die Leitung für Notfälle blockiert ist. Abends ist es am schlimmsten, und die Abende wollen kein Ende nehmen.«

»Wir müssen gehen, Catherine!«, rief Jim von der Hintertür.

»Schon?« Yvonne machte ein betrübtes Gesicht. »Sie sind doch gerade erst gekommen.«

»Tut mir wirklich leid, Missus Murphy«, sagte Catherine ehrlich, »es war sehr nett, mit Ihnen zu reden.«

»Nennen Sie mich Vonnie. Ich war so wütend auf Brian, weil er versucht hat, die Hunde zu trennen, aber jetzt bin ich froh darüber, sonst hätte ich Sie nicht kennengelernt.«

Catherine war gerührt. »Ich habe mich auch gefreut, Sie kennenzulernen, auch wenn der Anlass ernst war. Wir werden uns sicher wiedersehen. Hoffentlich unter erfreulicheren Umständen.«

»Ja, das hoffe ich auch.«

Als sie gemeinsam zur Hintertür gingen, fragte Catherine: »Kommen Sie gelegentlich nach Broken Hill?«

»Alle paar Monate, um Vorräte zu besorgen. Normalerweise bleiben wir dann über Nacht, wegen der Kängurus ist es zu gefährlich, in der Dunkelheit zu fahren. Eigentlich wollten wir in ein paar Wochen wieder hin, aber jetzt ... Brian kann mit seinen Händen nicht fahren, und ich kann nur den Traktor über die Weiden steuern, um Futter für das Vieh abzuladen.«

»Ich komme übermorgen noch einmal her, um die Hände Ihres Mannes zu kontrollieren. Wenn Sie also dringend etwas brauchen, geben Sie uns Bescheid, dann bringen wir es mit«, sagte Jim.

»Das würden Sie wirklich tun?«

»Na ja, wir legen die Vorschriften einfach ein bisschen großzügiger aus. Wir können Sie hier draußen doch nicht verhungern oder medizinisch unversorgt lassen«, erwiderte er augenzwinkernd.

»Oh, ich danke Ihnen«, sagte Yvonne erleichtert. »Wissen Sie was? Ich schreibe Ihnen sofort auf, was wir brauchen.« Sie eilte davon und kam gleich darauf mit einer kurzen Liste zurück, die sie Jim gab.

Catherine lächelte. »Dann also bis übermorgen, Vonnie.«

»Ich freue mich schon«, strahlte sie.

»Ich mich auch«, versicherte Catherine.

»Yvonne Murphy tut mir leid«, erklärte Catherine auf dem Rückflug. »Sie sehnt sich nach weiblicher Gesellschaft, und da sie ist nicht die Einzige. Karina Burgess hat mir genau das Gleiche erzählt. Ich hatte ein richtig schlechtes Gewissen, als ich mich verabschieden musste.«

Jim nickte. »Das Leben fernab der Zivilisation ist sicher nicht leicht, aber sie müssen gewusst haben, worauf sie sich einlassen, als sie einen Farmer geheiratet haben.«

»Man sollte monatliche Treffen organisieren«, überlegte Catherine laut.

»Das ist eine gute Idee, aber kaum in die Praxis umzusetzen«, rief Robbie über die Schulter. »Die Entfernungen zwischen den Farmen sind zu groß, und sie müssen ihr Vieh und die Hunde versorgen.«

»Ja, wahrscheinlich hast du recht«, murmelte Catherine nachdenklich.

Kapitel 13

»Berta, hättest du etwas dagegen, wenn ich das Funkgerät an einigen Abenden für einen kleinen Schwatz mit den Frauen draußen auf den Farmen nutze? Ich habe abends nichts zu tun, und sie würden sich über ein Gespräch mit einer Frau sehr freuen.«

»Das ist überhaupt kein Problem, Catherine. Ich finde, das ist eine sehr gute Idee. Ich gebe dir einen Schlüssel und zeige dir heute nach der Arbeit, wie man das Funkgerät bedient.«

»Danke, Berta.«

»Mir ist übrigens etwas eingefallen wegen Walt Stanleys Haushaltshilfe.«

»Ja?«

»Es gibt einen Aborigine-Clan nahe Mirabel. Aunty Mary, eine der Clanältesten, kann hervorragend mit jungen Leuten umgehen, vor allem mit Mädchen. Sie respektieren sie. Ich könnte ein Treffen zwischen Aunty Mary und Jannali organisieren, vorausgesetzt, Walt hat nichts dagegen. Aunty Mary könnte so eine Art Ersatztante für Jannali sein.«

»Das wäre wundervoll, Berta! Und würde Jannali bestimmt sehr helfen.«

»Ich muss das natürlich erst mit Walt klären, es könnte durchaus sein, dass er nicht begeistert ist.«

»Warum sollte er etwas dagegen haben?«

»Möglicherweise fürchtet er, Jannali könnte weglaufen.«

»Weglaufen? Wohin denn? Sie kann unmöglich allein in dieser Wildnis überleben.«

»Sie könnte Zuflucht bei einem Aborigine-Clan finden.«

»Meinst du? Ist sowas denn schon einmal passiert?«

»O ja! Und wie du weißt, sind die Aborigines Nomaden. Sie bleiben nie lange an einem Ort. Aber wie auch immer, ich werde mit Walt reden. Dann sehen wir weiter.«

»Danke, Berta. Jannali hat schreckliche Angst, er könnte sie nach Bidura zurückschicken, deshalb glaube ich nicht, dass sie das Risiko auf sich nimmt, wegzulaufen.«

Berta wiegte nachdenklich den Kopf. »Die Versuchung, in ihrer eigenen Kultur zu leben, ist für sie sehr groß, Catherine. Wir können nur hoffen, dass sie uns nicht enttäuscht. Warten wir es einfach ab.«

Als Jannali hinter dem Farmhaus die Wäsche abnahm, bemerkte sie in der Ferne dunkle Silhouetten, die sich in der flirrenden Hitze bewegten. Sie wusste sofort, dass es sich um Aborigines handelte. Ihr Herz klopfte heftig, ihre Gedanken überschlugen sich. Konnten das *ihre* Leute sein? Obwohl sie ihre älteren Brüder sieben Jahre nicht gesehen hatte, war sie sicher, dass sie sie wiedererkennen würde. Doch als die drei näher kamen, zerstoben ihre Hoffnungen. Sie kannte weder die beiden jungen Männer, die ein paar Jahre älter als sie waren, noch das Mädchen, das etwa in ihrem Alter war. Sie blieben stehen und musterten sie genauso neugierig, wie Jannali sie beäugte. Sie hätte gern mit ihnen geredet, aber die Missus war im Haus und beobachtete sie vielleicht.

Immer wieder warf sie den jungen Aborigines verstohlene Blicke zu, während sie weiter die Wäsche abnahm und in den Korb am Boden legte. Schließlich gingen das Mädchen und einer der Jungen weiter, der andere aber betrachtete sie aufmerksam. Dann hörte sie die Missus rufen und drehte sich schuldbewusst zur Veranda um, wo sie, das Baby in den Armen, stand und zu ihr herübersah.

»Beeil dich mit der Wäsche, Jannali!«

»Ja, Missus.« Sie freute sich, dass sie sie jetzt mit ihrem Aborigine-Namen anredeten, aber sonst hatte sich nichts geändert. Als sie sich nach dem Wäschekorb bückte, warf sie einen letzten Blick in Richtung des Aborigines, aber er war nicht mehr da. Enttäuschung und ein Gefühl der Leere überkamen sie. Wieder einmal kämpfte sie gegen die Tränen an, zu groß war die Sehnsucht nach ihrer Familie und ihrer Kultur. Langsam und mit gesenktem Kopf ging sie zur Veranda.

»Nimm dich vor den hiesigen Aborigines in Acht«, sagte Juliet warnend. »Vor allem vor den jungen Männern.«

»Ja, Missus. Wo kommen sie her?«

»Es gibt einen Clan nicht weit von hier. Wir haben keinen Ärger mit ihnen, aber wir wollen sie auch nicht ermutigen hierherzukommen. Halt dich von ihnen fern, hörst du?«

»Ja, Missus«, antwortete Jannali, die nicht so recht wusste, was sie davon halten sollte.

»Hallo, Karina, hier ist Catherine.« Nachdem sie zu Hause etwas gegessen hatte, war sie zum Stützpunkt zurückgekehrt, und jetzt saß sie am Funkgerät.

»Catherine! Das ist schön, dass Sie sich melden. Ist etwas passiert?«

»Nein, nein, ich wollte bloß hören, wie es Ihnen geht.«

»Oh! Das ist aber nett«, erwiderte Karina gerührt.

»Alles in Ordnung bei Ihnen?«, erkundigte sich Catherine.

»Ja, alles bestens, danke.«

»Was haben Sie denn heute gemacht? Irgendwas Interessantes?«

»Hier draußen ist ein Tag wie der andere. Ohne meine Tiere würde ich den Verstand verlieren.«

»Das kann ich mir vorstellen. Geht es ihnen gut?«

»Den Hunden ist es viel zu warm, als dass sie etwas anstellen würden. Was ich von Rasputin allerdings nicht behaupten kann.«

»Was hat er denn gemacht?«

»Ich hatte einen Tomatenstrauch, einen einzigen, den ich monatelang gehegt und gepflegt habe. Ich habe Käfer und Vögel und Eidechsen abgewehrt und ihm jeden Tropfen Wasser gegeben, den ich entbehren konnte. Ich wollte heute Tomaten zu Mittag essen und habe mich sehr darauf gefreut. Ich hatte den Geschmack praktisch schon auf der Zunge. Ein Festschmaus, besser als jedes Weihnachtsessen.«

»Sagen Sie bloß nicht …«

»Doch, genau das. Als ich am Morgen aufgestanden bin, habe ich Rasputin dabei erwischt, wie er die letzte Tomate gefuttert hat. Er hat nicht eine einzige übrig gelassen! Ich war so wütend, dass ich Dave gesagt habe, er soll ihn in einen Pferch sperren. Ich hab's nicht gern getan, aber irgendwann reichte es!«

»Das kann ich Ihnen nicht verdenken«, erwiderte Catherine, die Karinas Enttäuschung gut nachvollziehen konnte.

»Dave glaubt, dass ich ihn spätestens morgen wieder rauslassen werde. Wahrscheinlich hat er recht«, sagte Karina seufzend. »Wenn es nach ihm ginge, gäbe es Sonntag Schweinebraten, aber ich kann Rasputin einfach nicht lange böse sein. Aber genug von mir. Wie gefällt Ihnen Ihr Job?«

»Sehr gut.«

»Und wie ist der neue Arzt so?«

»Dr. Nixon? Nett. Und er versteht etwas von seinem Beruf.«

»Sieht er gut aus?«

Catherine konnte sich vorstellen, wie ihre dunklen Augen schelmisch funkelten. »Ich denke schon«, antwortete sie betont beiläufig.

»Ist er ledig?«

»Verwitwet. Und er hat eine reizende kleine Tochter.«

»Wirklich? Na, dann ist er ja beschäftigt.«

»Er hat eine nette Haushälterin, die sich um das Kind kümmert. So kann er sich ganz auf seine Arbeit konzentrieren.«

»Und Robbie Richmond ist ja auch ledig! Sie sind ein richtiger Glückspilz, mit zwei attraktiven unverheirateten Männern zusammenarbeiten zu dürfen!«

Catherine musste lachen. »Es hätte schlimmer kommen können.«

»Sind Sie mal mit einem von beiden ausgegangen?«, fragte Karina gespannt.

Die Unterhaltung lief nicht wie geplant. Catherine hatte Karina angefunkt, damit diese Gelegenheit hatte, sich mit einer anderen Frau auszutauschen, und stattdessen fragte Karina *sie* über ihr Liebesleben aus. »Nein, wir sind nur Kollegen.«

»Schade. Ich freue mich immer, wenn ich höre, dass wenigstens andere ein bisschen Romantik in ihrem Leben haben«, sagte Karina lachend.

»Auf mich dürfen Sie da nicht hoffen«, erwiderte Catherine schmunzelnd.

»Und warum nicht? Sie sind jung und attraktiv. Die Männer in Broken Hill werden sicher bald Schlange stehen vor Ihrer Tür!«

»Das will ich nicht hoffen. Ich lebe nur für meinen Beruf.«

»Und das soll ich glauben? Na ja, warten wir es ab. Ich bin jedenfalls schon ganz gespannt auf den neuen Doktor. Wenn ich auch nur den Hauch einer Erkältung bekomme, werde ich ihn rufen.«

Catherine musste wieder lachen. »Er war schon auf einigen Farmen. Heute zum Beispiel sind wir zur Shannon Hill Farm geflogen.« Catherine setzte an, ihr von den Ereignissen zu erzählen, doch Karina unterbrach sie unvermittelt.

»Du meine Güte, so spät schon!«, entfuhr es ihr.

»Habe ich Sie aufgehalten?«

»Nein, nein, aber es ist fast dunkel, und Dave ist noch nicht zurück.«

»Wo ist er denn hin?« Catherine stellte mit einem Blick aus dem Fenster fest, dass Karina recht hatte: Es war in der Tat fast dunkel draußen.

»Losgeritten, um zu kontrollieren, ob die Pumpen genug Wasser für das Vieh heraufbefördern. Er kommt immer vor Einbruch der Dunkelheit zurück, weil man bei Nacht die Wombat-Löcher und Eingänge zu den Kaninchenbauen nicht sieht. Das ist gefährlich. Und er weiß, dass ich mir Sorgen mache.«

Catherine wusste, dass im Dunkeln auch nur im äußersten Notfall Flugzeuge flogen, weil der Start und die Landung wegen der wilden Tiere sehr riskant waren.

»Ich muss ihn suchen, Catherine. Vielleicht ist er verletzt und liegt irgendwo.«

»Aber das ist gefährlich«, entgegnete Catherine besorgt.

»Wenn er verletzt ist, könnte sein Leben in Gefahr sein.«

Catherines Gedanken rasten. »Was kann ich tun?«

»Bleiben Sie am Funkgerät. Ich melde mich, falls wir Hilfe brauchen sollten.«

»In Ordnung. Seien Sie vorsichtig!«

Wenige Minuten später hielt ein Auto vor der Tür, und kurz darauf betrat Robbie das Büro.

»Ich habe deinen Wagen gesehen. Was machst du noch hier, Catherine?«

»Ich habe mich mit Karina Burgess unterhalten, und auf einmal sagte sie, Dave sei losgeritten, um die Pumpen zu kontrollieren, und noch nicht zurück. Sie macht sich Sorgen, weil es schon dunkel ist und ist jetzt los, um ihn zu suchen.«

Robbie schüttelte den Kopf. »Das ist keine gute Idee.«

»Er könnte irgendwo verletzt liegen, meint sie.«

»Das stimmt, aber was kann sie allein schon ausrichten?«

»Hinfliegen können wir aber auch nicht.«

»Das Fliegen ist nicht das Problem, aber das Landen bei Dunkelheit auf einer Buschpiste. Außerdem ist es bewölkt, das heißt, es gibt auch kein Mondlicht.« Robbie studierte die Landkarte an der Wand. »Mit dem Auto sind es ungefähr zwei Stunden bis nach North Bindara. Du und Jim könntet hinfahren, und ich komme morgen mit dem Flugzeug nach. Im Notfall müsstet ihr zusammen mit Karina eine Möglichkeit finden, die Piste für mich zu beleuchten.«

»Okay, ich gebe Jim Bescheid. Hoffentlich ist Dave nichts zugestoßen.«

Im gleichen Moment knarrte das Funkgerät. Es war Karina. »Daves Pferd ist zurückgekommen. Allein!«, rief sie hysterisch. »Ihm muss etwas passiert sein!« Ein Schluchzen erstickte ihre Stimme.

»Beruhigen Sie sich. Wir werden ihn finden, Karina«, sagte Catherine. »Robbie ist hier. Er hat vorgeschlagen, dass Dr. Nixon und ich zu Ihnen rausfahren. Er selbst wird beim ersten Tageslicht mit dem Flugzeug nachkommen.«

»Dann werde ich aber nicht hier sein, ich mache mich jetzt auf die Suche nach Dave.«

»Wie wollen Sie ihn im Dunkeln denn finden?«, wandte Catherine ein.

»Ich kann doch nicht untätig hier herumsitzen! Ich werde die Hunde mitnehmen und eine Taschenlampe.«

»Na schön, aber seien Sie vorsichtig! Wir sind in ungefähr zwei Stunden da.«

Catherine fuhr zu Jim und erklärte ihm die Situation.

Er schnappte sofort seine Arzttasche. »Ich werde allein hinfahren«, beschied er. »Es ist nicht nötig, dass wir uns beide in Gefahr bringen.«

»Ich fahre mit, Ende der Diskussion«, erklärte Catherine mit Bestimmtheit.

»Hat dir schon mal jemand gesagt, dass du stur bist?«

»Kann sein.«

»Fahrt vorsichtig, dann wird euch schon nichts passieren«, sagte Wilma Hume, die Rosie gerade zu Bett gebracht hatte. »Und macht euch um uns keine Sorgen, wir kommen klar.«

Jim nickte. Um Rosie sorgte er sich nicht, sie war in guten Händen. Kopfzerbrechen machte ihm die Fahrt nach North Bindara. »Na schön, dann wollen wir mal.«

»Unglaublich, wie dunkel es hier draußen ist«, bemerkte Catherine, als sie über die unbefestigte Straße fuhren, die sich scheinbar endlos vor ihnen erstreckte. Zu beiden Seiten herrschte pechschwarze Finsternis, der Mond war von Wolken verdunkelt.

»Stimmt«, murmelte Jim, die Augen unverwandt auf das Stück Piste gerichtet, das er im Licht der Scheinwerfer erkennen konnte. Sie hielten beide Ausschau nach reflektierenden Tieraugen, Jim hatte schon einige Male abbremsen müssen, bis sich Kängurus zur Seite bequemten. Er musste ständig damit rechnen, dass eines oder mehrere unvermittelt aus dem Gestrüpp mitten auf die Straße hüpften. Einmal war ein Emu mit seinen Küken urplötzlich aus dem Dickicht gerannt, und Jim hatte den Zusammenstoß nur durch ein scharfes Bremsmanöver verhindern können.

»Links am Rand habe ich gerade zahlreiche Schafe gesehen«, sagte Catherine. Sie stutzte und fuhr fort: »Leide ich unter Halluzinationen, oder sind wir gerade wirklich an einem Kamel vorbeigefahren?«

»Nein, ich habe es auch gesehen«, erwiderte Jim. »Brian Murphy hat mir erzählt, dass große Farmen nicht eingezäunt werden, weil die Grenzverläufe oft einige hundert Meilen lang sind. Das Vieh kann sich also frei im Busch bewegen, genau wie die wilden Kamele und andere Tiere. Deshalb ist es auch so gefährlich, nachts zu fahren. Ein Zusammenstoß mit einem Rind, das eine halbe Tonne oder mehr wiegt, ist alles andere als lustig.«

»Da hast du allerdings recht.« Catherine starrte angestrengt aus dem Fenster. »Es gefällt mir gar nicht, dass Karina allein da draußen herumirrt.«

Jim nickte. »Das ist nicht ungefährlich. Woher hast du eigentlich gewusst, dass Dave in Schwierigkeiten ist? Ihr Notruf hätte ins Krankenhaus umgeleitet werden müssen, und dann wäre ich von dort benachrichtigt worden.«

Catherine erzählte ihm von ihrem Vorhaben eines abendlichen Austauschs.

Jim schaute sie überrascht an. »Das ist eine prima Idee!«

»Aber dann fiel ihr plötzlich auf, dass Dave noch nicht zurück war, obwohl es dunkel war. Und später ist sein Pferd ohne ihn zurückgekommen.«

»Hoffen wir, dass sie beide wohlbehalten zu Hause sind, bis wir dort ankommen.«

»Sieht verlassen aus«, murmelte Catherine, als sie endlich vor dem Farmhaus hielten. Nirgendwo brannte Licht.

»Ja«, sagte Jim. Ein ungutes Gefühl überkam ihn.

Sie gingen zur Rückseite des Hauses und schwenkten den Strahl ihrer Taschenlampen durch die Finsternis und die unheimliche Stille.

Als das Licht den Pferch streifte, in dem Rasputin eingesperrt war, kam er grunzend an das Gatter. Wahrscheinlich hoffte er, herausgelassen zu werden. Die Hühner im Hühnerstall flatterten, als der Lichtstrahl über sie schwenkte, und Catherine richtete die Taschenlampe in die andere Richtung. »Dass Karina noch nicht zurück ist, ist kein gutes Zeichen«, stellte sie besorgt fest.

»Da hast du recht.« Jim hatte einen Blick in die Ställe geworfen und schaute jetzt in die endlose, undurchdringliche Dunkelheit hinter dem Haus. »Wir wissen nicht, wo die Pumpen sind, uns bleibt also nichts anderes übrig als zu warten. Wenn sie bei Tagesanbruch nicht zurück sind, müssen wir eine Suchaktion starten.«

Sie gingen zur rückwärtigen Veranda, auf der ein paar Stühle standen. Gerade als sie sich setzen wollten, hob Jim die Hand und murmelte: »Hast du das gehört?«

»Was denn?«

»Ich dachte, ich hätte einen Hund bellen hören.«

Sie wandten sich der dunklen Weite zu und lauschten. Grillen zirpten. Und dann bellte irgendwo ein Hund.

»Jetzt hab ich es auch gehört«, sagte Catherine.

Im selben Moment sahen sie beide in der Ferne den schwachen, wild schwankenden Schein einer Taschenlampe. Sie liefen, so schnell die Dunkelheit es zuließ, darauf zu. Bald darauf wurden sie von mehreren Hunden umkreist und beschnuppert. Dann tauchte Karina auf. Sie führte ein Pferd am Zügel, Dave saß zusammengesunken im Sattel.

Jim fiel als Erstes sein blutdurchtränktes Hosenbein ins Auge. Karina hatte das Bein mit ihrem Büstenhalter am Oberschenkel abgebunden.

»Ich hatte nichts anderes«, sagte sie kurzerhand, als sie Jims Blick bemerkte.

»Ihr Einfallsreichtum dürfte Ihrem Mann das Leben gerettet haben, Missus Burgess.«

»Was ist denn passiert?«, fragte Catherine, als sie alle miteinander zum Farmhaus zurückgingen.

»Dave hat gesagt, er ist vom Turm der Windmühle gefallen und hat sich beim Sturz das Bein an einem scharfkantigen Stück Stahl aufgerissen. Zum Glück haben die Hunde ihn gefunden. Er ist in der letzten Stunde immer wieder ohnmächtig geworden.«

Jim leuchtete ihm mit der Taschenlampe ins Gesicht. Er war leichenblass und konnte sich nur mühsam im Sattel halten. »Er hat zweifellos viel Blut verloren.«

Am Haus angekommen, trugen sie Dave mit vereinten Kräften hinein. Karina räumte in Windeseile den Küchentisch ab und warf eine Decke darüber. Als sie Dave daraufgelegt hatten, schnitt Jim ihm das Hosenbein auf, um ihn untersuchen zu können. Er hatte eine tiefe, klaffende Fleischwunde, und der Oberschenkel war gebrochen. Jim injizierte Dave ein Opiumpräparat gegen die Schmerzen.

Dann warf er einen Blick auf die Wanduhr. Das Flugzeug würde erst in ein paar Stunden landen können, aber Dave musste schnellstens operiert werden und eine Bluttransfusion bekommen. Jim bezweifelte, dass er die Nacht sonst überleben würde.

»Dave muss so schnell wie möglich ins Krankenhaus. Gibt es eine Möglichkeit, die Landepiste zu beleuchten, Karina?«

Sie überlegte. »Hinten im Stall sind Eimer, Holz und Treibstoff.«

»Damit müsste es gehen.« Jim wandte sich an Catherine. »Setz einen Funkspruch ab. Robbie soll herkommen. Karina und ich improvisieren unterdessen ein paar Leuchtfeuer.«

»Alles klar.«

»Sag ihm, er soll uns anfunken, wenn er noch ungefähr zwanzig Minuten entfernt ist, dann werde ich das Feuer anzünden. Wenn ich das jetzt mache, ist das Holz bis dahin heruntergebrannt.«

»Okay.« Catherine setzte sich ans Funkgerät.

Jim und Karina liefen hinaus. Sie warfen Holz in die Eimer und schütteten ein wenig Treibstoff darüber. Da sie nur acht Eimer hatten, was für die hundert Meter lange Piste viel zu wenig war, häufte Jim dazwischen Holzscheite auf und beträufelte sie ebenfalls mit Treibstoff.

Während sie warteten, verscheuchten sie Kängurus, Wombats und Emus. Als Catherine hinausrief, das Flugzeug sei noch fünf Meilen entfernt, zündete Jim ein Feuer nach dem anderen an.

Es wimmelte nur so vor Tieren. Sobald sie die Kängurus an einem Ende der Piste verjagt hatten, tauchten sie am anderen wieder auf. Jetzt war das Flugzeug zu hören. Es kam immer näher, und Jim und Karina hatten große Angst, Robbie könnte bei der Landung ein großes Känguru rammen. Schließlich rannte Karina zum Stall. Als sie zurückkam, hielt sie Daves Schrotflinte in den Händen.

»Zurück!«, schrie sie Jim zu.

Sie richtete den Lauf nach oben und drückte genau in dem Moment ab, als Robbie zur Landung ansetzte. Die Kängurus stoben davon, und die Piste war frei.

Kapitel 14

Robbie sah die Signalfeuer aus der Luft und orientierte sich an ihnen. Er hoffte inständig, dass sich in den dunklen Bereichen dazwischen keine Kängurus tummelten. Gerade als er zur Landung ansetzen wollte, hörte er einen lauten Knall, und das Mündungsfeuer einer Flinte blitzte auf.

»Was zum Teufel ist da los?«, knurrte er. Was sollte er tun? Die Maschine wieder hochziehen oder landen? Er spähte angestrengt hinaus und entdeckte neben einer der Feuerstellen Jim, der wild, aber keineswegs abwehrend die Arme schwenkte, und entschloss sich zur Landung. Als das Flugzeug am Ende der Piste zum Stehen kam, stieß er einen Seufzer der Erleichterung aus.

Er kletterte aus dem Cockpit. »Was ist passiert? Das war doch ein Schuss gerade eben!«, rief er Jim entgegen, der mit einer Taschenlampe in der Hand auf ihn zu rannte.

»Karina hat die Schrotflinte abgefeuert, um die Kängurus zu verjagen.«

»Na, ein Glück, dass sie nicht in meine Richtung gezielt hat«, versetzte Robbie nur halb im Scherz.

»Nein, sie hat in den luftleeren Raum gefeuert.«

»Da bin ich ja beruhigt. Und funktioniert hat es auch – ich hab weit und breit kein Känguru gesehen. Hoffentlich klappt der Start genauso reibungslos.«

»Wenn Sie möchten, bleibe ich hier bei Ihren Tieren, dann können Sie Dave ins Krankenhaus begleiten«, bot Catherine an, als die beiden Männer den Verletzten auf einer Bahre zum Flugzeug trugen.

»Würden Sie das tun?« Karina sah sie dankbar an. Sie hatte lange mit sich gehadert, weil sie einerseits bei ihrem Mann sein wollte und andererseits ihre Tiere nicht unversorgt zurücklassen konnte.

»Natürlich. Ich weiß doch, wie sehr Sie an Ihren Tieren hängen. Ich werde sie morgen früh füttern und auf sie aufpassen, bis Sie zurück sind.«

»Das würde mir wirklich sehr helfen. Sind Sie denn damit einverstanden, Dr. Nixon?«

»Ja, natürlich. Catherine kann mit Robbie zurückfliegen, wenn er Sie morgen wieder herbringt.«

»Vielleicht sogar zusammen mit Dave. Ich weiß gar nicht, wie ich Ihnen danken soll, Catherine«, sagte Karina gerührt. »Das Futter für das Federvieh finden Sie neben dem Hühnerstall, das Fleisch für die Hunde im Kühlschrank. Für die Pfauen steht ein Sack Futter im Stall, dort finden Sie auch Luzerne für die Ziege und die Kuh und das Futter für die Pferde.«

»Ich komme schon zurecht«, versicherte Catherine, obwohl sie das Gefühl hatte, dass sie sich viel zumutete.

»Gut möglich, dass Dave ein paar Tage im Krankenhaus bleiben muss«, wandte sich Jim an Karina. »Aber dort wird er bestens versorgt.«

»Ja, natürlich.« Sie kletterte ins Flugzeug und setzte sich neben ihren Mann.

»Kann ich dich wirklich allein hier zurücklassen?«, fragte Jim leise, dem gar nicht wohl war bei dem Gedanken.

»Ja, ich schaffe das schon. Und die Hunde leisten mir ja Gesellschaft«, erwiderte Catherine. Doch als sie jetzt zum ersten Mal genauer darüber nachdachte, war sie unsicher, wie sie sich fühlen würde, wenn die anderen erst einmal fort waren.

»Wir bleiben über Funk in Kontakt. Und morgen komme ich mit Robbie wieder her.«

Catherine nickte. »Okay. Ich laufe die Piste schnell mit den Hunden ab, damit sie die Kängurus verscheuchen, falls da welche sein sollten.«

»Oh, tun Sie das nicht!«, rief Karina, aber da war Catherine bereits losgerannt.

Robbie kletterte ins Cockpit.

»Vorsicht, die Hunde!«, schrie Karina vor Angst, sie könnten vom Flugzeug erfasst werden.

Vor ihnen auf der Piste rasten die Hunde bellend kreuz und quer durch den Staub und jagten Emus und Kängurus nach, die in alle Richtungen davonstoben. Es war ein wildes Durcheinander. Auf Catherines Rufe und Befehle reagierten sie nicht, sie musste sich etwas einfallen lassen, da die Leuchtfeuer schnell herunterbrannten. Eilig stieß sie einen lauten Pfiff aus, drehte sich um und rannte Richtung Farmhaus. Die Hunde hetzten ihr sofort nach, sie hielten das für ein Spiel. Catherine hastete in einen eingezäunten Bereich nahe dem Farmhaus und schloss das Gatter, sobald die ganze Bande darin war. Dann winkte sie Robbie zum Zeichen, dass er starten konnte.

Nur eine Minute nachdem das Flugzeug abgehoben hatte, senkte sich die Stille über das Land. Wie eine Decke, die alles erstickte. Die Leuchtfeuer waren erloschen, die Farm und alles ringsum in tiefe Dunkelheit getaucht.

Catherine, die mit einem Mal nervös wurde, öffnete das Gatter und ließ die Hunde heraus. »Kommt mit ins Haus, ich hab keine Lust, so allein hier draußen zu schlafen.«

»Allmählich mache ich mir Sorgen«, gestand Jim ein paar Stunden später, als er mit Robbie im Krankenhaus von Broken Hill saß. »Ich kann Catherine nicht erreichen.«

»Sie wird schlafen. Es ist bestimmt alles in Ordnung«, beruhigte Robbie ihn.

»Ich verstehe ja, dass sie Karina etwas Gutes tun wollte, aber ich glaube, ihr war nicht klar, worauf sie sich eingelassen hat. Ganz allein auf einer abgelegenen Farm …«

»Karina kommt dort ja auch zurecht.«

»Sie hat Dave«, wandte Jim ein.

»Oft, aber wenn er mit dem Vieh unterwegs ist, ist sie auch allein. Wie geht es ihm eigentlich?«

»Viel besser nach der OP und der Bluttransfusion.«

In diesem Moment trat Karina aus dem Krankenzimmer. »Dave schläft tief und fest. Haben Sie inzwischen mit Catherine gesprochen, Jim?«

»Ich habe sie ein paarmal angefunkt, aber ich kann sie nicht erreichen.«

»Oh! Hoffentlich ist alles in Ordnung.«

Jim sah sie beunruhigt an. »Warum sollte nicht alles in Ordnung sein?«

»Im Haus kann es nachts ein bisschen unheimlich sein. Das Dach gibt alle möglichen Geräusche von sich, wenn es nach der Hitze des Tages abkühlt. Als ich einzog, hätte ich schwören können, dass jemand darauf herumklettert. Dave hat mich erst nach langer Zeit überzeugen können, dass es nur das Blech ist, das sich in der kühlen Nachtluft zusammenzieht.«

»Wenn sie Angst hätte, würde sie doch ans Funkgerät gehen«, erwiderte Jim angespannt.

»Nun ja, sie weiß, wie man einen Funkruf sendet, aber weiß sie auch, wie man ihn empfängt?«, überlegte Karina laut. »Ich hab nicht daran gedacht, sie das zu fragen.«

»Berta hat es ihr bestimmt erklärt. Und sie hat den von Robbie auf dem Hinflug angenommen.«

Karina warf einen Blick auf die Uhr an der Wand. »In ein paar Stunden wird es hell. Dave ist hier in guten Händen, ich denke, ich sollte so bald wie möglich nach Hause.«

»Ich fliege Sie nachher zurück, wenn kein Notfall dazwischenkommt«, sagte Robbie.

»Ich komme mit«, sagte Jim sofort, »mein Auto steht noch auf der Farm.« Außerdem musste er sich persönlich davon überzeugen, dass es Catherine gut ging.

»Ich lege mich ein paar Stunden aufs Ohr, und das solltest du auch tun, Jim. Sich nach einer durchwachten Nacht ans Steuer zu setzen ist gefährlich. Wenn du willst, frage ich nachher meinen Dad, ob er nicht mitfliegen und dein Auto zurückfahren kann.«

Robbie hatte recht, wie Jim widerstrebend zugeben musste. Er war seit vierundzwanzig Stunden auf den Beinen, da war es nicht klug, sich hinters Lenkrad zu setzen. »Glaubst du, das würde er machen?«

»Ganz bestimmt, er freut sich, dass er sich nützlich machen kann. Seit er vor zwei Jahren in den Ruhestand gegangen ist, langweilt er sich zu Tode.«

»Was war er denn von Beruf?«

»Postbote im Outback. Er vermisst es fürchterlich, herumzufahren und Farmen und Siedlungen zu besuchen. Er kennt jeden im Umkreis von etlichen hundert Meilen. Für viele hat er praktisch zur Familie gehört, er ist sogar oft zu Geburtstagsfeiern, Hochzeiten und Taufen eingeladen worden. Manche Geschichten, die er uns aus dieser Zeit erzählt, sind so haarsträubend, dass man sie für erfunden halten könnte, aber offenbar sind sie alle wahr. Er wird begeistert sein, dein Auto in die Stadt zurückfahren zu können.«

»Wunderbar. Und seine Geschichten würde ich mir bei Gelegenheit auch gern anhören. Danke, Robbie. Und bedank dich auch schon mal in meinem Namen bei deinem Dad.«

Als Jim um sechs Uhr am Morgen ein weiteres Mal die Funkverbindung nach North Bindara herstellte, antwortete Catherine endlich.

»Alles in Ordnung bei dir?«, fragte er angespannt.

»Ja, mir geht's gut. Hast du dir etwa Sorgen um mich gemacht?«

»Allerdings. Ich habe dich ein paarmal angefunkt, aber nie erreicht.«

»Wann?«

»Gestern Abend.«

»Ich habe nichts gehört. Kein Wunder – ich war völlig erschöpft und bin gleich eingeschlafen.«

»Ich dachte, du hättest vielleicht Angst, so ganz allein dort draußen. Außerdem hat Karina erzählt, dass das Blechdach unheimliche Geräusche macht, wenn es abkühlt.«

»Die habe ich gehört, ja, aber das kenne ich von meinem Schlafzimmer auf Melville Island. Nach einem heißen Tag hat es sich angehört, als würde es mit Steinen beworfen. Und bei starkem Regen war der Krach ohrenbetäubend. Aber Angst hatte ich nicht, mit meinen sechs Beschützern rings um das Bett. Verrat Karina bitte nicht, dass die Hunde im Schlafzimmer geschlafen haben, sie mag das vielleicht nicht.« Sie waren ihr auf Schritt und Tritt gefolgt, sogar zum Abort. »Ich habe ihnen gerade was zu fressen gegeben, und jetzt bin ich die Größte für sie! Sie sind wirklich lieb und eine fantastische Gesellschaft. Jetzt muss ich noch den Rest des Zoos füttern. Wie geht's Dave?«

»Gut, auch wenn er noch Schmerzen hat. Er sagt, er fühlt sich viel besser als gestern. Er kann von Glück sagen, dass er einen Sturz aus dieser Höhe überlebt hat. Und dass wir ihn gefunden haben, bevor er verblutet ist.«

»Ich glaube, das weiß er selbst. Und Karina? Wie geht es ihr?«

»Gut. Sie kann es kaum erwarten, wieder nach Hause zu ihren Tieren zu kommen. Robbie fliegt sie in ein paar Stunden zurück. Sein Vater wird die beiden begleiten und mein Auto in die Stadt zurückfahren. Ich war die ganze Nacht auf den Beinen, ich muss erst ein paar Stunden schlafen.«

»Das glaub ich gern. Hast du Bill Harris Bescheid gesagt, dass er dich vertreten soll?«

»Das hat Berta schon gemacht, soviel ich weiß. Okay, wir sehen uns dann morgen.«

»Ja, bis morgen. Und danke, dass du dich um mich gesorgt hast, Jim, wenn auch unnötigerweise.«

»Kollegen passen doch aufeinander auf.«

Catherine hörte das Lächeln in seiner Stimme und lächelte ebenfalls. »Ja, allerdings.« Seine Worte hatten eine unausgesprochene Bedeutung, und sie spürte, wie ein warmes Gefühl durch sie hindurchrann.

»Hallo, Vonnie«, sagte Berta. »Ich wollte dir nur Bescheid geben, dass Dr. Nixon und Schwester Thomas auf dem Weg zu euch sind. Der Doktor will sich Brians Hände ansehen«, sagte Berta.

»Oh, sehr schön! Der Doktor hat ja gesagt, dass er noch einmal vorbeikommen wird. Ich habe gerade ein Blech Scones in den Ofen geschoben, die sind sicher noch warm, wenn sie hier ankommen.«

»Niemand backt so leckere Scones wie du, Vonnie. Wenn meine nur auch einmal so locker und luftig würden! Wie geht's Brian?«

»Er hat schlechte Laune wie ein hungriges Krokodil. Er hat einfach keine Geduld. Und wenn etwas nicht so läuft, wie er sich das vorstellt … Aber so sind Männer nun mal. Jedenfalls freue ich mich, Schwester Thomas wiederzusehen. Sie ist eine ganz reizende junge Frau, findest du nicht auch?«

»Ja, das ist sie, und sie kommt mit allen gut aus.«

»Auch mit dem attraktiven Dr. Nixon?«

»Natürlich, aber wer würde mit ihm nicht auskommen?«, erwiderte Berta lachend.

»Ich weiß, was du meinst!« Yvonne lachte ebenfalls. »Es war wunderbar, sich mal wieder mit jemand anderem als mit Brian unterhalten zu können, noch dazu mit einer Frau!«

Die Verzweiflung und Einsamkeit in ihrer Stimme waren nicht zu überhören. Die Isolation setzte den meisten Frauen auf den abgelegenen Farmen sehr zu.

»Manchmal ist es hart, wenn die Nachbarn so weit weg wohnen, nicht wahr, Vonnie?«, fragte Berta vorsichtig.

»Ja, wirklich, aber das habe ich ja vor meiner Heirat gewusst. Ich habe nur nicht damit gerechnet, dass ich mich manchmal derart einsam fühlen würde.«

»Ich weiß. Genieß die Zeit mit Dr. Nixon und Schwester Thomas.«

»Das werde ich, verlass dich drauf!«, erwiderte Yvonne fröhlich. »Ach, noch was, Berta. Catherine hat mir erzählt, dass du das schöne Lavendelsäckchen gemacht hast, das sie mir mitgebracht hat. Ich danke dir sehr dafür, es ist wundervoll.«

»Gern geschehen, Vonnie.«

»Hallo, Missus Murphy, wir sind wir da«, rief Jim, als er mit Catherine auf das Farmhaus zuging.

Catherine winkte lächelnd.

Yvonne hatte auf der vorderen Veranda im Schatten einen Tisch gedeckt. »Hallo!«, rief sie aufgeregt. »Wir trinken den Tee hier draußen, da ist es angenehmer als in der brütend heißen Küche.«

»Danke, Missus Murphy. Wo ist denn der Patient?«

»Brian!«, schrie Yvonne ins Haus. »Der Doc ist da.« Sie wandte sich wieder an Jim. »Vielleicht sollten Sie auch seine Ohren überprüfen.«

»Das hab ich gehört! Ich wünschte, ich *wäre* schwerhörig, damit ich deine ständige Nörgelei nicht mitbekomme«, grummelte Brian, als er aus dem Haus trat und Jim und Catherine begrüßte.

»Geh und hol Robbie, damit er Tee mit uns trinkt«, befahl Yvonne ihrem Mann.

»Ich hole ihn«, bot Catherine an.

»Das kann Brian machen. Seine Beine sind ja gesund«, brummte Yvonne und fügte bissig hinzu: »Wenigstens etwas, was noch funktioniert.«

Brian knirschte mit den Zähnen. »Robbie!«, brüllte er dann dem Piloten zu, der das Fahrgestell des Flugzeugs untersuchte, da die Piste mit Steinen übersät war. »Komm und trink Tee mit uns!«

»Das hätte ich auch gekonnt«, tadelte Yvonne, eine Hand in die Seite gestemmt.

»Und warum hast du's dann nicht gemacht?«, giftete Brian.

»Ich komme!«, rief Robbie.

»Ich seh mir erst mal Ihre Hände an und wechsle den Verband«, warf Jim rasch ein, bevor die Situation weiter eskalierte. »Wollen wir reingehen?«

»Ja, Doc, kommen Sie.« Brian öffnete die Fliegentür.

Yvonne schenkte unterdessen den Tee ein, nahm die Fliegenhaube von der Kuchenplatte und bot ihren Gästen Scones mit einem Klacks Sahne und einem Löffel Marmelade an.

»Die sehen ja köstlich aus, Missus Murphy«, lobte Catherine, und Robbie stimmte ihr zu.

»Vonnie.«

»Vonnie, richtig. Ich glaube, ich muss nicht fragen, wie es dem Patienten geht, oder?«

»Er weiß nichts mit sich anzufangen, deshalb geht er *mir* auf die Nerven, was ständig zu Reibereien führt! Ich kann ja verstehen, dass er frustriert ist, aber sagen Sie ihm das bitte nicht.«

Catherine musste lachen. »Ich fürchte, Sie werden ihn noch mindestens eine Woche ertragen müssen.«

Yvonne stöhnte auf. »Er kann nichts selbst machen! Ich muss ihn sogar anziehen!«

»Das dürfte ihn in seinem männlichen Stolz ganz schön verletzen«, sagte Robbie.

Vonnie dachte kurz darüber nach. »Ja, wahrscheinlich. Ich sollte geduldiger mit ihm sein, aber das ist nicht leicht. Ich habe so viel Arbeit, dass ich völlig erschöpft und die meiste Zeit gereizt bin. Ich bräuchte mal irgendeinen Ausgleich.«

»Ich hätte da vielleicht eine Idee, Vonnie«, sagte Catherine langsam. »Funken Sie vielleicht die anderen Farmersfrauen manchmal an, um sich mit ihnen zu unterhalten?«

»Nein?« Hörbar erstaunt bugsierte Vonnie einen zweiten Scone auf Robbies Teller, nachdem er den ersten bereits mit zwei Bissen vertilgt hatte.

»Und warum nicht?«, hakte Catherine nach.

»Weil das Funkgerät meiner Meinung nach für Notfälle und nicht für Unterhaltungen gedacht ist. Ich glaube, das sehen alle so.«

»Es könnte aber doch durchaus mehr sein, zumindest abends und an den Wochenenden, oder? Ich werde das mit Berta besprechen.«

Jim und Brian kehrten auf die Veranda zurück.

»Alles bestens, Missus Murphy. Sie haben tadellose Arbeit geleistet«, lobte Jim.

»Sie hätten ihn hören sollen, als ich ihm den Verband gewechselt habe. Er hat in einem fort gejammert.«

»Du hast mich nicht gerade sanft angefasst«, meinte Brian. »Die Einwohner von Broken Hill können sich glücklich schätzen, dass du nicht Krankenschwester geworden bist.«

Yvonne machte ein finsteres Gesicht. »Ich habe mich bei der Geburt unserer drei Söhne nicht so angestellt wie du dich beim Wechseln des Verbandes.«

»In einer Woche werde ich die Fäden ziehen, Brian. Danach können Sie Ihre Hände wieder benutzen, wenn auch nur vorsichtig! Legen Sie ihm morgen einen frischen Verband an, Missus Murphy, und danach wechseln Sie ihn jeden zweiten Tag.«

»Noch mehr Folter«, grummelte Brian.

Yvonne ignorierte ihn. »Nur wenn Sie mich Vonnie nennen, Dr. Nixon.« Lächelnd schenkte sie ihm Tee ein und bot ihm einen Scone an.

»Sehr gern, Vonnie.« Jim biss in den mit Sahne und Marmelade garnierten Scone. »Wow, der schmeckt ja köstlich! Ich glaube, ich muss öfter Ausreden finden, um Sie zu besuchen, wenn Sie immer so leckere Sachen backen.«

»Tun Sie das, Doc, und bringen Sie Catherine mit!«

»Kann man sich eigentlich mit mehreren Leuten gleichzeitig über Funk verständigen, Berta?«, wollte Catherine wissen.

»Oh, ja. Das mache ich oft, wenn etwas koordiniert werden muss. Warum willst du das wissen?«

»Vonnie hat erzählt, dass sie sich nicht mit anderen Farmersfrauen über Funk unterhält, weil das Funkgerät nur in Notfällen benutzt wird. Karina sagt das auch. Ich finde das schade. Ich möchte heute Abend ein paar von den Frauen, die ich noch nicht kenne, anfunken und sie fragen, ob sie vielleicht Interesse an einem Meinungsaustausch hätten, zum Beispiel sonntagnachmittags.«

»Das ist gut. Ich stelle dir eine Liste zusammen und helfe dir gerne beim ersten Mal. Wenn es gut läuft, können wir die Liste dann erweitern.«

»Danke, Berta. Vielleicht könntest du mich den Frauen auch vorstellen?«

»Aber sicher, mit dem größten Vergnügen!«

Kapitel 15

»Hallo, Daphne, hier ist Berta Miller vom Stützpunkt der Fliegenden Ärzte in Broken Hill. Wie geht es dir?«

»Berta! Das ist aber eine Überraschung. Hat Les dich angefunkt?«

»Nein, ich melde mich, weil ich dir unsere neue Fliegende Krankenschwester vorstellen möchte.«

»Oh! Ich hab schon von ein paar Schafscherern gehört, dass jetzt eine Krankenschwester in der Organisation angestellt ist. Sie soll sehr hübsch sein. Und ein neuer Arzt ist auch da, nicht wahr?«

»Ja, der Doktor ist im Moment außer Haus, aber ich möchte dich mit Schwester Catherine Thomas bekanntmachen.«

»Hallo, Missus Tomkins, freut mich sehr«, sagte Catherine.

»Hallo, Schwester Thomas. Du meine Güte, Sie hören sich so jung an wie meine Teenager-Enkelin.«

»Ich bin Ende zwanzig, Missus Tomkins, aber keine Sorge, ich habe viel praktische Erfahrung in meinem Beruf.«

»Das höre ich gerne. Wie alt ist denn der neue Arzt?«

»Ich habe ihn nicht gefragt, aber ich schätze, irgendwo in den Dreißigern.«

»Dann sind Sie ja Babys im Vergleich zu Les und mir! Na ja, Sie müssen vermutlich jung und energiegeladen sein, sonst könnten Sie uns alle hier draußen im Busch gar nicht versorgen.«

»Dr. Nixon ist ein sehr guter Arzt, Daphne«, versicherte Berta.

»Er hat eine ganz wunderbare Art«, schwärmte Catherine.

»Wirklich? Also darüber müssen Sie mir mehr erzählen.«

Catherine stutzte. »Ich meine, mit seinen Patienten, Missus Tomkins.«

Daphne lachte. »Das weiß ich doch, das war nur ein Scherz, Schwester Thomas. Humor kann nie schaden, und hier draußen braucht man ihn noch dringender als anderswo.«

»Da haben Sie recht. Ich wollte Sie etwas fragen.«

»Nur zu.«

»Hätten Sie Lust auf einen Plausch über Funk mit den anderen Farmersfrauen? Sonntagnachmittags vielleicht?«

»Sehr gerne! Geht das denn?«

»Ja, laut Berta ist das möglich. Die Frauen, die ich bisher kennengelernt habe, sehnen sich danach, sich mit anderen Frauen auszutauschen, und bei diesen Entfernungen ist das Funkgerät dafür die beste Möglichkeit. Was halten Sie davon?«

»Ich finde, das ist eine sehr gute Idee.«

»Wunderbar! Ich werde noch einige andere Frauen kontaktieren und sie zu einem kleinen Schwatz einladen. Am kommenden Sonntag so gegen drei.«

»Alles klar, ich bin dabei. Und ich hoffe sehr, dass wir uns irgendwann persönlich kennenlernen.«

»Ich auch. Obwohl ich natürlich auf keinen Fall möchte, dass Ihnen oder Ihrem Mann etwas zustößt!«

»Ihr Wort in Gottes Ohr, Kindchen.«

Anschließend kontaktierten sie Yvonne Murphy und Karina Burgess, die beide begeistert waren von dem geplanten Frauenplauderstündchen. Auch die nächsten Frauen, die Catherine anfunkte – Felicity Kennedy, Hilda Gibson, Juliet Stanley, Edna Brown, Kay Morris und Peggy Sullivan –, fanden die Idee großartig, im Gegensatz zu Ida Freeman, die rein gar nichts davon hielt und behauptete, auch keine der anderen werde mitmachen.

»Man sollte Neuem gegenüber immer aufgeschlossen sein, Missus Freeman«, erwiderte Catherine. »Und falls Sie es sich doch anders überlegen sollten, können Sie sich uns jederzeit anschließen.«

»Ganz sicher nicht, Schwester Thomas. Sagen Sie, dieser junge Arzt – benimmt er sich?«

»Schalten Sie sich am Sonntag dazu, Missus Freeman, dann werden Sie es erfahren«, entgegnete Catherine keck.

Berta starrte sie an, und Ida schnaubte unwirsch.

»Ich werte das als ein Nein, aber das überrascht mich nicht«, sagte sie spitz.

»Ich erzähle Ihnen mehr, wenn Sie Sonntag an unserer Runde teilnehmen.« Damit beendete Catherine das Gespräch.

»Ich kann nicht glauben, dass du das gesagt hast!«, meinte Berta anerkennend und ungläubig zugleich.

»Das war spontan, hoffentlich funktioniert es. Ich bin sicher, dass Ida der Kontakt zu anderen Frauen guttun würde. Und sie könnte sicher auch einiges zur Unterhaltung beitragen. Vielleicht würde sie sogar ein zufriedenerer Mensch werden.«

»Dein Wort in Gottes Ohr«, entgegnete Berta und grinste breit.

»Mir scheint, die Rosen bekommen Knospen, Barney«, sagte Catherine zu dem Kater, als sie die Sträucher in ihrem Vorgarten inspizierte. »Was meinst du?«

Sie bekam ein Miauen zur Antwort und musste lächeln. »Ich bin gespannt, was für eine Farbe die Blüten haben.« Sie hatte die Sträucher kräftig zurückgeschnitten und mithilfe der Gießkanne aus dem Schuppen hinterm Haus gewissenhaft gewässert.

»Catherine!«

Sie drehte sich um und sah Rosie, gefolgt von Jim, auf sich zulaufen. »Hallo! Was habt ihr zwei denn vor?«

»Wir gehen in den Park«, antwortete Rosie aufgeregt.

»Sie möchte schaukeln und rutschen«, ergänzte Jim ein wenig außer Atem.

»Kommst du mit?«, fragte das Mädchen. »Du könntest mich auf der Schaukel anschubsen, wenn Daddy müde wird.«

»Ich bin schnell außer Puste, wie du siehst.« Jim verdrehte die Augen.

Catherine lachte. »Aber vielleicht werde ich auch schnell müde«, gab sie zu.

»Dann kann Daddy dich ja wieder ablösen!«

Catherine lächelte. »Mir scheint, du hast dir das alles ganz genau überlegt.«

Jim wirkte peinlich berührt. »Catherine hat vielleicht schon was vor, Rosie.«

»Nichts, außer die Rosen zu gießen. Aber wollt ihr diese kostbare Vater-Tochter-Zeit nicht lieber zu zweit genießen.«

»Komm doch mit, Catherine«, bettelte Rosie.

Catherine sah Jim kurz an, der kurzerhand mit den Schultern zuckte.

»Störe ich auch wirklich nicht?«

»Nicht im Geringsten«, antwortete er sofort. »Wir würden uns freuen.«

»Na schön. Gebt mir eine Minute, damit ich mir was anderes anziehen kann.«

»Ist das deine Katze?«, fragte Rosie, die mit ihr zur Veranda ging, wo Barney sich ein Schattenplätzchen gesucht hatte.

»Nein, aber Barney hat sich das Haus als sein Zuhause ausgesucht, und jeder, der hier wohnt, füttert ihn.«

»Er ist süß«, rief Rosie und streichelte ihn.

Catherine nickte. »Ja, das ist er, der alte Bursche.«

»Wie alt ist er denn? Älter als vier?«

»Ja, viel älter«, antwortete Catherine und ging ins Haus.

»Deine Tochter hat eindeutig mehr Energie als ich«, schnaufte Catherine, als sie sich neben Jim auf die Bank im Schatten eines Baums fallen ließ. Sie hatte Rosie zehn Minuten lang auf der Schaukel angeschubst, dann war ein anderes Mädchen auf den Spielplatz gekommen, mit dem sie jetzt spielte.

»Ich weiß, was du meinst. Ich frage mich, wie Wilma Hume das schafft. Ich muss zugeben, dass ich es manchmal ganz schön anstrengend finde mit der Kleinen.«

»Wo ist Wilma eigentlich?«

»Ich habe ihr freigegeben, und sie ist einkaufen gegangen«, antwortete Jim, während er seiner Tochter beim Spielen mit ihrer neuen Spielkameradin zuschaute.

»Ich habe Neuigkeiten«, verkündete Catherine aufgeregt.

»So?«

»Ja, ich habe für die Farmersfrauen einen Plausch über Funk arrangiert. Am Sonntagnachmittag.«

»Wirklich? Das ist eine tolle Idee!«

»Ja, auf diese Weise können sie sich austauschen. Anscheinend haben sie ihre Funkgeräte noch nie dafür benutzt, aber Berta sagt, das funktioniert.«

»Damit tust du den Frauen wirklich etwas Gutes, Catherine. Hoffentlich wird der Austausch ein Erfolg.«

»Danke. Das hoffe ich auch. Mir gibt das außerdem die Gelegenheit, die Frauen besser kennenzulernen.«

»Du bist doch bestimmt auch manchmal einsam, oder?«, fragte Jim.

»Ich?« Verblüfft sah sie ihn an.

»Ja, du arbeitest praktisch von morgens bis abends und hast kaum Zeit, neue Bekanntschaften zu schließen.«

»Das gilt für dich doch auch.«

»Ja, aber ich habe Rosie. Sie ist das Wichtigste in meinem Leben, und eine gute Gesellschaft.«

»Du bist ein wunderbarer Vater«, bestätigte Catherine ehrlich. »Rosie kann sich glücklich schätzen.«

»Ich habe beobachtet, wie du mit ihr umgehst. Ich bin sicher, dass du eines Tages eine fantastische Mutter sein wirst.«

Sie starrte ihn einen Moment reglos an, mit aller Kraft bemüht, die alten Wunden nicht aufreißen zu lassen. Dann wandte sie sich abrupt ab und atmete tief durch in dem Versuch, gegen die Tränen anzukämpfen. Schließlich sprang sie auf. »Ich muss gehen«, stieß sie heiser hervor und eilte davon.

»Catherine!«, rief Jim ihr vollkommen überrascht nach. Was hatte er gesagt, das eine so heftige Reaktion nach sich gezogen hatte? Er wäre ihr gern nachgelaufen, konnte aber Rosie nicht allein lassen.

Catherine stellte gerade eine Schale Futter für Barney vor die Tür, als Jim und Rosie auf dem Heimweg vorbeikamen. Catherine war ihr Verhalten so peinlich, dass sie Jim nicht ansehen konnte.

»Alles in Ordnung, Catherine?«, fragte er besorgt.

»Ja. Tut mir leid wegen vorhin.«

»Habe ich etwas Falsches gesagt?«

»Nein, nein. Ich … ich musste nur an die Kinder im Waisenhaus denken, die ihren Familien weggenommen worden sind, und habe überreagiert«, log sie. »Entschuldige.«

Jim wirkte nicht überzeugt. »Du musst dich nicht entschuldigen. Du weißt hoffentlich, dass ich niemals absichtlich etwas sagen würde, was dich verletzen könnte.«

»Ja, ich weiß.«

In diesem Moment kam Robbie angefahren und hielt vor dem Haus. Catherine war genauso überrascht, ihn zu sehen, wie Jim. »Ich will mir im Pub ein kühles Bierchen genehmigen«, rief er durchs offene Fenster. »Hast du nicht Lust mitzukommen, Catherine?«

»Klingt verlockend.« Sie wandte sich an Jim. »Wollt ihr euch nicht anschließen? Der Biergarten ist wirklich schön, und einen Rasen als Spielplatz für Kinder gibt es auch.«

Jim sah Rosie an, die hoffnungsvoll zu ihm aufblickte. »Na ja, wenn Robbie nichts dagegen hat«, meinte er dann.

»Können Jim und Rosie auch mitkommen?«, rief Catherine.

»Klar«, antwortete Robbie, klang aber ein wenig enttäuscht.

»Der Biergarten ist wirklich schön«, stellte Jim fest, als sie im Schatten vor einem kühlen Bier saßen. Rosie nippte an einer Himbeerlimonade und knabberte Chips.

»Ja, nicht wahr? Robbie hat mich schon einmal hierhin eingeladen«, sagte Catherine.

»So?« Jim sah den Piloten an, dessen Aufmerksamkeit jedoch einer hübschen jungen Frau auf der anderen Seite des Biergartens galt. Robbie war ein Schürzenjäger, und Jim fürchtete, dass er Catherine verletzen könnte.

Ein Paar mit einem etwa fünfjährigen Jungen und einem dreijährigen Mädchen setzte sich an den Nebentisch. Die Kinder hatten einen Ball dabei.

Die Frau beugte sich zu Rosie, die ihr am nächsten saß, und fragte: »Schmeckt die Limonade?«

»Ja, sie ist sehr lecker«, antwortete Rosie fröhlich.

Wieder einmal war Catherine begeistert davon, wie selbstbewusst Rosie war. Wilma Hume tat ihr eindeutig gut.

Die Frau bat ihren Mann, zwei Himbeerlimonaden für die Kinder und einen Shandy für sie zu holen. Dann wandte sie sich Jim und Catherine zu. »Sie haben eine bildhübsche Tochter«, sagte sie lächelnd.

Jim streifte Catherine mit einem besorgten Blick, als fürchte er, sie könnte sich wieder so aufregen wie auf dem Spielplatz. »Ich bin Jim Nixon, der neue Arzt bei den Fliegenden Ärzten, und das ist Catherine Thomas, unsere Krankenschwester. Rosie ist meine Tochter, und das hier ist Robbie Richmond, unser Pilot.«

»O Entschuldigung, ich dachte, Sie gehören zusammen«, sagte die Frau verlegen. »Freut mich sehr, Sie alle kennenzulernen. Ich bin Sheila Burton, und das sind unsere Kinder David und Susan. Wir sind vor Kurzem aus Melbourne hierhergezogen, weil Mark, mein Mann, Arbeit im Bergwerk gefunden hat. Möchtest du mit David und Susan auf dem Rasen spielen, Rosie?«

Jim sah seine Tochter an, und sie nickte freudig. »Na, dann los!«

Das Mädchen sprang sofort auf.

»Heute schließt sie aber viele Freundschaften«, bemerkte Catherine.

»Stimmt. Ich bin froh, wenn sie mit Gleichaltrigen zusammen ist. Das ist so wichtig, gerade für ein Einzelkind.«

Catherine nickte. »Ohne Geschwister aufzuwachsen ist nicht schön.« Sie dachte an ihre eigene Kindheit. »Ich hatte immer das Gefühl, dass mir etwas fehlt. Aber Rosie kommt ja bald in die Schule, dort wird sie viele neue Freunde finden.«

»Robbie!« Sharon Michaels eilte auf den Piloten zu. »Wie schön, dich wiederzusehen.« Sie blickte kurz zu Catherine, dann zu Jim und schien zu überlegen, wie Catherine es geschafft hatte, zwei so attraktive Männer um sich zu scharen.

»Hallo«, grüßte Robbie gleichgültig zurück.

»Für heute ist Feierabend, und Vicky und ich haben beschlossen, noch was trinken zu gehen. Du erinnerst dich doch an Vicky?«

Eine dunkelhaarige Frau trat vor. »Hallo, Robbie.«

»Ja, natürlich. Hallo, Vicky.« Robbie machte die beiden Frauen mit Jim und Catherine bekannt.

»Sie sind also der neue Arzt«, sagte Sharon. Mit einer Hand auf ihrer bemerkenswerten Hüfte musterte sie Jim unverhohlen. Er fand sichtlich ihre Anerkennung. Robbie entging das nicht.

Jim nickte. »Ja, genau.«

»Machen Sie auch Hausbesuche, Dr. Nixon?«, fragte Sharon anzüglich. Sie blickte zu Vicky, und beide kicherten.

»Nur wenn Sie mindestens fünfzig Meilen außerhalb wohnen«, antwortete Jim gutmütig.

»Ich glaube, es würde sich lohnen, über einen Umzug nachzudenken«, sagte Sharon kokett.

»Kannst du ihr nicht sagen, sie soll den Mund halten, Vicky?«, knurrte Robbie.

Die schüttelte den Kopf. »Sie lässt sich von niemandem den Mund verbieten.«

»Eifersüchtig?« Sharon versetzte Robbie einen Klaps auf die Schulter.

»Blödsinn!«

»Lügner! Ich dachte, du kommst mal vorbei und lädst mich zum Essen ein.«

»Es war ziemlich viel los«, erwiderte Robbie ausweichend.

»O ja, das glaub ich gern«, meinte Sharon mit einem frostigen Blick Richtung Catherine. »Sollten Sie Ihre Meinung ändern und Hausbesuche auch in der Stadt machen – der Barkeeper weiß, wo ich wohne, Dr. Nixon.« Sie zwinkerte ihm zu und ging mit ihrer Freundin weiter.

»Diese Sharon hat nichts als flirten im Kopf«, grummelte Robbie verlegen.

»Sie hat offensichtlich ein Auge auf dich geworfen«, bemerkte Jim.

»Sie hat ein Auge auf alles geworfen, was Hosen trägt«, gab Robbie zurück.

»Einem gut aussehenden Mann wie dir laufen die Frauen doch bestimmt scharenweise nach«, stellte Jim fest.

»Das kann ganz schön lästig sein.«

»Dann such dir eine zum Heiraten und gründ eine Familie«, schlug Jim vor.

»Ich bin noch nicht so weit.«

»Dann solltest du dich nicht beklagen, wenn Frauen dir ihre Aufmerksamkeit schenken. Hab ich recht, Catherine?«

»Ja, du hast recht«, pflichtete sie ihm lächelnd bei.

»Gegen die Aufmerksamkeit einer bestimmten Frau hätte ich ja auch nichts einzuwenden.« Robbie sah Catherine vielsagend an.

»Wir sind nur Kollegen, vergiss das nicht«, entgegnete sie, und doch schlug ihr Herz etwas schneller, als sie an Preston dachte.

»Nach Dienstschluss nicht«, neckte er sie.

Sie schüttelte den Kopf, peinlich berührt, weil er in Jims Gegenwart mit ihr flirtete. »Benimm dich! Oder ich bitte Sharon und ihre Freundin, sich zu uns zu setzen.«

Robbie stöhnte auf. »Das ist unfair«, sagte er und grinste breit.

»Gib mir die Autoschlüssel, Robbie, *ich* werde nachher fahren«, sagte Jim, als der Pilot mit einem weiteren Bier zurück an ihren Tisch kam. Seinem fünften.

»Wieso?«

»Weil du einige Bier mehr als ich hattest und wir sicher nach Hause kommen wollen.«

»Mir geht's blendend«, behauptete Robbie.

»Das glaube ich dir, aber ich habe nur zwei Bier getrunken.«

»Willst du damit sagen, ich bin zu betrunken, um noch fahren zu können?« Robbies Ton war mit einem Mal so aggressiv, wie Jim und Catherine ihn noch nie gehört hatten.

»Das habe ich nicht gesagt, aber wir müssen an Rosie und Catherine denken«, erwiderte Jim.

»Du vertraust also meinen Fahrkünsten nicht«, knurrte Robbie.

»Sei einfach vernünftig, Robbie!«

»Wenn du Angst hast, dich zu mir ins Auto zu setzen, solltest du vielleicht laufen«, fauchte er.

Catherine verschlug es die Sprache.

»Ich habe keine Lust, das Leben meiner Tochter aufs Spiel zu setzen, nur weil du unvernünftig bist. Dann gehen wir eben zu Fuß nach Hause.«

»Was ist mit dir, Catherine?«, nuschelte Robbie. »Dich darf ich doch bestimmt nach Hause fahren, oder?«

Catherine ließ ihren Blick von ihm zu Jim gleiten. »Ich werde auch zu Fuß gehen, wenn du nicht Manns genug bist, mich oder Jim fahren zu lassen.«

Robbie stürzte sein Bier in einem Zug herunter, wischte sich mit dem Handrücken den Mund ab, schnappte dann seine Autoschlüssel und sprang auf. »Geht zum Teufel, alle beide!« Und damit schwankte er ohne ein weiteres Wort Richtung Parkplatz.

Catherine war fassungslos. »Ich wette, dass ihm das am Montag sehr peinlich sein wird«, murmelte sie.

»Das denke ich auch. Aber wie dem auch sei – uns steht in der Zwischenzeit ein Fußmarsch in der Hitze bevor«, verkündete Jim.

»Sie müssen nicht zu Fuß gehen.« Sheila vom Nebentisch beugte sich zu ihnen. »Wir wollten gerade gehen, wir können Sie gern mitnehmen.«

»Danke, aber wir wollen Ihnen keine Umstände machen«, entgegnete Jim.

»Ach was, das tun Sie nicht. Unser Auto ist groß genug, da passen Sie alle mit rein.«

»Aber nur, wenn es Ihnen wirklich nichts ausmacht!«, sagte Catherine, die gerne auf einen langen Fußmarsch in der Hitze verzichtete. »Wir könnten sonst auch in der Argent Street den Bus nehmen.«

»Ich bitte Sie. Und so groß ist Broken Hill nicht, vielleicht wohnen wir gar nicht so weit voneinander entfernt.«

»Wo müssen Sie denn hin?«, fragte Mark.

»South Broken Hill«, antwortete Jim.

»Dort wohnen wir auch, in der Wandoo Street«, erklärte Mark.

»Wir wohnen in der Boughtman Street«, sagte Jim. »Das ist ganz in der Nähe. Und Catherine wohnt in der Clarke Street.«

»Na, wunderbar, da sind wir praktisch Nachbarn«, rief Mark gut gelaunt.

»Ich bin so froh, dass du vorhin auf dem Rückweg vorbeigekommen bist.« Catherine beugte sich auf der Rückbank des Autos näher zu Jim, der Rosie auf dem Schoß hatte. »Ich weiß nicht, wie ich allein mit Robbie fertiggeworden wäre.«

»Hat er das letzte Mal auch so viel getrunken, als du mit ihm aus warst?«

»Nein, nur zwei Bier«, antwortete Catherine. »Ich weiß nicht, was heute in ihn gefahren ist.«

Jim konnte es sich schon denken: Er war sauer, weil er nicht mit Catherine allein gewesen war. »Ich bin auch froh, dass ich da war.« Er legte seine Hand auf ihre und drückte sie leicht.

Kapitel 16

Am Sonntagnachmittag öffnete Berta im Büro des Stützpunkts die Funkkanäle für den anstehenden Austausch und erklärte Catherine, was sie tun musste. Die hörte nur mit einem Ohr zu, während ihr Blick immer wieder zu der Wanduhr ging, deren Zeiger sich auf drei Uhr zu bewegten.

»Und wenn sich keine der Frauen meldet, Berta?«, fragte sie nervös.

»Ich bin sicher, dass du auf jeden Fall mit Daphne Tomkins, Yvonne Murphy und Karina Burgess rechnen kannst. Die anderen waren auch angetan von der Idee. Und wann, wenn nicht sonntagnachmittags, können sie sich eine kleine Pause gönnen?«

»Hoffentlich behältst du recht. Na ja, und selbst wenn nur Daphne, Vonnie und Karina kommen, wäre das immerhin ein Anfang.«

Berta nickte. »Genau.«

In diesem Moment erwachte das Funkgerät zum Leben. Karina war in der Leitung. Augenblicke später meldete sich Yvonne, und zwischen den vier Frauen entspann sich sogleich eine lebhafte Unterhaltung. Karina erzählte, dass Rasputin am Morgen ein frisch gebackenes Brot vom Küchentisch stibitzt hatte, während sie draußen die Wäsche aufhängte. Als sie in die Küche kam, hatten das Schwein und die Hunde gerade die letzten Krümel vertilgt. Aber sie konnte wenigstens darüber lachen. Catherine informierte Yvonne darüber, was Dave zugestoßen war, und erkundigte sich dann bei Karina, wie es ihm ging.

»Zuerst hat er den harten Burschen markiert, aber jetzt jammert er nonstop.«

»Brian jammert auch, weil er seine Hände noch nicht wieder uneingeschränkt benutzen kann«, sagte Yvonne. »Ich versuche ja, Verständnis zu zeigen, aber ich bezweifle, dass *er* Verständnis für *mich* hätte, wenn es umgekehrt wäre.«

»Ja, wir Frauen machen einfach weiter, nicht wahr, Vonnie?«, bemerkte Karina.

Catherine sah Berta an und lächelte. Das war es, was sie hatte erreichen wollen – dass die Frauen sich gegenseitig ihre Sorgen klagen konnten, weil sie wussten, dass die anderen genau die gleichen Probleme und deshalb ein offenes Ohr dafür hatten.

»Genauso ist es, Karina«, bekräftigte Yvonne. »Ich habe mit einem schreienden Säugling im Arm und einem Kleinkind, das sich an mein Bein geklammert hat, geputzt und gekocht und die Wäsche gewaschen. Und *er* kann sich ohne meine Hilfe nicht mal die Hose anziehen!«

Karina lachte laut.

»Ach, es tut so gut, eure Stimmen zu hören!«, meldete sich jetzt Felicity Kennedy zu Wort. »Und ich weiß genau, was du meinst, Vonnie. Ich habe seit Tagen nicht geschlafen, weil mich der Kleine nachts andauernd weckt. Verzeiht mir also, wenn ich dummes Zeug rede, Ladys.«

»Das haben wir alle durchgemacht, Liebes, wir verstehen dich sehr gut«, sagte Yvonne tröstend. »Schlaflose Nächte sind furchtbar, und unsere Männer sind da weiß Gott keine Hilfe. Wie heißt dein Sohn denn?«

»Wir haben ihn Peter Charles genannt.«

»Das ist ein hübscher Name!«

»Es gibt noch ein Neugeborenes«, berichtete Catherine. »Juliet Stanley von der Mirabel Farm hat ein wunderschönes kleines Mädchen zur Welt gebracht. Danielle heißt sie, kurz Danni.«

»Das ist toll! Wird sie heute auch an unserer Runde teilnehmen?«, fragte Felicity eifrig. »Es wäre wunderbar, sich mit einer anderen jungen Mutter auszutauschen.«

»Ich bin da!«, rief Juliet in diesem Moment. Im Hintergrund war das Schreien eines Babys zu hören. »Hallo, alle zusammen.«

Nachdem Catherine ihr kurz mitgeteilt hatte, wer alles dabei war, tauschten Felicity und Juliet ihre Erfahrungen als junge Mütter aus.

Catherine war begeistert. Als Nächste war Hilda Gibson in der Leitung. »Alle mal herhören! Wir haben eine neue Anruferin – Hilda Gibson von der Warrick Hill Farm«, verkündete Catherine.

»Hallo, alle zusammen!«, grüßte auch Hilda. »Dieser Plausch per Funk ist eine ganz großartige Idee.«

»Hallo«, grüßten die Frauen zurück und nannten ihre Namen.

»Was macht Geoffs Knöchel?«, erkundigte sich Catherine, worauf alle fragten, was denn passiert sei.

»Sein Pferd hat ihn abgeworfen«, erklärte Hilda mürrisch. »In seinem Alter sollte man überhaupt nicht mehr reiten, aber wenn du einem dickköpfigen alten Bock etwas verbietest, macht er es aus Trotz erst recht. Und jetzt haben wir die Bescherung.«

»Und, wie geht es ihm?«, fragte Catherine noch einmal.

»Er kann immer noch nicht laufen. Er sitzt den ganzen Tag mit der Flinte im Arm auf der Veranda.«

»Wieso mit der Flinte?« Catherine war verwirrt.

»Wegen der Schlangen. Zurzeit wimmelt es nur so von ihnen, und ich kann ihn nicht die ganze Zeit mit dem Besen bewachen, ich hab auch noch anderes zu tun. Also hab ich ihm die Flinte gegeben, damit er die Biester erschießen kann. Dummerweise hat die Veranda jetzt Löcher wie ein Sieb, aber immerhin ist Geoff noch am Leben. Jedenfalls bis der Boden unter ihm zusammenbricht und ihn unter sich begräbt.«

»Warum setzt er sich denn nicht ins Haus?«, fragte Berta verwundert. »Das wäre doch das Vernünftigste.«

»Hast du schon einmal einen Mann etwas Vernünftiges tun sehen? Ich bitte dich, Berta!«

Berta lachte laut auf.

»Wir haben im Moment auch ein Problem mit Mulgaschlangen«, meldete sich Daphne Tomkins zu Wort. »Unser Jack-Russell-Terrier beißt sie zum Glück tot. Leider bringt er sie anschließend ins Haus und lässt sie in der Küche fallen, um mir zu zeigen, was für ein guter Hund er ist. Ich habe mehr als einmal beinah einen Herzinfarkt gekriegt, bis ich gemerkt habe, dass die Viecher tot sind.«

»Hallo in die Runde, hier ist Edna Brown!«

»Und hier ist Kay Morris!«

»Willkommen, Ladys.« Catherine teilte den beiden mit, wer bis jetzt alles dabei war.

»Das ist wirklich fabelhaft«, rief Edna. »Ich habe seit Monaten mit keiner Frau mehr gesprochen.«

»Ich auch nicht«, warf Kay ein. »Meine Töchter schreiben mir zwar, aber das ist nicht das Gleiche. Warum sind wir eigentlich nicht schon viel früher auf diese Idee gekommen?«

»Das frage ich mich auch«, stimmte Daphne ihr zu. »Aber besser spät als nie, und das haben wir nur Catherine und Berta zu verdanken.«

Die Nächste meldete sich, es war Peggy Sullivan. »Hallo von der Cockburn Farm! Ich glaube, ich bin am weitesten von Broken Hill entfernt, wenn die Verbindung also zeitweise unterbrochen ist, liegt es daran. Und vermutlich klinge ich noch ein wenig atemlos – das kommt daher, dass ich gerade in der Küche eine halbe Stunde lang die größte Kakerlake, die ich jemals gesehen habe, gejagt habe. Ich dachte, es wäre eine Ratte, ehrlich! Aber dieses Vieh hier war so groß, eine Ratte hätte es fressen können und wäre satt gewesen.«

»Ich hab heute Morgen eine Tarantel erschlagen, die war so groß wie ein Teller«, berichtete Edna. »Besser gesagt, Don hat sie erschlagen, während ich mich schreiend auf den Küchentisch geflüchtet habe. Heute Nacht hab ich bestimmt Albträume!«

»Kakerlaken oder Spinnen hab ich in letzter Zeit nur wenige zu

Gesicht bekommen«, sagte Felicity, »aber ich schwöre, alle Ameisen Australiens leben auf Derby Downs. Obwohl ich alles in der Speisekammer in verschlossenen Behältern aufbewahre, schaffen es die verdammten Biester trotzdem in den Zucker und das eingemachte Obst. Das macht mich wahnsinnig! Ich kann nichts auf dem Küchentisch stehen lassen!«

»Hast du mal versucht, alles in eine Wanne mit ein bisschen Wasser zu stellen? Das funktioniert ganz gut. Jedenfalls bis das Wasser verdunstet ist«, schlug Karina vor.

»Wasser ist so kostbar hier draußen«, wandte Hilda ein. »Wir können es uns nicht leisten, es zu verschwenden.«

»Da hast du auch wieder recht. Jeder Tropfen muss wiederverwertet werden. Erst benutzen wir es zum Baden, dann zum Wäschewaschen und zum Schluss zum Wässern der Gemüsebeete. Ob es jemals wieder regnen wird?«

»Unsere Tanks sind fast leer«, bemerkte Daphne. »Womöglich werden wir Wasser kaufen müssen.«

»Geht uns genauso«, sagte Hilda. »Ich bete, dass Geoff keine Löcher in den Tank schießt!«

»Fred sagt, dass im ganzen Land Trockenheit herrscht«, meinte Kay. »Die Chancen auf baldigen Regen stehen schlecht.«

»Vielleicht sollten wir einen Regentanz aufführen, nackt und bei Vollmond«, witzelte Edna.

Alle lachten.

»Unsere Männer würden denken, wir hätten den Verstand verloren«, sagte Peggy.

Felicity lachte wieder. »Jede Wette, dass sie ihren Spaß daran hätten!«

Berta stupste Catherine an und zeigte wortlos auf einen Funkkanal: Ida Freeman hatte sich zugeschaltet. Catherine lächelte. »Hallo, Ida, sind Sie da?« Keine Antwort. »Lassen Sie uns Ida begrüßen, Ladys«, forderte Catherine sie auf.

»Hallo, Ida!«, ertönte es wie aus einem Mund.

»Wie sieht's aus auf der Bulla Farm?«, fragte Daphne.

»Bestens«, brummte Ida.

»Geht es Ihnen besser?«, wollte Catherine wissen.

»Ja.«

»Was hat dir denn gefehlt?«, erkundigte sich Peggy.

»Das geht niemanden was an«, schnauzte Ida.

Catherine beschloss einzugreifen, bevor die Stimmung kippte. »Wie geht es Jannali, Juliet?«

»Gut. Sie ist mir wirklich eine große Hilfe mit dem Baby. Ich mache mir nur Sorgen wegen eines jungen Kerls, der sich immer in der Nähe des Hauses herumtreibt. Ich hab ihn ein paarmal gesehen. Er beobachtet sie beim Wäscheaufhängen oder wenn sie irgendetwas anderes draußen macht. Walt ist auch nicht glücklich darüber.«

»Wer ist Jannali?«, fragte Hilda.

»Unser Dienstmädchen. Walt hat sie geholt, als ich schwanger war, weil mir andauernd schlecht war.«

»Ich habe sie kennengelernt«, warf Catherine ein. »Ein reizendes Mädchen, aber sie vermisst ihre Familie.«

»Etwa eine Aborigine?« Ein leiser Vorwurf lag in Hildas Stimme. »Pass nur gut auf sie auf, sonst geht sie auf Walkabout und ist weg«, warnte Hilda.

»Ich glaube nicht, dass sie das tun wird«, entgegnete Catherine.

»O doch! Das liegt ihnen im Blut«, beharrte Hilda. »Sperr sie nachts lieber ein.«

»Nein, bitte tun Sie das nicht, Juliet. Das wäre nicht richtig«, warf Catherine ein.

»Das könnte ich gar nicht. Jannali ist ein liebes Mädchen, und nach allem, was Sie Walt erzählt haben, hat sie schon genug durchgemacht, finde ich.«

»Das finde ich auch.«

Hilda konnte sich einen letzten Hieb jedoch offenbar nicht verkneifen. »Sag nicht, ich hätte dich nicht gewarnt.«

»Was ist das für eine Regierungspolitik, Kinder ihren Eltern wegzunehmen?«, ereiferte sich Catherine. »Ich habe in einem Waisenhaus auf Melville Island mit Aborigine-Kindern gearbeitet, ich weiß, wovon ich rede. Manche waren so verzweifelt, dass sie sich mit Selbstmordgedanken trugen.«

»Das ist furchtbar!«, murmelte Juliet.

»Haben Sie gewusst, dass sie ihre Aborigine-Namen ablegen und westliche Namen tragen müssen? Man will sie europäisieren und steckt sie in Einrichtungen, in denen sie körperlich und seelisch misshandelt werden. Warum lässt man sie nicht in ihrer eigenen Kultur aufwachsen? Die Ergebnisse dieses Umerziehungsprogramms sind einfach katastrophal.«

»Sie haben wohl recht, Catherine«, sagte Juliet nachdenklich. »Ich spüre oft eine tiefe Traurigkeit in Jannali. Und ihre Mutter tut mir furchtbar leid. Wenn ich mir vorstelle, man würde mir meine Kinder wegnehmen …«

»Ihr Schmerz muss unermesslich sein«, sagte Catherine traurig. »Es soll Mütter geben, die vor Kummer den Verstand verloren haben. Wenn sie den Aufenthaltsort ihrer Kinder herauszufinden versuchen, werden sie geschlagen oder eingesperrt.«

»Ich sehe das ein bisschen anders«, warf Hilda ein. »Die Aborigines leben wie Wilde. Es ist doch eine gute Sache, dass sie Kleidung tragen und etwas lernen müssen, was ihnen hilft, Arbeit zu finden.«

»Sofern sie ein Leben in der Gesellschaft der Weißen vorziehen«, sagte Catherine. »Aber sie sind seit Tausenden von Jahren ohne unsere Hilfe zurechtgekommen, indem sie in ihrem Clan und von dem gelebt haben, was das Land hergibt.«

»Ich glaube, in diesem Punkt werden wir uns nicht einig«, brummte Hilda.

»Sie sind so eine fürsorgliche Person, Catherine, deshalb sind Sie auch so eine hervorragende Krankenschwester«, sagte Juliet. »Die Fliegenden Ärzte können von Glück sagen, dass sie Sie haben. Ich glaube, in *diesem* Punkt sind wir uns alle einig.«

»Allerdings«, stimmte Hilda sofort zu, und die anderen Frauen schlossen sich ihr an.

»Ja, wir sind wirklich froh, dass Catherine den Weg zu uns gefunden hat«, meldete sich zum ersten Mal auch Berta zu Wort. »Aber hey, wenn ich mich kurz in eure Angelegenheiten einmischen dürfte«, sie lachte fröhlich auf, »wäre das nicht *die* Gelegenheit für euch, Catherine endlich das Du anzubieten?«

Begeisterungsrufe waren zu hören, vereinzelt auch ein Klatschen, dann schlug eine der Frauen vor, dass das natürlich auch für ihre Männer und Jim galt. Catherine freute sich über den Vertrauensbeweis.

»Zimt«, platzte Ida plötzlich heraus. »Zimt vertreibt Ameisen.«

Sekundenlang herrschte Stille.

»Habt ihr mich gehört?«, fragte Ida zögernd.

»Ja«, antwortete Felicity. »Das mit dem Zimt ist mir neu, aber einen Versuch ist es wert.«

Ohne ein weiteres Wort trennte Ida die Verbindung.

»Ida ist nicht mehr dabei«, teilte Berta den anderen mit.

»Ich freue mich trotzdem, dass sie sich überhaupt zugeschaltet hat«, sagte Catherine.

»Ich auch«, stimmte Felicity zu. »Und das mit dem Zimt werde ich auf jeden Fall ausprobieren. Ich berichte euch dann nächsten Sonntag, ob es geholfen hat. Wir treffen uns nächsten Sonntag doch wieder zum Plaudern, oder?«

»Mit Sicherheit«, antwortete Catherine. »Zur gleichen Zeit, wenn ihr alle einverstanden sind?«

Alle bejahten.

»Schön, dann bis nächsten Sonntag, Ladys! *Over and out.*«

Catherine sah Berta an. »Das war ein toller Erfolg, meinst du nicht auch?«

»Ja, das sehe ich ganz genauso. Es hat allen Spaß gemacht. Sogar Ida, würde ich behaupten.«

»Ja, nur schade, dass sie nicht bis zum Ende geblieben ist.«

»Vielleicht beim nächsten Mal.«

»Hoffentlich. Obwohl ich ein bisschen Sorge habe, dass sie die gute Stimmung verdirbt.«

Berta machte eine wegwerfende Handbewegung. »Die anderen wissen, dass sie einfach von Natur aus eine mürrische Person ist.«

»Ich bin ganz schön in Fahrt gekommen, als ich über das Vorgehen der Regierung gegenüber den Aborigines gesprochen habe, oder?«, warf Catherine nachdenklich ein.

»Das Thema berührt dich eben sehr, weil du die Auswirkungen aus nächster Nähe mitbekommen hast. Die meisten Menschen wissen doch gar nichts darüber.«

»Ich wünschte, ich könnte mehr tun«, sagte Catherine niedergeschlagen.

»Ein Schritt nach dem anderen, Catherine«, sagte Berta lächelnd.

Später an diesem Nachmittag öffnete Catherine auf ein Klopfen die Tür. Sie ging davon aus, dass Robbie gekommen war, um sich zu entschuldigen.

»Jim! Das ist aber eine Überraschung.«

Der Arzt lächelte zaghaft. »Ich störe hoffentlich nicht.«

»Nein, überhaupt nicht. Soll ich auf Rosie aufpassen?«, fragte sie in der Annahme, dass er zu einem Patienten gerufen worden war.

»Nein, nein, Wilma ist da. Ich wollte nur hören, wie es mit der Plauderei über Funk gelaufen ist.«

»Sehr gut! Komm doch rein«, forderte Catherine ihn mit einer einladenden Geste auf.

»Ich hatte gehofft, dass du das sagen würdest.« Jim zauberte eine Flasche Wein hinter seinem Rücken hervor. »Und ich dachte, wir könnten darauf anstoßen.«

Catherine strahlte. »Das ist aber nett!« Sie war gerührt von seiner Aufmerksamkeit. »Das ist wirklich ein Grund zum Anstoßen.

Wein hätte ich nicht im Haus gehabt, aber ich habe genug Käse, Aufschnitt, Essiggurken und Cracker.« Sie hatte sich gerade einen großen Teller gerichtet.

»Perfekt!«

»Wollen wir uns auf die Veranda setzen? Da ist es kühler.«

»Sehr gern.«

Die Vorderseite des Hauses lag schon im Schatten. Catherine hatte eine kleine Sitzgruppe auf der Veranda platziert, bestehend aus zwei Korbstühlen und einem Tisch, die sie im Schuppen gefunden hatte. Hier saß sie oft abends, Barney leistete ihr Gesellschaft.

»Erzähl mir von den Frauen. Einige kennen wir noch gar nicht, oder?« Jim schenkte Wein ein und reichte Catherine ein Glas. Den Imbissteller hatte sie auf den Tisch zwischen ihnen gestellt.

»Vier von ihnen, ja. Bei den anderen waren wir schon. Und stell dir vor, sogar Ida Freeman hat sich dazugeschaltet!«

Jim zog die Brauen hoch. »War sie umgänglicher als bei unserem Besuch auf der Farm?«

»Nicht wirklich. Sie hat einer Frau auf eine Nachfrage zu ihrem Befinden hin zu verstehen gegeben, sie solle sich um ihre eigenen Angelegenheiten kümmern. Ich hab schnell das Thema gewechselt.«

Jim nickte bedächtig. »Trotzdem bin ich davon überzeugt, dass sie auch eine liebenswerte Seite hat. Und dass sie sich zugeschaltet hat, ist immerhin ein Anfang.«

»Ja, das finde ich auch.« Catherine verkündete, das sie sich in Zukunft auf den Farmen duzen würden, was er mit einem Lächeln quittierte, verbunden mit dem Hinweis, dass er das gut fand, es aber sicher eine Zeit dauern würde, bis er sich daran gewöhnt hatte. Dann erzählte sie von der Diskussion über die Politik gegenüber den Aborigines und von Idas Vorschlag, dem Ameisenproblem Herr zu werden.

»Mit Zimt?«, wiederholte Jim verdutzt.

»Ja, Felicity Kennedy will uns berichten, ob es geholfen hat.«

»Da bin ich auch gespannt. Ameisen in der Küche sind furchtbare Schädlinge.«

Catherine nickte. »Wenn Felicity sagt, dass es funktioniert, werde ich es auch ausprobieren.«

In diesem Moment hielt ein Auto vor dem Haus. Es war Robbie.

»Jetzt bin ich aber mal gespannt«, murmelte Catherine, als er ausstieg und auf die Veranda zuging. Sie bemerkte, wie er die Weinflasche mit einem flüchtigen Blick streifte, hatte aber nicht vor, ihm ein Glas anzubieten.

»Ich möchte mich wegen gestern entschuldigen«, brachte er mit gesenktem Kopf hervor. »Ich hoffe, dass ihr mir verzeihen könnt. Wenn nicht, könnte ich das verstehen.«

Catherine sah kurz zu Jim. »Ich hatte keine Ahnung, dass du so viel trinkst oder dass der Alkohol dich so verändert, Robbie«, sagte sie schließlich ernst. »Ich würde dir raten, die Finger davon zu lassen.«

»Ich bin kein Alkoholiker, Catherine, normalerweise genehmige ich mir nur das eine und andere Bierchen nach der Arbeit, aber gestern musste ich meine Sorgen ertränken. Ich hätte überhaupt nichts trinken und meinen Frust auch nicht an euch auslassen sollen. Irgendwie sind mir die Sicherungen durchgebrannt. Als mir klar wurde, wie idiotisch mein Verhalten war, bin ich zum Pub zurückgefahren, aber ihr wart schon weg.«

»Ich wäre trotzdem nicht bei dir eingestiegen, Robbie«, sagte Jim. »Ich würde Rosie dieser Gefahr niemals aussetzen.«

»Ich wäre ja gar nicht selbst gefahren«, beharrte er. »*Du* hättest dich ans Steuer setzen können. Ich hatte ein verdammt schlechtes Gewissen, weil ihr bei dieser Hitze laufen musstet.«

»Mussten wir gar nicht«, sagte Catherine. »Das Paar am Nebentisch hat uns mitgenommen. Sie wohnen ganz in der Nähe, es war also nicht einmal ein Umweg für sie.«

Robbie war die Erleichterung anzusehen. »Da bin ich aber froh! Es tut mir echt leid, dass ich so ein Esel war. Aber ich bin übrigens dann auch nicht selbst nach Hause gefahren.«

Catherine beschlich eine Ahnung. »Wer hat dich denn gefahren?«, hakte sie nach.

»Sharon«, antwortete Robbie mit rotem Kopf. »Mit ihrem Auto. Meins hab ich gerade am Pub abgeholt.«

»Na, dann bist du ja gestraft genug.« Catherine grinste.

»Noch nicht ganz. Ich muss sie nächstes Wochenende zum Essen einladen.« Robbie verdrehte die Augen.

»Das geschieht dir ganz recht«, meinte Catherine.

Jim musterte Robbie prüfend. »Irgendwie wirkst du bedrückt?«, sagte er schließlich ruhig. »Wenn du über irgendetwas reden möchtest – Catherine und ich können gut zuhören.«

»Es würde dir vielleicht guttun, darüber zu reden«, fügte Catherine aufmunternd hinzu, als Robbie den Kopf hängen ließ.

»Also gut.« Robbie setzte sich auf die Verandatreppe. »Gestern Nachmittag habe ich von meinem Dad erfahren, dass meine Schwester ins Krankenhaus eingeliefert worden ist. Sybil war in der zweiunddreißigsten Woche schwanger, aber das Baby hatte sich zwei Tage lang nicht bewegt.« Er schwieg einen Moment. »Die Ärzte im Krankenhaus konnten keine Herztöne mehr feststellen. Meine Schwester war natürlich am Boden zerstört, das war das Schlimmste, was passieren konnte. Sie hat mir so entsetzlich leidgetan! Aber Dad wollte nicht, dass ich sie im Krankenhaus besuche, deshalb bin ich hierhergekommen, um dich zu fragen, ob du etwas mit mir trinken gehst. Ich wollte nicht allein sein.«

Catherine sah ihn bestürzt an. »Oh nein, warum hast du denn nichts gesagt? Hast du etwas von deiner Schwester gehört? Wie geht es ihr?«

»Die Ärzte haben die Wehen eingeleitet, das Kind ist tot zur Welt gekommen. Niemand kann ihr sagen, warum es gestorben ist, und jetzt gibt sie sich die Schuld. Sie denkt an nichts anderes.

Ich habe Angst, dass sie durchdreht. Die Ärzte versichern ihr, dass sie nichts falsch gemacht hat, dass solche Dinge einfach passieren, aber sie glaubt ihnen nicht.«

»Das tut uns sehr leid, Robbie«, sagte Catherine voller Mitgefühl. »Du hättest gestern mit uns darüber reden können, das hätte dir sicher geholfen.«

»Das hätte ich vielleicht, aber dann haben sich diese Leute an den Nebentisch gesetzt, und dann kam auch noch Sharon mit ihrer Angestellten …«

Jim nickte. »Das verstehe ich.«

»Und so kam es, dass ich viel zu viel getrunken habe und immer wütender geworden bin. Sybil hat zehn Jahre lang versucht, schwanger zu werden, und war außer sich vor Freude, als es endlich geklappt hat. Es war das reinste Wunder. Alle haben sich für sie gefreut. Und dann das. Wie kann das Schicksal nur so grausam sein?«

»Hast du noch mehr Geschwister?«, fragte Catherine.

»Eine Schwester. Carol wohnt in Wilcannia. Ich habe ihr Bescheid gegeben, sie ist auf dem Weg hierher. Die beiden stehen sich sehr nahe. Carol hat auch einmal ein Baby verloren, daher kann sie Sybil vermutlich am besten trösten. Sybils Mann hatte vor ungefähr vier Monaten einen schweren Unfall im Bergwerk, bei dem er massive Kopfverletzungen erlitten hat. Er wird nie wieder so sein wie davor. Die Sorge um ihn hat ihrer Gesundheit sicherlich geschadet. Und jetzt auch noch das. Sie hat wirklich genug gelitten.«

»Das tut mir leid. Aber in den meisten Fällen ist die Ursache für eine Totgeburt unbekannt, Robbie«, sagte Jim. »Deine Schwester trifft keine Schuld.«

»Ich wünschte, sie würde das begreifen.«

»Möchtest du ein Glas mit uns trinken und etwas essen, Robbie?«, fragte Catherine.

»Nein, danke. Ich mach mich wieder auf den Weg. Ich wollte mich nur entschuldigen.«

»Das ist nett von dir. Uns war schon klar, dass du normalerweise nicht so bist.«

»Und das nächste Mal redest du mit einem von uns oder sonst jemandem, wenn du Probleme hast, anstatt dich volllaufen zu lassen«, fügte Jim hinzu. »Das macht alles nur noch schlimmer. Ich weiß, wovon ich rede.« Er streifte Catherine mit einem Seitenblick.

»Ich werde es mir merken. Also dann bis morgen.« Damit stand er auf und ging zu seinem Auto.

Barney sprang auf Catherines Schoß, ließ sich mit einem kleinen Stückchen Schinken füttern und schnurrte zufrieden.

Catherine streichelte ihn. »Der arme Robbie. Ob er morgen überhaupt imstande ist zu fliegen?«

»Er ist Profi, er schafft das schon. Aber ich werde ihn im Auge behalten. Und wenn ich auch nur das geringste Anzeichen dafür entdecke, dass er eine Pause machen sollte, werde ich ihm das sagen, *bevor* wir abheben.«

»Es muss furchtbar für ihn sein, dass er seiner Schwester nicht helfen kann.«

»Ja. Es gibt für eine Frau nichts Schlimmeres, als ihr Kind monatelang in sich zu tragen, und dann stirbt es im Mutterleib. Einer Patientin von mir ist das auch passiert. Und dann macht man sich als Arzt natürlich Vorwürfe.«

»Obwohl du nichts dafürkannst.«

»Nein, aber die Patientin ist auf ihren Arzt und seine Hilfe angewiesen. Kommt das Baby tot zur Welt, muss sie irgendjemandem die Schuld dafür geben, und das ist meistens der Arzt. Es ist eine niederschmetternde Erfahrung für alle Beteiligten, aber zum Glück äußerst selten. Meistens ist eine Geburt ein Anlass zur Freude.«

Catherine stieß ihr Glas gegen seines. »Darauf, dass wir hoffentlich mehr freudige als traurige Anlässe erleben werden!«

Kapitel 17

Berta saß am Funkgerät, als Catherine, dicht gefolgt von Jim, am nächsten Morgen das Büro betrat.

»Ich schicke dir den Doktor gleich vorbei, Peggy.« Berta steckte den Kopf aus dem Funkraum, als die Tür aufging, und fügte hinzu: »Er ist gerade reingekommen. Halt die Ohren steif, Peggy, er ist bald bei euch! *Over and out.*«

»Was ist passiert?«, wollte Jim wissen.

»Pat Sullivan hat schlimme Bauchschmerzen. Er hatte schon mal ein Magengeschwür, vielleicht ist es das. Und seinen Blinddarm hat er auch noch. Peggy bringt nichts so schnell aus der Ruhe, aber jetzt war sie richtig panisch, es muss also was Ernstes sein. Dummerweise liegt die Cockburn Farm ziemlich weit weg.«

»Dann sollten wir keine Zeit verlieren.« Jim nahm die Patientenakte von Pat Sullivan, die Berta ihm reichte, und eilte mit Catherine hinaus. Dort stand auch Robbies Auto, der Pilot war also schon da, und das Flugzeug würde startklar sein.

»Wir haben einen Notfall auf der Cockburn Farm«, informierte er den Piloten, der eine letzte Kontrolle an der Maschine durchführte. Jim musterte ihn prüfend, doch er wirkte weder nervös, noch zitterten seine Hände.

Er nickte. »Alles klar. Ihr könnt schon einsteigen.«

»Hast du gut geschlafen?«, fragte Catherine.

»Keine Sorge, ich bin durchaus imstande, den Vogel zu fliegen«, antwortete er trocken.

»Ist deine Schwester aus Wilcannia angekommen?«

»Ja, sie ist schon bei Sybil.«

»Okay, wir müssen los«, sagte Jim. »Wie lange brauchen wir bis zur Farm?«

Robbie warf einen Blick auf den Windsack neben der Landebahn. »Wir haben Rückenwind, aber für die Strecke werden wir trotzdem etwa neunzig Minuten brauchen.«

»Tu dein Möglichstes, wir müssen uns beeilen.«

»Glaubst du, Pat Sullivan hat eine Blinddarmentzündung?«, fragte Catherine, als sie in die Maschine kletterten.

Jim nickte. »Ja. Deshalb kommt es auf jede Minute an. Gut möglich, dass ich ihn an Ort und Stelle operieren muss.«

Während Jim auf die rotbraune Erde, das unbarmherzige, in der Hitze flirrende, schier endlose Land hinunterblickte, war er in Gedanken bei Pat Sullivan, einem dieser Männer, die unglaublich viel Mut haben mussten, um hier leben zu können. In seiner Patientenakte stand, dass er an niedrigem Blutdruck, erhöhten Blutzuckerwerten und Magengeschwüren litt. Pat würde sich auf jeden Fall im Krankenhaus durchchecken lassen müssen. Jim hoffte inständig, dass sich sein Zustand bis dahin nicht verschlechterte.

Unterdessen fiel Catherine auf, dass Robbie ungewöhnlich still war. Sie saß auf der linken Seite und konnte sein Profil sehen. Dem Piloten stand der Schweiß auf der Stirn. Sie rückte näher an ihn heran. »Alles in Ordnung, Robbie?«

Jetzt erst bemerkte sie, dass sein Unterkiefer zitterte und seine Hände den Steuerknüppel umklammerten, als hinge sein Leben davon ab. Er wirkte wie in Trance. Als er nicht reagierte, gab sie Jim ein Zeichen. »Mit Robbie stimmt was nicht«, flüsterte sie.

Jim musterte den Piloten, der unverwandt geradeaus starrte. Er war aschfahl im Gesicht. »Robbie! Was ist los?«

Als er keine Antwort bekam, fasste er ihn an der Schulter. »Robbie! Geht es dir nicht gut?« Er legte ihm die Hand auf den Unterarm, der sich kalt anfühlte, aber von einer Schweißschicht überzogen war.

»Ich … ich weiß auch nicht«, stammelte Robbie.

»Ich glaube, er hat eine Panikattacke«, raunte Jim Catherine zu. »Aber solange er das Flugzeug steuert, kann ich ihm keine Medikamente verabreichen.«

»Und was machen wir jetzt?« Catherine zwang sich zur Ruhe. »Er muss die Maschine doch landen!«

»Wir können ihm nur durch gutes Zureden helfen und hoffen, dass er die Attacke überwindet.« Jim kletterte auf den Sitz neben dem Piloten.

»Tief durchatmen, Robbie«, sagte er drängend. »Ganz tief und langsam!«

Robbie bemühte sich, aber er atmete immer noch viel zu schnell und flach.

»Ich … k-kann das nicht«, stammelte er. »I-ich … kann nicht fliegen …«

»Was soll das heißen – du kannst nicht fliegen?« Catherine packte ihn an der Schulter und hätte ihn am liebsten geschüttelt. »Du fliegst jeden Tag!«

»Ich … es tut mir leid, a-aber ich kann nicht …« Robbie ließ das Steuerhorn so unvermittelt los, als hätte er sich die Hände daran verbrannt.

Catherine schrie entsetzt auf und starrte Jim an. »O mein Gott!«

»Ganz ruhig, Robbie.« Jim legte ihm die Hand auf den Arm. »Versuch, dich zu entspannen. Lass die Schultern ganz locker, nicht verkrampfen, und atme tief und langsam.«

»Was ist mit mir los, Jim? Das kenne ich überhaupt nicht …«

»Wahrscheinlich eine Reaktion auf den Schicksalsschlag deiner Schwester.« Jim bemerkte, dass das Flugzeug an Höhe verlor. »Deine Hilflosigkeit belastet dich.«

»Ich habe sie heute am frühen Morgen besucht, sie ist völlig am Ende«, stieß Robbie verzweifelt hervor. »Sie sagt, sie will nicht mehr leben.« Er schlug die Hände vors Gesicht.

Jim sah Catherine an, doch die hatte den Blick in wachsender Panik auf den Boden unter ihnen gerichtet, der immer näher kam.

»Sie trauert, Robbie, und leidet höchstwahrscheinlich an Depressionen, aber das lässt sich medikamentös behandeln und geht wieder vorbei. Außerdem ist deine andere Schwester doch jetzt bei ihr, da wird sie schon keine Dummheiten machen.«

»Und wenn doch?«, flüsterte Robbie.

»Hör zu, auch wenn du es dir jetzt nicht vorstellen kannst, aber diese Trauer geht vorüber, und wer weiß, vielleicht wird sie noch einmal schwanger und bringt ein gesundes Baby zur Welt! Das hat es alles schon gegeben, glaub mir.« Jim klang jetzt hektischer, was Catherine noch mehr ängstigte.

»Sie hat keine Hoffnung mehr«, erwiderte Robbie mit belegter Stimme.

»Dann müssen wir sie mit Carols Hilfe davon überzeugen, dass diese Möglichkeit durchaus besteht«, beharrte Jim. »Es braucht einfach ein bisschen Geduld.«

»Wie weit ist es noch bis zur Cockburn Farm?«, fragte Catherine.

»Ich … weiß nicht, zwanzig Minuten vielleicht«, antwortete Robbie. »Ich glaube nicht, dass ich die Maschine runterbringen kann …«

Catherine stöhnte auf. Dann packte sie plötzlich die Wut. »Wir werden so oder so runterkommen – wie, das hängt allein von dir ab, Robbie. Also reiß dich gefälligst zusammen!«, fauchte sie und boxte ihn kräftig gegen die Schulter. »Deine Schwester würde nicht wollen, dass du zusammenklappst. Sie braucht dich! Du musst stark sein – für sie! Und jetzt reiß dich am Riemen, und bring das Flugzeug runter! Denk an Pat Sullivan, der auch auf uns angewiesen ist. Wir können ihn nicht im Stich lassen, und ich habe verdammt noch mal keine Lust, bei einem Flugzeugabsturz zu sterben!«

Jim starrte sie verblüfft an und sah dann zu Robbie, als fürchte er, dass der Pilot aufspringen und ins Heck der Maschine flüchten würde. Doch stattdessen straffte er sich, kontrollierte mit einem Blick die Instrumente, legte dann beide Hände an den Steuerknüppel und setzte zu einem sanften Sinkflug an. Aber würde er das Flugzeug sicher landen können? Jim hielt unwillkürlich die Luft an. Es schien, als hätten Catherines harte Worte den gewünschten Erfolg.

»Ich bin bei dir, Robbie«, sagte er schließlich. »Du schaffst das.«

Robbie atmete tief durch. »Es geht schon wieder. Tut mir leid …«

»Schon gut. Eine Panikattacke kann jeden treffen.«

»Vertritt dir ein wenig die Beine«, riet Jim nach der Landung. »Aber geh nicht zu weit weg.«

Der Pilot nickte. »Es ist wieder alles in Ordnung. Tut mir wirklich leid, dass ich dir und Catherine so einen Schrecken eingejagt habe.«

»Vielleicht solltest du dir ein paar Tage freinehmen.«

»Nicht nötig, ich schaff das schon«, versicherte Robbie. »Kümmere dich um deinen Patienten, und mach dir um mich keine Sorgen.«

Das Farmhaus inmitten der rauen Landschaft aus staubiger roter Erde und ein paar Bäumen war klein.

»Ich bin Dr. Jim Nixon. Und das ist Catherine Thomas, Sie haben sich ja über Funk bereits kennengelernt, Missus Sullivan.«

»Peggy, bitte. Ich bin ja so froh, dass ihr da seid«, entgegnete die Frau erschöpft. Ihr Gesicht war von Anspannung und Sorge gezeichnet.

»Wie geht es dem Patienten?«, fragte Jim, als die Farmersfrau sie ins Haus bat. Die sonnengebleichten Holzdielen der Veranda knarrten unter ihren Schritten.

»Nicht gut.« Peggys Stimme zitterte. Sie führte Jim durch den Flur ins Schlafzimmer, wo ihr Mann leichenblass und schweißüberströmt im Bett lag. Er stöhnte vor Schmerzen.

Während Jim den Patienten untersuchte, kümmerte sich Catherine um Peggy, die kurz vor einem Zusammenbruch stand. Sie hatte dunkle Schatten unter den Augen und konnte sich kaum auf den Beinen halten.

Catherine vermutete, dass sie dehydriert war. »Alles wird gut, Peggy, mach dir keine Sorgen. Jim ist ein sehr guter Arzt. Warum ruhst du dich nicht einen Moment aus und trinkst eine Tasse Tee?«

Peggy nickte zögernd und ging mit schleppenden Schritten durch den Flur.

Nachdem Jim den Farmer abgetastet und seine Vitalzeichen gemessen hatte, sagte er: »Wir haben keine Zeit, ihn ins Krankenhaus zu fliegen. Er muss sofort operiert werden.« Er klappte seine Arzttasche auf, holte eine Flasche Äther und einen Lappen heraus, dann suchte er Catherines Blick: »Du musst mir assistieren.«

Catherine nickte und machte sich daran, die Instrumente und ihre Hände zu desinfizieren.

»Alles in Ordnung, Peggy?«, fragte Robbie stirnrunzelnd, als Peggy sich dem Flugzeug näherte. Er kannte sie als sehr gelassene Frau und war deshalb alarmiert, als sie so fahrig und verstört wirkte.

»Nicht ganz. Erst wenn mein Mann wieder gesund ist.« Sie lehnte sich an den Flugzeugrumpf.

»Er ist in den besten Händen«, versicherte Robbie.

Peggy nickte müde und blickte auf ihre zitternden Hände. »Ich habe mich noch nie im Leben so hilflos gefühlt. Pat hat im Lauf der Jahre viele Verletzungen gehabt, und ich konnte ihm immer irgendwie helfen. Ich habe sogar Wunden genäht.«

»Ich weiß noch, wie ihm ein Stier einmal mit seinen Hörnern den Oberschenkel aufgerissen hat. Hättest du die Wunde nicht genäht, wäre er vielleicht verblutet.«

Wieder nickte sie. »Aber dieses Mal konnte ich nichts tun. Rein gar nichts. Nur zusehen, wie er leidet.«

»Ich weiß, was du meinst.« Von seiner Panikattacke erzählte er ihr nichts, sie sollte sich nicht noch mehr sorgen, falls er Pat ins Krankenhaus fliegen müsste. »Meine Schwester hat gerade ihr Baby verloren, und es gibt nichts, was ich für sie tun könnte.«

Peggy sah ihn fragend an. »Welche Schwester?« Sie kannte seinen Vater ziemlich gut, er hatte jahrelang die Post gebracht und war jedes Mal auf eine Tasse Tee und einen Schwatz geblieben.

»Sybil«, antwortete Robbie.

»Oh, das tut mir leid! Ich weiß, wie sehr sie sich ein Kind gewünscht hat.«

»Ja«, murmelte Robbie und nickte. »Carol ist aus Wilcannia gekommen und kümmert sich um sie.«

»Das ist gut. Ich habe mein erstes Kind auch verloren. Das ist zwar schon lange her, aber ich erinnere mich noch gut, was für eine Tragödie das für mich war. Niemand kann dir helfen. Sybil weiß, dass du sie liebst und dass du dir Sorgen machst, lass ihr Zeit, einfach zu trauern. Damit hilfst du ihr am meisten.«

»Das hat Dad auch gesagt.«

»Er ist ein kluger Mann. Und ein echtes Original. Wie geht's ihm denn?«

»Ganz gut, aber er vermisst die alten Zeiten, in denen er die Post ausgetragen hat.«

»Wir vermissen ihn auch. Deine Mum ist schon gestorben, nicht wahr? Dann weißt du aus eigener Erfahrung, wie es ist, einen geliebten Menschen zu verlieren.«

»Das stimmt. Man gewöhnt sich nie daran.«

Peggy seufzte. »Nein. Man lernt einfach, damit umzugehen.«

»Pat kommt wieder in Ordnung«, versicherte Robbie.

Peggy nickte zwar, wirkte aber nicht überzeugt.

Nach dem Eingriff machte Catherine sich auf die Suche nach Peggy. Sie entdeckte sie schließlich draußen, wo sie mit Robbie auf den Stufen des Flugzeugs hockte. Die beiden unterhielten sich.

Als Peggy sie bemerkte, sprang sie auf und lief zum Haus zurück. »Wie geht's Pat?«

»Er hatte eine akute Blinddarmentzündung. Jim musste ihn operieren, aber er hat alles gut überstanden. Wir werden ihn ins Krankenhaus bringen, wo er ein paar Tage zur Beobachtung bleiben wird. Außerdem möchte Jim, dass er sich wegen seiner gesundheitlichen Probleme durchchecken lässt.«

Peggy stieß einen Seufzer der Erleichterung aus. »Ich versuche schon eine ganze Weile, ihn dazu zu überreden, aber er ist so ein Dickschädel!«

Catherine schmunzelte. »Wenn du wüsstest, wie oft ich das schon gehört habe! Die Narkose wirkt noch, er wird vom Flug nach Broken Hill wahrscheinlich gar nichts mitbekommen.«

»Ein Glück! Er hat nämlich panische Angst vorm Fliegen.«

»Ist er denn schon mal geflogen?«

Peggy schüttelte den Kopf. »Nein. Er wollte nicht mal, dass ich den Doktor hole, aber ich hab das ignoriert.«

»Das war auch gut so. Komm, ich mache dir einen Tee.« Catherine schob sie sanft Richtung Küche.

»Hast du Zeit, eine Tasse mitzutrinken?«

»Ein paar Minuten auf jeden Fall.«

Peggy ließ sich auf einen Stuhl fallen. »Das ist das Schlimmste, wenn man auf einer Farm lebt – mit einem Schwerkranken allein zu sein und nicht helfen zu können.«

»Das kann ich mir vorstellen. Aber zum Glück sind wir nur einen Funkruf entfernt.« Catherine zog ein Säckchen aus der Tasche ihres Kleids und reichte es ihr. »Das hat Berta genäht und mit Lavendel gefüllt. Hoffentlich gefällt es dir.«

»Oh, es ist ganz bezaubernd!« Peggy kamen die Tränen. »Vielen Dank! Ich habe schon lange nichts mehr geschenkt bekommen.« Sie nahm Catherine in die Arme und drückte sie, und Catherine erwiderte die Umarmung. »Ich hätte nicht gedacht, dass wir uns so bald persönlich kennenlernen«, fügte sie mit erstickter Stimme hinzu.

»Ich auch nicht, aber ich freue mich darüber, auch wenn ich mir gewünscht hätte, dass die Umstände erfreulicher wären.«

»Ich auch.«

Jim erschien in der offenen Küchentür. »Hat Catherine dir schon gesagt, dass wir Pat für weitere Untersuchungen nach Broken Hill mitnehmen werden, Peggy?«

»Ja, und ich bin froh darüber. Auf mich hört er ja nicht.«

»Kommst du allein zurecht?«

»Aber ja, die Hauptsache ist, dass Pat in guten Händen ist.«

»Okay. Wir bleiben über Funk in Verbindung.« Jim eilte hinaus, um Robbie und eine Trage zu holen.

»Ein wirklich netter Mann«, sagte Peggy. »Und so attraktiv. Du bist zu beneiden!«

Catherine lachte.

»Wir werden den Patienten mitnehmen«, informierte Jim den Piloten.

»Alles klar.« Robbie machte sich daran, die Bahre aus dem Flugzeug zu ziehen. Als er Jims prüfenden Blick bemerkte, sagte er: »Keine Bange, mir geht's gut.«

»Wirklich? Bist du sicher? Ich möchte nicht das Leben meines Patienten aufs Spiel setzen. Und *ich* kann die Maschine nicht fliegen, wenn du plötzlich sagst, du kannst nicht mehr.«

Robbie atmete tief durch. »Als wir losgeflogen sind, ging es mir gut. Ehrlich! Dann habe ich plötzlich an meine Schwester gedacht und ob sie sich womöglich etwas antun würde, und der Gedanke hat mich regelrecht gelähmt. Es tut mir leid, das musst du mir glauben.«

Jim nickte. »Das verstehe ich, aber du bist der Pilot, Robbie. Unser Leben und das der Patienten liegt in deinen Händen. Du musst hundertprozentig fit sein für den Job.«

»Das weiß ich. Ich schwöre, so etwas ist mir noch nie passiert. Normalerweise bringt mich nichts aus der Ruhe. Fliegen ist meine große Leidenschaft, ich weiß nicht, was ich tun würde, wenn ich nicht mehr als Pilot arbeiten könnte.« Ein verzweifelter Unterton schwang in seiner Stimme.

Jim zögerte. »Streck deine Hände aus«, forderte er ihn schließlich auf.

»Wie bitte?«

»Streck deine Hände aus, die Handflächen nach unten.«

Robbie tat es. Seine Hände zitterten nicht. Jim konnte auch sonst keine Anzeichen für eine eingeschränkte Flugtauglichkeit feststellen.

»Also gut«, sagte er und schärfte ihm ein: »Denk nur an schöne Dinge, während wir in der Luft sind. Rede Catherine ein Loch in den Bauch, wenn's sein muss, aber lass dich nicht von düsteren Gedanken beeinflussen.«

»Alles klar«, erwiderte Robbie und zog die Bahre aus dem Flugzeug.

Am Flugplatz von Broken Hill wartete schon ein Krankenwagen, um den Patienten weiterzutransportieren. Pat hatte die ganze Zeit geschlafen, und das war auch gut so, denn wenn die Wirkung der Betäubung nachließ, würde er ziemliche Schmerzen haben.

Als der Krankenwagen weggefahren war, trat Robbie zu Jim und Catherine, die ihn während des Fluges in eine Unterhaltung verwickelt hatte, und sagte: »Ich möchte mich noch einmal bei euch entschuldigen. Das Ganze ist mir schrecklich peinlich.«

»Wie gesagt, eine Panikattacke kann jeden treffen«, meinte Jim. »Heikel ist es das allerdings, wenn es dem Piloten während des Flugs passiert und niemand da ist, der ihn ablösen kann. Vielleicht sollte Tim ein paar Tage für dich einspringen.« Jim hatte den Ersatzpiloten bisher nur ein einziges Mal getroffen. Er war einige Jahre älter als Robbie und hatte daher auch mehr Erfahrung.

Robbie schüttelte den Kopf. »Daraus wird nichts. Er fliegt für die nächsten Wochen ein Löschflugzeug an der Grenze zu Queensland. Hör zu, Jim, es geht mir wieder gut, ehrlich. Catherine hat mir sehr geholfen.«

»Ich hätte dich geschüttelt, bis du nicht mehr gewusst hättest, wo oben und unten ist, wenn du wieder in diese Starre verfallen wärst«, sagte sie grimmig.

Jim schmunzelte. »Nicht gerade eine medizinisch anerkannte Therapie.«

»Aber eine wirkungsvolle«, entgegnete Robbie grinsend.

»Okay, ich fahre ins Krankenhaus und sehe nach dem Patienten. Ihr könnt mich dort erreichen, falls etwas ist.« Jim eilte zu seinem Auto.

»Willst du bei deiner Schwester vorbeischauen?«, fragte Catherine.

»Nein, Dad hat gemeint, wir sollten ihr und Carol ein bisschen Zeit geben. Ich werde mir für heute Abend etwas überlegen, was mich ablenkt.«

»Wie wär's mit einem Film?«, schlug Catherine vor. »In der Oxide Street gibt es doch ein Kino, das Ozone Theatre.«

»Hm. Daran hab ich noch gar nicht gedacht«, sagte Robbie überrascht. »Ich glaube, auf der Außenleinwand wird im Moment *Das große Treiben* mit Chips Rafferty gezeigt. Den würde ich schon gern sehen, aber allein macht es keinen Spaß.«

Catherine lächelte. »Und wenn ich nun mitgehen würde?«

»Das würdest du tun?«, erwiderte er mit diesem charmanten Lächeln, das sie so sehr an Preston erinnerte.

»Ja, aber nur als Kollegin.«

»Selbstverständlich.«

Kapitel 18

»Das war das erste Mal, dass ich mir einen Film auf einer Außenleinwand angesehen habe. Es hat richtig Spaß gemacht«, sagte Catherine, als Robbie sie nach Hause fuhr. Unter einem prachtvollen Sternenhimmel, von einer kühlenden Brise sanft umweht, hatten sie sich ein Eis gegönnt und zugeschaut, wie Chips Rafferty während des Zweiten Weltkriegs Rinder durch den Norden von Australien trieb. »In Alice Springs gab es diese Filmvorstellungen auch, aber ich habe nie eine besucht.«

»Und warum nicht?«

»Ich hab dir ja schon gesagt, dass ich nie ausgegangen bin. Im Krankenhaus ging es während des Kriegs reichlich hektisch zu, und die Schichten waren lang. Abends war ich so erschöpft, dass ich bloß noch ins Bett wollte.«

»Eine wunderschöne Frau wie du muss die Männer doch angezogen haben wie das Licht die Motten! Es sei denn, sie waren alle blind«, scherzte er.

Sie dachte an die unzähligen Anfragen zu einer Verabredung. Dass sie alle ablehnte, hatte sich unter den Patienten bald herumgesprochen, und einige der mutigeren hatten es als Herausforderung betrachtet, doch ihre Zustimmung zu bekommen. Es war unglaublich anstrengend und kräftezehrend gewesen, sie abzuwimmeln.

»Gab es in Alice Springs nicht eine Militärbasis?«, fragte Robbie.

»Doch.«

»Die Männer müssen vor deiner Tür doch Schlange gestanden haben.«

»Nun, viele Krankenschwestern sind mit Soldaten ausgegangen, aber das hat schnell zu Gerede geführt. Man hat sich das Maul zerrissen, wer was mit wem treibt. Da bin ich lieber für mich geblieben. Eisklotz haben sie mich genannt, aber das war mir egal.«

»Das war sehr klug von dir«, lobte Robbie. »Umso mehr freut es mich, dass du heute Abend mit mir ausgegangen bist. Der Film hat mir wirklich gefallen, und meine Begleitung noch viel mehr.« Seine Augen funkelten, und seine Mundwinkel hoben sich.

Catherine versuchte vergebens, ein Lächeln zu unterdrücken. Sie machte sich nichts vor – es gefiel ihr, dass Robbie mit ihr flirtete. Er war sehr charmant, kein Wunder, dass die Frauen auf ihn flogen.

»Ich weiß nicht, wie es dir geht, aber ich bin am Verhungern!«, erklärte sie auf dem Weg nach Hause.

»Ich auch!«

»Ich habe noch Aufschnitt, ich könnte uns ein paar Sandwiches machen«, sagte sie, als er vor ihrem Haus hielt.

»Das klingt fantastisch.«

»Okay, dann komm mit rein.« Sie wollte nicht, dass der bezaubernde Abend schon endete oder Robbie wieder ins Grübeln verfiel.

»Kann ich dir irgendwie helfen?«, fragte er, als sie die Küche betraten.

»Nein, danke, nicht nötig.« Sie öffnete den Kühlschrank und holte den Teller mit Aufschnitt und ein paar Essiggurken heraus. »Das heißt, doch, du könntest das Bier aufmachen.« Sie reichte ihm die Flasche.

Robbie runzelte die Stirn. »Wir können doch auch was anderes trinken.«

»Ich habe nur diese eine Flasche, und die teilen wir uns, einverstanden?«

»Okay.«

Catherine zeigte ihm, wo die Gläser waren.

»Das ist ein reizendes Haus«, meinte Robbie, während er einschenkte. »Und die Küche ist sehr … farbenfroh«, fügte er in Anspielung auf die Kombination von Blau und Butterblumengelb hinzu.

Catherine nickte lächelnd. »Ja, sie macht gute Laune.«

»Wie die Lady darin.«

»Ich mache gute Laune?«

»Wie ein Sonnenstrahl an einem trüben Tag«, erwiderte Robbie mit entwaffnendem Lächeln.

Catherine hielt kurz mit Brotschneiden inne. Ihr Herz klopfte heftig. So hatte Preston sie immer genannt – seinen Sonnenstrahl. »Ich warne dich, ich kann ganz schön miesepetrig sein.«

»Das kann ich mir nicht vorstellen. Aber ich habe heute herausgefunden, dass du im Falle des Falles ziemlich energisch sein kannst.«

Sie wusste, worauf er anspielte. »Das hab ich leider nicht immer unter Kontrolle«, gestand sie.

»So wenig wie ich heute meine Emotionen im Cockpit unter Kontrolle hatte«, murmelte er düster. »Das ist beängstigend. Ich liebe diesen Job, aber vielleicht wäre es doch besser, wenn ich das Fliegen an den Nagel hänge.«

Catherine trat auf ihn zu. »Sag so was nicht, Robbie. Es ist doch alles gut gegangen.«

»Das habe ich nur dir zu verdanken.«

»Du hättest die Panikattacke auch ohne mich überwunden.«

Er war sich da nicht so sicher. »Ich darf gar nicht daran denken, was hätte passieren können. Wir hätten abstürzen können. Du musst furchtbare Angst gehabt haben.«

»Um ehrlich zu sein, dachte ich wirklich, jetzt ist es aus, als wir an Höhe verloren.«

»Es tut mir so leid.« Robbie griff nach ihrer Hand und strich mit dem Daumen sanft über ihre Finger.

»Das weiß ich.«

»Ich glaube, Jim hat das Vertrauen in mich verloren, und ich kann es ihm nicht einmal verdenken.«

»Gib ihm ein bisschen Zeit. Als Arzt hätte er dir helfen können, aber das Flugzeug, das konnte er nicht fliegen, deshalb hat er sich hilflos gefühlt. Die Situation war aber auch wirklich angsteinflößend.«

»Und das ist meine Schuld«, murmelte er bedrückt.

»Niemand macht dir einen Vorwurf, Robbie. Du sorgst dich um deine Schwester, und du bist auch nur ein Mensch. Vergiss es einfach. Das hätte jedem passieren können.«

Er schüttelte den Kopf. »Ich hätte nie gedacht, dass es *mir* passieren könnte, Catherine.«

Diese neue, verwundbare Seite an ihm ging ihr zu Herzen. »Unter bestimmten Umständen kann jeder zusammenbrechen.«

»Selbst du?«

»O ja, Robbie. Ich hatte im Krieg ein traumatisches Erlebnis, und es hat Monate gedauert, bis ich mich davon erholt habe.«

»*Monate?* Darf ich fragen, was passiert ist?«

Catherine seufzte. Eigentlich wollte sie nicht darüber reden, aber vielleicht würde sie Robbie mit ihrer Geschichte helfen. »Ich bin auf Melville Island von einem japanischen Kampfflieger angegriffen und schwer verletzt worden.«

Robbie klappte der Unterkiefer herunter. »Was hatte denn ein japanischer Kampfpilot dort zu suchen?«

»Er war nicht weit vom Waisenhaus entfernt mit seiner Maschine abgestürzt.«

»Das muss für die Kinder ja ein Schock gewesen sein!«

»Die haben zum Glück nichts davon mitbekommen.« Catherine erzählte, was sich zugetragen hatte.

»Mein Gott, Catherine, das ist schrecklich«, sagte Robbie bestürzt.

»Ich war ein paar Tage im Krankenhaus in Darwin und bin

dann von den Fliegenden Ärzten zur weiteren Behandlung nach Alice Springs geflogen worden. Die körperlichen Wunden waren nach ein paar Wochen verheilt, die seelischen nicht.« Sie brachte es nicht fertig, über die Folgen ihrer Verletzung zu sprechen. »Meine Arbeit hat mir darüber hinweggeholfen.«

Robbie war sichtlich erschüttert. »Jetzt verstehe ich, warum du nicht über den Krieg reden willst.«

Catherine holte tief Luft. »Das ist nicht der Grund, Robbie. Jedenfalls nicht der einzige.« Als er sie fragend ansah, fuhr sie fort: »Mein Verlobter war in Darwin stationiert. Er war Pilot und wurde bei einem der Luftangriffe abgeschossen. Seine Leiche wurde nie gefunden.«

»Oh, Catherine.« Robbie nahm sie in die Arme und hielt sie ganz fest. »Das tut mir so leid.«

»Danke. Ich kann nicht gut darüber reden, weil es immer noch so wehtut«, flüsterte sie.

»Das verstehe ich«, hauchte er dicht an ihrem Ohr.

Seine Umarmung war tröstlich. Catherine schmiegte sich ein paar Sekunden an ihn, löste sich dann und scherzte: »Ich mach uns jetzt mal was zu essen, sonst verhungern wir noch!«

Robbie nickte und schaute zu, wie sie die Brotscheiben mit Butter bestrich und mit kaltem Hühnchenfleisch belegte.

»Jeder durchlebt irgendwann schlimme Zeiten. Versteh mich nicht falsch, aber deine Geschichte hilft mir, die Dinge in die richtige Perspektive zu rücken.«

»Ich weiß, was du meinst. Ich habe im Krankenhaus in Alice Springs so viel Leid gesehen. Manchmal sind wir so auf unser eigenes Unglück fixiert, dass wir nicht bemerken, was andere durchmachen. Deshalb hat mir die Arbeit auch sehr geholfen. Ich hatte lange Angst vor der Begegnung mit verwundeten Soldaten, und dafür schäme ich mich heute, weil ich ihnen hätte helfen können. Erst ein Arzt hat mir die Augen geöffnet und mir klargemacht, dass ich etwas bewirken kann.«

»Deshalb bin ich so gern Pilot bei den Fliegenden Ärzten. Ich bin zwar kein Arzt, aber ich helfe, Leben zu retten.«

»Genau. Das ist die richtige Einstellung, Robbie. Wenn du weiter so denkst, wirst du keine Panikattacken mehr haben.«

Er lächelte, und sie wusste, dass es ihm gut gehen würde.

Sie hatten gerade gegessen, als es an der Tür klopfte.

»Wer kann denn das sein um diese Zeit?«, murmelte Catherine. Es musste schon ziemlich spät sein.

Robbie zuckte mit den Schultern. »Keine Ahnung.«

Als Catherine öffnete, stand Jim vor ihr.

»Entschuldige die späte Störung, aber ich bin zu einem Notfall nach Silverton gerufen worden und könnte deine Hilfe brauchen.«

Robbie tauchte hinter ihr auf. »Brauchst du das Flugzeug?«

Einen Moment lang war Jim so verdattert, dass er kein Wort herausbrachte. Dann fiel ihm das Auto auf, das auf der Straße parkte ... es gehörte Robbie, er hatte im Dunkeln keine Notiz davon genommen. »Nein, ich ... es sind nur dreizehn Meilen, da kann ich das Auto nehmen.«

Catherine drehte sich zu Robbie um. »Ich fahre mal besser mit.«

»Natürlich. Dann bis morgen. Und danke für den wundervollen Abend.« Er schenkte ihr einen sanften Blick, bevor er auf die Veranda hinaustrat und an Jim vorbei zu seinem Wagen ging.

»Ich hole nur schnell meine Schlüssel«, sagte Catherine.

Jim nickte und schaute Robbie nach, wie er in sein Auto stieg und davonfuhr.

Catherine schloss die Tür hinter sich und fragte auf dem Weg zum Auto: »Was ist passiert?«

»Zwei Aborigines haben sich geprügelt und sind in ein Lagerfeuer gestürzt. Ich weiß nicht, wie schwer ihre Verbrennungen sind. Der Wirt vom Silverton Hotel hat im Krankenhaus angerufen, und die haben mich verständigt.«

Sie stiegen ein und fuhren los.

Nach einer Weile sagte Jim, ohne Catherine anzusehen: »Tut mir leid, dass ich in dein Date mit Robbie geplatzt bin.«

Sie warf ihm einen kurzen Blick zu. Bildete sie es sich nur ein, oder hatte seine Stimme ein wenig unterkühlt geklungen? »Das war kein Date.« Sie erzählte ihm, wie es zu Robbies Besuch bei ihr gekommen war. »Sich einen Film unter dem Sternenhimmel anzusehen war richtig schön«, schwärmte sie.

Das klang ziemlich romantisch, fand Jim, doch er sagte nichts.

»Hast du gewusst, dass es in Broken Hill diese Außenleinwand gibt, auf der im Sommer Filme gezeigt werden?«

»Nein, das höre ich zum ersten Mal«, erwiderte er.

»Daran hätte Rosie bestimmt auch Spaß. Vielleicht läuft irgendwann ein Film, der für Kinder geeignet ist.«

»Sie war noch nie im Kino.«

»Das solltet ihr unbedingt ändern.«

Jim nickte. »Vielleicht, wenn sie ein bisschen älter ist und länger aufbleiben kann.«

Er klang irgendwie bedrückt.

»Ich würde auch gerne nochmal hingehen, also sag Bescheid, falls du dich umentscheidest und ihr nichts gegen meine Begleitung habt.«

Jim streifte sie mit einem Seitenblick. »Mach ich. Das würde ihr ganz sicher gefallen.«

Schweigen trat ein, während sie Broken Hill hinter sich ließen und auf einer holprigen, unbefestigten Straße in die tiefschwarze Nacht hinausfuhren.

»Was für einen Eindruck macht Robbie jetzt auf dich?«, fragte Jim nach einer Weile.

»Es geht ihm gut. Ich glaube, diese Panikattacke war eine einmalige Angelegenheit. Wir haben über den Krieg gesprochen, und ich habe ihm erzählt, was mir passiert ist. Das rückt die Dinge in die richtige Perspektive, meinte er. Das Fliegen ist seine große Leidenschaft, und er will den Menschen helfen.«

Jim nickte. »Hast du ihm auch gesagt, dass du deinen Verlobten verloren hast?«

»Ja. Ich wollte, dass er weiß, dass auch andere Menschen traumatische Erlebnisse gehabt und trotzdem wieder ins Leben zurückgefunden haben.«

Jim erwiderte nichts darauf, und auch seine Miene verriet nicht, was er dachte.

»Du meine Güte, ist das dunkel hier«, murmelte Catherine, als sie Silverton erreichten. Die Sterne und zeitweise auch der Mond waren hinter Wolken verborgen, es war fast schon unheimlich. »Keine Straßenlaternen und nirgends brennt Licht. Gibt es hier überhaupt Häuser?«

»Es muss welche geben, auch wenn hier nicht viele Menschen leben. Immerhin genug, damit der Pub existieren kann. Kaum zu glauben, dass das einmal eine blühende Bergarbeitersiedlung war. Der Wirt wird uns zu den Verletzten bringen, aber wir müssen den Pub erst einmal finden. Er soll in der Layard Street sein. Ich kann aber keine Straßennamen erkennen. Du?«

Catherine schüttelte den Kopf. Als sie den Rand der kleinen Ortschaft erreicht hatten und Jim von der Hauptstraße nach links abbog, huschte der Lichtkegel der Autoscheinwerfer zufällig über den Pub. »Da! Da ist es!« Sie zeigte auf ein schlichtes, eingeschossiges Gebäude am rechten Rand der breiten Straße, dessen Schriftzug es als Silverton Hotel von 1884 kennzeichnete.

»Man hat mir erzählt, dass das hier früher das Postamt war. Daneben stand wohl mal ein viel prachtvolleres Hotel, aber als das 1918 niederbrannte, hat man kurzerhand im Postgebäude ein neues eröffnet«, sagte Jim. Eine Veranda säumte die Vorderseite, und die war auch nötig, denn Bäume, die Schatten hätten spenden können, gab es nicht. Die breiten Straßen waren unbefestigt.

»Ich weiß nicht, wie man hier draußen leben kann«, sagte Catherine mehr zu sich selbst.

»Warte hier, während ich mich nach dem Weg erkundige.«

Als Jim ausgestiegen war, schaute Catherine sich um, konnte aber nicht mehr erkennen als die Umrisse einiger weniger Gebäude. Jim ging über die Veranda des Hotels auf die Eingangstür zu, durch deren Glas Licht schimmerte.

Ein dunkler Schatten bewegte sich am Auto entlang, und plötzlich schob sich ein riesiger Kopf durchs offene Fenster. Catherine schrie erschrocken auf. Der Eindringling, nicht minder erschrocken, zog seinen Kopf zurück. Sie beugte sich mit klopfendem Herzen aus dem Fenster und rief Jim, der die Szene lachend beobachtet hatte, zu: »Was war das?«

»Ob du's glaubst oder nicht – ein Esel!«

Catherine lehnte sich ein wenig weiter hinaus. Es war tatsächlich ein Esel, der gemächlich davontrottete und bald von der Dunkelheit verschluckt wurde.

Jim klopfte an, und als ein Mann öffnete, fiel Licht auf die Veranda. Die beiden Männer sprachen kurz miteinander, dann bemerkte der Mann Catherine.

Er reckte den Hals. »Haben Sie Ihre Frau mitgebracht, Dr. Nixon?«

Catherine musste lächeln.

»Das ist unsere Krankenschwester.«

Der Wirt ging zum Auto. »Hallo«, grüßte er durch das offene Fenster. »Ich bin Bob Jackson. Aber alle nennen mich Jacko.« Er war eine beeindruckende Erscheinung, mit wilder Mähne und buschigem Bart.

Sie vermutete, dass er jünger war, als er durch seine ungebändigten Zotteln wirkte. »Hallo, ich bin Schwester Thomas oder einfach Catherine.«

»Sie müssen unbedingt mal im Hellen herkommen und im Pub was essen, Catherine.«

»Sehr gern. Wirklich schade, dass es jetzt zu dunkel ist, um irgendwas von der Stadt zu sehen.«

»Ja. Seit die Einwohnerzahl geschrumpft ist, gibt es keine Straßenbeleuchtung mehr. Früher hatten wir hier Geschäfte jeglicher Art. Sogar ein Gefängnis, ein Gerichtsgebäude und Anwälte gab es. Die katholische Kirche ist auch weg, aber eine methodistische sowie die Freimaurerloge gibt es noch. Eine kleine Schule haben wir auch noch. Zum Glück fährt der Silverton Tramway immer noch nach Broken Hill und bringt uns Vorräte und gelegentlich auch Besucher.«

Jim, der dem Wirt zum Auto gefolgt war, fragte: »Wo finde ich denn die Verletzten?«

»Ich bringe Sie zum Camp«, bot Jacko an. »Wenn Sie allein hingehen, schicken sie Sie wieder weg.« Er ging zum Pub zurück und schloss die Tür ab. »Nachts streifen Aborigine-Kinder herum«, erklärte er, als er zurückkam. »Wenn ich die Tür nicht verschließe, kommen sie auf dumme Gedanken und nehmen alles mit, was sie drinnen finden, auch Alkohol. Und dann bin ich derjenige, der Ärger bekommt.«

»Das wäre aber ungerecht«, bemerkte Catherine, die ausgestiegen war.

»So ist es aber. Die Aborigines leben in einer Gemeinschaft, die nicht unterteilt ist. Die Kinder lernen Jagen und Sammeln, und das beinhaltet, dass sie alles mitnehmen, was sie finden können. In ihren Augen ist das kein Diebstahl, weil sie keinen persönlichen Besitz kennen. In einem Clan wird alles geteilt. Schließen Sie Ihr Auto ab, Dr. Nixon.«

Jim tat es. Dann folgten sie dem Wirt, der mit einer Taschenlampe losgegangen war.

»Catherine hat im Northern Territory mit Aborigine-Kindern gearbeitet«, sagte Jim, als sie zu Jacko aufgeschlossen hatten.

»Na, dann erzähle ich Ihnen ja nichts Neues.«

Catherine hätte ihm den Unterschied zwischen den Kindern hier und auf Melville Island erklären können, ließ es aber sein. Sie waren hier, um Verletzte zu versorgen.

»Die Stadt ist wirklich klein«, sagte sie stattdessen.

»Viele leerstehende Gebäude sind schon abgerissen worden«, erzählte Jacko. »Als Ende des 19. Jahrhunderts mit dem Bergbau begonnen wurde, hausten die Bergleute in Zelten. Erst ein paar Jahre später wurden Häuser aus Stein errichtet. Das Gerichtsgebäude steht noch, aber die Zellen an der Rückseite werden nicht mehr benutzt. Straftäter werden vom hiesigen Constable nach Broken Hill gebracht und dort eingesperrt. Früher hatten wir hier einen Fleischer, einen Sattler und einen Laden mit landwirtschaftlichem Bedarf. Einen Gemischtwarenladen, der praktisch alles führt, gibt es immer noch. An der Schule werden nicht einmal mehr ein Dutzend Kinder unterrichtet – aber wer weiß, wie lange noch: Die Lehrerin hat sich mit einem Anwalt aus Broken Hill verlobt.«

»Jim hat gesagt, das ursprüngliche Hotel hat neben dem heutigen Pub gestanden.«

»Das stimmt. Das De Baums Silverton Hotel. Nachdem es 1918 abgebrannt war, übernahm der Wirt die Post, die in ein anderes Gebäude umzog. Ich führe den Pub seit 1937. Ich würde nicht mehr irgendwo anders leben wollen.«

»Gibt es eigentlich auch einen Friseur in der Stadt?« Catherine konnte sich die Frage nicht verkneifen.

Jacko nickte. »Ja, aber wir reden schon seit Jahren nicht mehr miteinander.«

»Das erklärt den wilden Look«, wisperte sie Jim zu, der sich das Lachen verbeißen musste.

Kurz darauf erreichten sie das Camp der Aborigines außerhalb der Stadt. Männer, Frauen und Kinder lagen oder saßen um ein Lagerfeuer. Als Jim, Catherine und Jacko näher kamen, standen fast alle Männer auf. Er habe einen Arzt mitgebracht, der die beiden Verletzten mit den Brandwunden behandeln werde, erklärte Jacko. Eine hitzige Diskussion zwischen dem Wirt und den Aborigines, die zornig mit den Füßen stampften und drohend mit den Armen fuchtelten, entspann sich.

»Wollen sie meine Hilfe nicht?«, fragte Jim in eine kleine Pause hinein.

»Der Kadaitcha ist dagegen.«

»Der Kadaitcha?«

»Der Medizinmann des Clans«, erklärte Catherine.

»Oh! Dann kann er ja die Verbrennungen behandeln«, sagte Jim und fragte sich, warum er gerufen worden war.

»Nicht so gut wie Sie«, meinte Jacko. »Die Aborigines haben Heilmittel, die wahre Wunder bewirken können, aber in diesem Fall halte ich die Schulmedizin für sinnvoller.«

»Fragen Sie sie, ob ich mir die Wunden wenigstens ansehen darf«, bat Jim, damit die Fahrt nicht ganz umsonst gewesen war.

Jacko sprach erneut mit den Aborigines. Wieder kam es zu einem Disput, bis schließlich ein Mann mittleren Alters vortrat und Jim seinen Arm hinstreckte. Er hatte Verbrennungen rings um den Ellenbogen, aber auch seitlich am Oberkörper. Jim richtete den Strahl von Jackos Taschenlampe darauf und besah sie sich genauer. Obwohl es nur oberflächliche Wunden waren, mussten sie sehr schmerzhaft sein, und außerdem waren sie mit Asche verschmutzt.

»Die Wunden müssen gereinigt werden, sonst entzünden sie sich. Fragen Sie bitte, ob Catherine sie säubern darf. Anschließend würde ich gern eine Brandsalbe auftragen und einen Verband anlegen.«

Jacko sprach mit dem Mann. Der musterte Catherine misstrauisch, nickte dann aber.

»Was ist mit dem zweiten Mann?«, fragte Jim.

»Er ist davongejagt worden«, erklärte Jacko nach einem kurzen Wortwechsel mit einer Frau. Die Männer blickten mürrisch zu Boden. »Anscheinend haben sie um ein Mädchen gekämpft, und dieser hier hat gewonnen.«

Jim streifte Catherine mit einem Blick.

»Wie alt war das Mädchen denn?«

»Etwa vierzehn«, antwortete Jacko achselzuckend. »Jedenfalls alt genug, um Kinder zu kriegen.«

»Sie ist doch selbst noch ein Kind!«, empörte sich Catherine.

»Stimmt, aber so werden die Dinge hier nun mal gehandhabt«, erwiderte Jacko. »Der andere Mann war ein junger Bursche von vielleicht achtzehn oder neunzehn. Vermutlich hat das Mädchen sich gewünscht, dass *er* den Kampf gewinnt, aber es ist anders gekommen. Schade, der Sieger hat nämlich schon etliche Frauen.«

Catherine presste grimmig die Lippen aufeinander und widerstand dem Impuls, bei der Säuberung der Wunden nicht ganz so sanft vorzugehen, wie sie es eigentlich tun sollte.

Kapitel 19

»Da ist ja das Geburtstagskind!« Mit diesen Worten begrüßte Robbie Catherine eines Morgens, als sie zum Flugzeug kam. »Alles Gute zum Geburtstag, meine Schöne!«

»Woher weißt du, dass ich heute Geburtstag habe?«, fragte Catherine verblüfft.

»Rate mal!«

Von Jim konnte er es nicht wissen, denn der hatte keine Ahnung. »Bestimmt von Berta. Sie hat mir eben auch schon gratuliert. Sie kennt mein Geburtsdatum von den Formularen, die ich beim Eintritt in die Organisation ausgefüllt habe.« Berta hatte ihr eine wunderschöne bestickte Tischdecke geschenkt, und Catherine waren vor Rührung die Tränen gekommen.

»Richtig. Ich wünschte nur, ich hätte es früher gewusst, dann hätte ich ein Geschenk besorgt.«

»Das ist wirklich nicht nötig, Robbie«, wehrte sie ab. Es wäre ihr unangenehm gewesen, wenn er ihr etwas geschenkt hätte.

»Hast du heute Abend schon was vor?«

»Ja, Wäsche waschen«, antwortete sie ehrlich.

»An deinem Geburtstag?«

»Wieso nicht?«

»Keine Hausarbeit am Geburtstag! Das ist Vorschrift. Ich würde dich gern zum Essen einladen.«

»Das musst du nicht.«

»Ich möchte es aber. Im Palace Hotel isst man wirklich gut. Was meinst du? Und bevor du antwortest, denk daran, dass es meine Gefühle verletzen würde, wenn dir Wäschewaschen wichtiger ist als ein Abendessen mit mir.«

Catherine lächelte. »Das will ich natürlich auf keinen Fall riskieren.«

»Wunderbar. Ich hol dich um sieben ab.«

»Alles Gute zum Geburtstag, Catherine!«

Sie wirbelte herum. »Danke, Jim.«

»Hast du schon Pläne für heute Abend?«

»Eigentlich wollte ich die Wäsche machen«, antwortete sie und sah Robbie an.

Jim folgte ihrem Blick. Robbie grinste triumphierend.

»Das konnte ich natürlich nicht zulassen, deshalb habe ich sie zum Essen eingeladen.«

»Oh.« Jim versuchte, sich seine Enttäuschung nicht anmerken zu lassen. Er wusste von Berta, dass Catherine heute Geburtstag hatte, und hatte sie zu sich nach Hause einladen wollen. Er hatte vorgehabt, für sie zu kochen, und Wilma gebeten, eine Geburtstagstorte zu backen. Rosie hatte sich schon so darauf gefreut, ihr beim Backen zu helfen. Und jetzt würde er den beiden mitteilen müssen, dass Catherine nicht kommen würde.

Als sie am Ende des langen, arbeitsreichen Tages wieder am Stützpunkt landeten, fragte Catherine: »Du bist so still heute, Jim. Stimmt was nicht?«

»Nein, alles in Ordnung, ich bin nur müde. Bei der Hitze schläft man nicht so gut, oder?«

»Das macht mir ehrlich gesagt nichts aus.«

Jim nickte. »Dann einen schönen Abend mit Robbie«, sagte er und dachte an Rosie, die furchtbar enttäuscht sein würde.

»Ich wollte seine Gefühle nicht verletzen, indem ich die Einladung ablehne«, flüsterte sie ihm zu. »Ich wäre genauso gern zu Hause geblieben und hätte die Wäsche gemacht.«

Robbie ließ das Flugzeug in den Hangar rollen, und alle drei kletterten hinaus und machten sich auf Weg zum Büro. Als Robbie die Tür öffnete, rief Berta: »Überraschung!«

Catherines Blick fiel auf eine wunderschöne Geburtstagstorte mit brennenden Kerzen darauf. »Berta! Was machst du denn für Sachen?« Sie kämpfte mit den Tränen.

»Zu einem Geburtstag gehört doch eine Torte! Und jetzt wünsch dir was, und blas die Kerzen aus, bevor die Feuerwehr anrückt!«

Als Catherine der Aufforderung nachgekommen war, schnitt Berta die Torte an, um vier Stücke auf die bereitstehenden Teller zu verteilen.

»Nicht für mich, Berta. Ich muss nach Hause, Rosie wartet«, sagte Jim. »Nochmals alles Gute, Catherine.« Er drehte sich um und eilte hinaus.

»Er hätte wenigstens noch ein Stück Kuchen mit uns essen können«, brummte Berta.

»So bleibt mehr für uns«, witzelte Robbie, als Berta ein großes Stück auf seinen Teller bugsierte.

»Jim benimmt sich irgendwie merkwürdig«, sagte Berta. »Bedrückt ihn etwas?«

»Keine Ahnung«, erwiderte Catherine. »Er war den ganzen Tag ziemlich still.«

»Okay, ich muss auch los«, sagte Robbie, der seinen Kuchen in aller Eile gegessen hatte. »Danke für die Torte, Berta. Bis später, Catherine!«, fügte er strahlend hinzu, lief im Sturmschritt hinaus zu seinem Auto und raste davon.

»Bis später?«, wiederholte Berta und sah Catherine fragend an.

»Er hat mich zum Abendessen eingeladen.«

»Oh!« Ein bestürzter Ausdruck trat auf Bertas Gesicht. »Ich dachte … ach, egal.«

»Was?« Catherine sah ihr an, dass sie in einem Dilemma steckte.

»Ich sage lieber nichts.«

»Dafür ist es jetzt zu spät. Was ist los?«

»Jim hat mir verraten, dass er heute Abend für dich kochen möchte und Rosie und Wilma einen Kuchen für dich backen. Ich dachte, er hätte es dir gesagt.«

»Nein, er hat heute Morgen nur gefragt, ob ich schon etwas vorhabe, und ich habe ihm erzählt, dass Robbie mich zum Essen eingeladen hat.« Catherine nagte an ihrer Unterlippe. »Hätte ich das nur vorher gewusst, Berta! Jetzt habe ich ein richtig schlechtes Gewissen.«

»Du kannst doch nichts dafür, dass Robbie dich zuerst gefragt hat.«

»Nein, aber es geht ja nicht nur um Jim. Rosie hat sich bestimmt aufs Kuchenbacken gefreut und wird jetzt furchtbar enttäuscht sein. Aber wenn ich Robbie jetzt absage, wäre das auch nicht richtig.«

»Vielen Dank für die Einladung und das Essen, Robbie, aber ich würde jetzt gerne nach Hause fahren«, sagte Catherine.

Robbie schaute auf seine Uhr. Es war erst halb neun. »Jetzt schon? Geht es dir nicht gut? Du wirkst so abwesend.«

»Ich muss andauernd an Rosie denken.«

»Jims Tochter? Wieso?«

»Berta hat mir erzählt, dass Rosie eine Geburtstagstorte für mich gebacken hat, und jetzt muss ich die ganze Zeit daran denken, wie enttäuscht sie sein muss, weil ich nicht gekommen bin.«

»Warum hat Jim denn nichts gesagt?«

»Er wollte ja, aber dann bin ich ihm zuvorgekommen.«

»Na, dann fahren wir eben jetzt zu ihm.«

»Ehrlich gesagt würde ich lieber allein hingehen, wenn es dir nichts ausmacht.«

Robbie versuchte, sich seine Enttäuschung über das jähe Ende seines Abends mit ihr nicht anmerken zu lassen. »Natürlich nicht, ich versteh schon. Ich fahr dich nach Hause.«

»Danke.«

»Nichts zu danken. Meinst du, Rosie ist um diese Zeit überhaupt noch wach?«

»Ich hoffe es.«

»Catherine!«, rief Jim, als er die Tür öffnete. »Was machst du denn hier? Ist etwas passiert?«

»Wenn mich nicht alles täuscht, hat ein ganz besonderes kleines Mädchen eine Geburtstagstorte für mich gebacken.«

Jim sah sie verwundert an.

»Oder etwa nicht?«, fügte sie unsicher hinzu.

»Ist das Catherine, Daddy?«, rief ein Stimmchen im Hintergrund.

»Ja, Schatz.« An Catherine gewandt, sagte er: »Komm doch rein.«

»Hallo, Rosie.« Das Mädchen war schon im Schlafanzug, das Gesicht tränenverschmiert. Catherine brach es das Herz, und sie hob sie hoch.

»Ich hab einen Kuchen für dich gebacken«, erzählte Rosie stolz. »Wilma hat mir geholfen.«

»Ich hab schon davon gehört. Hoffentlich habt ihr mir was übriggelassen.«

»Wir müssen aber erst die Kerzen anzünden, und die musst du dann ausblasen.«

»Okay, ich glaube, das kriege ich hin.«

Rosie wand sich aus ihren Armen und rannte in die Küche. Catherine sah Jim an und fragte leise: »Warum hast du denn nichts gesagt?«

Jim zuckte mit den Schultern. »Ich wollte deine Pläne für den Abend mit Robbie nicht durchkreuzen.«

»Ich musste die ganze Zeit an Rosie denken und wie enttäuscht sie sein würde«, gestand Catherine.

Jim bat sie in die Küche, wo die Torte auf dem Tisch thronte.

Rosie kletterte auf einen Stuhl. »Daddy hat gesagt, du kommst nicht.«

»Ich wollte dich überraschen. Du glaubst doch nicht, dass ich darauf verzichte, diesen wundervollen Kuchen zu probieren? Das ist der schönste, den ich je gesehen habe!«

»Wirklich?« Rosie strahlte. »Das ist ein Schokoladekuchen.«

»Den esse ich am liebsten«, beteuerte Catherine. Er war fantasievoll mit weißem und rosarotem Zuckerguss verziert. »Eigentlich ist er fast zu schade zum Anschneiden. Fast!«, betonte sie, als Rosie ein erschrockenes Gesicht machte. Da musste das Mädchen lachen.

Wilma kam aus ihrem Zimmer. »Mir war doch, als hätte ich Stimmen gehört«, rief sie und stellte erleichtert fest, dass Rosie und Jim vergnügter dreinblickten als zu Beginn des Abends.

»Hallo, Missus Hume.«

Wilma nahm ein Messer aus einer Schublade, während Jim die Kerzen anzündete. Catherine beobachtete ihn und Rosie, und ihr wurde bewusst, dass die beiden ihr mehr bedeuteten, als sie sich bisher eingestanden hatte. »Ich glaube, ich brauche Hilfe, Rosie. Die vielen Kerzen kann ich nicht allein ausblasen.«

Rosie war mit großem Eifer bei der Sache. Als alle Kerzen erloschen waren, schnitt Wilma den Kuchen an.

»Mmm«, machte Catherine genüsslich. »Der schmeckt genauso gut, wie er aussieht!«

Rosie lächelte, ihre Augen leuchteten. »Daddy und ich essen auch am liebsten Schokoladekuchen.«

»Das muss ich mir merken«, sagte Catherine mit einem kurzen Blick zu Jim. Sein Gesicht spiegelte seine tiefe Liebe zu seiner Tochter.

»Wollen Sie nicht auch probieren, Missus Hume?«, fragte Catherine.

»Nein, ich hab Zahnschmerzen.« Wilma verzog das Gesicht und hielt sich die Wange.

»Morgen gehen Sie zum Zahnarzt«, sagte Jim mit Nachdruck. »Ich nehme Rosie zum Stützpunkt mit.«

»Sind Sie sicher?«

»Ja, Sie können nicht noch länger mit Schmerzen herumlaufen.«

»Na schön. Danke. Ich geh wieder ins Bett. Gute Nacht, Catherine. Rosie hat das Kuchenbacken viel Spaß gemacht. Schön, dass Sie noch vorbeigekommen sind und ein Stück gegessen haben.«

»Ja, ich bin auch froh, dass es geklappt hat.«

Nachdem Wilma gegangen war, sagte Jim: »Für dich wird es auch höchste Zeit, mein Schatz. Du musst morgen früh raus.«

»Okay, Daddy.« Rosie schlang die Arme um seinen Hals, als er sich zu ihr hinunterbeugte und ihr einen Gutenachtkuss gab.

»Krieg ich auch eine Umarmung?« Catherine ging in die Hocke und legte ihre Arme um das Mädchen, als es sie fest drückte. »Niemand kann das besser als du, Rosie.« Catherine gab ihr einen Kuss auf die Wange. »Und nochmals danke für den besten Geburtstagskuchen meines Lebens! Gute Nacht, Schätzchen. Schlaf gut. Bis morgen.«

Als Rosie gegangen war, fragte Jim: »Wie wär's mit einem Glas Wein? Oder hast du's eilig?«

»Ich nehme gern ein Glas. Aber nur, wenn du eins mittrinkst.«

Er nickte. »Ich habe extra eine Flasche gekauft.«

»Sehr gerne«, erwiderte Catherine schuldbewusst.

»Mach's dir im Wohnzimmer bequem, ich komme gleich nach.«

»Vielleicht können wir uns raussetzen? Es geht eine angenehm kühle Brise.«

Wieder nickte er. »Warum nicht.«

Catherine ging zur Rückseite des Hauses, wo auf einer Holzterrasse mit Blick auf den Garten eine Sitzgruppe stand.

»Das ist ein hübsches Plätzchen«, sagte sie, als Jim mit zwei Gläsern Wein heraustrat.

»Ja. Die Terrasse war schon da, ich musste bloß ein paar kleinere Reparaturen vornehmen. Die Sitzgruppe habe ich dazugekauft. Rosie und ich sitzen abends oft hier. Und Wilma tagsüber auch. Ich glaube, ich werde vor dem Winter ein Dach errichten, dann können wir sie das ganze Jahr über nutzen.«

»Du kannst Dächer bauen? Wer hätte das gedacht«, sagte Catherine schmunzelnd.

»In mir schlummern viele Talente, Miss Thomas«, scherzte er.

»Das scheint mir auch so, Dr. Nixon. Jetzt erzählst du mir bestimmt gleich, dass du einen Gemüsegarten anlegen und einen Hühnerstall bauen willst.«

»Den Gemüsegarten hab ich schon.«

Sie guckte angestrengt in die Dunkelheit und konnte nur ein paar Obstbäume erkennen.

»Um die Ecke.« Jim zeigte mit dem Finger.

»Wirklich?«

»Nein«, sagte er lachend. »Jedenfalls noch nicht, aber die Planung steht.«

Catherine musste ebenfalls lachen.

Eine Weile nippten sie in behaglichem Schweigen ihren Wein.

»Wie war das Essen?«, erkundigte Jim sich schließlich wie beiläufig.

Catherine hatte mit der Frage gerechnet. »Ganz nett, aber ich konnte es nicht genießen, weil ich andauernd an Rosie denken musste. Nach einer Weile habe ich es nicht mehr ausgehalten und Robbie gebeten, mich nach Hause zu fahren, damit ich noch hierherkommen kann. Er konnte es verstehen.«

»Mich wundert, dass er nicht mitgekommen ist.«

»Er wollte, aber ich wollte es nicht.«

»Ich freue mich, dass du allein gekommen bist. Rosie war am Boden zerstört, als ich ihr gesagt habe, dass du nicht kommst.«

»Hättest du mir was von dem Kuchen gesagt, hätte ich das Essen mit Robbie verschoben.«

»Es ist doch dein Geburtstag.«

»Na und? Es hätte mir nichts ausgemacht, glaub mir.«

Jim zögerte, dann platzte er heraus: »Empfindest du etwas für Robbie?«

Catherine schaute ihn verdutzt an.

»Ich weiß, das geht mich nichts an, aber …«

»Ich mag ihn«, fiel sie ihm ins Wort. »Ich kann Spaß mit ihm haben, er ist charmant und sieht gut aus, aber für mich ist er ein Kollege, mehr nicht. In meiner Zukunft sehe ich sowieso keine Beziehung.«

»Das geht mir genauso. Wer einmal einen geliebten Menschen verloren hat, kann sein Herz nicht mehr so leicht für einen anderen öffnen«, erklärte Jim.

»Ja«, stimmte Catherine zu. Der Verlust seiner Frau war für ihn ein genauso schwerer Schlag gewesen wie für sie der Verlust ihres Verlobten. Und er musste auch an Rosie denken. Doch wenn sie ehrlich war, fehlte ihr etwas. Aber sie würde auf Romantik, Liebe und all diese Dinge verzichten müssen. Welcher Mann wollte schon eine Frau, die keine Kinder bekommen konnte?

Jim hob sein Glas und prostete ihr zu. »Happy Birthday, Catherine!«

»Danke.« Sie schaute ihm in die Augen und bemerkte in diesem Moment, dass sie sich zu ihm hingezogen fühlte. Rasch wandte sie den Blick ab, trank einen Schluck und sagte: »Ich sollte jetzt gehen. Morgen wartet sicher wieder eine Menge Arbeit auf uns.«

Kapitel 20

Als Jim nach einer anstrengenden Woche am frühen Freitagabend vor dem Tydvil Hotel parkte, um ein paar Flaschen kaltes Bier zu besorgen, fiel ihm auf dem Parkplatz Robbies Wagen auf. War er etwa mit Catherine hier? Er hatte die ganze Woche mit ihr geflirtet, was Jim Sorgen bereitete. Er war sicher, dass Robbie nur mit ihren Gefühlen spielte, und das hatte sie nicht verdient.

Im Pub war er nicht, und so warf er einen Blick in den Biergarten. Dort saß Robbie mit dem Rücken zu ihm und war in eine lebhafte Unterhaltung vertieft, mit wem konnte Jim allerdings nicht erkennen. Dann rutschte er auf seinem Stuhl ein wenig zur Seite, und Jim sah, dass er sich in Begleitung einer hübschen Blondine befand. Sie hing förmlich an seinen Lippen, während er ihr tief in die Augen schaute, ihre Hand hielt und ihre Fingerspitzen küsste. Jims Kiefer mahlte. Ein Glück, dass Catherine gesagt hatte, Robbie sei nur ein Kollege.

Am Samstagabend ging Jim mit Rosie zum Eisessen in die Stadt. Als sie durch die Argent Street schlenderten und er beiläufig einen Blick ins Palace Hotel warf, sah er Robbie mit einer blonden Frau an einem der Tische sitzen, sie saß mit dem Rücken zum Fenster. Sie waren in ein Gespräch vertieft und schienen nichts von der Außenwelt mitzubekommen. Jim beobachtete, wie Robbie seine Hand vorstreckte und auf die Hand der Dame legte. Er nahm an, dass es sich um dieselbe Frau wie am Vortag handelte – bis sie den Kopf drehte, sodass Jim ihr Profil sehen konnte. Es war Catherine! Schnell, bevor sie ihn entdecken konnte, ging er mit Rosie weiter.

Als Jim sich Sonntagmorgen auf den Weg zu Robbie machte, hatte er schlecht geschlafen und war entsprechend übel gelaunt.

»Jim! Was führt dich so früh hierher?«, fragte Robbie, als er, noch im Schlafanzug, die Tür öffnete. »Komm rein, ich hab gerade Tee aufgebrüht.«

»Nein, danke. Ich will nicht lange drum herumreden, Robbie. Hast du ernste Absichten mit Catherine?«

»Wie … was soll die Frage?«, stammelte Robbie verdutzt.

»Freitagabend habe ich dich im Tydvil Hotel mit einer hübschen Blondine gesehen und gestern Abend mit Catherine im Palace Hotel. Du hast mit beiden Frauen auf Teufel komm raus geflirtet. Was für ein Spiel treibst du eigentlich?«

»Ich treibe überhaupt kein Spiel. Ich bin ledig und ungebunden und kann mich mit schönen Frauen treffen, so oft ich will.«

»Du willst also keine feste Beziehung.«

»In ein paar Jahren vielleicht.«

»Du machst Catherine nur etwas vor!«

»Nein, sie weiß, worauf sie sich einlässt. Sie will ja auch keine feste Beziehung. Wir amüsieren uns, haben ein bisschen Spaß. Was ist schon dabei? Und was geht dich das überhaupt an?«

»Catherine ist verletzlich, sie hat viel durchgemacht, das weißt du. Hör auf, Spielchen mit ihr zu spielen. Wenn sie sich in dich verliebt, wirst du ihr das Herz brechen, und das werde ich nicht zulassen. Halt dich von ihr fern, verstanden? Es gibt genug ledige Frauen in der Stadt, denen du nachstellen kannst. Aber lass Catherine in Ruhe!«

Robbie sah ihn erst verdattert an, dann legte er die Stirn in Falten und fragte: »Sag mal, kann es sein, dass du in Catherine verliebt bist, Jim?«

Jetzt war es an Jim, überrascht zu sein. »Nein, ich will nur verhindern, dass sie verletzt wird. Sie hat jemanden verloren, den sie sehr geliebt hat, genau wie ich. Das Letzte, was sie braucht, ist jemand, der ihr das Herz bricht.«

»Schön, dass du dich so um sie sorgst. Aber mir scheint, du bist dir über die Gründe dafür nicht im Klaren.«

»Lass sie einfach in Ruhe, Robbie«, erwiderte Jim und stapfte davon.

»Guten Morgen, Berta«, grüßte Catherine am Montag. »Hallo, Rosie, was machst du denn hier? Ist Missus Hume wieder beim Zahnarzt?«

»Ja, Wilma ist ein Stück vom Zahn abgebrochen, deshalb hatte sie solche Schmerzen«, antwortete das Mädchen.

»Sie wird Rosie in ein paar Stunden abholen«, ergänzte Berta.

»Wo ist Jim?« Catherine hatte sein Auto draußen auf dem Parkplatz gesehen.

»Du hast ihn knapp verpasst. Er und Robbie fliegen Pat Sullivan nach Hause.«

»Und warum haben sie nicht auf mich gewartet?«

»Heute Morgen ist ein Blutdruckmedikament für Bob Jackson gekommen. Jim meinte, du könntest es ihm bringen.«

»Klar, mach ich. Alles in Ordnung, Berta? Du bist so blass.«

»Ach, ich habe grässliche Kopfschmerzen«, antwortete sie und rieb sich die Schläfen. »Hoffentlich wird es heute nicht so hektisch.«

Catherine blickte kurz zu Rosie, die eine Plaudertasche sein konnte. »Ich kann Rosie mitnehmen, wenn du möchtest.«

Berta sah das Mädchen an. Sie hatte die Kleine wirklich gern, aber heute hätte sie lieber ihre Ruhe. »Jim hätte sicher nichts dagegen. Du wirst sowieso vor ihm wieder da sein.«

»Das denke ich auch.« Catherine nahm die Papiertüte mit dem Medikament entgegen. »Komm, Rosie, wir machen einen kleinen Ausflug.«

»Au ja!« Rosie klatschte fröhlich in die Hände.

Jetzt, bei Tag, sah Catherine, wie katastrophal die Straße nach Silverton wirklich war: eine mit Steinen übersäte, teilweise löchrige Erdpiste, an deren Rand vereinzelt Bäume wuchsen. In der Ferne konnte sie die Bahnlinie erkennen.

Rosie auf dem Beifahrersitz schaute aus dem Fenster, obwohl es nicht viel zu sehen gab. Catherine hatte ihr Fenster ganz heruntergelassen. Ein heißer Wind wehte herein, aber das war besser als gar keine Luft. Nicht weit von Silverton entfernt stand ein Schild mit der Aufschrift KAMELFARM am Straßenrand.

»Schau mal, Rosie, Kamele!«, sagte sie und zeigte auf die Koppeln.

Als sie eine Sekunde später den Blick wieder auf die Straße richtete, galoppierte ein Kamel mit einem am Hals baumelnden Strick direkt vor das Auto. Ein Mann in einem Turban rannte dem riesigen Tier hinterher, er schrie aufgeregt und fuchtelte wild mit den Armen.

Catherine schrie erschrocken auf und riss das Lenkrad herum, um einen Aufprall zu verhindern. Fast in Zeitlupe kam der Wagen von der Straße ab, flog über die Böschung durch die Luft und stürzte polternd durch ein ausgetrocknetes Flussbett, direkt auf mehrere Bäume zu. Catherine blieb keine Zeit zu reagieren, bevor sie auch schon mit einem lauten Krachen kollidierten.

Als Rosie vorsichtig die Augen öffnete, war die Windschutzscheibe gesprungen, Äste eines Pfefferbaums hatten die Motorhaube unter sich begraben. Catherine hing regungslos über dem Lenkrad und blutete stark aus einer Kopfwunde.

»Catherine«, wimmerte das Mädchen. »Wach auf, Catherine!« Sie begann zu schluchzen. »Daddy!«

Schnell wurde es im Auto unerträglich heiß. Rosie wusste nicht, was sie tun sollte. Die Minuten verstrichen, Catherine rührte sich nicht. Plötzlich tauchten Männer an der Beifahrerseite auf, dunkelhäutige Fremde mit Bärten und Turban. Rosie erstarrte vor Angst.

Die Tür wurde aufgerissen, ein Gesicht schob sich ins Innere, ganz dicht an das des Mädchens heran. Sie rutschte auf die andere Seite, drängte sich weinend an Catherine und zog sie am Arm. Der Mann sagte etwas mit einer harschen, schroffen Stimme, die Rosie noch mehr Angst machte. Dann streckte er die Arme nach ihr aus und zog sie aus dem Auto. Rosie kreischte und schluchzte und rief unentwegt nach ihrem Daddy.

»Jim! Du bist zurück!«, rief Berta, als er das Büro betrat, bemüht, sich ihre Erleichterung nicht anmerken zu lassen.

Er nickte und blickte sich um. »Hat Wilma Rosie schon abgeholt?«

»Nein, sie ist mit Catherine nach Silverton gefahren. Eigentlich müssten sie längst zurück sein.«

»Wann sind sie denn losgefahren?«, fragte Jim sofort.

»Kurz nach acht«, antwortete Berta kleinlaut.

Jim warf einen Blick auf die Uhr an der Wand. Es war fast zwölf Uhr mittags. »So lange braucht man nicht bis nach Silverton und zurück«, murmelte er stirnrunzelnd.

Berta musste ihm recht geben. »Vielleicht zeigt sie Rosie die Stadt.« Ihr waren alle möglichen Erklärungen durch den Kopf gegangen, nur an die schlimmste wollte sie nicht denken.

Ein ungutes Gefühl beschlich Jim. »Setz dich mit Bob Jackson in Verbindung, und frag ihn, wann sie von dort losgefahren sind.«

»Mach ich.« Berta eilte in den Funkraum, dicht gefolgt von Jim.

»Hallo, Bob, hier ist Berta Miller vom Stützpunkt. Ist Catherine schon wieder auf dem Rückweg?«

»Rückweg? Sie war gar nicht hier. Wenn sie heute Morgen wirklich in Broken Hill losgefahren ist, hätte sie schon längst angekommen sein müssen.«

»Sie ist losgefahren«, sagte Jim so laut, dass Jacko es hören konnte.

»Okay, ich werde Hugo Jennings, einen Kumpel von mir, bitten, die Straße abzufahren. Vielleicht hat sie eine Reifenpanne. Würde mich nicht wundern bei dieser Schotterpiste. Machen Sie sich keine Sorgen, Doc, es geht ihr bestimmt gut.«

»Meine kleine Tochter ist bei ihr. Sie ist erst vier.« Jim fürchtete, die beiden könnten dehydriert sein.

»Ich werde Hugo sagen, er soll genug Wasser mitnehmen«, sagte der Wirt sogleich, als hätte er seine Gedanken gelesen. »Ich melde mich, sobald ich etwas weiß.«

Jim wandte sich an Berta. »Ich kann nicht hier herumsitzen und warten. Ich werde Robbie bitten, mit mir die Straße abzufliegen.« Und damit rannte er hinaus.

Die Turban tragenden Männer unterhielten sich in einer Sprache, die Rosie nicht verstand, doch der hektische Ton machte ihr Angst. Sie konnte nicht wissen, dass zwei von ihnen glaubten, Catherine sei tot, während die beiden anderen sich dessen nicht sicher waren und sie nicht den Fliegen und Ameisen überlassen sollten. Und so lief einer von ihnen nach Silverton, um Hilfe zu holen. Und dann war da ja auch noch die Frage, wie sie dem kleinen Mädchen helfen sollten. Nach weiteren Minuten der Diskussion trat einer der Männer, der glaubte, Catherine seit tot, zur Fahrerseite und riss die Tür auf. Als sie sich nicht regte, nahm er ihren Arm und zog sie kurzerhand aus dem Auto. Sie landete reglos auf der harten Erde, für ihn ein Zeichen, dass er recht hatte. Doch dann stöhnte sie auf, und die anderen beiden Männer waren begeistert.

Als Rosie das Stöhnen hörte, wand sie sich aus dem Griff des einen, und lief auf die andere Seite hinüber. Catherine kam langsam wieder zu sich. Einer der Männer rief etwas, und ein anderer rannte davon. Catherine bat mit schwacher Stimme um Wasser für Rosie.

Der Mann kam kurz darauf mit einem merkwürdigen Gefäß zurück, das er Rosie in die Hände drückte, bevor er ihr aufmunternd zunickte. Sie solle trinken, murmelte Catherine und trank dann ebenfalls von dem Wasser. Dann hoben die Männer sie auf eine Art Trage. Ihr Kopf sank nach hinten, und sie verlor erneut das Bewusstsein.

»Wir sind jetzt die gesamte Strecke abgeflogen«, sagte Robbie. »Weit und breit keine Spur von Catherines Auto.«

»Es kann sich nicht in Luft aufgelöst haben«, fauchte Jim. »Kehr um, wir fliegen die Strecke nochmal.«

»Meinetwegen, aber ich kann mir nicht vorstellen, dass wir an dieser Strecke ein Auto übersehen haben könnten.«

»Wenn wir auch diesmal nichts finden, gehst du in Silverton runter, und ich suche die Stadt zu Fuß ab.«

Eine halbe Stunde später stürmte Jim ins Silverton Hotel.

»Ich habe gerade mit Berta gesprochen«, sagte Jacko sofort und schüttelte bedauernd den Kopf. »Mein Kumpel hat das Auto nirgends entdeckt.«

Jim packte die nackte Angst. »Wo können die beiden bloß sein?«

»Wo bin ich?«, murmelte Catherine, als sie zu sich kam. Sie blinzelte ein paarmal, bis sich ihr Blick fokussierte und sie vier kahle Wände mit einem winzigen Fenster erkennen konnte. Sie lag auf einem Bett mit einem Eisengestell. Rosie klammerte sich an ihren Arm. Dann ging die Tür auf, und ein Mann kam herein, auf dem Kopf einen Turban.

»Sie sind aufgewacht«, stellte er fest.

»Sie sprechen Englisch?«, staunte sie.

»Ja, ich bin als Kind nach Australien gekommen und habe so die Sprache gelernt. Mein Name ist Abdul Shakor. Sie haben eine Schnittwunde am Kopf, die habe ich verbunden. Zum Glück ist sie nur oberflächlich, aber Sie werden ein paar Tage Kopfschmerzen haben. Wie fühlen Sie sich?«

Catherine tastete nach dem Verband an ihrer Stirn. »Abgesehen von den Kopfschmerzen ganz gut. Mein Name ist Catherine Thomas, und das ist Rosie. Was ist denn passiert?«

»Sie sind von der Straße abgekommen und in einem ausgetrockneten Flussbett und schließlich an einem Baum gelandet, als Sie einem entlaufenen Kamel ausweichen wollten, hat man mir erzählt.«

»Stimmt, jetzt erinnere ich mich.« Im Geist sah sie wieder vor sich, wie das Auto über die Böschung flog. »Hast du dir wehgetan, Rosie?«, fragte sie besorgt.

Rosie schüttelte den Kopf, wirkte aber völlig verstört. Catherine fiel ein, dass sie ihren Arm schützend über das Mädchen gelegt hatte, damit es nicht gegen die Windschutzscheibe geschleudert wurde.

»Wo sind wir?«

»In einer Ghan-Siedlung unweit von Silverton.«

»Ich habe gar nicht gewusst, dass es hier eine afghanische Stadt gibt.«

»O doch, seit vielen Jahren schon«, erwiderte Abdul.

»Rosies Vater wird sich große Sorgen machen. Wir sollten wieder zurückfahren.«

Abdul schüttelte den Kopf. »Ihr Auto steckt fest.«

»Auch das noch! Und wie kommen wir dann in die Stadt?«

Abdul zuckte mit den Schultern.

Catherine richtete sich langsam auf, stellte die Füße vorsichtig auf den Boden und stand leicht schwankend auf. »Wir müssen irgendwie nach Silverton kommen. Bob Jackson vom Silverton Hotel kann den Stützpunkt der Fliegenden Ärzte in Broken Hill anfunken und Bescheid geben, wo wir sind.«

»Arbeiten Sie für die Fliegenden Ärzte?«

»Ja, ich bin Krankenschwester. Rosie ist die Tochter des Arztes.«

»Kranke zu pflegen ist ein sehr edler Beruf.«

»Ich helfe gern anderen Menschen.« Catherines Blick wanderte durch die offene Tür, in der Ferne konnte sie Koppeln mit Kamelen erkennen. »Ist der Ausreißer denn wieder eingefangen worden?«

»Ja, Hannibal kann ziemlich anstrengend sein, aber er ist ein guter Zuchthengst.«

»Dann züchten Sie also Kamele?«

»Nicht nur. Wir setzen sie auch für Rennen und als Lasttiere ein, um Waren zu den umliegenden Farmen zu bringen.«

»Und was für Waren sind das?«

»Alle möglichen – Kleidung, Küchenutensilien, Werkzeug, kleine landwirtschaftliche Geräte, in Dürreperioden aber auch Viehfutter und Wasser.«

»Wasser?«

»Ja. Kamele sind sehr stark und können im Gegensatz zu Pferden große Strecken auf sandigem Untergrund zurücklegen. Seit es motorisierte Transportmittel gibt, werden wir leider nicht mehr so oft gebraucht, aber es reicht, um unseren Lebensunterhalt zu verdienen.«

»Jetzt habe ich wieder etwas dazugelernt«, sagte Catherine lächelnd. Sie folgte ihm vor die Hütte und schaute sich um. Im Schatten von Dattelbäumen standen zahlreiche Häuser, alle einfach gebaut. Plötzlich stutzte sie. »Ich sehe keine Frauen und Kinder«, wunderte sie sich.

»Unsere Frauen bleiben in Afghanistan und in anderen Provinzen im Nordwesten Indiens. Wir schicken ihnen Geld. Es gibt bei uns zwar auch Männer, die eine Aborigine geheiratet haben, aber das sind nur wenige.«

Catherine nickte. Dann fragte sie: »Wie weit ist es von hier bis nach Silverton?«

»Nicht allzu weit, aber für eine Weiße und ein Kind ist es in dieser Hitze zu anstrengend. Was halten Sie davon, auf einem Kamel hinzureiten?«

Catherine starrte ihn an. »Ich weiß nicht …« Sie blickte zu den Kamelen – es waren riesige Tiere, und ihr Grunzen und Brüllen war furchteinflößend.

Ein Mann näherte sich und unterhielt sich kurz mit Abdul in einer fremden Sprache. Dann wandte sich Abdul Catherine zu und sagte lächelnd: »Ich habe gute Neuigkeiten.«

Sie sah ihn fragend an. War jemand vom Stützpunkt gekommen?

»Die Kamele werden Ihr Auto herausziehen.«

Sie riss erneut die Augen auf. »Im Ernst?«

Catherine und Rosie standen auf der Straße und schauten zu, wie die Männer Seile am Auto und dann an den Geschirren der Kamele befestigten. »Das tut den Tieren doch nicht weh, oder?«

»Nein, nein, es sind Arbeitstiere, das macht ihnen nichts aus«, antwortete Abdul.

»Aber sie gucken ziemlich böse und knurren«, stellte Catherine fest.

Abdul lachte. »Das machen sie immer, es ist einfach ihre Art.«

»Ich habe gehört, dass Kamele spucken, beißen und treten, stimmt das?«

»Kamele würgen ihr Futter hoch und schleudern es dem entgegen, was sie als Bedrohung ansehen, sei es ein anderes Tier oder ein Mensch. Damit soll der Feind geblendet werden.«

»Das klingt unglaublich!«

»Es stimmt aber. Und ja, ein Kamel kann nach vier Seiten treten, so ein Fußtritt kann einen Menschen sogar töten. Sie beißen auch, aber keine Angst – unsere Kamele sind sehr zahm und wissen sich zu benehmen.«

Catherine runzelte die Stirn. »Wenn Sie das sagen … Ich glaube, ich verzichte im Moment trotzdem lieber auf einen Ritt.«

Abdul lachte wieder.

Ein Auto näherte sich und hielt neben ihnen an. »Sind Sie vielleicht Catherine Thomas?«, rief der Fahrer durchs offene Fenster.

»Ja, die bin ich.«

»Dann ist das sicher Rosie, die Tochter von Dr. Nixon, oder?«

»Ja, woher wissen Sie das?«

»Jacko vom Pub hat mich gebeten, nach Ihnen zu suchen. Ich bin die Straße schon zweimal abgefahren, aber ich habe Sie bisher nicht gesehen.«

»Ich bin von der Straße abgekommen und da unten unter einem Baum gelandet.« Catherine zeigte die Böschung hinunter, wo vier Kamele ihr Auto durch das sandige, mit Geröll übersäte Flussbett zogen.

»Kein Wunder, dass ich Sie nicht gesehen habe! Im Stützpunkt der Fliegenden Ärzte machen sich alle große Sorgen um Sie.«

»Kann ich mir vorstellen.« Catherine hatte ein schlechtes Gewissen.

»Ich werde Jacko Bescheid sagen, dass es Ihnen gut geht.« Der Mann reichte ihr eine Wasserflasche.

»Danke.« Sie reichte die Flasche an Rosie weiter. »Könnten Sie Jacko bitten, den Stützpunkt anzufunken?«

»Mach ich.« Der Mann nickte ihr zu und fuhr weiter.

Als Hugo Jennings wenige Minuten später vor dem Silverton Hotel hielt, auf dessen Veranda Jacko und Robbie warteten, eilte Jim mit großen Schritten heran. Er hatte die ganze Stadt nach Catherine und Rosie abgesucht.

»Miss Thomas und dem kleinen Mädchen geht es gut«, beruhigte Hugo ihn. »Ich habe gerade mit ihnen gesprochen.«

»Wo sind sie?«, fragte Jim, hin- und hergerissen zwischen Erleichterung und Panik.

»Ungefähr eine Meile die Straße runter. Miss Thomas ist von der Straße abgekommen und in einem Flussbett gelandet. Die Afghanen setzen ihre Kamele ein, um das Auto wieder auf die Straße zu ziehen.«

»Mein Gott«, rief Jim bestürzt aus. »Und Rosie ist wirklich nichts passiert?«

»Nein, sie scheint unverletzt.«

»Können Sie mich hinfahren?«

»Na klar, steigen Sie ein.«

»Du wartest hier, Robbie«, rief er dem Piloten zu und sprang in Hugos Auto.

Als sie kurz darauf an der Unfallstelle ankamen, stieß Jim die Wagentür auf, stürzte hinaus, rannte zu Rosie und zog sie in seine Arme. Er hätte fast geweint vor Erleichterung. »Alles in Ordnung, mein Schatz?«, stammelte er und bedeckte ihr Gesicht mit Küssen. »Geht es dir gut?«

»Ja, Daddy«, antwortete sie, die Arme um seinen Hals geschlungen.

»Gott sei Dank! Ich habe mir solche Sorgen gemacht.«

Catherine, die die Szene beobachtete, machte sich bittere Vorwürfe, weil Jim durch ihre Schuld durch die Hölle gegangen war.

»Alles in Ordnung, Catherine?«, fragte er schließlich und deutete auf ihren Kopfverband.

»Ja, es ist nur eine Schnittwunde, und ich habe ein bisschen Kopfweh.« Sie erklärte ihm, was passiert war.

»Ihr hättet sterben können«, sagte Jim fassungslos und drückte seine Tochter noch fester an sich. »Warum hast du Rosie überhaupt mitgenommen?«

»Es tut mir leid«, murmelte Catherine zerknirscht. »Ich wollte ihr mit dem Ausflug eine Freude machen.«

Jim ging nicht darauf ein. »Das Flugzeug wartet in der Stadt«, beschied er lediglich kurz.

»Nimm Rosie mit. Ich komme mit meinem Auto nach.«

Jim zögerte.

Hugo, der auch ausgestiegen war, betrachtete Catherines Wagen, der von den Kamelen die Böschung hinaufgezogen wurde. »Scheint fahrtüchtig zu sein, aber Sie werden eine neue Windschutzscheibe brauchen.«

Catherine nickte. »Geh nur«, drängte sie Jim. »Ich kann selbst fahren.«

»Geht es Rosie gut?«, fragte Berta besorgt, als Jim mit dem Mädchen auf dem Arm das Büro betrat.

»Sie ist unverletzt, aber ich glaube, sie hat einen kleinen Schock.«

Jim berichtete, was Catherine ihm über den Unfall erzählt hatte, und fügte mit zittriger Stimme hinzu: »Die beiden hätten sterben können. Wieso hat Catherine sie überhaupt mitgenommen, ohne das mit mir abzusprechen?«

»Ich glaube, sie wollte mir einen Gefallen tun, weil ich heute so grässliche Kopfschmerzen habe. Jim, niemand hätte vorhersehen können, dass das passiert. Das weißt du selbst. Wo ist Catherine eigentlich?« Berta warf einen Blick über seine Schulter. »Sie ist doch mit euch zurückgekommen, oder? Will sie sich erst im Krankenhaus durchchecken lassen?«

»Nein, sie hat gesagt, es geht ihr gut. Sie fährt mit ihrem Auto zurück.«

Berta starrte ihn an. »Ganz allein? Hältst du das für eine gute Idee?«

Jim war sichtlich verwirrt. »Na ja, es fehlt ihr doch nichts, sie hat bloß eine Schnittwunde am Kopf …«

»Sie hat eine Kopfverletzung, und du lässt sie allein nach Broken Hill zurückfahren?«

Jim sah sie ausdruckslos an.

»Würdest du zulassen, dass sich einer deiner Patienten nach einem Unfall sofort wieder ans Steuer setzt?«

»Äh, nein, aber sie hat darauf bestanden, dass ich mit Rosie hierher zurückfliege.«

»Natürlich hat sie darauf bestanden, weil Catherine immer zuerst an andere denkt!«, entgegnete Berta zornig. »Du hättest das nicht zulassen dürfen! Wenn sie nun am Steuer ohnmächtig wird? Oder eine Panne hat? Nach einem Unfall ist das Auto vielleicht nicht mehr fahrtüchtig.«

»Hätte ich das für möglich gehalten, wäre ich nicht ohne sie zurückgefahren.«

»Du hast dir solche Sorgen um Rosie gemacht, dass du keinen klaren Gedanken fassen konntest! Ich kann das sogar verstehen, aber ich finde es unglaublich, dass du Catherine ganz allein zurückfahren lässt. Wenn ihr etwas passieren sollte …« Berta versagte die Stimme.

»Ich bringe Rosie schnell zu Wilma. Wenn Catherine bis dahin nicht zurück ist, fahre ich ihr entgegen«, versprach Jim.

»So lange können wir nicht warten«, sagte Berta, als er den Raum verließ. »Ich werde Robbie mit dem Flugzeug losschicken.«

Doch bevor es dazu kam, fuhr Catherine auf den Parkplatz vor dem Gebäude. Berta lief hinaus, und sofort fiel ihr Blick auf die verbogene Stoßstange, die Dellen in der Motorhaube und die kaputte Windschutzscheibe.

»Catherine! Alles in Ordnung?« Sie riss die Fahrertür auf und erschrak angesichts des blutigen Kopfverbands.

Catherine stieg aus. »Ja, mir ist nur schwindlig.«

»Jim hätte dich mitnehmen sollen! Dein Auto hätte doch jemand anders zurückfahren können. Im Moment bin ich wirklich stinksauer auf ihn. Wenn dir nun etwas zugestoßen wäre?«

»Ist es aber nicht. Es ist alles in Ord …« Schlagartig wich alles Blut aus ihrem Gesicht. Dann verlor sie das Bewusstsein.

»Catherine! Hilfe!«, schrie Berta panisch.

Robbie, der auf ihren Schrei hin herbeigeeilt war, trug Catherine ins Büro, wo sie wieder zu sich kam. Berta stellte einen Ventilator vor sie hin und brachte ihr ein Glas Wasser.

»Du musst ins Krankenhaus.«

»Nein, Berta, mir fehlt nichts«, protestierte Catherine mit schwacher Stimme.

»Ich fahre dich jetzt ins Krankenhaus, keine Widerrede! Robbie, hilf ihr zu meinem Wagen, ich komme gleich nach.«

Nur wenige Minuten, nachdem Berta mit Catherine weggefahren war, kam Jim zurück. Verwundert rüttelte er an der verschlossenen Bürotür und lief dann zum Hangar. »Was ist passiert?«, fragte er Robbie. »Catherines Auto ist da, aber Bertas nicht, und das Büro ist abgeschlossen.«

»Catherine ist auf dem Parkplatz ohnmächtig geworden, und da hat Berta sie ins Krankenhaus gefahren.«

»Ohnmächtig?«

»Ja, und ihr Kopfverband war blutdurchtränkt.«

Jim raste davon, bevor Robbie auch nur ein weiteres Wort äußern konnte.

Kapitel 21

Die Eingangstür zum Krankenhaus flog auf, als Jim hineinstürmte. Dann stiegen plötzlich Bilder aus der Vergangenheit vor ihm auf, und er hielt abrupt inne. Er sah seine blutüberströmte tote Frau vor sich. Ihr Gesicht veränderte sich, verschwamm, verwandelte sich in das von Catherine. Er bemerkte, dass die Leute ihn anstarrten, und setzte sich wieder in Bewegung, taumelte in einen Warteraum und ließ sich auf einen Stuhl fallen. Was war nur los mit ihm?

Erinnerungen an den Tod seiner Frau und das damit verbundene Trauma vermischten sich irgendwie mit der Angst, Catherine könnte etwas zustoßen. Doch was hatte das zu bedeuten?

»Was passiert mit mir?«, murmelte er vor sich hin und schlug die Hände vors Gesicht, die Ellenbogen auf die Knie gestützt.

Kurz darauf kam Berta am Warteraum vorbei. »Jim! Was machst du denn hier? Du siehst ja furchtbar aus. Ist was mit Rosie?«, fragte sie besorgt, als sie ihn zusammengesunken auf seinem Stuhl sitzen sah.

»Nein, nein, es geht ihr gut. Was ist mit Catherine? Robbie hat gesagt, sie sei ohnmächtig geworden.«

»Sie war dehydriert. Die Ohnmacht war eine verzögerte Schockreaktion, aber zum Glück hat sie keine Gehirnerschütterung. Ich suche Dr. Sloan, um zu fragen, ob ich sie mitnehmen kann. Sie will unbedingt nach Hause. Und ich sollte zurück zum Stützpunkt.«

Jim nickte, dann ließ er erneut den Kopf hängen.

Berta musterte ihn prüfend. »Du siehst aus, als hättest du auch so eine Art verzögerte Schockreaktion.«

»Nein, ich bin nur … müde. Der Tag war anstrengend.«

»Tut mir leid, dass ich dich vorhin so angefahren habe, aber ich war außer mir vor Sorge.«

»Du hattest allen Grund, wütend auf mich zu sein. Ich bin selbst wütend auf mich. Aber irgendwie hatte mich plötzlich die Vergangenheit eingeholt, und ich habe nur an Rosie gedacht.«

»Das kann ich verstehen. Und ich bin froh, dass ihr nichts passiert ist. Ich habe wahrscheinlich überreagiert, ich mag Catherine einfach sehr. Ich habe den Eindruck, du magst sie auch, und das macht dir Angst. Hab ich recht?«

Jim hob den Kopf, er wirkte geradezu entgeistert über diese Schlussfolgerung. Dann stand er abrupt auf. »Fahr zurück, Berta. Ich kümmere mich um Catherine.«

»In Ordnung.« Berta war überzeugt, dass sie richtiglag, Jim aber noch nicht bereit war, sich seine Gefühle einzugestehen.

»Wie geht es dir?«, fragte Jim, der in der Tür zu Catherines Zimmer stehen geblieben war.

Sie wandte sich ihm zu. »Ich ärgere mich, weil ich ein Bett belege, obwohl mir nicht das Geringste fehlt.«

Jim schmunzelte.

»Was ist daran so komisch?«

»Krankenschwestern müssen furchtbare Patienten sein. Genau wie Ärzte.«

»Ich *bin* eine furchtbare Patientin. Wie geht's Rosie?«

»Als ich gegangen bin, hat sie mit Wilma Kekse gebacken, als sei nichts passiert.«

»Wenn ich daran denke, was hätte passieren *können* …« Catherine kamen unwillkürlich die Tränen.

Jim trat an ihr Bett und legte seine Hand auf ihre. »Es geht ihr gut, Catherine, und dir zum Glück auch.«

Sie nickte. »Ich hätte dich erst fragen müssen, ob ich sie mitnehmen darf. Es wird nicht wieder vorkommen, versprochen.«

»Ich würde dir Rosie jederzeit anvertrauen, Catherine, das

weißt du. Es liegt an der Vergangenheit, dass ich so heftig reagiert habe, und das tut mir leid.«

»Ich versteh schon. Du musst dich nicht entschuldigen.«

»Und, willst du hier raus?«

»Du kannst dir nicht vorstellen, wie sehr!«

»Okay, dann zieh dich an. Ich erledige unterdessen den Papierkram.«

»Kann ich noch etwas für dich tun?«, fragte Jim, als Catherine ihre Haustür aufschloss.

»Du könntest auf einen Tee bleiben, wenn du Zeit hast. Im Moment könnte ich ein wenig Gesellschaft vertragen.«

»Ich bleib gern noch ein Weilchen, unter einer Bedingung – den Tee koche *ich*«, sagte Jim und folgte ihr ins Haus.

Als er kurze Zeit später mit einem Tablett ins Wohnzimmer kam, bemerkte er, wie Catherine sich die Tränen abwischte.

»Was hast du denn?« Er stellte das Tablett ab, setzte sich zu ihr und ergriff ihre Hand.

»Ich muss die ganze Zeit an Rosie denken. Wenn sie nun verletzt oder gar getötet worden wäre? Wie hätte ich mit dieser Schuld leben können?«

»Catherine, du hast ihr – euch beiden – wahrscheinlich das Leben gerettet«, sagte Jim ernst.

Sie riss verblüfft die Augen auf. »Ich?«

»Ja. Ein ausgewachsenes Kamel kann eine halbe Tonne oder mehr wiegen. Einen Zusammenstoß hättet ihr beide vielleicht nicht überlebt. Auszuweichen war das einzig Richtige.«

»So habe ich das noch gar nicht gesehen«, murmelte sie nachdenklich.

»Als ich wieder klar denken konnte, ist mir klargeworden, dass ich mich eigentlich bei dir bedanken muss.«

Sie schüttelte den Kopf. »Musst du nicht.«

»Oh doch. Ich stehe tief in deiner Schuld. Und es tut mir

furchtbar leid, wie ich dich an der Unfallstelle behandelt habe. Ich hätte dich nicht allein dort zurücklassen dürfen! Ich dachte, ich hätte meine Gefühle in Bezug auf die Vergangenheit unter Kontrolle, aber das ist ganz offensichtlich nicht der Fall, sie waren plötzlich alle wieder da.«

»Dafür musst du dich nicht entschuldigen, Jim. Jeder Vater, jede Mutter würde durchdrehen, wenn das eigene Kind einen Unfall hatte. Für dich ist das alles noch viel schlimmer. Das verstehe ich. Wirklich. Weißt du was? Lass uns diesen Tag einfach vergessen und nach vorn blicken.«

»Du hast recht«, stimmte er zu. »Ich komme morgen früh vorbei und nehme dich mit zum Stützpunkt. Aber nur, wenn du meinst, dass du schon wieder arbeiten kannst«, fügte er nach einer kleinen Pause hinzu. »Dein Auto muss erst in die Werkstatt und repariert werden, bevor du dich wieder ans Lenkrad setzt und größere Strecken fährst.«

»Mit den paar Beulen kann ich leben.«

»Okay, aber ich bestehe darauf, dass ein Fachmann einen Blick darauf wirft, um sicherzugehen, dass alles in Ordnung ist, nicht zuletzt mit dem Motor. Und die Windschutzscheibe muss ausgetauscht werden. Ich möchte auf keinen Fall, dass du irgendwo im Outback eine Panne hast.«

Seine Sorge rührte sie. Plötzlich kam ihr ein Gedanke. »Hast du gewusst, dass es unweit von Silverton eine Ghan-Siedlung gibt?«

»Nein. Was ist das?«

»Eine Gemeinschaft von Menschen aus Afghanistan und Teilen Indiens. Sie züchten Kamele und transportieren darauf Waren zu entlegenen Farmen und Ortschaften.«

»Kam das entlaufene Kamel von dort?«

»Ja.« Catherine erzählte ihm von ihren Erlebnissen dort. »Abdul Shakor hat uns viel über seine Landsleute erzählt. Und er hat uns gefragt, ob wir nicht auf einem Kamel reiten wollen.« Sie lächelte. »Ich habe höflich abgelehnt.«

»Das kann ich dir nicht verdenken«, meinte Jim kopfschüttelnd. »Mein Fall wäre das auch nicht.«

»Nein? Ich kann mir dich sehr gut auf einem Kamel vorstellen, wie du in wallenden Gewändern durch die Wüste reitest«, neckte sie ihn.

Er grinste. »Tatsächlich?«

»Nein!«, erwiderte sie lachend. »Ich glaube, dir wäre gar nicht wohl dabei. Genauso wenig wie mir.«

»Mir scheint, dir geht es wieder ganz gut«, versetzte Jim schmunzelnd.

»Ja, aber ehrlich gesagt, würde ich mich gern ein wenig hinlegen. Es war ein anstrengender Tag.«

»Gut, dann lasse ich dich jetzt allein. Ich komme morgen früh vorbei. Falls du Kopfschmerzen haben solltest, bleib lieber noch einen Tag zu Hause, okay?«

»Ja, Sir!« Catherine salutierte.

»Alles klar. Ich finde allein raus.«

In dieser Nacht lag Jim viele Stunden lang wach und starrte an die Decke in dem Versuch, sich über seine Gefühle für Catherine klar zu werden. Er hatte sich eingeredet, sie sei nur eine befreundete Kollegin, aber sein Herz war offenbar anderer Meinung. Doch Gefühle machten verletzlich. Er wollte diesen unsäglichen Schmerz, einen geliebten Menschen zu verlieren, kein zweites Mal erleben, und er hatte wirklich und wahrhaftig geglaubt, dass er nie wieder einer Frau begegnen würde, die so wunderbar war wie Maiya. Und jetzt war genau das passiert. Catherine war herzensgut, einfühlsam und humorvoll. Sie konnte gut zuhören, hatte eine untrügliche Menschenkenntnis und eine vertrauensvolle Beziehung zu Rosie. Darüber hinaus war sie auch noch eine bildschöne Frau. Wenn er ehrlich war, hatte er sich vom allerersten Augenblick zu ihr hingezogen gefühlt.

Der Morgen war nicht mehr fern, als Jim sich endlich eingestand, dass er sich in Catherine verliebt hatte. Doch das, so schwor er sich, sollte sie nie erfahren.

»Guten Morgen«, grüßte Jim, als Catherine auf sein Klopfen öffnete. Es fiel ihm schwer, ihr in die Augen zu sehen, und so lenkte er seinen Blick auf die Wunde direkt an ihrem Haaransatz. »Wie geht es dir?«

»Gut. Ich komme mit zur Arbeit«, antwortete sie. »Du siehst müde aus. Schlecht geschlafen?«

Jim nickte. »Es war viel zu warm.«

Sie schloss die Haustür hinter sich ab. »Oder hast du dir Sorgen wegen Rosie gemacht?«

»Nein, ihr geht es gut. Und du, hast du gut geschlafen?«, fragte er auf dem Weg zum Auto.

»Ich hatte Albträume und bin zweimal aufgewacht, aber das ist vermutlich kein Wunder.«

Am Stützpunkt stand Robbie zusammen mit einem Mann mit feuerroten Haaren bei Catherines Auto. Er trug einen Overall, hatte sich über den Motorraum gebeugt und inspizierte dann die Karosserie. Offensichtlich ein Automechaniker.

»Guten Morgen, Catherine«, grüßte Robbie, als sie aus Jims Wagen stieg. »Das ist Kev, ein Kumpel von mir. Er sagt, er kann dein Auto reparieren.«

»Hallo.« Catherine ging zu den beiden, dicht gefolgt von Jim. »So viel kann ja nicht kaputt sein, oder? Immerhin bin ich von Silverton hierher zurückgefahren.«

»Technisch sieht alles auf den ersten Blick einwandfrei aus.« Kev kratzte sich am Kopf, als wäre er sich nicht so sicher. »Das Fahrgestell hat nichts abbekommen, und soweit ich sehe, tropft aus dem Kühler auch kein Wasser. Ich kann Ihnen die Dellen ausbeulen, wenn Sie wollen. Dafür bräuchte ich den Wagen allerdings für eine Woche oder so.«

Jim und Catherine blickten zu Kevs Auto, das hinter ihrem stand und mit seiner fleckig bunten, schlampigen Lackierung nicht gerade gute Werbung für ihn war.

Kev folgte ihrem Blick und lief rot an. »Der ist noch nicht fertig.«

»Ein paar Beulen und Kratzer stören mich ehrlich gesagt nicht, und ich kann auch nicht eine Woche lang ohne Auto auskommen, aber danke für das Angebot.«

»Sobald die Windschutzscheibe ausgetauscht ist, werde ich einen qualifizierten Mechaniker bitten, einen Blick auf den Motor zu werfen«, mischte Jim sich ein. »Catherine ist viel unterwegs zu Patienten, sie braucht ein Auto, das nicht irgendwo liegen bleibt.«

Kev war sichtlich beleidigt. »Der Motor ist meiner Meinung nach in Ordnung, aber das ist natürlich Ihre Entscheidung.«

»Genau.« Jim fasste Catherine am Ellenbogen und führte sie Richtung Büro. »Dem Kerl würde ich nicht mal einen Fahrradschlauch zum Reparieren anvertrauen«, raunte er Catherine zu, die grinsen musste.

»Guten Morgen, ihr zwei«, sagte Berta mit finsterer Miene.

Jim legte die Stirn in Falten. »Was ist los?«

»Ich habe gerade mit Cyril Erskine aus Minnipa gesprochen. Am Wochenende ist ein junger Aborigine tot aufgefunden worden. Cyril weiß, dass vor der Beerdigung der Gerichtsmediziner einen Blick auf den Körper werfen muss, aber der hat in Wilcannia und White Cliffs zu tun und wird frühestens morgen zurück sein. Also musste der arme Cyril seinen Kühlschrank im Laden ausräumen, damit der Leichnam darin aufbewahrt werden kann.«

»Wie bitte?« Catherine glaubte sich verhört zu haben. »Im Kühlschrank … wo Lebensmittel lagern?«

»Im Busch und bei dieser Hitze muss man bei der Lösung von Problemen erfinderisch sein«, erklärte Berta achselzuckend. »Cyril sagt, die Aborigines sind sehr aufgebracht, sie fordern die Herausgabe des Leichnams, um den Jungen bestatten zu können, und

Cyril braucht natürlich den Kühlschrank für seine Waren. Er ist sicher, dass es zu Ausschreitungen kommt, wenn nicht sofort etwas geschieht.«

»Ich kann mir den Leichnam natürlich mal ansehen, aber eine Autopsie kann ich in Minnipa nicht vornehmen«, sagte Jim nachdenklich. »Sollte die Todesursache eindeutig sein, kann ich einen Totenschein ausstellen, damit Cyril der Familie den Leichnam übergeben kann.«

»Cyril sagt, äußerlich hat der Junge keine tödlichen Verletzungen. Ich werde ihm Bescheid sagen, dass ihr in ungefähr einer Stunde dort seid«, meinte Berta. »Er wird froh sein, wenn er seinen Kühlschrank wieder nutzen kann. Viele Lebensmittel sind wohl schon verdorben, aber ich glaube, am meisten schmerzt ihn, dass er kein kaltes Bier hat!«

»Wir werden ihm eine Kühlbox mit ein paar Sachen mitbringen. Das sollte seine Laune verbessern.«

Berta lächelte. »So langsam verstehst du, wie die Dinge im Outback gehandhabt werden, Jim.«

»Danke, dass du deinen Bekannten gebeten hast, einen Blick auf mein Auto zu werfen, Robbie«, sagte Catherine, als sie ins Flugzeug stiegen. »Die paar Beulen machen mir wie gesagt nichts aus, aber ich will bei der Hitze nicht mit dem Auto irgendwo liegen bleiben.«

»Wenn Kev sagt, der Motor ist in Ordnung, dann glaube ich ihm das«, hielt Robbie dagegen.

»Ich nicht«, versetzte Jim. »Der Typ ist kein gelernter Mechaniker, oder?«

»Er repariert seit Jahren alle möglichen Autos, er weiß, was er tut«, beharrte Robbie.

»Aber er hat keine Werkstatt, stimmt's?«

»Nein, er ist Busfahrer. Autos repariert er in seiner Freizeit.«

Jim verkniff sich jeden weiteren Kommentar.

Als Jim, Robbie und Catherine in Minnipa ankamen, fanden sie Cyrils Laden von wütenden Aborigines umlagert, die gegen die verschlossene Tür hämmerten und versuchten, sie aufzubrechen. Jim bemerkte Cyril, der zwischen den Aufklebern an den schmutzigen Fensterscheiben ängstlich hinausspähte.

»Zurück!«, befahl Jim und wollte sich einen Weg zur Tür bahnen. »Lasst mich durch!«

Da wandten sich die Aborigines gegen ihn und beschimpften ihn in ihrer Sprache. Jim zögerte, die Situation war gefährlich. Plötzlich fiel sein Blick auf Buddy.

»Was ist los, Buddy? Warum sind die Leute so aufgebracht?«

»Der Leichnam, Boss. Die Familie will ihn.«

»Das verstehe ich. Sagen Sie ihnen, ich bin hier, um herauszufinden, woran der Junge gestorben ist. Danach können sie ihn bestatten.«

Buddy erklärte den Aborigines, was Jim gesagt hatte, doch sie hörten nicht auf ihn, sondern schlugen weiter auf die Ladentür ein. Als plötzlich ein Mann mit einer brennenden Fackel auftauchte, wich Catherine entsetzt zurück.

»Oh mein Gott, sie wollen den Laden niederbrennen! Cyril ist doch da drin! Wir müssen etwas tun, Jim!«

Plötzlich flog die Tür auf, und dann stand Cyril da, mit einer Flinte in der Hand. »Zurück! Verschwindet!«, schrie er mit dem Mut der Verzweiflung. Wäre die Situation nicht so ernst gewesen, hätte man über den Anblick, den seine hagere, halb nackte Gestalt bot, lachen können.

»Legen Sie die Waffe weg, Cyril«, forderte Jim ihn auf und stellte sich vor Catherine. »Das bringt doch nichts.«

»Das werden wir ja sehen! Ich werde nicht zulassen, dass die mir meinen Laden abfackeln. Verschwindet! Oder ich schieße!«

Die Menge beruhigte sich. Widerwillig wichen die Aborigines zurück, bei einigen blitzten die Augen noch vor Wut.

»Kommen Sie rein, Doc. Ich werde dieses Pack in der Zwischenzeit in Schach halten.« Drohend richtete Cyril seine Flinte auf die Aborigines.

Jim sah zu Catherine, die vor Angst wie versteinert war. »Komm.« Er fasste sie am Ellenbogen und schob sie in den Laden, während Cyril an der Tür Wache hielt. Robbie blieb bei ihm. Ein wütender Mob war ihm lieber als der Anblick einer Leiche.

Catherine und Jim gingen nach hinten, wo Cyril die Leiche auf seinen Esstisch gelegt hatte. Er hatte den Tisch nicht einmal mit einer Plane oder einem Tuch abgedeckt.

»Ich hätte nicht gedacht, dass ich so etwas einmal erleben würde«, meinte Jim und klappte seine Arzttasche auf.

»Ich auch nicht.« Catherine schauderte. An Cyrils Stelle würde sie nie wieder an diesem Ort essen.

»Ich kann verstehen, wenn du mir nicht assistieren willst«, sagte Jim, der sie mit einem kurzen Blick gestreift und ihren Gesichtsausdruck bemerkt hatte. »Robbie soll dich zum Flugzeug bringen.«

»Nein, ich bleibe hier und helfe dir.« Sie würde sich Sorgen um ihn machen, wenn sie ihn jetzt allein ließ.

»Okay, danke.« Der Körper des Jungen fühlte sich kühl an, Cyril musste ihn gerade erst aus dem Kühlschrank geholt haben. »Er hat Verletzungen im Gesicht, die von einer Prügelei stammen könnten.«

Catherine betrachtete die Leiche. »Er war noch so jung«, murmelte sie. Wie tragisch, dass jemand in diesem Alter sterben musste! »Und er sieht aus, als sei er gesund gewesen.«

Jim nickte. »Er starb vermutlich nicht eines natürlichen Todes. Sieh dir die Verletzungen im Gesicht und an den Händen an.« Er tastete den Körper ab. »Keine Frakturen.« Die Fingerknöchel waren zerschrammt. »Er hat ein Hämatom am Hinterkopf.« Als er den Kopf des Jungen zur Seite drehte und ihn genau untersuchte, entdeckte er Holzsplitter in den Haaren. »Er muss mit einem schweren Stück Holz niedergeschlagen worden sein. Und sein Genick ist gebrochen«, fügte er hinzu, als er den Nacken abtastete.

»War das die Todesursache?«

»Die Schädelverletzung könnte ihn ebenso getötet haben wie das gebrochene Genick. Beides zusammen war definitiv tödlich.«

Jim ging nach vorn zum Eingang. »Wissen Sie, wo die Leiche gefunden wurde?«, fragte er Cyril.

»Am Ortsrand, soviel ich weiß«, antwortete Cyril, ohne den Mob aus den Augen zu lassen. »Ist doch so, Buddy, oder?«

Buddy nickte und zeigte nach Norden.

»Haben Sie rausgefunden, woran er gestorben ist?«, wollte Cyril wissen.

»Er wurde offensichtlich mit einem Holzprügel niedergeschlagen, und sein Genick ist gebrochen, was von dem Sturz nach dem Schlag herrühren könnte. Beides hat zum Tod geführt.«

Ein Mann mittleren Alters bedrängte Buddy und redete aufgeregt auf ihn ein. Jim vermutete, dass es sich um den Vater des Jungen handelte.

Als Buddy übersetzte, was Jim gesagt hatte, erhob sich zorniges Geschrei. Dann zerstreute sich die Menge. Nur Buddy und seine Frau blieben. Robbie machte sich auf den Weg zum Flugzeug.

»Haben Sie eine Ahnung, was passiert ist?«, wandte sich Jim an Buddy.

»Vielleicht 'ne Prügelei. Junge Männer kämpfen oft um 'ne Frau«, antwortete Buddy.

Jim nickte. »Mit Sicherheit sogar. Da er keines natürlichen Todes gestorben ist, muss ich den Constable in Broken Hill informieren.« Er ging hinein, Cyril nahm seine Flinte herunter und folgte ihm.

Jim stellte die Funkverbindung her, und Constable Charmers versicherte ihm, er könne den Totenschein ausstellen und der Familie die Leiche übergeben. Und fügte hinzu, dass, auch wenn Ermittlungen wegen Totschlags eingeleitet würden, die Aborigines das Recht selbst in die Hand nehmen würden.

In diesem Moment platzte Robbie herein. »Da draußen ist eine

Mordsschlägerei im Gange! Und sie haben das Flugzeug umzingelt!«, rief er aufgebracht.

»Verdammt!«, fluchte Cyril. »Ich könnte jetzt wirklich ein eiskaltes Bier vertragen, aber ausgerechnet jetzt ist keins da!«

»Wir haben dir ein paar Flaschen mitgebracht, in einer großen Kühlbox«, sagte Robbie. »Aber die steht im Flugzeug.«

Cyril riss die Augen auf. Dann schnappte er sich eine Schachtel Munition und stapfte Richtung Tür. »Mein Bier kriegen die nicht!«, knurrte er.

»Was ist denn da los bei Ihnen?«, fragte Constable Charmers, der Wortfetzen aufgeschnappt hatte.

»Mein Pilot berichtet, dass eine große Schlägerei im Gange ist. Wollen Sie nicht ein paar Beamte herschicken, um Schlimmeres zu verhindern?«

»Vorfälle wie diesen können wir nicht verhindern, Dr. Nixon. Wir werden wie gesagt die Ermittlungen aufnehmen, aber im Moment kann ich Ihnen nur raten, die Stadt schnellstens zu verlassen.«

Männer aller Altersgruppen lieferten sich unweit des Flugzeugs eine Schlägerei und wirbelten dabei so viel Staub auf, dass es kaum mehr zu sehen war. Sie bewarfen sich auch mit Steinen und schlugen mit Stöcken aufeinander ein, und Robbie hatte Angst um seine Maschine. Noch mehr Angst hatte Cyril um das kalte Bier, das in der Kühlbox auf ihn wartete. Er lud seine Flinte durch und feuerte einen Schuss in die Luft ab. Schlagartig kehrte Ruhe ein, der Staub senkte sich. Die Aborigines drehten sich zu Cyril um und starrten ihn finster an.

»Die Polizei ist unterwegs«, rief er und richtete den Gewehrlauf auf sie. »Also hört auf mit dem Unsinn, wenn ihr nicht alle im Knast landen wollt!«

»Gib mir meinen Jungen!«, schrie ein Mann mit blutigem Gesicht.

»Der Doc hat den Totenschein ausgestellt, du kannst den Jungen mitnehmen«, erwiderte Cyril.

Der Mann wandte sich an die anderen, durchbohrte sie mit grimmigem Blick und knurrte: »Wir sind noch nicht fertig.« Dann marschierte er los, gefolgt von drei jungen Männern.

»Ist die Polizei wirklich unterwegs?«, raunte Robbie Cyril zu.

»Wer kann das schon so genau wissen«, antwortete Cyril und zuckte lässig mit den Schultern. »Und jetzt hilf mir, die Kühlbox in den Laden zu tragen.«

»Und das Flugzeug?«

»Dem passiert schon nichts. Das dort drüben ist der Knast.« Cyril zeigte auf einen Schuppen von der Größe eines Outback-Aborts mit einem winzigen eingezäunten Hof. Und Robbie verstand, warum die Drohung Wirkung gezeigt hatte: Kein Aborigine wollte dort eingesperrt sein.

Kapitel 22

»War ein ziemlich langer Tag.« Catherine schlenderte mit Robbie zum Parkplatz am Stützpunkt. Jim war zum Krankenhaus gefahren, um nach einem Patienten zu sehen, der entlassen werden sollte, und Berta war ein bisschen früher gegangen, weil sie noch einkaufen wollte.

Robbie nickte. »Das kannst du laut sagen. Hast du noch Lust auf ein Bier?«

Catherine zögerte, wenn auch nur kurz. Als sie am Wochenende mit ihm essen gegangen war, hatte er sich in puncto Alkohol sehr zurückgehalten. »Also gut.« Ein kaltes Bier war bei der Hitze genau das Richtige.

»Wie geht es deiner Schwester?«, fragte sie, als sie im Biergarten des Tydvil Hotel saßen.

»Ein bisschen besser, glaube ich. Ich habe zufällig gehört, wie sie mit ihrem Mann darüber gesprochen hat, eventuell ein Kind zu adoptieren.«

»Das ist doch wunderbar! Es gibt Frauen, die ein Baby adoptiert haben, weil sie nicht schwanger wurden, und dann prompt schwanger geworden sind. Einer Nachbarin von mir in England ist das so gegangen. Nachdem sie zehn Jahre lang vergeblich versucht hatte, schwanger zu werden, hat sie einen wunderbaren, nur wenige Wochen alten Jungen adoptiert. Und keine zwei Monate später erwartete sie ein Kind! Unmittelbar nach dem ersten Geburtstag ihres Adoptivsohns bekam sie ein Mädchen.«

»Das wäre für Sybil ein doppelter Grund zur Freude.« Robbie stand auf, um ihnen noch etwas zu trinken zu holen. Das erste Glas Bier hatten sie beide schnell geleert.

»Apropos Freude – ich habe ganz vergessen zu fragen, wie deine Verabredung mit Sharon Michaels gelaufen ist«, sagte Catherine, als er an den Tisch zurückkehrte.

Robbie verdrehte die Augen.

»So schlimm?«

»Nein, es war ganz okay. Ich wünschte nur, sie würde ihre Absichten nicht ganz so deutlich zu erkennen geben.«

»Wie meinst du das?«

»Na ja, sie will unbedingt heiraten und eine Familie gründen. Sie hat sogar schon ihr Brautkleid ausgesucht und wahrscheinlich auch den Anzug für den Bräutigam. Ich habe immer das Gefühl, sie würde heimlich bei mir Maß nehmen.« Er verzog in gespielter Verzweiflung das Gesicht.

Catherine musste lachen.

»Themenwechsel. Ist dir aufgefallen, wie fürsorglich Jim dir gegenüber geworden ist?« Robbie sah sie prüfend an.

»Das stimmt«, antwortete sie. »Ich finde das schön. Ich bin ein echter Glückspilz, dass ich gleich zwei Kollegen habe, die sich um mich sorgen«, fügte sie lächelnd hinzu.

»Jim liebt dich.«

Sie starrte ihn an. »Nein, bestimmt nicht, da irrst du dich.«

»Ich erkenne doch einen verliebten Mann, wenn ich einen sehe. Und ich sehe Jim. Er hat es sich wahrscheinlich noch nicht eingestanden, aber hat definitiv starke Gefühle für dich.«

Catherine schüttelte den Kopf. »Er ist noch gar nicht bereit für eine Beziehung. Bei ihm steht Rosie an erster Stelle, und das ist auch gut so. Außerdem hat er mir nie in irgendeiner Weise zu verstehen gegeben, dass er etwas für mich empfindet.«

»Er hat mir Sonntagmorgen gesagt, ich soll dich in Ruhe lassen«, verriet er.

Sie starrte ihn eine Sekunde lang sprachlos an. »Mich in Ruhe lassen? Inwiefern denn?«

»Er muss uns Samstagabend im Palace Hotel gesehen haben,

und am Freitagabend hat er mich offenbar gesehen, als ich mit einer anderen unterwegs war. Sonntagmorgen kam er zu mir und hat mich zur Rede gestellt. Ich solle aufhören, Spielchen mit dir zu spielen, hat er gewarnt.«

»Ich glaub's ja nicht«, murmelte Catherine. Robbie war Samstagnachmittag bei ihr vorbeigekommen und hatte sie gefragt, ob sie nicht Lust habe, mit ihm zu Abend zu essen, die Fish and Chips im Palace Hotel seien wirklich lecker. Sie hatte sich überreden lassen, ihr war bei der Hitze nicht nach Kochen zumute gewesen.

»Er befürchtet, du könntest dich in mich verlieben und ich würde dich enttäuschen.«

Catherine lachte laut heraus.

»Was ist so komisch daran?« Robbie wirkte beleidigt. »Ich hab schon etlichen Frauen das Herz gebrochen«, prahlte er.

»Das bezweifle ich nicht«, versicherte Catherine. »Aber wir sind Kollegen, mehr nicht. Wir necken uns und flirten ein bisschen, das ist alles.« Dass er sie an Preston erinnerte, behielt sie wohlweislich für sich. Sie wollte ihm keine falschen Hoffnungen machen.

»Nur Kollegen? Wir sind schon ein bisschen mehr, finde ich.« Seine Augen funkelten schon wieder.

»Du versprühst deinen verführerischen Charme bei jeder Frau, so bist du nun einmal«, sagte sie lächelnd.

»Stimmt«, gestand er. Nach einer Pause fuhr er fort: »Ich habe Jim gesagt, dass du keinen Mann zum Heiraten suchst, und du weißt, dass ich nicht nach einer Frau fürs Leben Ausschau halte. Aber gegen ein bisschen Spaß ist doch nichts einzuwenden, oder?« Er sah sie erwartungsvoll an.

»Ich glaube nicht.« Sie hatte noch nichts gegessen, der Alkohol war ihr in den Kopf gestiegen und ließ ihre Hemmungen sinken.

»Sehr schön.« Robbie rückte näher.

»He!« Catherine stieß ihn lachend zurück.

Er grinste gutmütig. »Ich hol dir noch was zu trinken.«

»Aber nur noch ein Glas, dann geh ich nach Hause!«

»Oha, ich hab ganz schön Schlagseite«, verkündete Catherine, als Robbie sie zur Haustür begleitete. Nach vier Bier hatte sie ihr Auto vorsichtshalber auf dem Parkplatz des Stützpunkts stehen lassen. Der Schlüsselbund fiel ihr aus der Hand, bevor sie den Schlüssel ins Schloss stecken konnte. »Hoppla!«, kicherte sie.

Robbie bückte sich danach. »Erlauben Sie, Mademoiselle.« Er schloss auf. »Rein mit dir.«

Sie wankte ins Wohnzimmer und ließ sich aufs Sofa fallen.

Robbie folgte ihr und setzte sich ihr gegenüber. »Kann ich noch etwas für dich tun, bevor ich gehe? Soll ich dir Tee aufbrühen?«

Catherine griff nach seiner Hand. »Du bist so lieb zu mir …«

»Und du bist beschwipst.« Er drückte seine Lippen auf ihren Handrücken.

»Sie sind ein Charmeur, Mr Richmond«, konterte sie und entzog ihm behutsam ihre Hand.

»Ich glaube, du hast es insgeheim ganz gern, wenn ich mit dir flirte.«

»So, meinst du?«

Ein lautes Klopfen an der Haustür ließ Robbie erschrocken zusammenfahren. Auch Catherine war für einen Moment überrascht, dann ging auch schon die Tür auf.

»Catherine?« Es war Jim.

»Hier drin!«, rief sie.

Eine Sekunde später stand er im Türrahmen, und Robbie sprang auf. Die beiden Männer starrten sich mit finsteren Blicken an.

»Ist was passiert?«, fragte Catherine.

Jim sah sie an. »Hast du was getrunken?«

»Nur zwei Bier. Vielleicht auch vier«, antwortete sie giggelnd.

»Hab ich dir nicht gesagt, du sollst die Finger von ihr lassen?« Jim starrte Robbie böse an. »Stattdessen machst du sie betrunken«, knurrte er.

»He, Augenblick mal! Ich bin nicht betrunken«, protestierte sie.

»Du hast mir gar nichts zu sagen«, stieß Robbie hervor.

»So, das reicht jetzt, meine Herren.« Catherine stemmte sich vom Sofa hoch. »Ich muss mich hinlegen, ihr findet ja alleine raus.« Sie wankte Richtung Schlafzimmer.

Robbie folgte Jim nach draußen. Auf der Veranda maßen sie sich feindselig mit Blicken.

»Was willst du hier, Jim?«

»Das weißt du ganz genau. Ich sorge mich um Catherine.«

»Warum sagst du ihr nicht einfach, was du für sie empfindest?«, gab Robbie zurück und ließ ihn einfach stehen.

»Du meine Güte, Walt, das sieht schlimm aus«, stellte Jim fest, als er das blutgetränkte Handtuch vom Oberarm des Farmers wickelte. »Wie ist das denn passiert?«

Walt saß schweißgebadet auf der hinteren Veranda, der Boden rings um seinen Stuhl war gesprenkelt von Blut. In seinem Bizeps klaffte eine fünfzehn Zentimeter lange Wunde. Die Sehne war nur knapp verfehlt worden.

»Ein Schafbock hat mich in einen Drahtzaun gerammt«, antwortete Walt und blickte kurz zu Juliet, die mit dem Baby im Arm neben ihm stand.

»Dann hat dir aber ein Farmarbeiter geholfen, oder? Sonst wärst du höchstwahrscheinlich verblutet.«

»Er war allein da draußen«, sagte Juliet, was ihr einen finsteren Blick ihres Mannes eintrug. »Unser Farmarbeiter, der viele Jahre für uns gearbeitet hat, hat vor ein paar Wochen gekündigt, seine Gesundheit ist nicht mehr die allerbeste. Walt hat die Schafe ganz allein in eine Koppel getrieben, weil morgen oder übermorgen die Schafscherer kommen.«

»Dann musst du es aber wirklich schnell zurück zum Haus geschafft haben, Walt«, sagte Jim verwundert.

Der Farmer ließ den Kopf hängen. Juliet reichte Jannali das Baby und bat sie, es ins Bettchen zu legen.

»Holst du mir bitte warmes Wasser, Catherine?«, bat Jim, als er seine Arzttasche aufklappte.

»Ja, sofort.« Sie folgte Juliet über die Veranda in Richtung Küche. »Danni sieht wirklich gut aus«, bemerkte sie. Juliet hatte den anderen Frauen bei ihren Sonntagsrunden berichtet, dass ihre Tochter sich prächtig entwickelte, und Juliet war froh, das jetzt mit eigenen Augen zu sehen.

»Ja, ihr geht es sehr gut«, antwortete Juliet, als sie das Haus durch die Hintertür betraten.

»Wie weit warst du denn vom Haus entfernt?«, wollte Jim wissen, während er Nahtmaterial und Desinfektionsmittel bereitlegte.

»Ungefähr eine Meile«, brummte Walt griesgrämig.

»Mich wundert, dass du überhaupt in den Sattel steigen konntest. Die Wunde muss mit ein paar Stichen genäht werden.«

Walt nickte nur. Dass er Hilfe von unerwarteter Seite bekommen hatte, erwähnte er nicht.

»Wie geht es Jannali?«, fragte Jim, um ihn abzulenken.

»Sie ist tüchtig und fleißig, aber sie lockt die jungen Aborigines hierher.« In diesem Augenblick kamen Juliet und Catherine zurück. »Die Burschen treiben sich die ganze Zeit hier herum, vor allem einer.«

»Ja, und das war dein Glück«, betonte Juliet.

Walt presste die Lippen aufeinander.

Jim ließ seinen Blick von Walt zu Juliet und wieder zurück wandern.

»Und wieso?« Catherine stellte die Schüssel mit Wasser ab.

»Weil einer von ihnen Walt zu Hilfe gekommen ist. Sonst wäre er möglicherweise verblutet«, sagte Juliet mit Nachdruck.

»Oh! Das war nett von ihm«, sagte Catherine.

»Ja, das war es allerdings, wenn man bedenkt, wie oft Walt ihn schon davongejagt hat.« Juliet funkelte ihren Mann grimmig an.

Der junge Aborigine war sofort herbeigeeilt, als er Walts Schreie gehört hatte, nachdem der Draht den Oberarm durchbohrt und eine Arterie verletzt hatte.

»Er hat Walt in den Sattel geholfen und das Pferd dann am Zügel hierhergeführt.«

»Ich habe ihn nicht darum gebeten«, blaffte Walt.

»Trotzdem war es nett von ihm. Er hat Walt geholfen abzusteigen und dann nach mir gerufen. Aber er war weg, bevor ich mich bei ihm bedanken konnte.«

»Der wird bald wieder hier herumlungern, verlass dich drauf«, knurrte Walt.

»Vielleicht sucht er Arbeit«, meinte Catherine.

»Das bezweifle ich«, fauchte Walt und verzog im gleichen Moment das Gesicht, als Jim die Wunde zu nähen begann.

Catherine und Juliet wechselten einen Blick, sagten aber nichts und gingen ins Haus. Als Jannali aus dem Kinderzimmer trat, sprach Catherine sie an.

»Wie geht es dir?«

»Gut, Missus«, antwortete das Mädchen leise. »Haben Sie meine Familie gefunden?« Hoffnung spiegelte sich auf ihrem Gesicht und in ihrer Stimme wider.

»Noch nicht, aber ich kenne jemanden, der sich umhört. Sobald Berta etwas herausgefunden hat, gebe ich dir Bescheid.«

»Danke, Missus. Ich muss die ganze Zeit an meine Leute denken.«

»Ich weiß, Jannali.« Catherine empfand tiefes Mitleid mit dem Mädchen.

Nachdem Walts Wunde genäht war, legte Catherine ihm einen Verband an. Dann servierte Juliet Tee.

»Berta hat mir übrigens erzählt, dass sie mit dir gesprochen hat wegen Aunty Mary, Walt. Was hältst du davon, dass Jannali hin und wieder Zeit mit ihr verbringt?« Berta hatte ihr berichtet, Walt sei nicht sehr begeistert gewesen von dem Vorschlag.

Juliet sah ihren Mann gespannt an. Der trank bedächtig seinen Tee und schwieg eine ganze Weile. Schließlich sagte er: »Die Frau kann herkommen. Du verstehst sicher, dass ich mich für Jannali verantwortlich fühle. Sie ist noch so jung. Ich will nicht, dass sie von jungen Burschen ausgenutzt wird und in Schwierigkeiten gerät.«

Juliet entspannte sich. Sie betrachtete ihren Mann liebevoll. Manchmal dachte sie, hatte er ein Herz aus Stein, doch dann tat oder sagte er etwas, was ihr das Gegenteil bewies. So wie jetzt gerade.

»Das verstehe ich. Aunty Mary könnte ihr viele Dinge über ihre Kultur beibringen, damit sie sich ihrem Volk nicht so entfremdet fühlt. Sie würde bestimmt gut auf Jannali aufpassen.«

Walt nickte.

An diesem Nachmittag fegte ein Sturm über New South Wales und brachte Abkühlung.

»Ich hab Rosie versprochen, dass ich heute nach der Arbeit mit ihr in den Park gehe«, sagte Jim, als er am Ende des Tages mit Catherine zum Parkplatz schlenderte. »Wilma besucht ihre Schwester. Hättest du Lust mitzukommen?«

»Sehr gern. Dann kann ich mal wieder ein bisschen Zeit mit Rosie verbringen.« Nach Robbies Aussagen hatte Catherine nach Hinweisen auf Jims Gefühle für sie gesucht, aber bisher nichts entdeckt, was auf tiefere Zuneigung schließen ließ.

»Prima. Wir holen dich ab.«

»Ich freue mich auf euch.«

»Catherine!«, rief Rosie aufgeregt, als sie, gefolgt von Jim, auf das Haus zu rannte.

Catherine hatte auf der Veranda gewartet und winkte jetzt eifrig. Dann ging sie die Stufen hinunter und ihnen entgegen.

Im Park traf Rosie zwei Schwestern, die sie fragten, ob sie mitspielen wollte. Jim und Catherine setzten sich auf eine Bank und sahen den Kindern zu. Die Mutter der beiden Mädchen fütterte auf einer anderen Bank den Säugling in dem Kinderwagen daneben mit der Flasche, während sie ihre kleinen Töchter im Auge behielt.

»Die Luft ist wunderbar klar nach dem Regen, findest du nicht auch?« Catherine atmete tief durch. Der Staub war abgewaschen, und die Bäume und das Gras leuchteten in frischem Grün.

»Ja«, murmelte Jim zerstreut.

Stille breitete sich zwischen ihnen aus, zog sich in die Länge. Jim schien etwas auf dem Herzen zu haben, und zu guter Letzt sagte Catherine: »Ich will, dass du weißt, dass du dir wegen Robbie keine Sorgen machen musst. Da ist nichts zwischen uns. Ich bin nicht an ihm interessiert.« Sie hätte gern gesagt, dass sie an *niemandem* interessiert war, brachte es aber nicht über die Lippen.

Jim sah sie an. »Ich will nicht, dass er dich verletzt. Ich hab dich nämlich gern.«

»Ich weiß. Und ich weiß das zu schätzen«, sagte sie leise.

Er runzelte die Stirn, wandte dann aber den Blick ab.

Catherine beschloss, das Thema anzusprechen. »Robbie denkt, du bist in mich verliebt«, erklärte sie sanft. »Ich habe ihm gesagt, dass er sich irrt.«

Jim räusperte sich »Ich habe versucht, mein Herz zu schützen, weil es so wehtun kann, jemanden zu lieben, vor allem, wenn man diesen Menschen verliert. Ich habe gedacht, dass mir das ganz gut gelingt, bis …« Er ließ den Kopf hängen.

»Bis was, Jim?«

»Bis zu dem Moment, wo ich dachte, dir wäre etwas zugestoßen. Da ist mir klargeworden, dass ich eine tiefe Zuneigung zu dir entwickelt habe. Anfangs bin ich vor meinen Gefühlen davongelaufen, deshalb habe ich dich auch an der Unfallstelle zurückgelassen. Aber dann musste ich mir die Wahrheit eingestehen – ich habe mich in dich verliebt.«

Catherines Herz hämmerte so heftig, dass sie fürchtete, es werde ihr gleich aus der Brust springen. »Jim, ich kann keine Beziehung eingehen, mit niemandem.«

»Ich weiß, entschuldige bitte. Ich hätte das nicht sagen sollen. Ich hoffe, unsere Zusammenarbeit wird nicht darunter leiden.«

»Du verstehst nicht. Ich fühle mich zu dir hingezogen, vom ersten Moment an, aber …«

»Du bist mir keine Erklärung schuldig, Catherine. Du willst kein zweites Mal verletzt werden. Niemand versteht das besser als ich.«

»Das stimmt, aber es gibt noch einen anderen Grund …«

»Vergiss, was ich gesagt habe. Ich werde nicht wieder davon anfangen, versprochen.«

Rosie kam nun zu ihnen gerannt, und dann setzte sich auch die Mutter der beiden kleinen Mädchen für eine Weile zu ihnen, bevor sie sich schließlich auf den Heimweg machten. Die Stimmung war gedrückt, und Catherine kam nicht mehr dazu, ihm ihre Gründe zu erklären.

»Schlaf gut«, sagte sie zu Rosie und gab ihr einen Kuss auf die Wange. Dann sah sie Jim an, und ihr Herz setzte für einen Schlag aus. Und in diesem Augenblick ging ihr auf, dass auch sie sich in ihn verliebt hatte – und das war ein Problem. »Danke, dass ich euch in den Park begleiten durfte. Wir sehen uns morgen früh.«

Ihre Blicke trafen sich, und Catherine hielt unwillkürlich den Atem an.

»Ja, bis morgen früh«, sagte Jim.

Catherine schaute ihm und seiner Tochter nach, wie sie plaudernd Hand in Hand nach Hause schlenderten. Es war ein wunderschönes Bild. Catherines Augen füllten sich mit Tränen, die ihr über das Gesicht liefen, als sie eine tiefe Sehnsucht nach der Familie überkam, die sie nie haben würde.

Kapitel 23

»Guten Morgen, Berta«, rief Catherine am nächsten Morgen. Sie war seit Stunden wach. Ihr ging die Unterhaltung mit Jim nicht aus dem Kopf, und ihre Gefühle waren in Aufruhr.

»Guten Morgen, Catherine.« Berta musterte sie prüfend. »Alles in Ordnung?«

»Gut, dass die Männer noch nicht da sind. Ich muss mit dir reden, Berta.«

»Gerne. Komm, lass uns einen Tee trinken, ich hab gerade welchen aufgebrüht.« Sie schenkte ein und setzte sich Catherine gegenüber an den Schreibtisch. »Also, was gibt's?«

»Ich möchte an einen anderen Stützpunkt versetzt werden«, brach es aus Catherine hervor.

Berta starrte sie überrascht an. »Erzähl mir bloß nicht, dass Robbie zu aufdringlich geworden ist!«

»Was? Nein, nein, Robbie ist harmlos, und er weiß, woran er mit mir ist.«

»Aber was ist es dann? Ich dachte, du bist glücklich hier.«

»Bin ich ja auch. Die Arbeit macht mir viel Spaß, aber ...«

»Aber was?«

Catherine druckste herum. »Es ist wegen Jim.«

»Wegen Jim? Wie meinst du das?«

»Er ... hat sich in mich verliebt.«

Berta riss die Augen auf. »Hat er dir das gesagt?«

»Ja. Er hat mir gestanden, dass er viel für mich empfindet, und sein Geständnis hat mich regelrecht umgehauen.«

»Aber wo ist dann das Problem? Empfindest du denn nicht das Gleiche für ihn?«

»Doch! Das ist es ja. Ich habe dieselben Gefühle für ihn!« Catherine konnte kaum glauben, dass sie die Worte offen aussprach, wo sie sich doch gerade erst selbst eingestanden hatte, dass sie sich in ihn verliebt hatte.

»Also jetzt verstehe ich überhaupt nichts mehr.« Berta schüttelte den Kopf. »Jim ist ein wunderbarer Mann und Vater, und obendrein sehr attraktiv. Seine Patientinnen himmeln ihn an. Hast du Angst, eine Beziehung zwischen euch könnte sich negativ auf eure Arbeit auswirken?«

»Nein, das ist es nicht. Ich kann keine Beziehung eingehen. Zu niemandem. Das wäre einfach nicht fair.«

»Du sprichst in Rätseln«, murmelte Berta.

Catherine holte tief Luft. »Was ich dir jetzt sage, muss unter uns bleiben, Berta.« Sie wusste, wie gern die Farmersfrauen tratschten. Wenn Berta auch nur die geringste Andeutung machte, würde es sich in Windeseile herumsprechen.

»Natürlich.«

Catherine schluckte. »Ich kann keine Kinder bekommen.« Berta war sichtlich erschüttert, und so sprach Catherine eilig weiter. »Ich bin auf Melville Island von einem japanischen Kampfflieger angegriffen worden und habe innere Verletzungen erlitten«, erklärte sie, und ihre Augen füllten sich mit Tränen. »Ich kann Jim keine Kinder schenken.«

Berta griff nach ihrer Hand und drückte sie. »Bist du sicher?«

»Ja. Das hat der Arzt gesagt, der mich in Darwin operiert hat.«

»Das tut mir sehr leid, Catherine. Aber ich kann mir nicht vorstellen, dass das ein Problem zwischen euch sein würde, Jim hat ja bereits eine Tochter.«

»Er wünscht sich bestimmt Geschwister für Rosie. Ich an seiner Stelle würde das tun.«

»Diese Entscheidung solltest du ihm überlassen«, sagte Berta sanft.

»Du hast selbst gesagt, dass er ein anständiger Mensch ist. Er wird behaupten, dass es keine Rolle spielt – aber es *spielt* eine Rolle. Er hat eine Frau verdient, die ihm eine Familie schenken kann.«

»Aber *du* könntest eine Familie bekommen, Catherine, einen Mann und eine kleine Tochter. Du wärst eine großartige Mutter.«

»Ach, Berta. Ich war Einzelkind und habe meine Freundinnen immer sehr um ihre Geschwister beneidet. Das kann und will ich Rosie nicht antun. Sei so gut und erkundige dich, ob ich zu einem anderen Stützpunkt wechseln kann.«

Berta brach es das Herz. Catherine war einer der selbstlosesten Menschen, denen sie je begegnet war. »Mach ich«, sagte sie, hatte aber nicht die Absicht, dieses Versprechen zu halten. Catherine würde ihre Meinung ändern, da war sie sich sicher. »Noch was anderes: Ich habe etwas über Jannalis Geschwister herausgefunden.«

»Ja? Was denn?«

»Einer ihrer Brüder wurde auf eine Rinderfarm in New South Wales geschickt, wo er als Jackeroo arbeitet. Welcher Bruder und welche Farm das ist, weiß ich nicht, aber das kriege ich noch raus. Ihre Mutter lebt vermutlich immer noch in der Gegend von Echuca. Jannalis Schwestern waren letzten Monat noch in einem Heim, einem lutherischen, wo sie wahrscheinlich besser behandelt werden, als Jannali es erlebt hat. Vielleicht tröstet sie das ein wenig.«

»Ganz bestimmt sogar! Vielen Dank, Berta. Vielleicht findest du vor meinem nächsten Besuch bei Jannali noch mehr heraus.«

»Ja. Wäre es nicht wunderbar, wenn ihr Bruder auf einer Farm in diesem Teil von New South Wales leben würde?«

»Das wäre es wirklich.« Jannali würde überglücklich sein.

In diesem Moment fuhr Jim auf den Parkplatz, und sofort schlug Catherines Herz schneller. Berta, die ihre Nervosität offenbar bemerkte, drückte ihr abermals die Hand. »Wäre ich vierzig Jahre jünger, hättest du keine Chance«, flüsterte sie ihr augenzwinkernd zu.

Catherine musste unwillkürlich lächeln.

»Guten Morgen, Ladys«, grüßte Jim. Er wirkte äußerlich gelassen, Catherines Nerven hingegen waren zum Zerreißen gespannt.

»Heute ist Sprechstunde in der Klinik«, verkündete sie. »Ich muss los, wir sehen uns später.« Sie stand auf und vermied es, Jim anzusehen, als sie zur Tür ging.

»Ja, bis dann«, rief Berta ihr nach. »Jim, heute soll einer deiner Patienten aus dem Krankenhaus entlassen werden, ein Mr Tidbury. Dr. Maxwell hat angerufen und gefragt, ob du ihn dir noch einmal ansehen möchtest, bevor sein Bruder ihn abholt und nach Hause fährt.«

Jim nickte. »Ja, mach ich. Ich fahre direkt los.« Er eilte hinaus zu Catherines Auto.

»Wie geht es dir?«, fragte er und betrachtete sie prüfend durch das geöffnete Fenster. Er wollte nicht, dass sie das Gefühl hatte, ihm aus dem Weg gehen zu müssen.

»Gut, und dir?« Sie setzte ein bemühtes Lächeln auf.

»Auch. Das heißt, nein, eigentlich nicht«, fuhr er nach einer kleinen Pause zögernd fort. »Ich möchte nicht, dass du dich in meiner Nähe unbehaglich fühlst, Catherine. Das wäre furchtbar für mich. Sollte das aber der Fall sein, könnte ich um meine Versetzung bitten.«

»Nein, tu das nicht, Jim. Rosie hat sich hier eingelebt und versteht sich prächtig mit Wilma. Du kannst sie hier nicht herausreißen. Ich bin diejenige, die gehen sollte, wenn die Situation für uns beide unangenehm wird.«

»Ich will nicht, dass *du* gehst. Und *ich* will auch nicht weg von hier. Also bitte vergiss, was ich gesagt habe, und verabrede dich, mit wem du möchtest. Auch mit Robbie. Es geht mich nichts an. Ich wollte nur nicht, dass er dich verletzt. Aber du bist eine starke Frau und eine ausgezeichnete Krankenschwester. Jemand wie du wird hier dringend gebraucht.«

»Und du bist ein hervorragender Arzt«, fügte sie hinzu. »Und deine Patienten lieben dich.«

»Können wir nicht einfach vergessen, was ich über meine Gefühle gesagt habe, und unsere Arbeit machen?«

»Ich denke schon.« Catherine lächelte tapfer, aber im Stillen fürchtete sie, dass sie sich etwas vormachten.

Juliet hatte Danni für ihren Vormittagsschlaf hingelegt und übte Lesen mit Michael, als es an der Hintertür klopfte. Draußen stand eine Aborigine mit einem gütigen Gesicht und einem freundlichen, festen Blick. Ihre stolze Haltung strahlte etwas Würdevolles aus.

»Kann ich Ihnen helfen?«, fragte Juliet, die sogleich ahnte, wer diese Frau war.

»Ich bin Aunty Mary, Missus. Ich hab gehört, hier arbeitet eine junge Aborigine. Ich will mit ihr reden. Helfen.«

»Das ist richtig, ich habe Sie schon erwartet«, entgegnete Juliet. Berta hatte sie informiert, dass sie Constable Rogers, der in einigen Aborigine-Gemeinden regelmäßig Streife ging, gebeten hatte, Aunty Mary zu kontaktieren. »Sie finden Jannali in den Unterkünften der Schafscherer.« Sie zeigte auf das Gebäude. Die Scherer waren schon wieder fort und hatten das übliche Durcheinander hinterlassen. Jeder schor bis zu einhundertzwanzig Schafe am Tag. Das war harte Arbeit, für die Walt sie zusätzlich mit ein paar Flaschen kaltem Bier und ein bisschen Tabak belohnte. So kamen sie zweimal im Jahr auf die Farm.

Aunty Mary nickte und machte sich auf den Weg in die Richtung.

Jannali war fast fertig mit Putzen. Erschöpft fuhr sie sich mit dem Unterarm über die Stirn. Immer wieder warf sie einen Blick aus dem Fenster gegenüber der Tür, und dann schweiften ihre Gedanken jedes Mal zu ihrer Familie, nach der sie solche Sehnsucht hatte. Obwohl die Stanleys sie gut behandelten, kam sie sich vor wie in einem Gefängnis der Weißen.

»Hallo«, rief eine Frauenstimme von der Tür.

Jannali fuhr erschrocken herum. Die Missus hatte ihr gesagt, dass eine Aborigine kommen werde, aber nicht, wann oder warum. Ob sie ihr Neuigkeiten von ihrer Familie brachte?

»Ich bin Aunty Mary. Clanälteste. Bei den Paakantji.« Sie trat einen Schritt ins Innere der Baracke und wich sofort wieder zurück. »Puh, hier stinkt's! Komm raus.«

Jannali sah sie bestürzt an. »Ich habe so gut sauber gemacht, wie ich konnte«, rechtfertigte sie sich.

»Ist nicht deine Schuld. Das kommt vom Bier der weißen Männer. Und vom Kraut, das sie rauchen.«

Draußen schaute sich Aunty Mary nach einer Sitzgelegenheit um. Ihr Blick fiel auf eine Bank an der Wand, sie nahm darauf Platz und klopfte mit der flachen Hand auf die Stelle neben sich.

Jannali ließ sich dort nieder. Einige Augenblicke lang starrten sie schweigend in den von Zigarettenstummeln übersäten Staub. Aunty Mary erinnerte Jannali in gewisser Weise an ihre Mutter, was sie einerseits traurig stimmte, sie andererseits aber auch tröstete.

Aunty Mary betrachtete Jannali eingehend und sah die Verwirrung in ihrem Blick. Das Mädchen kam in dieser fremden Welt eindeutig nicht zurecht. »Wie lang bist du hier?«, fragte sie.

Jannali zuckte mit den Schultern. Sie hatte jedes Zeitgefühl verloren. »Seit ein paar Monaten.«

»Wo ist deine *mamma*?«

Jannali schaute über das weite, konturlose Land, das so ganz anders war als ihre Heimat. »Sie lebt an einem großen Fluss … weit weg von hier.« Sie wusste noch, wie sie am Ufer unter schattigen Bäumen mit ihren Schwestern gespielt und im Fluss mit ihren Brüdern geangelt und an heißen Tagen im seichten Wasser geplanscht hatte, immer unter den wachsamen Augen ihrer Mutter. Es war ein idyllisches Leben gewesen.

»Kommst du vom Yorta-Yorta-Clan?«

Jannali nickte, und ihr Herz machte einen hoffnungsvollen Hüpfer. Kannte Aunty Mary die Yorta-Yorta etwa?

Aunty Marys Blick richtete sich in die Ferne. »Meine Familie gehört zu den Minjambutta. Vom High Country in Victoria. Die Weißen haben dich deiner *mamma* weggenommen.« Es war eine Feststellung, keine Frage. Jannali nickte unter Tränen. Sie erinnerte sich gut an die uniformierten Männer, die in ihre Gemeinschaft gekommen waren und sie und ihre Geschwister und die Kinder anderer Familien gepackt hatten. Sie hörte heute noch das Kreischen der Kinder und die Schreie der Mütter.

»Du kannst irgendwann zu deiner Familie zurück«, sagte Aunty Mary und tätschelte ihr Bein. »Keine Sorge.«

Ihre Worte trösteten das Mädchen ein wenig. »Warum kehrst du selbst nicht zu deinem Clan zurück?«

»Das geht nicht. Ich bin bei Missionaren aufgewachsen. Meine *mamma* wollte mich nicht. Bin ein *milky*.«

»Was ist das?«

»Einer mit weißem Blut in den Adern. Mein Vater ist ein Weißer. Hat meine Mutter vergewaltigt.«

Jannali fiel jetzt erst auf, dass Aunty Marys Haut noch heller war als ihre eigene, sie hatte die Farbe von starkem Tee mit Milch.

»Du weißt, was Vergewaltigung ist?«

Jannali lief rot an und nickte.

»Ich bin im Winter geboren. Meine *mamma* wollte, dass ich sterbe. Hat mich im Schnee ausgesetzt.«

Jannali starrte sie entsetzt an.

»Ein Baby durfte nicht weißes Blut haben. Meine Leute hätten mich umgebracht. Die Frau vom Missionar hat mich gefunden. Hab bei ihnen gewohnt. Sie war ein guter Mensch. Hat viele Kinder gerettet. Sie lebt nicht mehr, ist an der Lungenkrankheit der Weißen gestorben. Ich war neunzehn. Bin weggelaufen. Damit die Männer vom Minjambutta-Clan mich nicht vergewaltigen. Bin jetzt hier zu Hause. Bei den Paakantji.« Sie schwieg einen Moment. »Erzähl mir deine Geschichte«, bat sie dann. Darüber zu reden, würde Jannali ebenso helfen wie das Wissen, dass sie kein Einzelfall war, dass es noch mehr Aborigines gab, die unter der Brutalität der Weißen gelitten hatten.

Als Jannali zu reden begann, spürte sie, wie gut es ihr tat, sich der älteren Frau anzuvertrauen. Aunty Mary würde nicht über sie urteilen, sie hatte selbst schlimme Dinge erlebt.

Als sie geendet hatte, sagte Aunty Mary: »Du bist stark, Jannali. Du schaffst das.«

»Ich will nach Hause, Aunty Mary. Ich will wieder zu meiner Mutter!« Jannali begann zu weinen.

Aunty Mary nahm sie fest in ihre Arme. »Du wirst nach Hause gehen, Kleines. Später. Ich bin jetzt für dich da.«

Jannali klammerte sich an sie, und zum ersten Mal seit langer Zeit fühlte sie sich nicht allein.

Juliet beobachtete die beiden vom Fenster aus. Jannali tat ihr in der Seele leid, und sie nahm sich vor, Aunty Mary zu bitten, sie so oft wie möglich zu besuchen.

»Hallo, Ladys, ich hoffe, ihr seid alle da!«, sagte Catherine am Sonntagnachmittag ins Mikrofon des Funkgeräts.

Lämpchen flammten auf.

»Ich bin da«, meldete sich Karina Burgess.

»Ich auch«, fügte Yvonne Murphy hinzu.

»Ich ebenfalls«, sagte Peggy Sullivan.

»Daphne Tomkins hier. Ich komme mir vor wie beim Morgenappell in der Schule.«

»Kay Morris«, meldete sie sich lachend.

»Hallo, alle miteinander«, rief Hilda Gibson. »Wie geht es euch?«

Im Hintergrund war das Schreien eines Babys zu hören, dann: »Hier ist Juliet. Ich wollte die Kleine nur noch schnell schlafen legen, aber heute mag sie einfach nicht.«

»Gib sie doch dem Kindermädchen«, schlug Hilda vor.

»Ich habe kein Kindermädchen!«

»Ich dachte, du hast eine Aborigine als Hausangestellte.«

»Jannali ist eine große Hilfe, aber sie ist kein Kindermädchen«, betonte Juliet.

»Nimm sie nur tüchtig ran, bevor sie davonläuft«, riet Hilda.

»Sie wird nicht davonlaufen«, widersprach Juliet.

»Abwarten«, brummte Hilda.

»Wie geht's Geoff?«, warf Karina schnell ein, bevor die Situation eskalierte.

»Er humpelt herum und macht mich wahnsinnig! Ehrlich, ein kranker Mann ist wie ein zusätzliches Kind. Wo ist dies, wo ist jenes, hol mir das, bring mir jenes! Ihr wisst, was ich meine.«

»O ja, allerdings«, pflichtete Yvonne ihr bei.

»Hallo, alle miteinander, Felicity Kennedy hier. Entschuldigt, dass ich ein bisschen verspätet bin, aber ich habe Peter erst noch schlafen gelegt.«

»Wie geht es ihm?«, erkundigte sich Juliet, froh, sich wieder mit einer anderen jungen Mutter austauschen zu können.

»Sehr gut. Ich glaube, er zahnt schon. Meine Brustwarzen sind jedenfalls ganz wund. Ach, übrigens, das mit dem Zimt hat funktioniert! Es hat zwar ein bisschen gedauert, aber ich hab keine Ameisen mehr in der Speisekammer. Ich weiß gar nicht, wie ich Ida danken soll!«

»Hab doch gesagt, dass es funktioniert«, meldete sich Ida Freeman zu Wort. Die Frauen hatten nicht gewusst, dass sie sich zugeschaltet hatte.

»Ich hatte ehrlich gesagt meine Zweifel, Ida, aber du hattest recht. Danke! Falls du noch mehr nützliche Tipps für mich hast, immer raus damit, ich wäre dir dankbar«, meinte Felicity.

»Vielleicht«, grummelte Ida, aber Catherine konnte sie nichts vormachen: Ida freute sich, dass sie Felicity hatte helfen können.

»Wie kriege ich einen Ölfleck aus Daves einzigem guten Hemd, Ida?«, wollte Karina wissen.

»Wieso hat er sein bestes Hemd an, wenn er mit Öl hantiert?«

»Weil er zu faul war, in seinen Overall zu schlüpfen, bevor er den Lastwagen repariert«, antwortete Karina säuerlich.

»Wirf das Hemd weg, oder sieh zu, dass du deinen Mann loswirst«, schlug Ida vor.

Eine Sekunde lang herrschte Stille, dann brachen alle in Gelächter aus.

»Irgendwelche Ideen, wie man seinen Mann loswerden kann, ohne erwischt zu werden?«, fragte Hilda.

»Eine ganze Menge sogar«, antwortete Ida, und wieder lachten alle.

»Das Thema heben wir uns für ein andermal auf«, meinte Peggy. »Wie geht's Tony, Ida?«

»Wie immer.«

»Hat ihn jemand in letzter Zeit mal gesehen?«, witzelte Kay und lachte.

»Ja, ich«, meldete sich Catherine. »Er ist ein ganz lieber Mensch, und er liebt Ida abgöttisch.«

»Er weiß, was ihm blüht, wenn er es *nicht* tut«, rief Peggy.

»Allerdings«, bekräftigte Ida.

Catherine konnte hören, dass sie lächelte.

»Diese Gespräche waren wirklich eine tolle Idee, Catherine«, sagte Yvonne. »Es tut so gut, mit anderen Frauen plaudern und lachen zu können. Ich weiß nicht, wie es bei euch ist, aber *mein* Mann hat absolut keinen Humor.«

»Meiner auch nicht«, meldete sich Daphne zu Wort. »Les ist ein wundervoller Ehemann, aber er nimmt alles viel zu ernst. Wenn ich auch so wäre, hätte ich es keine sechs Monate hier draußen ausgehalten.«

»Ja, ohne Humor kannst du die Fliegen, Schlangen, Spinnen und das Kindergebrüll nicht ertragen«, bestätigte Yvonne. »Meine Kinder sind inzwischen erwachsen und von zu Hause ausgezogen, und obwohl sie mir manchmal das Leben schwer gemacht haben, vermisse ich ihre Gesellschaft. Es ist so verdammt still geworden im Haus.«

»Ja, solange die Kinder da waren, war Einsamkeit kein Thema«, sagte Kay wehmütig.

»Man war immer beschäftigt«, bekräftigte Yvonne.

»Warum treffen wir uns nicht ab und zu in der Stadt?«, schlug Peggy vor. »Oder abwechselnd bei einer von uns zu Hause.«

»Das ist eine großartige Idee.« Karina war sofort Feuer und Flamme. »Falls ich Dave bis dahin nicht losgeworden bin, kann er mich ja fahren.«

»Aber sieh zu, dass er einen Overall anhat, falls ihr unterwegs eine Panne habt«, riet Yvonne kichernd.

»Ich werde dafür sorgen, dass er mit nacktem Oberkörper fährt.«

»*Das* würde ich zu gern sehen«, bemerkte Daphne vielsagend.

»Habt ihr eigentlich auch alle ein Säckchen mit Lavendel bekommen?«, fragte Kay unvermittelt.

»Ja! Es ist wunderschön«, rief Yvonne, und alle stimmten ihr zu.

»Das ist eine sehr nette Geste von Catherine und Berta«, schob Kay hinterher. »Ich kriege so selten etwas geschenkt, deshalb freue ich mich umso mehr.«

»Wisst ihr was? Wir könnten uns Der Lavendelclub nennen«, schlug Peggy vor.

»Das gefällt mir«, sagte Karina sofort. »Das schafft so ein Gefühl der Gemeinsamkeit.«

Diese Meinung teilten alle, sogar Ida.

»Mir gefällt das auch, und Berta wird es auch mögen«, sagte Catherine.

»Hey, Catherine, wie geht's eigentlich dem attraktiven Doktor?«, wollte Felicity wissen.

Catherines Herz schlug schneller beim bloßen Gedanken an Jim. »Gut«, antwortete sie betont beiläufig.

»Hat er dich schon um ein Date gebeten?«

»Nein, wir sind nur befreundete Kollegen. Aber ich bin schon mit ihm und seiner kleinen Tochter im Park gewesen.«

»Ah, er will herausfinden, ob du dich mit seiner Tochter verstehst. Sehr schlau«, bemerkte Karina.

»Nein, nein, so ist das nicht. Ich bin ja auch einige Male mit Robbie ausgegangen, wie man das unter Kollegen so macht.«

»Habt ihr das gehört?«, wandte sich Karina an die anderen Frauen. »Catherine ist eine hinreißende Frau und arbeitet mit zwei der attraktivsten Männer in ganz New South Wales zusammen, und alle sind sie bloß Kollegen. Also irgendetwas stimmt da nicht.«

»Willst du uns weismachen, dass keiner von beiden ein Auge auf dich geworfen hat?«, fragte Yvonne ungläubig.

»Das hab ich nicht gesagt«, antwortete Catherine und wurde rot.

»Ah, dann handelt es sich also doch um Männer aus Fleisch und Blut. Ich hab mir schon Sorgen gemacht«, spöttelte Karina.

»Oh, es ist schon spät«, sagte Catherine hastig. »Ich wünsche euch eine gute Woche. Der Lavendelclub trifft sich nächsten Sonntag wieder, gleiche Stelle, gleiche Welle. *Over and out.*« Sie trennte die Verbindung, bevor jemand etwas entgegnen konnte.

Die anderen blieben in der Leitung.

»Okay, in welchen von beiden ist sie verknallt?«, fragte Peggy.

»Ich wette, in Jim Nixon«, antwortete Felicity. »Ich glaube, jede Frau, die ihm begegnet, verguckt sich in ihn. Und Catherine, die Glückliche, ist jeden Tag stundenlang mit ihm zusammen.«

»Das sehe ich genauso«, meinte Karina. »Und bis nächsten Sonntag kann viel passieren!«

Kapitel 24

Sie befanden sich auf dem Rückflug zum Stützpunkt, als Berta sich über Funk meldete. Robbie sprach kurz mit ihr und rief dann Jim und Catherine über die Schulter zu: »Jacko vom Silverton Hotel hat sich mit Berta in Verbindung gesetzt, weil jemand zu ihm gekommen ist und um medizinische Hilfe für einen erkrankten Afghanen gebeten hat. Ich nehme jetzt Kurs auf Silverton.« Das Flugzeug drehte nach links ab.

»Das kann nur jemand aus der Ghan-Siedlung sein«, überlegte Catherine laut, in Gedanken bei den Männern, die ihr zu Hilfe gekommen waren.

»Das werden wir bald wissen«, entgegnete Jim mit einem Blick aus dem Fenster. »Wir sind nicht weit weg von Silverton entfernt.«

Wenige Minuten später setzte das Flugzeug in der Nähe des Hotels auf. Als sich der Staub gelegt hatte und Jim und Catherine aus der Maschine stiegen, erwartete sie Jacko bereits mit seinem Jeep.

»Ich bringe Sie hin«, rief er.

»Lebt der Patient in der Ghan-Siedlung?«, fragte Catherine, während sie auf die Rückbank kletterte und Jim auf dem Beifahrersitz Platz nahm.

»Ja. Den Pub betreten diese Männer nicht, aber sie kaufen im Laden ein, und so kommen wir mit ihnen ins Gespräch, jedenfalls mit denen, die Englisch sprechen, und erfahren ein bisschen was über sie. Menschen, die neu hierhin ziehen, stoßen sich nicht selten an deren Kleidung, aber die Männer sind in Ordnung. Ich hatte nie irgendwelche Scherereien mit ihnen, was ich von den hiesigen Aborigines nicht behaupten kann.«

»Sie haben mir nach meinem Autounfall geholfen«, erzählte Catherine. »Im ersten Moment fand ich ihr Äußeres auch ein bisschen beunruhigend, aber sie waren sehr nett zu mir und Rosie.«

In der Ghan-Siedlung wurden sie nicht von Abdul Shakor begrüßt, wie Catherine erwartet hatte, sondern von einem schmächtigen Mann, der kleiner war als sie und sich als Akbar Masoud vorstellte.

»Danke, dass Sie so schnell gekommen sind, Doktor«, sagte er aufgeregt. »Bitte, folgen Sie mir.« Er führte sie zu dem Haus, in das Catherine nach dem Unfall gebracht worden war, öffnete die Tür und forderte sie mit einer Handbewegung auf, einzutreten. Jims Blick fiel kurz auf die Kamelkoppeln in der Nähe. Der stechende Geruch, den die Tiere verströmten, wurde durch die Hitze noch verstärkt. Ein halbes Dutzend Turban tragender Männer in wallenden Gewändern schaute zu ihnen herüber. Ihre grimmigen Mienen machten Jim zusätzlich bewusst, dass eine große Verantwortung auf ihm lastete.

Obwohl das einzige Fenster im Raum mit einem Vorhang abgedunkelt war, erkannte Catherine den Patienten sofort: Es war Abdul Shakor. Bestürzt trat sie an sein Bett. »Abdul …«

Er griff nach ihrer Hand. »So schnell sehen wir uns wieder, schöne Frau.« Das Lächeln, das seine Lippen umspielte, erlosch gleich wieder. Catherine fiel sein pfeifender Atem auf, wie bei einer Lungenentzündung.

»Abdul, das ist Dr. Nixon. Jim, das ist Abdul Shakor, ich habe dir von ihm erzählt.«

Jim nickte.

»Allah segne Sie, dass Sie gekommen sind, Dr. Nixon«, flüsterte Abdul, »aber ich glaube, Sie haben Ihre Zeit verschwendet.«

»Nach einem Kranken zu sehen ist niemals verschwendete Zeit, Mr Shakor.« Jim, dessen Augen sich an das Dämmerlicht gewöhnt hatten, öffnete seine Arzttasche.

»Afghanen werden nur mit einem einzelnen Namen angeredet, Dr. Nixon. Ich bin Abdul.«

Jim lächelte ihm zu. »In Ordnung, Abdul.«

Catherine trat zur Seite, und Jim begann mit der Untersuchung. Er erkundigte sich nach seinen Beschwerden, tastete seinen Bauch ab, der ebenso geschwollen war wie seine Beine und Füße, hörte die Lungen und zuletzt das Herz ab.

»Wie lautet deine Diagnose?«, fragte Catherine, als er fertig war, und trat wieder an das Bett.

Jim sah Abdul an. »Ihr Herzschlag ist schwach und unregelmäßig, Abdul. Aber das scheint Sie nicht zu überraschen.«

»Meine Zeit ist gekommen, Dr. Nixon. Akbar kann das nicht akzeptieren, ich aber fürchte mich nicht vor dem Tod. Es tut mir leid, dass Sie umsonst hergekommen sind.«

Jim schüttelte den Kopf. »Ich sehe das keineswegs so.«

»Können wir ihn nicht ins Krankenhaus bringen?«, fragte Catherine, die nicht bereit war, das Unabänderliche hinzunehmen.

»Ich werde nicht von hier weggehen«, sagte Abdul so entschlossen, wie es ihm möglich war. »Wenn ich schon nicht in meinem Heimatland sterben kann, dann wenigstens hier, an diesem Ort, wo ich seit vielen Jahren zu Hause bin.«

Von draußen war Stimmengemurmel zu hören, es klang, als würden Gebete gesprochen.

»Im Krankenhaus kann man Ihnen bestimmt helfen«, drängte Catherine.

»Für mich gibt es keine Hilfe mehr, meine Liebe«, entgegnete Abdul. »Aber ich freue mich, dass es Ihnen wieder gut geht.«

»Ich bin Ihnen zutiefst dankbar für alles, was Sie für mich getan haben.« Catherine setzte sich zu ihm auf die Bettkante. »Und natürlich für Rosie. Sie ist Dr. Nixons Tochter. Ich habe ihm erzählt, wie gut Sie zu uns waren.«

»Es ist selbstverständlich, dass man jemandem in Not hilft«, brachte Abdul flüsternd hervor. Das Sprechen strengte ihn sichtlich an, und er rang nach Luft.

Catherine beobachtete das voller Sorge. »Wir bringen Sie ins Krankenhaus, Abdul. Vielleicht gibt es etwas, das Ihr Leben verlängern kann.«

Er schüttelte schwach den Kopf. »Ich bin mit einem Herzfehler geboren worden. Man sagte mir, dass ich nicht lange leben würde. Ich bin dankbar für die vielen zusätzlichen Jahre, die mir geschenkt wurden.«

»Die Medizin hat Fortschritte gemacht«, beharrte Catherine. »Das stimmt doch, Jim?« Sie sah ihn an, doch er schwieg. »Ich werde Jacko bitten, in die Stadt zurückzufahren und die Trage aus dem Flugzeug zu holen.« Sie sprang auf und stürmte hinaus, bevor Jim sie zurückhalten konnte.

Wieder schüttelte Abdul den Kopf und warf Dr. Nixon einen flehentlichen Blick zu. Er wusste, dass der Arzt die Wahrheit kannte: Sein Ende war nah, und es gab nichts, was man dagegen tun konnte.

Jim lief Catherine nach und holte sie ein, bevor sie Jackos Jeep erreichte. »Catherine, warte! Wir brauchen die Trage nicht mehr«, sagte er sanft.

Sie riss erschrocken die Augen auf. »Ist er …?«

»Nein, aber es ist eine Frage der Zeit. Die Medizin kann nichts mehr für ihn tun. Es tut mir sehr leid.«

»Das ist nicht gerecht!«, fauchte sie.

»Ich würde ihm helfen, wenn ich könnte. Das weißt du.«

»Du versuchst es ja nicht einmal!«, stieß sie mit erstickter Stimme hervor. »Wunder gibt es immer wieder. Das solltest du eigentlich wissen.« Sie wandte sich ab, um ihre Tränen zu verbergen.

»Wunder geschehen äußerst selten, Catherine.«

Sie stapfte davon, bevor er etwas hinzufügen konnte. Er sah ihr nach und beschloss, sie vorerst in Ruhe zu lassen, und kehrte in das Haus zurück.

»Haben Sie Schmerzen, Abdul? Ich könnte Ihnen etwas geben, wenn Sie möchten.«

»Nein. Ich bin bereit für meine nächste Reise, Doktor. Ich würde gern mit Catherine sprechen.«

Jim nickte. »Ich werde sie holen. Einem Patienten nicht helfen zu können ist sehr schwer für sie als Krankenschwester, verstehen Sie?«

»Ich verstehe das, aber ich muss mit ihr reden, bevor es zu spät ist.«

Wieder nickte Jim. Er eilte hinaus, blickte sich suchend nach Catherine um und entdeckte sie an einer der Koppeln, wo sie in den Anblick eines großen Kamels versunken war, das kehlige Laute von sich gab und sie gleichmütig unter buschigen Brauen und üppigen Wimpern betrachtete.

Er ging zu ihr. »Ist das das Tier, das dir vors Auto gerannt ist?«

Sie fuhr zusammen, weil sie ihn nicht kommen gehört hatte. »Hannibal? Ich glaube schon. So von nahem ist er furchterregend groß.«

»Stimmt.« Jim war dankbarer denn je, dass es ihr gelungen war, einen Zusammenstoß zu vermeiden. »Abdul möchte mit dir reden.«

Sie nickte und ging langsam zum Haus zurück, gleichzeitig trat Akbar Masoud zu Jim.

»Es tut mir sehr leid, aber Ihr Freund liegt im Sterben«, sagte Jim behutsam.

»Ich hatte gehofft, Allah werde einen guten Menschen wie ihn verschonen«, sagte Akbar. »Aber wenn es nicht so ist …« Er zuckte mit den Schultern. »Ich werde für seine Seele beten.«

»Er hat mit seinem Schicksal Frieden geschlossen. Das sollten wir akzeptieren.«

Akbar nickte und ging schleppenden Schrittes davon.

Im Haus bat Abdul Catherine, sich zu ihm zu setzen. Beim

Blick in sein gütiges Gesicht kämpfte sie gegen die Tränen an. Er sah müde aus.

»Seien Sie nicht traurig, Catherine. Ich habe ein gutes Leben gehabt, lang und gesegnet. Ich bin bereit für meine nächste Reise.«

Catherine seufzte. »Ich weiß, dass ich das akzeptieren muss, aber ich hätte mir gewünscht, dass wir Ihnen helfen können, so wie Sie mir geholfen haben«, flüsterte sie heiser.

»Sie und der Doktor werden einem anderen Menschen helfen. Das ist Allahs Wille. Unsere Wege haben sich kurz gekreuzt, und das war ein Segen.«

»Ich bewundere Ihre Einstellung, Abdul. Ja, es war wirklich ein Segen, dass ich Sie kennenlernen durfte. Aber erlauben Sie mir, um Sie zu trauern und zu weinen.«

Der alte Mann lächelte und schloss die Augen. Im gleichen Moment trat Jim durch die Tür und ans Bett. Er fühlte Abduls Puls, der jetzt sehr schwach war.

Catherine stand auf und legte ihre Arme um Jim. »Es tut mir leid, dass ich dich vorhin so angefahren hab«, sagte sie leise gegen seine Schulter.

Jim umarmte sie fest. »Schon gut, ich versteh dich. Komm, Abduls Freunde werden sich von ihm verabschieden wollen.«

Catherine nickte und löste sich von ihm. »Ob er wohl Familie in Afghanistan hat?«

»Wahrscheinlich.« Sie verließen das Haus. Draußen warteten bereits Akbar und einige andere Männer. Schweigend gingen sie nacheinander hinein.

»Wie ist es Ihnen ergangen?«, fragte Jacko, als Jim und Catherine zum Jeep zurückkamen.

»Wir können nichts mehr für den Mann tun«, antwortete Jim. »Er hat ein schwaches Herz. Aber er hat akzeptiert, dass er sterben wird.«

Jacko nickte. »Dann werden sich jetzt seine Freunde um ihn versammeln und die Sure Ya-Sin aus dem Koran rezitieren.«

Catherine schaute sich um. »Gibt es hier einen Friedhof?«, wollte sie wissen.

»Ja, und eine Moschee«, antwortete Jacko. »Die Toten werden sehr schnell beerdigt. Nach der rituellen Waschung wird der Leichnam in ein Tuch gewickelt und zur Moschee getragen, wo gebetet wird. Unterdessen ist das Grab ausgehoben worden. Ich glaube, in ihrer Heimat dürfen Frauen nicht an den Trauerzeremonien oder am Begräbnis eines Mannes teilnehmen. Aber hier gibt es ja keine Frauen.«

Als sie in den Jeep kletterten, hörten sie einen monotonen Singsang aus Abduls Haus.

»Was wissen Sie sonst noch über die afghanischen Totenbräuche?«, fragte Jim.

»Wenn der Verstorbene aus einfachen Verhältnissen stammt, wird ihm im Grab ein großer flacher Stein auf Kopf und Füße gelegt. Dann wird er mit Erde bedeckt. Einen Reichen bedeckt man mit vielen Steinen. Und der Tote wird immer mit dem Kopf Richtung Mekka bestattet, soviel ich weiß.«

»Gerade für mich als Arzt ist es für den Umgang mit Patienten hilfreich, mehr über ihre Sitten und Bräuche zu erfahren«, meinte Jim.

»Ja, das denke ich auch. Die offizielle Trauerzeit dauert vierzig Tage, und in dieser Zeit werden verschiedene Rituale praktiziert. Schade nur, dass sie keinen Alkohol trinken, sonst könnten sie im Pub einen Leichenschmaus abhalten. So was ist immer gut fürs Geschäft.« Jacko grinste Jim an, aber Catherine war nicht nach Scherzen zumute. Ihre Gedanken weilten immer noch bei Abdul.

Nach einem kalten Getränk im Pub stiegen Catherine, Jim und Robbie wieder ins Flugzeug. Doch bevor die Maschine abheben konnte, erreichte sie ein Funkspruch von Berta.

»Felicity Kennedy hat mich gerade angefunkt, sie ist völlig außer sich. Der kleine Peter hat heute Morgen nicht mehr geatmet und ist blau angelaufen. Sie hat ihn zwar wieder zum Atmen gebracht, aber sein Körper ist schlaff und zeigt keine Reaktion.«

»Sag ihr, wir sind schon unterwegs«, wies Jim sie an.

Der Flug nach Derby Downs verlief in angespanntem Schweigen.

»Felicity!«, rief Jim durch die offene Tür des Farmhauses. »Wo bist du?«

»Hier hinten!«

Jim und Catherine fanden Felicity in einem der Schlafzimmer über Peters Bettchen gebeugt. Ihr Gesicht war schweißüberströmt und zeugte von ihrer nackten Angst.

»Ich weiß nicht, was er hat«, wimmerte sie, als Jim begann, das Kind zu untersuchen. Peters Haut glänzte vor Schweiß. Felicity hielt ein nasses Handtuch in der Hand, mit dem sie ihn abgetupft hatte.

»Er hat hohes Fieber. Füll den Schüttstein oder eine Wanne mit kaltem Wasser«, befahl Jim. Als Felicity zögerte, weil sie ihr Kind nicht allein lassen wollte, donnerte er: »Jetzt sofort, Felicity!« Sie schrak zusammen. Catherine fasste sie an den Schultern und schob sie Richtung Küche.

Plötzlich hatte der Kleine einen krampfartigen Anfall. Sein Körper versteifte sich, seine Augen rollten nach hinten, Arme und Beine zuckten. Jim hob ihn aus seinem Bettchen und lief in die Küche, wo Felicity Wasser in den Schüttstein laufen ließ. Jim legte das Kind behutsam hinein.

»Wir müssen die Temperatur runterbringen«, sagte er, während er das Baby mit einer Hand hielt und mit der anderen Wasser schöpfte und über den Hinterkopf rinnen ließ.

»Was hat er denn, Jim?« Felicitys Gesicht war verzerrt vor Sorge.

»Möglicherweise hat er eine Infektion, die zu einem Fieberschub geführt hat. Manchmal kommt so etwas auch beim Zahnen vor, aber dafür ist es eigentlich noch zu früh. Wie auch immer, wir müssen seinen Körper kühlen.«

»Meine Mutter hat erzählt, ich hätte bereits mit sechs Wochen zu zahnen angefangen«, sagte Felicity.

Jim nickte. »Das ist selten, aber es kommt vor. Und auf der anderen Seite gibt es Kinder, die fast ein Jahr alt sind, wenn sie ihre ersten Zähne bekommen.«

Nach zwanzig Minuten im kühlen Wasser wurde Peter munterer. Jim drückte ihm die Unterlippe behutsam nach unten. »Tatsächlich, die beiden unteren Schneidezähne werden bald durchbrechen.«

»Ist das die Ursache für das Fieber?«, fragte Felicity.

»Höchstwahrscheinlich. Sollte es noch einmal vorkommen, bade ihn sofort in kaltem Wasser, damit die Temperatur sinkt. Wir könnten ihn für eingehendere Untersuchungen ins Krankenhaus bringen, aber ich glaube nicht, dass das nötig ist.«

»Mein Mann ist draußen in einem Viehtreiberlager, kommt aber heute noch nach Hause. Zum Glück. Er ist von uns beiden derjenige, den nichts aus der Fassung bringt«, sagte Felicity mit Tränen in den Augen.

»Du warst sehr tapfer, Felicity. Und denk daran: Wir sind nur einen Funkruf entfernt. Falls das Fieber häufiger auftreten sollte, werden wir Peter allerdings für weitere Tests ins Krankenhaus bringen müssen. Beobachte ihn bitte aufmerksam.«

»Das werde ich, danke, Jim. Gott sei Dank gibt es die Fliegenden Ärzte!«

Auf dem Rückflug zum Stützpunkt wandte sich Jim an Catherine. »Alles in Ordnung?«

»Ja, aber es war ein ziemlich harter Tag. Du warst professionell wie immer, ich leider nicht.«

»Ich kann dich verstehen. Ich bin auch manchmal frustriert,

weil ich nicht helfen kann, aber ich kann nun mal keine Wunder vollbringen. Ich bin nur ein Mensch mit medizinischen Kenntnissen, und ich gebe mein Bestes.«

In diesem Augenblick durchfuhr Catherine eine geradezu überwältigende Welle der Liebe zu ihm. Wäre sie imstande, ihm ein Kind zu schenken, ein Geschwisterchen für Rosie, hätte sie ihm vermutlich an Ort und Stelle einen Heiratsantrag gemacht.

Kapitel 25

Walt war eine Stunde geritten, als er auf einer Anhöhe anhielt und den Blick voller Stolz über das Land schweifen ließ, das ihm gehörte, so weit das Auge reichte.

Die Morgensonne brannte unbarmherzig auf die ausgedorrte Erde und verwandelte die Felsenformation in der Ferne, in deren kühlen Spalten alle möglichen Tiere Zuflucht fanden, in einen glühenden Monolithen. Walt kannte jeden Quadratzentimeter der Mirabel Farm in- und auswendig; sein Land bedeutete ihm alles. Es war sein Zuhause, seine Lebensgrundlage, sein Paradies. Sollte er es je verlieren, wäre er ein gebrochener Mann, und im Augenblick hatte er das Gefühl, am Rand dieses unvorstellbaren Abgrunds zu stehen.

Nach dem Tod seines Vaters vor zwanzig Jahren hatte er den Anteil von dessen Bruder an der Farm gekauft. Damals war er einundzwanzig gewesen und hatte gedacht, er werde die Farm wenigstens noch ein paar Jahre zusammen mit seinem Onkel bewirtschaften. Doch dann hatte Ted zwei Schlaganfälle gehabt, nicht mehr gehen und nur noch mit Mühe sprechen können. Ihm war nichts anderes übrig geblieben, als die Farm zu verlassen. Da seine Töchter geheiratet hatten und fortgezogen waren, war er seinem Neffen sehr dankbar, dass er die Farm allein weiterführte. Das hatte ihm das Loslassen leichter gemacht.

Walt, der sich seiner Verantwortung bewusst war, arbeitete Tag und Nacht, um den Erwartungen seines Onkels gerecht zu werden. Als er Juliet traf, geriet sein Leben in ruhigere Fahrwasser. Zwar gab es immer noch Dürreperioden und Stürme und schwankende Viehpreise, aber jetzt hatte er Juliet an seiner Seite und in Rex Willard einen zuverlässigen Helfer. Doch Rex war nicht mehr da, und er selbst war verletzt und hatte Schmerzen. Er wusste nicht, wie er das alles schaffen sollte, wollte Juliet aber nicht mit seinen Sorgen belasten.

Als Michael auf die Welt kam, hatte Walt gehofft, sein Sohn werde die Farm eines Tages übernehmen, doch die Kinderlähmung hatte diesem Traum ein jähes Ende bereitet. Jetzt blieb ihm nur noch die Hoffnung, dass Danni das Land genauso lieben würde wie er selbst und dass sie einen Farmer heiraten würde. Allzu groß war die Chance dafür allerdings nicht.

Während er unter der glühenden Sonne langsam weiterritt, umschwärmt von unzähligen Fliegen, dachte er darüber nach, wie es weitergehen sollte, falls sein pochender Arm nicht richtig verheilte. Die Schmerzen ließen ihn nachts nicht schlafen und fraßen ihn am Tag fast auf. Juliet gegenüber ließ er sich nichts anmerken, weil sie darauf bestanden hätte, dass er sich schonte, doch das war schlicht unmöglich. Wer sollte all die Arbeit verrichten? Juliet und Jannali hatten zwar versucht, mit den Pferden zu helfen, aber mit einem Säugling und mit Michael, der besonderer Pflege bedurfte, konnten sie nicht allzu viel tun. Nein, was er brauchte, war ein tüchtiger, kräftiger Farmarbeiter, doch Ersatz für Rex Willard war schwer zu finden.

Walt stieg ab und führte sein Pferd am Zügel, während er nach Kälbern Ausschau hielt, die bei dem heftigen Staubsturm tags zuvor möglicherweise von den Muttertieren getrennt worden waren. Als ihm plötzlich Rauch in die Nase stieg, fürchtete er sofort ein Buschfeuer, und sein Herz begann zu rasen. Er ging dem Geruch nach, bis zu einem verlassenen Lagerfeuer am Rand einer Felsgruppe. Verblüfft hielt er inne. Aborigines ließen niemals ein brennendes Feuer oder glimmende Asche zurück. Das konnte nur bedeuten, dass sich jemand unbefugt auf seinem Land aufhielt. Walt tastete nach seiner Waffe. Er würde nicht zögern, sie zu benutzen, falls es sich um einen Viehdieb handelte.

Von seinem Versteck hinter einem Felsblock beobachtete er,

wie ein junger Aborigine auftauchte und eine Eidechse in die Glut warf. Walt erkannte den Burschen sofort wieder: Es war derselbe, der ihm am Weidezaun zu Hilfe gekommen war, derselbe, der in der Nähe des Hauses herumgelungert hatte.

Sein erster Impuls war, ihn davonzujagen, doch dann erinnerte er sich an den Moment, in dem der Junge ihm ohne zu zögern geholfen hatte. Er trat hinter dem Felsen hervor und blaffte: »Du treibst dich ja immer noch auf meinem Land herum!« Der Aborigine fuhr erschrocken zusammen, was ein Zeichen dafür war, dass er nicht oder lange nicht mehr in einem Clan gelebt hatte – niemand konnte sich unbemerkt an ein Mitglied heranschleichen. Der Junge gab keine Antwort, sondern setzte sich ans Feuer und starrte gedankenverloren in die Flammen.

War das nun Arroganz oder Gleichgültigkeit? Obwohl es Walt sehr schwerfiel, schluckte er seinen Stolz herunter und sagte: »Mir ist klar, dass ich heute vielleicht nicht hier wäre, wenn du mir nicht geholfen hättest, also danke.«

Das kam spät und war vielleicht ein bisschen dürftig, aber die Dinge zwischen ihnen waren kompliziert.

»Ich habe nur getan, was jeder tun würde«, erwiderte der Bursche, ohne aufzublicken.

Zu Walts Überraschung sprach er tadelloses Englisch. »Warum bist du nicht bei deinen Leuten?« Manchmal wurden Mitglieder eines Clans wegen schwerer Vergehen verstoßen, und das wäre für ihn mit Frau und zwei kleinen Kindern, die oft allein zu Hause waren, ein Grund zur Sorge.

Der Aborigine antwortete nicht.

»Was willst du hier auf meinem Land?«

»Ich weiß nicht, wohin«, murmelte der Junge verlegen. »Ich tue doch niemandem was.« Er hatte keine Ahnung, wo er sich befand, doch das zuzugeben war ihm peinlich.

Jetzt hatte Walt Mitleid mit dem jungen Mann. »Wo ist denn deine Familie?«

Der Aborigine warf ihm einen trotzigen Blick zu und drehte sich weg. Walt presste verärgert die Lippen zusammen, dann knurrte er: »Halt dich fern von meinem Haus und dem Mädchen, das für mich arbeitet, verstanden? Sie ist zu jung, um sich mit Jungs abzugeben.« Damit wandte er sich ab.

»Sie ist wie ich«, entgegnete der Aborigine.

Walt hielt inne und sah ihn über die Schulter hinweg an. »Was soll das heißen?«

»Man hat sie ihrer Familie weggenommen, oder?« Er starrte Walt vorwurfsvoll an.

Der Farmer wusste darauf nichts zu erwidern. Dass der Junge das Gleiche durchgemacht haben könnte wie Jannali, war ihm gar nicht in den Sinn gekommen. »Du bist also abgehauen«, sagte er schließlich.

»Und jetzt werden Sie mich verraten, oder?«, schleuderte ihm der Junge entgegen.

Walt dachte kurz nach. »Nein.« Damit stieg er auf und ritt davon.

Am nächsten Tag kontrollierte Walt die Zäune der kleineren Koppeln, in denen das Vieh stand, bevor es auf den Markt getrieben wurde. Er hatte in der Nacht vor Schmerzen kaum geschlafen, und auch jetzt tat sein Arm höllisch weh. Eigentlich hatte er Löcher im Zaun reparieren wollen, aber mit nur einem Arm war das ein aussichtsloses Unterfangen.

Plötzlich tauchte der junge Aborigine neben ihm auf und nahm ihm die Drahtzange aus der Hand. Walt, der mit einem Angriff rechnete, wich erschrocken zurück. Doch der Bursche begann, das Loch im Zaun auszubessern. Walt beobachtete ihn. Offenbar hatte der junge Mann Ahnung von dem, was er tat.

Als er fertig war, gab er Walt die Drahtzange zurück und wandte sich zum Gehen. Er hatte kein einziges Wort gesprochen.

»Kannst du reiten?«, rief Walt ihm nach.

Der Aborigine drehte sich zu ihm. »Ja.«

»Ich könnte Hilfe brauchen. Wenn du also für Unterkunft, Essen und ein bisschen Geld hier arbeiten willst …«

Der junge Mann sah ihn unschlüssig an. Der Farmer hatte eindeutig Schmerzen und schonte seinen verletzten Arm, aber deswegen konnte er ihn dennoch in eine Falle locken und die Behörden verständigen.

Walt sah ihm an, was er dachte. »Du hast doch sonst nichts zu tun. Ich werde dich nicht verraten, versprochen.«

Der Aborigine zögerte immer noch. Nach allem, was er durchgemacht hatte, überlegte er gut, wem er vertrauen wollte und wem nicht. Dann, nach ein paar Sekunden angespannten Schweigens, ging er langsam zu Walt zurück.

»Aber es bleibt dabei – du hältst dich von dem Mädchen fern, klar?«

Der junge Mann nickte und nahm ihm die Drahtzange wieder aus der Hand.

»Wie heißt du?«, fragte Walt und folgte ihm am Zaun entlang, wo er ein weiteres Loch entdeckt hatte.

Der Bursche machte den Mund auf, zögerte aber.

»Ich meine deinen richtigen Namen. Nicht den, den die Weißen dir aufgezwungen haben.«

»Yarran.«

»Yarran! Das ist leicht auszusprechen«, sagte Walt. Er bemerkte den verdutzten Blick des Jungen und fügte hinzu: »An die Arbeit, die restlichen Zäune müssen auch noch kontrolliert werden.«

Um zehn Uhr an diesem Morgen setzte sich Juliet ans Funkgerät und sprach mit Berta über Walt. Sie wusste, dass er nachts kein Auge zumachte und das Haus bei Tagesanbruch verlassen hatte.

»Ich weiß nicht, ob Walts Arm richtig verheilt, Berta. Er hat Schmerzen, aber mir gegenüber tut er so, als wäre alles in Ordnung. Er ist der größte Dickschädel, dem ich je begegnet bin, und das will was heißen, mein Vater und meine Brüder waren in dieser Hinsicht schon schlimm genug. Ich beknie ihn andauernd, er soll sich schonen, solange die Wunde nicht vollständig verheilt ist, aber genauso gut könnte ich mit einer Wand reden!« Sie sorgte sich auch wegen seiner seelischen Verfassung, doch darüber zu reden war schwieriger.

»Jim wollte ursprünglich morgen zu euch kommen, aber ich schaue mal, ob er es heute noch einrichten kann.«

»Ich wäre ihm wirklich dankbar, Berta. Ich hab schon genug zu tun mit Danni und Michael. Ein Glück, dass ich Jannali habe. Sie ist mir wirklich eine große Hilfe. Ich wüsste nicht, was ich ohne sie machen würde. Wenn sie nur nicht immer so traurig wäre …«

»Hat Aunty Mary sie schon besucht?«

»Ja, und ich glaube, sie hat dem Mädchen gutgetan. Ich hab ihr gesagt, sie soll wieder kommen.«

»Das freut mich«, sagte Berta lächelnd.

Juliet setzte einen großen Strohhut auf und beschloss, Walt seinen Tee nach draußen zu bringen. Bis zu den Pferchen hinter der Scheune, wo er zu tun hatte, war es nur ein kleines Stück. Danni machte ein Schläfchen. Michael blieb zu ihrem Bedauern immer in der Nähe des Hauses, weil er mit seinen Beinschienen nur mühsam auf dem unebenen, steinigen Boden vorankam, aber er war imstande, kleinere Aufgaben wie das Füttern der Hühner und der Cattle Dogs zu bewältigen. Manchmal ging er bis zu den Ställen und half seinem Vater, die Pferde zu striegeln, was ihm große Freude machte.

Als Juliet um die Scheunenecke bog, blieb sie wie angewurzelt stehen. Walt und der junge Aborigine, der ihn nach seinem Unfall nach Hause gebracht hatte, obwohl Walt ihn zuvor mit seinem Gewehr bedroht und davongejagt hatte, arbeiteten Seite an Seite. Verblüfft beobachtete sie die beiden und belauschte sie einen Augenblick. Wo er denn das Ausbessern von Zäunen gelernt habe, wollte Walt wissen, woraufhin der junge Bursche ausweichend »da und dort« murmelte. Zu ihrer Überraschung zeigte sich Walt, der wegen seiner ständigen Schmerzen nur noch gereizt war, sehr geduldig. Er erzählte sogar von seinem Onkel und seinem Vater und von der Geschichte der Farm. Der Junge schien aufrichtig interessiert und stellte Fragen, was Walt sichtlich freute.

Plötzlich drehte der Aborigine den Kopf in Juliets Richtung. Obwohl sie im Schatten stand, musste er ihre Gegenwart gespürt haben. Sie trat vor und ging auf die beiden zu.

»Ich bringe dir deinen Tee.«

»Oh.« Walt wirkte verlegen. »Juliet, das ist Yarran. Er wird eine Weile für uns arbeiten.«

Sie bemerkte, dass er ihrem Blick auswich. »So?« Die unerwartete Wendung überraschte sie. »Willkommen, Yarran. Ich hatte noch keine Gelegenheit, mich für deine Hilfe zu bedanken. Das war sehr nett von dir.«

»Das war selbstverständlich, Missus«, erwiderte der junge Mann bescheiden.

»So, wie ich mich dir gegenüber verhalten habe, hätte ich es dir nicht verübelt, wenn du mir *nicht* geholfen hättest«, sagte Walt schließlich. Er sah seine sichtlich verblüffte Frau an. »Mach bitte ein bisschen mehr zu essen, Juliet, und sag Jannali, sie soll in den Unterkünften der Schafscherer ein Bett herrichten.«

»Es macht mir nichts aus, unter freiem Himmel zu schlafen«, entgegnete Yarran.

»Unsinn. Wer den ganzen Tag hart arbeitet, braucht zum Schlafen eine weiche Matratze.«

»Ich hole schnell einen zweiten Becher.« Juliet stellte das Tablett ab. »Greif zu, wenn du Hunger hast. Es ist nur Brot und Marmelade, aber besser als nichts.«

Yarran nickte. »Danke.«

»Berta hat gemeint, Dr. Nixon kommt vielleicht noch vorbei,

um sich deinen Arm anzusehen, Walt. Und wenn nicht heute, dann morgen.«

Walt erwiderte nichts darauf.

Walt war gerade die Stufen zur hinteren Veranda hinaufgestapft, als Jim und Catherine ankamen. Jim sah auf den ersten Blick, wie es um den Farmer stand. »Ich muss dich nicht fragen, wie es dir geht, Walt. Dein Gesicht ist ein offenes Buch.«

Walt nickte. Juliet, ein Teetablett in den Händen, trat aus dem Haus, gefolgt von Jannali mit der kleinen Danni im Arm.

Während Catherine den Verband abnahm, berichtete Juliet, sie habe die Wunde immer gesäubert, aber Walt habe trotzdem große Schmerzen.

»So schlimm ist es nun auch wieder nicht«, brummte Walt griesgrämig.

Juliet verdrehte die Augen. »Du kannst weder mir noch dem Doktor etwas vormachen, Walter Michael Stanley«, schimpfte sie. »Aber wenigstens hat er jetzt jemanden, der ihm auf der Farm hilft«, wandte sie sich an Jim.

»So? Das freut mich.«

»Ja«, sagte Walt. »Er hat heute angefangen, und er stellt sich wirklich gut an.«

»Es ist der junge Aborigine, der ihm zu Hilfe gekommen ist«, verriet Juliet, was ihr einen vorwurfsvollen Blick ihres Mannes eintrug.

Jim und Catherine schauten erstaunt auf.

»Ja, ich war genauso überrascht, aber ich bin froh, dass er Hilfe bekommt.« Juliet fragte sich allerdings, was passieren würde, wenn Yarran sich an Jannali heranmachen sollte.

»Die Wunde hat sich zum Glück nicht entzündet«, stellte Jim nach einer gründlichen Untersuchung fest. »Deine Frau hat gute Arbeit geleistet. Die Schmerzen rühren vermutlich daher, dass du den Arm zu viel bewegt hast. Trag ihn in einer Schlinge, dann werden die Schmerzen schnell nachlassen. Dann kann ich auch bald die Fäden ziehen, denke ich.«

»Das kann ich doch auch machen«, bot Juliet an.

»Schon, aber ich würde mir den Arm vorher gern noch einmal ansehen. Es war eine wirklich schlimme Verletzung.«

Juliet nickte. »Wie du willst, Doktor.«

»Lass deinen Arbeiter die schweren Arbeiten verrichten, Walt, wenigstens diese Woche, okay?« Jim konnte nur hoffen, dass Walt seinen Rat befolgen würde.

Kapitel 26

Auf dem Weg zum Farmhaus bemerkte Aunty Mary vor der Baracke der Schafscherer einen jungen Aborigine, der ein Kleidungsstück über eine Stange hängte.

»Was machst du da?«, fragte sie ihn auf Englisch.

Yarran fuhr erschrocken herum. »Wer bist du?«

Aunty Mary hatte erwartet, dass er einen der hiesigen Dialekte sprechen und ihr so einen Hinweis auf seine Clan-Zugehörigkeit geben würde. Dass er hervorragendes Englisch sprach, schürte ihr Misstrauen nur noch mehr. »Antworte«, herrschte sie ihn an.

»Wonach sieht es denn aus? Ich hänge mein Hemd zum Trocknen auf«, entgegnete er ruhig.

»Bist ein vorlautes Bürschchen. Weiß der Farmer, dass du deine Sachen mit seinem Wasser wäschst?«

»Na klar. Ich arbeite seit heute für ihn.«

Aunty Mary sah ihn erstaunt an. »Wirklich?«

»Ja, wirklich.«

Sie trat näher an ihn heran und musterte ihn. »Ich hab dich hier noch nie gesehen. Gehörst du zum Paakantji-Clan?«

Yarran schüttelte den Kopf. »Ich komme von sehr weit her.«

»Und was willst du hier?«

Yarran zuckte mit den Schultern, wich ihrem Blick aber aus.

Aunty Mary zählte zwei und zwei zusammen. »Die Weißen haben dich verschleppt.«

Yarrans Kopf fuhr hoch. Woher wusste sie das? Dann nickte er bedrückt. »Als ich noch ganz klein war.«

Aunty Mary setzte sich auf die Bank an der Barackenwand. Sie war wegen Jannali gekommen, aber dieser junge Bursche brauchte ganz offensichtlich auch ihre Hilfe.

»Ich habe Neuigkeiten für dich, Jannali«, sagte Catherine, während Jim bei einer Tasse Tee mit Walt und Juliet Neuigkeiten von den anderen Farmen austauschte. Anfangs hatten Catherine und Jim diesen Unterhaltungen skeptisch gegenübergestanden und sie als Tratsch betrachtet, doch Berta hatte ihnen erklärt, dass es für die Menschen auf den entlegenen Farmen, die manchmal etliche hundert Meilen voneinander entfernt lagen, die einzige Möglichkeit war, sich über ihre Nachbarn und deren Probleme und Sorgen zu informieren.

Jetzt leuchteten die dunklen Augen von Jannali voller Hoffnung auf. »Wirklich?«

»Ja. Komm, lass uns ein Stück gehen«, sagte Catherine.

Jannali hatte den schlafenden Säugling in sein Bettchen gelegt und das Moskitonetz darübergebreitet.

Sie verließen das Haus durch die Hintertür und schlenderten zur schattigen Seite der Scheune neben den Schafschererunterkünften hinüber.

»Deine Schwestern sollen in einem lutherischen Heim unweit von Sydney sein«, sagte Catherine.

Verzweiflung stahl sich in Jannalis Augen, und gleich darauf brach sie in Tränen aus.

»Bitte wein doch nicht.« Catherine legte ihr den Arm um die Schultern. »Die lutherischen Missionare sind bekannt dafür, dass sie gut zu den Aborigines sind, deine Schwestern werden bestimmt anständig behandelt.«

»Meinen Sie wirklich, Missus?« Ein Hoffnungsschimmer glomm in den tränennassen Augen des Mädchens.

Catherine nickte. »Ja.«

»Sie sollten bei unserer Mutter sein«, sagte Jannali zornig.

»Du hast recht. Aber wenigstens sind sie zusammen. Ich hoffe, das tröstet dich ein bisschen.«

Catherine und Jannali ahnten nicht, dass Yarran und Aunty Mary ihre Unterhaltung mit anhörten, die nur wenige Schritte entfernt auf der anderen Seite der Baracke saßen. Sie wechselten einen bedrückten Blick. Yarrans Geschichte ähnelte der von Jannali.

»Und meine Brüder?«, fragte das Mädchen jetzt. »Haben Sie etwas über sie herausgefunden?«

»Nur über einen. Er soll auf einer Rinderfarm als Jackeroo arbeiten, zufällig hier in New South Wales. Ich weiß noch nicht, welcher Bruder es ist oder auf welcher Farm er arbeitet, aber möglicherweise ist er ganz in der Nähe.«

Yarran sah Aunty Mary an. Sie wusste, was in ihm vorging: Er hatte Mitleid mit Jannalis Bruder. Seine eigene Geschichte erzählte von furchtbaren Dingen.

»Das muss Jiemba sein! Er ist der Älteste«, rief Jannali freudig.

Yarran zuckte zusammen, als er den Namen hörte.

»Wie alt ist er denn?« Catherine hatte die Frage gestellt, da fiel ihr ein, dass die Aborigines keine Geburtstage kannten.

»Ich weiß nicht genau. Aber er ist größer als ich, und er ist der Älteste. Vielleicht siebzehn? Was arbeitet er denn auf der Farm?«

»Ein Jackeroo macht alles Mögliche«, antwortete Catherine. »Das Vieh zusammentreiben zum Beispiel. Dafür wird er reiten lernen. Das ist kein schlechtes Leben, musst du wissen. Deine Mutter lebt wohl in der Gegend von Echuca. Von dort kommst du, soviel ich weiß. Der Ort liegt an einem großen Fluss, dem Murray. Du hast doch gesagt, dass du dich an einen Fluss erinnerst, nicht wahr?«

Jannali nickte lebhaft. Die bloße Erwähnung des Flusses erfüllte sie mit Freude und Heimweh zugleich. »Ich wünsche mir so sehr, dass ich dorthin zurückkann, Missus. Ich vermisse meine Mutter sehr.«

»Ich weiß«, sagte Catherine voller Mitgefühl.

Als Yarran sie von dem großen Fluss reden hörte, stiegen Erinnerungen in ihm auf. War das derselbe Fluss, an dem er zu Hause gewesen war?

Im Laufe der nächsten Tage arbeitete Yarran hart für Walt, und allmählich entwickelte sich ein Vertrauensverhältnis zwischen ihnen. Der Aborigine verriet so gut wie nichts über sich, aber er war fleißig und stellte sich sehr geschickt an, sodass Walt vermutete, er habe schon einmal auf einer Rinderfarm gearbeitet. Seine Ausdauer, seine körperliche Kraft und sein Geschick waren für den Farmer von unschätzbarem Wert. Er konnte seinen Arm in der Schlinge tragen, wie Jim ihm geraten hatte, und so wurden die Schmerzen mit jedem Tag weniger.

Die Abende waren einsam für Yarran. Meistens hielt er sich im Freien auf, weil in der Schafschererbaracke eine drückende Hitze herrschte. Manchmal machte er ein Feuer und kochte sich Tee in einer Blechbüchse, schaute zu den Sternen und dem Mond hinauf und träumte von dem Tag, an dem er nach Hause zurückkehren konnte. Wenn er nur wüsste, wo sein Zuhause lag! Die Zeit verging, seine Erinnerungen an seine Familie verblassten mehr und mehr, und das machte ihm Angst.

Walt behielt Jannali auch weiterhin im Auge und achtete darauf, dass sie sich von der Schafschererbaracke fernhielt. Das Mädchen hingegen hatte das Gefühl, überwacht zu werden, eine Vermutung, die Juliet bestätigte.

»Walt hat dem neuen Farmarbeiter eingeschärft, dir nicht zu nahe zu kommen. Ich weiß nicht, was er tun würde, wenn er euch beide zusammen erwischen sollte.«

Die Warnung verfehlte ihre Wirkung nicht. Jannali wusste, dass Walt den jungen Burschen schon einmal mit der Waffe bedroht hatte. Wie weit würde er im Ernstfall gehen?

»Ich werde es mir merken, Missus«, murmelte sie mit gesenktem Kopf.

»Das ist gut«, entgegnete Juliet.

Eines Nachts, als Jannali nicht schlafen konnte, setzte sie sich draußen im Dunkeln auf die Veranda. Da bemerkte sie Yarran, der vor seiner Unterkunft am Lagerfeuer saß. Sie hoffte, dass er sie nicht gesehen hatte, doch der Aborigine hatte sie sofort entdeckt.

Er beobachtete sie eine Weile und spielte mit dem Gedanken, zu ihr zu gehen. Das war zwar riskant, aber ihm lag etwas auf dem Herzen. Jannali spürte seinen Blick auf sich ruhen und beschloss, vorsichtshalber wieder ins Haus zu gehen.

Sie wollte gerade aufstehen, als sie Stimmen hörte. Mit heftig klopfendem Herzen spähte sie um die Hausecke und sah Walt und Juliet mit einem Teetablett auf die Veranda treten. Hier draußen sei es viel angenehmer als im stickigen Haus, sagte Juliet gerade. Jannali erstarrte vor Angst, Walt könne sie bemerken und denken, sie sei mit Yarran, der immer noch herübersah, zusammen gewesen.

»Der Junge kann anscheinend auch nicht schlafen«, sagte Juliet. Walt folgte ihrem Blick zu dem Lagerfeuer, in dessen Schein sich Yarrans Silhouette abzeichnete.

»Wundert mich, dass er nicht müde ist, so hart, wie er heute gearbeitet hat«, meinte Walt und zündete sich eine Pfeife an. Den Gedanken, Yarran könne auf eine Gelegenheit warten, sich an Jannali heranzumachen, schob er von sich. »Weißt du, was ich glaube? Dass er von einer Farm hier in der Nähe abgehauen ist, und die einzige, die infrage kommt, ist die von Mitch Subrisky. Er beschäftigt Aborigines als Jackeroos, das weiß ich. Seine Arbeiter sind nicht zu beneiden. Er soll ein fauler Mistkerl sein und aggressiv wie eine in die Enge getriebene Schlange.«

»Ihm gehört doch die Mount Connell Farm, oder?« Deren Land grenzte im Norden an Mirabel. Angeblich hatte der Eigentümer Frau und Kinder, aber kein Mensch hatte sie je zu Gesicht bekommen.

»Richtig. Subrisky hat sie vor ungefähr zehn Jahren gekauft, als Rick Edwards, der Vorbesitzer, seine Hypothek nicht mehr bezahlen konnte. Wir hatten gerade eine fünfjährige Dürreperiode hinter uns, jeder hatte zu kämpfen. Als Vertreter der Bank mit dem Sheriff aufkreuzten, um Rick und seine Familie vor die Tür zu setzen, kamen alle Farmer im Umkreis von hunderten von Meilen, um ihn zu unterstützen. Ich konnte nicht dabei sein, weil ich einen Anwaltstermin wegen des Verkaufs von Mirabel hatte, aber ich habe gehört, es hat hässliche Szenen gegeben. Als die Bank die landwirtschaftlichen Maschinen und Geräte versteigern wollte, hat keiner ein Gebot abgegeben, und so hat Subrisky alles für ein Butterbrot bekommen. Jahrelang wurde er deswegen regelrecht geächtet. Es gab eine Phase, da hat er mir leidgetan – hätte *er* die Farm nicht gekauft, hätte es ein anderer gemacht. Aber dann habe ich ihn in Broken Hill kennengelernt und festgestellt, dass er ein arroganter, fieser Typ ist und ungefähr so liebenswert wie Hundeflöhe.«

»*So* schlimm wird er schon nicht sein«, meinte Juliet, die immer das Gute in den Menschen suchte und überzeugt war, dass selbst der schlechteste Charakter auch seine positiven Eigenschaften hatte.

»Angeblich soll er Frau und Kinder schlagen, was ich nicht eine Sekunde bezweifle. Also kann man wohl kaum davon ausgehen, dass er seine Arbeiter freundlich oder respektvoll behandelt.« Es wurde sogar von Hieben mit der Viehpeitsche gemunkelt, aber Walt wollte nicht glauben, dass er so weit gehen würde.

»Falls Yarran tatsächlich auf der Mount Connell Farm beschäftigt war, ist er vermutlich davongelaufen, weil er die schlechte Behandlung nicht mehr ertragen hat«, sagte Juliet. Der junge Aborigine tat ihr sehr leid.

»Gut möglich. Wie auch immer, er will nicht darüber reden, und ich werde ihn nicht dazu drängen.«

Jannali hatte alles mit angehört, ihr Herz raste. Und wenn ihr Bruder nun auf der Farm dieses brutalen Mannes arbeitete? Ihr wurde schlecht bei dem Gedanken, er könnte misshandelt werden.

Nachdem die Temperaturen tagelang sehr hoch gewesen waren, hatte sich Rose Cottage aufgeheizt. Catherine setzte sich auf die vordere Veranda, wo es kühl war und sie zum Mond und den Sternen hinaufschauen konnte. Ihre Gedanken waren bei Jim. Kein anderer Stützpunkt der Fliegenden Ärzte könne oder wolle eine Krankenschwester einstellen, hatte Berta gesagt. Sie würde also in Broken Hill bleiben oder aber in ein Krankenhaus zurückkehren müssen, und das wollte sie nicht. Sie hatte schon oft überlegt, ob sie nicht aufhören könnte, Jim zu lieben, doch das war eine sinnlose Frage: Sie liebte ihn mit jedem Tag mehr. Er war einfühlsam und freundlich im Umgang mit seinen Patienten, die ihn sehr mochten, und sein Lächeln brachte Catherines Herz zum Schmelzen. Es war eine Tortur, mit ihm zusammen zu sein und sich professionell geben zu müssen, wo sie sich so sehr nach seiner Berührung sehnte.

Mondlicht fiel auf die Rosenknospen. Nicht mehr lange und sie würden sich öffnen und ihren Duft in der warmen Luft verströmen. Abgesehen vom Zirpen der Grillen war es ganz still. In den Häusern auf der anderen Straßenseite und im Laden brannte kein Licht mehr. Alle schliefen. Ein Gefühl von Einsamkeit überkam Catherine und trieb ihr Tränen in die Augen.

Plötzlich hörte sie Schritte, die näher kamen. Sollte sie sich ins Haus flüchten? Doch sie blieb sitzen, wischte sich die Tränen ab und rührte sich nicht, um nicht bemerkt zu werden.

Auch Jim konnte nicht schlafen, weil er andauernd an Catherine denken musste, also war er zu einem Spaziergang aufgebrochen, der ihn wie von selbst zu ihrem Haus führte. Er ging manchmal nachts bei ihr vorbei. Zu wissen, dass sie dort drinnen war und schlief, hatte etwas Tröstliches. Und er konnte ihr nahe sein, ohne dass sie es mitbekam.

Als Catherine ihn erkannte, schlug ihr Herz sofort schneller. Sie blieb reglos im dunklen Schatten unter dem Verandadach sitzen in der Hoffnung, er werde vorbeigehen. Seine Schritte verlangsamten sich, und sie hielt den Atem an. Dann blieb er stehen und drehte den Kopf Richtung Haus. Und entdeckte sie.

»Catherine«, sagte er, peinlich berührt, ertappt worden zu sein. »Ich … äh, ich dachte … du bist schon im Bett«, stammelte er.

»Ich konnte nicht schlafen. Und du? Was machst du um diese Zeit hier?«

»Ich konnte auch nicht schlafen.« Er bog von der Straße auf den Gartenweg. »Darf ich mich zu dir setzen?«

»Natürlich. Soll ich uns Tee machen?«

»Für mich nicht, danke.« Er setzte sich. »Es ist eine wunderschöne Nacht, nicht wahr?«

»Ja.« Catherine spürte, dass er genauso nervös war wie sie. Ihr Herz hämmerte immer noch. »Ist mit Rosie alles in Ordnung?«, fragte sie betont beiläufig.

»Ja, sie und Wilma waren heute fleißig. Sie haben Brötchen mit Wurstfüllung gebacken, die waren wirklich lecker. Morgen werden sie einen Teller voll zum Stützpunkt bringen.«

»Darauf freue ich mich jetzt schon! Wilma hat euch der Himmel geschickt.«

»Das kannst du laut sagen. Sie ist für Rosie eine Art Großmutter-Ersatz. Wenn sie schon keine Mutter hat, dann wenigstens das.«

»Eines Tages heiratest du vielleicht wieder.« Sie hatte die Worte kaum ausgesprochen, als ihr bewusst wurde, wie weh ihr dieser Gedanke tat.

Jim sah sie an, seine Augen schimmerten im Mondlicht. »Ich hätte nicht gedacht, dass ich mich noch einmal verlieben würde, und doch ist es so. Leider habe ich mich in eine Frau verliebt, die meine Gefühle nicht erwidert.«

Catherine brach es fast das Herz. »Ich liebe dich, Jim«, wisperte sie, »aber es wäre dir oder Rosie gegenüber nicht fair, wenn ich eine Beziehung mit dir einginge.«

»Ich verstehe nicht …« Jims Miene verfinsterte sich, nachdem ihr Liebesgeständnis ihn zunächst sehr glücklich gemacht hatte.

Catherine fand, dass er es verdient hatte, die Wahrheit zu erfahren. Sie holte tief Luft und begann: »Erinnerst du dich, dass ich gesagt habe, ich hätte bei dem Angriff des Kampfpiloten innere Verletzungen erlitten?«

Jim nickte und hoffte inständig, dass es nichts war, was ihre Lebenserwartung verkürzte. »Ja.«

»Der Arzt, der mich damals operiert hat, hat mir gesagt, dass ich keine Kinder mehr bekommen kann.«

Jim sah sie mit betroffener Miene an. »Das muss ja furchtbar für dich gewesen sein! Aber die Medizin macht Fortschritte, vielleicht kann man doch noch etwas tun?«

Catherine schüttelte den Kopf. »Der Arzt war sich ganz sicher. Verstehst du, Jim, ich kann dir keine Kinder und Rosie keine Geschwister schenken, und das wäre furchtbar unfair.«

»Du wärst Rosie eine wundervolle Mutter, Catherine, und Rosie ist alles, was ich brauche.«

»Ich war ein Einzelkind, und das ist etwas, was ich mir für Rosie nicht wünsche. Heirate eine Frau, die dir eine Familie geben kann. *Ich* kann es nicht.«

»Ich will keine andere heiraten, ich liebe *dich!*«, beteuerte er.

»Das sagst du jetzt, aber eines Tages wirst du es mir übel nehmen, dass ich dir keine weiteren Kinder schenken kann.«

»Niemals, Catherine. Du, Rosie und ich wären die perfekte Familie.« Er wollte ihre Hand ergreifen, doch sie zog sie zurück.

»Eines Tages wirst du erkennen, dass ich recht hatte, Jim. Bitte akzeptier, dass wir nicht zusammen sein können. Das werde ich dir oder Rosie nicht antun. Ich habe schon vor langer Zeit beschlossen, niemals zu heiraten, weil ich keinem Mann die Chance auf eine Familie nehmen möchte.«

Jim verstand, dass sie ihre Meinung nicht ändern würde, und das brach ihm das Herz. Er senkte den Kopf, kämpfte gegen seine Gefühle an. »Ich respektiere deine Entscheidung, Catherine, aber eins sollst du wissen: Ich werde keine andere heiraten, nur um weitere Kinder zu haben. Du bist die Frau, die ich liebe, und daran wird sich nichts ändern. Gute Nacht.« Er stand auf und stieg die Verandatreppe hinunter.

Mit tränenverschleiertem Blick sah Catherine ihm nach, wie er mit hängenden Schultern davonschlich. Sie hatte ihn tief verletzt. Aber sie hatte das Richtige getan. Es war besser so. Jim war ein wundervoller Vater, der eine ganze Schar von Kindern haben sollte.

Kapitel 27

»Heute wird Danni getauft, Jannali«, sagte Juliet. »Aber das weißt du ja. Wir werden also eine Weile weg sein.«

»Ja, Missus«, entgegnete Jannali. Sie hatte gehört, wie die Farmersleute sich letzte Nacht gestritten hatten, und danach fast kein Auge mehr zugetan. Walt wollte Jannali in der Zeit, in der sie in der Stadt waren, einsperren, damit sie vor Yarran sicher war, aber die Missus war dagegen.

»Walt hat Yarran weggeschickt. Falls er früher als wir zurück sein sollte, schließt du dich im Haus ein, verstanden?«

»Ja, Missus«, antwortete sie, froh darüber, nicht eingesperrt zu werden.

»Was wirst du heute tun?«, fragte Juliet. Sonntags gab sie dem Mädchen immer ein paar Stunden frei.

»Ich habe letzte Nacht nicht gut geschlafen, Missus, ich glaube, ich lege mich ein wenig hin.«

Juliet nickte. »Das ist eine gute Idee.« Nachdem sie Walt von seinem Plan, das Mädchen einzuschließen, hatte abbringen können, hoffte sie inständig, dass sie das nicht bereuen würde.

Eine Stunde später fuhren sie los, Walt, Juliet und Michael in ihren besten Anziehsachen und Danni in einem Taufkleidchen, das seit Generationen im Besitz von Juliets Familie war. Walt warf Jannali, die ihnen nachschaute, einen letzten warnenden Blick zu. Folgsam ging sie ins Haus und schloss die Tür. Seit Yarran auf der Farm arbeitete, musste sie zu ihrem Leidwesen fast die ganze Zeit drinnen verbringen. Und so wartete sie, bis das Auto außer Sichtweite war, dann ging sie hinaus und setzte sich auf die Veranda.

Zum ersten Mal seit langer Zeit war sie allein. Es war ein merkwürdiges Gefühl.

Sie wünschte, Aunty Mary käme zu Besuch. Sie hatte so viele Fragen zu der Mount Connell Farm – ständig musste sie an ihren Bruder denken, ob er dort arbeitete und ob Yarran wirklich von dort weggelaufen war, wie Walt vermutete. Wäre er jetzt hier, hätte sie sich über Walts Anordnung hinweggesetzt und wäre zu ihm gegangen, um mit ihm zu reden.

In der warmen Morgensonne wurde Jannali bald schläfrig und nickte ein. Es waren die lästigen Fliegen, die sie irgendwann weckten. Als sie langsam die Augen öffnete, sah sie Yarran, der an der Schafschererbaracke entlangging und kurz darauf an der dem Haus zugewandten Seite der Scheune wieder auftauchte. Jannali setzte sich auf. Da das Haus auf einer leichten Anhöhe stand, konnte man meilenweit über das Land schauen, und von Walts Auto oder von einer Staubfahne, die seine Ankunft verraten hätte, war weit und breit nichts zu sehen.

Ihr Blick glitt wieder zu Yarran. Er winkte ihr. Sie stand auf, zögerte, dachte dann aber an ihren Bruder und lief die Verandatreppe hinunter und zur Scheune.

Yarran, dem sie noch nie so nahe gewesen war, war ein gut aussehender junger Mann, wie sie jetzt feststellte, und schätzungsweise so alt wie ihr Bruder.

»Der Boss hat gesagt, ich soll mich von dir fernhalten«, flüsterte sie. »Wenn er uns zusammen erwischt, wird er sehr wütend sein.«

»Ich will nur mit dir reden. Über deinen Bruder.«

Jannali riss die Augen auf. »Kennst du Jiemba?«

»Kann sein. Auf der Mount Connell Farm gab es einen Jungen, der so hieß. Er kam vor ungefähr fünf Jahren. Damals hieß er Jimmy, so haben ihn die Weißen genannt. Sein richtiger Name lautet Jiemba Warrawah.«

Jannali schlug sich die Hand vor den Mund. »Das ist mein Bruder!«, wisperte sie, während viele Gefühle sie überwältigten.

Tränen schossen ihr in die Augen. »Wie weit ist es bis zu dieser Farm?«

»Viel zu weit für dich«, antwortete Yarran. Er ging in die Scheune, und Jannali folgte ihm. Warum wirkte er so bedrückt?

»Wieso bist du von dort weggegangen? Ist der Farmer wirklich so ein schlechter Mensch, wie der Boss gesagt hat?«

Yarran wusste, es würde ihr das Herz brechen, wenn er ihr die Wahrheit sagte. Also senkte er nur den Kopf und schwieg.

»Sag doch was! Geht es meinem Bruder gut?«, drängte sie und hielt unwillkürlich den Atem an, während sie auf Antwort wartete.

Yarran stieß einen tiefen Seufzer aus, sagte aber nichts. Plötzlich riss er den Kopf hoch. »Ich höre etwas.« Er spähte zur Tür hinaus und entdeckte eine Staubfahne in der Ferne. »Der Boss kommt zurück! Lauf!«

Jannali rannte aus der Scheune zurück zum Haus.

Yarran sprintete zur Schafschererbaracke, wo er sich auf sein Bett warf und sich schlafend stellte.

Jannalis Herz klopfte zum Zerbersten, als das Auto kurz darauf vor dem Haus hielt. Hoffentlich hatte der Boss sie nicht draußen gesehen! Schlimmer noch als diese Angst war jedoch die Sorge um ihren Bruder. Selbst wenn er geschlagen oder auf andere Weise misshandelt würde, gab es nichts, was sie für ihn tun konnte.

Juliet öffnete die Tür des Anbaus auf der Rückseite des Hauses und sah, dass Jannali auf ihrem Bett lag. »Bist du wach?«, fragte sie leise.

Jannali wandte ihr das Gesicht zu. »Ja, Missus.«

»Hast du geweint?« Juliet runzelte die Stirn.

»Ich habe solche Sehnsucht nach meiner Familie, Missus, vor allem nach meiner Mutter«, murmelte das Mädchen.

»Ich weiß, Jannali«, erwiderte Juliet voller Mitgefühl. Sie hielt Danni auf dem Arm, und da der Säugling unruhig war und jetzt zu weinen begann, kehrte sie ins Haus zurück, um die Kleine zu stillen und frisch zu windeln.

Walt marschierte schnurstracks zu den Nebengebäuden, warf einen Blick in die Ställe, die Scheune und zuletzt in die Schafschererbaracke, wo er Yarran entdeckte. Er stapfte zu seinem Bett, packte ihn an der Schulter und schüttelte ihn.

»Hab ich dir nicht gesagt, du sollst verschwinden, bis ich zurückkomme?«, herrschte er ihn an.

Yarran öffnete die Augen. »Es war viel zu heiß, um draußen herumzulaufen, Boss. Ich bin noch nicht lange zurück. Ich wollte mich bloß hinlegen.« Er wich Walts prüfendem Blick aus.

Der Farmer atmete tief durch. »Okay«, murmelte er und hatte ein schlechtes Gewissen, weil er so misstrauisch war.

Jannali fegte gerade die Veranda, als Walt später herauskam und sich setzte. Er bemerkte ihre düstere Miene und fragte: »Was ist los, Jannali?«

Sie hatte schon überlegt, wie sie das Thema ihm gegenüber ansprechen sollte. »Schwester Thomas hat erzählt, dass mein ältester Bruder auf einer Rinderfarm hier irgendwo in der Gegend arbeitet. Es ist einfach furchtbar schwer auszuhalten, dass jemand aus meiner Familie, den ich so viele Jahre nicht gesehen habe, ganz in meiner Nähe ist«, sagte sie, ohne ihre Arbeit zu unterbrechen.

Walt dachte an Mitch Subrisky. »Das kann ich mir vorstellen. Aber wir behandeln dich doch anständig, oder?«

»Ja, Sir«, bestätigte Jannali.

»Das ändert natürlich nichts daran, dass du deine Familie vermisst, das ist mir klar, aber du wirst sie eines Tages wiedersehen.«

Jannali zuckte mit den Schultern. »Vielleicht.«

Walt erinnerte sich an Catherines Worte. »Ich habe es immer für eine gute Sache gehalten, dass man deine Leute unterrichtet und sie für eine Arbeit ausbildet, aber möglicherweise habe ich mich geirrt.«

Juliet, die Gesprächsfetzen aufgeschnappt hatte, trat an die Hintertür und lauschte.

»Meinen Sie, der neue Arbeiter weiß vielleicht, wo mein Bruder ist?«, fragte Jannali.

Walt sah sie verdutzt an. Wie kam sie auf eine solche Idee? Sofort meldeten sich seine Bedenken wieder. »Das bezweifle ich«, antwortete er kurz angebunden, um ihre Hoffnung, mit Yarran reden zu dürfen, im Keim zu ersticken.

»Ich kann ihn doch mal fragen. Wenn Aunty Mary dabei ist.«

»Nein, Jannali. Er weiß bestimmt nichts. Du hältst dich von ihm fern, verstanden?«

»Ja, Sir.« Sie kehrte ihm den Rücken zu, um ihre Tränen zu verbergen.

Walt stand abrupt auf. Als er seine Frau auf der anderen Seite der Fliegentür bemerkte, erkannte er auf den ersten Blick die Missbilligung in ihren Augen.

»Walt ging es heute Morgen nicht gut, Berta«, sagte Juliet ein paar Tage später über das Funkgerät. »Er hat über Bauchschmerzen geklagt, aber stur, wie er nun mal ist, hat er nicht auf mich gehört und ist raus zu den Koppeln.«

»Die Wunde am Arm hat sich aber nicht entzündet, oder?«, fragte Berta, um eine Blutvergiftung auszuschließen.

»Nein, die sieht gut aus. Seit er einen Farmarbeiter eingestellt hat, heilt sie zusehends.«

»Catherine hat schon davon erzählt. Das war eine gute Idee von ihm.«

»Die Bauchschmerzen müssen eine andere Ursache haben. Ich hätte ihm ja eine Prise Bittersalz gegeben, aber da er unbedingt draußen arbeiten wollte, habe ich es lieber gelassen.«

»Ja, sonst hätte er vielleicht eine unliebsame Überraschung erlebt! Ich würde es ihm geben, wenn er nach Hause kommt. Soll Dr. Nixon ihn sich mal ansehen? Er will sowieso nach North Bindara, um einen Blick auf Dave Burgess' Bein zu werfen, da könnte er auf dem Rückweg bei euch vorbeikommen. Ich weiß allerdings nicht genau wann, irgendwann im Lauf des Nachmittags eben.«

»Das wäre mir sehr recht, Berta, auch wenn Walt anderer Meinung sein wird. Wenn er nach Hause kommt und es stellt sich heraus, dass er nur Blähungen hatte und ihm sonst nichts fehlt, melde ich mich noch einmal bei dir.«

»Okay. Wenn ich also nichts mehr von dir höre, schaut Jim heute Nachmittag bei euch vorbei.«

»Wunderbar, Berta, danke!«

Als Walt zum Mittagessen zurückkam, klagte er immer noch über Bauchschmerzen. Dr. Nixon werde später kommen, sagte Juliet, aber sie könne Berta auch bitten, ihn früher herzuschicken.

»Nein, lass nur. So schlimm ist es nicht«, knurrte Walt mürrisch. »Das geht vorbei. Ich muss mich bloß einen Moment hinlegen.«

Juliet verdrehte die Augen, machte sich aber Sorgen. »Wenn er sich mitten am Tag hinlegt, geht es ihm wirklich nicht gut«, sagte sie zu Jannali. »Ich muss das Baby stillen. Ruf mich, wenn etwas sein sollte.«

»Ja, Missus. Ich kümmere mich um Michael.«

»Danke, Jannali.« Juliet trug den Säugling ins Kinderzimmer.

Als Jannali zwanzig Minuten später nach Walt sah, schlief er tief und fest. Juliet war in ihrem Sessel ebenfalls eingenickt, den immer noch nuckelnden Säugling in den Armen. Sie war in der Nacht mehrmals wegen Danni aufgestanden und entsprechend müde.

Jannali sah Michael an und fragte leise: »Möchtest du den Pferden ein paar Möhren geben?«

Er nickte lebhaft.

»Wir müssen leise sein, damit wir deine Mama und deinen Papa nicht aufwecken.«

Sie schlüpften durch die Hintertür und gingen Richtung Stall. Michael kam in seinen Beinschienen nur sehr langsam voran, und Jannalis Herz klopfte immer heftiger.

Yarran, der die Ställe ausmistete, riss die Augen auf, als er die beiden sah.

»Was willst du hier?«, zischte er mit einem nervösen Blick Richtung Haus.

»Der Boss schläft und die Missus auch«, antwortete Jannali. »Bitte erzähl mir von meinem Bruder!«

Yarran lehnte die Gabel, mit der er frisches Stroh in den Boxen verteilt hatte, an die Wand und überlegte. Jannali würde nicht eher ruhen, bis sie die Wahrheit kannte, aber was er ihr zu sagen hatte, würde sie sehr bedrücken.

Während Michael die Möhren verfütterte, begann Yarran zu erzählen.

»Der Boss auf Mount Connell ist ein widerlicher Mensch. Jiemba hat hart gearbeitet und sich wirklich angestrengt, aber der Boss war nie zufrieden. Irgendwann hatte Jiemba genug und ließ sich nicht mehr alles gefallen, sondern widersetzte sich dem Boss. Dafür hat er jedes Mal Prügel gekriegt.«

»Prügel gekriegt«, wiederholte Jannali mit tonloser Stimme. Ihre schlimmsten Befürchtungen bestätigten sich.

Yarran nickte. »Wir sind alle geschlagen worden, manchmal wurden wir sogar ausgepeitscht.«

Jannali schnappte entsetzt nach Luft. Tränen liefen ihr über die Wangen.

»Eines Tages wehrte sich Jiemba, als der Boss ihm mit der Peitsche eins überziehen wollte. Jiemba ist stark, er hätte den Boss getötet, wenn zwei Jungen ihn nicht zurückgehalten hätten. Der Boss ist durchgedreht und hat Jiemba so verprügelt, dass wir dachten, er überlebt nicht. Er brauchte einen Arzt, aber der Boss hat das verboten. Als er weg war, hat seine Frau sich um Jiemba gekümmert, aber kaum ging es ihm wieder besser, hat der Boss wieder auf ihn eingeschlagen.«

»Ist er immer noch auf der Farm?«, flüsterte Jannali.

»Ich weiß es nicht. Ich bin schon lange weg. Dieses Leben ist nichts für mich, lieber sterbe ich dort draußen.« Er zeigte auf die Einöde ringsum. »Ich habe Jiemba gesagt, er soll mitkommen, aber er wollte nicht. Es ist besser, wenn ich allein gehe, meinte er, dann ist meine Chance zu entkommen größer.«

Bei dem Gedanken daran, was ihr Bruder durchmachen musste, begann Jannali so heftig zu schluchzen, dass sie kaum noch Luft bekam. Yarran legte unbeholfen die Arme um sie. Jetzt bedauerte er, ihr die Wahrheit gesagt zu haben. »Jiemba ist stark, er schafft das schon«, sagte er tröstend, die Lippen an ihren Haaren. Er hörte selbst, wie leer seine Worte klangen. Wie sollte Jiemba die Misshandlungen überstehen?

»Was zum Teufel ist hier los?«

Jannali sprang erschrocken zurück. Walt stand im Scheunentor, die Wut blitzte in seinen Augen und verzerrte sein Gesicht. »Du kleiner Dreckskerl«, knurrte er grimmig und griff nach der Heugabel.

Jannali blieb schier das Herz stehen. Walt ging drohend auf Yarran zu, der vor Angst wie versteinert war.

Plötzlich stürzte Walt sich auf ihn und stieß mit der Heugabel zu. Yarran duckte sich, rutschte auf dem Stroh aus und fiel hin. Die Gabel bohrte sich in die Boxenwand. Walt packte den jungen Aborigine vorne am Hemd und schlug ihm mit der Faust ins Gesicht. »Was habe ich dir gesagt!«, schrie er. Yarran riss schützend die Arme hoch, während Walt, rasend vor Wut, an seinem Hemd zerrte und weiter auf ihn eindrosch.

»Walt!«, brüllte Juliet, die herbeigerannt war. »Hör auf, Walt! Du bringst ihn ja um!« Doch in seinem blinden Zorn nahm er sie gar nicht wahr.

Und dann tauchte wie aus dem Nichts Aunty Mary auf. Sie schob Juliet und Jannali beiseite, trat in die Box und versetzte Walt einen kräftigen Stoß, sodass er das Gleichgewicht verlor und hinfiel. Völlig verdattert starrte er die Aborigine eine Sekunde lang an, dann rappelte er sich auf, baute sich drohend vor Yarran auf und blaffte: »Verschwinde! Auf der Stelle! Und du auch!«, fügte er hinzu und zeigte auf Aunty Mary.

»Wir haben nur über meinen Bruder geredet, Sir«, sagte Jannali beschwörend. »Mehr nicht!«

Walt wirbelte herum. »Ich bin doch nicht blind! Ich hab doch gesehen, wo er seine Hände hatte!«

»Er hat mich getröstet, weil ich geweint habe«, versetzte Jannali jetzt wütend. Sie war es leid, sich rechtfertigen zu müssen. »Ich habe ihn gebeten, mir von meinem Bruder zu erzählen. Er wollte erst nicht. Ihretwegen. Wenn Sie uns erlauben würden, miteinander zu reden, müsste ich es nicht heimlich tun. Yarran trifft keine Schuld.«

Als der junge Aborigine aufstand, gab er den Blick frei auf seinen Rücken – er war bedeckt von vernarbten Striemen, die offensichtlich von einer Peitsche herrührten. Jannali und Juliet zuckten entsetzt zusammen, und Walt klappte der Unterkiefer herunter. Nur Aunty Mary schien eher traurig als schockiert.

Yarran wischte sich mit dem Handrücken das Blut von Nase und Mund und schaute dann auf seine zitternde Hand, während Aunty Mary sein zerfetztes Hemd aufhob und ihm über die Schultern legte. Yarran, der gehofft hatte, Walt sei anders und werde ihn wenigstens anhören, musste erkennen, dass er allem Anschein nach nicht besser war als Mitch Subrisky.

Als Walt begriff, was er getan hatte, wurde ihm regelrecht schlecht. Er taumelte rückwärts, lehnte sich an die Scheunenwand und sah auf seinen Sohn hinab, der ihn anguckte wie einen Fremden. Das versetzte Walt einen Stich im Herzen. Juliets Miene verriet ähnliche Gefühle. Sie blickte kurz auf den Säugling in ihren Armen und dann zurück zu Walt, als bezweifle sie, dass er ein guter Vater für ihr Kind war.

Jannali beschloss, dass sie nichts mehr zu verlieren hatte, und sagte mit tränenerstickter Stimme: »Yarran hat erzählt, dass mein Bruder auf der Mount Connell Farm so brutal geschlagen worden ist, dass er fast nicht überlebt hat. Und warum? Weil sein weißer Boss böse ist und keinen Respekt vor seinen Leuten hat. Jiemba hat bestimmt hart gearbeitet. Er wollte immer dazulernen. Wie können die Weißen nur so grausam sein?« Wieder begann sie zu weinen. Juliet legte den Arm um sie und zog sie an sich.

»Die Weißen nehmen diese Kinder weg. Aus der Familie. Sie sollen ein besseres Leben haben. Sagen sie«, wandte sich Aunty Mary an Walt. »Aber sehen Sie Yarran an! Denken Sie an Jannalis Bruder! Ist dieses Leben wirklich besser? Als das Leben in ihren Familien? Denken Sie darüber nach.«

Kapitel 28

Walt zitterte am ganzen Körper, als er aus dem Stall taumelte und es, mit einer Hand an der Wand gestützt, gerade noch zur Rückseite der Scheune schaffte, bevor er sich vornüberbeugte und zu würgen begann.

Juliet zögerte. Sollte sie ihrem Mann folgen? Andererseits brauchte auch Michael, den der gewalttätige Ausbruch seines Vaters sichtlich schockiert hatte, ihre Hilfe, und da waren noch Jannali und Yarran.

»Es tut mir so leid, Yarran«, sagte sie betroffen. Auf einem Arm hielt sie Danni, den anderen hatte sie um die Schultern ihres Sohnes gelegt, der sich an sie schmiegte. »Ich meine nicht nur das Verhalten meines Mannes, sondern alles, was dir angetan wurde, all die Demütigungen und Misshandlungen. Das hat niemand verdient.«

Yarran nickte. Er war dankbar für ihr Mitgefühl, aber all seine Sorge galt Jannali.

Juliet erriet seine Gedanken. »Jannali wird nichts geschehen, das verspreche ich dir. Mach dir ihretwegen keine Sorgen.«

»Erzähl ihr alles, Yarran. Alles, was du über ihren Bruder weißt. Ist besser so«, riet Aunty Mary.

»Da ist noch mehr?«, rief Jannali ängstlich.

Yarran sah Aunty Mary an. Er war sich nicht sicher, ob es klug war, dem Mädchen die ganze Wahrheit zu erzählen, aber die Aborigine nickte ihm aufmunternd zu.

Juliet spürte, wie unangenehm es dem Jungen war, mit vernarbtem nacktem Oberkörper dazustehen, und so nahm sie eins von Walts Arbeitshemden von dem Haken neben der Sattelkammer und reichte es ihm. Er schüttelte sein eigenes zerfetztes Hemd von den Schultern und streifte sich das von Walt über. Dann tauchte Juliet einen Lappen in einen Eimer Wasser und drückte ihn ihm in die Hand, damit er sich das Blut vom Gesicht waschen konnte. Schließlich trat er aus der Box und setzte sich auf ein umgedrehtes Fass, die Ellenbogen auf die Knie gestützt.

»Als Jiemba auf die Farm kam, war er sehr … eigensinnig«, begann er. »Das hat dem Boss gar nicht gefallen. Er hat ihn sehr schlecht behandelt. Er hat *alle* schlecht behandelt, aber Jiemba ganz besonders. Mach deine Arbeit, habe ich zu Jiemba gesagt, halt den Mund, und widersprich dem Boss nicht, auch dann nicht, wenn er unrecht hat. Der Boss sagte zu ihm: Miste die Ställe aus. Jiemba tat es, dann sagte der Boss: Mach es noch mal. Jiemba fing an, mit ihm zu diskutieren, und wurde verprügelt.«

Wieder liefen Jannali Tränen übers Gesicht bei dem Gedanken, dass der Weiße versucht hatte, den Willen ihres Bruders zu brechen.

»Erzähl vom Schuppen«, drängte Aunty Mary sanft.

»Nein.« Yarran schüttelte den Kopf.

»Erzähl es mir«, forderte Jannali ihn auf. »Ich will alles wissen.«

»Ich kann nicht.« Als er Aunty Mary davon erzählt hatte, waren viele schlimme Erinnerungen wach geworden. Jiembas Schicksal war der Tropfen gewesen, der das Fass zum Überlaufen gebracht und Yarran zur Flucht bewogen hatte.

Walt kam zurück, blieb aber draußen neben dem Scheunentor stehen. Eigentlich hatte er sich entschuldigen wollen, aber er war vor Scham wie gelähmt.

»Dann sag *ich* es.« Aunty Mary sah Jannali an. Was sie zu erzählen hatte, würde sehr schmerzhaft sein, aber das Mädchen musste die ganze Wahrheit erfahren.

Yarran senkte den Blick, um den Kummer und die Verzweiflung auf Jannalis Gesicht nicht sehen zu müssen.

»Auf der Farm ist eine Blechhütte«, begann Aunty Mary. »Die

Jungen werden dort eingesperrt. Als Strafe. Wenn sie nicht gehorchen … sich wehren … der Boss nicht zufrieden ist mit der Arbeit. Sie hat kein Fenster. Ist klein. Kein Platz, um die Arme auszustrecken. Steht in der prallen Sonne. Ist innen heiß wie ein Ofen. An einem sonnigen Tag da drin kann ein Aborigine sterben. Wenn nicht, wird er verrückt. Er kann eingesperrt sein nicht ertragen. Aborigines müssen den Himmel sehen. Du weißt das. Die Weißen verstehen das nicht.«

Jannali nickte. »Ist mein Bruder auch in dieser Hütte eingeschlossen worden?«, fragte sie bedrückt und sah Yarran an. Als er nickte, schlug Jannali sich entsetzt die Hand vor den Mund.

»An diesem Tag war der Boss mit uns anderen lange unterwegs. Ich musste an Jiemba denken, als die Sonne immer höher stieg.« Ein bekümmerter Ausdruck trat auf Yarrans Gesicht.

Jannali wagte kaum zu atmen. Walt, der immer noch draußen stand, schaute zu der grellen Sonne auf und versuchte sich vorzustellen, wie es sich in einer winzigen Blechhütte anfühlen mochte. Er hatte Mitch Subrisky für einen miesen Typen gehalten, aber im Augenblick stand es ihm selbst nicht zu, andere zu verurteilen.

»Als wir am Abend zurückkamen, dachte ich, dass Jiemba nicht überlebt hat, aber dann habe ich gesehen, dass die Hütte auf die Seite gekippt war.«

»Was war passiert?«, fragte Jannali.

»Jiemba hat erzählt, dass er angefangen hat zu graben, und plötzlich hat sich die Hütte zur Seite geneigt, und da hat er sie umgestoßen. Aber anstatt abzuhauen, saß er im Schatten daneben. Er hätte weglaufen sollen. Das wäre besser gewesen«, sagte Yarran düster.

»Was hat der Boss gemacht?«

Yarran schaute zu Aunty Mary. Jannali rechnete wieder mit dem Schlimmsten und hielt unwillkürlich den Atem an.

»Der Boss hat Jiemba an die Hütte gekettet. Kein Essen. Kein Wasser«, antwortete Aunty Mary.

Jannali stieg heiße Galle in die Kehle.

»Als der Boss am nächsten Tag zur Mittagszeit zu der Hütte ging, hatte Jiemba sie in den Schatten unter einem großen Baum gezerrt«, erzählte Yarran. »Die Hütte ist schwer, es muss Stunden gedauert haben, sie dorthin zu schleppen.«

Jannali war versucht zu lächeln, weil ihr Bruder so clever war, aber sie hatte zu viel Angst vor dem Fortgang der Geschichte.

Yarran sprang auf. »Der Boss konnte es nicht fassen, er war außer sich vor Wut. Er hat mir befohlen, eine Axt zu holen. Ich bekam es mit der Angst, Jiemba auch. Der Boss hat ihm die Axt in die Hand gedrückt und gesagt, er soll den Baum fällen.«

»Hat er ihn losgekettet?«, flüsterte Jannali.

»Nein. Als Jiemba den Baum gefällt hatte, hat der Boss ihn dort zurückgelassen, ohne Schatten, ohne Essen, ohne Wasser.«

Jannali konnte nicht glauben, dass jemand so unmenschlich sein konnte. »Hat er ihm die Ketten irgendwann abgenommen?«

»Als er das nächste Mal zu ihm ging, hatte Jiemba sich aus Ästen und Zweigen einen Sonnenschutz gebaut.« Yarran sah Aunty Mary mit einem Ausdruck tiefster Betroffenheit an.

Jannali bemerkte es. »Ist mein Bruder tot? Sag es mir, Yarran.«

Er drehte sich ihr zu. »Der Boss hat getobt, weil Jiemba ihn zum Gespött machte. Dann hat er seine Waffe auf ihn gerichtet. Seine Hand hat gezittert.« Er hob seine Hand und demonstrierte es ihr. »Er hat den Abzug gedrückt, aber die Waffe ging nicht los. Da wurde er so wütend, dass er Jiemba die Waffe an den Kopf geworfen hat und wieder in den Sattel gestiegen ist. Dabei ist ihm der Schlüssel für das Schloss an der Kette aus der Tasche gefallen. Ich hab ihn aufgehoben und Jiemba gegeben, weil wir dachten, der Boss wollte eine andere Waffe holen und zurückkommen. Jiemba hat sich losgekettet und ist weggerannt.«

Jannali atmete auf. »Da bin ich aber froh!«

»Er war tagelang verschwunden, aber dann kam er zurück! Am nächsten Tag bin ich abgehauen.«

»Dann weißt du also nicht, ob er noch lebt«, murmelte Jannali düster.

Yarran schüttelte den Kopf.

Walt hatte genug gehört. Er wankte zum Haus, aber drinnen hatte er das Gefühl, dass die Wände immer näher rückten. Das Gefühl, in der Falle zu sitzen, wurde so stark, dass er fast keine Luft mehr bekam. Er stolperte zur Hintertür, riss sie auf und stürzte keuchend nach draußen. Schwankend ging er zu dem Hügel hinter dem Haus, auf dessen Kuppe ein paar Bäume standen. Hierher kam er, wenn er nachdenken wollte oder in harten Zeiten Trost suchte. Der dumpfe Schmerz im Unterleib machte das Gehen zur Qual. Er musste immerzu an das denken, was er in der Scheune gesehen, gehört und getan hatte. Es stürzte auf ihn ein und begrub ihn unter einem ganzen Berg von Scham.

Auf dem Hügel mit Blick über das Farmland lag Bailey begraben, Walts bester Cattle Dog. Er war blind und taub gewesen, als er im vergangenen Jahr mit sechzehn Jahren starb, und Walt hatte sein Tod das Herz gebrochen. Unter Farmern war es üblich, Arbeitshunde nicht wie verhätschelte Haustiere zu behandeln, doch Bailey war etwas ganz Besonderes gewesen. Er hatte einen außergewöhnlichen Instinkt, war hochintelligent und stellte sich unerschrocken einem wütenden Shorthorn-Rind entgegen, das gut und gern eine halbe Tonne wog. Er hatte ein freundliches Wesen, und seine bernsteinfarbenen Augen waren wie Fenster einer alten Seele. Sobald Michael das Haus verließ, wich Bailey nicht von seiner Seite; einmal hatte er den Jungen sogar vor dem Biss einer Mulgaschlange gerettet.

Walt hatte den Hund von seinem guten Freund Martin Hadley übernommen, der an Leberversagen gestorben war. Er hatte Walt angefleht, sich um das Tier zu kümmern, das ihm so viel bedeutete. Bailey war damals vier gewesen und hatte so sehr um sein Herrchen getrauert, dass er tagelang nicht fressen und trinken wollte.

Walt fürchtete, er werde sterben, also hatte er sich praktisch rund um die Uhr zu ihm gesetzt, ihn gestreichelt und mit ihm geredet. Irgendwann hatte Bailey das Futter aus seiner Hand angenommen, und nach und nach hatte sich eine innige Verbundenheit zwischen ihnen entwickelt.

Als er nun schnaufend und mit schmerzverzerrtem Gesicht auf dem Hügel angekommen war, ließ Walt sich neben Baileys Grab ins Gras fallen und schaute auf sein Haus und sein Land hinunter.

»Was habe ich getan, Bailey?«, sagte er laut. »Ich habe mich immer für einen anständigen Menschen gehalten, aber jetzt weiß ich, dass ich keinen Deut besser bin als ein Mitch Subrisky.« Die Erkenntnis wühlte ihn zutiefst auf.

Plötzlich explodierte der Schmerz in seinem Bauch und verwandelte sich in einen Feuerball. Ihm brach am ganzen Körper der Schweiß aus, und er begann unkontrolliert zu zittern. In der Ferne hörte er den Motor eines Flugzeugs. Da fiel ihm ein, dass Juliet gesagt hatte, der Doktor würde kommen. Walt versuchte aufzustehen, aber die Schmerzen waren so heftig, dass er sich auf der Seite zusammenrollte und für einen schnellen Tod betete.

»Ich kann Walt nirgends finden, Jannali!« Juliet hatte das ganze Haus nach ihm abgesucht, sobald sie das Brummen des Flugzeugs gehört hatte.

»Im Stall oder in der Scheune ist er auch nicht«, sagte Jannali. Yarran war bei Aunty Mary geblieben.

Juliet warf einen Blick aus dem Fenster und sah Jim und Catherine auf das Haus zugehen. Sie reichte Jannali den Säugling, riss die Verandatür auf und rief auch in ihre Richtung: »Ich kann Walt nirgends finden!«

Jim hielt abrupt inne. »Wann hast du ihn denn das letzte Mal gesehen?«

»Vor etwa dreißig Minuten, im Stall. Nach einem Zwischenfall mit unserem Farmarbeiter ist er rausgelaufen. Im und ums Haus habe ich alles abgesucht. Sein Pferd und das Auto sind noch da, er kann also nicht weit sein.«

»Hatte er immer noch Schmerzen?«, fragte Jim mit einem Blick in die Runde.

»Ja, nachdem ich mit Berta gesprochen hatte, hat er sich sogar hingelegt, das sieht ihm gar nicht ähnlich.«

»Wir müssen ihn so schnell wie möglich finden«, sagte Jim besorgt. Walt hatte möglicherweise einen Darmverschluss oder eine Blinddarmentzündung. Mit beidem war nicht zu spaßen. »Wir teilen uns bei der Suche auf. Kann euer Farmarbeiter dabei helfen?«

Juliet war sich nicht sicher, ob Yarran dazu bereit war, aber sie hatte keine Zeit für lange Erklärungen, und so rannte sie zum Stall. Aber Yarran war weg. Panisch lief sie zur Schafschererbaracke, wo sie ihn zu ihrer grenzenlosen Erleichterung mit Aunty Mary fand.

Doch Yarran stand auf und ging Richtung Tür. »Ich bin schon weg, Missus.«

»Du kannst jetzt nicht gehen!«

»Der Boss will mich nicht mehr hier haben.« Er tastete sein geschwollenes Gesicht ab.

»Walt ist verschwunden, Yarran, und ich weiß, dass ich kein Recht habe, dich nach allem, was vorgefallen ist, darum zu bitten, aber würdest du uns bei der Suche helfen? Es geht ihm nicht gut. Der Doktor ist gekommen, aber Walt ist wie vom Erdboden verschluckt.«

Yarran blickte kurz zu Aunty Mary. »Er wird wütend werden, wenn er mich sieht, Missus.«

»Ich verspreche dir, dass dir nichts geschehen wird, Yarran. Hilf uns bitte! Alles andere klären wir später, okay?«

Yarran biss sich auf die Lippe. Die Missus war immer gut zu ihm gewesen, daher wollte er ihr die Bitte nicht abschlagen. »Also gut. Aber danach werde ich die Farm verlassen.«

»Ich danke dir, Yarran!« Juliet fiel ein Stein vom Herzen. »Alles andere klären wir später«, wiederholte sie.

»Ich helf auch, Missus«, sagte Aunty Mary. »Ich geh zu den Koppeln.«

»Und ich fange hinter dem Haus an«, sagte Yarran. Er wollte nicht, dass jemand sein Gesicht sah. Er schämte sich, nicht weil er etwas getan hatte, dessen er sich schämen müsste, sondern weil es demütigend war, Prügel bezogen zu haben.

»Ich weiß gar nicht, wie ich euch beiden danken soll«, murmelte Juliet gerührt. Dann lief sie zum Haus zurück und informierte Jim.

Der nickte. »Ich habe auch Robbie gebeten, uns zu helfen. Catherine, du und Juliet nehmt euch das Gebiet am Stausee vor. Ich werde mit Robbie die Gegend zwischen dem Haus und der Straße absuchen.«

Zwanzig Minuten später trafen sich alle bis auf Yarran auf der Veranda wieder. Sie hatten Walt nicht gefunden.

»Wo ist euer Farmarbeiter?«, fragte Jim.

»Keine Ahnung«, antwortete Juliet. »Er wollte hinter dem Haus suchen, aber das kann ja nicht so lange dauern.« Hatte er sich etwa doch aus dem Staub gemacht? Das konnte sie kaum glauben.

Nachdem Yarran zwischen dem Abort, der Waschküche und dem Vorratslager alles abgesucht hatte, nahm er sich die Schuppen und den Auslauf für die Hühner vor. In der Scheune oder im Stall war der Boss auch nicht. Aber wo konnte er sonst sein? Nachdenklich sah er zu dem Hügel, von dem aus man das Land ringsum überschauen konnte. Vielleicht würde er den Boss von dort oben entdecken.

Eilig lief er die Anhöhe hinauf und ließ seinen Blick über die Umgebung schweifen: Da waren die Farm und die Nebengebäude, sogar das Flugzeug konnte er sehen. Aber weit und breit keine Spur vom Boss. Er sah die Missus aus der Hintertür treten und sofort wieder im Haus verschwinden. Auf diesem Hügel unter den hohen, schattenspendenden Bäumen war die Welt friedlich, und Yarran genoss die Ruhe und Gelassenheit hier oben. Es war lange her, dass er dieses Gefühl verspürt hatte.

Plötzlich glaubte er, ein Geräusch zu hören, es klang wie ein Ächzen. Suchend drehte er sich um die eigene Achse. Dann hörte er das Geräusch noch einmal. Er trat zwischen die Bäume und bemerkte auf einem kleinen Erdhügel ein Holzkreuz. Und dann sah er Walt, zusammengekauert auf dem Boden.

»Boss! Was ist passiert?« Yarran kniete sich neben ihn und streckte die Hand nach ihm aus, wagte aber nicht, ihn zu berühren. »Hat Sie eine Schlange erwischt, Boss?« Er schaute sich hastig um.

Doch der Boss brachte kein Wort heraus. Stöhnend presste er beide Hände auf seinen Bauch.

»Können Sie aufstehen, Boss?«

Walt schüttelte den Kopf.

Yarran sprang auf, rannte zwischen den Bäumen hindurch ins Freie, schrie um Hilfe und schwenkte die Arme, aber das Haus war zu weit weg, als dass ihn drinnen jemand gehört hätte. Sollte er hinunterlaufen? Nein, er wollte den Boss nicht allein lassen, und so hastete er zu ihm zurück.

»Ich muss Sie da runterkriegen, Boss, aber dafür müssen Sie sich von mir helfen lassen, okay?«

Walt ächzte, nickte aber.

Yarran legte sich Walts Arm um die Schultern und hievte ihn auf die Füße. Der Farmer war schweißüberströmt und zitterte am ganzen Körper.

»Ich kann nicht«, stieß er abgehackt hervor und sackte zusammen. Walt war größer als Yarran, aber der junge Aborigine war sehr stark. Er hob Walt hoch und trug ihn auf seinen Armen den Hügel hinunter, vorsichtig, damit er nicht stolperte und das Gleichgewicht verlor.

Zur gleichen Zeit trat Jim, gefolgt von Juliet, auf die Veranda hinaus. »Walt kann sich doch nicht in Luft aufgelöst haben«, murmelte er. Dann richtete sich sein Blick auf die Anhöhe. »Da sind sie!« Er zeigte mit dem Finger in die entsprechende Richtung.

»Gott sei Dank!«, entfuhr es Juliet.

Jim rief laut nach Robbie und rannte los, um Yarran zu Hilfe zu eilen.

Eineinhalb Stunden später lag Walt frisch operiert im Bett. Jim hatte ihm den Blinddarm entfernt, der kurz vorm Durchbrechen gestanden hatte.

»Das war knapp«, sagte er, als er seine Instrumente säuberte. »Ich übertreibe nicht, wenn ich sage, dass euer Farmarbeiter deinem Mann das Leben gerettet hat. Ein paar Minuten später und ich hätte möglicherweise nichts mehr für ihn tun können.«

Juliet hatte der Schock die Sprache verschlagen.

»Alles in Ordnung?«, fragte Catherine sanft.

»Ich kann nicht glauben, dass ich Walt um ein Haar verloren hätte«, flüsterte sie schließlich. Sie hatte sich von der Anspannung der letzten Stunden noch nicht erholt und war wie benommen. Ihre Gedanken wanderten zu Yarran. Sie stand tief in seiner Schuld.

»Dein Mann wird erst einmal ein paar Stunden schlafen«, sagte Jim. »Ich muss noch zu einem anderen Patienten, Harry Miller, aber ich melde mich später noch einmal über Funk. Er muss die nächsten Tage unbedingt im Bett bleiben, Juliet. Das wird nicht leicht werden, ist aber sehr wichtig. Wenn du das Gefühl hast, dass etwas nicht in Ordnung ist, setz dich sofort mit uns in Verbindung, okay?«

Juliet nickte. »Ich danke dir, Jim. Ich werde ihn ans Bett *fesseln*, wenn es sein muss«, versprach sie.

Juliet hatte Tee und ein paar Sandwiches für Yarran gemacht, sie hoffte sehr, dass er noch da war. Doch er war nicht in der Baracke der Schafscherer, wie sie enttäuscht feststellte. Sie stand tief in seiner Schuld und wollte nicht, dass er ging, bevor sie ihm zumindest ihren Dank ausgesprochen hatte. Eigentlich wollte sie gar nicht, dass er ging, aber diese Entscheidung blieb Walt überlassen. Als sie am Paddock vorbeiging, entdeckte sie Yarran, der die Wassertröge säuberte.

»Ich habe dir Tee und etwas zu essen gebracht, Yarran«, sagte sie und stellte das Tablett ab.

»Danke, Missus. Wie geht's dem Boss?«

»Er musste operiert werden, aber ich denke, es wird alles gut.«

Yarran nickte, hielt den Blick aber gesenkt.

»Du hast ihm das Leben gerettet, Yarran«, fuhr Juliet fort und spürte, wie ihr die Tränen kamen. »Ich weiß gar nicht, wie ich dir danken soll.«

Der Aborigine schwieg und hielt den Blick gesenkt.

»Dass ich nicht gleich an den Hügel gedacht habe! Das ist einer von Walts Lieblingsplätzen. Dorthin geht er, wenn er nachdenken muss oder allein sein will. Wahrscheinlich ist er hinaufgestiegen, weil er entsetzt über sich selbst war. So habe ich ihn noch nie erlebt. Das passt gar nicht zu ihm.«

Yarran schwieg noch immer. Juliet spürte, dass er ihr kein Wort glaubte.

»Du denkst, dass alle Weißen gleich sind, aber Walt ist noch nie gewalttätig geworden. Ich will ihn nicht in Schutz nehmen – ich weiß es nicht, aber vielleicht waren seine Schmerzen die Ursache für sein Verhalten. Ich würde gerne später noch einmal mit dir reden, bleib bitte hier.«

Yarran war unschlüssig. Er hatte nur wissen wollen, ob der Boss überlebt hatte, dann hatte er gehen wollen. »Also gut, Missus.« Er nahm sich vor, die Farm am nächsten Morgen zu verlassen und Aunty Marys Angebot anzunehmen, vorläufig beim Paakantji-Clan Unterschlupf zu finden.

Kapitel 29

Robbie, Jim und Catherine waren gerade beim Flugzeug angekommen, als das Funkgerät zu knistern begann.

»Bist du da, Robbie? *Over.*«

Robbie kletterte ins Cockpit und griff zum Mikrofon. »Ja, Berta. Was gibt's?«

»Ihr müsst sofort zur Willunga Farm fliegen. Jenny Telford hat sich gemeldet: Wilbur Smithson, der Vorarbeiter, hat sich schwer verletzt. Ihr Dad vermutet, dass sein Becken gebrochen und möglicherweise die Wirbelsäule verletzt ist.«

»Okay, sind schon unterwegs«, erwiderte Robbie. »Sag bitte Harry Miller Bescheid, dass der Doc ihn heute vielleicht nicht mehr besuchen kann.«

»Mach ich«, versicherte Berta.

Robbie warf über die Schulter einen Blick nach hinten, wo Jim und Catherine sich anschnallten, und informierte sie über die Planänderung. »Harry Millers Gicht wird warten müssen«, meinte er, und Jim stimmte ihm zu.

»Ich war an meinem allerersten Tag bei den Fliegenden Ärzten mit Dr. Harris auf der Willunga Farm«, erzählte Catherine, während die Maschine über die Piste rollte, und beschrieb Mike Telfords Verletzung am Fuß. »Das war mit das Schlimmste, was ich je gesehen habe, und das will was heißen! Bill fürchtete schon, der Fuß müsste abgenommen werden, aber die Ärzte im Krankenhaus in Broken Hill konnten ihn glücklicherweise retten. Mike ist verwitwet, hat sechs Kinder und eine Farm, die anscheinend kaum etwas abwirft. Er hat es also nicht gerade leicht im Leben.«

Jim nickte mitfühlend. »Er ist nicht zu beneiden. Es ist schon eine riesige Verantwortung, *ein* Kind allein großzuziehen, geschweige denn sechs.«

»Ich habe ihm vorgeschlagen, eine Haushälterin einzustellen, aber das kann er sich natürlich nicht leisten. Also habe ich ihm von einem Programm erzählt, das Frauen vermittelt, die gegen Unterkunft und Verpflegung im Haus und bei der Kinderbetreuung helfen. Er wollte sich darüber informieren, hoffentlich hat er das auch gemacht. Eine Haushälterin würde ihn wirklich sehr entlasten.«

»Das war sehr aufmerksam von dir.« Jims Augen leuchteten. Er liebte alles an Catherine, nicht zuletzt ihr gutes Herz.

Catherine wandte den Blick ab, weil Jims Gefühle für sie so offensichtlich waren und sie Mühe hatte, ihre eigenen Emotionen verborgen zu halten. Für den Rest des Fluges schaute sie aus dem Fenster und lenkte ihre Gedanken zu dem, was sie auf der Farm erwarten mochte.

»Wir fliegen direkt in ein Gewitter«, sagte Robbie plötzlich. Blitze zuckten über den Himmel, und Catherine klammerte sich an ihren Sitz, als das Flugzeug von Turbulenzen geschüttelt wurde.

»Keine Angst, es wird nichts passieren«, sagte Jim beruhigend, obwohl er selbst auch nervös war. Er streifte Robbie mit einem kurzen Blick. Der Pilot wirkte hochkonzentriert.

Als das Flugzeug zum Landeanflug sank, grollte dumpfer Donner in den schwarzen Wolken.

»Ich bin heilfroh, wenn wir unten sind«, gestand Catherine.

Die Piste war vor aufgewirbeltem Staub kaum zu erkennen, und der heftige Wind machte es nur unter größter Anstrengung möglich, das Flugzeug stabil waagerecht zu halten. Endlich setzten die Räder auf dem Boden auf. Robbie und seine beiden Passagiere atmeten auf.

Inmitten roter Staubwolken unter dem düsteren Gewitterhimmel wartete Jenny auf sie.

»Hallo, Jenny«, grüßte Catherine und machte sie mit Jim bekannt. Die junge Frau war sehr angespannt und wirkte mit ihrer ernsten Miene viel älter als ein Teenager. Wieder kam Catherine der Gedanke, dass es schien, als trage die junge Frau die Last der ganzen Welt auf ihren jungen Schultern.

»Dad hat gesagt, Sie können den Wagen nehmen«, sagte Jenny. Sie schützte die Augen mit der Hand gegen den Staub, als sie sie zu einem schmutzigen Geländewagen voller Rostflecken führte. »Ich zeig Ihnen den Weg zu dem Paddock, in dem er und Wilbur sind.«

Jim sprang auf den Fahrersitz, Jenny und Catherine nahmen vorne neben ihm Platz, und Robbie kletterte nach hinten. Er hatte die Trage aufgeladen, die Ladefläche des Geländewagens war groß genug, um Wilbur darauf zu transportieren, der wahrscheinlich ins Krankenhaus geflogen werden musste.

Bis zum Paddock war es eine halbe Meile. Auf dem Weg erzählte Jenny, dass ihr Vater, Wilbur und ein junger Farmarbeiter die Jungbullen von der Herde abgesondert hatten, als der Unfall passierte. »Wilburs Pferd hat wohl wegen einer Schlange gescheut und sich aufgebäumt und ist dann mit einem Stier zusammengestoßen. Wilbur wurde aus dem Sattel geschleudert, ist zwischen Pferd und Stier gestürzt und unter ihre Hufe geraten. Ich weiß nicht, wie schwer er verletzt ist, ich war ja nicht dabei, aber Dad war in heller Aufregung, als er nach Hause kam.«

»Was ist mit deinen Geschwistern? Alles in Ordnung?«, erkundigte sich Catherine. Schließlich waren die Kinder jetzt allein zu Hause und vermutlich völlig verängstigt.

»Ja, Rhian ist ja bei ihnen.«

»Rhian?«

Jenny nickte. »Sie wohnt noch nicht lange bei uns. Sie kommt aus Wales und ist richtig nett. Sie hilft uns sehr.«

Catherine lächelte erfreut. »Hat sie auch eigene Kinder?«

Wieder nickte Jenny. »Ja, Dylan ist vier und eine kleine Nervensäge. Aber das Leben auf der Farm gefällt ihm, hier kann er sich so richtig austoben. Rhian erledigt die Dinge auf ihre ganz eigene Art, und sie hat so einen komischen Akzent, deshalb verstehen wir sie manchmal kaum, aber sie ist eine tolle Köchin, und alles, was sie kocht, schmeckt lecker.«

»Das freut mich sehr für euch! Es war einfach zu viel für dich, sich um deine Geschwister zu kümmern und zusätzlich den Haushalt zu machen, Jenny.«

»Rhian kann uns natürlich nicht unsere Mum ersetzen, aber es ist schön, dass wieder eine Frau im Haus ist«, gestand das Mädchen. »Ich mache mir trotzdem Sorgen um Dad. Aber wenigstens muss *er* sich nicht mehr so viel Sorgen um *uns* machen.«

Catherine schwieg nachdenklich. Das Mädchen hatte nach dem Tod der Mutter viel zu schnell hatte erwachsen werden müssen, dachte sie wieder.

Jim stellte den Wagen vor dem Gatter zum Paddock ab.

»Seien Sie vorsichtig«, warnte Jenny. »Die Rinder sind bei Sturm und Gewitter sehr schreckhaft.« Die beiden Pferde, die am Zaun angebunden waren, tänzelten nervös hin und her, und der junge Farmarbeiter am anderen Ende des Paddocks hatte auf seinem Pferd alle Mühe, die Herde am Ausbrechen zu hindern.

Mike hielt Wache bei Wilbur, der auf dem Boden lag. Er war sichtlich erleichtert, als endlich Hilfe eintraf.

Robbie folgte Jim und Catherine mit der Trage. Jenny schloss das Gatter hinter ihnen und blieb davorstehen.

Jim kniete sich neben Wilbur.

»Ich kann mich nicht bewegen, Doc«, keuchte der Vorarbeiter. Er hielt sich die Seite und atmete flach und stoßweise.

Er hatte Blutergüsse an den Armen, und sein Hemd war zerrissen. Jim überprüfte den Kopf, konnte aber keine sichtbaren Verletzungen feststellen.

»Tut das weh?«, fragte er, als er mit leichtem Druck die Rippen abtastete.

Wilbur schrie vor Schmerz auf.

»Vermutlich sind ein paar Rippen gebrochen«, sagte Jim. »Können Sie Ihre Beine spüren?« Wilbur nickte. »Das ist gut«, meinte Jim und tastete sie auf Knochenbrüche ab.

»Helfen Sie mir hoch, Doc«, bat der Vorarbeiter.

»Das geht erst, wenn Sie auf mögliche Verletzungen an der Wirbelsäule untersucht worden sind. Das kann ich aber hier nicht machen, also werden wir Sie ins Krankenhaus fliegen. Bis dahin bewegen Sie sich bitte so wenig wie möglich.«

»Ich kann Mike nicht allein lassen. Er braucht mich hier«, erwiderte Wilbur mit schmerzverzerrtem Gesicht.

»Mach dir meinetwegen keine Sorgen.« Mike humpelte um ihn herum. »Wichtig ist, dass du im Krankenhaus untersucht und behandelt wirst.«

In dem Moment, in dem Robbie die Trage neben Wilbur legte, zuckte ein Blitz aus den schwarzen Wolken und schlug in einen Baum unweit der Rinderherde ein. Der Baum explodierte regelrecht, brennende Stücke stoben nach allen Seiten.

Catherine schrie erschrocken auf. Mike betrachtete voller Sorge den brennenden Baum, weil er fürchtete, er könnte einen Steppenbrand auslösen.

Die Rinder brüllten vor Angst und galoppierten kurz darauf inmitten einer Staubwolke auf die Gruppe rings um Wilbur zu. Der Farmarbeiter auf seinem Pferd hatte nicht die geringste Chance, sie aufzuhalten.

»Oh nein!«, ächzte Mike, und alle Farbe war aus seinem Gesicht gewichen, als die Tiere rasch herantrampelten. »Raus hier!«, brüllte er. »Nichts wie weg!« All das geschah in Sekundenbruchteilen, allen im Paddock jedoch erschien es wie eine Ewigkeit.

Jim und Robbie hoben Wilbur auf die Trage. Der Vorarbeiter schrie vor Schmerz auf, doch sie mussten schnell handeln, während Mike sich den Rindern zudrehte, mit den Armen wedelte und gellende Schreie ausstieß, in dem Bemühen, die Tiere die Richtung ändern zu lassen. Catherine stand wie versteinert da, als Jim und

Robbie so schnell sie konnten mit Wilbur auf der Trage zum Gatter liefen. Jenny riss es auf und schrie Catherine an, das Paddock sofort zu verlassen.

»Lauf, Catherine!«, schrie auch Jim, doch das Donnern der Hufe und das Grollen aus den düsteren Gewitterwolken übertönte alles. Im letzten Moment schlug die Herde einen Haken und galoppierte in eine andere Richtung davon. Der Staub, den sie aufgewirbelt hatte, hing schwer in der Luft und hüllte alles in einen roten Nebel.

Plötzlich tauchte wie aus dem Nichts ein Jungrind auf. Noch ehe Catherine wusste, wie ihr geschah, prallte es gegen sie und rannte sie um. Mike, der in ihrer Nähe stand, musste zusehen, wie sie durch die Luft geschleudert wurde, hart auf dem Boden aufprallte und wie eine Strohpuppe ein Stück über die Erde rollte.

Jim und Robbie bemerkten erst am Gatter, dass Catherine nicht da war. »Catherine!«, rief Jim, während er und Robbie die Trage mit Wilbur darauf auf die Ladefläche des Geländewagens schoben.

»Doc!«, brüllte Mike.

Jim rannte los, in die Richtung, aus der Mikes Stimme gekommen war. Ganz allmählich legte sich der Staub, und Jim blieb fast das Herz stehen, als er Catherine regungslos auf der Erde liegen sah.

»Catherine!« Er hetzte zu ihr, befürchtete das Schlimmste. Doch dann sah er, dass ihr Brustkorb sich hob und senkte. Sie lebte! Er hob sie vorsichtig hoch und trug sie zum Wagen.

Jim legte Catherine behutsam auf den langen Vordersitz.

»Was ist mit ihr?«, fragte Mike besorgt.

»Ich weiß es nicht«, murmelte Jim. »Wir müssen sie so schnell wie möglich ins Krankenhaus bringen. Möglicherweise hat sie innere Verletzungen.«

»Das wird nicht einfach werden bei dem Sturm«, meinte Robbie.

Jim setzte sich ans Steuer, während Mike auf seinem und Jenny auf Wilburs Pferd ritt. Inzwischen hatte der Farmarbeiter zu Pferd die Herde ans andere Ende des Paddocks getrieben.

Schließlich luden sie Catherine und Wilbur vorsichtig ins Flugzeug.

»Das wird ein Höllentrip«, sagte Robbie während der Startvorbereitungen. »Halt dich gut fest, Jim!«

»Tu, was du kannst, um uns heil nach Broken Hill zu bringen«, bat Jim. Er beobachtete Catherine, die jetzt langsam wieder zu sich kam. Sie hielt sich die linke Seite, und Jim vermutete, dass sie eventuell einen Milzriss und gebrochene oder geprellte Rippen hatte.

Der Flug nach Broken Hill war abenteuerlich und eine Tortur, nicht zuletzt für Jim, der krank vor Sorge um Catherine war, nachdem er innere Blutungen nicht ausschließen konnte. Wilbur verabreichte er ein starkes Schmerzmittel, sodass der Vorarbeiter die ganze Zeit schlief. Windböen warfen das Flugzeug hin und her, und die Sicht war durch den Staub stark eingeschränkt. Jim hielt Catherines Hand und betete, dass alles gut würde. Er war dankbar, dass sie immer wieder wegdämmerte und nicht ahnte, in welcher Gefahr sie sich befanden.

Robbie bot sein ganzes fliegerisches Können auf. Er hatte Berta über Funk gebeten, zwei Krankenwagen anzufordern, und musste ihr dann mitteilen, dass es sich bei dem zweiten Patienten um Catherine handelte.

»Was ist passiert?«, rief Berta völlig außer sich.

»Später. Ich hab jetzt keine Zeit für lange Erklärungen, die Wetterverhältnisse sind katastrophal. *Over and out.*«

In Broken Hill stieg Jim in den Krankenwagen, in dem Catherine zum Transport lag, ohne auch nur ein Wort der Erklärung für Berta, die nervös die Hände knetete und auf Neuigkeiten wartete. Wilbur wurde in den zweiten Krankenwagen geladen.

Berta eilte zum Hangar, wo Robbie sich anschickte, das Flugzeug aufzutanken. »Kannst *du* mir vielleicht verraten, was mit Catherine ist? Ich hab Jim gefragt, aber er hat mich gar nicht beachtet!«

»Er ist völlig durcheinander und krank vor Sorge um Catherine. Er ist verliebt in sie«, antwortete Robbie ohne jede Spur von Eifersucht.

»Selbst ein Blinder sieht, dass Jim und Catherine sich lieben«, fauchte Berta. »Wenn jemals zwei Menschen zusammengehört haben, dann die beiden! Das ist zumindest meine persönliche Meinung.« Sie wollte Robbie nicht verletzen, aber das war nun mal die Wahrheit.

»Du hast ja recht, Berta.« Vielleicht hätte er um Catherine gekämpft, wenn er für eine dauerhafte Beziehung bereit wäre, aber das war er nicht. Und so, wie sie Jim ansah, hatte sie *ihn* noch nie angeschaut.

»Freut mich zu hören, und jetzt erzähl, was passiert ist.«

Robbie schilderte ihr die Ereignisse.

»Was hattet ihr denn bei einem Unwetter in einem Paddock mit einer Rinderherde zu suchen? Ihr hättet euch doch denken können, dass das gefährlich werden kann.«

»Der Verletzte lag in dem Paddock, Berta«, erklärte Robbie geduldig. »Ich hoffe nur, Catherines Verletzungen sind nicht so schwer«, fügte er bedrückt hinzu. »Jim vermutet, sie könnte innere Blutungen haben.«

»Sie wird sicher wieder gesund«, brachte Berta mit erstickter Stimme hervor.

»Ja, wir müssen positiv denken.« Robbie legte den Arm um sie. »Jim wird alles tun, was in seiner Macht steht, um sie da durchzubringen.«

Berta nickte. »Das wird er ganz bestimmt, aber manche Dinge liegen eben nicht in unserer Hand, Robbie.«

Kapitel 30

Jim schob Catherine auf der Trage in die Notaufnahme und rief aufgeregt nach einem Arzt. An diesem Tag hatte Dr. Dick Somerfield Dienst. Dreißig Jahre lang hatte er in ländlichen Krankenhäusern Erfahrung gesammelt, bevor er vor einem Jahr nach Broken Hill gezogen war. Jim schätzte und respektierte ihn. Dr. Stephen Glazen, sein Assistent, hatte sein Medizinstudium erst vor einem Jahr abgeschlossen.

Dick war überrascht, Jim, der normalerweise die Ruhe selbst war, jetzt vollkommen aufgelöst zu sehen. Doch dann fiel sein Blick auf die Patientin, und er verstand. Er hatte die beiden des Öfteren bei Nachsorgebesuchen im Krankenhaus beobachtet und vermutet, dass sie mehr als nur Sympathie füreinander empfanden. Jetzt sah er sich in seiner Vermutung bestätigt.

»Nur die Ruhe, Jim, ich übernehme«, sagte er, während Dr. Glazen sich um Wilbur kümmerte.

»Sie verstehen nicht! Sie ist von einem Rind umgerannt worden! Wahrscheinlich hat sie innere Verletzungen, möglicherweise einen Milzriss und Rippenbrüche«, sprudelte Jim hektisch hervor.

»Okay.« Dick warf einen Blick auf die Vitalzeichen, die Jim notiert hatte, und begann dann mit der Untersuchung. »Ich denke, Sie haben recht, Jim. Der Blutdruck sinkt ab, wir werden sie sofort operieren.«

»*Ich* werde die Operation durchführen«, sagte Jim.

»Ab jetzt ist sie *meine* Patientin, Jim«, erwiderte Dick mit Bestimmtheit.

Jim sah ihn finster an. »Dann assistiere ich.«

»In Ihrer Verfassung haben Sie im OP-Saal nichts zu suchen, Jim.« Dick gab den Schwestern Anweisungen, Catherine für den Eingriff vorzubereiten, und Jim schaute hilflos zu, wie sie hinausgerollt wurde.

»Wie können Sie es wagen, meine Fähigkeiten infrage zu stellen!«, blaffte er.

»Ich stelle Ihre Fähigkeiten nicht infrage. Sie sind mehr als kompetent, diesen Eingriff durchzuführen, Jim, aber Sie sind emotional zu sehr involviert.«

Jim starrte ihn an und suchte verzweifelt nach einem Gegenargument. Er fand keines.

»Sie wissen, dass das stimmt«, fügte Dick sanft hinzu.

Jim raufte sich die Haare. »Ich kann doch nicht bloß untätig hier herumstehen«, entfuhr es ihm.

»Ich weiß, was es heißt, einen geliebten Menschen in die Obhut von Ärzten geben zu müssen«, sagte Dick. »Aber denken Sie daran, dass es dort draußen Menschen gibt, die Ihre Hilfe brauchen, weil sie nicht hierherkommen können. Fahren Sie zurück zum Stützpunkt. Ich halte Sie auf dem Laufenden.« Damit wandte er sich ab und ging eilig Richtung OP-Saal.

Jim fühlte sich hoffnungslos verloren. Dick hatte recht – er sollte zum Stützpunkt zurückkehren, aber er konnte Catherine doch unmöglich hier allein zurücklassen, oder? Er hatte versucht, ihren Wunsch, keine Beziehung mit ihm einzugehen, zu respektieren. Doch das war schwerer als gedacht, vor allem während der Arbeit. War sie in der Nähe, sehnte er sich danach, sie zu küssen, sie in seinen Armen zu halten, ihr zu sagen, wie sehr er sie liebte. Rosie sprach oft von ihr, fragte, ob sie nicht Catherine besuchen oder alle zusammen in den Park gehen könnten, und dann musste er sich immer eine Ausrede einfallen lassen, warum das nicht möglich war.

Benommen betrat Jim das Büro des Stützpunkts und ließ sich ohne ein Wort auf einen Stuhl fallen. Seine Gedanken drehten sich unablässig um Catherine, die jetzt im OP lag.

Berta starrte ihn besorgt an. Einerseits hätte sie gern gewusst, wie es um Catherine stand, andererseits fürchtete sie sich geradezu vor der Wahrheit. Zu guter Letzt hielt sie es nicht mehr aus. »Willst du mir nicht endlich sagen, was los ist, Jim? Was ist mit Catherine?« Die junge Frau war mittlerweile wie eine Tochter für sie, und sie hatte Mühe, die Tränen zurückzuhalten.

»Entschuldige, Berta.« Er schüttelte den Kopf und versuchte, seine Gedanken zu sammeln. »Sie muss operiert werden.«

»Wieso?«

»Möglicherweise hat sie einen Milzriss. Vielleicht sind auch ein paar Rippen gebrochen. Wir müssen abwarten, was die Ärzte sagen.«

Berta hätte gern gefragt, wie ernst ein Milzriss war, aber sie konnte Jim ansehen, dass das jetzt nicht der richtige Augenblick dafür war. »Sie schafft das, du wirst sehen«, sagte sie, aber ihre Stimme zitterte. »Ich habe übrigens Bill Harris gebeten, nach Harry Miller zu sehen, weil ich dachte, du würdest lieber im Krankenhaus bleiben.«

Jim nickte zerstreut. »Danke.«

»Bill kann heute für dich einspringen, dann kannst du zurück zum Krankenhaus.«

Jim war sichtlich erleichtert.

»Ich weiß, dass du sie liebst, Jim.« Der quälende Kummer in seinen Augen war nicht zu übersehen. »Ich weiß auch, warum Catherine keine Beziehung mit dir möchte. Dabei liebt sie dich genauso sehr wie du sie.«

»Das ist ja das Traurige, Berta! Ich muss nicht noch mehr Kinder haben. Selbst wenn ich Rosie nicht hätte, würde ich mit Catherine zusammen sein wollen, aber sie meint, ich soll lieber eine Frau heiraten, die Rosie Geschwister schenken kann. Dabei hat Rosie sich noch nie ein Brüderchen oder ein Schwesterchen gewünscht. Sie wünscht sich eine Mutter und einen Hund!«

»Du musst Geduld haben, Jim«, riet Berta. »Mehr kannst du nicht tun.«

Er nickte, auch wenn er nicht daran glaubte, dass sich an Catherines Einstellung etwas ändern würde. »Ich melde mich, sobald ich mehr weiß.« Damit stürmte er aus dem Büro.

»Wie fühlen Sie sich?«, fragte Dr. Somerfield seine Patientin im Aufwachraum, als diese langsam zu sich kam. »Sagen Sie einfach Bescheid, wenn ich Ihnen noch etwas gegen die Schmerzen geben soll.«

Catherine versuchte zu sprechen, aber ihr Mund war viel zu trocken.

»Die OP ist gut verlaufen. Sie hatten eine oberflächliche Milzverletzung, die genäht werden konnte. Ich würde sagen, Sie hatten großes Glück.«

Catherine schloss die Augen.

Als der Arzt eine Stunde später am Wartezimmer vorbeiging, bemerkte er dort Jim. »Ich dachte, Sie wären zum Stützpunkt zurückgefahren«, sagte er und blieb stehen.

Jim sprang auf. »Wie geht es Catherine?«

»Sie hat Glück gehabt. Es war nur eine oberflächliche Verletzung der Milz. Ich habe ihr aber auch noch den Blinddarm entfernt, weil ich dort eine leichte Schwellung festgestellt habe, sowie Narbengewebe von einer alten inneren Verletzung. Es gab keinerlei Komplikationen. Sie wird wieder vollständig genesen. Haben Sie für den Rest des Tages frei?«

»Dr. Harris ist für mich eingesprungen. Wo ist Catherine jetzt? Kann ich sie sehen?«

»Sie müsste mittlerweile in ihrem Zimmer sein, aber sie schläft bestimmt. Fahren Sie nach Hause, und kommen Sie morgen wieder, wenn sie frisch und ausgeruht ist. Sie sehen auch ziemlich mitgenommen aus.«

Jim war noch nie so erschöpft gewesen, aber er konnte sich jetzt nicht ausruhen. »Wie geht es Wilbur Smithson?«

»Er hat starke Schmerzen, kein Wunder, bei vier gebrochenen Rippen und jeder Menge Blutergüssen. Aber Dr. Glazen sagt, dass seine Lunge unverletzt geblieben ist. Er ist in Zimmer zwölf, wenn Sie kurz bei ihm reinschauen möchten.«

»Das werde ich, danke. Und danke für alles, was Sie für Catherine getan haben.«

»Nichts zu danken, ich habe nur meine Arbeit getan. Dann bis morgen.«

Jim lief durch den Korridor zu Zimmer zwölf. Aber Wilbur schlief, und er wollte ihn nicht stören. Das starke Schmerzmittel mache ihn müde, erklärte ihm eine Schwester.

»Können Sie mir sagen, in welchem Zimmer Catherine Thomas liegt?«

»Zimmer siebzehn, aber ich glaube, sie schläft auch.« Damit setzte die Schwester ihre Runde fort.

Jim lief den Gang entlang und fand Catherine in ihrem Bett, wo sie tatsächlich ruhig schlief. Er trat leise zu ihr, setzte sich an ihre Seite und ergriff behutsam ihre Hand. Er küsste den Handrücken und legte ihn an seine Wange, genoss zutiefst das Gefühl, sie zu berühren.

»Ich danke Gott, dass dir nichts passiert ist, Catherine«, flüsterte er. »Ich liebe dich von ganzem Herzen, und daran wird sich niemals etwas ändern. Die Angst, ich könnte dich verlieren, hat mich schier um den Verstand gebracht. Der Schmerz war unerträglich.« Seine Augen füllten sich mit Tränen. Wieder küsste er ihre Hand und legte sie dann sachte aufs Bett zurück. »Schlaf gut, mein Schatz.« Er gab ihr einen Kuss auf die Stirn und schlüpfte aus dem Zimmer.

»Ich brauche frische Luft, Juliet. Hilf mir auf die Veranda«, bat Walt am nächsten Morgen, nachdem er im Bett gefrühstückt hatte.

Wie immer war er bei Sonnenaufgang aufgewacht. Michael hatte ihm Gesellschaft geleistet, aber Walt, der normalerweise den ganzen Tag draußen war, konnte nichts im Bett halten. Er hielt sich die Seite, während er seine Beine von der Matratze manövrierte, und stemmte sich langsam auf die Füße, gestützt von seiner Frau.

»Weiter als auf die Veranda gehst du nicht, Walt, sonst rufe ich Jim«, drohte Juliet. Gefolgt von Michael, schlurften sie langsam zur Fliegentür.

Sie habe Yarran gebeten, wenigstens noch ein paar Tage zu bleiben, als dieser die Farm hatte verlassen wollen, hatte sie ihrem Mann erzählt.

»Wieso will er denn fort? Er *muss* doch nicht gehen«, hatte Walt mit schlechtem Gewissen erwidert.

»Du hast ihn doch selbst rausgeworfen«, rief Juliet ihm ins Gedächtnis.

Walt konnte ihr ihre Missbilligung nicht verdenken. Er hatte viel nachgedacht, auch darüber, wie er die Dinge wieder ins Lot bringen konnte. Als er in seinem Sessel saß, ging Juliet ins Haus, um Tee aufzubrühen. Jannali brachte ihm einen Hocker, auf den er die Füße legen konnte. »Danke.« Sie wollte wieder hineingehen, doch Walt hielt sie zurück. »Warte, Jannali. Tust du mir einen Gefallen?«

»Was denn, Boss?«

»Yarran ist noch hier, oder?«

Jannali zuckte zusammen. Wusste er, dass sie Yarran etwas zum Frühstücken gebracht hatte? Würden sie jetzt beide Ärger bekommen?

»Holst du ihn bitte?«

Das Mädchen zögerte. »Ich glaube, er füttert gerade die Pferde.«

»Ich möchte mit euch beiden reden, also geh und hol ihn«, beharrte Walt.

»Ja, Sir.« Mit gesenktem Kopf und hängenden Schultern schlich sie zu den Ställen hinüber, wo Yarran die Wassertröge auffüllte. »Der Boss will mit uns reden.«

Er hielt mitten in der Bewegung inne. Jetzt war er gekommen, der Augenblick, vor dem er sich gefürchtet hatte. »Ist er wütend?«

»Nein, aber ich weiß nicht, was er denkt«, antwortete Jannali leise.

»Er will mir sagen, dass ich verschwinden soll«, vermutete Yarran, der einen neuerlichen Gewaltausbruch befürchtete.

»Vielleicht wird er mich auch rauswerfen.« Bei dem Gedanken, wieder nach Bidura geschickt zu werden, packte sie das blanke Entsetzen.

Sie gingen langsam zur Veranda, stiegen die Stufen hinauf und blieben mit wild pochenden Herzen ein Stück von Walt entfernt stehen.

Die ängstliche Zurückhaltung der beiden versetzte dem Farmer einen Stich. »Ihr habt nichts zu befürchten«, begann er. »Im Gegenteil, ich möchte euch sagen, dass ich mich für mein Verhalten gestern schäme. Das war unverzeihlich, auch wenn ich dich nur schützen wollte, Jannali. Ich erwarte nicht, dass ihr meine Entschuldigung akzeptiert, aber bitte glaubt mir, dass es mir sehr leidtut. Das wird nie wieder vorkommen.« Er sah Yarran an. »Ich habe Menschen wie Mitch Subrisky immer verachtet, und jetzt bin ich doch auf sein Niveau gesunken. Ich weiß nicht, ob ich mir das jemals verzeihen kann.«

Yarran, vor dessen innerem Auge schreckliche Erinnerungen aufstiegen, starrte auf seine Füße.

»Du hast mir das Leben gerettet, Yarran«, fuhr Walt fort. »Nach allem, was passiert ist, hätte ich es dir nicht verdenken können, wenn du mich dort oben auf dem Hügel liegen gelassen und allen gesagt hättest, dass du mich nicht gefunden hast.«

Der Aborigine hob überrascht den Kopf. Dieser Gedanke hatte ihn nie auch nur im Entferntesten gestreift.

»Dass du mir geholfen hast, sagt viel über deinen Charakter aus. Du bist ein besserer Mensch als ich.«

Yarran traute seinen Ohren nicht.

»Und nicht nur das – du leistest hervorragende Arbeit. Ich würde mich freuen, wenn du bleibst. Ich würde dir den gleichen Lohn wie deinem Vorgänger zahlen. Und ich habe auch nichts gegen eine Freundschaft zwischen dir und Jannali einzuwenden. Ich weiß jetzt, dass du nur ihr Bestes willst. Sobald ich wieder auf den Beinen bin, werde ich versuchen, etwas über deinen Bruder herauszufinden, Jannali. Juliet und ich brauchen euch hier zwar, aber falls ihr euch entschließen solltet, zu euren Familien zurückzukehren, ist das in Ordnung. Ihr habt beide genug durchgemacht – wenn ich euch also helfen kann, werde ich das tun.«

Yarran und Jannali wechselten einen ungläubigen Blick.

»Sie würden uns helfen, nach Hause zu kommen?«, vergewisserte sich Yarran.

Walt nickte. »Familie ist sehr wichtig, nicht nur für uns, sondern genauso für euch. Es tut mir leid, dass ich das nicht früher erkannt habe.« Er seufzte.

Juliet hatte hinter der Fliegentür die Worte ihres Mannes mit angehört. Auch wenn sie nicht wusste, was sie ohne Jannali tun sollte, war sie froh, dass Walt seine Meinung geändert hatte. Sie trat mit dem Tablett, auf dem vier Teetassen und dazu ein Glas Wasser für Michael standen, auf die Veranda.

Walt suchte ihren Blick und sah die Liebe und die wohlwollende Zustimmung darin. Er wusste, dass er das Richtige tat, und fühlte sich sehr viel besser.

»Ich bleibe gern noch eine Weile hier, Boss, aber irgendwann will ich zurück nach Hause«, sagte Jannali schließlich. Sie wollte Juliet nicht allein lassen, solange Danni noch so klein war. Die Zusicherung, gehen zu können, wann immer sie wollte, genügte ihr. Und sein Versprechen, Nachforschungen zu ihrem Bruder anzustellen, erfüllte sie mit neuer Hoffnung.

»Und du, Yarran? Wirst du auch bleiben … wenigstens noch eine Weile?«

Der junge Aborigine dachte nach. Bis zu dem Zwischenfall im

Stall hatte er gern für den Farmer gearbeitet. Und der Boss schien sein Verhalten aufrichtig zu bedauern. Schließlich nickte er. »Ja, ich bleibe noch eine Weile.«

»Gut. Du kannst Walt zu mir sagen, wenn du willst.«

»Ja, Boss … ich meine Walt«, brachte Yarran überrascht hervor. Nie hätte er gedacht, von einem Weißen wie seinesgleichen behandelt zu werden. Das tat seinem Selbstwertgefühl gut, genau wie Walt gehofft hatte.

»Wie wäre es mit einer Tasse Tee?«, fragte Juliet fröhlich.

Yarran deutete ihre Frage als Zeichen für ihn, zu gehen, und wandte sich um.

»Wo willst du denn hin, Yarran?«

»Ich bin noch nicht fertig im Stall, Missus.«

»Das kann warten«, sagte Walt. »Komm, trink eine Tasse mit uns.«

Yarran starrte ihn überrascht an.

»Ich hab gestern *rock cakes* gebacken«, sagte Juliet. »Und sie sind ziemlich gut geworden, finde ich.« Sie reichte erst Yarran und Jannali den Teller mit Rosinenbrötchen, dann Michael und zuletzt ihrem Mann. Anschließend schenkte sie Tee ein.

»Holt euch Stühle, und setzt euch«, forderte Walt die beiden Aborigines auf.

Sie taten es, aber es war ihnen deutlich anzusehen, wie verwirrend die Situation für sie war.

»Abends ist das hier ein schönes Plätzchen, ihr könnt euch gern zu uns setzen, wenn ihr wollt«, fuhr Walt fort. »Wir würden uns freuen. Und wir würden gern mehr über eure Familien und eure Heimat erfahren.« Ihm war nicht entgangen, dass Yarran abends allein am Lagerfeuer saß und Jannali allein in ihrem Zimmer hockte. Die beiden sehnten sich bestimmt nach Gesellschaft. Warum nur war er nicht eher auf diesen Gedanken gekommen?

»Danke, Boss … ich meine Walt.« Yarran strahlte. Nicht im Traum hätte er damit gerechnet, dass der Abend eine solche Wendung nehmen würde. Zum ersten Mal seit vielen Jahren fühlte er sich so gut. Auf einmal erschien die Zukunft in einem freundlicheren Licht. Und Jannali teilte seine Zuversicht.

»Guten Morgen! Na, wie geht's der Patientin?« Dick Somerfield studierte das Krankenblatt am Fußende von Catherines Bett. »Das sieht ja alles hervorragend aus«, fügte er lächelnd hinzu.

»Miss Thomas hat schon geduscht und gefrühstückt, Doktor«, verriet die Krankenschwester, die ein frisches Kissen aufschüttelte.

Wieder Patientin zu sein weckte schmerzliche Erinnerungen in Catherine, außerdem spürte sie die OP-Wunde.

»Wahrscheinlich wissen Sie nicht mehr, dass ich gestern im Aufwachraum mit Ihnen gesprochen habe, Miss Thomas«, sagte der Arzt.

»Ehrlich gesagt, nein«, erwiderte Catherine.

Er lächelte verständnisvoll. »Dann lassen Sie mich noch einmal festhalten, dass die OP sehr gut verlaufen ist. Sie hatten nur eine kleine, oberflächliche Verletzung der Milz. Ich habe Ihnen außerdem den Blinddarm entfernt, weil das Gewebe ringsum geschwollen war. Sie haben an der Seite und am Rücken massive Blutergüsse, die Sie noch eine ganze Weile spüren werden, aber Sie können trotz allem von Glück sagen, dass der Zusammenstoß mit so einem kräftigen Tier so glimpflich abgelaufen ist.«

»Ich kann mich gar nicht daran erinnern«, murmelte sie. Man hatte ihr gesagt, was sich zugetragen hatte, aber sie wusste nur noch, wie sie von einer Staubwolke verschluckt worden war.

»Das ist vielleicht auch besser so. Das Narbengewebe im Bauchraum, das offensichtlich von einer früheren Verletzung stammt, habe ich auch entfernt. Aber keine Bange, es sieht alles gut aus.«

Catherine biss sich auf die Unterlippe. Wusste er, dass sie keine Kinder bekommen konnte?

Der Arzt, der sie prüfend musterte, fragte: »Haben Sie etwas auf dem Herzen, Miss Thomas?«

»Kann ich Sie unter vier Augen sprechen, Doktor?«

Die Krankenschwester verstand und eilte aus dem Zimmer.

Der Arzt zog einen Stuhl heran. »Nun, worüber möchten Sie mit mir reden, Miss Thomas?«

Mit einem Blumenstrauß in der Hand betrat Berta das Krankenhaus, an dessen Empfang Millie Panini saß. »Guten Morgen, Millie, in welchem Zimmer liegt Catherine Thomas?«

»Besuchszeit ist nachmittags ab zwei, Berta«, antwortete Millie mit einem demonstrativen Blick auf die Wanduhr, die kurz vor acht anzeigte. »Ich werde eine Schwester bitten, Miss Thomas die Blumen zu bringen.«

Berta stöhnte innerlich auf. Millie war immer schon überkorrekt gewesen. »Ich weiß, wann Besuchszeit ist, Millie, aber ich muss um neun im Büro sein und komme dann den ganzen Tag nicht mehr weg.« Die Nachricht von Catherines Unfall hatte sich wie ein Lauffeuer verbreitet, das Funkgerät summte ununterbrochen und trieb sie fast in den Wahnsinn, und die Geschichten, die verbreitet wurden, waren zum Teil wirklich abstrus. »Catherine arbeitet als Krankenschwester für die Fliegenden Ärzte, und ich habe mir schreckliche Sorgen um sie gemacht. Also entweder sagst du mir jetzt, wo ich sie finde, oder ich mache mich selbst auf die Suche!«

Millie schürzte ihre dünnen Lippen. »Von mir aus. Sie liegt in Zimmer siebzehn, aber bleib nicht so lange!«

Berta stürmte schon davon. »Ich bleibe so lange, wie es mir verdammt noch mal passt«, brummte sie vor sich hin.

In der Tür zu Catherines Zimmer bemerkte sie, dass die junge Frau geweint hatte. »Guten Morgen, Catherine.« Sie trat an das Bett und legte den Strauß auf den Nachttisch. Da sie Jim noch nicht wieder getroffen hatte, wusste sie nicht, wie die Operation verlaufen war. »Wie geht es dir?« Sie zog sich einen Stuhl heran und griff nach Catherines Hand.

Catherine suchte ihren Blick und sah die tiefe Sorge darin. Berta war wie eine Mutter für sie, und so brach sie unvermittelt wieder in Tränen aus.

Berta starrte sie bestürzt an. »Catherine! Was hast du denn?« Sie stand auf und legte ihre Arme um sie. Catherine klammerte sich an sie und schluchzte herzzerreißend.

Kapitel 31

»Rein da mit dir, du Dreckskerl«, knurrte Mitch Subrisky. Er stieß den jungen Aborigine grob in die wieder aufgerichtete Blechhütte, sperrte die Tür zu und versetzte ihr einen kräftigen Tritt, als der Junge ihn schluchzend anflehte, ihn rauszulassen.

Eine Gruppe von Arbeitern beobachtete die Szene unruhig, unter ihnen auch Jiemba. Er sorgte sich um den völlig verängstigten Jungen, der erst seit einer Woche auf der Farm war und täglich brutal schikaniert wurde. »Heute wird's sehr heiß werden, Boss«, sagte er.

»Halt die Klappe, Jimmy, sonst kannst du ihm da drin Gesellschaft leisten«, blaffte Mitch.

Er hatte Jiemba nicht mehr in der Hütte eingesperrt, seit dieser sie umgeworfen und Mitch damit bis auf die Knochen blamiert hatte. In seinem verletzten Stolz hatte der Farmer zu anderen Methoden gegriffen, um Jiemba zu bestrafen: Nahrungsentzug, Schläge, Anketten.

Jiemba hasste es, Jimmy genannt zu werden. Es war, als würde Mitch ihm seine Identität nehmen. »Er hat das Stalltor doch nicht absichtlich offen gelassen, Boss.«

Mitch hob einen Stein auf und schleuderte ihn nach Jiemba. Er verfehlte den Kopf des Jungen nur knapp. »Wenn ich dich heute nicht noch brauchen würde, du armseliges Stück Dreck, würde ich dich auf der Stelle erschießen«, zischte er.

Jiemba hasste seinen Boss aus tiefstem Herzen. Er wäre schon längst für immer weggelaufen und hätte sein Glück im Outback versucht, hätte sein Gewissen ihn nicht daran gehindert. Er sorgte sich um die Aborigines, die noch halbe Kinder waren, denn er war überzeugt, dass Mitch sie früher oder später umbringen würde. Weiße Farmarbeiter hatten ihm erzählt, dass angeblich zwei Aborigines auf der Farm den Tod gefunden hatten. Jiemba war auf zwei flache Grabhügel mit von Dingos aufgewühlter Erde gestoßen, daher zweifelte er nicht eine Sekunde daran, dass diese Geschichten der Wahrheit entsprachen.

Eine Stunde verging. Jiemba und die anderen arbeiteten in den Paddocks, etwa fünfhundert Meter von der Blechhütte entfernt, die in der prallen Sonne stand. Sie machten sich große Sorgen um Birrani, der vom Boss höhnisch nur Bumbling Bobby, der tollpatschige Bobby, gerufen wurde.

Als Jiemba den Boss ein weiteres Mal regelrecht anflehte, den Jungen herauszulassen, und dafür einen kräftigen Schlag auf den Hinterkopf kassierte, wusste er, der Farmer würde sich nicht erweichen lassen. Sobald er und die anderen Jungen außer Hörweite von Mitch waren, sprachen sie flüsternd über Birrani und ihre Sorge, er könnte in seinem Gefängnis nicht mehr lange überleben.

Irgendwann im Lauf des Vormittags schwang sich der Farmer auf sein Pferd und ritt für eine Teepause nach Hause. Jiemba beschloss, die Gelegenheit zu nutzen und Birrani zu befreien. »Ich werde ihn da rausholen«, sagte er zu dem drei Jahre jüngeren Nagarra.

»Und wie? Das Schloss kannst du nicht aufbrechen.«

»Nein, aber ich kann die Hütte nochmal umkippen.« Jiemba war klar, dass er einen hohen Preis für Birranis Rettung würde bezahlen müssen, aber er konnte nicht tatenlos zusehen, wie der Junge sein Leben verlor.

»Ich helf dir«, sagte Nagarra sofort.

»Nein, Nagarra, du handelst dir eine Menge Ärger ein!«

»Egal«, erwiderte Nagarra achselzuckend. »Ich hab genug von dieser Farm. Und vom Boss. Ich hau so oder so heute ab.«

Jiemba überlegte. »Also gut. Wenn du mir hilfst, müssen wir eben beide heute abhauen, und Birrani nehmen wir mit.«

»Einverstanden«, bestätigte Nagarra eifrig.

Jiemba sorgte sich um die anderen Jungen, die das Gespräch mit angehört hatten. »Wir kommen mit«, entschied einer, und die anderen nickten zustimmend.

Sie alle hassten den Farmer, der sie jeden Tag aufs Neue misshandelte, und sie wussten, dass das noch schlimmer werden würde, wenn Jiemba weglief.

»Der Boss wird uns nachreiten. Und uns vielleicht auch einholen«, sagte Jiemba, um ihnen klarzumachen, worauf sie sich einließen.

»Wenn wir hierbleiben, erschießt er uns vielleicht auch«, wandte einer ein.

»Yarran hat er nicht gefunden. Uns findet er auch nicht«, sagte Nagarra zuversichtlich. Der Boss hatte ihn eine Woche lang gejagt, und seine Laune war mit jedem Tag schlechter geworden.

Damit war die Entscheidung gefallen, und sie rannten zur Hütte, so schnell ihre Füße sie trugen. Doch Birrani antwortete nicht auf ihr Rufen, und sie befürchteten das Schlimmste. Mit vereinten Kräften stemmten sie sich gegen die Hütte und stießen sie um.

Birrani atmete, regte sich aber nicht.

»Komm schon, Birrani, steh auf«, drängte Jiemba und schüttelte ihn an der Schulter, während er sich ängstlich umblickte. Die Hütte war vom Farmhaus aus zu sehen. Gemeinsam zerrten sie Birrani auf die Füße. Der Junge kniff die Augen zu, geblendet vom grellen Licht und voller Angst vor weiteren Schlägen.

»Und was jetzt?« Nagarra sah Jiemba an.

»Dort hinüber! Schnell!« Jiemba zeigte auf eine Reihe von Felsen in der Nähe. Wenn sie sich bis zum Einbruch der Dunkelheit dort versteckten, hatten sie eine gute Chance, zu entkommen.

Sie nahmen Birrani zwischen sich und schleiften ihn so schnell sie konnten dorthin. Gerade als sie die Felsformation erreichten, bemerkte Jiemba, dass der Farmer vor seinem Haus stand und in

Richtung der umgekippten Blechhütte starrte. Dann schien er die Flüchtenden entdeckt zu haben, denn er lief zu seinem Pferd und stieg auf.

»Los, weiter, rauf da, beeilt euch!«, drängte Jiemba. Er selbst bückte sich auf seinem Weg nach oben immer wieder und hob ein paar größere Steine auf, um Mitch damit aufzuhalten und den anderen einen Vorsprung zu verschaffen.

Während die Jungen die Felsen weiter hinaufkletterten, behielt Jiemba den Farmer im Auge. Sein Herz schlug so schnell, dass ihm schwindlig war. Zu Pferde würde der Farmer ihnen nicht nach oben folgen können, er würde absteigen müssen. Und genau darauf hoffte Jiemba.

Am Fuß der Felsen angelangt, sprang der Farmer aus dem Sattel. Mit der Flinte in der Hand nahm er die Verfolgung auf, sichtlich entschlossen, diesen Burschen eine Lektion zu erteilen.

Jiemba, der sich ein ganzes Stück über ihm befand, bewarf ihn mit Steinen. Mitch fluchte laut, als ihn einer davon an der Brust traf.

»Ich bring dich um, du kleiner Bastard«, schrie er. Er schäumte buchstäblich vor Wut, legte an und gab einen Schuss ab. Die Kugel pfiff knapp über Jiembas Kopf hinweg. Der Aborigine schrak zusammen, dann schleuderte er einen weiteren Stein mit aller Kraft in Mitchs Richtung. Der Stein prallte von einem Felsen ab, traf den Farmer an der Stirn und riss ihn von den Füßen. Dann war er verschwunden.

Jiemba wartete und lauschte. War der Mann tot oder bewusstlos? Oder nur benommen und wütender denn je? Weitere Minuten verstrichen, ohne dass etwas geschah, dann war Jiemba sicher, dass vom Boss keine Gefahr mehr ausging. Er wandte sich ab, um den anderen zu folgen, doch im gleichen Moment vernahm er einen Hilferuf.

War das eine Falle? Er verharrte reglos auf der Stelle und lauschte angestrengt.

»Hilfe … hilf mir doch«, rief der Farmer schwach.

Jiemba zögerte. Er wusste, dass er dem Boss nicht trauen konnte. Wieder hörte er ihn leise rufen, und seine Stimme klang irgendwie merkwürdig. Er überlegte noch einen Moment, dann kletterte er vorsichtig ein kleines Stück nach unten. Sofort fiel sein Blick auf das Gewehr, das zwischen den Felsen lag – der Boss war also unbewaffnet. Jiemba fühlte sich sogleich sicherer und spähte vorsichtig über eine Felskante. Und da entdeckte er ihn. Und nicht nur ihn, sondern auch einen Inlandtaipan! Eine der tödlichsten Schlangen des Landes, die sich gern zwischen Felsen aufhielten. Diese hier lag nicht einmal einen halben Meter von dem Farmer entfernt, züngelnd, den Kopf drohend erhoben. Mitch war schweißüberströmt und starr vor Angst.

»Erschieß das Biest«, flüsterte er, ohne den Kopf oder auch nur den Blick zu bewegen.

Jiemba ließ seinen Blick zur Waffe und dann zum Farmer wandern. »Nein.« Er hatte noch nie eine Schusswaffe in der Hand gehalten und würde vermutlich eher Mitch als die Schlange treffen. Und dann würde ihm niemand glauben, dass es ein Unfall gewesen war.

»Tu es, verdammt!«, zischte Mitch mit vor Panik weit aufgerissenen Augen.

In diesem Moment tauchte Nagarra hinter Jiemba auf. Auf dem letzten Stück zu ihm rutschte er jedoch weg und landete schließlich unsanft auf seinem Hintern. Dabei lösten sich ein paar kleinere Steine, die auf den Farmer zu kullerten. Die Bewegung erschreckte die Schlange – sie stieß vor und biss Mitch in den Hals. Er schrie auf, fuchtelte mit den Armen, um die Schlange zu packen, doch die glitt schnell davon.

»Du dummer kleiner Bastard!«, brüllte der Farmer und streckte sich nach dem Gewehr, doch Jiemba stieß es mit dem Fuß weg. Mitch schlug und trat in die Luft in dem Versuch, die Jungen zu treffen, während das Gift rasend schnell durch seinen Körper kroch. Plötzlich schien ihm aufzugehen, dass ihm ohne Gegengift höchstens eine Stunde zu leben blieb, denn er versuchte, auf die Beine zu kommen. Er zitterte am ganzen Körper.

»Steht nicht so rum … helft mir!«, blaffte er.

Die Jungen sahen erst ihn und dann einander an.

»*Ich* helf ihm nicht«, erklärte Nagarra.

Jiemba war unschlüssig. Er hatte noch nie einen Menschen in Not im Stich gelassen, aber er dachte auch an all das, was der Mann ihm und den anderen Aborigines angetan hatte. Und er war sich sicher, dass der Farmer sie allesamt erschießen würde, weil sie Birrani gerettet und die Flucht ergriffen hatten.

Mitch schien seine Gedanken zu erraten. »Ich hätte euch nichts getan«, log er. »Ich brauche euch doch auf der Farm.« Wieder versuchte er aufzustehen, doch das lähmende Gift hatte sich bereits ausgebreitet, und seine Beine wollten ihm nicht gehorchen. »Helft mir, verdammt noch mal!«, fauchte er. »Helft mir wenigstens auf mein Pferd. Ich habe ein Gegengift zu Hause. Vielleicht schaffe ich es.«

»Mach das nicht«, wandte sich Nagarra beschwörend an Jiemba. »Er bringt uns alle um!«

»Halt's Maul, du Dreckskerl!«, fuhr Mitch ihn an.

Nichts hätte Jiemba lieber getan, als ihn zurückzulassen, aber er wollte ihn nicht auf dem Gewissen haben. Der Farmer würde sowieso nicht mehr lange leben, denn selbst wenn er sich ein Gegengift injizierte, bestand nur eine geringe Chance, dass es rechtzeitig wirkte. Er beschloss, ihm auf das Pferd zu helfen, und so zog er ihn auf die Füße, geleitete ihn, dicht gefolgt von Nagarra, den felsigen Hang hinunter und stemmte ihn in den Sattel.

Mitch kämpfte sich mühsam in eine aufrechte Sitzposition. Der Schweiß lief ihm in Strömen über das nun aschfahle Gesicht, aber er fand genug Kraft, um eine Hand in die Satteltasche zu schieben und eine Pistole herauszuziehen und den Lauf auf Jiemba zu richten. »Du warst schon immer ein gutmütiger Dreckskerl«, zischte er verächtlich. »Und das ist eine Schwäche, die ich nicht ausstehen kann.«

Jiemba blickte in Mitchs kalte Augen und wusste, dass seine Stunde gekommen war. Er fühlte sich verraten.

Die Sekunden verstrichen unendlich langsam. Mitchs Hand zitterte, er zielte und zielte, und Jiemba wartete auf den Tod.

Nagarra stand starr vor Angst hinter dem Pferd, wohl wissend, dass er der Nächste sein würde. Und dann schlug er dem Pferd plötzlich unvermittelt und mit voller Kraft auf die Hinterhand. Das Tier bäumte sich sofort wiehernd auf, und durch die heftige Bewegung löste sich ein Schuss aus Mitchs Waffe. Die Patrone schlug zwischen Jiemba und dem Tier ein und erschreckte das Pferd erneut. Mitch rutschte aus dem Sattel, vollkommen überrascht und viel zu geschwächt, um sich festzuhalten, und blieb mit einem Fuß im Steigbügel hängen. Das Tier preschte panisch davon.

Jiemba und Nagarra schauten zu, wie der Farmer neben dem galoppierenden Pferd über den Boden geschleift wurde, sein Kopf hüpfte wie ein Ball über den steinigen Boden. Er würde tot sein, noch bevor das Pferd im heimischen Stall ankam, aber weder Jiemba noch Nagarra empfanden Mitleid mit ihm.

Die beiden sahen sich an. Ihre Flucht war alles andere als planmäßig verlaufen.

»Was machen wir jetzt?«, fragte Nagarra.

Jiemba dachte nach. Welche Möglichkeiten blieben ihnen jetzt?

»Wird die Missus böse sein? Weil wir dem Boss nicht geholfen haben?«, überlegte Nagarra. Womöglich würde man *ihnen* die Schuld an seinem Tod geben.

»Wir haben ihm ja geholfen«, erwiderte Jiemba. »Wir können doch nichts dafür, dass er vom Pferd gefallen ist.« Er konnte sich nicht vorstellen, dass die Missus um den Boss trauern würde. Sie und ihre beiden kleinen Jungen hatten unter seiner Grausamkeit fast so sehr zu leiden gehabt wie seine Arbeiter.

»Gehen wir weiter?«

»Nein, wir gehen zurück und helfen der Missus«, entschied Jiemba.

Nagarra rief die anderen, und einer nach dem anderen kletterten sie von den Felsen herunter.

»Juliet, kannst du Jannali draußen beschäftigen, während ich am Funkgerät spreche?«, fragte Walt.

»Sicher.«

»Ich erklär's dir später«, fügte er hinzu, als er ihren fragenden Blick bemerkte.

Juliet bat das Mädchen, die Wäsche aufzuhängen, und ging mit dem Baby ebenfalls nach draußen an die frische Luft. Als Jannali fertig war, schlug Juliet vor, sich ein bisschen auf die Veranda zu setzen. Eine halbe Stunde später flüchteten sie vor der Hitze und den Fliegen ins Haus. Walt saß mit einem merkwürdigen Gesichtsausdruck am Küchentisch.

»Sei so gut und hol Yarran, Jannali. Es gibt Neuigkeiten, die euch beide betreffen.«

»Ja, Boss.« Jannali lief wieder nach draußen. Sie hatte keine Angst mehr vor Walt.

»Ich lege Danni für ein Schläfchen hin«, sagte Juliet.

Als Jannali kurz darauf mit Yarran zurückkam, bat Walt die beiden, sich zu setzen. Juliet gesellte sich zu ihnen.

»Ich habe gerade die Mount Connell Farm angefunkt, unter dem Vorwand, mit Mitch über eine anstehende Viehauktion sprechen zu wollen«, begann Walt. »Eigentlich wollte ich ihn über seine Arbeiter ausfragen, in der Hoffnung, etwas über deinen Bruder zu erfahren, Jannali. Aber am anderen Ende der Leitung hatte ich nicht Mitch, sondern Audrey, seine Frau.«

Jannali tauschte einen kurzen Blick mit Yarran. Ihr Herz raste, denn Walts ernste Miene bereitete ihr Sorge. Wahrscheinlich würde er ihr gleich mitteilen, dass Jiemba nicht mehr am Leben war.

»Mitch ist tot«, fuhr Walt fort.

Jannali und Yarran trauten ihren Ohren nicht. Fassungslos starrten sie ihn an. Jannalis Gedanken überschlugen sich. Hatte Jiemba ihn getötet und war jetzt auf der Flucht?

»Was ist passiert?«, wollte Yarran wissen. Die Nachricht belastete ihn nicht, im Gegenteil, aber er war neugierig.

Walt erzählte ihnen, was sich zugetragen hatte, auch, dass es sich bei der Schlange, die Mitch gebissen hatte, um einen Inlandtaipan handelte. Er hätte selbst dann nicht überlebt, wenn das Pferd ihn nicht zu Tode geschleift hätte.

Yarran und Jannali atmeten erleichtert auf.

»Ich verstehe euch, ich trauere ihm auch nicht nach«, gestand Walt.

»Ist mein Bruder noch da?«, fragte Jannali leise.

»Nein. Audrey glaubt nicht, dass sie die Farm weiterführen kann, und hat die Behörden informiert wegen der Aborigines, die bei ihnen arbeiten. Man hat ihr gesagt, dass die Jungen abgeholt und dann entweder dahin zurückgeschickt werden, von wo sie gekommen sind, oder aber auf eine andere Farm gebracht würden.«

»Und wo sind sie jetzt?«, fragte Jannali bedrückt.

»Sie sind verschwunden, bevor sie abgeholt werden konnten.«

Das Mädchen riss die Augen auf. »Verschwunden? Wohin?«

»Das weiß niemand.«

»Sie werden irgendwo da draußen sein.« Yarran machte eine vage Handbewegung Richtung Outback.

»Wie sollen sie denn da überleben?«

Yarran sah sie an. Er würde ihr keine Einzelheiten erzählen, weil die Wahrheit sie unendlich traurig machen würde, aber Walt, das ahnte er, wusste Bescheid.

Kapitel 32

Catherine nahm aus dem Augenwinkel eine Bewegung wahr und wandte den Kopf in die Richtung. Berta und Robbie standen im Türrahmen. Ohne Jim, wie sie enttäuscht feststellte.

»Hallo!« Sie lächelte gezwungen.

»Wie geht es dir?«, fragte Robbie und überreichte ihr einen Blumenstrauß.

»Es tut noch ein bisschen weh, aber das wird schon.« Sie bewunderte den Mix aus farbenprächtigen Blüten. »Vielen Dank, die sind wunderschön!«.

»Du hast wirklich Glück im Unglück gehabt, Catherine. Es hätte viel schlimmer kommen können«, sagte Robbie und hockte sich ans Fußende des Betts. Berta nahm auf dem Stuhl Platz. »Wir waren gerade bei Wilbur Smithson. Er hat sich nach dir erkundigt. Ihm tun alle Knochen weh.«

»Das kann ich mir vorstellen. Ich habe nur ein paar Blutergüsse, und die sind schon schmerzhaft, aber gebrochene Rippen …«

»Das Funkgerät steht nicht mehr still. Alle Farmersfrauen erkundigen sich nach dir. Sie machen sich große Sorgen um dich«, berichtete Berta.

Catherine war gerührt. »Ist Jim jetzt noch zu einem Patienten gerufen worden?«

»Nein.« Berta war die Situation sichtlich unangenehm. »Rosie hat Schnupfen, deshalb ist er nach Hause gefahren.« Sie vermied es, Catherine anzusehen, denn sie nahm es Jim sehr übel, dass er nicht mitgekommen war.

»Wilma kümmert sich bestimmt gut um sie.« Catherine war verletzt, dass es ihn offensichtlich gar nicht interessierte, wie es ihr ging.

Berta blickte kurz zu Robbie. »Das, was dir passiert ist, hat ihn sehr mitgenommen, Catherine.«

»Aber offensichtlich nicht so sehr, dass er herkommen möchte, um zu gucken, wie es mir geht«, stieß Catherine bitter hervor.

»Catherine, er hat sich in dich verliebt, das sieht selbst ein Blinder«, erklärte Robbie.

»Und wo bleibt er dann?«

»Es zerreißt ihn förmlich, dass ihr beide nicht zusammen sein könnt«, sagte Berta. Sie hatte Catherine ihr Wort gegeben, ihr Geheimnis zu bewahren, aber es war ihr unendlich schwergefallen, dieses Versprechen zu halten. Sie wandte sich an den Piloten. »Robbie, sei doch so gut und hol eine Vase aus dem Schwesternzimmer, bevor dein wunderschöner Strauß noch verwelkt.«

Robbie verstand den Hinweis. »Mach ich. Kann ich dir sonst irgendwas mitbringen, Catherine?«

»Nein, danke, das ist lieb von dir«, antwortete sie lächelnd.

Als er hinausgegangen war, beugte sich Berta zu ihr vor. »Es liegt an dir, wie es zwischen euch beiden weitergeht, Catherine. Du hast ihn zurückgewiesen und ihm damit das Herz gebrochen. Er ist nicht mehr er selbst. Er denkt weiter darüber nach, sich an einen anderen Stützpunkt versetzen zu lassen, weil er es nicht erträgt, jeden Tag mit dir zusammen zu sein.«

Catherine starrte sie an. »Das darf er auf keinen Fall machen! Rosie hat sich hier so gut eingelebt. Wenn jemand gehen sollte, dann ich.«

»Unsinn! Dass einer von euch wegzieht, hilft gar nichts. Ihr müsst Klarheit schaffen. Kriegt das zwischen euch wieder hin, Catherine, sonst wirst du einen wunderbaren Mann verlieren. Mehr möchte ich dazu nicht sagen.«

Catherine wusste, dass Berta recht hatte. Aber solange sie ans Krankenbett gefesselt war, konnte sie nicht viel tun.

»Hallo, Wilma, hier ist Catherine Thomas. Könnte ich bitte mit Jim sprechen?« Sie telefonierte vom Schwesternzimmer aus.

»Hallo, Catherine! Jim ist leider nicht da. Er ist spazieren gegangen und noch nicht wieder zurück. Ich habe von Ihrem Unfall gehört. Wie geht es Ihnen?«

»Schon viel besser. Es braucht eben Zeit.«

»Sind Sie noch im Krankenhaus?«

»Ja, ich muss noch ein paar Tage hierbleiben.«

»Ruhen Sie sich gut aus. Soll ich Jim etwas ausrichten?«

»Ja, sagen Sie ihm bitte, er soll ins Krankenhaus kommen, ich muss unbedingt mit ihm reden.« Die Besuchszeit war zwar gleich vorbei, aber für Ärzte gab es Ausnahmen.

»Natürlich. Es wird schon dunkel, er ist sicher bald wieder hier. Passen Sie gut auf sich auf, Catherine.«

Catherine war zutiefst erleichtert. Alles würde gut ausgehen.

»Walt Stanley hat mich gerade angefunkt«, sagte Berta, als Jim am nächsten Morgen das Büro betrat.

»Was ist passiert?«

»Er sorgt sich wegen einer Gruppe junger Aborigines, die auf Mitch Subriskys Farm gearbeitet haben und weggelaufen sind. Kein Mensch weiß, was aus ihnen geworden ist. Walt sagt, einer von ihnen ist Jannalis Bruder. Jannali ist doch das Mädchen, das bei den Stanleys arbeitet, oder?«

»Richtig. Robbie hat erzählt, dass der Eigentümer der Mount Connell Farm an einem Schlangenbiss gestorben ist.« Da zwei Personen bezeugen konnten, um was für eine Schlangenart es sich gehandelt hatte, hielt er eine Autopsie nicht für notwendig. »Das war wirklich Pech.«

Berta runzelte die Stirn. »Hat er dabei auch erwähnt, dass Subrisky ein gewalttätiger Mann war, der nicht nur seine Arbeiter, sondern auch seine Frau und seine beiden kleinen Söhne verprügelt hat?«

Jim nickte. »Er scheint kein besonders angenehmer Mensch gewesen zu sein.«

»Ich habe ihn nie persönlich kennengelernt, aber ich glaube nicht, dass irgendjemand ihn vermissen wird«, sagte Berta hart.

»Und die Jungen sind nach seinem Tod weggelaufen?«, hakte Jim nach.

»Ja.«

»Ich frage mich, warum.«

»Ich könnte mir denken, dass sie Angst davor hatten, in staatliche Heime zurückgebracht zu werden. Dort werden sie leider auch nicht besonders gut behandelt. Walt macht sich Sorgen, weil manche von ihnen wohl noch sehr jung sind, deshalb wollte er dich bitten, nach ihnen Ausschau zu halten, wenn du zu Patienten fliegst. Er hat sich auch mit den Behörden in Broken Hill in Verbindung gesetzt, aber die scheinen nicht daran interessiert, nach ihnen zu suchen. Wahrscheinlich denken sie, Aborigines seien sehr wohl in der Lage, im Busch zu überleben.«

»Verstehe. Wir werden die Augen offen halten. Ist sonst noch etwas reingekommen?«

Berta schüttelte den Kopf. »Nein, bis jetzt nicht.«

»Dann werden wir mal Richtung Mount Connell Farm fliegen, vielleicht entdecken wir die Jungen ja irgendwo. In der unendlichen Weite da draußen wäre das allerdings purer Zufall.«

»Walt schickt auch einen seiner Leute zu einem Aborigine-Camp, um dort Bescheid zu sagen. Je mehr sich an der Suche beteiligen, desto besser.«

»Das sehe ich genauso.«

»Mal was anderes.« Berta musterte ihn prüfend. »Robbie und ich haben gestern Abend Catherine besucht.«

Jim zuckte zusammen. »Wie geht es ihr?«

Berta konnte ihm förmlich ansehen, wie sehr er litt. »Ganz gut so weit, auch wenn sie noch Schmerzen hat. Sie hat nach dir gefragt. Sie war enttäuscht, dass du nicht mitgekommen bist.«

Jim senkte den Blick. »Ich muss los«, murmelte er und eilte ohne ein weiteres Wort aus dem Büro.

Berta hätte schreien mögen vor Enttäuschung, doch ein eingehender Funkruf lenkte sie ab. Es war Karina Burgess.

»Hallo, Berta, ich will dich nicht lange aufhalten, ich möchte nur wissen, wie es Catherine geht. Da schießen die wildesten Gerüchte ins Kraut! Angeblich muss ihr sogar ein Körperteil amputiert werden. Das stimmt hoffentlich nicht, oder?«

»Nein, nein. Sie hatte eine oberflächliche Milzverletzung, die operiert wurde. Und sie hat ein paar ordentliche Blutergüsse, aber das wird wieder.«

»Da bin ich aber froh! Man weiß irgendwie nie, was man glauben soll und was nicht. Es geht auch das Gerücht, dass der Besitzer der Mount Connell Farm an einem Schlangenbiss gestorben ist.«

»Das stimmt allerdings.«

»Oh! Er muss ein grässlicher Mensch gewesen sein, ihm wird wohl niemand nachtrauern. Seiner Frau hat er sogar verboten, die Farm zu verlassen! Und Vonnie wollte sie einmal besuchen, da hat er sie auf der Zufahrt abgefangen und weggeschickt. Vielleicht ändert sich das Leben für sie jetzt ja.«

»Schön wär's, aber ich weiß nicht, ob Audrey die Farm weiterführen kann. Und die Aborigines, die dort gearbeitet haben, sind weggelaufen. Falls du also fremde junge Burschen sehen solltest, gib uns bitte über Funk Bescheid, ja?«

»Mach ich. Ich werde die Augen offen halten und auch Dave darum bitten. Er reitet morgen früh zu einem Camp von Viehtreibern und kann sich unterwegs umsehen.«

»Danke, Karina. Je mehr Leute darüber informiert sind, desto schneller finden wir sie hoffentlich.«

»Alles klar. *Over and out.*«

Berta beobachtete aus dem Fenster den sich rasch verfinsternden Himmel. Zum Glück war das Flugzeug sicher zum Stützpunkt zurückgekehrt. Die jungen Aborigines allerdings waren wie vom Erdboden verschluckt. Robbie, der die Wetterprognose aufmerksam verfolgte, war von der Flugbehörde informiert worden, dass im westlichen Teil von New South Wales aufgrund stürmischer Winde alle Starts und Landungen bis auf Weiteres untersagt waren, und so hatte er zur Sicherheit auch das zweite Flugzeug in den Hangar gerollt.

Berta blieb am Funkgerät, hoffte aber inständig, dass Jim nicht zu einem Notfall auf einer der umliegenden Farmen gerufen wurde. Dann würde er das Auto nehmen müssen, was auch nicht ungefährlich war.

Als Jim am frühen Nachmittag im Krankenhaus nach einem seiner Patienten sah, der ein paar Tage zuvor mit Atembeschwerden eingeliefert worden war, funkte Berta die Mirabel Farm an.

»Habt ihr was von den jungen Aborigines gehört, Walt?«

»Nein, nichts, Berta. Die hiesigen Aborigines wissen auch nichts. Jannali macht sich große Sorgen um ihren Bruder.«

»Kann ich mir vorstellen. Ich habe übrigens auch North Bindara und Minnipa angefunkt, damit sie dort die Augen offen halten.«

»Wunderbar, Berta, danke.«

»Wir können nur abwarten und hoffen, dass es ihnen gut geht. Robbie und Jim haben die Gegend heute schon überflogen, aber jetzt muss das Flugzeug wegen des Sturms am Boden bleiben.«

»Ja, hier draußen hat es den Staub ganz schön aufgewirbelt, aber dann hat es angefangen zu regnen. Ich glaube, da kommt noch mehr. Vielleicht reicht es, damit das Futter fürs Vieh wachsen kann und die Bäche sich mal wieder mit Wasser füllen. Ich melde mich wieder, Berta. *Over and out.*«

Catherine ging langsam über den Krankenhausflur, als sie Jim an einem der Schwesternzimmer bemerkte. Er stand in Richtung Ausgang, wandte sich aber plötzlich um und sah sie an.

»Wieso bist du nicht im Bett, Catherine?«, fragte er, während er auf sie zuging.

Sie hielt sich am Handlauf fest. »Ich trainiere ein bisschen. Ich kann nicht den ganzen Tag im Bett liegen.«

»Übertreib es nur nicht.«

Seine distanzierte Art tat ihr weh. »Kann dir doch egal sein«, stieß sie hervor und setzte sich wieder in Bewegung.

Jim trat neben sie. »Du weißt, dass mir nicht egal ist, wie es dir geht.«

»Ach ja? Trotzdem hast du es nicht für nötig gehalten, auf meine Nachricht gestern Abend zu reagieren«, sagte sie und kämpfte gegen die Tränen an.

»Was für eine Nachricht?«

»Ich hab bei dir zu Hause angerufen und Wilma gebeten, dir etwas auszurichten«, antwortete sie gereizt.

»Ich war spazieren.« Er blickte zu Boden. Meilenweit war er gelaufen, in der Hoffnung, die Bewegung werde seinen Kummer lindern. Vergeblich. Dann hatte er lange im Park gesessen und nachgedacht. »Als ich nach Hause kam, hat Wilma schon geschlafen.« Da sie früh aufstand, ging sie oft spätestens um neun ins Bett.

Catherine blieb stehen und musterte ihn. Wilma hatte gesagt, dass er spazieren gegangen war, und er sah nicht aus, als würde er lügen. »Aber du hast Wilma doch bestimmt heute Morgen gesehen. Und du bist schließlich nicht hier, um *mich* zu besuchen.«

Jim wirkte verlegen. »Ich bin sehr früh aus dem Haus, weil ich die medizinischen Vorräte im Flugzeug auffüllen musste. Wilma war noch nicht auf. Was sollte sie mir denn ausrichten?«

Catherine kam sich mit einem Mal ein bisschen dumm vor. Den ganzen Abend hatte sie auf ihn gewartet, wütend und verletzt, weil er nichts von sich hatte hören lassen, und jetzt musste sie erkennen, dass sie sich grundlos darüber aufgeregt hatte. »Dass du hierherkommen sollst, weil ich mit dir reden möchte«, murmelte sie und setzte sich wieder in Bewegung. In ihr tobten die verschiedensten Gefühle.

»Jetzt bin ich ja hier.«

»Nicht mehr wichtig«, fauchte sie. Sie brauchte dringend Zeit, um sich ein bisschen zu sammeln.

»Ich glaube schon, dass es wichtig ist, sonst wärst du jetzt nicht so wütend auf mich«, beharrte er.

Sie blieb stehen, atmete tief durch und suchte dann seinen Blick. Ihr Herz floss über vor Liebe zu ihm, und es gab so vieles, das sie ihm gern gesagt hätte, aber ihr fehlten die Worte. »Ich … ich dachte, du … würdest mir aus dem Weg gehen«, flüsterte sie heiser und schluckte schwer.

Jim schüttelte den Kopf und fasste sie am Ellenbogen. Schlagartig erlosch ihr Widerstand, und sie ließ sich in ihr Zimmer zurückführen. Als sie bequem in ihrem Bett lag, setzte er sich zu ihr.

»Das Einzige, dem ich versuche aus dem Weg zu gehen, Catherine, ist der Schmerz darüber, dass du nicht mit mir zusammen sein willst.« Noch einmal die geliebte Frau zu verlieren, wenn auch auf andere Weise, würde er nicht verkraften. »Dieser Kampf ist aussichtslos, Catherine. Gegen seine Gefühle kommt man nicht an, und deshalb werde ich Broken Hill verlassen. Um ein guter Arzt zu sein, muss man den Kopf freihaben. Ich hoffe, du verstehst das.« Er senkte den Blick.

Sie erinnerte sich an Bertas Worte, dass er sich auf einen anderen Stützpunkt versetzen lassen wollte. »Ich liebe dich, Jim, und ich will mit dir zusammen sein«, brach es aus ihr hervor.

Er schaute auf. »Aber du kannst nicht, und das verstehe ich, Catherine.«

»Ich kann und ich will.« Es tat unendlich gut, die Worte laut auszusprechen. »Falls du mich noch haben willst.«

Jim runzelte verwirrt die Stirn. »Aber du hast doch gesagt …«

»Ich weiß, aber ich habe meine Einstellung geändert, und das liegt auch an einem Gespräch mit Dr. Somerfield.«

»Wie meinst du das?«

»Nun, erstens bin ich jetzt schon wieder schwer verletzt worden, zum zweiten Mal, und beide Male hätte ich sterben können. Das hat mir bewusst gemacht, dass das Leben ganz plötzlich zu Ende sein kann. Deshalb sollte man das Glück packen, wo immer es sich bietet.«

»Da stimme ich dir voll und ganz zu.«

»Zweitens hat Dr. Somerfield mich operiert, wie du weißt.«

Jim nickte. »Ja, und er hat gesagt, es habe keinerlei Komplikationen gegeben.«

»Er hat dir aber wahrscheinlich nicht gesagt, dass er auch Narbengewebe von einer früheren inneren Verletzung entfernt hat.«

Jim konnte sich nicht erinnern. Er wusste nur noch, wie erleichtert er gewesen war über die Nachricht, dass sie sich wieder vollständig erholen würde.

»Ich habe ihm von der Diagnose des Arztes in Darwin erzählt, der meinte, ich könne keine Kinder bekommen, und da war er total überrascht. Er hat gesagt, meine inneren Geschlechtsorgane seien unversehrt und es gebe keinen Grund, warum ich nicht eines Tages Kinder haben sollte. Du kannst dir vorstellen, dass ich aus allen Wolken gefallen bin.«

»Das sind ja wundervolle Neuigkeiten, Catherine.«

Sie nickte. »Ich weiß nicht, was zu der Fehldiagnose des Arztes in Darwin geführt haben könnte, das konnte Dr. Somerfield mir auch nicht sagen. Aber wie auch immer, jetzt habe ich wieder die Hoffnung, schwanger werden zu können. Und selbst wenn nicht – für ein wunderbares kleines Mädchen sorgen zu können käme meinem Muttergefühl sehr entgegen, das ist mir jetzt klar geworden. Sollte ich dann eines Tages noch ein eigenes Kind bekommen, wäre das ein zusätzlicher Segen.«

Jim versuchte zu begreifen, was sie da sagte. »Darf ich zu hoffen wagen, dass du mit dem wunderbaren kleinen Mädchen Rosie meinst?«

Wieder nickte sie. »Für sie zu sorgen wäre mein größtes Glück. Ich habe sie wirklich sehr lieb.«

Jim richtete sich auf, er war sichtlich gerührt. Er schwieg einen Moment, dann fragte er: »Heißt das, du willst meine Frau werden, Catherine?«

Sie lächelte. »Du musst mich schon fragen, um das herauszufinden«, neckte sie ihn.

Er schaute sich um. »Nicht gerade ein romantisches Plätzchen für einen Heiratsantrag.«

»Ist mir noch gar nicht aufgefallen.« Sie blickte voller Zärtlichkeit in seine blauen Augen.

Da ging er neben dem Bett auf ein Knie, nahm ihre Hand und fragte: »Erweist du mir die Ehre, meine Frau zu werden, Catherine?«

»Ja!«, antwortete sie, und Tränen liefen über ihre Wangen. »Es tut mir leid, dass ich dir so viel Leid zugefügt habe.«

»Ich verzeihe dir«, sagte er im Scherz, nahm sie in seine Arme und küsste sie leidenschaftlich.

»Sieht so aus, als kämen wir genau zur rechten Zeit«, sagte eine Stimme.

Jim und Catherine fuhren auseinander. Im Türrahmen standen drei Frauen und strahlten.

»Mir scheint, es gibt was zu feiern«, meinte Yvonne, und ihre blauen Augen funkelten.

Jim lächelte und sah Catherine an. »Möglicherweise. Aber wenn Berta es nicht als Erste erfährt, macht sie uns die Hölle heiß.«

»Ja, da kannst du Gift darauf nehmen«, bestätigte Catherine.

Hilda stemmte die Hände in die Hüften. »Wir sind etliche hundert Meilen auf Schlaglochpisten hierhergefahren, um euch zu besuchen, da ist eine gute Nachricht ja wohl das Mindeste, was ihr für uns tun könnt.«

Catherine nickte Jim auffordernd zu. »Also gut«, sagte er. »Catherine hat gerade meinen Heiratsantrag angenommen, sie wird meine Frau. Aber behaltet das bitte für euch, bis ich es Berta gesagt habe!«

»Oh, wie wunderbar!«, jubelte Yvonne. »Das musst du sofort machen.«

»Seid ihr wirklich bei diesem Sturm in die Stadt gefahren?«, rief Catherine tadelnd. »Wo sind deine Kleinen, Felicity?«

»Als wir losgefahren sind, sah das Wetter gar nicht so schlecht aus«, meinte Yvonne und stellte einen Teller mit selbst gebackenen Keksen auf den Nachttisch.

»Meine Tante kümmert sich um die Kinder«, antwortete Felicity. »Sie ist ganz in ihrem Element und wird sie wahrscheinlich gar nicht mehr hergeben wollen. Aber ich gebe zu, so eine kleine Auszeit ist ganz angenehm.«

»Unsere Männer sind im Pub, wir werden über Nacht in der Stadt bleiben«, ergänzte Hilda. »Wir wollten einfach mal nach dir sehen, Catherine, ob alles in Ordnung ist. Und wir nutzen die Gelegenheit natürlich auch, um Vorräte zu besorgen.«

»Dann ist Geoff also mitgekommen«, sagte Jim, der sofort an die Krücken dachte, die der Mann benutzen musste.

»Ich konnte ihn mit all den Schlangen doch nicht allein zu Hause lassen«, sagte Hilda. »Ich weiß, die Leute denken, ich hätte ein Herz aus Stein, aber hin und wieder gönne ich dem alten Knaben ein bisschen Spaß«, fügte sie schmunzelnd hinzu.

»Mir scheint, du hast großes Glück gehabt, Catherine.« Yvonne betrachtete sie prüfend. »Ein Zusammenstoß mit einem Jungbullen kann tödlich enden.«

»Ja, es war wohl ein Jungbulle, aber der hat mich aus der Bahn geworfen wie sechs erwachsene Rinder.«

»Bei Rindern muss man wirklich verdammt schnelle Füße haben«, erklärte Felicity.

»Ich hab ihn vor lauter Staub gar nicht gesehen.«

»Keine Sorge, nächste Woche landet er auf dem Grill«, verkündete Hilda.

Catherine verzog angewidert das Gesicht. »Wieso sagst du so was?«

Hilda grinste. »Das gehört nun mal zum Leben auf dem Land dazu.«

»Ja, wahrscheinlich.« Catherine ließ ihren Blick über die Frauen gleiten. »Ich finde es rührend, dass ihr den weiten Weg auf euch genommen habt, um mich zu besuchen. Die Kekse sehen wunderbar aus, danke, Vonnie.«

Hilda hole ein Glas Marmelade aus ihrer Handtasche. »Das ist Quandong-Marmelade. Die Früchte wachsen wild und bei jedem Wetter. Ich hab den Baum eingezäunt, damit die Kängurus und Wildziegen sie nicht wegfressen.«

»Vielen Dank, Hilda. Quandong-Früchte hab ich noch nie gegessen, darauf freue ich mich schon!«

Hilda nickte lächelnd.

»Und ich hab dir ein Bettjäckchen gehäkelt.« Felicity überreichte Catherine ein rosarotes Jäckchen mit einem blauen Band am Saum.

»Das ist wunderschön!«, rief Catherine. Jim nahm es ihr ab und legte es ihr um die Schultern.

Felicity sah ihre beiden Begleiterinnen an. »Ohne dich würde es den Lavendelclub nicht geben, Catherine. Dir haben wir es zu verdanken, dass wir uns nicht mehr so einsam fühlen.«

»Ich bewundere euch dafür, wie ihr euer Leben meistert. Ihr seid unglaublich starke Frauen. Aber Stärke muss ja nicht zugleich Isolation bedeuten, vor allem, wenn man über Funkgeräte verfügt.« Catherine sah Jim an, dessen Blick von seiner Liebe zu ihr zeugte. »Nach Broken Hill zu kommen war die beste Entscheidung meines Lebens.«

»Ja, vor allem für mich«, stimmte Jim ihr zu.

»Okay, wenn ihr jetzt sentimental werdet, wird's Zeit, dass wir uns auf den Weg in den Pub machen«, brummte Hilda mit gespielter Bärbeißigkeit.

»Klopf, klopf!« In der Tür stand Wilma. »Dürfen wir reinkommen?«

Catherines Augen leuchteten auf, als sie Rosie sah, die ein Blumensträußchen in der Hand hielt. »Aber ja!«

»Wir gehen dann mal«, meinte Yvonne. »Es sind nur zwei Besucher gleichzeitig erlaubt, und wir haben bereits gegen die Vorschriften verstoßen.«

»Oh, bleibt doch noch ein bisschen«, bat Catherine.

»Wir sollten nach unseren Männern sehen, sonst versaufen sie noch ihr bisschen Verstand«, entgegnete Hilda augenzwinkernd.

»Na schön, aber bevor ihr morgen zurückfahrt, müsst ihr mich noch einmal besuchen.«

»Das machen wir, versprochen.« Hilda folgte den anderen beiden Frauen zur Tür, und alle drei winkten zum Abschied.

»Wilma hat gesagt, dass dir was wehtut, Catherine«, sagte Rosie, als Jim sie aufs Bett hob.

»Das wird schon wieder«, meinte Catherine, die eine überwältigende Zärtlichkeit für das kleine Mädchen empfand.

»Ich habe Wendy versprochen, nach einer älteren Nachbarin von ihr zu sehen«, warf Wilma ein. »Sie liegt ein Stück weiter den Flur runter. Sie entschuldigen mich, ja? Ich bin gleich zurück.«

»Lassen Sie sich Zeit, Wilma«, rief Jim ihr nach. Er musste ein ernstes Gespräch mit seiner Tochter führen.

Kapitel 33

»Gehst du mit uns in den Park, wenn du wieder ganz gesund bist?«, fragte Rosie und zog eine kleine Schnute.

»Sehr gerne«, antwortete Catherine, der beim Anblick des kleinen Mädchens regelrecht das Herz überfloss. Sie sah Jim an. Würde er ihr die Neuigkeit verraten?

»Ich finde es schön, wenn du mit uns mitkommst«, murmelte Rosie und schmiegte sich an sie.

»Sie vorsichtig, Schatz, damit du Catherine nicht wehtust«, sagte Jim.

»Da passiert schon nichts, Hauptsache, ich kann mit ihr kuscheln.« Es war ein wunderbares Gefühl, das kleine Mädchen in den Armen zu halten, eine Empfindung, die ihre Muttergefühle weckte.

Jim beschloss, die Gelegenheit beim Schopf zu packen. »Ich muss dir was sagen, Rosie.«

Das Mädchen setzte sich auf und schaute seinen Vater vertrauensvoll an.

»Ich habe Catherine gefragt, ob sie mich heiraten will, und sie hat Ja gesagt! Das bedeutet, dass sie immer mit uns zusammen sein wird, sie wird auch in unserem Haus wohnen. Freust du dich?«

Catherine hielt unwillkürlich den Atem an. Wie würde das Mädchen reagieren?

»Ist sie dann meine Mommy, Daddy?«

Eine Welle von warmen Gefühlen durchspülte Catherine. Jim dachte an Maiya – Rosie erinnerte sich nicht an sie, aber er wollte ihr unbedingt von ihrer Mutter erzählen, sobald sie alt genug dafür war. Er sah zu Catherine, die den Hauch von Traurigkeit in seinem Blick bemerkte und verstand.

»Ich wäre sehr gern deine Mommy, Rosie. Möchtest du das denn?«, sagte sie.

Rosie nickte, ihre Unterlippe zitterte. Als sie ihre Ärmchen fest um Catherines Hals legte, kamen Catherine die Tränen und liefen über ihr Gesicht.

»Warum weinst du?«, fragte Rosie.

»Weil ich mich so freue! Manchmal weint man auch vor Glück, weißt du.« Catherine tupfte sich lächelnd die Tränen ab. »Freust du dich auch?«

Rosie nickte und sah dann ihren Vater an. »Krieg ich jetzt einen Hund, Daddy?«

Jim lachte laut heraus. Als er Catherines verdutzte Miene bemerkte, erklärte er: »Rosie hat sich schon lange zwei Dinge gewünscht: erstens eine Mommy und zweitens einen Hund.«

»Oh, ich verstehe. Was für einen Hund möchtest du denn, Rosie?«

»Einen schwarzen mit weißen Socken«, antwortete das Mädchen ernst.

Catherine sah Jim fragend an. »Meint sie weiße Pfoten?«

Er nickte. »Einer unserer Nachbarn hat so einen. Die weißen Pfoten sehen aus wie Socken.«

»Ah! Dann müssen wir schauen, wo wir so einen finden.«

»Wir müssen gar nicht lange suchen, weil die Nachbarshündin demnächst einen Wurf zur Welt bringen wird. Einer dieser Welpen hat garantiert weiße Pfoten.«

»Na, das ist doch wunderbar!«

Rosie schmiegte sich wieder an Catherine. »Ich freue mich, dass du meine Mommy sein wirst«, flüsterte sie. »Ich hab dich lieb.«

»Ich hab dich auch lieb, Schätzchen«, flüsterte Catherine gerührt und drückte sie an sich. Sie hätte nicht glücklicher sein können.

Keiner der drei bemerkte, dass Berta im Türrahmen stand. Als sie Rosies Worte hörte, konnte sie einen Freudenschrei nur mit

Mühe unterdrücken. Sie wollte diesen ganz besonderen Augenblick nicht stören, drehte sich leise um und schlich auf Zehenspitzen davon. Auf dem Rückweg zum Stützpunkt strahlte sie ohne Unterlass, während sie gleichzeitig ihre Freudentränen wegblinzelte.

Jannali schaute aus dem Fenster auf den strömenden Regen. Rund um die Mirabel Farm goss es wie aus Eimern, und der Sturm peitschte den Regen waagerecht über das Land. Die Erde hatte sich in roten Morast verwandelt. Sie dachte voller Sorge an ihren Bruder und die anderen Jungen. Wo mochten sie jetzt sein? Ging es ihnen gut? Hatten sie irgendwo Unterschlupf gefunden?

Plötzlich nahm sie auf der Zufahrt zum Haus eine Bewegung wahr. Eine dunkle Gestalt, deren Konturen im Regen verschwammen, kam langsam näher. Ein Aborigine, wie sie bald erkannte. Zuerst dachte sie, es sei Yarran, doch der war wegen des Unwetters bei den Pferden im Stall geblieben. Außerdem war die triefend nasse Gestalt dort draußen größer und hatte breitere Schultern.

»Da kommt jemand, Missus«, rief Jannali.

»Bei diesem Wetter?«, fragte Juliet verwundert und rief nach Walt.

Der Farmer warf einen Blick aus dem Fenster und griff dann nach der Flinte, die oben auf dem Türrahmen lag. Er hatte sie noch nie benutzt, aber die Waffe gab ihm das Gefühl von Sicherheit. Und irgendetwas kam ihm merkwürdig vor an dem Fremden da draußen. Nachdem er sich vergewissert hatte, dass die Flinte geladen war, trat er auf die Veranda hinaus.

Jannali und Juliet beobachteten vom Fenster aus, wie der Fremde sich gegen Wind und Regen stemmte. Er atmete offensichtlich schwer, als wäre er gerannt. Ein paar Schritte vor der Veranda hielt er beide Hände hoch und keuchte: »Nicht schießen … Boss …« Dann fiel er auf die Knie und rührte sich nicht mehr. Walt richtete misstrauisch seine Waffe auf ihn. War das eine Falle?

In diesem Moment riss Jannali die Tür auf, ohne Juliets Warnungen zu beachten. Sie konnte es sich nicht erklären, irgendetwas zog sie zu dem heruntergekommenen Fremden. Als dieser plötzlich den Kopf hob, schnappte sie erschrocken nach Luft.

»Geh zurück ins Haus, Jannali!«, befahl Walt.

»Jiemba!« Sie rannte die Treppe hinunter. »Du bist das doch, oder?« Binnen Sekunden war sie nass bis auf die Haut, doch sie bemerkte es nicht einmal. Ihr Bruder stand mühsam auf, er war viel größer und viel dünner, als sie ihn in Erinnerung hatte, aber sie hatte seine Stimme erkannt.

Jiemba starrte sie an. Das war seine kleine Schwester! Die jetzt so groß geworden war! Er war erleichtert, sie wohlbehalten zu sehen.

Juliet war ebenfalls herausgekommen. »Was hat das zu bedeuten?«

»Ich weiß es nicht«, antwortete Walt kopfschüttelnd.

Jannali sah ihren Bruder unverwandt an. Aus dem kleinen Jungen war ein Mann geworden, und doch waren seine gütigen Augen ihr so vertraut. Sie lief zu ihm und warf sich schluchzend in seine Arme. »Jiemba!«

»Jannali!« Er konnte nicht fassen, dass er seine Schwester im Arm hielt. »Was … was machst du hier?«, stieß er hervor.

Jannali versuchte, sich zu sammeln. »Ich arbeite hier.« Sie trat einen Schritt zurück und betrachtete ihn. Die wenigen Sachen, die er am Leib trug, waren zerrissen und schmutzig und klebten wie eine zweite Haut an ihm. Unter dem Stoff zeichneten sich seine Rippen ab, und durch das löchrige Hemd waren Narben sehen. »Bist du verletzt?«, flüsterte sie unter Tränen.

Er schüttelte den Kopf. »Aber ich … brauche Hilfe«, keuchte er, noch immer außer Atem.

Jannali blickte über seine Schulter. Er war allein. »Verfolgt dich jemand?« Ihr erster Gedanke war, dass er von den Behörden gesucht wurde.

»Jiemba!« Yarran rannte aus Richtung der Ställe herbei und umarmte ihn.

Jiemba kam aus dem Staunen nicht heraus, als er seinen Freund erkannte. »Yarran! Du lebst! Und es geht dir gut!«, sagte er lächelnd. Doch dann fiel ihm ein, warum er hergekommen war, und er schaute zu Walt, der mit der Waffe in der Hand auf der Veranda stand. »Ich brauche Hilfe, Boss«, sagte er noch einmal.

»Hier bist du in Sicherheit.« Jannali fasste ihn am Arm und wollte ihn zur Veranda ziehen.

Jiemba, den Blick ängstlich auf Walt gerichtet, zögerte.

»Der Boss ist ein guter Mensch«, versicherte Jannali. »Er wird dir helfen.«

Jiemba blickte zu Yarran, der aufmunternd nickte.

Alle drei stiegen sie die Stufen zur Veranda hinauf.

»Das ist mein Bruder Jiemba«, sagte Jannali.

»Das haben wir uns schon zusammengereimt«, erwiderte Walt lächelnd. Er sah seine Frau an und wusste, dass sie das Gleiche dachte wie er: Ihnen tat von ganzem Herzen leid, was Mitch Subrisky dem Jungen angetan hatte. »Deine Schwester hat sich große Sorgen um dich gemacht.«

Jiemba legte den Arm um Jannalis schmale Schultern. »Ich habe mich auch um sie gesorgt, und um meine anderen Geschwister«, sagte er bedrückt. »Aber jetzt brauche ich Hilfe«, ergänzte er beschwörend. »Bitte. Können Sie mir helfen?«

»Natürlich.« Walt nickte. »Du kannst hierbleiben. Hier bist du in Sicherheit.«

»Nein, etwas anderes, Boss. Ich brauche Hilfe für Birrani, einen kleinen Jungen«, stieß Jiemba hastig hervor. »Ein Baum ist auf ihn gefallen, und Birrani kommt nicht mehr raus.«

»Allmächtiger! Aber er … lebt?«

Jiemba nickte, sah aber zutiefst beunruhigt aus, vermutlich fürchtete er, der Junge würde nicht überleben.

»Ist das weit weg passiert?« Walt reichte Juliet die Flinte.

»Bei den Felsen dort.« Jiemba zeigte Richtung Nordwesten, wo sich ein Felsenband quer durchs Land zog.

Walt überlegte. Zu Pferd würden sie bei dem Wetter eine gute halbe Stunde brauchen.

»Ich kenne mich da aus«, sagte Yarran. Er hatte dort schon sein Lager aufgeschlagen, in der Nähe gab es ein Wasserloch.

»Sattle drei Pferde«, sagte Walt. »Und hol ein starkes, langes Seil!«

»Mach ich, Walt.« Yarran rannte zu den Ställen zurück.

Jiemba blieb vor Staunen der Mund offen stehen, als er hörte, dass Yarran den Boss mit Vornamen anredete. Dieser Farmer war ganz sicher ein ganz anderer Mensch als Mitch Subrisky.

Juliet legte ihrem Mann die Hand auf den Arm. »Du kannst noch nicht in den Sattel steigen, Walt!«, protestierte sie. »Nicht so kurz nach deiner Operation!«

»Die Jungen schaffen das nicht allein, Juliet. Ich *muss* mit. Ich passe auf, versprochen.«

Juliet wusste, es hatte keinen Sinn, mit diesem Dickschädel zu diskutieren. »Ich mach euch schnell ein paar Sandwiches«, sagte sie seufzend.

»Und setz dich mit Berta in Verbindung!«

»Ich bezweifle, dass das Flugzeug bei dem Wetter starten kann.«

»Aber falls es aufklart, wäre es schön, wenn der Doktor kommen könnte.«

Als Jim zum Stützpunkt zurückkehrte, war er vollkommen verändert. Mit federnden Schritten betrat er das Büro. Er konnte es kaum erwarten, Berta die gute Nachricht mitzuteilen, aber ein Blick verriet ihm, dass sie schon Bescheid wusste. Ihre Augen strahlten, und es gelang ihr nicht, ein Lächeln zu unterdrücken. »Du weißt es schon?«

Berta spielte die Ahnungslose. »*Was* soll ich wissen?«

»Dass meinem Wunsch nach Versetzung entsprochen worden

ist und ich nach Port Hedland gehen werde«, antwortete Jim, ohne eine Miene zu verziehen.

Berta starrte ihn eine Sekunde lang sprachlos an. »Das stimmt nicht!«, empörte sie sich dann.

»Woher willst du das wissen?«

»Weil du Catherine heiraten und bis ans Ende deiner Tage hier mit ihr glücklich sein wirst.« Berta lächelte selbstgefällig.

Jim schüttelte den Kopf. »Ich hab doch gewusst, dass diese Frauen nichts für sich behalten können.«

Berta verging das Lächeln, ihre Augen wurden schmal. »Welche Frauen?«

Jim antwortete mit einer Gegenfrage. »Woher weißt du das mit dem Heiraten?«

»Ich wollte Catherine besuchen und habe zufällig gehört, wie ihr darüber geredet habt. Und bin wieder gegangen, weil ich euch nicht stören wollte. Also – welche Frauen? Habt ihr es etwa jemand anderem zuerst erzählt?«

Ihr war deutlich anzusehen, dass sie gekränkt war. »Nein, natürlich nicht«, schwindelte er. »Das war nur ein Scherz. Sind das nicht wundervolle Neuigkeiten? Rosie freut sich so sehr darüber, dass sie eine Mommy bekommt.«

Berta musterte ihn misstrauisch, aber bevor sie nachhaken konnte, meldete sich das Funkgerät. Diese Unterhaltung sei noch nicht zu Ende, beschied sie kurz und drohte Jim mit dem Zeigefinger, dann eilte sie in den Funkraum. Als sie zurückkam, berichtete sie ihm von ihrem Gespräch mit Juliet.

»Gibt es denn schon wieder eine Starterlaubnis für unsere Gegend?«, fragte Jim.

»Meines Wissens nicht. Es ist immer noch ziemlich stürmisch.«

»Mit dem Auto dauert es zu lange. Bis wir da draußen sind, ist der Junge tot. Wenn er es nicht schon ist«, sagte Jim frustriert. Dann traf er eine Entscheidung. »Wir nehmen das Flugzeug. Gib Juliet Bescheid.« Er lief aus dem Büro, bevor Berta ihn auf die

Folgen seiner Entscheidung hinweisen konnte. Man könnte den Stützpunkt schließen, falls das Flugzeug beschädigt oder gar zerstört wurde, wenn es trotz Flugverbots im Einsatz war. Außerdem würde Robbie seine Pilotenlizenz verlieren.

Als Berta Juliet anfunkte, waren Walt und die beiden Jungen bereits losgeritten. Juliet beschrieb ihr die Richtung, damit Berta Robbie über Funk informieren konnte.

»Walt sollte so kurz nach seiner Operation aber nicht im Sattel sitzen.« Berta konnte sich die Bemerkung nicht verkneifen.

»Glaubst du, das hätte ich ihm nicht selbst gesagt? Vermutlich kann Jim ihn gleich zusammen mit dem verletzten Jungen ins Krankenhaus transportieren.«

Als Berta die Verbindung zum Flugzeug herstellte, nahm Jim den Funkruf entgegen, weil Robbie vollauf damit beschäftigt war, die Maschine bei dem starken Seitenwind auf der Piste zu halten. Berta beschrieb, wo sich die Unglücksstelle befand, und fügte hinzu, dass Walt und zwei Jungen bereits auf dem Weg dorthin seien.

»Walt sollte nicht reiten. Ich habe ihm gesagt, er muss sich schonen«, brummte Jim ärgerlich.

»Juliet hat ja versucht, ihn aufzuhalten, aber er wollte nicht hören.«

Jim stieß genervt einen Seufzer aus. »Okay, danke, Berta. Wir werden versuchen, so nahe wie möglich an der Felswand zu landen.«

»Ich werde für euch beten. Seid vorsichtig. *Over and out.*« Berta würde erst zur Ruhe kommen, wenn das Flugzeug heil wieder am Stützpunkt gelandet war. Jim hatte eine Verlobte und eine kleine Tochter, die auf ihn warteten. Nicht auszudenken, wenn ihm etwas zustieße!

»Ich weiß nicht, ob das eine gute Idee war«, meinte Robbie, der dem Flugzeug nach dem Start alles abverlangte, um an Höhe zu gewinnen. Die Sicht war gleich null, und die Maschine ächzte und knarrte protestierend, als sie wie ein Papierflieger hin und her geworfen wurde. Mal wurde sie nach oben gedrückt, mal sackte sie ab. Robbie kämpfte gegen die Elemente wie nie zuvor in seinem Leben. »Komm schon, Baby, lass mich jetzt nicht im Stich«, flehte er leise, ohne die wild schwankenden Nadeln der Instrumente aus den Augen zu lassen.

Jim saß neben ihm und musterte ihn aufmerksam.

»Keine Sorge, Jim, ich krieg schon keine Panikattacke«, sagte Robbie, der sich beobachtet fühlte. »Ich bin viel zu sehr damit beschäftigt, die Maschine in der Luft zu halten.«

»Das freut mich. Meine zukünftige Frau wäre nicht sehr begeistert, wenn wir abstürzen würden«, bemerkte Jim trocken.

Robbies Kopf fuhr herum. »Heißt das etwa … willst du damit sagen …«

»Dass Catherine eingewilligt hat, meine Frau und Rosies Mommy zu werden. Genau das heißt es.« Jim strahlte übers ganze Gesicht.

»Ich gratuliere, Jim! Das sind ja wundervolle Neuigkeiten. Ich freue mich für dich und Catherine.« Robbie lächelte, dann verfinsterte sich seine Miene plötzlich. »Jetzt stehe ich aber richtig unter Druck. Wenn ich dich nicht heil zum Stützpunkt zurückbringe, dreht Catherine mir den Hals um!«

»Ich habe vollstes Vertrauen in deine Fähigkeiten, Robbie. Wenn jemand unter diesen Bedingungen fliegen kann, dann du.«

Seine Worte stärkten Robbies Selbstvertrauen. Er gab sein Bestes, mehr konnte er nicht tun. Der Rest lag in Gottes Hand.

Jim hatte durchaus Angst um ihrer beider Leben, noch mehr aber sorgte er sich um den verunglückten Jungen, der unter einem Baum lag und auf Rettung wartete.

»Siehst du irgendwo eine geeignete Stelle zum Landen? Ich nämlich nicht.« Robbie schaute angestrengt aus dem Seitenfenster. Es windete immer noch, aber der Regen hatte nachgelassen, die Sicht war besser geworden. Näher konnten sie mit dem Flugzeug nicht an die Felsen heran. Sie würden sich zu Fuß auf die Suche nach dem Jungen machen müssen.

»Flieg am besten eine Schleife, und wir schauen uns das Ganze noch einmal an«, schlug Jim vor.

»Das Wetter hat auch sein Gutes – weit und breit sind keine Tiere unterwegs«, meinte Robbie, als er im Tiefflug über das Land flog. »Ich glaube, ich sehe einen Platz, wo ich den Vogel runterbringen kann. Hoffentlich in einem Stück«, fügte er mit einem Seitenblick auf Jim hinzu, der beunruhigt die Stirn runzelte.

Robbie überflog das Gebiet ein weiteres Mal, wobei er nach großen Felsen oder Erdhügeln Ausschau hielt, die das Fahrgestell und die Rumpfunterseite beschädigen könnten. Aber abgesehen von ein paar Sträuchern schien der Boden eben zu sein. Jetzt lugte auch die Sonne zwischen den Wolken hervor.

»Okay, dann wollen wir mal. Fang an zu beten.«

Als die Räder aufsetzten, war ein schmatzendes Geräusch zu hören. Die Nase des Flugzeugs senkte sich, und Robbie hielt das Steuerhorn fest umklammert, um zu verhindern, dass die Maschine seitlich ausbrach. Schlammfontänen schossen seitlich unter den Tragflächen hervor. Jim klammerte sich an seinen Sitz, dann endlich kam das Flugzeug zum Stehen. Die beiden Männer stießen die Luft aus, die sie unwillkürlich angehalten hatten.

»Unten wären wir, aber wenn es wieder zu regnen anfängt, kommen wir vielleicht nicht mehr weg«, sagte Robbie.

»Zumindest kann ich den Jungen jetzt medizinisch versorgen«, sagte Jim und fügte bedrückt hinzu: »Sofern er noch lebt.«

Kapitel 34

»Da ist das Flugzeug!«, rief Yarran und preschte im Galopp darauf zu.

Walt nickte nur, die Schmerzen in seinem Bauch waren so stark, dass er keinen Ton hervorbrachte. In einiger Entfernung konnte er Jim mit seiner Arzttasche sehen und Robbie, der eine Trage schleppte.

Die beiden drehten sich um, als sie das Hufgetrappel hinter sich hörten.

»Stimmt die Richtung?«, rief Jim, als die Reiter auf ihren schnaubenden Pferden sie eingeholt hatten.

»Dort drüben!« Jiemba zeigte mit dem Finger. »Wir sind gleich da!« Gefolgt von Yarran ritt er voraus.

Jim schaute Walt an, der sich mit schmerzverzerrtem Gesicht mühsam im Sattel hielt. »Habe ich dir nicht gesagt, du sollst dich schonen?«, blaffte er.

»Die Jungen schaffen das nicht allein«, keuchte Walt.

»Du bist ihnen keine Hilfe, wenn du …« Walt ritt weiter, »… zusammenklappst«, beendete Jim den Satz.

Er blickte zu Robbie. Der zuckte mit den Schultern. »Gut möglich, dass wir *zwei* Patienten transportieren müssen. Vorausgesetzt, wir können überhaupt starten.«

Als Jim und Robbie an der Unglücksstelle ankamen, lag dort ein Junge in einem Bachbett, eingeklemmt unter einem riesigen Ast. Der Bach, der zu einem kleinen Wasserloch führte, war mehrere Monate im Jahr ausgetrocknet, jetzt aber füllte er sich durch die enormen Regenmengen langsam mit Wasser, das bald auch Birranis Kopf erreichen würde, wenn seine drei Freunde nicht panisch mit bloßen Händen, Steinen und Stöcken eine Rinne graben würden, um das Wasser abzuleiten. Ihre Bemühungen waren heldenhaft, und doch wussten sie alle, dass der Erfolg nur von kurzer Dauer sein würde. Die Zeit lief ihnen davon.

Jim fiel auf, dass es dem Jungen schwerfiel, zu atmen, zu schwer lastete das Gewicht des Baumes auf seiner Brust. Dass er überhaupt noch lebte, verdankte er zwei kleineren Felsbrocken – wäre der Ast nicht quer über diese Steine gefallen, die einen Großteil des Gewichts abfingen, hätte der Baum den Jungen auf der Stelle erschlagen.

Jiemba beschlich Panik, weil Birrani schon recht schwach war. Als Ältester unter den von Subriskys Farm Geflüchteten fühlte er sich für seinen Freund verantwortlich.

Jim untersuchte eilig den Jungen. Sein Puls war schwach, mehrere seiner Rippen und möglicherweise ein Bein waren gebrochen.

»Wir müssen den Ast von ihm runterkriegen, und zwar *schnell*«, betonte er. Die Frage war nur, wie. Selbst wenn sie alle zusammen anpackten, würden sie es nicht schaffen, dafür war er viel zu schwer.

Der Ast sei plötzlich von dem alten Eukalyptusbaum gefallen, als Birrani Holz sammelte, um Feuer machen und den erlegten Waran braten zu können, erklärte Jiemba. Mittlerweile hatten sich Fliegenschwärme auf der toten Echse niedergelassen, die jetzt unbeachtet am Bachufer lag.

Walt überlegte kurz. »Mach das Seil am Sattelknauf fest, Yarran«, wies er an und deutete mit dem Kinn auf sein Pferd. »Und verknote es gut!«

»Wir können den Ast nicht über seinen Körper ziehen«, sagte Jim warnend. »Das würde der Junge nicht überleben!«

»Das werden wir auch nicht«, entgegnete Walt. »Ich werde Cobber ans obere Ende des Bachs führen. Die Zugkraft sollte reichen, dass sich der Ast weit genug anhebt, sodass ihr den Jungen hervorziehen könnt. So stelle ich mir das jedenfalls vor«, fügte er hinzu, wohl wissend, was er seinem Pferd zumutete.

Jim nickte zögernd. »Also gut.« Walts Plan war nicht ohne Risiko, aber etwas Besseres fiel ihm nicht ein.

Walt führte sein Pferd ein Stück am Wasserlauf entlang und vergewisserte sich noch einmal, dass das Seil fest am Sattelknauf verknotet war. Robbie schlang das andere Ende oberhalb von Birranis Kopf um den Ast. Der Junge beobachtete ihn mit weit aufgerissenen Augen, er hatte sichtlich Angst, und das Atmen fiel ihm immer schwerer. Robbie versuchte, ihn zu beruhigen, und versicherte ihm, sie würden alles tun, um ihn aus seiner misslichen Lage zu befreien.

»Ich bin so weit«, rief Walt, der aufgestiegen war. »Sobald ich das Zeichen gebe, müsst ihr euch beeilen, ich habe keine Ahnung, wie lange das Seil hält!«

»Alles klar«, erwiderte Jim mit wild klopfendem Herzen. Er ging neben Birrani in die Hocke, und Robbie positionierte sich auf der anderen Seite des Jungen. Sie würden ihm höllische Schmerzen zufügen, wenn sie ihn unter dem Ast hervorzogen, aber das war die einzige Möglichkeit, ihn zu retten.

»Okay, Cobber, jetzt zeig, was du kannst!«, spornte Walt sein Pferd an und rief den anderen zu: »Achtung, es geht los!«

Cobber setzte sich in Bewegung, und Walt behielt den Ast im Auge, um sich zu vergewissern, dass er angehoben wurde und nicht seitlich wegrutschte. Das Pferd schnaubte und schwitzte unter der Anstrengung, und eine Minute lang sah es so aus, als würde es sich vergeblich abmühen. Walt trieb es unermüdlich an, und dann plötzlich hob sich der Ast ein wenig.

»*Jetzt!* Zieht ihn raus!«, schrie Walt. Länger als ein paar Sekunden würde das Pferd dem Druck nicht standhalten können.

Jim und Robbie handelten blitzschnell und zogen den Jungen unter dem Ast und aus dem Bachbett hervor. Gerade noch rechtzeitig, denn plötzlich begann die vom Regen durchweichte Böschung unter dem Gewicht des Pferdes zu bröckeln und der Ast rutschte weg. Walt mobilisierte all seine Kraft, um sich auf dem Pferd zu halten. In aller Eile band er das Seil vom Sattelknauf los und ritt ein Stück vom Ufer weg, bevor die Böschung vollends absackte.

Jim war klar, dass der Junge unterernährt war. Außerdem war er ganz offensichtlich geschlagen worden. Das Atmen bereitete ihm wegen seiner gebrochenen Rippen Mühe, aber er lebte, das war die Hauptsache. »Er muss so schnell wie möglich ins Krankenhaus«, sagte Jim. Sein Blick fiel auf Walt, der sich auf den Boden gesetzt hatte, nachdem er sich nicht mehr auf den Beinen hatte halten können. Auf seinem Hemd zeichnete sich ein Blutfleck ab, vermutlich war die OP-Narbe aufgegangen. »Und du kommst mit, Walt. Keine Widerrede«, fügte er streng hinzu.

Als der Farmer nicht protestierte, war Jim klar, dass er furchtbare Schmerzen haben musste.

Yarran verteilte die Sandwiches, die Juliet zubereitet hatte, an die Jungen, die sie hungrig verschlangen. Unterdessen spritzte Jim Birrani ein starkes Schmerzmittel, das augenblicklich Wirkung zeigte.

»Bring die Jungen zur Farm, Yarran«, brachte Walt stoßweise hervor.

»Und Sie, Walt?«, fragte der Aborigine verwirrt.

»Ich komme nicht mit. Ich und der Junge fliegen ins Krankenhaus«, brummte der Farmer mürrisch.

In diesem Moment bemerkte auch Yarran den Blutfleck auf Walts Hemd. »Sie sind verletzt.«

Walt machte eine wegwerfende Handbewegung. »Nicht weiter schlimm.«

Jim und Robbie luden Birrani auf die Trage und machten sich auf den Weg zum Flugzeug.

Walt schlich hinterher. »Juliet wird sich um die Jungen kümmern, bis ich zurück bin. Auf der Farm sind sie in Sicherheit«, sagte er, und Yarran nickte.

Er und Jiemba beruhigten die Jüngeren, die vollkommen verstört waren, und versicherten ihnen, sie bräuchten keine Angst zu haben.

Die Sonne kam heraus, der Wind legte sich. Robbie war zuversichtlich, die Maschine starten zu können.

»Danke für alles, Walt«, sagte Jim, als sie Birrani ins Flugzeug luden. »Cobber hat dem Jungen das Leben gerettet. Es wird lange dauern, bis er wieder ganz gesund ist, aber ohne dich wäre er jetzt vermutlich tot.«

Walt nickte schweigend.

»Wo ist Walt?« Juliet war aus dem Haus gelaufen, sobald sie die Jungen sah. Endlich hatte es aufgehört zu regnen, die ausgedorrte Erde saugte das Wasser gierig auf. Juliet betrachtete die Aborigines und war bestürzt darüber, wie jung, verängstigt und ausgemergelt sie alle waren. Der Anblick dieser zerlumpten Menschen brach ihr schier das Herz.

»Mit dem Doktor zum Krankenhaus geflogen, Missus«, antwortete Yarran und stieg von Walts Pferd. Sie hatten zugeschaut, wie das Flugzeug gestartet war, und sich dann auf den Rückweg gemacht.

Juliet war hin- und hergerissen zwischen Zorn auf ihren Mann, weil er sich in Gefahr gebracht hatte, und liebevoller Bewunderung für seine uneigennützige Hilfsbereitschaft. »Was ist passiert?«

»Es geht ihm nicht gut, Missus.«

Das überraschte sie nicht, trotzdem war es beängstigend, die Worte zu hören. »Und was ist mit dem verletzten Jungen?« Sie hatte dafür gebetet, dass er überlebte.

»Er kommt auch ins Krankenhaus.« Yarran half den Jungen von den anderen beiden Pferden. »Der Doktor sagt, ein paar Knochen sind gebrochen, aber Birrani ist einfach nur glücklich, dass er lebt. Ohne den Boss und Cobber hätten wir es nicht geschafft, ihn zu retten. Cobber ist ein wirklich gutes Pferd.«

Juliet wurde warm ums Herz bei dem Gedanken, dass Walt

dem Jungen das Leben gerettet hatte. »Ja, das ist er, und Walt liebt ihn, also sorge gut für ihn.«

»Das werde ich, Missus«, versprach Yarran.

»Ihr seid bestimmt hungrig, und ein Bad würde euch auch guttun. Yarran, sieh zu, dass die Jungen sich gründlich waschen. Ich sehe mal nach, ob ich was zum Anziehen für sie finde. Jannali wird in der Schafschererbaracke Schlafplätze für sie herrichten. Ich bringe dann Suppe und Brot hinüber.«

Yarran nickte. Die Missus hatte ein gutes Herz.

»Ich muss endlich nach Hause, Jim«, quengelte Walt, als er zwei Tage später immer noch im Krankenhaus von Broken Hill lag.

»Damit du deinem Körper noch mehr Schaden zufügen kannst? Nein, Walt. Die Wunde muss heilen. Jedes Mal, wenn sie aufreißt, kann das eine Blutvergiftung nach sich ziehen. Ich will dir keine Angst machen, aber das ist lebensgefährlich.«

»Ich passe schon auf, versprochen. Ich will nicht sterben. Ich habe eine junge Familie, für die ich leben will.«

»Und genau deshalb bleibst du hier, sonst werden deine Kinder unter Umständen ohne dich aufwachsen.«

Walt stieß gereizt einen Seufzer aus. »Und wie lange noch?«

»Mindestens eine Woche. Ich habe mit Juliet gesprochen, auf der Farm läuft alles bestens. Yarran und die Jungs kümmern sich um das Vieh und die Pferde, und sie machen ihre Sache sehr gut, sagt Juliet.«

Walts Miene verdüsterte sich. »Das sind Kinder, Jim.«

»Zugegeben, sie sind zum Teil noch sehr jung, aber sie haben auf Subriskys Farm gearbeitet. Ich würde dir wirklich sagen, wenn Juliet deswegen besorgt geklungen hätte, aber im Moment sorgt sie sich nur um dich. Sie will, dass du gesund bist, wenn du nach Hause kommst.«

Walt seufzte erneut. Jim hatte ja recht. Aber es war nun mal schwer, die Zügel aus der Hand zu geben.

»Nicht mehr lange, dann kannst du das Krankenhaus verlassen, Walt. Halt durch und ruh dich aus.«

»Hab ich eine Wahl?« Er schwieg kurz, dann fragte er: »Wie geht's denn dem Jungen? Birrani?«

»Er ist stärker als gedacht und schon auf dem Weg der Besserung. Ein paar nahrhafte Mahlzeiten haben ihm gutgetan, aber mit seinen Brüchen kann er sich nur eingeschränkt bewegen. Auch wenn Kinder sich relativ schnell wieder erholen, wird es mindestens einen Monat dauern, bis er wieder herumlaufen kann. Was die seelischen Narben angeht, nun, das ist eine andere Geschichte.« Jim schüttelte angewidert den Kopf. »Es ist unerträglich, die Spuren der Misshandlungen auf seinem Kinderkörper zu sehen. Subrisky war ein Dreckskerl. Wir können uns nicht im Entferntesten vorstellen, was diese Jungen durchgemacht haben müssen. Birrani muss große Angst gehabt haben. Er sehnt sich verständlicherweise nach seiner Mutter. Ich wünschte, ich könnte sie ausfindig machen.«

»Ich habe Yarran und Jannali auch versprochen, nach ihren Familien zu suchen, und dieses Versprechen will ich unbedingt halten. Sie haben es verdient. Alle diese Kinder sollten zu ihren Familien zurückfinden. Besonders die Jüngeren brauchen ihre Mütter.«

»Das sehe ich genauso. Wir sollten gemeinsam überlegen, wie wir ihnen helfen können. Apropos Hilfe: Juliet hat sich an die Country Women's Association gewandt, um Kleiderspenden für die Jungen zu bekommen. Das hat sie dann, auch Schuhe, von denen sie allerdings nicht begeistert sind.«

Walt grinste. »Das klingt ganz nach meiner Frau!«

»Guten Morgen, Berta«, grüßte Catherine drei Tage später, als sie den Stützpunkt betrat.

»Du bist aber gut gelaunt«, stellte Berta fest, ihre Augen funkelten schelmisch. »Hast du einen schönen Abend mit deinem Verlobten verbracht?«

»Ja, wir haben etwas Wichtiges erledigt.«

»Das glaub ich gern.«

»Nicht, was du denkst. Wir waren bei Father O'Leary, dem katholischen Geistlichen, der uns trauen wird. Das ist vielleicht ein sonderbarer Zeitgenosse. Kennst du ihn?«

»Ja, er hat meine Enkelkinder getauft. Dann wollt ihr also in der Kathedrale in der Lane Street heiraten?«

»Ja, Samstag in einer Woche. Bis dahin müsste ich ein Kleid gefunden haben.«

Berta riss die Augen auf. »So bald schon?«

»Warum sollten wir warten? Ich habe keine Angehörigen, die anreisen müssten, und Jims Schwester in Neuseeland kann nicht kommen, weil sie bald ihr drittes Kind erwartet. Außerdem möchte ich so schnell wie möglich ganz offiziell Rosies Mommy sein. Wir wollen nur eine schlichte Feier mit einigen wenigen Gästen – du, Wilma, Robbie, Dr. Harris und seine Frau. Rosie wird Blumen streuen. Und nach der Trauung gehen wir irgendwo essen, wahrscheinlich im Tydvil Hotel.«

»Verstehe«, murmelte Berta und legte die Stirn in Falten.

Catherine sah sie fragend an. »Stimmt was nicht?«

»Nein, nein, alles in Ordnung. Ich finde nur, dass die Kathedrale viel zu groß für eine intime kleine Feier ist.«

»Ich glaube, das ist nicht so wichtig.«

Berta war sich da nicht so sicher.

Walt saß im Bett, als Jim das Krankenzimmer betrat. »Ich habe gerade mit einem Regierungsvertreter gesprochen«, berichtete er aufgeregt.

»So?« Walt sah ihn verdutzt an.

»Ich habe ihm gesagt, dass man die Regierung für die Misshandlungen, die Subrisky den jungen Aborigines zugefügt hat, zur Rechenschaft ziehen sollte.«

Walt hätte fast gelacht. Er konnte sich beim besten Willen

nicht vorstellen, dass das die Regierung auch nur ansatzweise interessierte. »Und, was hat er gesagt?«

»Er war überrascht, dass mich das so wütend macht, und hat es mit einer Floskel abgetan. Ich habe ihm dann erklärt, dass ich die Sache nicht auf sich beruhen lassen werde. Die Regierung hat diese Kinder ihren Familien unter dem Vorwand weggenommen, ihnen ein besseres Leben zu ermöglichen. Aber genau das Gegenteil ist der Fall – sie werden misshandelt und ausgebeutet.«

»So ist es. Aber was erhoffst du dir davon?«

»Ich will erreichen, dass die Regierung dafür sorgt, dass diese Kinder zu ihren Familien zurückkehren können.«

»Und du meinst, die lassen sich darauf ein?«

»Wenn nicht, werde ich mich an die Presse wenden und die Geschichte publik machen.«

Walt war beeindruckt.

Kapitel 35

»Oh, wie schön!« Berta schluckte schwer, um die Tränen der Rührung zurückzuhalten. »Du siehst bezaubernd aus, Catherine!«, sagte sie bewundernd, als die junge Frau am Tag ihrer Trauung aus ihrem Schlafzimmer trat und sich einmal um die eigene Achse drehte. »Jim kann sich wirklich glücklich schätzen. Ich werde dafür sorgen, dass er das nie vergisst.«

»Ich auch«, scherzte Catherine. Sie wusste, dass auch sie ein Glückspilz war. Sie trug ein elegantes Etuikleid in gedecktem Weiß und darüber eine Stola, die ihre Arme bis zu den Ellenbogen umhüllte. Ihr Brautstrauß bestand aus weißen Rosen aus ihrem Garten, die einen betörenden Duft verströmten.

»Nochmals danke, dass du mich zum Altar führen willst, Berta. Das bedeutet mir wirklich sehr viel.« Ihr versagte die Stimme, und in ihren Augen schimmerten Tränen.

»Es ist mir eine große Ehre.« Berta drückte ergriffen ihre Hand. »Du und Jim, ihr seid mir ans Herz gewachsen, und ihr seid für mich mehr Familie als Arbeitskollegen.« Catherines Frage, ob sie sie zum Altar führen wolle, hatte Berta zu Tränen gerührt. Es war zwar ungewöhnlich, dass eine Frau diese Rolle übernahm, aber vielleicht würden sie damit ja zum Trendsetter werden, hatte Catherine scherzhaft gemeint.

»Umgekehrt gilt das Gleiche, Berta. Sag mal, wo ist eigentlich mein Blumenkind?« Sie spähte durch die offene Tür in die Küche.

»Auf der Veranda bei der Katze.«

»Oh nein!«

»Keine Sorge, ich habe ihr eingeschärft, dass sie vorsichtig sein soll und sich nicht schmutzig macht.«

»Barney verliert momentan so viel Fell, dass ich jeden Tag ein Kissen damit stopfen könnte. Hoffentlich ist ihr Kleid nicht voller roter Katzenhaare!« Rosie liebte es, wenn Barney auf ihrem Schoß saß und sie ihn streicheln konnte.

»Du hörst dich an wie eine Mutter«, bemerkte Berta schmunzelnd.

»Ich möchte doch nur, dass alles perfekt ist«, sagte Catherine, die Lampenfieber hatte.

»Das ist es«, versicherte Berta.

Rosie kam herein. Sie trug ein schlichtes weißes, mit taubenblauen Seidenbändern verziertes Kleidchen und einen weißen Haarreif mit einer winzigen Rosenknospe daran. Catherine inspizierte ihr Kleid und stellte erleichtert fest, dass es makellos sauber war.

»Du bist ein bildhübsches Blumenkind, Rosie!«

»Danke, Aunty Berta.« Rosie griff nach Catherines Hand.

»Du siehst aber auch entzückend aus in deinem königsblauen Kleid, Berta«, sagte Catherine bewundernd.

»Ach, das alte Ding!« Berta machte eine wegwerfende Handbewegung, freute sich aber sichtlich über das Kompliment.

»Können wir Barney mitnehmen, wenn du zu uns ziehst, Mommy?«

»Das geht nicht, Schatz.«

Rosie zog eine Schnute. »Warum denn nicht?«

»Weil er nicht mir gehört, sondern Missus Potts von nebenan.«

Rosie legte die Stirn in Falten. »Missus Potts hat bestimmt nichts dagegen, wenn wir ihn behalten. Wir können sie doch ganz lieb fragen.«

»Er ist schon sehr alt, Rosie, er würde einen Umzug nicht mehr verkraften. Außerdem bekommst du bald deinen Hund, und ein Welpe ist viel zu stürmisch für Barney«, erklärte Catherine. Es würde noch Wochen dauern, bis der Welpe bei ihnen einziehen konnte, und Rosie konnte es kaum erwarten. »Aber wir werden ihn besuchen, einverstanden?«

Rosie nickte. »Okay, Mommy.«

Catherine schmolz jedes Mal dahin, wenn Rosie »Mommy« sagte. Es war das Schönste, was sie je gehört hatte, und ein so wunderbares und völlig unerwartetes Geschenk.

»Hier ist dein Körbchen, Rosie.« Berta reichte ihr den Korb, der mit Blütenblättern aus dem Garten gefüllt war. »Weißt du noch, was du damit tun sollst?«

Wieder nickte das Mädchen. »Ich gehe zu Daddy hin und streue dabei die Blätter.«

»Ganz genau. Okay, dann wollen wir mal, sonst kommen wir noch zu spät!«

Berta chauffierte sie zur Kirche. Catherine fielen Fahrzeuge auf, die am Straßenrand geparkt waren, sie erkannte nur das von Robbie, der Jims Trauzeuge war und den Bräutigam herfahren wollte.

»Wo kommen denn die vielen Autos auf einmal her?«, wunderte sie sich.

»Ach, wahrscheinlich findet im Gemeindesaal eine Veranstaltung statt«, antwortete Berta beiläufig. »Er wird ja von verschiedenen Vereinen genutzt.«

»Das kann sein.« Catherine wurde schlagartig furchtbar nervös. Sie atmete ein paarmal tief durch und stieg dann aus dem Wagen.

»So, jetzt geht es los«, sagte Berta und ging mit Rosie um das Auto herum zu Catherine. »Sind Sie bereit, den Mann Ihrer Träume zu heiraten, Miss Thomas?«

»Ich kann es kaum erwarten!« Catherine strahlte. Nach den hektischen Tagen der Hochzeitsvorbereitungen konnte sie es wirklich kaum erwarten, ihr neues Leben als Ehefrau und Mutter zu beginnen. Sie blickte zu Rosie, die lächelnd zu ihr aufschaute. Das Mädchen war aufgeregt, auch weil ihm bei der Trauung eine wichtige Rolle zufiel.

»Na, dann wollen wir mal!« Berta fasste Catherine am Arm und nahm Rosie bei der Hand.

Sie solle schön langsam gehen und die Blütenblätter einfach fallen lassen, flüsterte Catherine Rosie am Eingang zur Kirche zu.

»Ich weiß, Mommy«, erwiderte Rosie in einem Ton, der besagen wollte, dass es völlig überflüssig war, sie daran zu erinnern. Catherine musste lächeln, und ihre Nerven beruhigten sich. Schließlich war es nur eine schlichte kleine Feier, es gab keinen Grund, nervös zu sein.

Der Ehemann der Organistin stand am Eingang. Er gab seiner Frau ein Zeichen, und gleich darauf erklangen die ersten Töne des Hochzeitsmarschs.

Als Catherine an Bertas Arm die Kirche betrat, schnappte sie unwillkürlich nach Luft. Viele Bankreihen waren besetzt, darin saßen die Farmer und Farmersfrauen der umliegenden Höfe. Alle blickten ihr strahlend lächelnd entgegen. Catherine blinzelte gegen die Tränen an.

»Was hat das zu bedeuten, Berta?«, flüsterte sie.

»Neuigkeiten sprechen sich im Busch schnell herum. Alle wollten dabei sein, wenn du heiratest.«

»Du … du hast das gewusst und mir nichts gesagt?«, stammelte Catherine.

»Na ja, ich wusste nicht, wer kommen konnte und wer nicht, und da dachte ich, wir überraschen dich einfach.« Berta warf ihr einen Blick von der Seite zu. »Bist du jetzt sauer?«

»Nein, natürlich nicht.« Catherine drückte ihre Hand. »Ich bin einfach sprachlos! Oh, sieh doch nur, alle Frauen tragen Lavendel!«

Berta lächelte zufrieden. »Ja, von dem Strauch vor dem Büro.« Sie hatte die Zweiglein am Vorabend abgeschnitten und zu kleinen Sträußchen gebunden, die sich die Frauen anstecken konnten. Dave Burgess hatte sie am Morgen abgeholt und verteilt.

»Das ist bezaubernd, Berta.« Catherine hatte große Mühe, nicht in Tränen auszubrechen.

»Genau wie du. Komm, wir wollen deinen attraktiven Bräutigam nicht warten lassen.«

Berta schob Rosie sanft Richtung Mittelgang und folgte ihr mit Catherine, deren Blick unverwandt auf Jim gerichtet war. Er sah umwerfend aus in seinem schwarzen Anzug. Sein Trauzeuge stand stolz neben ihm. Jims Augen leuchteten voller Liebe zu ihr, und Catherine bekam Herzklopfen und weiche Knie.

Entzückte Ausrufe waren zu hören, als Rosie Blumen streuend an den Bänken entlangging, und dann wandten sich alle Catherine zu. Da war Karina Burgess, elegant in ein helllavendelfarbenes Kleid, weiße Schuhe und Handschuhe und einen weißen Hut gekleidet. Dave trug ein makellos weißes Hemd ohne einen einzigen Motorölfleck darauf, wie Catherine lächelnd feststellte. Ihr Blick fiel auf Brian Murphy und Yvonne, die sich ergriffen die Tränen von den Wangen tupfte. Juliet Stanley wiegte Danni in ihren Armen, die wach und zufrieden war, und neben Walt stand Michael, der über das ganze Gesicht strahlte. Catherine lächelte Felicity Kennedy und ihrem Mann zu, an deren Seite Hilda Gibson stand; Geoff blieb sitzen wegen seines gebrochenen Knöchels. Dann entdeckte sie Kay Morris und Fred. Die größte Überraschung aber war Ida Freeman, die von ihrem Mann Tony begleitet wurde. In dem geblümten Kostüm und mit dem schicken Hut aus den 1920er-Jahren war sie fast nicht wiederzuerkennen. Tony trug einen Cutaway, den er, wie Catherine später erfahren sollte, zu seiner eigenen Hochzeit getragen hatte, und er hatte eine neue Brille auf der Nase.

»Ich wusste, dass ich recht hatte, was den Doc betrifft«, wisperte Ida. Es war das erste Mal, dass Catherine sie lächeln sah, und sie lächelte unwillkürlich zurück. In der ersten Bankreihe saßen Bill Harris, stolz und aufrecht, und seine Frau Gwen sowie Wilma, die Rosie jetzt auf den Platz neben sich zog. Berta nahm Catherine den Brautstrauß ab und gab ihr einen Kuss auf die Wange, dann trat Catherine neben Jim.

Catherine hätte sich keine schönere Trauung wünschen können. Es war eine emotionale, herzerwärmende Zeremonie, und die

Witze, die Father O'Leary einstreute, brachten alle zum Lachen. Jim versagte fast die Stimme, als er Catherine sein Ja-Wort gab, und Catherine weinte vor Freude, weil sie den Mann heiratete, den sie aufrichtig liebte, und obendrein noch ein reizendes Töchterchen bekam. Ihr fehlte rein gar nichts mehr zu ihrem Glück.

Als die Jungvermählten die Kirche verließen, warfen die Anwesenden Reis, dann scharten sich alle um das glückliche Paar, um zu gratulieren.

»Ich möchte euch alle zum Mittagessen ins Tydvil Hotel einladen«, rief Jim in der Hoffnung, dass dort genug Platz für alle war.

»Kommt nicht infrage«, entgegnete Yvonne Murphy zu Jims und Catherines Erstaunen. »Folgt mir!« Sie ging ihnen voraus zum Gemeindesaal, wo zwei große Tische aufgebaut worden waren, die sich fast bogen unter den zahlreichen Speisen. Der Saal selbst war wunderschön dekoriert. Jim und Catherine verschlug es buchstäblich die Sprache.

»Wer hat denn das alles gemacht?«, stammelte Catherine.

»Wir alle zusammen, jeder hat etwas dazu beigetragen«, antwortete Yvonne. »So machen wir das im Outback.«

Catherine schüttelte wie benommen den Kopf. »Ich weiß nicht, was ich sagen soll! Nicht genug damit, dass ihr hergekommen seid, ihr habt auch noch für Speisen und Getränke gesorgt! Das können wir doch gar nicht annehmen.«

»Und ob ihr das könnt! Du hast uns über unsere Funkgeräte zusammengebracht, und nachdem wir sowieso über ein Treffen in der Stadt nachgedacht haben, haben wir beschlossen, dass eure Hochzeit der perfekte Anlass dafür ist!«, sagte Yvonne fröhlich.

»Du und Jim helft tagtäglich Menschen wie uns, da kam die Gelegenheit, etwas für euch beide tun zu können, wie gerufen«, ergänzte Karina.

Dave Burgess nickte. »Ihr habt uns in den dunkelsten Stunden zur Seite gestanden, als wir krank oder verletzt waren oder sogar um unser Leben gebangt haben.« Er erinnerte sich gut, wie er nach seinem Sturz vom Windmühlenturm gedacht hatte, sein letztes Stündlein hätte geschlagen.

»Und Juliet und mir habt ihr geholfen, unsere Babys zur Welt zu bringen, das Kostbarste, was wir haben«, sagte Felicity. »Da sind ein paar Kuchen und Sandwiches das Mindeste als kleines Dankeschön.«

»Okay, Leute, ich werde dann mal ein paar Flaschen kaltes Bier holen, damit die Party endlich losgehen kann«, verkündete Brian Murphy und leckte sich voller Vorfreude die Lippen. »Bin gleich wieder da!«

»Und denk an den Sherry für uns Frauen«, rief Yvonne ihm nach.

»Lasst mich wenigstens für die Getränke aufkommen«, meinte Jim.

»Nicht nötig, wir haben zusammengelegt«, sagte Brian über die Schulter und verließ den Saal.

Jim warf Catherine einen hilflosen Blick zu. Beide waren tief gerührt von der Großzügigkeit ihrer Mitmenschen, die, das wussten sie, kämpfen mussten, um über die Runden zu kommen.

»Sieht ganz so aus, als hätten wir die Trauung verpasst!«, rief Mike Telford enttäuscht, als er aufgelöst in den Saal platzte. »Die Schlaglöcher auf dem Weg hierher sind so riesig, dass ein Truck darin verschwinden könnte, und ich hatte natürlich eine Reifenpanne!«

Sechs Kinder schlüpften hinter ihm herein, gefolgt von einer Frau, vermutlich die neue Haushälterin. An einer Hand hielt sie einen kleinen Jungen, der ihr sehr ähnlich sah, in der anderen trug sie eine Platte voll hübsch verzierter Cupcakes.

»Ich kann nicht glauben, dass ihr den ganzen weiten Weg hierhergefahren seid!« Catherine stellte sich vor, wie sie sich alle auf die Rückbank von Mikes Geländewagen gequetscht hatten. Das musste äußerst unbequem gewesen sein.

»Welchen besseren Grund, in die Stadt zu fahren, kann es geben als eure Hochzeit!« Mike gab Catherine einen Kuss auf die Wange und schüttelte Jim kräftig die Hand. »Herzlichen Glückwunsch! Ich freue mich so für euch beide!«

»Kommt Wilbur allein zurecht auf der Farm?«, fragte Jim, der sich um den Vorarbeiter sorgte.

»Ich habe ihm eingeschärft, dass er nur die Tiere füttern soll, sonst nichts«, antwortete Mike. Dann stellte er ihnen Rhian und ihren Sohn Dylan vor. Die Kinder waren inzwischen zu dem kalten Büfett gelaufen. Lediglich Jenny, die in ihrem orangeroten Kleid mit dem weißen Gürtel und den weißen Sandalen reizend aussah, sagte kurz Hallo und gratulierte den Jungvermählten, bevor sie ihren Geschwistern nacheilte, um ein Auge auf sie zu haben.

»Danke, dass ihr den weiten Weg auf euch genommen habt, um mit uns zu feiern«, sagte Jim. »Das gilt für alle hier. Wir sind überwältigt.«

»Tut mir wirklich leid, dass wir den Gottesdienst versäumt haben«, sagte Rhian und stellte die Platte Cupcakes auf den Tisch.

»Er war schöner, als ich es mir je erträumt hätte«, sagte Catherine. »Und vielen Dank für die Cupcakes! Die Menschen hier sind unglaublich großzügig«, fügte sie mit vor Rührung erstickter Stimme hinzu.

»Die Mädchen haben mir beim Backen geholfen, es hat ihnen Spaß gemacht.« Rhian hatte einen bezaubernden walisischen Akzent. »Und Sie sehen hinreißend aus! Kein Wunder, dass der Doc sich Sie geschnappt hat!«

Catherine musste lachen.

»So etwas werde ich mir doch nicht entgehen lassen«, scherzte Jim und legte seinen Arm um die schmale Taille seiner Frau.

Unterdessen brühten die Frauen Tee auf und nahmen die Hauben von den Speisen. Dann wurden Stühle im Halbkreis aufgestellt und zur Überraschung der Jungvermählten Musikinstrumente hervorgeholt.

»Ach du meine Güte, das wird ja immer besser!«, rief Catherine.

»Ihnen ist jeder Vorwand recht, um spielen zu können«, sagte Karina und lächelte ihrem Mann zu, der seinen Gitarrenkoffer öffnete.

»Ich habe meine Flöte mitgebracht.« Ida zauberte das Instrument aus ihrer Handtasche hervor. »Ich habe zwar eine ganze Weile nicht mehr gespielt, aber ich weiß noch, wie's geht.«

Jim und Catherine wechselten einen verblüfften Blick.

»Wer ist diese Frau? Und wo ist Ida Freeman?«, wisperte Catherine. Jim lachte.

»Und ich spiele die Löffel«, meldete sich Hilda zu Wort.

»Das macht sie normalerweise nur, wenn sie einen sitzen hat«, warf Geoff ein, was ihm einen vorwurfsvollen Blick seiner Frau eintrug.

»Ich habe leider gar kein musikalisches Talent«, bedauerte Catherine.

»Aber tanzen kannst du hoffentlich, oder?« Jim legte seine Arme um sie.

»Ja, das kann ich!« Fröhlich legte sie die umgehängte Stola ab.

Bis weit in den Nachmittag hinein wurde gefeiert, gelacht, getanzt, gesungen, gescherzt. Die Männer diskutierten über die Entwicklungen auf dem Schaf- und Rindermarkt und die Frauen über ihre Alltagssorgen und darüber, wie sie sie bewältigten. Sie nahmen sich fest vor, in Verbindung zu bleiben, worüber Catherine und Berta, denen die Entstehung des Lavendelclubs zu verdanken war, sich besonders freuten. Als sich der Tag dem Ende zuneigte, bat Jim um Aufmerksamkeit.

»Ich möchte mich, auch im Namen meiner Frau, für alles bedanken, was ihr für uns getan habt. Ihr habt diesen Tag zu einem ganz besonderen, einem unvergesslichen Ereignis gemacht.« Er sah Catherine an, in deren Augen Tränen standen. »Catherine und ich sind zur gleichen Zeit nach Broken Hill gekommen, um für die Fliegenden Ärzte zu arbeiten – ich als Arzt und Catherine als erste

Fliegende Krankenschwester. Wir waren Fremde, und doch hatten wir mehr gemeinsam, als wir dachten. Wir waren beide auf der Suche nach einem Neuanfang, nach einer neuen beruflichen Herausforderung, und wie so viele andere hofften wir, die seelischen Wunden, die der Krieg hinterlassen hatte, heilen zu können. Wir haben Erfüllung in unserer Arbeit gefunden und wunderbare Kollegen. Berta sorgt im Büro für einen reibungslosen Ablauf. Lasst euch nicht von ihrer Größe täuschen – sie ist klein, aber sie regiert mit eiserner Faust!«

»Darauf kannst du Gift nehmen!«, bestätigte Berta lachend.

»Und Robbie ist ein fantastischer Pilot, dessen Können ich jeden Tag aufs Neue bewundere. Egal, was sich um ihn herum abspielt, er lässt sich nicht aus der Ruhe bringen, mögen die Wetterbedingungen auch noch so miserabel sein. Als Bills Nachfolger musste ich große Fußstapfen ausfüllen, und ich kann nur hoffen, dass ich ihm alle Ehre gemacht habe.«

Bill nickte anerkennend. »In der Tat.«

»Wir haben wunderbare Menschen kennengelernt, die uns auf Anhieb ihre Freundschaft angeboten haben. Das Beste aber ist, dass wir uns ineinander verliebt haben und zusammen mit Rosie eine Familie sind. Besser kann das Leben nicht werden! Noch einmal danke für diese gelungene Überraschung und dafür, dass ihr diesen ganz besonderen Tag mit uns gefeiert habt.«

Jubel und Beifall brandeten auf. Alle bestanden darauf, ein letztes Mal miteinander anzustoßen. Dann drückte Robbie Jim mit einem breiten Grinsen seine Autoschlüssel in die Hand, und alle begleiteten das junge Paar nach draußen.

Dort wurde den beiden klar, warum Robbie gegrinst hatte: »Just Married« stand auf die Heckscheibe gepinselt, und eine Schnur mit Blechdosen war an die hintere Stoßstange gebunden. Sie lachten fröhlich.

Als sie winkend losfuhren, zum Palace Hotel, wo Jim ein Zimmer für die Nacht reserviert hatte, färbte die untergehende Sonne den Himmel über dem Outback in New South Wales so rot, als stünde er in Flammen.

»Unsere Hochzeit hat all meine Erwartungen übertroffen, Jim«, sagte Catherine und seufzte auf. »Ich habe mich noch nie so sehr als Teil einer wundervollen Gemeinschaft gefühlt.«

»Ich weiß, was du meinst.« Er drückte liebevoll ihre Hand. »Wir werden eine herrliche Zukunft haben, das spüre ich.«

Drei Monate nach ihrer Ankunft auf der Mirabel Farm flogen Jim und Robbie die jungen Aborigines nach Broken Hill, wo sie am Flugplatz von einer Krankenschwester erwartet wurden, die sie nach Hause begleiten würde. Erst nach etlichen Drohungen und einem Artikel im *Barrier Daily Truth*, der lokalen Tageszeitung, hatte die Regierung eingewilligt, die Kinder zurück zu ihren Familien zu schicken. Den Ausschlag hatten Nachforschungen eines Reporters vom *Sydney Morning Herald* gegeben, der auf einen Tipp von Jim eine interessante Story witterte und begann, herumzuschnüffeln.

Nachdem sie sich von den Jungen, einschließlich des vollständig genesenen Birrani, verabschiedet hatten, flogen Jim und Robbie gemeinsam mit Catherine in einem Privatflugzeug zur Mirabel Farm zurück. Die Maschine gehörte einem Freund von Robbie, der sie ihm für diesen guten Zweck zur Verfügung gestellt hatte.

»Und, wie ist es gelaufen?«, fragte Juliet, während sie die drei Stufen zur Veranda hinaufstiegen. Sie würde die Jungen vermissen, sie hatte sie gern um sich gehabt und sich gefreut, ihnen geholfen zu haben. Aber sie wusste auch, dass es lange dauern würde, bevor sie wieder Vertrauen zu Weißen fassen konnten, wenn das überhaupt jemals geschehen würde. Die Brutalität von Mitch Subrisky hatte sie fürs Leben gezeichnet.

»Die Jungen waren schrecklich aufgeregt«, antwortete Jim. »Ob wegen des Flugs oder wegen des bevorstehenden Wiedersehens mit ihren Müttern kann ich nicht sagen.«

»Wahrscheinlich beides«, meinte Catherine. Sie sah Jannali an. »Wie geht es dir?«

»Ich bin auch aufgeregt, Missus. Aber auch traurig«, fügte das Mädchen mit einem Blick auf Juliet und den Säugling hinzu. »Ich werde alle hier vermissen, aber ich kann es nicht erwarten, meine Mutter wiederzusehen.«

»Wir werden dich auch vermissen, Jannali, aber wir freuen uns für dich«, sagte Juliet, die immer noch zornig auf die Regierung war.

Jannali brach in Tränen aus, und auch Juliet musste weinen. Sie nahm das Mädchen in die Arme und sagte schniefend: »Vielleicht kommst du uns irgendwann besuchen. Das wäre schön.«

Jiemba und Yarran kamen aus den Stallungen herüber.

»Seid ihr startklar, Jungs?«, rief Walt ihnen zu.

»Ich bleibe hier, Walt«, verkündete Yarran.

Der Farmer starrte ihn an. »Ich dachte, du willst nach Hause!«

»Ja, irgendwann. Jiemba hat gesagt, dass er meine Mutter suchen und ihr sagen wird, dass es mir gut geht und ich in ein paar Monaten oder einem Jahr zurückkomme. Ich lerne hier eine ganze Menge.« Er würde nie wieder einen Boss wie Walt finden, davon war er fest überzeugt.

Walt war glücklich über Yarrans Entscheidung. Der junge Mann war seiner Meinung nach der geborene Jackeroo. »Das freut mich sehr, mein Junge. Ich kann deine Hilfe gut gebrauchen, aber wichtiger ist, was *du* möchtest.«

»Ich weiß, Walt, deshalb will ich ja bleiben. Sie sind ein guter Boss. Sie behandeln mich wie einen Weißen. So jemanden finde ich nie wieder.«

»Einen hervorragenden Arbeiter wie dich findet man auch nicht alle Tage«, erwiderte Walt. Yarrans Selbstvertrauen war mit seinen Fähigkeiten gewachsen. Obwohl er auf der Farm unersetzlich geworden war, hätte Walt ihn gehen lassen, weil es richtig war.

»Wollen wir?«, fragte Robbie.

»Auf Wiedersehen, Jannali«, sagte Walt. »Du warst Juliet eine große Hilfe mit den Kindern. Ich kann dir gar nicht sagen, wie dankbar wir dir sind für alles, was du für uns getan hast.« Er sah ihren Bruder an. »Danke für deine Arbeit hier, Jiemba, vor allem in der Zeit, als ich im Krankenhaus war. Ich wünsche dir alles Gute.«

Der junge Aborigine nickte. Es würde lange dauern, bis seine seelischen Wunden verheilt wären, aber er würde nie vergessen, was die Stanleys für ihn, seine Schwester und seine Freunde getan hatten.

Einige Stunden später setzte das Flugzeug zur Landung auf einem kleinen Flugplatz unweit von Echuca an. Aus der Luft hatten sie den mächtigen Murray River bewundert, der sich durch das braune Land wand.

Für Jiemba und Jannali war es ein ganz besonderes Erlebnis, ihre Heimat von oben zu betrachten. Auf ihren Gesichtern spiegelte sich ehrfürchtiges Staunen, aber auch nervöse Anspannung.

»Oje!« Catherine presste sich beide Hände auf den Bauch. Der Schweiß stand ihr auf der Stirn, und sie war leichenblass geworden.

»Was hast du denn?«, fragte Jim besorgt.

»Ich glaub, ich muss mich übergeben«, murmelte sie und atmete tief durch.

»Dir ist beim Fliegen doch noch nie schlecht geworden«, wunderte er sich.

»Nein, aber in den letzten Tagen war mir morgens ein bisschen flau. Und gestern Abend habe ich keinen Bissen von dem gegrillten Hühnchen runtergebracht, obwohl ich es sonst so gern esse. Vielleicht hab ich eine leichte Lebensmittelvergiftung?«

Jim sah sie an. »Das glaube ich nicht.«

Catherine runzelte die Stirn. »Nein? Und was könnte es deiner Meinung nach sein?«

Seine Lippen verzogen sich zu einem Lächeln. »Nun, ohne

Untersuchung kann ich keine gesicherte Diagnose stellen, aber ich würde sagen, das sind Anzeichen einer Schwangerschaft.«

Catherine riss Mund und Augen auf, dann trat ein verklärter Ausdruck auf ihr Gesicht.

»Außerdem hast du in letzter Zeit ein bisschen nah am Wasser gebaut, und du hast gesagt, deine Brüste seien ungewöhnlich empfindlich. Das sind weitere Anzeichen.«

»O Jim, das wäre ein Wunder!« Catherine ergriff seine Hand und hoffte inständig, dass er recht hatte.

Er wusste, wie viel ihr das bedeuten würde. »Du und Rosie seid alles, was ich brauche, aber ich wäre der glücklichste Mann auf der Welt, wenn du einem Kind das Leben schenken würdest. Ich weiß, dass das dein größter Wunsch ist«, flüsterte er und nahm sie in die Arme.

Zwei Meilen von Echuca entfernt folgten Catherine, Jim und Robbie den beiden jungen Aborigines auf einem Pfad entlang des Flusses. Ein ganzes Stück vor ihnen hatten sie kurz einige Aborigines gesehen, die jedoch sogleich wieder verschwunden waren. Als sie die Stelle erreichten, an der ihr Clan gelebt hatte, waren die armseligen Hütten wie ausgestorben.

Jiemba und Jannali schauten sich um, ebenso wie Catherine, Jim und Robbie einen Schritt hinter ihnen. Die Umgebung war wunderschön, mit dem im Hintergrund träge dahinfließenden Strom und den großen, Schatten spendenden Bäumen entlang des Ufers, die Hütten aber waren schäbig und meist heruntergekommen. Catherines Gedanken wanderten zu den Müttern, die hier mit ihren Kindern gelebt hatten und denen die Regierung aus vorgeblich edelmütigen Gründen die Söhne und Töchter weggenommen hatte. Bei dem Gedanken daran packte sie wieder die Wut.

»Sind wir hier richtig, Jiemba?«, fragte Jannali, die sich auf das Erinnerungsvermögen ihres älteren Bruders verlassen hatte.

Er nickte. »Ja.«

»Aber wo sind denn alle?« Jannali begann zu weinen, so hatte sie sich ihre Rückkehr nicht vorgestellt. Was, wenn sie ihre Mutter nun nicht finden würde? War sie überhaupt noch am Leben?

»Scheint niemand da zu sein«, murmelte Catherine bedrückt.

»Vielleicht haben die Aborigines, die uns gesehen haben, sie gewarnt, weil sie uns für Regierungsbeamte halten, die ihnen weitere Kinder wegnehmen wollen«, sagte Robbie nachdenklich.

»Glaubst du wirklich?« Daran hatte Jim noch gar nicht gedacht. »Vielleicht sollten wir uns zurückziehen.«

»Ja, das finde ich auch.« Catherine trat zu Jiemba und Jannali und erklärte ihnen, dass sie gehen würden, um die Mitglieder des Clans, die vielleicht noch hier lebten, nicht zu verschrecken.

Jannali war zutiefst verzweifelt. »Sie sind alle weg, Missus.« Sie schluchzte heftig auf, und Catherine nahm sie tröstend in die Arme und hielt sie fest.

»Du wirst deine Mutter finden, Jannali. Ganz bestimmt«, flüsterte sie, die Lippen an den Haaren des Mädchens.

»Und wenn sie gar nicht mehr lebt, Missus?«

Catherine fand keine Worte, um sie zu trösten.

Jim, der seinen Blick noch einmal über die Umgebung hatte gleiten lassen, nahm plötzlich eine Bewegung hinter dem Fenster des nächstgelegenen Hauses wahr. Er trat zu Catherine und Jannali und sagte leise: »In dem Haus dort ist jemand. Der Vorhang hat sich bewegt.«

Jannali wischte sich die Tränen ab und drehte sich um. Auch Jiemba betrachtete das Haus aufmerksam. Es war das, in dem sie mit ihren Geschwistern aufgewachsen war.

»*Nhanha*!«, rief er, aber niemand antwortete.

Jannali hatte ihre Sprache so lange nicht mehr gesprochen, dass sie das meiste vergessen hatte, aber jetzt erkannte sie das Wort der Yorta-Yorta für »Mutter« wieder und rief ebenfalls: »*Nhanha*!« Und dann noch einmal, drängender: »*Nhanha*!«

Sie warteten eine Weile und fürchteten schon, Jim habe sich

getäuscht, als die Tür vorsichtig aufging und eine kleine, sichtlich verwirrte Frau heraustrat.

Jiemba und Jannali stockte der Atem. Die Frau trug unverkennbar die Züge ihrer Mutter, der Kummer aber hatte sie frühzeitig altern lassen.

Die Frau wiederum sah den Jungen und das Mädchen an, als traute sie ihren Augen nicht. Dann sagte sie etwas in ihrer Sprache, darunter die Worte Jiemba und Jannali. Die beiden waren vor vielen Jahren verschleppt worden, und doch erkannte sie ihre mittlerweile großgewachsenen Kinder.

Bedächtig gingen die beiden auf das Haus zu, genossen den Moment, von dem sie viele Jahre geträumt hatten. Als sie die Veranda betraten, schritt ihnen die Frau entgegen und schloss ihre Kinder weinend in die Arme. Die Szene war zutiefst ergreifend und erschütterte alle, vor allem Catherine, die sich schluchzend in Jims Arme warf.

Plötzlich traten aus allen Hütten nach und nach neugierige Aborigines, und das vermeintlich ausgestorbene Dorf füllte sich mit Leben.

»Ich hatte recht – sie hatten Angst, dass wir ihnen ihre Kinder wegnehmen«, sagte Robbie nachdenklich.

Kleine Kindergesichter erschienen an Türen und Fenstern. Ganz offensichtlich waren weitere Kinder zur Welt gekommen, nachdem die anderen weggebracht worden waren. Zu ihrem eigenen Schutz war ihnen beigebracht worden, sich zu verstecken.

Jiemba sprach mit seiner Mutter und zeigte auf Catherine, Jim und Robbie. Die Frau beäugte die Weißen misstrauisch, ging dann aber mit kleinen Schritten auf sie zu. Kummer und Schmerz hatten tiefe Falten in ihr Gesicht gegraben. Sie fand keine Worte, um sich bei den Fremden dafür zu bedanken, dass sie ihr ihre Kinder zurückgebracht hatten, und so ergriff sie mit beiden Händen Catherines Hand und hielt sie fest. Sie war eine Frau, sie würde verstehen. Catherine schluchzte hemmungslos. Sie wusste jetzt, was es hieß, Mutter zu sein – und ein Kind zu verlieren war das Schlimmste, was einem Menschen widerfahren konnte. Schließlich wandte sich die kleine Frau ab und ging zu ihren Kindern zurück, die sie in ihre Mitte nahmen. Arm in Arm betraten sie das Haus.

Catherine, Jim und Robbie machten sich auf den Heimweg. Keiner sagte ein Wort, das Erlebte hatte sie tief berührt und aufgewühlt.

Kapitel 36

»Hallo, Catherine«, grüßte Berta, als die junge Frau das Büro betrat. Die Schwangerschaft bekam ihr ausgezeichnet, wie Berta zum wiederholten Male feststellte. In den ersten vier Monaten hatte sie ständig unter Übelkeit gelitten, doch seitdem ging es ihr blendend. »Wo ist Rosie?«

»Wilma ist mit ihr in den Park gegangen, wo sie sich mit einem kleinen Mädchen aus der Nachbarschaft zum Spielen trifft.«

»Solltest du dich nicht ausruhen?«

»Ich habe mich lange genug ausgeruht, Berta. Wilma hat mir verboten, irgendetwas im Haus zu tun, und Jim betütert mich die ganze Zeit. Ich bin ihnen ja dankbar für ihre Fürsorge, aber ich bin schwanger, nicht krank.«

»Wenn das Baby in vier Wochen kommt und du nachts kein Auge mehr zumachst, wirst du dir noch wünschen, dich ausruhen zu können«, prophezeite Berta.

»Das haben mir andere auch schon gesagt. Aber mir ist so langweilig, seit Jim mich nicht mehr mitfliegen lässt. Meine Arbeit fehlt mir.« Rosie würde demnächst eingeschult werden, und Wilma freute sich schon darauf, das Neugeborene umsorgen zu können, wenn Catherine wieder arbeiten ging.

»Du bist ja bald wieder im Einsatz«, meinte Berta. Dann runzelte sie nachdenklich die Stirn.

»Was hast du?«

»Ach, da ist ein Funkspruch vom Quandong Hotel an der Medindee Lakes Road gekommen. Die kleine Tochter des Wirts, Melanie, braucht dringend dieses Medikament hier, weil sie Atemprobleme hat.« Berta hielt eine Pillenschachtel hoch. »Normalerweise kommt Jake McNicholl vorbei und holt es ab, aber sein Auto springt nicht an. Jim kann es ihm nicht bringen, er ist in Minnipa bei einer komplizierten Geburt, es kann Stunden dauern, bis er zurück ist. Ich habe versucht, Bill zu erreichen, aber Gwen sagt, er hat sich eine Magen-Darm-Geschichte eingefangen und kann das Haus nicht verlassen.«

»*Ich* kann es doch rausbringen«, sagte Catherine sofort, froh über die Gelegenheit, sich nützlich machen zu können.

»Nein, kommt nicht infrage. Das Quandong Hotel war früher eine Postkutschenstation an der Straße zu den Medindee Lakes, und diese Straße wurde nie ausgebessert. Die reinste Schlaglochpiste! Das ist nichts für jemanden in deinem Zustand. Jim würde mir den Hals umdrehen, wenn ich dich da rausfahren lasse. Ich würde es ja selbst machen, aber ich habe mir gestern im Garten das Knie verdreht, ich kann nur ganz kurze Strecken fahren. Geh du nach Hause, mir wird schon was einfallen.« Das Funkgerät begann zu knistern. »Da kommt schon der nächste Anruf.« Berta ging in den Funkraum.

Catherine betrachtete die Pillenschachtel auf dem Schreibtisch und dachte an das kleine Mädchen, das auf sein Medikament angewiesen war.

»Tut mir leid, Baby«, murmelte Catherine und rieb sich mit einer Hand den Bauch. »Ich hätte nicht gedacht, dass die Straße in einem derart katastrophalen Zustand ist.« Sie wurde kräftig durchgeschüttelt, während sie im Schritttempo über tiefe Spurrillen rumpelte und den Schlaglöchern auszuweichen versuchte. Zu beiden Seiten der Straße erstreckte sich ausgedorrtes Land mit ein paar Bäumen in der Ferne. Bei diesem Tempo würde sie für die etwa dreißig Meilen zum Quandong Hotel über eine Stunde brauchen, und durch den Druck des Ungeborenen auf die Blase hatte sie ständig das Gefühl, zur Toilette zu müssen.

Im Auto wurde es trotz der geöffneten Fenster immer heißer,

weil sie zu langsam fuhr, als dass Luft hätte hereinströmen und zirkulieren können. Irgendwann fiel ihr ein, dass sie in der Eile vergessen hatte, eine Flasche Wasser mitzunehmen, eine Grundvoraussetzung für jeden, der im Outback unterwegs war. Sie bekam Durst, der bald quälend wurde, aber sie klammerte sich an den Gedanken, dass sie im Hotel etwas trinken könnte.

Die Schlaglöcher waren teilweise so tief, dass sie den Unterboden der Karosserie über die harte Erde kratzen hörte und jedes Mal zusammenzuckte. Sie hoffte inständig, keine Reifenpanne zu bekommen.

»Was ist denn jetzt los?«, sagte sie laut vor sich hin, als plötzlich Dampf aus der Motorhaube austrat. Sie hielt an und stieg aus. Dampf quoll zischend aus dem Kühlergrill. Catherine bückte sich mühsam, um einen Blick unter das Auto zu werfen. Bestürzt sah sie Wasser heraustropfen. Ein großer Stein musste den Kühler beschädigt haben.

»O nein!« Jetzt geriet sie in Panik. Wenn sie weiterfuhr, würde der Motor überhitzen.

Sie stieg wieder ein, stellte den Motor ab und überlegte. Bis zum Hotel waren es sicher noch etliche Meilen. Sie konnte unmöglich zu Fuß weiter, nicht in ihrem Zustand und schon gar nicht ohne Wasser. Bisher war ihr nicht ein einziges Auto begegnet, die Straße war also kaum befahren, daher war es unwahrscheinlich, dass jemand vorbeikam und ihr helfen konnte.

»Ich hätte auf Berta hören sollen«, jammerte sie, rieb sich den Bauch und dachte an ihr Ungeborenes. »Es tut mir so leid, Jim.«

Nachdem sie eine Weile nachgedacht und hin und her überlegt hatte, schlug sie mit beiden Händen frustriert aufs Lenkrad. »Verdammt noch mal, musste das jetzt sein?«

Die Hitze im Auto staute sich und wurde bald unerträglich. Catherine stieg wieder aus und riss alle Türen auf. Sie erinnerte sich an Robbies Rat, bei einer Autopanne im Outback immer beim Fahrzeug zu bleiben, bis Hilfe eintraf.

Sie war wütend auf sich selbst, weil sie durch ihren Leichtsinn ihr Baby in Gefahr gebracht hatte. Sie dachte an das kleine Mädchen, dem sie hatte helfen wollen. Jetzt waren sie beide in Schwierigkeiten.

»Ich kann doch nicht einfach hier herumsitzen«, schimpfte sie nach einer Stunde, als immer noch niemand vorbeigekommen war, auch kein Aborigine. Es herrschte gespenstische Stille, die nur ganz selten vom Schrei eines Vogels durchbrochen wurde.

Zu guter Letzt hielt sie es nicht mehr aus. Sie schnappte die Tüte mit der Pillenschachtel für das kleine Mädchen und stieg aus. »Vielleicht bin ich ja schon näher am Hotel als gedacht«, sagte sie laut, um die zweifelnde Stimme in ihrem Kopf zu übertönen, und marschierte los.

Catherine war noch keine hundert Schritte vom Auto entfernt, als ihr ein scharfer Schmerz durch den Unterleib schnitt. Sie krümmte sich, atmete ein paarmal tief durch und wartete, bis es vorbei war. Dann versuchte sie weiterzugehen. Aber die Schmerzen kamen wieder, weit unten im Bauch und am unteren Rücken. Die Wehen hatten eingesetzt.

»O nein!«, stieß sie hervor. Sie machte kehrt, stolperte zum Auto zurück und kroch auf die Rückbank. »Das darf doch alles nicht wahr sein …« Sie würde ihr Kind mutterseelenallein in einem Auto auf einer verlassenen Straße zur Welt bringen!

Nach dem Start in Minnipa funkte Robbie den Stützpunkt an, um Berta mitzuteilen, dass sie sich auf dem Rückflug befanden.

»O Gott sei Dank, Robbie! Ich hab schon ein paarmal versucht, euch zu erreichen. Könnt ihr über die Medindee Lakes Road fliegen?«

»Klar. Warum? Braucht dort jemand Hilfe?«

»Ich hoffe nicht. Ich glaube, Catherine ist unterwegs zum Quandong Hotel. Ihr wisst ja selbst, in was für einem Zustand die Straße ist.«

»Was?« Robbie warf Jim hinter sich einen Blick zu. »Was will sie denn dort?«

Berta erzählte, was sich zugetragen hatte, und fügte hinzu: »Als ich aus dem Funkraum kam, war das Medikament weg und Catherine auch. Ich vermute, sie hat es genommen, um es Melanie zu bringen.«

»Wie lange ist das her?« Robbie änderte sofort den Kurs.

»Über zwei Stunden«, antwortete Berta, die halb krank vor Sorge war.

Robbie informierte Jim, der sofort in Panik geriet.

»Wir sind unterwegs, Berta. Ich melde mich wieder. *Over and out.*«

»Was hat sich Catherine nur dabei gedacht?« Jim war vor Angst ganz flau.

»Sie hat an ein kleines Mädchen gedacht, das Hilfe braucht«, entgegnete Robbie. »Keine Sorge, wir finden sie.«

Als Robbie über die Medindee Lakes Road flog, starrten er und Jim angestrengt aus den Fenstern.

»Ich kann sogar von hier oben erkennen, dass das eine Schlaglochpiste ist«, sagte Jim, krank vor Sorge um Frau und Kind.

Nach ein paar Meilen rief Robbie: »Da vorn ist ihr Auto! Jetzt brauchen wir nur noch einen Platz zum Landen.«

»Und wenn sie nicht beim Auto ist?«

»Alle Türen sind offen, sie ist bestimmt drin. Ich habe ihr immer eingeschärft, bei einer Panne beim Auto zu bleiben, das ist das Sicherste.« Robbie kam zwar der Gedanke, dass Catherine den Wagen natürlich auch verlassen haben und er anschließend geplündert worden sein könnte, er sprach das aber nicht laut aus.

»Hoffentlich hat sie sich an deinen Rat gehalten«, meinte Jim.

Als Catherine das Flugzeug hörte, überkam sie grenzenlose Erleichterung, aber da die Wehen kamen und gingen, fand sie nicht die Kraft, sich aufzurichten und auszusteigen.

Das Gelände auf beiden Seiten der Straße war recht eben, sodass Robbie mühelos landen konnte. Das Flugzeug war kaum zum Stehen gekommen, als Jim auch schon heraussprang und zu Catherines Auto rannte. Robbie folgte ihm mit der Arzttasche.

»Catherine!«, schrie Jim, der ihre Füße aus dem Fond ragen sah.

»Jim«, rief sie schwach. »Du bist da …«

»Ja, Schatz, ich bin da, alles wird gut.« Sie sah erschöpft aus und war schweißgebadet, und Jim vermutete, dass sie dehydriert war.

Die nächste Wehe kam und schnürte ihr die Luft ab.

»Du bist in den Wehen!«, stellte Jim entgeistert fest.

»Es ist noch zu früh«, stieß sie mühsam hervor.

Jim wusste, dass sie recht hatte, sie war in der sechsunddreißigsten Woche. Er drehte sich zu Robbie um. »Hol die Trage, Robbie. Die Wehen haben eingesetzt.«

»Da ist ein kleines Mädchen, das sein Medikament braucht«, murmelte Catherine und hielt die Papiertüte hoch. »Du musst es ihr bringen.«

»Im Moment geht es um dich und das Baby, Catherine«, sagte Jim, den es nicht überraschte, dass sie zuerst an andere dachte.

»Die Kleine ist auf das Medikament angewiesen, Jim. Wir müssen ihr helfen.«

Jim dachte kurz nach. »Also gut, aber erst laden wir dich ins Flugzeug.«

Als Robbie mit der Trage kam, hatte Catherine eine weitere kräftige Wehe. Jim hörte die Herztöne des Babys ab und stellte erleichtert fest, dass alles in Ordnung war.

Sie trugen sie zum Flugzeug, wo Jim ihr als Erstes Wasser zu trinken gab. Als sie es ihr an Bord so bequem wie möglich gemacht hatten, fragte Robbie: »Und wohin jetzt? Nach Broken Hill ins Krankenhaus?«

»Nein, zum Quandong Hotel«, antwortete Jim.

Robbie sah ihn verwirrt an. »Und was ist mit Catherine?«

»Sie wird das Kind entweder im Flugzeug oder im Hotel zur

Welt bringen. Das ist immer noch besser als auf dem Rücksitz ihres Autos.«

Als das Flugzeug unweit des kleinen Hotels landete, kam Jake McNicholl herausgelaufen. Jim gab ihm das Medikament für seine Tochter, und er reichte es an seine Frau weiter. »Danke, Doc. Melanie geht es wirklich schlecht.«

»Ich habe noch einen Notfall an Bord. Meine Frau liegt in den Wehen. Kann ich sie reinbringen?«

»Natürlich!«

Beatrice McNicholl richtete in aller Eile ein Zimmer her. Dann trugen Jim und Robbie Catherine hinein.

Nachdem sie ihrer Tochter ihre Medizin verabreicht hatte, verkündete Beatrice, sie habe sich seinerzeit ein Jahr lang zur Hebamme ausbilden lassen, also wusste sie, was zu tun war. Sie holte eine Schüssel warmes Wasser, saubere Handtücher und ein Nachthemd für Catherine.

Nachdem Jim sie gewaschen und Beatrice ihr das Nachthemd übergestreift hatte, fühlte Catherine sich nach dem stundenlangen Schwitzen im Auto schon viel besser. Aber die Schmerzen waren nahezu unerträglich.

Es werde nicht mehr lange dauern, meinte Jim, nachdem er sie ein weiteres Mal untersucht hatte.

Catherine war voller Sorge. »Es ist doch viel zu früh. Er wird doch gesund sein, oder?«

Jim lächelte. »Er? Du denkst, es wird ein Junge?«

»Ja. Ein Brüderchen für Rosie.«

»Ob Junge oder Mädchen – das Baby wird klein sein, aber ein Kämpfer, genau wie seine Mutter.«

Bei der nächsten Wehe begann Catherine zu pressen. Jim, der schrecklich nervös war, unterstützte sie, so gut er konnte.

»Ich kann das Köpfchen sehen! Noch einmal fest pressen, Schatz!«

Obwohl sie am Ende ihrer Kräfte war, strengte sich Catherine noch einmal an. Beatrice, die sie von hinten hielt, spornte sie an. Und dann kam das Köpfchen zum Vorschein, sodass Jim das Kind drehen und es aus dem Geburtskanal herausgleiten konnte. Catherine vernahm ein schwaches Quäken, dann einen lauteren Schrei und begann dann ebenfalls zu weinen, vor Erleichterung.

»Wir haben einen Sohn«, verkündete Jim voller Stolz. Er zitterte am ganzen Körper, so aufgewühlt war er.

»Er ist so klein«, flüsterte Catherine.

»Sein Gewicht scheint für die sechsunddreißigste Woche normal zu sein«, meinte Beatrice. Sie nahm Jim das Neugeborene ab, damit er die Nabelschnur durchtrennen konnte. Catherine ließ sich erschöpft in die Kissen sinken. Als Beatrice das Kind gebadet und in ein Tuch gewickelt hatte, legte sie es ihr in die Arme.

»Gut gemacht, mein Schatz.« Jim gab ihr einen Kuss auf die schweißnasse Stirn. »Unser Sohn ist perfekt!«

»Ja, nicht wahr?« Catherine betrachtete staunend die winzigen Finger. »Was ist das für ein Gefühl, zum zweiten Mal die Geburt des eigenen Kindes mitzuerleben?«

»Ich war nicht dabei, als Rosie zur Welt kam. Umso beeindruckender war es, die Geburt unseres Sohnes erleben zu dürfen. Es ist etwas völlig anderes, das eigene Kind auf die Welt zu holen, als ein fremdes.«

»Ich bin schuld daran, dass er zu früh geboren wurde, Jim. Es tut mir so leid.«

»Ich glaube, er konnte es einfach nicht erwarten, dich kennenzulernen«, sagte Jim zärtlich.

»Habt ihr schon einen Namen für ihn?«, wollte Beatrice wissen.

Catherine sah Jim an. »Wie hieß dein Vater?«

»Matthew. Und deiner?«

»Parker. Wie wäre es mit Matthew Parker Nixon? Das klingt gut, finde ich.«

Jim nickte lächelnd. »Perfekt.«

»Kann jemand bitte Robbie holen?«, bat Catherine. »Ich möchte ihm unseren Sohn vorstellen.«

»Mach ich«, sagte Beatrice.

Augenblicke später erschien Robbie in der Tür.

»Komm rein«, forderte Catherine ihn auf.

»Wir möchten dir unseren Sohn vorstellen«, sagte Jim. »Matthew Parker Nixon.«

Robbie trat heran und betrachtete das Baby. »Er ist wunderschön«, sagte er sichtlich ergriffen.

»Wenn du nicht gewesen wärst, hätte ich mein Kind ganz allein zur Welt bringen müssen, Robbie«, flüsterte Catherine mit erstickter Stimme.

»Ich hab nur meinen Job gemacht«, erwiderte er bescheiden.

»Ich weiß, aber du und Jim sorgt dafür, dass es sich im Outback sicher leben lässt. Vergiss das nicht.«

Robbie wusste ihre anerkennenden Worte zu schätzen. »Habt ihr was dagegen, wenn ich Berta die gute Nachricht mitteile? Ich hab ihr zwar gesagt, dass wir dich gefunden haben, aber sie macht sich schreckliche Sorgen.«

»Nein, natürlich nicht«, sagte Catherine. »Aber sie soll Wilma nichts verraten. Jim und ich wollen Rosie überraschen.«

»Alles klar. Ich gratuliere euch beiden. Das Baby ist ein richtiger Glückspilz.«

»Der Glückspilz bin ich«, sagte Jim und küsste Catherine zärtlich.

Sie betrachtete ehrfürchtig staunend ihr Kind und dachte an einen Satz von Father O'Reilly aus ihrer Vergangenheit. »Sie haben recht gehabt, Father O'Reilly. Sie haben gesagt, ich soll die Hoffnung nicht aufgeben, weil es immer wieder Wunder gibt. Mein Kind ist der beste Beweis dafür«, flüsterte sie glücklich.

ENDE

Anmerkungen der Autorin

Der Stützpunkt der Fliegenden Ärzte in Broken Hill wurde 1936 eröffnet.

Damals war es der vierte dieser Art, heute ist es der größte in ganz Australien.

Ursprünglich lag er direkt an der Straße nach Wilcannia. Neben der Funkstation befand sich in dem Gebäude auch die Wohnung für den/die Funker/in. 1988 wurde der Stützpunkt an seinen heutigen Standort am Flugplatz von Broken Hill verlegt und seitdem mehrfach um Schulungszentren und Untersuchungsräume erweitert. Um der Handlung willen befindet sich der Standort bereits 1945 am Flugplatz.

Die erste Fliegende Krankenschwester wurde 1945 in Broken Hill fest eingestellt, verbrachte aber die meiste Zeit nicht in der Luft, sondern am Boden, wo sie Patienten besuchte und Sprechstunden in kleinen Krankenhäusern abhielt. Im Dienste der Handlung begleitet die Krankenschwester den Arzt auf seinen Flügen zu den umliegenden Farmen.

Melville Island
Darwin
WESTERN AUSTRALIA
Perth